紅學一百年管窺

REDOLOGY
TWO HUNDRED YEARS
OF PERSPECTIVE

推翻脂硯齋神話╳曹雪芹作者爭議╳版本學無意義，

俞平站氐、奐遏氐學登氐勺巴原遏主責

《紅樓夢》問世以來，便留下許多謎團待解：

與判詞對應不上的「後四十回」出自何人之手？
各種不同的版本產生矛盾，究竟該以誰為正宗？
《紅樓夢》說的是誰的故事，與現實是否有關聯？
脂硯齋是曹雪芹的誰，為何受到考證派極大推崇？

王俊德 ── 著

一部小說，引發海內外學者百年筆戰，至今依舊進行中──

目錄

目錄 ─────────────

後記

目錄

序

歐陽健

友人高玉海來信說，他昔日的研究生王俊德，撰有論二百年紅學史的書稿，望我寫幾句鼓勵或者批評的話。師生友情甚篤，心際猶留美好回憶。今為新人成果略盡綿力，是所甘心。

紅學，是研究古典名著《紅樓夢》的學問，包括文獻考證與價值評騭兩大板塊。前者如本事考證、作者考證、版本考證，後者如認識價值、審美價值、應用價值，皆可置諸紅學範疇。紅學史，則是整理歸總紅學演進的學問，如郭豫適《紅樓研究小史稿》（1980 年版）、韓進廉《紅學史稿》（1981 年版）、劉夢溪《紅學》（1990 年版）、陳維昭《紅學通史》（2005 年版）等，皆有草萊開闢之功，或不免受思維慣性羈絆，稍有不盡人意之處，「重寫紅學史」的使命，使迫在眉睫。

王俊德 2005 年讀碩士之時，就先後發表了四篇論文，值得注意的有〈脂硯齋與紅樓夢的關係〉。就業之後，一直關注紅學研究，發表了〈紅樓夢「甲戌本」晚出考〉、〈論紅樓夢作者曹雪芹考證的無意義〉等。本書則是他多年思考紅學的新成果。

就其客觀性而言，紅學史家們面對的，是同一紅學著述與學術論辯；而寫出來的紅學史，面貌卻大有不同。箇中的奧祕，乃在材料的取捨各異、抑揚有別。紅學史家因何有不同的取捨抑揚？根源則在所持紅學史觀的差異。

時下通行的紅學史觀，源頭在中文系的教科書。其所教授的紅學知識，是以「自傳說」為核心、以作者考證和版本考證為支柱，於是培養出一批確信曹雪芹是曹寅之孫的「天然曹」，與「毫不懷疑脂本是先於程本、接近原著的早期抄本」的「天然脂」。毋庸諱言，王俊德也是從

這個體系走出來的;他的可貴之處在破除迷信,對這些向被視為真理的教義,不甘心從之而不違,而是換一種思路,換一個角度,透過深入研究實踐,獨立反思,成就了這本克服教科書局限、值得期許的新紅學史。

照通行紅學史觀的計算法,脂硯齋於乾隆十九年(1754)抄閱再評,紅學就已經起步,至今應有 267 年。本書的角度完全不同:乾隆五十六年(1791)萃文書屋以木活字排版印出,《紅樓夢》進入傳播階段,紅學方有醞釀的土壤與氣候。嘉慶六年(1801)張汝執評點本和嘉慶十六年(1811)東觀閣重刊《新增批評繡像紅樓夢》,象徵著紅學的啟動,算來恰好 210 年。為此,作者鄭重聲明「筆者並不認為脂硯齋的評點本是最早的」,可謂不同凡響。

秦觀〈李端叔見寄次韻〉云:「一斑縱復為管窺,萬派終難以蠡測。」其實,任何紅學史都要取捨抑揚,都難免「管窺蠡測」;問題在能否寫出自己的新意。作者自云:「紅學成果浩如煙海,不是筆者所能全面掌握的,筆者既無此遠大志向,也無此學識才能。但是,如果選取關鍵人物、主要觀點、主要派別、主要現象,觀察紅學的整個發展過程的話,不僅可以達到以點帶面、管中窺豹的效果,還可以在一定程度上讓讀者大致了解紅學研究的整體面貌。」可見,對各種紅學現象、各種紅學觀點,有說服力的分析、闡釋與駁難,是本書的顯著特點,從中固能看出作者的才氣與功力,也難免存有若干仍未擺脫舊有觀念的局限。

本書分上下兩編,上編論舊紅學,下編論新紅學。應該指出,「舊紅學」的提法,是貶義的。須知,古今與新舊、優劣,並不完全同一。誰都清楚,「兩個黃蝴蝶,雙雙飛上天」,絕不比「關關雎鳩,在河之洲」更新、更好,儘管它晚出了三千年。但為了敘述方便,約定俗成使用舊紅學、新紅學的概念,最好能加上引號。

本書將「舊紅學」的內涵，分為評點派、索隱派。對評點派給予較高評價，且下了很大爬梳功夫，以為王希廉、張新之、姚燮、陳其泰、哈斯寶、王伯沆、黃小田、蝶薌仙史、雲羅山人等人的評點，都有值得充分肯定之處。惟對索隱派，則持基本否定的態度，道是：「這樣的研究，與很多當代的考證派一樣，都屬於浪費時間和精力的徒勞之舉。」仍可看到舊有成見的影子。實際上，評點派、索隱派的分枝，實源於《紅樓夢》本事的解讀。《史記・秦始皇本紀》載〈會稽刻石〉有曰：「本原事蹟，追首高明。」探求事件、人物的原型，屬於追索「素材來源」。以題解入手，若問「紅樓夢」三字，講的是睡在「紅樓裡」做了一個夢？還是做了一個「有關紅樓」的夢？「紅樓」的寓意又是什麼？一個答案是：「紅樓」是富貴人家之所居，作者曾經歷過繁華舊夢，《紅樓夢》是為懷念過往而作；一個答案是：「紅樓」是「朱樓」，《紅樓夢》就是《朱樓夢》。明朝皇帝姓朱，《紅樓夢》是「紅樓血淚史」。《紅樓夢》真真國女子有詩：「昨夜朱樓夢，今宵水國吟」、「漢南春歷歷，焉得不關心」，將《紅樓夢》看作運用「隱語」抒寫亡國「隱痛」的「隱書」，不是毫無緣由的。要之，兩種答案都視《紅樓夢》為小說，所不同的是，評點派側重於情感內容的闡釋與藝術手法的品味，索隱派側重於時代氛圍、民族情感、個人心結的掌握，都有進一步探究的空間，自可各自探究而不相悖違。

顧頡剛〈紅樓夢辨序〉說：「紅學研究了近一百年，沒有什麼成績，適之先生作了《紅樓夢考證》之後，不到一年，就有了這一部系統完備的著作；這並不是前人特別糊塗，我們特別聰穎，只是研究的方法改過來了。」胡適宣導的「新紅學」之所以「新」，一是有「新觀念」，二是有「新方法」。

「新觀念」是什麼？就是「大膽假設」《紅樓夢》是曹雪芹自傳。這

個觀念，「大膽」在哪裡？在背離了以家國為核心、修齊治平同構的傳統觀念。「名垂青史」，是古人最大的光榮。一個人或以節義，或以文學，或以武功，只有得到家國的承認，方有歸屬感、尊嚴感、榮譽感。為某個自然人立傳，是國史的專利，所謂「宣付國史館立傳」是也。個人的自我表述，只能是鄉貫、戶頭、三代名銜、家口、年齒、出身履歷。連那刻在石上、埋於墓中的墓誌銘，也得請他人撰寫。自吹自擂為自己立傳，是僭越的事，是令人不齒的。晉代的杜預，耽思經籍，博學多通，時譽為「杜武庫」。他生前刻石為二碑，紀其勳績，一沉萬山之下，一立峴山之上，曰：「焉知此後不為陵谷乎！」就是想引起後世史官的注意，好為自己立傳。陶淵明作〈五柳先生傳〉，曰：「先生不知何許人也，亦不詳其姓字，宅邊有五柳樹，因以為號焉。閑靜少言，不慕榮利。好讀書，不求甚解；每有會意，便欣然忘食。」歐陽脩撰〈六一居士傳〉：「吾家藏書一萬卷，集錄三代以來金石遺文一千卷，有琴一張，有棋一局，而常置酒一壺」，「以吾一翁，老於此五物之間，是豈不為六一乎？」西方文化則以個人為中心，寫「我的奮鬥」、「我的苦悶」、「我的愛恨情仇」，視為理所當然，故自傳體小說，盛行不衰。胡適拿西方觀念，「大膽」往《紅樓夢》頭上套，根本沒有好好想一想：自己連曹雪芹生平還沒有搞清楚，怎麼敢說《紅樓夢》是他的自傳？況且在中國，再狂的「狂人」，也不會辱罵自己的祖宗，抹黑自己的家族，說出「只有門前一對石獅子是乾淨的」的話。

　　「新方法」是什麼？就是「小心求證」，其實就是實證主義。動輒「拿證據來」，作家考證與版本考證，構成其兩翼。作家考證用的是類比法：曹寅有個過繼之子曹頫（算是次子），做過員外郎；《紅樓夢》裡的賈政，也是次子，也是員外郎。——所以，賈政即是曹頫；賈寶玉即是曹雪芹，即是曹頫之子。曹雪芹「生於極富貴之家，身經極繁華綺麗

的生活」，「但後來家漸衰敗，大概因虧空得罪被抄沒」，「《紅樓夢》一書是曹雪芹破產傾家之後，在貧困之中做的」；所以，「《紅樓夢》是一部隱去真事的自敘：裡面的甄、賈兩寶玉，即是曹雪芹自己的化身；甄、賈兩府則是當日曹家的影子」。版本考證用的是武斷法：曹雪芹只中了舉人，寫賈寶玉中進士的後四十回，必定是中過進士的高鶚所續！──所謂「小心求證」，就是如此簡單！本書一針見血道：「所謂『曹雪芹是《紅樓夢》的作者』本身就是一個偽命題。」

本書對於胡適、俞平伯的剖析，在情在理；但囿於流行觀念，仍將「新紅學」置於「五四新文化運動」之列，說：「如果從研究方法的科學性角度而言，考證派提倡透過大量的文獻、翔實的資料對小說的作者、主旨、藝術等方面去探討，完全是正確的。」我相信不過是不經意的套話。作者當然知道，胡適直到晚年還明確表示：「我只是對考證發生興趣，對《紅樓夢》本身不感興趣。」用「一切拿證據來」的實證主義，羅列一大堆作家、版本的材料，轉移人們對《紅樓夢》實體的注意，正是胡適的動機所在，正如斷言屈原沒有這個人，來轉移人們對〈離騷〉實體的注意一樣。

如果說，本書對胡適、俞平伯的評析，尚是前人涉獵過的領域；那麼，對於周汝昌、馮其庸的評論，就超邁先期紅學史的水準了。因為直到當下，對周汝昌、馮其庸的溢美，仍然層見疊出。如有人說：「實證與實錄之間的相濟相生、水乳交融，在周汝昌的紅學中達到極境」；頌揚馮其庸為「最負盛名的紅學大家」、「紅學泰斗」、「紅學巨擘」，更常見於報端。至於他們的負面言行，或觀念受到的衝擊，則多選擇無視，避而不談。出自質樸、豪爽之手的本書，則不虛美，不掩惡，客觀公正，秉筆直書，可稱繼承了「書之有益於褒貶，不書無損於勸誡」的傳統史筆。

序

　　本書毫不諱言：周汝昌所提倡的「四學」，「除版本學外，其餘三種『學』皆難以成『學』」：是「不符合邏輯的曹學」、「價值極低的脂學」、「難以成立的探佚學」。對於馮其庸的定位，則講出讓某些人不情願聽、又不得不承認的事實：「與周汝昌相比，馮其庸先生接觸《紅樓夢》要晚得多，1954 年到北京後才開始正式接觸《紅樓夢》。1973 年到1974 年真正進入紅學圈，彼時馮先生已經年過半百。應該說，馮氏實際上算是紅學界的後起之秀。」並就其一生致力的三個方面的研究，逐一剖析：

　　首先，本書認為，馮其庸關於曹雪芹家世考證的七種材料，沒有任何關於曹雪芹的記載，其根源在有一個預設的前提：曹雪芹是曹寅家族的成員，而且是《紅樓夢》的作者，「如果失去了這個前提，馮氏以上的考證對於《紅樓夢》的研究而言就沒有任何價值」。本書特別追索了「曹雪芹墓石」的來龍去脈，讓局外人看清楚紛繁複雜的內情。《文藝報》2014 年 1 月 24 日有趙建忠對馮其庸的訪談錄〈老驥伏櫪，志在千里〉，馮其庸回答曹雪芹卒年的話是：「我現在的認識，認為雪芹確實死於『壬午除夕』，因為壬午年的十二月二十二日即已立春。按舊俗，立春以後，已是來年的節氣了，也就是已入羊年的節令了。按詩句也就是說，雪芹一碰到羊年，就遭厄運，就遭到了剋星而逝世了，這樣解釋，才符合當時的習俗，才是這句悼詩的本意。」既然立春以後，已經進入羊年的節令，那十二月二十二日八天以後的除夕，不就更是羊年的癸未嗎？《紅樓夢》第九十五回「因訛成實際引數妃薨逝」，敘：「小太監傳諭出來，說賈娘娘薨逝。是年甲寅年十二月十八日立春，元妃薨日是十二月十九日，已交卯年寅月，存年四十三歲。」甲寅年十二月十八日立春，十二月十九日已交卯年，不正是「曹雪芹墓石」、「壬午除夕」最好的反證嗎？

其次，關於《紅樓夢》版本研究的是與非，本書認為馮氏說「庚辰本保留了脂硯齋等人的不少批語」與「庚辰本遺留的許多殘缺的情況」，其實不需要認識，更談不上是什麼研究成果，只要拿本子看一看就能知道。馮其庸堅守「庚辰本」是曹雪芹生前最後一個改定本，是最接近作者親筆手稿的完整的本子，卻忘記了自己在〈重論庚辰本〉中說過的話：「現存的這個庚辰本，並非庚辰原抄本，而是一個過錄本，過錄的時間，據我的考證，約在乾隆三十三四年。」他要證明庚辰本的價值，就要以己卯本與曹家的「特殊親密關係」為仲介，但又不得不承認現存己卯本不是「己卯原本」，而是乾隆三十二年丁亥以後的過錄本。既然這樣，此後再過錄的本子就必在丁亥以後，就絕對不能稱作「庚辰本」，哪裡還會是曹雪芹生前的最後一個改定本？

最後，也許是看出胡適轉移作品內涵的缺陷，馮其庸思欲對《紅樓夢》思想探索有所突破，從而確立自己紅學大家的形象。有鑑於此，本書以兩節的篇幅，寫〈《紅樓夢》思想研究的批判〉，道：「馮氏這篇文章的題目叫〈論《紅樓夢》的思想〉，但是，文章的第四部分又出現了一個同樣的標題，這樣的標題設計如果放在大學的畢業論文中就不合學術規範，換言之，如果一個大學生的論文標題與結構設計成這樣，在畢業答辯時是很難通過的。」真有點讓人忍俊不禁。

作為紅學史，本書的創新處在描摹了紅學不正常的生態，批評了不良的學風。一是打擊異端，如對周汝昌，「已經不是學術探討，幾乎等同於人身攻擊」，「帶有情緒化的不實言論，甚至不排除惡意中傷」；二是無底線吹捧，如對馮其庸，「和天空中的星星交相輝映，融為了一體」，「求道之路，腹有書詩氣自馥」，「潛心紅學，平生可許是知音」，「實證求真，看盡龜茲十萬峰」，「大哉乾坤內，吾道長悠悠」，「新時期紅學研究的定海神針」云云。更可虞的是，攻擊周汝昌與吹捧馮

其庸的，幾乎是同一撥人。本書指出：「縱觀馮氏的主要研究與其主要觀點，本質上並沒有與周汝昌老先生有任何區別。比如馮氏一直批判周汝昌的紅學觀（曹學、脂學、版本學和探佚學），但他自己在紅學中所謂的成就不也是這些東西嗎？」對於這些不利於紅學健康發展的風氣，本書作者以老實人、敢講真話的人的姿態，道出了自己的真實情感：「筆者一方面對周先生的幾乎所有的觀點都有不同看法，但另一方面，筆者又欽佩其對紅學的痴迷與執著。與其他一些紅學大家相比較，周先生要率真、單純得多，他對《紅樓夢》的研究，幾乎完全是出於一種熱愛，熱愛到走火入魔，以至於很多觀點都顯得偏頗。但是，無論如何，我們都無法否定周汝昌先生在紅學研究史上的影響和地位，也不能否定其淵博的知識與深厚的功力。」本書提倡平和的討論，旨在彌合門戶偏見，杜絕意氣之爭、斷章取義與人身攻擊，發揚學術民主，監督權威，竊以為是異常適時的。

　　本書下編第七章〈曹雪芹——一個傳說中的作者〉、第八章〈脂硯齋——被考證派塑造出來的神話〉、第九章〈紅樓夢版本學是一個偽命題〉，轉換視角，以學術論題為綱，整理三大焦點，涉及 60 位紅學人物，茲依次數多寡，排列於後：王利器 22 次，蔡義江 18 次，吳世昌 17次，鄭慶山 14 次，朱志遠 13 次，曲沐 11 次，徐乃為 11 次，鄧遂夫 10次，溫慶新 10 次，周紹良 9 次，毛國瑤 8 次，趙國棟 7 次，吳恩裕 6 次，孫遜 6 次，崔川榮 6 次，劉廣定 6 次，徐軍華 6 次，楊光漢 5 次，林冠夫 5 次，袁世碩 4 次，胡文彬 4 次，何林天 4 次，劉世德 3 次，陳毓羆3 次，祝誠 3 次，江慰廬 3 次，石昕生 3 次，胡邦煒 3 次，趙岡 3 次，王毓林 3 次，沈治鈞 3 次，陳國軍 2 次，沈新林 2 次，戴不凡 2 次，端木蕻良 2 次，洪靜淵 2 次，夏志清 2 次，黃一農 2 次，孟列夫 2 次，林語堂 2 次，張愛玲 2 次，胥惠民 2 次，鄧紹基 1 次，王佩璋 1 次，曾次亮 1

次，梅挺秀 1 次，陳慶浩 1 次，李明新 1 次，位靈芝 1 次，張書才 1 次，杜春耕 1 次，楊瑩瑩 1 次，李福清 1 次，周雷 1 次，鄭振鐸 1 次，吳曉鈴 1 次，童力群 1 次，印證了當年林辰描繪的「紅學大戰幾時休」的盛況，是紅學史敘事的創新。

後三章的最大特點，是逸出「紅學史」的框架，介入了作者自己的立論。有破有立，自是題中應有之義，應該嘉許。其觀點頗有涉及鄙見之處，且有同有異。我主編過《明清小說研究》，從不以一己觀點取捨稿件，還為與自己商榷的文章做過責編；我在各大學教過《紅樓夢》，也從不以一己的觀點為絕對真理，還替不贊同自己觀點的作業打過高分。今讀王俊德之書，見獎許愈量，則皺皺眉頭；有見教之語，則微微一笑。其說之是非，相信讀者自有眼界，故概不置評，以免文字冗長，徒增篇幅。

要之，本書對紅學各個階段具有代表性的派別、研究者、學術觀點、學術現象的細緻闡釋、分析、考證，切實，質樸，不講套話，沒有水分，不啻是一本紅學的入門；書中對若干偏頗觀點進行駁難與修正，做學問，講道理，有理有據，直接了當，亦可成為不同見解的紅學研究者對話的基礎，有助於《紅樓夢》研究的開拓與深化，相信是一本有益於廣大讀者的好書。

「二月二」，龍抬頭。陽氣上升，大地復甦，草木萌動。二百年後的紅學，何去何從，就要看以王俊德為代表的新一代研究者的志向與氣度了。

歲在重光赤奮若二月初二，於花香園，時年八十有一

序

敍言

在中國文學史上，沒有哪一部小說能像《紅樓夢》一樣成為一門專門的學問，更沒有哪一部小說能像《紅樓夢》一樣經過長期爭論但依然難以得出確切的結論。這當然要歸功於《紅樓夢》本身所具有的深刻的思想性與高超的藝術性，以及書中包羅萬象、百科全書式的生活內容、社會內容、文化內容與歷史內容，更要歸功於其本身所具有的無限的不確定性與無限闡釋的可能性。

清代著名評點家王希廉在評價《紅樓夢》的時候曾經說過：

一部書中，翰墨則詩詞歌賦、制藝尺牘、爰書戲曲，以及對聯匾額、酒令燈謎、說書笑話，無不精善；技藝則琴棋書畫、醫卜星相，及匠作構造、栽種花果、畜養禽鳥、針黹烹調，巨細無遺；人物則方正陰邪、貞淫頑善、節烈豪俠、剛強懦弱……事蹟則繁華筵宴、奢縱宣淫、操守貪廉、宮闈儀制、慶弔盛衰、判獄靖寇，以及諷經設壇、貿易鑽營、事事皆全；甚至壽終天折、暴亡病故、丹戕藥誤，及自刎被殺、投河跳井、懸梁受逼，並吞金服毒、撞階脫精等事，亦件件俱有。可謂包羅萬象，囊括無遺，豈別部小說所能望見項背？001

這一段話概括性非常強，可以看作是評價《紅樓夢》的經典之語。

《紅樓夢》用極其寫實的藝術手法表現了牛活、揭露了黑暗、歌頌了理想、探索了人生，幾乎所有的人都能從中找到自己所需要的精神依託。正因為如此，才使得《紅樓夢》從問世以來就備受人們關注，對於其中所蘊含的時代背景、主題思想、文化內涵、藝術特點、人物形象等方面進行了一系列深入的探討與解讀。然而，由於《紅樓夢》本身所具

001　護花主人、大某山民、太平閒人評：《三家評本紅樓夢》，上海古籍出版社，1988 年。

敘言

有的無限的不確定性與無限闡釋的可能性，以至於《紅樓夢》擁有最廣泛的閱讀群、愛好群和研究群。因此，在紅學兩百年左右的研究史上，各家各派的研究者提出了諸如自傳說、色空說、政治說、補天說、釵黛合一說等學說，無論正確與否，都成為紅學的一部分，都或多或少影響了紅學的研究以及對《紅樓夢》的傳播、普及與認識。

從紅學的發展過程來看，最早出現的是評點派與索隱派，這也是被紅學界稱之為舊紅學的時代。需要說明的是，所謂評點派與索隱派實際上只是一個籠統的劃分，在過去學術並不十分規範的時代，很多評點與索隱其實是相互影響、相互滲透的，比如張新之的評點就帶有很濃厚的索隱意味，而蔡元培的索隱又有一定的評點特徵。隨著新紅學考證派的出現並逐漸成為主流，使得評點派與索隱派演變得更為複雜，很多索隱家不但有評點，甚至還用了很多考證的手段，尤其是 1949 年以後的新索隱派。另外，所謂新舊紅學的劃分，也沒有一個嚴格的時間節點，我們一般把 1926 年胡適發表的《紅樓夢考證》看作是一個象徵。但是，索隱派並沒有在考證派出現後銷聲匿跡，而是轉移到了海外，在港、澳、臺以及美國、日本一直都非常活躍。到了 2000 年前後，在中國又興起了一批新索隱派，一直到現在還有影響。

舊紅學經歷了一個漫長的發展過程，從乾隆時期零零散散的評點到 1801 年（嘉慶六年）張汝執評點專著的出現，再到民國時期的《王伯沆紅樓夢批語彙錄》，評點派為紅學研究貢獻良多，其中，王希廉、張新之、姚燮、陳其泰、哈斯寶等著名評點家都有非常精采的點評，從而也推動了《紅樓夢》的普及，讓更多的人了解了《紅樓夢》。

與評點派幾乎同時出現並一直延續至今的就是索隱派。索隱，即探索隱匿之本事，索隱派其實就是指在研究小說過程中專注於探求隱藏在小說作者與故事情節背後的「本事」的學術流派。索隱派常用的手法就

是比附，用小說中的人和事與現實世界中的人和事相對應，從中找出一些共同點，然後解讀出所謂的背後隱藏的故事。索隱派本質上就是透過模糊小說與現實的界線來完成自己對小說的解讀。

如果說評點派對《紅樓夢》的研究有巨大貢獻的話，那麼索隱派就是一股不折不扣的紅學逆流。這股逆流一直到新紅學考證派的出現之後才受到了巨大的打擊，但是，索隱派似乎有著強大的生命力，一直沒有徹底消失，而是改頭換面，隱藏在考證派紅學中，運用考證的手段來達到索隱的目的。

所謂新紅學考證派，是指以胡適為代表的《紅樓夢》研究學派，之所以稱之為新紅學，主要是為了區分之前以「索隱」、「評點」等為主要研究方法的舊紅學學派。由於新紅學學派的研究方法主要採用考證法，因此，又稱之為考證派。

1921 年，以胡適為代表的「考證派」和以蔡元培為代表的「索隱派」展開了一場關於《紅樓夢》的論爭，引起了紅學界極大的關注。胡適把西方實驗主義與中國的樸學相結合，並運用於中國小說的研究之中，給當時的紅學研究者以科學、可信並耳目一新的感覺，從而給予索隱派巨大的打擊，也正是以這次論戰為代表，考證派開始確立了自己在紅學研究史上的地位，並在之後不斷發展壯大，最終成為紅學界的主流。

在胡適的影響下，胡適的弟子俞平伯也開始運用考證的方法研究紅學，並於 1923 年發表了《紅樓夢辨》，新紅學考證派開始形成。1947年，紅學大家周汝昌先生發表了《曹雪芹生卒年之新推定 —— 懋齋詩鈔中之曹雪芹》，並受到了胡適的接見，新紅學考證派正式形成。之後，吳恩裕、吳世昌、周紹良、鄧紹基、馮其庸、王利器、蔡義江、劉夢溪、呂啟祥、張錦池、郭豫適等人先後致力於《紅樓夢》作者曹雪芹的

生平家世、脂硯齋批語、版本等方面的研究，取得了巨大的「成就」。

　　胡適以考證為主要方法對《紅樓夢》進行研究的時候，提出了一個最著名的觀點 —— 自傳說。他認為，《紅樓夢》是曹雪芹的自傳，或者至少是帶有自傳性質的小說。從這一基本論斷開始，胡適認為，小說中的賈家與賈家之事就是歷史上曹寅的家事，賈寶玉就是曹雪芹。胡適的自傳說提出來以後，得到了紅學界諸如顧頡剛、吳恩裕等知名人士的認可，自傳說從而也就成為考證派研究《紅樓夢》的基礎。

　　胡適在研究《紅樓夢》小說文本的同時，也著手收集相關新資料。1927 年 5 月，胡適得到了一本《石頭記》手抄本（甲戌本），上面有脂硯齋的很多批語。胡適看過以後，「深信此本是海內最古的《石頭記》抄本」，「是最接近曹雪芹原著的版本」[002]。之後，胡適又陸續搜集到了所謂脂批姊妹本己卯本和庚辰本等《紅樓夢》手抄本。這些版本有一個共同的特點，就是上面不但帶有大量脂硯齋的批語，而且隱約透露出一些關於曹雪芹的資訊，似乎脂硯齋與曹雪芹之間還有一些「特殊」的關係。於是，在胡適的肯定與大力推動下，脂批本就成了研究《紅樓夢》最重要的資料，這樣的狀況一直延續到今天。

　　新紅學考證派雖然各有特色，但是，之所以把他們歸於同一個派別，主要是由於在研究過程中有一個共同的特徵，那就是以「自傳說」為核心、以脂批為依據，然後再千方百計尋找證據考證。並在沒有充分證據的情況下，得出一些似是而非的結論，比如《紅樓夢》的作者是曹雪芹的結論就是在沒有充分證據的情況下得出來的。這樣的研究與其說是考證，不如說是透過考證來證明預設的結論。陳維昭在評價目前幾本具有代表性的紅學史時說：「從郭豫適的《紅樓研究小史稿》、韓進廉著《紅學史稿》，到劉夢溪的《紅學》、《紅樓夢與百年中國》，在學術史

002　胡適：〈考證《紅樓夢》的新材料〉，《胡適紅學研究資料全編》，北京圖書館出版社，2005年，第 158 － 159 頁。

描述上都存在著一個意識形態化的框架，它們要嘛不涉及《紅樓夢》文獻考證的全部學術過程，要嘛不關注各種紅學現象的學理形態與學理依據，不大著重於各種紅學現象之間的學術關聯。這是這幾部紅學史的一大遺憾。」[003]

陳維昭先生所謂的「意識形態化的框架」可能別有所指，筆者之所以引用這句話，一方面是借用陳先生的評價指出現有紅學研究史的問題所在，另一方面是要說明「自傳說」與脂批本身就是一個意識形態化的框架。因為到目前為止，還沒有任何材料可以證明《紅樓夢》就是曹雪芹的自傳，甚至不能證明《紅樓夢》的作者就是曹雪芹，至於脂硯齋的批語，問題更大，根本就不能成為研究《紅樓夢》的直接依據。如果曹雪芹、自傳說、脂批這三條都存在問題，那麼，整個以胡適為代表的考證派就都存在問題。然而，目前的狀況是，自傳說與脂批依舊是研究的基礎，即使像馮其庸、蔡義江等人表面上說不贊成自傳說，但到了研究具體問題的時候，依然會自覺不自覺地回到自傳說的框架之中。更為嚴重的是，馮其庸、周汝昌等人把一個爭議極大的脂硯齋的批語奉為金科玉律，使紅學的研究陷入巨大的困境。如果這些問題不能被完善的解決，那麼考證派紅學勢必在自傳說中難以自拔，甚至走向歧途。

作為一種研究方法，考證自然有其價值，但是，考證是手段而不是目的。縱觀考證派紅學的研究成果，研究者往往為一首詩、一句話，甚至一個字都要進行長篇大論的考證，從而形成了一種瑣碎、無聊的「片面的深刻」，而那些文本中的重大問題反而被忽略，讓《紅樓夢》變成了一本到處充滿陷阱的「黑幕小說」，甚至陷入了新索隱派的泥淖，從而遠離了《紅樓夢》文本這個軸心，並遮蔽了《紅樓夢》的審美視線。

筆者認為，《紅樓夢》的思想內涵、美學品格和藝術成就以及在中

003　陳維昭：《紅學通史》，上海人民出版社，2005 年，第 647 頁。

敘言

國與世界文學史上的地位等方面的研究是紅學的正確方向，因此，跳出以胡適為代表的新紅學考證派的窠臼，沿著王國維先生所創立的運用美學的、哲學的和比較文學的眼光重新審視《紅樓夢》才是正確的道路。這樣，不僅可以克服新紅學考證派在看待作品內容與歷史的關係、文學作品與史傳紀錄的根本區別方面的錯誤，而且還能對貶低《紅樓夢》的文學價值和思想價值等方面的錯誤言論予以撥亂反正，實現紅學批評框架的有益轉換，從而掌握住未來紅學研究突破困境的契機。

然而，如果要用紅學研究史的方式來解決考證派存在的問題，筆者自知無此能力，紅學成果浩如煙海，不是筆者所能全面掌握的，筆者既無此遠大志向，也無此學識才能。但是，如果選取關鍵人物、主要觀點、主要派別、主要現象對紅學的整個發展過程聚焦的話，不僅可以達到以點帶面、管中窺豹的效果，還可以在一定程度上讓讀者大致了解紅學研究的整體面貌，同時，透過對各種紅學現象、紅學觀點進行分析、闡釋與駁難，使紅學愛好者能夠更快速地了解紅學研究的主要面貌，也可為《紅樓夢》的研究提供一些有益探索。

鑑於此，筆者希望針對《紅樓夢》研究各個階段具有代表性的派別、研究者、學術觀點、學術現象進行闡釋、分析、考證，同時，駁難與修正那些比較偏頗的觀點，並深入探討以考證派新紅學為代表的研究歧路與所處的困境，希望能為今後《紅樓夢》的研究提供一些有益的參考。

上編　舊紅學

　　舊紅學大致可以分為三個大的派別，即評點派、索隱派和題詠派。嚴格來講，題詠派其實也屬於評點派的一種，所以，舊紅學大致可以分為評點和索隱兩大派。下面我們分別來論述。

第一章　評點派紅學

所謂評點，簡單地說就是依附於文本的批評，是中國古代文學，尤其是詩文批評中常見的一種文學批評形式。

評點一般由「評」和「點」兩部分組成。「點」指圈點，有兩大作用：首先是斷句。由於中國古代的文字沒有標點符號，因此，古人在閱讀過程中就會用筆在須停頓之處用圈的形式加以斷開。正如袁枚《小倉山房文集・古文凡例》所說：「古人文無圈點。方望溪先生以為有之則筋節處易於省覽。按唐人劉守愚《文塚銘》云有『朱墨圍』者，疑即圈點之濫觴。」[004]「評」就是評論、批評，最早的「評」可以追溯到先秦時期，比如《易》之〈繫辭〉、〈說卦〉，《詩》之《毛傳》、《鄭箋》，本質上都是一種對原作的「評」。漢代以降，王逸的《楚辭章句》每篇前的小序、《史記》中作者的「贊」與「太史公曰」等等都可以說具有評點的性質，也就是說，評點這種形式在中國具有悠久的歷史傳統。因此，有學者認為：「評點學體現了中國文學批評傳統深厚的文化意蘊。」[005]

圈點的另一作用是強調或警示。也就是說，圈點本身對一些重要的文字有突出強調、警示讀者注意的功用，如對那些麗詞佳句、耐人品味的文字加以強調，或提醒讀者注意這些精采之處，或引導讀者品味其妙，這樣的圈點可以作為「評」的輔助「語言」而存在。

中國真正進入文學評點的黃金時期是在南北朝時期，這一時期，不但是中國文學的自覺時代，更出現了「體大而慮周」的文學理論巨著《文心雕龍》與「自出心裁，發揮道妙」的《詩品》。因此，有研究者認為：「梁世劉勰、鍾嶸之徒，品藻詩文，褒貶前哲，其後或以丹黃

004　袁枚：《小倉山房文集・古文凡例》，江蘇古籍出版社，1993年，第4頁。
005　林崗：《明清之際小說評點學之研究》，北京大學出版社，1999年，第204頁。

識別高下，於是有評點之學。」[006] 但是，這個時期的評點與後世尤其是明清之後形成的評點在形式上還是有很大的區別。章學誠《校讎通義·宗劉》中雖然也認為評點的源頭就是鍾嶸的《詩品》與劉勰的《文心雕龍》，但同時他也指出，《詩品》與《文心雕龍》是「離詩與文而別自為書」[007]。

現在看來，《詩品》與《文心雕龍》應該不屬於我們觀念中的評點，畢竟只是「別自為書」而非「傳中夾評」。因此，真正意義上的評點應該始於唐代的殷璠。殷璠的《河嶽英靈集》不僅書前有「序」，書後有「論」，而且還對每一詩人的生平事蹟和詩作風格進行了評價，往往三言兩語便入木三分，因此，《河嶽英靈集》成為後世文學尤其是詩歌選家的典範。之後高仲武的《中興間氣集》、竇常的《南薰集》，大致遵循了《河嶽英靈集》的體例，成為真正意義上的評點之作。

宋金之際是一個文化高漲的時代，印刷術的大量使用加快了圖書的出版與流通，而圖書的流通又是知識普及的必要條件，在這樣的背景下，評點之風更甚。因此，有學者甚至認為「刻本書之有圈點，始於宋中葉以後」[008]。雖然這一觀點是否確當還有待商榷，但從中可以看出，宋金時期的評點之所以能夠進一步興盛，良好的文化環境和發展土壤是重要的條件。這一時期，比較著名的評點作品有黃昇《花庵詞選》、陳思《兩宋名賢小集》、元好問《中州集》、房祺《河汾諸老集》、方回《瀛奎律髓》、范德機《杜工部詩范德機批選》、《李翰林詩范德機批選》、釋圓至《唐詩說》、顏潤卿《唐音緝釋》、劉履《風雅翼》、祝堯《古賦辨體》等等。這些評點著作，顯然還是受殷璠《河嶽英靈集》的影響，對於詩人的評點並沒有嚴格而統一的體例，或總體評價，細緻詳

006 曾國藩：《曾國藩文集》，海潮出版社，1998年，第41頁。
007 章學誠著，王重民通解：《校讎通義通解》，上海古籍出版社，1987年，第13頁。
008 葉德輝：《書林清話·書林餘話》，岳麓書社，1999年，第29頁。

盡；或摘句稱賞，妙解連珠；但大多在每位所選詩人之前置有評傳，都有對詩人詩作的評議，並將對詩作的評議融入詩人的小傳之中。此外，還有呂祖謙的《古文關鍵》、樓昉的《崇古文訣》、真德秀的《文章正宗》、謝枋得的《文章規範》、王霆震的《新刻諸儒批點古文集成前集》等專門為了「取便科舉」的評點著作也相繼出現。

宋元之際的評點大家當屬劉辰翁，有學者甚至認為劉辰翁是中國文學評點的奠基人[009]。劉辰翁不僅留下了大量的詩詞文著作，而且評點作品非常廣泛，不僅涉及詩、文、小說方面的評點，而且還包括經子史集等方面的評點，現存的評點作品有三十餘種，可以說是中國文學評點史上的大家。

明清之際，評點之風大盛，很多頗有成就的知名學者都加入了評點團隊，如文壇領袖袁宏道的《韓歐蘇三大家詩文選》，鐘惺、譚元春的《古詩歸》、《唐詩歸》，清初三大家之一王夫之的《古詩評選》、《唐詩評選》、《明詩評選》，格調派創始人沈德潛的《古詩源》、《唐詩別裁集》、《明詩別裁集》、《清詩別裁集》、《唐宋八大家文讀本》，吳楚材、吳調侯的《古文觀止》等等，其數量之多、水準之高，令後人嘆為觀止。尤其值得注意的是，這一時期很多學者開始關注通俗文學，並評點戲曲、小說。如李贄、徐渭、湯顯祖、毛宗崗、金聖歎、張竹坡等人。

從形式上來看，這時候的評點基本上很完善，不僅有序跋、總評、讀法、回前評、回後評等篇幅較長的評點，也有了摻雜於戲曲小說字頁之間的眉批、側批、雙行批、行間批（夾批）等比較短小、簡潔的評點。以崇禎十四年（1641）的金批《水滸》為代表，小說評點之形態趨於完備。

009　焦印亭：〈文學評點的奠基人──劉辰翁〉，《古典文學知識》，2008 年第 2 期。

要之，從歷史階段來考察，評點濫觴於先秦兩漢，發展於六朝，形成於唐宋，興盛於宋元，而極盛於明清。從評點對象而言，評點最早發軔於經、子、史，形成於詩詞文，而在小說、戲曲等通俗文學領域中達到了極盛。從中國古代文學評點整體來考察，評點有兩個特點值得注意：第一，由於這一批評形態常常以一種興之所至的心得體會出現，因此缺少文學理論著作的精深思辨和理性思考，更沒有系統的理論體系的構建，因而並不特別被文學研究者所重視；第二，也正是由於這種隨意性較強但卻往往能激發人們深入思考的批評形態受到了很多初學者的喜愛，因此，在印刷過程中，評點經常與原作放在一起刊印，使得評點成為原作流傳過程中的組成部分。而且，評點常常完成於評點者的閱讀過程中，當讀者與作品產生共鳴時，偶爾還會閃現不可多得的思想火花，從而能夠引發讀者的深入思考，因而受到了眾多讀者的重視。以上兩個方面既矛盾又相互統一，無論如何，評點這種極具中國民族特色的獨特批評形態是建構中國小說批評自身話語不可缺少的一種批評形式。

　　《紅樓夢》作為一本有著重大影響的著作，當然也會受到大量文人學者的重視，因此，對其評點的學者非常之多。相對於紅學的其他研究派別而言，「評點派」出現得很早，早在嘉慶六年（1801）和嘉慶十六年（1811）就有帶有評語的張汝執評點本和東觀閣重刊的《新增批評繡像紅樓夢》版本出現，這也是目前發現比較可信的最早帶有評點的兩種《紅樓夢》版本。之所以說最早，是因為筆者並不認為脂硯齋的評點本是最早的。當然，這裡涉及一個脂硯齋評點本的問題，如甲戌本。很多紅學專家都對此進行了考證，比如胡適。現在通行的一種觀點認為甲戌本的抄成時間是 1754 年，也就是說，這個脂評本要比《新增批評繡像紅樓夢》早半個世紀。但是，甲戌本本身並沒有標明具體的成書時間，而甲戌年，既可以是 1754，也可以是 1814 年，還可以是 1874 年，而筆者

傾向於甲戌本是一個比較晚出的版本，其對於紅學研究的價值極低，但是，由於「脂硯齋」與「甲戌本」在紅學研究過程中充當了重要角色，對於「新紅學」有著巨大的影響，甚至可以說是新紅學考證派研究的兩大支柱，因此，這是兩個看起來非常重要的問題，這一點，筆者將在後文中專門論述，這裡不再贅述。

▌第一節　評點派的興起 —— 嘉慶年間的評點

從現存的《紅樓夢》評點本來看，最早出現的是嘉慶六年（1801）帶有評語的張汝執評點本和嘉慶十六年（1811）東觀閣重刊的《新增批評繡像紅樓夢》兩種版本，這也是目前發現比較可信的最早的帶有評點的兩種版本。

在以上兩種評點本出現之前是否還有其他評點本，我們不得而知，從現存的《紅樓夢》的評點來看，幾乎所有的《紅樓夢》評點本都是從1791 年「程高本」刊印後才開始大量出現。1791 年萃文書屋活字刊印了由程偉元、高鶚整理的《紅樓夢》，該刊本封面題「繡像紅樓夢」，扉頁題「新鐫全部繡像紅樓夢」，下署「萃文書屋」，卷首有程偉元、高鶚的序。回首及書口均題「紅樓夢」。一百二十回，二十四冊。有總目，不分卷。雙邊，烏絲欄。每版共二十行，行二十四字。繡像並圖贊二十四幅。乾隆五十六年辛亥（1791）冬發行。

一、張汝執、菊圃評點《紅樓夢》

「程高本」《繡像紅樓夢》刊印於 1791 年，之後才有了由張汝執、菊圃評點的《紅樓夢》，時間是嘉慶六年（1801），比東觀閣本早了十年左右。

比較系統介紹張汝執評本的是胡文彬先生，我們透過其《紅樓夢敘錄》可以大致了解張評本的評點情況：

　　張汝執（執）、菊圃評《紅樓夢》為清乾隆五十六年（1791）萃文書屋活字印本，存第一至八十回。卷首程偉元序，次高鶚序，次署名潞村矓變張汝執（執）序，次目錄，次圖，次正文。書內有朱、墨兩色眉批、朱筆側批和回後總批語。根據批語的墨跡和內容分析，可以知道凡未署名批語均為張汝執（執）所批。部分回後總批有署名，為「菊圃」所批。書正文為鄭振鐸同志藏，現歸北京（國家）圖書館善本室藏。[010]

　　張汝執評本雖然屬於早期評本，但基本上具備了評點的所有形態，不但有 1 篇序，而且有 519 條側批，2,000 多條眉批，並有 90 多條回後批。張汝執在評點過程中既有點，又有圈，還有雙圈、重圈和三角形等符號。

　　從現存的資料來看，張汝執對於《紅樓夢》的點評雖然僅存八十回，但從其評點的體系來看，他是將《紅樓夢》一百二十回作為一個整體來評點的，比如第二十二回「赤條條，來去無牽掛」之處，張汝執眉批「為後出家一照」。第三十一回「寶玉笑道，你死了，我做和尚去」之處，張汝執眉批「伏後」。這裡的「伏後」顯然是指八十回之後寶玉出家的情節而言。因此，有理由相信張汝執並不否定後四十回與前八十回為同一作者。

　　張汝執的評點大致分為以下幾個方面：

　　首先認為《紅樓夢》的主旨是色空觀，認為「假作真時真亦假，無為有處有還無」二句「括盡《紅樓夢》一書大意」。

　　對於小說的結構與情節，張汝執明顯感覺到了《紅樓夢》那種立體網狀結構的特徵，雖然由於歷史的局限，他還沒有用網狀結構這個現代文學理論的概念，但經常用「伏後」或「應前」來評點。

　　對於長期以來人們一直爭論的「釵黛優劣論」，張汝執有著非常明顯的「擁釵貶黛」傾向。對於黛玉的評價，張汝執經常使用「輕浮」、

010　胡文彬：《紅樓夢敍錄》，吉林人民出版社，1980 年，第 31 頁。

「乖張」、「奸刻」、「可惡」等詞語，甚至直接說「我惡其人」。如第二十八回「只見林黛玉登著門檻子，嘴裡咬著手帕子笑呢」之處，張汝執眉批「輕浮之態，又為寶釵一襯」；再如第二十二回「（黛玉）不禁自己越添了氣，便說這一去，一輩子也別來了，也別說話」之處，張汝執眉批「陰毒可惡，較鳳姐又是一樣性情」；又如第二十九回「我知道，昨天張道士說親，你怕攔了你的姻緣，你心裡生氣，來拿我煞性子」之處，張汝執眉批「又嫉、又歪，我惡其人」。

相反，對於寶釵的評價，張汝執則多使用「渾厚」、「柔順」、「大度」、「忠厚」等詞語，甚至直接說「我愛其人」，喜愛之情溢於言表。如第二十回「你別和你媽媽吵才是，他老糊塗了，倒要讓他一步為是」之處，張汝執眉批「寶釵的賢處，無處不顯露出來」；再如第三十二回「寶釵笑道：『姨娘放心，我從來不計較這些』」之處，張汝執眉批「廓然大度」；又如第二十二回「寶釵深知賈母年老人，喜熱鬧戲文，愛吃甜爛之物，便總依賈母素喜者說了一遍」之處，張汝執眉批「不但性情醇正，而且世故通明，可謂純人」。

對於寶玉，張汝執有褒有貶，他認為寶玉雖然行為乖張，但本性善良，如能正確引導，是可以規正的，可惜被黛玉給蒙蔽了。在第三十四回眉批中，張汝執寫道：「寶玉為人，尚可規正。其奈與黛玉日相親密，所以將性靈錮蔽住了，甚為可惜！」

張汝執肯定了寶玉的痴情，在第三十二回「我不過挨了幾下打，他們一個個就有這些憐惜之態，令人可親可敬」之處，張汝執眉批「因痴情而受笞，因受笞而痴情更甚」。但是，張汝執對寶玉的多情甚至濫情也表現出明顯的反感。在第六十二回回後批中，張汝執這樣評價寶玉：「前見平兒，而曰可惜已為兄妾。此見香菱，而曰可惜不得其夫。則其雖相親近之神情，俱在之妙。見色而起淫心，寶玉之謂也。人然以作者以

寶玉自喻，何其所見之淺也。」

　　從以上幾條所引批語來看，張汝執的評點基本上是以傳統倫理觀為標準的，凡是符合傳統封建倫理道德的就認為是好的，凡是不符合封建倫理道德的便給予否定。按照這一標準，他認為襲人「賢明可敬」（第三十四回眉批）、「心地純良」（第三回眉批），並直言「我愛其人！」（第三十四回眉批）。而對於晴雯，則頗有微詞。認為晴雯「恃寵而驕，不及襲人多矣」（第五十二回眉批）。正因為這樣的原因，張汝執認為，寶玉最終選擇的妻子是寶釵，在第三十六回中，「寶玉在夢中喊道：『和尚道士的話如何信得？什麼是金玉姻緣，我偏說是木石姻緣。』寶釵聽了，不覺怔了。」張汝執眉批「我偏說金玉良緣」。在第二十二回賈母對寶釵的評價處，張汝執眉批「已埋後日聯婚之根」。在第二十九回眉批又說：「蓋後文賈母與寶玉聯姻，義在釵而不在黛者，正恐黛心性乖張，若為寶後日之累也，細玩自知。」張汝執非常重視寶釵、寶玉婚姻的重要性，多次強調寶釵的為人，認為寶釵「凡一切治家待人，溫厚和平，幽嫻貞靜，至若前、後規諫寶、黛之止論，無不剴切詳明，真可謂才德兼優，此書中一大醇人。但如此淑女，而乃歸於痴迷之寶玉，或亦作者之別具深情也。豈即如蔡邕之托身董卓，范增之托身項羽？鬱結不解，而借此立意以泄一時之激憤，未可知也。盲瞽之見，敢以質之高明」（第四十二回回末總評）。在張汝執看來，即使寶釵嫁給了寶玉，對於寶釵來說也是不公平的，因此才有「如蔡邕之托身董卓，范增之托身項羽」的感嘆。

　　從傳統倫理道德標準的角度出發，張汝執甚至認為寶釵才是《紅樓夢》整個故事的主角，黛玉與寶玉只是陪襯。「此回原是金玉二人，彼此互驗靈物，以為後日配合伏案。然若呆呆寫去，便覺了無生趣矣。於是想出一黛玉來，加雜其間，以襯托之。便成一篇極生動文字。」（第八回後批）

　　不過，對於一些性格比較複雜的人物，張汝執的評價也有很多矛盾之處，比如對於賈政，張汝執一方面認為賈政是一個孝子，對賈母非常孝順，「每寫賈政處，多帶出賈母，以見其孝」（第十七回眉批），並認為《紅樓夢》寫出來「賈政之雅」（第十七回眉批）。在第十七回賈政要做「一個酒幌」時，張汝執認為賈政的做法很「雅致」，是一個「雅人」（第十七回眉批）。但是，另一方面，張汝執又認為賈政很虛偽。在第三回回後評中又說：「政者，正也。賈政者，正是假也。」從中不難看出張汝執對於賈政這個人物在認知上的矛盾心理。

　　同樣的矛盾還表現在對鳳姐的評價上，張汝執一方面認為鳳姐「詭詐狠毒，妒刻貪淫。雖《金瓶》之潘五兒，亦不能如此全備」（第十二回眉批）。但另一方面，他又認為鳳姐是一個明白事理的人，甚至還有幾分善良。如在第四十六回鳳姐勸阻賈赦娶鴛鴦時的一番話：「老爺如今上了年紀，行事不免有點兒背晦，太太勸勸才是。比不得年輕，做這些事無礙。如今兄弟姪兒兒子孫子一大群，還這麼鬧起來怎麼見人呢。」在這一回的眉批處，張汝執認為：「此一番話，卻是正論。足見鳳姐的見事明白處。」第四十九回：「從此後若邢岫煙家去住的日期不算，若在大觀園住到一個月上，鳳姐兒亦照迎春的分例送一分與岫煙。鳳姐兒冷眼戲戤岫煙心性為人，竟不像邢夫人及他的父母一樣，卻是溫厚可疼的人。因此鳳姐兒又憐他家貧命苦，比別的姊妹多疼他些，邢夫人倒不大理論了。」張汝執眉批道：「鳳姐的好處，正此一見。」

　　從整體來看，張汝執對於《紅樓夢》的評點，存在非常明顯的主觀色彩，並以傳統倫理道德為批評標準，使得其很多觀點存在很大的缺陷，但是，其對於《紅樓夢》的結構，人物形象的複雜性、多面性以及主題等的分析等方面，還是有很多可資借鑑的地方的，同時，由於張汝執的評點本相對於現存的其他評點本而言要早，因此，對於其他評點有啟發意義。

二、東觀閣重刊本《新增批評繡像紅樓夢》

嘉慶年間，除張汝執評點本之外，還有一個比較著名的評點本是1811 年東觀閣重刊的《新增批評繡像紅樓夢》評點本。

《新增批評繡像紅樓夢》評點本是以東觀閣所刊刻的《紅樓夢》為底本，而東觀閣所刊刻的《紅樓夢》又是以程高本為底本。東觀閣初刻本，是沒有評點的白文本，題名為《新鐫全部繡像紅樓夢》，是程甲本的翻刻本。《新增批評繡像紅樓夢》評點本是1811 年（嘉慶十六年）重刻的，這也是程本刊行之後，最先刻有評語的版本[011]。

《新增批評繡像紅樓夢》一百二十回，扉頁題：「嘉慶辛未重鐫，東觀閣梓行，文畬堂藏板，新增批評繡像紅樓夢」。首為程偉元敘、高鶚序，次為目錄、繡像，評點形式有圈點、重點、重圈及行間批。後來這個版本東觀閣又重刻了兩次（一說三次），成為一個影響廣泛的版本。據曹立波先生考證，東觀閣應該在北京琉璃廠一帶[012]，至於東觀閣主人是誰，目前學界並沒有一個統一的說法，雖然有人認為東觀閣主人就是東觀閣的書賈王德化[013]，但證據不足，很難成為定論。

與張汝執評點本相比，東觀閣評點本一個突出的特點就是減少了文人的主觀性批評，從讀者的角度導讀性評點，這樣的評點明顯具有商業方面的考量。作為一個書坊，把評語和正文刊刻到一起出售，就是讓讀者更容易理解小說的內容，從而達到商業銷售的目的。作為以商業模式推出的、最早的評點本之一，東觀閣評本中的2387 條批語[014]對《紅樓夢》研究產生過巨大的影響。從前文所列依據東觀閣本進行翻刻的《紅樓夢》版本來看，其在社會上有著廣泛的影響。而且，作為目前最早的

011　曹立波：《東觀閣本研究》，北京圖書館出版社，2004 年，引言。
012　曹立波：《東觀閣本研究》，北京圖書館出版社，2004 年，第 8 頁。
013　陳力：〈《紅樓夢》東觀閣本小議〉，《紅樓夢學刊》，1994 年第 2 期。
014　曹立波：《東觀閣本研究》，北京圖書館出版社，2004 年，第 91 頁。

《紅樓夢》評點本之一，《新增批評繡像紅樓夢》有著非比尋常的意義。但是，從目前學界來看，似乎並沒有引起足夠的重視，對東觀閣評點本的研究非常有限，僅陳力、曹立波等寥寥幾人對其進行了專門的研究，而大量的研究者都把目光投向了無法釐清時間、無法確定評點者背景的脂評本和模糊不清的曹雪芹上，這不能不說是一個遺憾。

由於東觀閣本評本屬於早期評本，而且是和正文刊刻在一起，因此，書中只有正文旁邊的側批形式，這種形式也稱之為旁批或行間批。一個比較明顯的特點就是批語較短，不像後來脂硯齋批本、王希廉批本、姚燮批本、張新之批本中既有行間批，又有眉批，還有回後總評等形式。

東觀閣本評本認為，《紅樓夢》的主題是寫「情」。在第一百一十回正文「可卿自當為第一情人，引這些痴情怨女早早歸入情司」處，側批「全旨結出」；在第三回正文「心裡倒像是舊相識，恍若遠別重逢的一般」處，側批「寶玉黛玉心思如一，情根既種，眼淚頻傾」；在第二十二回正文「林姑娘從來說過這些混帳話不曾？若他也說這些混帳話，我平和他生分了」處，側批「何謂兩心相印，非他人所得而喻也」；在第八十二回正文「黛玉無情無緒和衣倒下，不知不覺，只見小丫頭走來」處，側批「情之所結，已入夢矣」。

這樣的批語在東觀閣本評本中非常多見，評點者對於寶玉的「痴情」基本上給予了肯定的態度。這其實和《紅樓夢》作者在第一回中所言的「大旨不過談情」相一致。

此外，東觀閣本評本還認為，「幻」是《紅樓夢》另一主題。第二十九回正文「賈珍道：『第三本是《南柯夢》』，賈母聽了便不言語」處，側批「隱結全書」。評點者不僅認知到了「幻」是《紅樓夢》另一主題，同時也看到了小說中「太虛幻境」的意義，認為「太虛幻境」不僅是十二釵最後的歸宿，而且涵蓋了《紅樓夢》的主旨。在第六十六回正文「妾（尤三姐）今奉警幻仙姑之命，前往太虛幻境，修注案中所有

一干情鬼」處，側批「指全書之旨」；又如，在第四十一回正文「別是我在鏡子裡頭嗎」處，側批「極樂世界，似夢非夢」。

東觀閣本評本在批語中，反覆提到「太虛幻境」。如在第十二回正文「（賈瑞）覺得進了鏡子，與鳳姐雲雨一番」處，側批「太虛幻境」；第五十六回正文「原來你就是寶玉？這可不是夢裡了」處，側批「太虛幻境」；第六十六回正文「道士笑道：『連我也不知道此係何方，我係何人，不過暫來歇足而已』」處，側批「太虛幻境」；在第一百二十回正文「情緣尚未全結，倒是那蠢物已經回來了」處，側批「太虛幻境，歸之蠢物」。

可見，東觀閣本評本認為《紅樓夢》的主題是情與幻，因此經常提醒讀者，《紅樓夢》這部看似非常寫實的奇書，其實應該透過現實來看到小說之外的主旨，切不可被小說那極其寫實的筆法所「蒙蔽」。對於這方面的認知，東觀閣本評本顯然要比當代很多把《紅樓夢》看成作者「自敘傳」或者「自傳體小說」的研究者要高明得多。

在對待小說主人公的態度上，東觀閣本評本非常客觀，既不擁釵，也不擁黛，對於二人的性格只做客觀的評述。如第二回正文「只嫡妻賈氏生得一女，乳名黛玉」處，側批「林黛玉才色為卷中第一，故先敘出，且可趁勢敘出賈府來，庶幾頭緒清楚」。評語不僅對黛玉的「才色」給予高度肯定，而且對於黛玉在整個小說中發揮的作用也有充分的認知。對於人物的作用能有如此的認知，顯示了評點者對於文學本質的理解程度。在現代文學理論中，文學根據敘述單位在故事進展中的功用可以劃分為兩大類別：「功能」與「跡象」。「功能」是指敘述單位推動故事發展，而跡象則是指敘述單位具有使具體人物、環境等各方面情態的特點顯現的作用。「跡象」並不推動故事發展，它的作用是使故事的意義顯現和豐富化 [015]。黛玉進賈府這一次，既有「功能」的特徵又有「跡象」的功用。黛玉進賈府，一方面推動了故事的發展，另一方面又交

---

015 童慶炳：《文學理論教程》，高等教育出版社，1998 年，第 320 — 321 頁。

代了賈府上下人物，可見，黛玉在這一回中的作用是雙重的。東觀閣本評本正是看清楚了這一點才有上述評點出現，這在當時應該可以說是慧眼獨具了。

對於黛玉，東觀閣本評本經常用「博雅可愛」、「格調自高」等詞語評價。同樣，對於寶釵，作者也經常用「體貼人情」、「達觀」、「可人」等詞語來讚美。如第四回正文「肌骨瑩潤舉止嫻雅」處，側批「八字寫寶釵是淑女，可愛」；又如第五十六回正文「你們有冤還沒處訴呢」處，側批「件件周到，寶釵尤能」；再如第九十九回正文「明兒寶玉圓了房，親家太太抱了個外孫子」處，側批「絕世聰明，如此不妒不貪，便是賈氏門中第一人」。

東觀閣本評本雖然沒有明確提出「釵黛合一」的觀點，但從對待釵黛的態度上來看，批評者應該是非常理解作者創作的動機的，單憑這一點，就比後來那些評點者關於釵黛孰優孰劣的觀點進步得多。這一點，還可以從對釵黛的性格方面的評點中看出，作者雖然對釵黛喜愛有加，但同時也指出黛玉經常使小性子，嘴上不饒人的「缺點」，如第八回正文「黛玉越發生氣悶，向窗前流淚」處，側批「黛玉舌上有刀，我不願見」；在二十回正文「你這個明白人難道連親不間疏後不替先也不知道」處，側批「林黛玉之妒，不原（願）見。其口口聲聲總怪寶釵，何也」。同樣，對於寶釵，東觀閣本評本一方面肯定了寶釵的為人，肯定了其性格中所表現出來的各種優秀特質，但另一方面，也認為寶釵雖然美麗可人，但終不如黛玉理解寶玉，因此，在第九十二回正文「這一天又聽見薛姨媽過來，想著寶姐姐自然也來，心裡喜歡」處，側批「又思寶釵，但不如林妹妹為生平第一知己也」。可以看出，東觀閣本評本已經意識到寶黛之愛屬於「知己之愛」，這樣的認知可謂非常深刻了。對於傳統文學作品中以才子佳人為主要婚戀模式的作品而言，這些評點對

於初讀《紅樓夢》的人來說，可謂振聾發瞶。

　　總體而言，東觀閣本評本的評語比較客觀，而且常常閃現出一些富有啟迪的火花。此外，值得注意的是對襲人的評價。在第三回正文「這襲人有些痴處，伏侍賈母時，心中眼中只有一個賈母，今跟了寶玉，心中眼中又只有一個寶玉」處，側批「襲人隨地移情，故絡其身為情所移，作者已微露其旨矣」。作為丫鬟的襲人，很多研究者即使注意到了襲人在晴雯之死等方面有一定的負面影響，但對於上文所引的這一點，研究者多認為這是襲人盡職盡責的表現，而東觀閣本評本敏銳地看出了襲人的本質，可謂慧眼獨具。東觀閣主人甚至認為襲人是「狐媚子」。比如在第一百二十回正文「襲人才將心事說出，蔣玉菡也深為嘆息敬服，不敢勉強，越發溫柔體貼，弄得個襲人真無死所了」處，側批「作者深文曲筆，以見襲人之真是狐媚子，巴結討好全無實心，王夫人為其所籠絡，而鴛鴦、司棋為高出萬倍也」。正是由於東觀閣本評本的評語水準很高，因此，其他書坊依據此版本進行了大量的翻刻。如寶文堂刊本題「新增批評繡像紅樓夢」，善因堂刊本題「批評新大奇書紅樓夢」，同文堂刊本題「同寶文堂刊木」，緯文堂刊本題「繡像批評紅樓夢」，及以及三元堂、連元閣、五雲樓、文元堂、忠信堂、經綸堂、務本堂、登秀堂等評本多種，評語、評點形式均和東觀閣本相同[016]。據曹立波先生統計，有書坊標誌的東觀閣本評本被翻刻大約有十七家之多[017]。

016　劉繼保：《紅樓夢評點研究》，首都師範大學博士學位論文，2004 年，第 13 頁。
017　曹立波：《東觀閣本研究》，北京圖書館出版社，2004 年，第 62 頁。

▌第二節　評點派的繁榮 —— 道光時期的評點本（上）

　　張汝執、菊圃評點《紅樓夢》與東觀閣重刊本《新增批評繡像紅樓夢》之後，道光年間以「程高本」為底本評點的《紅樓夢》，最為著名的就是王希廉、張新之和姚燮的評點本，此外，還有陳其泰、哈斯寶、王伯沆、黃小田、蝶薌仙史、雲羅山人等人所做的評點。

　　嘉慶之後，《紅樓夢》的評點進入了高峰期，一方面是由於商業的催化，書坊為了促進小說的發行，大量刊刻發行有評點的小說版本，另一方面，無論是評點者還是讀者，都對評點的價值有了進一步的認識。早在明代，胡應麟就意識到了通俗文學評點的價值，在評《水滸傳》時說：「此書中間用意，非倉卒可窺，世但知其形容曲盡而已。至其排比一百八人，分量重輕，纖毫不爽，而中間抑揚映帶、回護詠嘆之工，真有超出語言之外者。」[018] 胡應麟的觀點絕不僅僅是個人的觀點，而是代表了一批知識分子對於通俗小說的認知。因此，在明末清初，很多文人大家都加入了評點小說戲曲的行列，如李贄、湯顯祖、金聖歎、毛宗崗、張竹坡等人。金聖歎在《第六才子書西廂記》中說：「後之人必好讀書，讀書者必仗光明。光明者，照耀其書所以得讀者也。我請得為光明以照耀其書而以為贈之。」[019] 當然，《紅樓夢》評點的興盛，還有一個原因，就是小說自身的巨大藝術魅力。《紅樓夢》從問世以來，就成為人們最喜愛的文學文本之一，因此在社會上廣泛流行，擁有大量的讀者，但是，與《三國演義》、《水滸傳》、《西遊記》等作品相比，《紅樓夢》又因為包含著太多深刻的思想內容和太難解讀的「謎」，普通讀者需要有引導性質的評點本來幫助他們閱讀理解。以上幾個方面合力的相互影響，造成了《紅樓夢》評點的興盛。

018　胡應麟：《少室山房筆叢》卷四十一，中華書局 1958 年，第 572 頁。

019　金聖歎：《第六才子書西廂記》（一本一折），《金聖歎全集》，江蘇古籍出版社，1985 年。

道光年間，最有影響力的評點本有以下幾種：

一、孫崧甫抄評本《紅樓夢》

該評點本底本為程甲本，過錄於道光九年（1829）以前，上面有孫崧甫各類批語五萬多字。這個評本既無影印本也無整理本，現藏於南通某氏私人藏書家手裡，由梁左先生在 1981 年訪得，並於 4 月、9 月兩次前往抄錄了部分正文與批語。[020]

據梁左先生考證，孫崧甫（1785 ？－ 1866），名超，字軼群，號崧甫，江蘇南通人，宗族是唐貞觀年間由安徽新安遷入江蘇南通，道光十八年（1838）進士，歷任曲周知縣、薊州知州等。著作有《芸暉閣制藝》初、二集行世，外有《詩餘》一部。

梁左先生在其論文《孫崧甫抄評本紅樓夢記略》中詳細記載了此本的情況：抄本共一百二十回，分訂十六冊，冊六或七回不等。全書保存完好，極少蟲損磨失之處。每冊封面題「紅樓夢第 × 至第 × 回孫裕甫先生評點仙樵氏珍藏」，並有「侯樹瀛印」和「仙樵」印兩枚。回首題「紅樓夢第 × 回心青居士評點」，回末題「紅樓夢第 × 回終」，中縫沒有版本標識字樣。卷首有敘，敘下有「心青居士」印章一枚。敘後有「崧甫」、「孫超之印」兩枚。重要的資訊是敘末所署「道光九年仲陽月花朝前三日心青居士書於曉塘客次」，這是判斷孫崧甫道光九年（1829）抄評時間的主要依據。次「原序」（即程序），署「小泉程偉元識」。次「紅樓夢弁言總論」，概括了抄評者孫崧甫對《紅樓夢》的許多看法。次回目，次正文。抄本評語均為回前批或雙行小字批，用墨色，正文部分有朱筆圈點、重點。正文前低一格寫回前總批，總批一般分為兩三段，每回有 300 字左右。正文中雙行小字批語不多，通常每回僅十來條，每

020　梁左：〈孫崧甫抄評本《紅樓夢》記略〉，《紅樓夢學刊》，1983 年第 1 輯。

條少不過四五字、七八字，多不過十幾字、幾十字。開本為 20×13.5 公分，正文每面 12 行，每行 27 字，無邊、無界欄、無頁碼。

　　梁左先生對該抄本進行了詳細的考證，提出了很多有益的觀點，對於了解《紅樓夢》研究史有重要意義。但是，在〈孫崧甫抄評本《紅樓夢》記略〉中，梁左先生認為之所以判定該抄本的底本屬於程甲本系統，是因為從孫崧甫的敘言中可以看出，孫崧甫是把「前八十回與後四十回視作一體、混為一談的」，不僅敘言中是把《紅樓夢》的一百二十回的內容作為一個整體來看待，而且每每在前八十回正文下加些「為百五回伏案」、「為一百十五回伏線」之類的批語，據此，梁左先生認為，「可見他並不了解原書與續書的區別，這亦可作為他沒有見過脂本的旁證」；「似乎並不知道早在他以前幾十年，已有脂硯齋等人為《紅樓夢》作了大量批語，故可以認為他沒有見過脂本」。[021] 對於梁左先生所說的孫崧甫把一百二十回作為一個整體的觀點，筆者非常認同。但對於不了解續書與原書區別、沒見過脂本的觀點，筆者卻不敢苟同。《紅樓夢》後四十回是否是原作者所著的問題，是一個非常複雜的問題，我們放到後面專門來論述。這裡只簡單談談「沒有見過脂本」的問題。沒有見過脂本的原因有三種可能：第一，當時有脂本且脂本已經在社會上廣泛流傳或至少在一定範圍內開始流傳，而孫崧甫先生孤陋寡聞，沒有見過；第二，當時有脂本，但這個脂本並沒有在社會上流傳，知之者甚少，因而孫崧甫先生也不得而知；第三，當時根本沒有脂本，所以孫崧甫先生不算見過。筆者認為，第一種可能性很小，一般而言，像孫崧甫先生這樣的《紅樓夢》愛好者，在評點前對廣泛流傳的評點本應該會有所了解，否則，也就不可能做符合傳統形式的評點了。如果以上推論成立，那麼，孫崧甫先生之所以沒有見過脂評本也就剩下兩種可能，既然

021　梁左：〈孫崧甫抄評本紅樓夢記略〉，《紅樓夢學刊》，1983 年第 1 輯。

有兩種可能，就很難說脂硯齋的評點本一定是最早的。何況，依據考證派紅學眾多研究者的判斷，脂硯齋的評點本最晚出現在 1759 年，到孫崧甫評點《紅樓夢》時已經過去了七十年以上，如果在這麼長時間裡還沒有見過一個所謂的非常重要的「版本」，本身就存在很多疑點。因此，貿然認為脂硯齋評點本是最早的版本實在有點說不過去。

根據梁左先生的介紹，孫崧甫先生認為《紅樓夢》的主旨是「談情」。在第二回回前批：「『清濁兩賦』四字，為千古情人下一判語。天地間大忠大孝，非有情人做不出；天地間大奸大淫，亦非有情人做不出。今世老學究每諱言情，殊不知蔑倫亂紀，傷風敗化，乃是濁氣太過，清氣全無，何嘗識得真一個情字！我願將此語質之普天下有情者。」第二十八回回前批又說：「有問於余曰：世間何物不可磨滅？余曰：惟情不可磨滅。」孫崧甫認為，寶玉是難得的有情人，第九回正文「嘮叨了半日，方抽身去了」處，下批：「寶玉才受訓斥，仍又想到黛玉，又想到胭脂膏子，是真不可教訓人，是真難得有情人。」

對釵黛的態度，孫崧甫先生是比較客觀的，他在總評中說：「寶玉是天生一種絕世男子，黛玉亦是天生一種絕世女子。」在第四回回前批中說：「寶釵舉止嫻雅，行為豁達，若使金玉之言不驗，亦斷無不代為寶釵太息者。乃因鳳姐詭計，草率成親，致使黛玉不得其死，遂令讀者偏護黛玉，不得不痛詆寶釵。一林一薛，真是可憐可惜。」在第八回回前批中又說：「顧吾亦不深怪寶釵之寄情於寶玉，獨怪一癩頭和尚，憑空生出這段波瀾，使賈府惑於邪說，既生林何生薛，亦不無瑜亮之嘆也已。」從這些評語中可以看出，孫崧甫對於釵黛的態度是客觀公正的，對釵黛的命運與愛情都給予了深深的嘆息，這也是符合小說實際情況的。

孫崧甫在總論中對於《紅樓夢》的藝術成就與思想高度給予了非常高的評價：「《紅樓》一書，不過家常瑣事，兒女閒情，至其步步引人入

勝處，能令文人學士見之而悅，漁夫樵子見之而亦悅；錦衣玉食人見之而悅，窮愁羈旅人見之而亦悅。」肯定了《紅樓夢》雅俗共賞的藝術成就。同時，對於知己之愛，也提出了自己的看法：「世以黛玉之志不遂，因轉重黛玉之未嘗輕身以事寶玉者，余獨謂不然。人生得一知己，雖使片刻歡娛，猶勝如不曾；真個何況寶玉黛玉兩意交投，兩心默契，且又風流俊巧，均是一路的人。縱使越禮違法，千古而下亦必有諒其情者。」（總評）從以上評點可以看出，作為封建文人，孫崧甫雖然有道學家的一面，但基本上還是比較開明的。

　　總之，孫崧甫抄評本的發現，不僅填補了《紅樓夢》版本史上一個空白，而且，那些非常經典的評語，可以為我們理解《紅樓夢》提供重要的參考資料，同時，對於正確認識脂硯齋評點本也有一定的幫助。

二、王希廉評點本《新評繡像紅樓夢全傳》

　　王希廉評點本《新評繡像紅樓夢全傳》應該是《紅樓夢》研究史上非常重要的一個評點本，不僅是由於王希廉是《紅樓夢》評點史上第一位對全書進行系統點評的大家，而且，從評點的形式上來看，有批敍、總評（十一條，約兩千八百字），每回結束有回末評（總計四萬五千餘字），還有圖說、論贊、題詞，此外還有「摘誤」（十九條）、「音釋」等方面的內容。可以說，王希廉評點本水準之高、影響之大，應該在所有評點本中首屈一指。

　　《新評繡像紅樓夢全傳》一百二十回，刊行於 1832 年（道光十二年），扉頁題「新評繡像紅樓夢全傳」，首王希廉批序，次程偉元原序，次繡像，次目錄，次護花主人戲編《紅樓夢論贊》（七十四首），次《紅樓夢問答》二十三則，次《大觀園圖說》，次周綺《紅樓夢題詞》十首，次王希廉《紅樓夢總評》，次《紅樓夢摘誤》，次《音釋》，共約五

萬字。正文每面十行，每行二十二字。回首稱卷，如「紅樓夢卷一」，不過書的中縫卻稱回，如「紅樓夢第一回」。

王希廉評點寫作開始的具體時間已不可考，根據他在《紅樓夢批敘》後所署的時間「道光壬辰花朝日吳縣王希廉雪薌氏書於雙清仙館」來看，王希廉的評點至晚在 1832 之前就已經完成。

至於王希廉評點所據的底本，一般認為是「程甲本」，但也有一些研究者認為非「程甲本」，如孫玉明先生在《雙清仙館本・新評繡像紅樓夢全傳序》中有這麼一段話：

> 行文至此，便牽涉到了「雙清仙館本」所依據的底本問題。對此，王希廉並未說明，只是在《紅樓夢總評》的「摘誤」處說了這樣一段話：「余所閱袖珍，是坊肆翻版，是否作者原本，抑係翻刻漏誤，無從考正。」雖語焉不詳，但其中所謂「翻版」、「翻刻」，即可證明王希廉所據以評點的底本，肯定不是「程甲本」。學術界持「程甲本」說的人，不知是否曾經注意到王希廉的這一番話？若注意到，此說自然就難以立足了。[022]

王希廉的話其實並沒有否定他所依據的底本是「程甲本」，所謂「坊肆翻版」，那就必然要有一個底本，而這個底本，既可以是其他版本，也可以是「程甲本」，因此，單憑這一點就證明王希廉評點所據的底本不是程甲本，恐怕也沒有多少說服力。

孫玉明先生既然認為王希廉評點所據的底本不是「程甲本」，那麼他認為是哪個版本呢？孫先生認為：「道光十二年（1832）王希廉評本題名為《新評繡像紅樓夢全傳》，是在《繡像紅樓夢全傳》本上加的批語，故書名只在前面加了『新評』二字。」[023]

022　孫玉明：〈雙清仙館本・新評繡像紅樓夢全傳序〉，《紅樓夢學刊》，2003 年第 1 輯。
023　孫玉明：〈雙清仙館本・新評繡像紅樓夢全傳序〉，《紅樓夢學刊》，2003 年第 1 輯。

接下來，孫先生詳細考證這三個版本的回目、正文、插圖等方面，最後得出這樣的結論：

《繡像紅樓夢全傳》既然是一個投機取巧的「程甲本」的翻刻本，對於正文也自然不會下大工夫進行改動。倒是王希廉，還參照其他版本作了較認真的修改。這也就是為何《繡像紅樓夢全傳》的正文接近「程甲本」，而「雙清仙館本」卻有很大差異的一個主要原因。只可惜王希廉當時所參照的本子都是「坊肆翻版」，而它們的錯誤又是相同的，所以對於其中的「脫漏紕謬及未盡人意處」、「無從考正」，難作修改，也只能盡最大努力擇善而從罷了。

筆者認為，這樣的考證雖然不能說毫無意義，但也不值得提倡，過去的版本最初都是以抄錄的形式出現的，在抄錄過程中脫漏、錯別字等現象非常普遍，甚至一些抄錄者擅自改動文本內容與回目的情況也時有發生。在刻印排版的過程中，情況更是複雜，或借鑑已有版本，或重新排版，或增刪插圖序跋，或按照自己的理解修改回目，或參照其他文本修改所據底本缺漏，因而造成文字上有一些差別。但總體來看，並沒有太大不同。既然程甲本是目前所發現最早的刻印本，那麼，其他書坊在刊刻過程中以程甲本為底本重新排版、重新修訂當然也是非常正常的事情，因此，把大量的時間和精力花在對這些方面的考證上，實在是一種無謂的學術消耗。

由於《新評繡像紅樓夢全傳》是一個系統的評點本，而且評點客觀公正，並沒有像索隱派那樣比附經史，也沒有簡單地局限於人物、事件本身，而是透過小說去尋求深層的人生意義與社會意義，因此，《新評繡像紅樓夢全傳》一經問世就在社會上引起了強烈的關注，從而也逐漸取代了當時在社會上影響最大的東觀閣評本的壟斷地位。以後又有了光

緒二年（1876）聚珍堂、光緒三年（1877）翰苑樓版本和廣東芸居樓刊本。至光緒十年（1884）前後王希廉、姚燮合評本刊印並流傳後，成為社會上最流行的版本。因此，有研究者認為，王希廉是「中國紅學史上第一個對《紅樓夢》藝術結構作出系統分析的大評點家」[024]。筆者認為，此為的論。

王希廉評點《紅樓夢》的動機，在書前的〈紅樓夢批序〉與〈總評〉中做了明確的說明：「則余之於《紅樓夢》，愛之讀之，讀之而批之，固有情不自禁者矣。」[025] 正是由於《紅樓夢》的藝術魅力和深刻的思想促使作者愛之讀之批之，屬於「情不自禁」的行為。王希廉這種審美趣味的表現，固然與《紅樓夢》本身的藝術魅力有關，但與當時的文化心理也有很大的關聯。明清時期通俗文學的勃興引起了文人的普遍關注，從而也推動了文學評點的興盛，並形成了明清以來獨特的文化現象。正如普列漢諾夫（Georgi Plekhanov）所言：「如果某一階段的歷史和當時的狀況，必然在這個階段中產生這些或那些審美趣味和愛好，那麼科學的批評家也會產生他們自己一定的趣味和愛好，因為這些批評家不是從天上掉下來的，因為他們也是歷史所產生的。」[026]

王希廉的批評標準與審美傾向基本上是從文學欣賞的角度出發，他驚嘆《紅樓夢》「文人心思，不可思議」，並對《紅樓夢》的結構、人物描寫、真與幻的關係等等問題做了非常值得借鑑的評議。因此，作為早期的評點家，王希廉並沒有刻意要從《紅樓夢》中尋找什麼「微言大義」，更沒有揭出「自傳」、「隱喻巨大的歷史事件」等觀點，完全是以小說文本為依據，客觀、公正地解讀小說。從這一點來看，王希廉的確是一位值得尊敬的早期評點者。

---

024 孫玉明：〈雙清仙館本・新評繡像紅樓夢全傳序〉，《紅樓夢學刊》，2003 年第 1 輯。
025 王希廉：〈紅樓夢批序〉，見《新評繡像紅樓夢全傳》，雙清仙館刊，1832 年（道光十二年）。
026 普列漢諾夫：〈俄國批評的命運〉，《世界文學》，1960 年第 11 期。

三、陳其泰《桐花鳳閣評紅樓夢》

陳其泰《桐花鳳閣評紅樓夢》一百二十回，從問世以來一直以抄本的形式存在，很少有人見過，也很少引起人們的重視。這個抄本藏於杭州圖書館，直到 1977 年才被劉操南先生發現並整理出版。

《桐花鳳閣評紅樓夢》是陳氏精心結撰之作，其中有很多觀點與以往評點者相比表現出很大的不同。從陳其泰的批敘、總評以及其他文獻中可以看出，陳其泰之所以評點《紅樓夢》，一個重要的原因就是從小受家庭的影響較大。他的先祖「曾記其詩中佳句十數聯，時時誦之」（第三十一回總評）。陳其泰 17 歲開始讀《紅樓夢》，25 歲（道光四年，1824）開始寫評，用了近 20 年的時間，於道光二十二年（1842）完稿，這時作者已經 43 歲。之後，也就是在其 43 歲至 61 歲之間（1842 － 1860），陳其泰又對自己的評批修改與增刪，後經劉操南先生發現並整理出版，後人才得以窺見其全貌。

陳其泰的評點包括回目擬改、眉批、行間批、回末總批以及〈弔夢文〉一篇，約有 20 萬字。[027]

首先，陳其泰充分肯定了《紅樓夢》的偉大成就。他認為《紅樓夢》是「開天闢地絕無僅有之文」[028]，並且與《楚辭》並列：「〈國風〉好色而不淫，〈小雅〉怨悱而不怒。若〈離騷〉者，可謂兼之。繼〈離騷〉者，其惟《紅樓夢》乎！」[029]（第一回總評）對於作者的創作動機，陳其泰也提出了自己的觀點，在他看來，《紅樓夢》的作者之所以創作這部偉大的著作，是發憤而著書、是有感而發：「屈子作〈離騷〉，太史公作《史記》，皆有所大不得已於中者，故發憤而著書也。」、「吾不知作者有何感憤抑鬱之苦心，乃有此悲痛淋漓之一書也。夫豈可以尋常兒

027　陳其泰評，劉操南輯：《桐花鳳閣評紅樓夢輯錄》，天津人民出版社，1981 年，第 82 頁。

028　陳其泰評，劉操南輯：《桐花鳳閣評紅樓夢輯錄》，天津人民出版社，1981 年，第 43 頁。

029　陳其泰評，劉操南輯：《桐花鳳閣評紅樓夢輯錄》，天津人民出版社，1981 年，第 43 頁。

女子之情視之也哉。」[030]（第一百零四回總評）

　　對於《紅樓夢》的主題，陳其泰與東觀閣重刊本《新增批評繡像紅樓夢》和孫崧甫評點《紅樓夢》一樣，認為《紅樓夢》的主旨也即小說中提到的「大旨談情」，也就是說，「情」是《紅樓夢》的主題。在第一百一十二回中，他說：「且《紅樓夢》，情書也。無情之人，何必寫之。倘妙玉六根清淨，則已到佛菩薩地位，必以佛菩薩視妙玉，則《紅樓夢》之書，可以不作矣。夫寶玉之性情，舍黛玉誰能知之？而妙玉獨能相契於微，則亦黛玉之下一人而已。若因眾人所不悅，而亦從而詆之，豈非矮人觀場之見哉？」[031]

　　在人物方面，陳其泰認為，《紅樓夢》是「專為寶玉、黛玉、寶釵三人而作」[032]（護花主人總評）。但是，在對待釵黛的態度上，陳其泰卻明顯表現出「擁黛貶釵」的傾向。他認為：「若寶釵、襲人則鄉願之尤，而厚於寶釵、襲人者無非悅鄉願、毀狂狷之庸眾耳。王熙鳳之為小人，無人而不知之；寶釵之為小人，則無一人知之者；故鄉願之可惡，更甚於邪慝也。」[033]（第三回總評）

　　陳其泰對於寶釵的評價當然不一定完全正確，但是，我們可以從中看出，陳其泰並沒有完全站在封建衛道士的正統立場上來看待《紅樓夢》，體現出其比較進步的藝術精神。

　　陳其泰對《紅樓夢》的理解也有一個不斷深入和精進的過程，因此，在後來的批語中，有一些對於之前批語的修正，比如第九回總評：「此回乃敗筆也。潭潭公府，存周又望子讀書之人。叔姪三人共延一師，吾猶以為非。況委諸義學叢雜中耶？宜改。」又云：「何不作賈政鄭重延

030　陳其泰評，劉操南輯：《桐花鳳閣評紅樓夢輯錄》，天津人民出版社，1981年，第316頁。
031　陳其泰評，劉操南輯：《桐花鳳閣評紅樓夢輯錄》，天津人民出版社，1981年，第343頁。
032　陳其泰評，劉操南輯：《桐花鳳閣評紅樓夢輯錄》，天津人民出版社，1981年，第13頁。
033　陳其泰評，劉操南輯：《桐花鳳閣評紅樓夢輯錄》，天津人民出版社，1981年，第54頁。

師，擇有名甲榜，文行兼優之人，隆其禮貌，厚其修脯。待先生曲盡忠
敬，而先生師範果端，又感主人情重，見寶玉天姿可造，盡心教訓。」
但後來他又在這兩條總評上加一眉批：「此批乃余少時看書眼光未到，隨
筆抒寫俗情耳。」從中可以看出其對於《紅樓夢》認知的改變。

▎第三節　評點派的繁榮 —— 道光時期的評點本（下）

四、哈斯寶《新譯紅樓夢》

《新譯紅樓夢》四十回，由清代蒙古族作家哈斯寶節譯並評點。1973
年，在內蒙古被發現，1975 年，由內蒙古大學蒙古語言文學系整理出
版，並經亦鄰真教授漢譯。由於哈斯寶是少數民族人，而且是用蒙文節
譯，在一定程度上拓展了《紅樓夢》的研究領域，也推動了中國各民族
文學發展，因此書一出版立刻引起了中國紅學界的注意。

哈斯寶將一百二十回《紅樓夢》用蒙文節譯為四十回。哈斯寶在
《新譯紅樓夢》的總錄中說：「我要全譯此書，怎奈學淺才疏，不能如
願，便摘出兩玉之事，縮譯為四十回，故此書亦可名之為《小紅樓夢》
了。」[034]

哈斯寶《新譯紅樓夢》採用了漢族古代「評點」式的解讀方式，有
〈序〉、〈讀法〉、〈總錄〉，正文四十回各有回評，並親自繪有十一幅
十二釵正冊圖像插圖。

關於翻譯評點《紅樓夢》的動機，哈斯寶在《新譯紅樓夢》的總
錄中有所表明：「譯者是我，加批者是我，此書便是我的另一部《紅樓
夢》。未經我加批的全文本，則是作者自己的《紅樓夢》。」[035] 又說：

034　哈斯寶著，亦鄰真譯：《新譯紅樓夢回批》，內蒙古人民出版社，1979 年，第 135 頁。
035　哈斯寶著，亦鄰真譯：《新譯紅樓夢回批》，內蒙古人民出版社，1979 年，第 135 頁。

「我批的這部書，即使牧人農夫讀也不妨。」既然是為了引導讀者，哈斯寶也做了一些具體的工作：「這部書裡，凡是寓意深邃、原有來由的話，我都傍加了圈，中等的佳處，傍加了點；歹人祕語，則劃線標識。看官由此入門，便會步入深處。此書中，從一詩一詞到謎語戲言都有深意微旨，讀時不察，含糊滑過，就可惜了。」[036] 但是，從目前所留下的版本來看，並沒有發現這些代表性的符號，也許現在發現的幾個抄本並不是哈斯寶最初的評點本。總之，哈斯寶批評《紅樓夢》，不僅有文人的自娛性特點，而且還有再創作的性質，目的是為了讓文化層次不高的讀者也能「正確」理解《紅樓夢》的主旨與藝術，這無疑對普及和傳播《紅樓夢》起到了重要的作用。

關於哈斯寶的生平經歷，到目前為止還是一個比較模糊的問題。「哈斯寶」是蒙文直譯，意思是「通靈寶玉」，而其真實名姓至今還未考證出來，因此，我們只能根據他批語中所透露的一些資訊做一些大致的判斷。根據第二十回批「臥則能尋索文義，起則能演述章法的，是聖嘆先生。讀小說稗官能效法聖嘆，且能譯為蒙古語的，是我。我是誰？施樂齋主人耽墨子哈斯寶」中的資訊可以推斷出，哈斯寶號施樂齋主人、耽墨子，是一位蒙古族文人，哈斯寶應該是在翻譯評點《紅樓夢》時所取的筆名或者號。雖然我們很難考證哈斯寶的具體生平經歷，但從其評點文字中可以看出，他經常在回批中引用《詩經》、《論語》等五經四書中的文字，也經常引用《左傳》、《史記》、《通鑑》等史書中的文字，他對唐宋傳奇、宋元話本以及明清文學（戲曲小說）也非常熟悉，甚至佛道兩教的思想，他也有所了解。可以說，哈斯寶不僅是一個精通蒙、漢文化的博學文人，而且是一位具有獨立思想見解的文人。因此，可以推斷，哈斯寶無論是出身於蒙古上層家庭，還是出身於書香門第，他的家庭無論是顯赫還是已經

036　哈斯寶著，亦鄰真譯：《新譯紅樓夢回批》，內蒙古人民出版社，1979 年，第 23 頁。

敗落，必定是一個受過良好的教育的蒙古族文人。

　　哈斯寶《新譯紅樓夢》抄本的封面題有「壬子年七月撰迄，甲寅年五月修改裝訂」的字樣，在〈序〉末有「道光二十七年孟秋朔日撰起」的字樣。因此，大致可以推斷哈斯寶是清道光前後人，評譯《紅樓夢》大約開始於道光二十七年（1847），完成於咸豐二年（1852），咸豐四年（1854）修改定稿。

　　《新譯紅樓夢》雖然是節譯，但遵循了原著的基本精神和藝術特色，即使在結構上，也基本保留了《紅樓夢》「脈絡貫通、針線交織」的網狀結構特點。但是，也正因為《新譯紅樓夢》是節譯本，因此，在判定哈斯寶評點所用的底本時比較困難。根據格日勒圖和亦鄰真先生的考證，是「程甲本的某一種翻刻本」，「可能是王希廉譯本和藤花榭本」[037]，「若不是以程甲本為底，那麼藤花榭版本的可能性大，不會是王希廉評本」[038]。為了讓讀者能夠全面了解《紅樓夢》，哈斯寶在處理翻譯中刪去的部分時，也會根據不同的情況和條件作出一些提示與交代，使讀者根據這些提示，大致能了解故事的來龍去脈，不至於顯得太過突然。

　　哈斯寶在《新譯紅樓夢》中，對小說的情節、結構、人物、語言運用及藝術處理進行了全面的評點，但對於人物的評論顯然是最具有特色，也是篇幅最多的部分。

　　關於《新譯紅樓夢》的主題，哈斯寶認為，《紅樓夢》的創作是由於作者處於「奸逆擋道，讒佞奪權」的時代，而作者「上不能事主盡忠，下不能濟民行義」，表現在書中，即「補天不成的頑石」寶玉、「痴情不得遂願的黛玉」。於是，創作《紅樓夢》以「洩恨書憤」，因此，「這一部書的真正關鍵就在於此」[039]。

037　哈斯寶著，亦鄰真譯：《新譯紅樓夢回批》，內蒙古人民出版社，1979 年，第 2 頁。
038　格日勒圖：〈哈斯寶在蒙古文學中的歷史地位〉，《內蒙古大學學報》，1988 年第 2 期。
039　哈斯寶著，亦鄰真譯：《新譯紅樓夢回批》，內蒙古人民出版社，1979 年，第 22 頁。

　　現在看起來，哈斯寶關於《紅樓夢》主旨為「洩恨」說，有點太過簡單化了，不過，任何一部作品，都包含著作者對社會、人生的深刻體驗，都想借文字表達自己的情感，那麼幾乎所有偉大的著作都有一定「洩恨」的性質。如果從這一點來看，哈斯寶所謂的「洩恨」說未免有過於寬泛之嫌。

　　在談到《紅樓夢》的藝術性的時候，哈斯寶努力向金聖歎學習，總結出《紅樓夢》一系列的藝術表現手法，比如：指松說柏法、對比襯託法、實虛結合法、明指暗喻法、穿針引線法、烘雲托月法、簾中顯影法、牽線動影法、拉來推去法、交錯連環法、張弛有致法、隔年撒種法、追根究源法等等。哈斯寶對於《紅樓夢》所表現出來的藝術高度，幾乎達到了崇拜的境地，他說：「讀此《紅樓夢》，案頭必備高香清茶才應開讀。點高香，是為報答作者寫出這部如錦似繡的文章，留給我輩賞心悅目。沏清茶，是要洗滌我輩幾天積下的愚心濁腸，賞心悅目，讀此錦繡文章。」[040] 在做出這樣的評價以後，他又進一步說：「作者的筆，已經到了如此妙境，若寫會稽起兵、烏江自刎，不知要使多少英雄豪氣橫發；若寫白帝城託孤、五丈原祭星，又不知要使多少忠臣熱淚滿襟。」[041] 可以說，哈斯寶對於《紅樓夢》的評價雖然有一些拔高之嫌，但對於《紅樓夢》這樣偉大的著作而言，還是恰當的。

　　哈斯寶的評點，在很多方面都富於啟發，而且有很多精采的地方，但筆者認為，最值得注意的是他對於藝術真實與歷史真實問題的認知，在這一點上，可以說哈斯寶的認知非常深刻。為了不讓讀者誤讀《紅樓夢》，他在〈讀法〉中特別提示：「第一回裡說，書中寫的是『親見親聞的這幾個女子』，不過是指松說柏的手法，並非其實。仁人君子應當品味他『我堂堂鬚眉』，『背父兄教育之恩，負師友規訓之德』這些話，切

040　哈斯寶著，亦鄰真譯：《新譯紅樓夢回批》，內蒙古人民出版社，1979 年，第 53 頁。
041　哈斯寶著，亦鄰真譯：《新譯紅樓夢回批》，內蒙古人民出版社，1979 年，第 57 頁。

勿為他移花接木的手段瞞過了。這些不必我來絮叨，明哲之士留心讀下去，自會明白。」[042] 我們雖然不能確定哈斯寶說這番話是否具有針對性，但是，這些話語至少告訴我們小說不是歷史，切不可當歷史去解讀。可是，從胡適、周汝昌、馮其庸等為代表的考證派新紅學家來看，他們或多或少都有把小說當成歷史來解讀的傾向，比如，把小說當成「作者的自傳」其實就是犯了這樣的錯誤。當然，這樣的錯誤一方面是由於《紅樓夢》巨大的藝術成就，「讀這樣奇妙文章，興味濃郁處，幾乎忘其虛構，當作真事」；[043] 另一方面，由於歷史文化的原因，中國人對於書中「微言大義」的慣性思考使得研究者總是自覺不自覺要去比附歷史，把一本完全按照藝術真實來建構的小說當作歷史來解讀，這樣就必然會犯錯。這種把作者與小說混為一談、把小說與歷史混為一談的做法，不僅在見識上要遠遠落後於 19 世紀的哈斯寶，而且對於《紅樓夢》研究而言，無疑是一個巨大的悲劇。

　　在對待小說人物的態度上，哈斯寶運用「真假」二字作為評判標準：「全四十回的大綱，便是真假二字。真，內熱而外冷；假，外熱而內冷。故開頭都是冷，無一絲熱處。後來賈家父子諸兄弟一出場，便寫得熾熱，一點冷也沒有了。但是假的終究不長遠，最後一旦返冷，便落得個破甌碎罐一般。」[044] 從這一標準出發，哈斯寶認為寶玉和黛玉就屬於「內熱而外冷」的「真」，因此，他在言辭之間，不斷透露出對黛玉、寶玉的欣賞，不僅稱黛玉是一位「絕代佳人」，而且認為黛玉是作者不屈不移的意志的象徵，寶玉寄託著作者尋求知音的呼喚。並對寶黛的知己之愛給予了熱情洋溢的禮讚：「只有此時，瀟湘才知道寶玉對己愛之已極。寶玉早已知道黛玉愛己已極，依他想來：你我相愛相知，心

042　哈斯寶著，亦鄰真譯：《新譯紅樓夢回批》，內蒙古人民出版社，1979 年，第 22 頁。

043　哈斯寶著，亦鄰真譯：《新譯紅樓夢回批》，內蒙古人民出版社，1979 年，第 56 頁。

044　哈斯寶著，亦鄰真譯：《新譯紅樓夢回批》，內蒙古人民出版社，1979 年，第 28 頁。

是一個。心一個，那你就是我，我就是你，你我雖是一體，奈何身居兩處！若我是女兒身，我倆就可在一窗之下作女紅，一帳中睡下談心，或你若是男兒，我倆就可在一張桌上讀書，一條凳上促膝並坐。」[045] 也正是從真假的標準出發，哈斯寶對於寶釵和襲人等所謂「外熱而內冷」的「假」極度貶低。比如，他認為，襲人「私心嫉意」，是「婦人中的宋江」，其「奸詐」程度更勝寶釵一籌；他還認為寶釵機深難測，「奸狡狠毒，詭計多端」、「奸而不露」、「一哭一笑都藏針隱錐」，處心積慮覬覦寶二奶奶的位置，因此常常「以巧智害黛玉」，甚至非常激動地說：「『相鼠有皮，人而無儀。人而無儀，不死何為！』奢飾華服，裝作不聞不見的模樣，寶釵真是連老鼠也不如。何等無恥，何等無恥！我見這等人，真想唾她一臉！」[046]

　　平心而論，哈斯寶這些言辭非常過激，如果用冷熱來評價一個人物，無論是「內熱而外冷」還是「外熱而內冷」，都只是一種性格，並不能成為判斷一個人「真」、「假」的標準，因此，哈斯寶也沒有真正理解寶釵的本質。如果從單純追求愛情的角度而言，即使寶釵真的是處心積慮覬覦寶二奶奶的位置，那也沒有什麼錯，黛玉難道不是嗎？因此，這樣評價寶釵本身就存在很大的偏見。至於說寶釵「以巧智害黛玉」，如果客觀來看，《紅樓夢》文本中並沒有直接的證據，如果非要按照自己的理解去演繹、去推測，那只能代表自己的理解，並不一定就是作者的本意。

　　除了對寶釵與襲人頗有微詞外，哈斯寶還對賈母、鳳姐、賈政有所批判。他稱賈母為「老母猴」、「老妖婆」；稱賈政為「假正」；尤其是對於鳳姐，不但說她是「假仁假義」、「小母猴」，而且是「曹孟德的女兒，李林甫的姊妹」。哈斯寶的這些評價無論是否準確，的確代表了一部分讀者的看法。

045　哈斯寶著，亦鄰真譯：《新譯紅樓夢回批》，內蒙古人民出版社，1979 年，第 83 頁。
046　哈斯寶著，亦鄰真譯：《新譯紅樓夢回批》，內蒙古人民出版社，1979 年，第 109 頁。

不過，哈斯寶也注意到了人物形象的複雜性的問題，因此，他一方面非常討厭寶釵，另一方面也非常喜歡寶釵。他說：「我讀此書，對寶釵又喜又怒，喜的是她聰明伶俐，胸懷寬廣公正，怒的是她奸狡狠毒、詭計多端。」[047] 又說：「這部書寫寶釵、襲人，全用暗中抨擊之法。粗略看去，她們都像極好極忠厚的人，仔細想來卻是惡極殘極。」[048]

這些評價雖然未必準確，但可以看出，哈斯寶已經注意到了人物形象的複雜性，因此，在第三十八回的評點中，他用了大量的篇幅來說明人物複雜性的塑造問題：「全書那許多人寫起來都容易，唯獨寶釵寫起來最難。因而讀此書，看那許多人的故事都容易，唯獨看寶釵的故事最難。大體上，寫那許多人都用直筆，好的真好，壞的真壞。只有寶釵，不是那樣寫的。乍看全好，再看就好壞參半，又再看好處不及壞處多，反覆看去，全是壞，壓根兒沒有什麼好。一再反覆，看出她全壞，一無好處，這不容易。但我又說，看出全好的寶釵全壞還容易，把全壞的寶釵寫得全好便最難。讀她的話語，看她的行徑，真是句句、步步都像個極明智極賢淑的人，卻終究逃不脫被人指為最奸最詐的人。」[049]

筆者認為，偉大的小說對於人物的塑造有一個共性，那就是，鮮活而且具有典型性的人物形象一般不可能是那種扁平的、單一性格的，而是有靈魂、有血有肉、具有多層次複雜性的形象，人物形象的複雜性表現得越充分，人物塑造就越成功，從而也具有不朽的藝術生命力。因此，拋開哈斯寶對於寶釵的偏見，可以說，在那個年代就能有這樣的認知，可以說是非常可貴的。

047　哈斯寶著，亦鄰真譯：《新譯紅樓夢回批》，內蒙古人民出版社，1979 年，第 56 頁。
048　哈斯寶著，亦鄰真譯：《新譯紅樓夢回批》，內蒙古人民出版社，1979 年，第 37 頁。
049　哈斯寶著，亦鄰真譯：《新譯紅樓夢回批》，內蒙古人民出版社，1979 年，第 129 頁。

五、張新之《妙復軒評本石頭記》

　　《妙復軒評本石頭記》的評點者張新之是繼王希廉與陳其泰之後又一重要的評點大家。張新之於 1828 年（道光八年）開始評點《紅樓夢》，1850 年完成，定書名為《妙復軒評本石頭記》，一百二十回，最早以抄本的形式出現。直到 1881 年（光緒七年）才由湖南臥雲山館刊印，名為《繡像石頭記紅樓夢》。全書一百二十回，共四冊。封面有「光緒辛巳新鐫，妙復軒評本，繡像石頭記紅樓夢，臥雲山館藏板」的字樣。扉頁題有「臥雲山館藏板」，首孫桐生 1873 年（同治十二年）序，次程偉元序，次孫桐生歲在丙子（1876 年，光緒二年）十一月二十日巴西懺夢居鈔竣自志跋；次繡像二十頁，前圖後贊；次太平閒人《紅樓夢》讀法；次目錄；末有道光三十年太平閒人自題詩七律三首及光緒七年孫桐生題詩。正文每頁十行，每行二十五字，正文有太平閒人雙行夾批及回後總評，無圈點。

　　《繡像石頭記紅樓夢》只刊刻了一版，但影響很大，對於《紅樓夢》的流傳與普有深遠影響。1884 年，廣百宋齊書局推出的《增評補圖石頭記》，將王希廉的《新評繡像紅樓夢全傳》、姚燮的《蛟川大某山民評點紅樓夢》與張新之的《妙復軒評本石頭記》三家評語彙集刊印出版（三家評本），最早是由上海同文書局 1884 年以石印本的形式出版。其中包括護花主人批序和總評，太平閒人讀法附補遺和訂誤，大某山民總評，讀花人論贊等內容。三家評本襲用了孫桐生編刻的臥雲山館本《妙復軒評本繡像石頭記紅樓夢》的正文和太平閒人的評批，但刪去了孫桐生的序。1888 年，同文書局再次石印了《增評補像全圖金玉緣》，加入了太平閒人的雙行夾批。之後，《繡像石頭記紅樓夢》被多次刊印，「直到清末已有五六種之多，甚至民國以後仍然繼續流行。」[050]

050　劉繼保：《紅樓夢評點研究》，北京圖書館出版社，2007 年，第 178 頁。

　　《妙復軒評本石頭記》的評點者張新之，號太平閒人、妙復軒（一說妙復軒為書齋名），生卒年不詳。根據胡文彬先生的考證，張新之為漢旗人，大約在 1828 年，張新之開始評點《紅樓夢》，大概在 1831 年完成了前二十回的評點，這一段時間張新之在黑龍江做幕僚。大約於 1832 年回到北京，也就是在這一時期，丟失了已經完成的初稿。大約在 1840 年，張新之南遊，遇到了五桂山人。五桂山人勸其繼續完成評點。大約在 1848 年，張新之與五桂山人同赴臺灣，曾擔任臺灣知府裕鐸的幕客，大約在 1850 年之前，完成了全書一百二十回的評點。張新之評點《紅樓夢》時斷時續，前前後後共歷時二十二年，評點文字約三十萬字。

　　張新之評點完成後，卻由於自己經濟拮据無力出版，正如他在《妙復軒評本石頭記·自記》中說：「力有未逮，姑俟之，其將來成之北，成之南，或仍歸於泯滅無所聞，則非閒人所敢知矣。」《妙復軒評本石頭記》後被劉銓福收藏。1867 年，劉銓福友人孫桐生從劉銓福處借到《妙復軒評本石頭記》，劉銓福在甲戌本一條跋語中說：

　　今日又得妙復軒手批十二冊，語雖近鑿，而與《紅樓夢》味之深矣。云客又記。（後又有記錄：此批本丁卯夏借與綿州孫小峰太守，刻於湖南。）[051]

　　孫小峰即孫桐生，丁卯即 1866 年。孫桐生得到此本後，對張新之評本「逐句疏櫛，細加排比，反覆玩索，尋其義，究其歸」[052]，前後歷時十年左右。但是，孫桐生也因為無錢付梓而一拖再拖，直到 1881 年，才由湖南臥雲山館刊印。

　　《繡像石頭記紅樓夢》出版後，影響很大。1884 年上海同文書局刊印了《增評補像全圖金玉緣》的石印本，以王希廉、姚燮、張新之評點

051　濮實、劉長榮：〈四川早期紅學家──孫桐生〉，《紅樓夢學刊》，1991 年第 2 輯。
052　一粟編：《古典文學研究資料彙編·紅樓夢卷》（第一冊），中華書局，1963 年，第 39 頁。

為主，背面題「光緒十年甲申仲冬上海同文書局石印」，包括護花主人批序和總評、護花主人摘誤、太平閒人讀法附補遺和訂誤、明齋主人總評、大某山民總評、讀花人論贊、大觀園影事十二詠等內容，每回前有回目畫一頁兩幅。正文每頁十七行，每行三十九字。有圈點、重圈、重點。太平閒人之雙行夾批、回末三家評。

　　由於三家評本在所有評點本中影響最大，因此，《增評補像全圖金玉緣》被一版再版，「從光緒十二年（1886）到光緒二十六年（1900）被重新刊印了四次，從 1905 年到 1933 年又被重新刊印了四次，可見《增評補圖石頭記》光緒年間乃至民國時期都頗有市場。」[053]

六、雲羅山人《繡像批點紅樓夢》

　　雲羅山人手評《繡像批點紅樓夢》發現得較晚，1995 年收藏家杜春耕先生偶然購得此書後才被人們所知。根據劉繼保先生〈雲羅山人《紅樓夢》評點初探〉[054] 與張書才、杜志軍先生〈影印雲羅山人手評繡像批點紅樓夢序〉關於這個版本的考證（以下介紹性的文字均引自這兩篇文章），雲羅山人手評《繡像批點紅樓夢》是一本罕為人知的評點本，為緯文堂刊本，一百二十回，分訂二十卷（冊），正文屬於程甲本系統，批點則源於目前所見最早的一百二十回評點本 —— 東觀閣重鐫本《新增批評繡像紅樓夢》。緯文堂刊本當梓行於清道光十五年乙未（1835）之前，扉頁題「繡像批點紅樓夢緯文堂藏板」，第一、二、三、五、十六、二十五等回首頁中縫有「三讓堂」字樣，序、繡像、目錄、正文、行間圈點評批及版式行款字數等皆同於三讓堂刊本《繡像批點紅樓夢》，是三讓堂刊本系統的翻刻本之一。

　　三讓堂刊本的扉頁題「繡像批點紅樓夢三讓堂藏板」，每回的首頁

053　一粟：《紅樓夢書錄》，上海古籍出版社，1981 年，第 1 頁。
054　劉繼保：〈雲羅山人紅樓夢評點初探〉，《明清小說研究》，2005 年第 1 期。

中縫都有「三讓堂」字樣，卷首依次是程偉元序；繡像十五頁，即石頭、寶玉、元春、迎春、探春、惜春、李紈、王熙鳳、巧姐、秦可卿、薛寶釵、林黛玉、史湘雲、妙玉、僧道，前圖後贊；目錄。正文半頁十一行，行二十七或二十八字；行間有圈、點、重圈、重點及批語。其正文及行間圈點評批是據東觀閣重鐫本《新增批評繡像紅樓夢》翻刻的，卷首程偉元序、繡像十五幅、目錄則異於東觀閣本，而與藤花香榭本《繡像紅樓夢》相同。

雲羅山人名班祿，又號羅雲山人，山西平陽府趙城縣（今山西洪洞縣）人，是一位造詣不凡的畫家。《中國美術家人名辭典》中謂其「工火畫，深淺陰陽，毫釐可辨。山水、人物、翎毛、花卉，俱有生氣，老而益工。何蘭士（道生）嘗為作雲羅山人火畫歌」。至於雲羅山人班祿的具體生平行跡，則由於史料不足而難得其詳，目前只能考知他的大致生活年代。根據劉繼保先生與張書才、杜志軍先生的考證，雲羅山人班祿大致出生在 1766 年前後，當生活在乾隆、嘉慶、道光年間，享年約八十歲。

《繡像批點紅樓夢》中保留了雲羅山人的近六百條批語，涉及《紅樓夢》的作者、主旨、人物、技法等諸多方面。

關於《紅樓夢》的主題，雲羅山人首先認為，《紅樓夢》不是淫書，而是一部懲惡揚善、垂戒世人的奇書。全書的大旨就是「福善禍淫」四個字（第一百一十六回眉批）。在第一百二十回甄士隱談論賈家家道復初時，他說：

堂堂正正，看他收結。蓋福善禍淫，作者宗旨，故百二十回中，宮門橫書四字，以醒閱者之目。猶恐人之忘之也，又於此大聲重呼以結之。微意深矣，讀者蓋可怨之乎哉？（第一百二十回眉批）

　　雲羅山人一再強調《紅樓夢》非淫書的行為是有針對性的。從《紅樓夢》問世以來，就一直有人把它當做一部淫書來看待，一度還成為禁書，因此，雲羅山人在第八十二回眉批中說：「未見好德如好色，是此書大旨。作者於此點清。後學有拿此書作情書、淫書讀者，便失之千里矣。」這些認知，相對於把《紅樓夢》看作是淫書的讀者、研究者和評論者來說，無疑具有一定的進步性。但是，作為封建文人，雲羅山人對於小說的教化功能也非常看重，比如第三回眉批：「此處齊家之事，讀者不可略過。讀此當想大家家法俱是如此，所謂道不可須臾離地也。」第十三回眉批：「閒話，俱宜留心觀禮。」第六十一回眉批：「往不究，來必追，齊治一理也。」這樣的批語在雲羅山人筆下比比皆是，可見其作為一個封建正統文人身上所具有的道學氣，因此，關注小說的教化社會的功能、勸善懲惡的勸誡目的也不為過。

　　在對《紅樓夢》藝術的評價上，雲羅山人給予了極高的評價，他認為，《紅樓夢》的作者「無所不有」（第十回眉批）「無所不通」（第十二回眉批）「通盡人情」（第八十九回眉批）「事事洞曉，書書精熟」（第一百零二回眉批）。為此，他總結了《紅樓夢》大量的敘事技法，如「欲合先離法」、「漸入法」、「反做法」、「反跌法」、「反提法」、「反照法」、「旁敲側擊法」、「旁面寫正文法」、「反寫法」、「反形法」、「渾寫法」、「總筆合寫法」、「不說盡法」、「兩面夾寫法」、「正對下文做法」、「暗寫法」、「補敘法」、「用筆簡便法」等等。這些總結現在看起來雖然不完全符合實際情況，也不一定就是《紅樓夢》常用的敘事手法，但有一些也的確有一定道理，可以給讀者一些有益的幫助和借鑑，至少可以引起讀者重視。

　　對於人物形象的評點，可以說是雲羅山人評點中比較有特點的部分。在人物品評的時候，雲羅山人基本能夠以客觀公正的立場去看待小

說中的每一個人物，評點多是突出人物的性格特徵，而很少進行道德的判斷，也沒有體現出強烈的愛憎與偏頗。他一方面對於寶黛之間的愛情寄寓了一定程度的同情，但同時也指出黛玉「尖刻」、「觸處即動」等敏感而刻薄的性格特徵。比較而言，雲羅山人更喜歡寶釵。認為寶釵「四面俱圓」、「端莊靜一」，善於「防患避禍」，其機鋒不遜於颦颦，但令人愛而不討人厭。對於寶玉，雲羅山人更多的是回護，讚揚他「性情之正」，「出語無貴公子驕態」（第十五回眉批），「有的是慈悲佛心」（第五十二回眉批）。

此外，對於鳳姐的「捷才辣手」，平兒的「忠厚可愛」，晴雯的「嘴尖舌快」、「語出輕狂」等等人物性格的特徵，也都給予了中肯的評價。

值得注意的是，雲羅山人認為《紅樓夢》的作者是「怡紅」而不是曹雪芹，理由是「雪芹先生，傳書之人，故軒名悼紅」（第一百二十回眉批）。而真正的作者是書中「作者自云曾經歷一番夢幻之後」的話語，所以，作者寫作的目的是「現身說法，普告天下後世也」。因此得出「觀此，知此書為怡紅自作無疑」。

這樣的認知當然值得商榷，以小說中所謂的「作者自云」就確定是作者的自敘傳，既缺少考證，也缺少根據，如果這樣，那麼以第一人稱為主人公或以「我」為敘事視角的小說就都是真人真事了。這一點，筆者將在後文中著重論述，此不贅言。

七、張子梁《評訂紅樓夢》

張子梁《評訂紅樓夢》是目前被關注最少的一個版本，只有胡文彬先生在其《冷眼看紅樓》中有一篇〈歷下尋夢總關情 —— 張子梁評訂紅樓夢〉對這個評點本做了一個介紹。專門對此本研究的，只有劉繼保先生的一篇〈張子梁評訂紅樓夢三題〉，發表在《紅樓夢學刊》2004 年第

1 輯上面，除此之外，筆者尚未見到其他專門的研究成果。

　　據劉繼保與胡文彬先生的介紹，張子梁《評訂紅樓夢》原藏山東省圖書館善本室，寬十四點二公分，長二十四點三公分，六卷六冊。封簽「評訂紅樓夢卷一」，扉頁右上署「渠邱張子梁批」，中間大字「評訂紅樓夢」，左下署「延恕堂藏書」，書中上印「紅樓夢」，下印「蘊翰堂」，版心黑框九行，每行二十字。內文手抄，根據筆跡，這個批本也不是一個人手抄的，但是抄本書法工整清秀，一絲不苟。張子梁〈敘〉寫定時間是「道光二十四年歲在甲辰清明前三日」，即西元 1844 年，現存批語六卷（冊），字數在四十五萬字左右。

　　全書首冊有〈敘〉二頁，〈讀法〉一頁半，〈或問〉五頁，〈凡例〉五頁，下為「正冊金陵十二釵詩」，小字注「即作題詞，其先後次序仍從原冊」。所詠人物依次為：林黛玉、薛寶釵、賈元春、賈探春、史湘雲、妙玉、賈迎春、賈惜春、王熙鳳、賈巧姐、李宮裁、秦可卿。以下以回次為序抄錄批語，全書一百二十回共分六卷，每二十回為一卷。第六卷後也就是第一百二十回後有〈跋〉一篇，字數不多：

　　跋

　　甲辰仲春，余《紅樓夢》批本告成，第念卷帙（原作「秩」）浩繁，既未可付諸棗梨，又難於通行抄錄，只將原文刪頭去尾，撮湊成句，因以著批，自慚蠡測管窺之見，且有魯魚亥豕之訛，方期質諸同人，祈加斧改。凡有索觀者閱，不敢祕也，所望海內君子出其恕道，諒我苦心，其荒唐差謬（原作「繆」）者，以紙條正之，勿因拋擲沾汙，勿致傳閱失迷，則受賜多多矣。

　　　　　　　　張子梁又題（下陰文印「子」、「梁」）[055]

055　轉引自劉繼保：〈張子梁《評訂紅樓夢》三題〉，《紅樓夢學刊》，2004 年第 1 輯。

關於評點《紅樓夢》的動機與緣起，張子梁在《評訂紅樓夢》中寫了一篇長〈敘〉：

余自十餘歲時，即聞人豔稱《紅樓夢》一書，彼時坊板猶未盡行。越數年，始自青郡書肆中購得一部，遂展卷點閱。見其所闡發者，大抵皆兒女私情，閨閣雅意，卻寫得一肌一容，盡態極妍。其於憐香惜玉之事，可謂竭情盡致矣。於是讀而愛之，晝則置諸酒饌之旁，夜則攜於枕衾之側，久而心與境會。一靜思而如見其人，如聞其語。竊意，花柳繁華不啻為我而設，溫柔富貴恍疑惟我獨占也。念及此，不禁有怡然自得樂意洋洋者矣。如是者有年。既而年齒加長，子弟盈庭，且為延師教讀，冀以啟其聰明，端其趨向。忽而翻然悔曰：是書殆不可存也。夫我既讀而樂之，亦安禁子弟使不樂之？樂之而不能檢之，則細而曠功廢學，大而喪德敗行，厥由於此。乃知歌舞樓臺，無非地獄幻形也；粉黛嬋娟，無非羅剎化像也；淫詞豔曲，真風流之勾牒，扇袋香囊，即浪蕩之枷扭也。吾於是更惕然而懼，方欲舉是書而棄之焚之，且欲並搜其棗梨盡劈之而後已也。如是者亦有年，自是廢置既久，乃又憬然悟曰：古人著書立說，原期所以壽世，斷不藉以誨淫。於是翻書再閱，自緣起以至歸結，一一細心讀去。即其言情之旨，核其立意之真，第見其或則因奸而死，或則慕色而亡，而謀利者終窮，恃勢者必敗。通前徹後，莫非福善禍淫之意，昭示其間。而況總其成者，則曰渺茫；司其事者，則曰警幻。吾知穎悟子弟讀之，必能略其假而取其真。何不可超出孽海情天而返其真如福地耶！吾於是不能樂亦不能懼，但覺《紅樓夢》一書既不可復佐酒饌，更不得再辱枕衾。惟有盥手焚香，時捧諸明窗淨几之間，偶一讀之，斯可已。是前日之所欲棄之焚之者，今且欲禮之拜之，與天下慧心才子同遵為勤善格言也。是為序。

時道光二十四年歲在甲辰清明前三日書於延恕堂之西軒。渠邱張子
梁識。

在「渠邱張子梁識」下鈐陰文「張樅恆印」（方形）、陽文「子梁」
（方形）兩章。

從以上張子梁的〈敘〉來看，喜歡是其評點最主要的原因，從「讀
而愛之，畫則置諸酒饌之旁，夜則攜於枕衾之側」這些句子來看，張子
梁對於《紅樓夢》的喜愛程度可見一斑。由於喜愛而品味，從而引發他
對小說的思考。在張子梁看來，《紅樓夢》完全可以讓人沉迷其中，往
小處說，可以使人「曠功廢學」，往大處講，則有可能「喪德敗行」，
因此，張子梁有了毀掉《紅樓夢》的念頭：「是書殆不可存也。」但是，
當他再進一步思考後，認為如果能夠「略其假而取其真」、「即其言情
之旨，核其立意之真」，那麼就可以「超出孽海情天而返真如福地」。
這一方面說明，閱讀《紅樓夢》是一個不斷深入的過程，只有不斷領悟
才能比較正確地理解小說所呈現出來的各種意蘊；另一方面，也從側面
說明了《紅樓夢》思想性與藝術性挖掘不盡的特點。

張子梁《評訂紅樓夢》的評點形式多種多樣，既有〈讀法〉又
有〈或問〉，還有〈論贊〉和〈凡例〉，其中，〈讀法〉是比較重要的
一篇：

蓋自有《紅樓夢》一書，閱之者無不欣欣樂道，嘖嘖稱奇。及問其
賞心之故，則曰其排場之宏整，人物之風流，詩詞之秀潤，誠有他書所
不及者。籲此特三家村冬烘先生伴二三頑童，畫則兀坐蝸角之廬，夜則
獨對花面之婦。一旦睹此紛華靡麗，不禁目為之眩，心為之驚，且搖搖
然如在雲霧中。彼又安知《紅樓夢》自何處讀耶？然又有進於此者，則
又曰其傳情入妙。其寫人如生，其敘事盡家庭日用之微，其行文極起伏

照應之細。此數端者，固可以見其筆墨之豐矣，然是不過得其大概，而猶未免於皮相也。蓋作是書者，原係手寫此處，意注彼處。其中真假假真，彼蒙混人處，正復不少。故閱者不可於實寫處看，當於虛涵處看。不可於明點處看，當於暗透處看。不可於正直處看，當於曲折處看。由此則知小者可以寓大，淡者可以代濃，粗者可以喻精，慎勿於大書特書中著呆想，惟期於有意無意內費精神。如此，則命運之盛衰，壽數之短長，人品之醇疵，自無不瞭若指掌矣。

……

在這裡，張子梁既對於小說「傳情入妙」、「行文極起伏照應之細」給予了十分的肯定，同時，又告誡初讀者一定要對小說的真假問題有一個正確的認知，張子梁說：「他書皆託於真，是書獨託於假。」（〈或問〉）在第一回「假作真時真亦假，無為有處有還無」後，張子梁夾批：「一部大書，只是真假二字，全要閱者辨出何為真、何為假也。」那麼，什麼是真，什麼是假呢？張子梁並沒有直說，只是說「作是書者，原係手寫此處，意注彼處」。雖然他沒有明說真與假到底是什麼，但從整個批語來看，張子梁沒有像索隱派一樣把小說人物與現實人物相比附，也沒有像新紅學考證派那樣非要把賈寶玉和曹雪芹相比附，非要把小說中的事件和歷史事件扯上關係。張子梁的評點，幾乎全部是以小說文本為基礎，很少去尋找「小說背後的故事」，而是對小說的敘事之妙進行了大量的評點。比如，他和王希廉一樣，認為小說的第五回是整部小說的綱，是「統領」：「觀其自秦氏引寶玉入夢，遂遇警幻，先醒之以冊籍，復悟之以詞曲。則紅樓中十二女子之其始終遭際，瞭若指掌，是一部大書，特特以此領起，凡後此之條分縷析，總不出乎此篇之外。」

筆者認為，張子梁的意思是說，《紅樓夢》雖然看起來是寫實主義巨著，但是，裡面描寫的事情並不能當做真事來看，否則就容易「走火入

魔」。筆者認為，歷代的索隱派和當代新紅學的考證派其實都是那種非要把小說和現實對等的研究者，這一點，其實還不如道光年間的張子梁。

第四節　評點派的發展 —— 咸豐時期的評點

一、黃小田的《紅樓夢》批語彙集

黃小田（1795 － 1867），名富民，小田是他的字，晚年自號萍叟，是黃鉞的第五子。他祖籍當塗，世居蕪湖，生於乾隆六十年六月，卒於同治六年十月，享年七十三歲。其父黃鉞（1750 － 1841），字左田、左君，乾隆五十五年進士，授戶部主事，嘉慶時官至戶部侍郎、禮部尚書，加太子少保。黃鉞與大學士董誥齊名，《清史稿》有傳，曾擔任《祕殿珠林》、《石渠寶笈續編》總閱，《全唐文》館總裁，工書善畫，為世所重。黃小田在仕途上顯然沒有他父親那麼得意，他道光五年拔貢，官禮部郎中。《墨林今話》卷七說他「亦善花卉」，據他的朋友張文虎〈黃小田儀部七十壽序〉云：（黃小田）「官禮部十餘年，以儀郎請假侍養，遂不復出山。」1853 年太平軍占領蕪湖，黃小田離開家鄉，先後在金山、松江、南匯、上海避難，直到病死他鄉。

嚴格來說，所謂黃小田評點《紅樓夢》一百二十回只是一個批語彙集本，真正的評點本至今沒有見到。此本由楊葆光先生過錄，楊先生最初過錄在 1862 年寶文堂刊刻的《新增批評繡像紅樓夢》上，共一百二十回，二十四冊。

批語包括眉批、側批和回末總批，據李漢秋、陸林統計共有批語4,000 條左右[056]；而據張慶善統計，共有批語 3,028 條，其中黃小田 3,014

056　李漢秋、陸林輯校：〈黃小田評點《紅樓夢》·前言〉，黃山書社，1989 年，第 3 頁。

條，共齋 1 條，楊葆光 13 條[057]。此本現藏南京博物院。據梁白泉先生
考察，南京博物院藏同治元年寶文堂藏版東觀閣印行的《新增批評繡像
紅樓夢》一百二十回刻本，分裝成二十四冊。1978 年，這個本子被史
樹青先生所注意，翻揀之下，得知是紅豆詞人楊葆光過錄黃小田的一種
評本。同年，時任院長姚遷動員人力抄出，但未發表。1980 年 6 月，胡
文彬先生根據抄件，著錄在《紅樓夢敘錄》一書，但將一書誤析為黃小
田、楊葆光兩個評本[058]。但從楊葆光的跋文中可以看出，此書是由黃小
田一個人完成的。楊葆光的〈跋〉全文如下：

> 此書為黃小田先生所評，書中前後呼應，起伏關鍵，悉為批出，閱
> 者頗易醒目。惟所謂賈政矯枉，寶釵利害及黛玉之死為賈母所害，持論
> 未免太苛，我所不取（此共齋語）。曩嘗從先生假手批本，錄未竟，先
> 生文孫索去。乙亥冬，自杭郡歸，復從共齋婦兄錄出本續成之。韓子揚
> 生、張子心庵亦與焉。既畢，並識於後。丙子春，紅豆詩人。

文末押白文篆書方印「楊葆光印」四字。

首先，在作者問題和小說的本質上，黃小田比較矛盾，他一方面認
為《紅樓夢》有自傳的成分，因此多次強調「作者，即作者也。細讀
全書，寶玉亦作者也，然不可考矣。」又在「背父兄教育之恩，負師友
規訓之德」處批道：「觀此數語，即作者自道無疑。」甚至認為《紅樓
夢》就是寫本朝之事，在第一回第二頁「被那茫茫大士渺渺真人，攜入
紅塵」處，批曰：「本朝事也，託之渺茫，以渾其跡，故曰『茫茫大士』
『渺渺真人』。」但是，另一方面，黃小田又認為《紅樓夢》是一部小
說，在第一回「只是朝代年紀，失落無考」處，黃小田評道：「小說耳，

---

057 張慶善：〈一位鮮為人知的《紅樓夢》評點家：黃小田《新增批評繡像紅樓夢》評點初探〉，
　　《紅樓夢學刊》，1990 年第 4 輯。
058 梁白泉：〈楊葆光過錄黃小田《新增批評繡像紅樓夢》評語錄後〉，《東南文化》，1985 年第 2
　　期。

原無足異，然文章之妙，為自來小說所未有，故不得不批。」也就是說，《紅樓夢》就是一部小說，不可能完全以史實來對待。

　　黃小田這種矛盾的觀點其實並不難解，研究者應該注意到一個重要的現象——最早的評點本大多沒有提出關於《紅樓夢》作者的問題，比如張汝執評點本和東觀閣評點本。這是否也能充分從另一個角度告訴我們，在早期，人們對《紅樓夢》的作者知之甚少，更談不上評點家與作者的親密關係。而越到後來的評點本，對於《紅樓夢》的作者提到的越多。根據常理來看，應該是早期的評點家對作者更為接近，也應該比後世的評點家掌握作者情況更為準確。但是，對於《紅樓夢》的作者而言，情況正好相反，這種令人費解的現象不能不引起我們的關注。但非常遺憾的是，當前的紅學界主流卻大多根據後來的資料作為認定小說作者的依據。

　　關於《紅樓夢》的主旨，黃小田認為，〈好了歌〉與甄士隱的〈好了歌〉注（陋室空堂，當年笏滿床）就是作書本旨。而作者之所以要創作這樣的一部大書，正是由於「此亦作者經歷盛衰，所求不得，感慨著書之實境也」，（雖我不學無文，又何妨用假語村言，敷演出來）。在黃小田看來，《紅樓夢》主要是寫盛衰。這樣的觀點有點類似於中國傳統意義上的「發憤著書」說，雖然不一定是《紅樓夢》的創作意圖，但至少要比當時盛行的「淫書說」要符合實際得多。針對當時盛傳的《紅樓夢》為「淫書」的觀點，在第五回回末，黃小田說：「讀者謂之淫書，我所不解。」「目為淫書，其人必墮入迷津而不返。」又在「因空見色，由色生情，傳情入色，自色悟空」處批道：「此四句是寶玉讚語，情僧即寶玉，亦即作者自號。既曰《風月寶鑑》，何得目為淫書？」並在「莫如我這石頭所記」處進一步指出：（《紅樓夢》）「能痛掃一切陳腐套，而又無淫穢汙臭之詞，所以為高。近有人欲禁淫書，並此書亦在其內，冤

哉冤哉！何嘗窺見作者之用意哉！」在「此皆皮膚濫淫之蠢物耳」處又批道：「駁去此層方見本旨。」

黃小田這樣的認知，當然要比《紅樓夢》之前流行的那種大團圓結局的俗套要深刻得多，無論如何，由盛而衰的確是《紅樓夢》一書的重要內容，也表現了黃小田對小說的社會功能有著比較深刻的認知，比當時的流行觀點進步得多。

由於黃小田能比較客觀地看待《紅樓夢》的主旨，因此，他對於寶玉的態度基本上是肯定的。對於寶玉的多情，黃小田不但肯定寶玉「非世俗淫亂公子」，而且更認為寶玉看似多情，實則專情、癡情，正因為專情、癡情，所以寶玉經常表現出來呆狂的狀態，在黃小田看來，「呆狂」正是寶玉的專情之處：「呆病妙，不呆不專，不專不悟。而自他人視之，則謂之病。」

黃小田對於人物的評價，大致是依據「禮」為標準的，但有時候也能突破「禮」的限制，發前人所未發。

對於釵黛的態度上，黃小田雖然也站在禮教的立場上對二位女主人公進行批評，但在認知上要遠遠高於簡單的「擁釵」和「擁黛」。從「禮」的角度出發，黃小田不但批評了黛玉，同時也對寶釵頗有微詞。如第三十七回，湘雲做東，先邀一社，和寶釵一起商議擬題。寶釵勸導湘雲說：「究竟這也算不得什麼，還是紡績針黹是你我的本分，等一時閑了，倒是於你我深有益的書看幾章是正經。」黃小田批道：「又是道學。」作為封建文人的黃小田，對於寶釵身上濃厚的道學氣也表現出了厭惡之情。

相對於寶釵，黃小田對黛玉的評價要簡單得多，更多地站在傳統倫理道德的高度批評。在第二十回，黃小田對黛玉做出這樣的評價：「本無理也，不得不賴人矣。雖是小兒心性，總覺寫黛玉太過，近於無恥，此作者謬處。」在黃小田看來，黛玉的性格中最大的缺點就是「太過」，

而太過主要是因為吃醋所導致：「無非醋態，我所不取。」（第八回）在第二十八回，黛玉去怡紅院找寶玉被晴雯等丫鬟誤以為寶玉，故意不開門，從而引發黛玉又和寶玉賭氣。黃小田再次批道：「可厭又可笑，並不可憐。」從封建文人的立場出發，黃小田甚至認為「作者之寫黛玉，非愛之，直醜之耳。」（第三十四回）這樣的認知當然有其局限性，但也不能不說黃小田的確抓住了人物的一些重要特點。

黃小田對於寶釵的評價，是所有人物評價中最為精采的部分，也最能顯示出其過人的認知。在第二十九回，黃小田針對當時很多「擁釵」者對寶釵的評價，指出：「人謂其厚，吾謂其深。」「厚」即寬厚、敦厚，更多是指寶釵的性格特徵，而黃小田則認為「深」才更能體現寶釵的人格特徵。因為「涵養、寬大，美詞耳，其實是深。」（第三十二回）

「深」可以簡單地概括為複雜性或者多面性，這樣的認知自然更接近「真實」的寶釵。在黃小田看來，深並不僅僅是指涵養、寬大、溫柔、敦厚，而是一種「令人可敬可愛而又可畏」的複雜表現。一方面，寶釵在為人處世上「無事不存心，無事不結實」，而另一方面，「為上下人等所喜而老練處似乎無情」。黃小田顯然已經看到了寶釵人格中的多面性，也模糊地意識到了這種性格的社會意義與人生意義，但是，黃小田畢竟是兩百年前的封建文人，並沒有上升到當代文學理論的高度，不過，我們還是為這樣不俗的見解所震撼。

對於《紅樓夢》的藝術，黃小田也給予了高度的讚美：「傳神至此，我不復能贊之，惟死心佩服而已。」這其實是黃小田對高度的現實性給予的認同。在第十八回元春省親，見到賈母、王夫人時不禁垂淚，哽咽說不出話來，黃小田批道：「何其情景逼真乃爾！」當元春撫摸寶玉頭頸笑道：「比先長了好些──」，一語未終，淚如雨下，黃小田又批道：「此等情景最足感人。」

對於《紅樓夢》的人物藝術，黃小田也給予了高度評價。在第七回描寫鳳姐「一雙丹鳳三角眼」處，黃小田評道：「六語寫盡熙鳳，人謂畫工為寫生手，此不待畫而其人如在目前。」一方面，黃小田認為鳳姐是「脂粉隊裡英雄，可愛可惜」，但又認為鳳姐心太毒。

對於《紅樓夢》的表現手法，黃小田也是讚不絕口。在第七回回末評道：「東府之污穢，不可明寫，卻借一焦大託之於醉，盡情罵出，痛快非常，從來小說，有此妙筆否？」

此外，黃小田是把小說的一百二十回作為一個整體來看，並沒有像後世新紅學的眾多研究者那樣生硬地把前後割裂開來，而且給予了後四十回高度的評價。第一百一十九回，在寶玉離家出走之後，黃小田評道：「寶玉如回來，便是蛇足，便是尋常小說，毫無意味矣。」這不僅是對之前流行的通俗文學中公式化、概念化模式的反對，而且已經體現出了對悲劇深刻性的一定認知。

二、姚燮評點《紅樓夢》

姚燮（1805 － 1864），字梅伯，號野橋，中年以後自號復莊，又號大某山民，別署復道人、上湖生、二石生等，出生於浙江寧波府鎮海縣的一個「五世儒素風，儉樸誠適宜」（《寄家書》）[059] 的小官吏家庭。姚燮一家從祖上開始似乎並沒有人擔任過顯赫的官職，姚燮父姚成，字惟青，縣學秀才，能詩。姚燮幼時家境不錯，後生活日漸困頓。中年以後，由於戰爭的影響，姚燮便開始了不斷的遷居生涯。先後逃難到寧波府城內、鄞縣光溪百梁橋畔楊氏宅、寧波府橋南童氏宅、鄞縣甘溪裡、鄞縣小俠江北滸顧氏房屋等處。

姚燮幼時不但聰慧過人，勤奮刻苦，而且得到鄉里兩位前輩詩人胡

059　姚燮：《復莊詩問》，上海古籍出版社，1988 年，第 523 頁。

湜和陳景範的不吝指點，學業上突飛猛進。而幼年時的姚燮也志向遠大，十幾歲時就模仿父輩與相鄰同輩結成詩社「雪蓮社」。並於道光六年（1826）拔補弟子員，道光十四年（1834）中舉。然而，之後科舉並不順利，三次參加進士考試，均不第，這對姚燮打擊很大。科舉的不順與亂世的逃難生活，使得姚燮的生活軌跡發生變化，對科舉和人生逐漸心灰意冷，開始在蘇州、無錫山水園林中流連。

姚燮愛好廣泛，能詩能文、能曲能詞，而且對於繪畫、音樂、戲曲無不擅長，可謂是一個通才型的人物。在科舉之餘，還組建了「枕湖」、「白湖」兩大詩社，結識了一大批文人雅士。把大量的時間花在了交友、詩酒、旅遊、登山、繪畫、音樂上面，同時，還要為生計整日奔波。

姚燮後期一直窮愁潦倒，一家老小常處於飢寒交迫之中。「寒衣在典不可贖，赤手思炊米無宿。」（〈夜坐吟二章示內子〉）為了生計，姚燮不得不在外奔波，「十載九出門」，主要以售文賣畫維持生計。生活雖然艱難，還要不斷東躲西藏逃避戰亂，但姚燮從來沒有放棄對戲曲的研究，直到同治三年甲子（1864），姚燮患病後才不得不終止研究。臨終時被人送回鄞縣家中，不久去世。姚燮晚年主要從事以下幾項工作：

第一，在家授徒；第二，賣畫售文；第三，整理詩稿；第四，研究戲曲；第五，評點《紅樓夢》。

姚燮沒有個人專門的評點本，他的評語（眉批和夾批）都附在與王希廉評語同印的一部合評本《增評補圖石頭記》上。姚燮於咸豐十年（1860）七月前完成了對《紅樓夢》的評點，並同時寫完了《讀紅樓夢綱領》。光緒十年（1884）孟冬，姚燮的隨文評點首刊於王姚合評本《增評補圖石頭記》，由上海廣百宋齋鉛印出版，一百二十卷。《增評補圖石頭記》所評《紅樓夢》是程偉元、高鶚的一百二十回本，書中把每回稱為每卷，每卷卷首有「悼紅軒原本東洞庭護花主人評蛟川大某山民加評」

字樣。該書卷首有姚燮的總評即「大某山民總評」，幾乎每回回末都有姚燮的回評。「總評」共有 80 條，站在全書的角度上對人物評價，讓讀者對小說的人物、結構等方面有一個總體的印象。

光緒十五年（1889），姚評（回末評）又與王、張二人評合刊於《增評補像全圖金玉緣》上，成為三家合評本。1988 年，上海古籍出版社重新排版印刷此書，重印達五次，總印數達到六萬冊之多，可見三家評本的影響程度。

姚燮的評《紅樓夢》專著《讀紅樓夢綱領》一直以抄本形式留存，到 1940 年才由上海珠林書店排印出版。伴隨著《紅樓夢》的廣泛傳播，姚燮其人其名也變得家喻戶曉。民國時期的吳克岐在《懺玉樓叢書提要》中評價《增評補圖石頭記》在當時的影響時曾說：「考《紅樓夢》，最流行世代，初為程小泉本，繼則王雪香評本，逮此本出現而諸本幾廢矣。」[060]

《增評補圖石頭記》扉頁題「增評補圖石頭記」，首程偉元原序，次護花主人批序；次太平閒人讀法附補遺、訂誤；次護花主人總評，護花主人摘誤，大某山民總評，明齋主人總評，或問、讀花人論贊，周綺題詞，大觀園影事十二詠，大觀園圖及圖說，音釋；次目錄；次繡像。有圈點、重點、重圈、行間批及眉批，回末又有護花主人評及大某山民評。

如果說總評是站在全書角度鳥瞰的話，那「回末評」的重點就在於對小說藝術的具體闡釋，讓讀者能夠具體領略到《紅樓夢》在藝術上的風流韻致。而「夾評」的功能主要是提示性質的，讓讀者能夠從細處去品味、把玩其中蘊含的微言大義。當然，也有一些是姚燮本人的感悟、感嘆和感慨。眉批既有對《紅樓夢》文本的評批，也有對諸家評批文字

060　轉引自一粟：《紅樓夢書錄》，上海古籍出版社，1981 年，第 57 頁。

的再評批。這樣，整體評點內容就變成了一個比較完整的體系，而非有些評點者那種隨意、偶感等評點可比。書中沒有明確標明這些內容出自姚燮，但研究者一般認為，這個版本的眉批與行間批是姚燮所作，因為王希廉的評點只有回批。

關於姚燮的評點，需要說明的是，他的評點首先是建立在護花主人王希廉評本的基礎上的，因此，姚燮的評點除了針對《紅樓夢》本身，也針對護花主人的批點。

姚燮的評點重點是對小說人物的評價，從賈母開始至賈薔結束，共七十餘人，涉及各類人物。評價主要圍繞人物性格特徵展開，有一些評價頗有見地。不過，也有研究者認為「總評」並不是姚燮所評。[061]

姚燮認為《紅樓夢》的主題是言情，尤其是寫男女愛情，因此他說：「全部《石頭記》脫不了『兒女私情』四字。」在他看來，只要男女之間的愛情是純潔的，有著對美好婚姻的深深嚮往就是值得肯定的，但是，他同時也認為「秦，情也。情可輕，不可傾，此為全書綱領」。這句話的意思其實就是說用情要有節制，不能任情而動，因為，「情之為害更甚於淫」。正是基於這樣的認知，姚燮雖然對黛玉的愛情大加讚賞，但同時又在第一回的回末評中說：「還淚之說甚奇，然天下之情，至不可解處，即還淚亦不足以極其纏綿固結之情也。書中林黛玉自是可人，淚一日不還，黛玉尚在，淚既枯，黛玉亦物化矣。」在姚燮看來，正是因為黛玉的痴情（傾情），才導致其死亡。因此，對待兒女感情的正確態度是「無情緣，便無魔障」，只有做到「情可輕，而不可傾」才不至於對生命造成傷害，通俗點說，就是說不要把愛情當成生命的全部。

姚燮雖然是一個比較開明的文人，但在對待情的態度上，依然是站在封建文人的立場上看待男女之情。因此，姚燮對於不符合倫理道德的

061　洪克夷：〈大某山民及其《紅樓夢》評〉，《紅樓夢學刊》，1984 年第 4 輯。

私情是持否定態度的。當司棋的表兄偷入大觀園與司棋約會時，姚燮斥之為淫亂，而當二人雙雙殉情時，姚燮又表示讚賞。

姚燮本著傳統的倫理道德原則批評愛情和人性，自認為是非常合理的，但其實又充滿矛盾，比如，什麼樣的愛情才是純潔的呢？什麼樣的愛情才是不帶任何功利色彩的呢？姚燮並沒有明確說明。不過，從姚燮的態度中可以感受到，他的標準應該是就男女之情的貞潔程度而言，比如，姚燮多次提到「身子乾淨」這幾個字，如在第九十八回回評中說：「雪芹先生不欲以曖昧之事，糟蹋閨房，故於黛玉臨終時，標出『身子乾淨』四字，使人默喻其意。前晴雯將死，亦云悔不當初，皆作者極力周旋處。」正因為這樣的標準，姚燮對尤三姐與柳湘蓮的愛情給予高度讚揚，並把尤三姐殉情後魂魄與柳湘蓮的相見比作司馬遷《史記》筆下的項羽與虞姬之間的愛情。

其實，姚燮這樣的標準並不統一，即使單獨來考察「身子乾淨」這個標準，寶玉就不符合，寶玉與襲人有過「初試雲雨情」的經歷，但姚燮卻對寶玉大加讚賞，而非常符合這個標準的寶釵卻被他批得體無完膚。而尤三姐與柳湘蓮之間其實並沒有多少感情上的交往，到底有多少愛情的成分不太好說，但是姚燮這裡卻把那種對於純潔愛情和美好婚姻的嚮往也看作愛情。

再如，對於司棋與表兄的私幽，姚燮是持否定態度的，但是，當司棋被逐回家後誓不嫁人，並表示「一個女人配一個男人，我一時失腳上了他的當，我就是他的人了，決不肯再失身給別人的」，又說「就是他一輩子不來了，我也一輩子不嫁人的」，還威脅家人「媽要給我配人，我原拼著一死的」。對於司棋此時所表現出來的態度，姚燮不僅認為「司棋倒不糊塗」，而且，這種能夠「從一而終，頗明大義」的態度既「說得響，此言真鬼神鑑之」，又堪比「從容就義」，這是「匹婦不可奪

志」的體現。因此，先前否定司棋的姚燮此刻又祝願她和表兄能夠「在天願作比翼鳥，在地願為連理枝」。

正因為這樣的矛盾，造成了姚燮在評價愛情的過程中偏頗頻出，比如，他對賈芸與丫頭小紅的愛情就給予了嚴屬的批評，因為他認為賈芸對小紅有玩弄的成分，而小紅對賈芸則有攀高枝的願望。因此，姚燮的評點就帶有幾分刻薄：「小紅一流真婢品之最下者。已接過矣，又說誰要，半推半就之景宛乎可想。」

如果我們從《紅樓夢》文本去考察就會發現，小紅並不完全是為了攀高枝，她對賈芸是有著男女之愛的。這一點，姚燮的評點並不符合實際情況。類似於這樣牽強的評點還有不少，比如他認為彩霞中意賈環而不是寶玉並不是出自真心而是畏於齊大非偶、強手如林，「彩霞眼注三爺，而與二爺淡泊相遭。彩霞非無目者，亦以齊大非偶，且捷足甚多，不如降格以就，簁篩不殄，為燕婉之求。鄙語曰：『與其合偷牛，孰若獨偷狗？』此異乎人之情，且自深其情者也」（第二十五回回末評）。

姚燮采用了中國評點派常用的基本模式 —— 隨文評點，由字到句、到段、到回、到全域都做了單刀直入、深入肌理的評析，同時為了便於讀者理解，不至於有閱讀障礙，他將小說文本中諸多複雜的內容分類搜集而編撰成評紅專著 —— 《讀紅樓夢綱領》。對於小說中的材料進行了一系列的摘錄、編排、統計、糾疑工作，對於初讀《紅樓夢》的讀者來說，無疑是有很大的幫助。在其《讀紅樓夢綱領》中，不僅分類統計人物、事件，比如賈府中眾多僕役常常會讓讀者混淆，所以對於每位賈府主子的貼身僕役，姚燮會一一點明，以免錯亂，而且，姚燮還將人物活動所涉及的時間、地點、環境（幻境、真境）、與之相關的對象、帶有文化氣息的藝文活動紛紛記錄，無所不括，以供查檢。並且指出原書存在衍文或訛脫或誤刻。這是一項浩大的工程，但姚燮做得很細緻，很認

真，甚至有幾分瑣碎，然而，總體來說，姚燮的工作對於初學者來說，是必要的，因為姚燮是一位才子，其見解畢竟要比一般讀者高明得多，知識也淵博得多，因此，他的解讀，的確發揮了「為讀者做南針之指」的效果，以廓清閱讀障礙便於讀者更容易理解感悟作品。

但是，姚燮評點最大的一個問題是開了索隱派之先河，雖然姚燮還不是索隱派人物，但是，由於姚燮對於《紅樓夢》中所謂的「將真事隱去」是認同的，因此，在第一回眉批中指出：「曰『將真事隱去』，曰『借通靈』云云，可知此書非竟空中樓閣，不過隱去其真事耳。豈當時或有所忌諱耶？如竟云憑空結撰，吾不信有如此真切也，況明明云『歷過一番』耶。」正是基於以上認知，姚燮編年了小說中的事件。

在其專著《讀紅樓夢綱領‧事索》中有「紀年」一項，分「己酉、庚戌、辛亥、壬子、癸丑、甲寅、乙卯、丙辰」八個年頭，時間跨度從黛玉入榮府至寶玉毗陵驛別賈政。並指出「己酉第三回黛玉初入榮府，約在是年秋末冬初。第四回東府看梅，為己酉之冬。至第六回劉姥姥入榮府，第八回遇寶釵看金鎖皆冬底之事。是年賈母七十五歲，寶玉十二歲，黛玉十一歲，寶釵十二歲，晴雯十一歲，雪雁十歲，薛蟠十四歲，襲人十四歲」。在書中也經常出現「此回仍是己卯年事」、「此回仍是癸丑年秋間事」、「此回亦是丙辰年事」等紀年。對於地點，姚燮也做了對應：「如在北京，應作外西華門」（第八十三回眉批）、毗陵驛係常州府管轄」（第一百二十回眉批）等，這種把小說時間、地點與現實相對應的做法為後來的索隱派打開了一條新思路，以至於在後世索隱派成為一個很大的流派，到今天依然非常流行，成為紅學研究的一股惡流，這一點恐怕是姚燮沒有預料到的。

三、朱湛過錄嘉慶甲子本評點

由於各種原因，筆者沒有見到《朱湛過錄嘉慶甲子本評點》，因此，對於其了解只能透過其他文獻間接得知。

《朱湛過錄嘉慶甲子本評點》是由書末「光緒十四年三月既望古越朱湛錄於襄國南窗下」一句得名，從中也可以得知，朱湛並不是評點人，而只是一個過錄者。而評點人是誰，已不可考。據俞平伯先生記錄，此本凡百二十回，上寫著「藤花榭原版耘香閣重梓」，並題明「近有程氏搜輯」云云，可見離程刻本不遠，下署「甲子夏（日）」，當是嘉慶九年（1804）的本子。這本上有許多評語，不知何人手筆，最末有「光緒十四年三月既望古越朱湛錄於襄國南窗下」，這是抄錄批語者的姓名。這些評語都跟後來《金玉緣》本的太平閒人、護花主人、大某山民的評點不同，想是嘉道年間人寫的。[062] 這個評本的作者是把《紅樓夢》一百二十回作為一個整體來對待的。在評點形式上有眉批、夾批和回末總批。

▍第五節　評點派的轉型 —— 同治年間的評點

一、話石主人評點

話石主人評點其實並不是一個整體，主要分布在《紅樓夢本義約編》和《痴說四種》（「紅樓夢精義」、「紅樓夢雜詠」、「紅樓夢觖史」、「紅樓夢排律」）這兩部著作中。由於《紅樓夢本義約編》上題有「話石主人手定」的字樣，據此推測，此本評點人應為話石主人。但是，話石主人到底是誰，卻很難考證。從目前的文獻來看，我們只能從《紅樓夢精義》中對話石主人略窺一二：

062　俞平伯：〈《紅樓夢隨筆》第三十六則《記嘉慶甲子本評語》〉，《紅樓夢研究參考資料選輯》（第二輯），人民文學出版社，1973 年，第 148 頁。

《紅樓夢精義》一卷，話石主人撰，為桐城張辛田大令猶子，積學能文，玉樓早赴，身後著述散佚，唯此帙僅存。其中皆評騭「紅樓」情事文法，雖遊戲筆墨，而信手拈來，頭頭是道，隱微曲折，闡發無遺，直使作者言外之旨昭然若揭。至其行文，出以駢體，亦復生面別開，超元箸，洵足與塗鐵繪、王雪薌評贊並駕齊驅。昔人謂讀一書不獨讀一書，然則主人之學問不從可見乎？其稿向藏吾友會稽馬賓侯處，賓侯工詩詞，好蓄古今圖籍，與餘為文字交，此乃乞之於辛田者。卷端有其題辭云：平章情濫與情痴，懍懍生花筆一枝；我是夢中聽說夢，輸君夢醒已多時。蓋深悼主人之早世也。歲乙丑（1865），余抄諸賓侯，棄置敝簏中，久不省視，今夏曝書，忽檢得之，方擬付梓行世，而賓侯已歸道山矣。幸祕笈之猶存，思古人而不見，安得不以賓侯之悼主人者悼賓侯耶？詮次之餘，感嘆不能已已，爰綴數語於後。

光緒三年古重陽日西農書。[063]

從以上文字中，我們大致能夠了解到幾點資訊：話石主人是張辛田的姪兒，安徽桐城人，很早就去世，一生著述散佚，只留下關於《紅樓夢》的評點。至於評點的時間，也不可考，只能根據西農抄錄的時間來大致推算。西農抄錄是在 1865 年，付梓行世是在光緒三年（1877），從此可以得知，話石主人的評點至少在 1865 年之前就已完成。

《痴說四種》與《紅樓夢本義約編》在內容上並不重複，《約編》基本上屬於回評。

從評點的內容來看，大致可以分為主旨論、結構論和人物論三個部分。關於《紅樓夢》的主旨，話石主人認為，《紅樓夢》寫作的目的是「醒世」，因此，在閱讀小說的時候必須要首先分清楚真與假的問題。

《痴說四種》卷首有這樣的一段話：

---

063 《痴說四種》，光緒三年申報館仿聚珍板排印本。

開口便說渺茫，見作者曾經夢幻，入手先辨真假，怕後人不解荒唐。誰謂《石頭記》非醒世書？以賈開場，以甄結局，中間甄賈互見，脈絡靈通。[064]

在《紅樓夢本義約編》卷上，又有這樣的評點：

起首雨村士隱皆住仁清巷，言人情真假不分也。雨村去，士隱留，是去假存真之本。士隱仙，雨村仕，是以假代真之始。至急流津，則甄來賈去，卷終則棄假歸真，此真假之說也。[065]

在話石主人看來，《紅樓夢》是一部小說，但目的卻在於「醒世」，因此，「以賈開場，以甄結局」。應該說，話石主人對《紅樓夢》的認知是很有見地的，不但看到了小說是虛構的，而且也意識到了其中蘊含著現實的因素，也即「入手先辨真假，怕後人不解荒唐」，如果不是對生活本質有深刻的認知，是不容易寫出這樣的作品的。這樣的認知顯然比後來新紅學考證派所謂的自傳說要正確得多。

關於《紅樓夢》的結構，話石主人認為，小說在結構上非常講究，「冷子興演說榮國府」是開場演說，「籠起全部大綱」，而第五回是全書的關鍵，用來「統攝全書」，而其他故事都是在此基礎上展開的。在《紅樓夢本義約編》卷上說的非常清楚：

開場演說，籠起全部大綱，以下逐段出題，至遊幻起一波，總攝全書，筋節瞭若指掌，文勢已促，故借劉姥姥入手，從遠處落墨，以疏文氣。中間協理東府，元妃晉封等事，波瀾極大，氣局卻空。至省親則沉浸穠縟，寫盡繁華氣象，其實皆是閒文。故借東府演戲一點煞住，歸入本文。自入園後，正寫題面，至受答起一大波，文氣一歇。以後就景生

---

064 《癡說四種》，光緒三年申報館仿聚珍板排印本。
065 一粟編：《古典文學研究資料彙編·紅樓夢卷》，中華書局，1963 年，第 182 頁。

情，筆意一變。至壽怡紅，精神一振，總起全書，接入獨豔理喪，一落千丈。順勢串寫瑣務，關合正文，伏後敗壞之根。檢園以下，逐段細寫散場光景。忽作掉包一變，窮情盡相，推開大局，且敘且結，應前盛局，喚醒痴庸，重遊幻境，則滴滴歸源，文章已到返魂。至於中鄉魁、綿世澤，有餘不盡之頌揚而已。[066]

　　話石主人把整個《紅樓夢》的結構分為七個大部分，除前五回外，從第六回到元妃省親，既是體現賈府的氣勢，也是暗寫賈府「氣局卻空」，這是小說的第二大部分；第三部分寫眾釵入住大觀園，這是小說「正寫題面」，到寶玉挨打為關鍵點；第四部分中最重要的環節是「壽怡紅群芳開夜宴」。從「抄檢大觀園」開始為第五部分，「伏後敗壞之根」。接下來為第六部分，主要寫調包計與黛玉之死，以及重遊太虛幻境，這一部分氣勢就是「滴滴歸源，文章已到返魂」；最後為第七部分寫中鄉魁、綿世澤，主要是為了「有餘不盡之頌揚而已」。

　　現在看起來，這樣的結構分析還是比較準確的，也符合現代研究者的一般劃分，同時也注意到了第二回與第五回的作用，對於當時初讀者而言，的確能起到一定的導讀作用。

　　關於《紅樓夢》的人物，話石主人主要論述了十二釵。在《紅樓夢本義約編》卷上有一段比較詳細的說明：

　　十二釵命名各有喻意，曰林黛玉，讀寧待玉；曰雪雁，讀接案。寧帶寶玉接案也。

　　曰薛寶釵，讀拆寶開；曰金鶯，減名鶯，鶯讀姻。拆寶玉開聯金玉姻也。

　　曰史湘雲，讀是香群；曰翠縷，讀翠侶。是香群翠侶也。

066　一粟編：《古典文學研究資料彙編‧紅樓夢卷》，中華書局，1963 年，第 182 頁。

曰秦可卿，曰兼美，言兩美情皆可親也。

曰妙玉，曰檻外人，言妙遇陷害人也。

曰熙鳳，趨奉也；曰巧姐，巧語也；曰平兒，貧兒也。言趨奉之巧如貧兒也。

曰李紈，紈讀完；曰蘭，蘭讀難。言完人難也。

曰元春，曰抱琴，前春抱情也。

曰迎春，曰司棋，尋春私期也。

曰探春，曰侍書，探春事虛也。

曰惜春，曰入畫，惜春入化也。此十二釵命名之大凡也。[067]

筆者認為，話石主人對於十二釵的評點並沒有什麼價值，幾乎都是按照第五回判詞中所預示的結局猜想，甚至帶有索隱的痕跡，不但有很嚴重的牽強附會的成分，而且也沒有為讀者提供什麼可資借鑑的指導。

二、劉履芬評點

劉履芬（1827 － 1879），字彥清，號泖生，一號漚夢，浙江江山人。原籍江西梓溪，始祖劉廷一時遷至江山，父劉佳死後，他定居蘇州。劉履芬於光緒五年（1879）曾任嘉定知縣，可惜到任後兩月就去世了。劉履芬自幼好學，喜收藏金石圖書，是晚清浙江江山劉氏詞學家族的重要成員，著有《古紅梅閣遺集》八卷。[068]

劉履芬評點的《紅樓夢》，其底本是嘉慶十六年（1811）重印的東觀閣本《新增批評繡像紅樓夢》，背面有「東觀閣主人」題識，版本扉頁題有「嘉慶辛未重鑴，東觀閣梓行，新增批評繡像紅樓夢」，首為程偉元序，次高鶚序，沒有繡像，再次為目錄。全書一百二十回，共四十冊。

067　一粟編：《古典文學研究資料彙編・紅樓夢卷》，中華書局，1963 年，第 180 － 181 頁。

068　陳水雲：〈浙江江山劉氏與清末民初詞學〉，《浙江大學學報（人文社會科學版）》，2012 年第 4 期。

劉履芬評點最早由王衛民先生撰文介紹，發表在《文獻》1982 年第 11 輯上，後由其編錄整理，於 1987 年由書目文獻出版社出版，周汝昌先生作序，周序發表在《文獻》1983 年第 15 輯。

據王衛民先生統計，該批語有圈點、重點、眉批、行間批、行側批、底批和詩下批等多種形式，共計共九百多條。評語分紅、墨兩種。用紅筆批的有四十餘條，用墨筆批的有六百餘條。此外還用紅筆抄錄王希廉雙清仙館刊本《新評繡像紅樓夢全傳》評語二百餘條。王衛民先生認為，劉履芬對該書的校勘和六百餘條批語尤其值得重視。該書一直為劉履芬及其子劉毓盤所收藏，劉毓盤 1923 年逝世後，流落到友人手中。百多年來，雖幾經周折，但始終藏於箱中，未被世人所知。[069]

王衛民先生對於劉履芬評點的研究得到了周汝昌先生的肯定，但周先生也並不完全同意王衛民的觀點，他認為劉履芬的評點存在著一定的缺點：「劉氏一是到底不免受『隱秀金瓶梅』說的影響，過於喜歡追索男女風月之隱，津津而道之。一是既知高鶚是續書人，—— 他引了張船山的詩，卻又仍把一百二十回當作整體而渾淪不辨地作為論析的根據（也許他得知高鶚之事是在批書以後，引詩是最後錄入的）。」[070]

到了 20 世紀末，學者對劉履芬的評點研究又有了更深的發現，苗懷明〈《紅樓夢》劉履芬批語考辨〉中提出了與王衛民不同的看法，他認為：「所謂的《紅樓夢》劉履芬批語不過是抄錄王希廉、姚燮的部分批語而成，除王希廉批語二百五十多條外，還有五百三十條左右是姚燮的批語，而劉履芬本人的批語不過六七十條，內容簡單，尚不足成為一家之評，遠不可與王希廉、姚燮、張新之、陳其泰等人批評《紅樓夢》的成就相比，但劉履芬的抄錄手批《紅樓夢》有助於對劉履芬思想、藝術觀

069　王衛民：〈談劉履芬東觀閣本《紅樓夢》批語〉，《文獻》（第十一輯），1982 年，第 74 — 87 頁。
070　周汝昌：〈《紅樓夢》劉履芬批語輯錄·序〉，《文獻》（第十五輯），1983 年，第 75 — 80 頁。

及姚燮批語等的深入探討和研究。」[071]

　　苗懷明先生運用了大量的實證來論述自己的發現，可見劉履芬的評點對於研究劉氏本人和《紅樓夢》都是很關鍵的。

　　王衛民先生與苗懷明先生孰是孰非不是這裡討論的關鍵，筆者的目的是整理一下舊紅學中的評點派，以便讓讀者對這一派的研究狀況有一個大致的了解，因此，這裡只對署名為劉履芬的《新增批評繡像紅樓夢》上的評點做一個大致的介紹。為了行文方便，筆者暫且把這些批語稱之為劉履芬批語或者劉履芬評點。

　　劉履芬評點分紅、墨兩種。用紅筆批的有四十餘條，用墨筆批的有六百餘條。此外還用紅筆抄錄王希廉雙清仙館刊本《新評繡像紅樓夢全傳》評語二百餘條。

　　根據王衛民先生的研究，劉履芬評語主要分為五個部分：

1. 對於主題思想的認知

　　《紅樓夢》第一回第一句眉批：「開卷宗旨，現身說法。當事無成之際，借他人酒，澆自己塊壘，賢者所不免。」在第一百一十六回寶玉隨和尚到荒郊一段上批曰：「欲喚醒世人，故作迷離幻渺之談。然是書皆實情實理，河漢荒唐，何可擾人，託諸夢中，自無妨礙。起於夢，結於夢，不自知其夢也，覺而後知其夢也。」劉履芬的意思是說，《紅樓夢》的作者，因為「事無成之際」，希望透過「現身說法」來達到醒人和罵世的作用。這其實有一點白傳說的味道，因此，他認為「悼紅軒似即怡紅院故址。當是曹雪芹先生當年目擊怡紅院之繁華，乃十年之後重遊舊地，風景宛然而物換星移，園非故主，院亦改觀，不禁有滿目山河之感」，因此，希望「借他人酒，澆自己塊壘」，發洩心中不平之氣。這

樣的認知其實之前王希廉、張新之、姚燮均有論述，並沒有什麼新意。
所謂醒人、罵世之說，從其所存的批語來看，「罵世」比較多見，如第
五十三回在烏進孝呈單上批曰「亦微文刺譏貶損當世」，第九十三回敘
及給賈府交租的車被衙門搶去一段上批「衙役肆毒，生民塗炭」，「此
等皆著書正意」等等。但關於「醒人」，或者如何「醒人」的論述卻非
常少見。至於「悼紅軒似即怡紅院故址」、作者「十年後重遊」、物是
人非、「滿目山河之感」云云，都是批者臆度，毫無證據，閱之可矣，
不必當真。

2. 對於人物的評價

對於《紅樓夢》的人物的評點，應該說是劉履芬所有評點中分量最
重的部分。小說中所出現的人物，劉履芬幾乎都做了評價，尤其是十二
釵和寶玉。針對社會上很多人把《紅樓夢》看作一部淫書、認為寶玉
是小說中第一淫人的觀點，劉履芬認為這些人是「吹毛求疵」，這樣的
見識「與蠢婆子等」。在他看來，寶玉其實是一個「風流情性，才子襟
抱」的人物。對於十二釵，也有一些比較中允的評價，比如，他認為迎
春「柔弱無能」、「德有餘而才不足」；認為探春是一朵「帶刺的玫瑰花
兒」，是裙釵中的「攜異」。

對於黛玉和寶釵，劉履芬有一些矛盾，他認為黛玉「心靈口敏」、
「胸有慧珠」，但同時又「處處多心」、「刻薄尖毒」。寶釵一直是一個
飽受爭議的對象，當時很多人把寶釵最後成功成為寶二奶奶的行為看作
是「自行霸占」，針對這一觀點，劉履芬有一段比較長的評點：

> 姐姐之趕妹妹也，煞費苦心。其巴結尊上，和協同輩，俯循下人，
> 俱在遠處大處。予為道地故，但見小心謹慎，大度優宥，無纖芥之失。
> 蓋諸人皆受其籠絡，而願望始酬。若云自行霸占，固係瘋傻亂語。

　　在劉履芬看來，寶釵並不是「自行霸占」，而是由於其長期經營才有的成功。這樣的認知雖然是為了維護寶釵的形象，但這樣的評價似乎更容易為寶釵安上一個「陰謀家」的頭銜。劉履芬認為寶釵最大長處是「善於避嫌」，能夠博得大家的喜歡，而造成寶黛愛情悲劇的主要原因是元春。在第二十八回中，元春給眾姑娘和寶玉賞賜禮物，只有寶釵與寶玉相同，而黛玉與其他姐妹相同，劉履芬批曰：「寶玉、寶釵一樣禮物，頒自椒房，即算頒賜為夫婦。」也就是說，造成寶黛愛情悲劇的並不是寶釵，而是賈府中的最高統治者。

　　十二釵中，劉履芬最討厭的是鳳姐，他對鳳姐的整體評價是「臉酸心硬四字，包括已盡」（第十四回）。在鳳姐打了小道士一段上批：「打小道士一下，便一解鬥，不獨心狠，手亦辣也」（第二十九回）。並認為鳳姐教人告狀「所寫事實，簡而明，重而毒，擅長於刀筆刑名，幕友應避此君出一頭地」（第六十八回）。但劉履芬同時又肯定了鳳姐的才能，認為鳳姐協理寧府時「分派職役，井井有條，的算大才」。總之，劉履芬對於鳳姐的評價相對比較客觀，認為鳳姐「能收能放，能潑能斂，唇舌之利，寡二少雙」（第八十回）。

　　此外，劉履芬還評價過晴雯、襲人、香菱等人，基本上都是一些共識，並沒有什麼特別之處，此不贅言。

3. 對藝術技巧的分析

　　對於《紅樓夢》的藝術技巧，劉履芬首先是對《紅樓夢》逼真的描寫讚不絕口。在板兒看紗帳，只認識上面的蟈蟈、螞蚱時，劉履芬批曰：「逼真，鄉里小兒。」李媽媽怒斥丫鬟們：「不想想怎麼長大了，我的血變的奶，吃的長這麼大？」劉履芬批曰：「不徒肖奶娘之聲，並肖奶娘之神，婆媤龍鍾，呼之欲出。」（第十九回）

其次是對於細節描寫，劉履芬也有很高的評價。麝月給大夫銀子時，「揀了一塊，掂了掂，笑道：這一塊只怕是一兩了」。劉履芬認為這一細節活畫出了麝月的「嬌憨形象」（第五十一回）。薛姨媽與寶釵看薛蝌回信處，劉履芬批曰：「姨媽躁急」、「寶釵精細」，在藝術上達到了「傳神繪影」的效果（第八十六回）。

最後，在結構上，劉履芬認為《紅樓夢》「前伏後補」、「針線細密，遙相照應」，「於極熱鬧時生冷淡根芽」。他非常肯定作者這樣的寫法，把曹雪芹（誤作作者）稱作是「雕龍家手筆」。

4. 破譯《紅樓夢》中的隱語、命名、詩詞、謎語

劉履芬與其他評論者一樣也看到了《紅樓夢》中包括詩詞、韻文、謎語、隱語、命名等方面的隱喻意義，也分析了這些隱喻意義，有一些還是比較有見地的。比如他認為《紅樓夢》的每個人物「命名取氏，俱有深意」（第五回）。而且，有一些地方的確見解獨到，比如，在第五回「因東邊寧府中花園內梅花盛開」處，劉履芬眉批：「寧府賞梅，為入夢之由。『梅』者媒也，『蓉』者容也，『秦』者情也。」這樣的評點雖然不一定正確，但的確能引發人們的思考。在第五回警幻道：「此即迷津也」處，劉履芬眉批：「迷津難渡，只有心如槁木死灰，方免沉溺。」再如，在薛蟠與夏金桂定親時，他批曰：「夏、薛聯姻，門當戶對。然雪逢夏，從此銷化矣。」（第七十九回）

除了上面這些比較有啟發性的批語外，也有一些是出於劉履芬的臆度。比如第五回在「寶玉便伸手先將『又副冊』廚開了」處，劉履芬夾批：「寶玉先收襲人，後娶寶釵，故先閱又副冊。」這樣的解釋比較牽強，也不見得是作者的意圖。再如第九回，賈政向李貴詢問寶玉讀書情況，李貴回答「哥兒已念到第三本《詩經》，什麼『呦呦鹿鳴，荷葉浮

萍』，小的不敢撒謊」，劉履芬批曰「鹿鳴，謂後日鄉舉；浮萍，謂後日遠遁」，並說「已有人為之指出，會心不遠」。如果說鹿鳴與鄉舉還可以勉強連繫到一起的話（明代葉憲祖的《碧蓮繡符》第八折：「吾本章斌名姓，鹿鳴徼幸居先。」太平天國時洪仁玕：「況我真聖主文武同科，鹿鳴與鷹揚並重。」《平山冷燕》第十八回：「明日鹿鳴得意，上苑看花，天子定當刮目。」），那浮萍與遠遁就有點勉強了，在傳統中國文化中，浮萍一般指漂泊之意，非要說遠遁，難免讓人感覺不適。再如，劉履芬在張友士的名字旁批曰「將有事也」。這樣的解釋也非常難以讓人接受，且不說張友士這個名字是否真有諧音，如果真是諧音「將有事」，作者完全可以用「姜友士」、也可以用「蔣友士」，還可以用「江友士」，為什麼非要用一個諧音比較勉強的「張友士」呢？

　　整體來看，劉履芬對於《紅樓夢》的詩詞、韻文、謎語、隱語、命名等方面的隱喻破譯，有一些比較符合作品情況，而更多時候則是出於臆度，顯得比較牽強。

5. 借題發揮，指斥時政

　　劉履芬一生潦倒，對社會現實強烈不滿。所以，在評點《紅樓夢》的過程中，有時候要借評語發洩心中的憤懣，會自覺不自覺把小說中的現象與社會現實連繫。如第六十六回芳官被趙姨娘欺負，藕官、蕊官等聯合起來與趙姨娘大鬧一段，劉履芬批曰：「學戲女孩，乃興義舉，何以有衣列衣冠，遇著公憤公事，或藏頭躲尾，或指東話西，反訾出場者為多事，不禁廢書三嘆耳。」這其實是對那些在其位不謀其政而只知道升官發財的官員的批判。當寶玉、賈蘭雙雙中舉，劉履芬批曰：「惜環兒有瑕，不能入場，苟其混進，亦必中式，不比孤寒奇士，年年打飢餓也。」這不但是對科舉制度的批判，也是對自我人生的感嘆。

▎第六節　評點派的衰落 —— 光緒宣統年間的評點

一、佚名氏的《讀紅樓夢隨筆》

　　《讀紅樓夢隨筆》（以下簡稱《隨筆》），四川巴蜀書社 1984 年 9 月影印出版，署「清佚名氏撰」。此本既不見於《古典文學研究資料彙編・紅樓夢卷》，也不見於其他任何紅學資料輯錄。其底本是四川省圖書館所藏的一個抄本，共八冊，分回評論。第一冊為總評，從整體上評價《紅樓夢》的思想、藝術以及作者，約二萬餘字。接下來就是對上述所列的內容分別論述。文字流暢，分析細緻獨到，較全面地反映了清代紅學研究的狀況，具有很高的史料價值和學術價值。其餘七冊則從第一回到第六十九回，逐回加評。《隨筆》從體例上看與其他評點沒有太大區別，因此屬於《紅樓夢》評點系列，但由於此本缺少底本，僅引評論所及原文，從而也不可能有「圈點」、「夾批」、「眉批」、「側批」等形式，完全是批評及分析的文字，類似於讀書札記。

　　1950 年代初，周汝昌先生曾閱過此本，並在《紅樓夢新證》第九章「補說三篇」的附錄中首次提到《隨筆》，而且引用過其中的一條資料。正因為如此，巴蜀書社在影印此本時特請周先生撰寫了一篇〈讀《紅樓夢隨》筆影印緒言〉，置於該書卷首。

　　《隨筆》全文字數為十五萬至二十萬字，這在清代算是字數最多、篇幅最大的一部紅學研究專著。抄本書頁發黃，紙基較厚，書頁平展，紙張用墨欄分行，每頁十行，每行二十四字或二十二字，全部用毛筆工楷精抄。從字跡上來看，抄者當為二人（或三人），且抄寫態度非常認真嚴謹，不僅字跡工整秀麗，而且幾乎沒有什麼塗改之處，偶有修改訂正的文字，其墨色與字跡均與抄本原文有極大的差別，一望而知為後人所為。由於《隨筆》整個抄本均無任何題署和鈐記，亦無作者印章，因此

很難考證批評者資訊。《隨筆》原抄本有一些蟲蛀之處，但整體來說保存得相當完好，字跡幾乎全部清晰可辨。

關於《隨筆》的作者，根據周汝昌在《緒言》中的說法，該書與民國初年刊行的洪秋蕃的《紅樓夢抉隱》在內容上大致相同，只有個別字句略有出入，所以有兩種可能：或者是洪秋蕃與《隨筆》的作者不是一個人，但洪秋蕃的《紅樓夢抉隱》上的文字基本上來自於《隨筆》；或者《隨筆》的作者就是洪秋蕃，《隨筆》是他的舊稿，大約三十年後將《隨筆》修改增訂排印為《紅樓夢抉隱》[072]。周汝昌先生對於此書作者的判斷保持了自己的一貫風格，在關鍵問題上基本上靠猜測，似乎有幾分道理，但基本上什麼結論也沒有得到。

《隨筆》由於字數多，在評點中涉及的內容也非常廣泛，不但有對小說的思想、藝術、人物等方面的評論，也對當時人們對《紅樓夢》的認知做出了一定的評價。但由於此本為讀書札記的性質，沒有一個具體的體系，且內容比較駁雜，因此，很難分類介紹。只能大致按照思想、藝術等方面進行一些簡單的探討。

1. 關於《紅樓夢》思想意義的評點

首先值得關注的是《隨筆》在評點小說時能夠把小說與社會現實結合，尤其強烈抨擊社會的黑暗與腐朽。在第四回關於「賈雨村亂判葫蘆案」中批曰：「賈雨村因蒙皇上隆恩，起復委用，薛、馮之案，不忍因私杜法，門子冷笑道：『老爺說的何嘗不是，但如今世上是行不去的。』讀至此令人廢書三嘆！」

即使看到鳳姐體罰丫頭，作者也能聯想到酷吏的形象。在第六十一回：鳳姐又道：「依我的主意，把太太屋裡的丫頭都拿出來墊著磁瓦子跪

072　佚名氏：《讀紅樓夢隨筆》（影印本），巴蜀書社，1984 年，周汝昌緒言。

在太陽地下，茶飯也不給他們吃，一日不說跪一日，便是鐵打的，一日也管招了……」作者在此批曰：「撻楚之下，何求不得！酷吏心腸，潑婦伎倆，由來一轍！」說到這裡，作者意猶未盡，接著發揮：

孟子曰：「無是非之心非人也！」吾固不得為鳳姐貸，然今之諸侯，公道黔然，是非倒置，剛愎自用，不納諫言，以此衡世，又轉得為鳳姐寬。某甲署湘撫，措施乖謬，穢德彰聞，庸劣列之。剡章陽城居以下，考語噪然，無一中裏。湘人呼為龐吠，而不名以為龐德之後也。

作者言辭激烈，充滿了對「今之諸侯」的強烈不滿與對「公道黔然」的憤懣。也許評點者曾經親眼看到過類似之事，甚至是有過切膚之痛，所以，才有如此感慨。

2. 關於《紅樓夢》藝術價值與藝術表現手法的探討

關於這一方面，《隨筆》內容非常蕪雜支離，只能擇其要略舉幾例。

首先，作者給予《紅樓夢》高度的評價。在「總評」中說：「《紅樓夢》是天下傳奇第一書，立意新、布局巧、詞藻美、頭緒清、起結奇，穿插妙、描摹肖、鋪序工、見事真、言情摯、命名切，用筆周妙處，殆不可枚舉。」

接著又說：「此書經曹雪芹先生披閱十載，增刪五次而後成全璧，可知傳世之又真不知嘔出才人心肝幾許也！……」

其次，《隨筆》對於《紅樓夢》典型人物的塑造也給予了高度肯定：「《紅樓》妙處又莫妙乎描摹之肖，一人有一人性情，一人有一人身分，彼此移置不得。至聲吻尤為肖妙，不啻若自其口出。」

這其實是說到了小說人物的個性與獨特性，這些栩栩如生的人物形象都有自己獨特鮮明的特色，人物眾多卻不雷同，而且每一個人物的位置無可替代，而且也正是由於每一個人物有自己獨特的個性，才使得這

些人物成為文學典型形象：「……蓮仙女史曰：妙玉不孤僻不成妙玉；鳳姐不潑辣不成鳳姐；寶玉不糊塗不成寶玉；寶釵不奸詐不成寶釵；黛玉、晴雯不夭亡，不成黛玉、晴雯；襲人不嫁蔣琪官不成襲人……」

《隨筆》的作者雖然對寶釵的看法有待商榷，也不一定正確，但畢竟看到了構成一個藝術典型必須要有突出並一以貫之的個性，這一點還是非常有見地的。

《隨筆》在對小說藝術進行價值探討的過程中，最為精采的是關於甄賈寶玉的論述：

甄寶玉人以為真寶玉，賈寶玉人以為假寶玉，不知甄寶玉乃假寶玉，賈寶玉乃真寶玉也。太虛幻境對聯曰「假作真時真亦假」，早已表明。然則賈寶玉因有而甄寶玉自無耶？亦不盡然。對聯又早表明「無為有處有還無」，是並賈寶玉亦無之矣！蓋真事既隱，真名亦隱，所謂寶玉無論真假，皆在無何有之鄉矣！然非空中樓閣，平空結撰也；寶玉雖無其人，有一性情、相貌、際遇、事蹟如寶玉而非以寶玉名者在也。

這樣的見解，可謂非常高明，在整個清代、民國甚至到現在，總有一些研究者有意無意要把寶玉與現實中的人物對應，或者不知道小說作者為何要設置甄賈寶玉的形象。在現代人張之所做的《紅樓夢新補》中，還煞有介事地弄出一個「甄寶玉送玉」的橋段，簡直就是一個笑話。可以說，這些人的識見遠不如《隨筆》的作者。寶玉作為一個小說人物，肯定具有很多現實中人的「性情、相貌、際遇、事蹟」，而同時，寶玉作為一個小說人物，又不會是現實中任何一個人物，這也正是「假作真時真亦假，無為有處有還無」的真正含義，因此，作者明確點明「所謂寶玉無論真假，皆在無何有之鄉矣」！從這一點來說，所謂「自傳說」、「董鄂妃說」、「明珠家世說」、「金陵張侯說」等等，都是無稽之談，可以肯定地說，這些人都是沒有真正讀懂《紅樓夢》。

3. 關於隱語的論述

《紅樓夢》中的隱語似乎是一個大家都意識到的問題，《隨筆》的作者當然也意識到了這個問題。在總評中有這樣的文字：

> 薛，雪也，有陰冷之象，林遇雪則無欣欣向榮之兆，而有蕭蕭就萎之憂。然雪雖虐林，而有晴雯小照於林間，猶有和煦之景，故晴雯為黛玉小照。襲人者，能襲人婚姻以與人者也，寶玉正配本屬黛玉，襲人能襲取以予寶釵，故為寶釵小照。

這樣的論述雖然不一定符合小說作者的意思，如其對晴雯與襲人的解釋就很難讓人信服，但卻能發人深思。此外，《隨筆》的作者還有一些論述值得注意，如在《紅樓夢》一書的開首處，先寫了兩位女性，一個是英蓮（即香菱），一個是嬌杏（即後來成為賈雨村的妾）。英蓮是甄士隱的女兒，嬌杏是他家的丫頭。這兩個人物似乎在全書中作用不大，但《隨筆》的作者卻提出了不一樣的看法：

> 未敘黛玉、寶釵以前，先敘一英蓮，繼敘一嬌杏，人以為英蓮、嬌杏之閒文也。而不知為黛玉寶釵之小影：英蓮者應憐也，謂香菱境遇種種堪憐，此為黛玉先聲；嬌杏者僥倖也，謂婢作夫人實乃為萬幸，此為寶釵前馬。如月將霽而星先明，雨將來而風先到，此精心作意之文，非隨筆泛寫之語。

對於這樣的論述，筆者雖不敢妄加評價，但從當時的所有評點者來看，應該說是非常具有啟發性的，能夠引導讀者從不同角度去理解《紅樓夢》。

二、蝶薌仙史評點本

蝶薌仙史評點本全名為《增評全圖石頭記》或《增評加批金玉緣圖說》，劉繼保先生認為，首印為光緒三十二年（1906）上海桐蔭軒刊本，書名《增評加批金玉緣圖說》[073]，而沈治鈞則認為光緒二十五年（1899）己亥孟夏上海書局就石印了《增評全圖石頭記》本。[074]

蝶薌仙史評點本其實是王希廉、蝶薌仙史的合評本。

光緒三十二年（1906）上海桐蔭軒石印本，扉頁題「全圖增評金玉緣光緒丙午九秋石薌」，另本題「足本全圖金玉緣光緒丙午九秋石薌」，背面用紅字印刷「光緒丙午菊秋月上海桐蔭軒石印」。書內每卷卷首題「增評加批金玉緣圖說，蝶薌仙史評訂」。正文為一百二十卷，現藏北京圖書館。批語形式為圈點、重圈及蝶薌仙史雙行小字夾批回後評。王希廉的批語依然保持回後評的形式，但只有「評日」，而去掉了「護花主人」字樣。

卷首依次為：華陽仙裔序；張新之「太平閒人讀法」（缺少抄本末尾三則）；王希廉序及「總評」；明齋主人總評（實為諸聯「紅樓評夢」的一部分）；大某山民總評（80 則，其中 76 則實為無名氏，也有說是王韜寫於姜棋作「紅樓夢詩」上的批語）；涂瀛「紅樓夢論贊」及「紅樓夢或問」；「無名氏大觀園影事十二詠」；周琦「紅樓夢題詞」；王希廉「音釋」；「大觀園略說」。後有圖六十幅，多下圖上贊，每兩回有回目畫一頁兩幅，正文每頁二十一行，每行四十字。[075]

蝶薌仙史的批語雜取眾家，批語的成分約有六種：其一，主要是把姚燮的夾批、眉批或回後評，合併成自己的夾批；其二，補錄了姚燮評中沒有引用的東觀閣本評語；其三，有些地方集中引用了張新之的

073　劉繼保：《〈紅樓夢〉評點研究》，首都師範大學博士學位論文，2004 年，第 18 頁。
074　沈治鈞：〈苕溪漁隱《癡人說夢》真偽平議〉，《紅樓夢學刊》，2016 年第 1 輯。
075　劉繼保：《〈紅樓夢〉評點研究》，首都師範大學博士學位論文，2004 年，第 18 輯。

夾批，如第六十二回；其四，引用了苕溪漁隱在《痴人說夢》（鐫石訂疑）中所言「舊抄本」的一些批語，這在第四、十二、二十五、三十、五十、五十一、五十二、五十三、五十七、七十一、七十四、七十六等回都有引用的例證，第八十六、八十八等回也有苕溪漁隱「案」語中的訂疑文字；其五，蝶薌仙史的許多批語與劉履芬的批語完全一致，其源出問題還待探討；其六，有些批語目前尚未查到來源，姑且歸於蝶薌仙史自評。[076]

　　整體來看，所謂的蝶薌仙史評點《紅樓夢》其實就是一個雜取百家的匯評本，其中既有王希廉的評點，也有姚燮與東觀閣本評語，還有苕溪漁隱在《痴人說夢》（此本有爭議，疑是一個偽本）與劉履芬的評點，至於那些暫時找不到出處的評語，到底是不是蝶薌仙史自己的評語也不好說，考慮到當時評點本非常之多，蝶薌仙史是否還抄錄了其他人的評點也未可知。總之，蝶薌仙史評點《紅樓夢》就是清朝末年一個匯評本，由於其所抄錄的大部分評語前文都介紹過，所以，這裡就不再重複。

三、王伯沆批校《紅樓夢》

　　王伯沆（1871－1944），名瀣，自號冬飲，又別署沆一、無想居士、伯韓、伯涵等，祖籍江蘇溧水，明末遷至上元（今屬南京）。母海寧陳氏，喜讀《明史》，常為伯沆講述晚明忠烈故事，對其影響很大。王伯沆幼曾從江寧名宿高子安學《說文》，後於南京鐘山書院求學。由於其自幼聰穎過人，讀書數遍便能成誦，因此，早年曾受聘於陳三立家塾，擔任國學大師陳寅恪的啟蒙教師。後曾先後於上海江南圖書館、南京陸師學堂等學校有過短暫任職的經歷，平生大部分時間在南京各學校擔任教習。1915 年，任國立南京高等師範學校首任國文部主任，先後在南

076　曹立波：〈蝶薌仙史的《紅樓夢》批語考辨〉，《紅樓夢學刊》，2003 年第 3 輯。

高、東大、中大執教數十年，抗戰勝利前夕病逝於南京。

　　王伯沆批校《紅樓夢》始於 1915 年夏應聘赴南高師任教的前夕，完成於 1938 年冬；先後精讀《紅樓夢》二十遍[077]，分別作朱、綠、黃、墨、紫五色筆圈點批注，每次批注都用不同墨色，總共評批五次。除紫筆以外，都是蠅頭細字，根據第二十四卷卷末「自記」：朱筆批注作於 1914 年夏天；黃筆批注作於 1917 年初秋至 1918 年 6 月；綠筆批語作於 1921 年春天至 1922 年初冬；墨筆批語分兩次進行，第一次於 1927 年 6 月竣工，第二次至 1932 年除夕前二日寫完；紫筆批注則於 1938 年 11 月 15 日完成。其中，朱筆批語共有 1385 條，黃筆批語共有 2961 條，綠筆批語共有 2200 條，墨筆批語共有 5411 條，紫筆批語共有 430 條，五種顏色的批語總計為 12387 條（如加上後來被整條刪去的批語 94 條，總計 12481 條），近三十萬字，批點時間前後持續了 24 年。除三十多條屬於行間夾批和回末總批之外，其餘都是眉批和底批。[078]《王伯沆紅樓夢批語彙錄》由趙國璋、談鳳梁等整理，1985 年由江蘇古籍出版社出版，分為上、下兩冊。

　　王伯沆評點，內容廣泛，既有內容評論、人物褒貶、藝術鑑賞，又有版本、事典、詞語考釋、摘誤糾謬等，但是大部分都是在原本的天頭和地腳進行眉批和底批，以片言隻語的短批為最多。大體說來，王伯沆對《紅樓夢》一書的批校最為重要的是批點與校勘兩個方面的內容。

1. 關於《紅樓夢》思想與藝術的評點

　　批點主要是針對《紅樓夢》正文及王希廉、姚燮等其他批點者的批評和圈點，屬於評點之批評。就批評的形式而言，其中絕大部分為眉批，只有一小部分為底批、側批和回後批。

077　轉引自劉繼保：《王伯沆的紅樓夢評點》，2004 揚州國際《紅樓夢》學術研討會。
078　談鳳梁：《古小說論稿·〈紅樓夢〉王瀣評本概述》，浙江古籍出版社，1989 年，第 234 頁。

　　王伯沆的思想和治學受太谷學派影響甚大，而這一學派「與儒家傳統的立身原則不盡相同，除重視經典文化外，還不廢文學創作，尤其是重視通俗文學的教化和審美功能」，「把小說創作和研究作為『立言』的方式之一」[079]。因此，王氏對於作品中所流露的一些現實批判思想非常認同，認為這部小說「於世情種種狀態，無所不包」（第七回眉批）。經常將《紅樓夢》中一些有關世態人情的描寫與當時社會上存在的不良風氣對照，以此抒發對不良社會風氣的不滿。比如在第二回，針對「雨村最贊這冷子興是個有作為大本領的人，這子興又借雨村斯文之名，故二人最相投契」等語批道：「近日入都夤緣門路，多由京店穿插過付者，皆子興一輩人也。」借批點《紅樓夢》，批評當時接援攀比的不良社會風氣。

　　《紅樓夢》所流露的佛教思想，也深為王氏所贊同，並加以發揮。比如對作品第六十六回的回目「冷二郎心冷入空門」，王氏作了這樣的闡述：「以世諦言，心冷入空門；以佛諦言，惟大熱心人方有作用，否則焦芽敗種自了漢耳。」（第六十六回眉批）

　　王伯沆涉獵面廣，經史子集，各類書籍信手拈來，而且還不時橫向比較分析。比如作品第六十八回，王熙鳳為了對付尤二姐，讓旺兒唆使張華告狀，王氏在批點時根據清代法律，指出此事的是非曲直：「按《大清律例》，指腹為婚，本在禁止之列。又云婚嫁父母主之。張華之父既有主婚之權，即有退婚之權。況又得尤氏銀兩，即有婚約，已與追財禮之律文相符，張華萬無一定要人之理。閱者不可不知。」（第六十八回眉批）讀者如果在閱讀小說的過程中明白了這一點，或許對鳳姐利用賈府權勢玩弄司法的行為會有更為深切的認知，同時，在這樣的評點的指導下，也能增加不少見識，得到許多啟發。

079　萬晴川：〈太谷學派與《紅樓夢》〉，《紅樓夢學刊》，2007 年第 3 輯。

　　王伯沆是一位國學大師，其淵博的知識與深厚的學養令人驚嘆，因此其評點往往能發人深省。比如作品第三十四回賈寶玉挨打後，很多人前去探望，但每人的動機各有不同，王氏就此分析道：「前文釵之來，以私也；黛之來，以情也。此次鳳之來，既與寶玉親切，又討老太太、太太好，私而公也。薛姨媽既係尊長，一味趨炎，又隱約為女兒婚姻眼線，公而實私也。若諸僕婦則以勢來，不足算矣。」（第三十四回眉批）

　　對於人物形象的塑造，王氏也有很多精采的評點。對寶玉挨打之後眾人紛紛問其飲食，王氏也有類似的分析：「上回寶釵云『要玩的、吃的，悄悄往我那裡取』，是私情語；鳳姐亦云『想什麼吃，叫人往我那裡取，是管家人應有之語』；薛姨媽云『想什麼只管告訴我，是親戚要好鬧闊自尊語』；太太云『你想什麼吃，回來好送來』，是溺愛語，各各不同。若賈母一疊連聲叫做去，另是一種不問青紅皂白口吻。」（第三十五回眉批）這樣的分析真可謂心細如髮，對深入理解作品人物形象很有啟發。

　　就其對《紅樓夢》人物的評價而言，王氏的態度是十分鮮明的，可謂愛恨分明，毫不掩飾。他對賈寶玉、林黛玉二人有著相當的理解和同情，對寶黛特立獨行、不為流俗所理解的言行甚至是一些錯誤和毛病也給予最大限度的寬容。作品第二十九回有一句介紹賈寶玉的話：「原來那寶玉自幼生成有一種下流痴病。」王氏不喜歡其中的「下流」二字：「此二字我卻不喜，刪去為是。請以質之明眼人。」、「又，以此二字加之寶公，全書不必作了。」明顯體現出其對於人物的態度。

　　由於王伯沆知識淵博，在評點時往往能連繫《金瓶梅》、《水滸傳》等小說一起進行，讀之不但對《紅樓夢》有更深入的了解，而且能更深入了解中國小說的整體創作特徵。

　　如：「寫倪二潑皮，全用《水滸傳》無毛大蟲牛二寫法。」（第

二十四回）「主意也好，大似王婆對西門慶設計，此之謂攝神在《水滸傳》。」（第四十六回）

「這些乾娘都是《水滸傳》王婆之流。」（第七十七回）這幾則批語意思都很明確，《紅樓》人物倪二、邢夫人和賈府裡的「這些乾娘」們，是帶著《水滸》人物牛二、王婆的神理出現在《紅樓》敘事中的。讀者在為王氏淵博的學識驚嘆的同時，也增長了不少見識，得到許多啟發。

2. 對於《紅樓夢》的注釋與校勘

王伯沆在評點過程中，並不僅僅是分析小說的思想、藝術，還有一個重要的工作就是解釋作品中所提及的掌故、物品、詩詞、歷史人物、風俗等詞語。其中有不少解釋王氏旁徵博引，使用大量文獻加以印證，由此可見批點者淵博的學識和豐富的閱歷。比如第三回「便有榮府打發轎子並拉行李車輛伺候」一語上，王氏對「轎」的來歷溯源：「轎，不始於清。《史記·河渠書》：禹，『山行即橋』，即轎也。《漢書·嚴助傳》『輿轎而逾嶺』，已用轎字，但皆平聲。自宋以後至今，遂通用去聲耳。近人謂乘轎為遜清陋習，不覺一笑。因略識之。」王伯沆引用《史記》、《漢書》等典籍加以說明，對讀者來說，由此也長了不少見識。再如，對「辣子」這個詞語，王氏是這樣解釋的：「今南京猶有此稱，言無賴也。余按《五代史·漢高祖紀》有『此都軍甚操剌』之語，注云：『俗謂勇猛為操剌。』是『剌』訛『辣』也。」（第三回墨筆底批）一方面徵引《五代史》考索詞源，一方面又根據個人的閱歷印證。

除注釋《紅樓夢》中掌故、物品、詩詞、歷史人物、風俗等詞語外，王氏對於小說中文字的校勘也是值得注意的。

比如在雙清仙館本第十三回「原來是忠靖侯史鼎的夫人來了」一語後多出「史湘雲」三字，前文並未交代，顯得十分突兀。王伯沆未校勘

前，就認為這三字不妥，用綠筆批道：「刪去為妥，以前無明文也。」後來經過和有正書局小字本對勘，他終於發現了問題所在：「按原本，『夫人來了』下夾注有『伏史湘雲一筆』六字，此則誤入正文耳。」原來是將批點混入正文了。再如作品第二十八回「三百六十兩四足龜大何首烏」一語讀起來明顯不通，但校本也有問題，王氏對此批道：「此疑有誤。按原本，『兩』下有『還不夠』三字，無『四足』二字，云『龜大的何首烏』，亦似未妥。」最後他參照校本，將「四足龜」改為「還不夠」，這樣讀起來也順暢些。

王伯沆的《紅樓夢》研究是有價值的。他既是傳統紅學的終結者，同時也是現代紅學研究的先驅。

第二章　索隱派紅學

「索隱」一詞本來並不專指紅學研究，早在《周易·繫辭上》中就有：「探賾索隱，鉤深致遠，以定天下之吉凶，成天下之亹亹者，莫大乎蓍龜。」孔穎達疏曰：「索謂求索，隱謂隱藏。」孔穎達的意思是說，「索隱」中的「索」是指探求、探索、發現，「隱」是指隱而未發的事物。在古代，由於條件限制，古人對於自然現象所帶來的影響往往很難預測，於是總希望能透過一些方式去探討複雜之事，達到透過表面現象去求索隱藏在背後深奧之理的目的，從而能夠更準確認識、掌握萬事萬物，尤其是未來要發生的，比如過去的蓍龜卜筮就是這樣的形式。然而，這樣的方式畢竟只是帶有很強主觀性的行為方式，對於現象的解釋也具有較大的隨意性。但是，由於人類對未知領域探索的天性，這種方式並未完全消失，總有人希望能透過一些方式去掌握隱藏在背後的事物。所以，索隱就成為一種披著研究外衣的「學術」形式，雖然在各個歷史階段表現不同，程度不同，但一直沒有銷聲匿跡。

索隱派之所以能夠出現，並成為學術界的一股強大的逆流，主要與小說這種藝術形式有關。從小說與現實兩個方面來說，有藝術真實與現實真實的區別，從哲理意蘊而言，有現實世界與理念世界的區別，從歷史與文學而言，有歷史敘事與文學敘事的區別，而這些區別的界線有時候又很模糊，很容易跨越。而《紅樓夢》作為一部優秀的小說，有著無限解讀的可能性，這就為索隱派留下了很大的闡釋空間，他們往往把歷史與文學混同，從文學中去尋找歷史的片段，或者把藝術真實與現實真實對應，用現實的邏輯去理解文學的真實，而這樣做的結果就是由於以文（小說）證史、以史證文的混亂而模糊了歷史與文學的界線，而索隱

派也在這個過程中完成了自己的「使命」。

紅學索隱派一般的操作大致如下：

首先，透過自己的觀察與經驗從社會現實中尋找與小說人物家世、地位等方面類似的家族，而這個現實中的家族有一些或有幾件事件與小說中所描寫的事件大致雷同或有幾分類似，於是，索隱派就認為找到了隱藏在小說中的「本事」，接下來就開始透過把小說中的人物、事件互相比附、對照，也就是我們通常所說的去探尋追索《紅樓夢》所隱去的「本事」和「微言大義」。如果比附成功，就可以證明其觀點正確，如果比附實在太過於牽強，則用「此小說筆法也」、「此避禍也」、「此小說創作需要也」等等藉口來搪塞。也就是說，在索隱派看來，小說與現實是可以自由穿越的，如果有相似，就是對現實的隱射，如果實在不能比附，那就又稱為小說筆法了。

從索隱派的發生、發展、形成、興盛與延續的整個過程來看，索隱派大致可以劃分為萌芽期、興盛期、海外興盛期和復活期（新索隱派）四個階段。下面，我們就按照這幾個階段逐一介紹。這裡需要說明的是，從整體上來看，由於索隱派的復活期（新索隱派）屬於新紅學時期，所以，這一部分就放在新紅學部分介紹，這裡只就前三個階段介紹。

▎第一節　索隱派的萌芽期

所謂萌芽期，是指還沒有正式以專著、論文發表觀點，主要是靠猜測、比附來把《紅樓夢》與現實中的具體人、事連繫起來的階段，即使有一些文字，也僅僅是在評點、筆記、書信中所提到的隻言片語，幾乎拿不出任何證據。這一階段比較長，筆者暫且把這一階段劃定為從《紅樓夢》誕生至 1900 年之間。

一、明珠家事說

根據現有資料，開「索隱」先河的是乾隆皇帝。趙烈文《能靜居筆記》曰：「謁宋于庭丈（翔鳳）於封溪精舍，于翁言：『曹雪芹《紅樓夢》，高廟末年，和珅以呈上，然不知所指。高廟閱而然之，曰：「此蓋為明珠家作也。」後遂以此書為珠遺事。』」[080]

文中高廟即指清高宗乾隆皇帝，于翁即宋翔鳳。宋翔鳳生於乾隆四十一年（1776），卒於咸豐十年（1860），以上史料是把《紅樓夢》與現實相比附的最早記載。此後，這一說法屢屢出現在文人的筆下。如梁恭辰《北東園筆錄》四編載：

《紅樓夢》一書，誨淫之甚者也。乾隆五十年以後，其書始出。相傳為演說故相明珠家事，以寶玉隱明珠之名，以甄（真）寶玉、賈（假）寶玉亂其緒，以開卷之秦氏為入情之始，以卷終之小青為點睛之筆。摹寫柔情，婉孌萬狀，啟人淫竇，導人邪機。[081]

張維屏《松軒隨筆》載：「容若，原名成德，大學士明珠之子，世所傳《紅樓夢》賈寶玉，蓋即其人也。《紅樓夢》所云，乃其髫齡時事。」張維屏還引了「詩善言情，又好言愁」的納蘭成德的兩首詩，認為詩所寫的美人，即林黛玉。[082]

張祥河《關隴輿中偶憶編》也載：「《飲水詩詞集》為長白性德著，大學士明珠子。《曝書亭集》有輓納蘭侍衛詩，世所傳賈寶玉者，即其人。」[083]

筆者認為，《紅樓夢》是明珠家事的說法之所以能夠流傳廣泛，主要與乾隆作為帝王的地位有關。明珠作為康熙時期的重臣，曾經顯赫一

080　一粟編：《古典文學研究資料彙編·紅樓夢卷》（第二冊），中華書局，1963 年，第 378 頁。
081　一粟編：《古典文學研究資料彙編·紅樓夢卷》（第二冊），中華書局，1963 年，第 366 頁。
082　一粟編：《古典文學研究資料彙編·紅樓夢卷》（第二冊），中華書局，1963 年，第 363 頁。
083　一粟編：《古典文學研究資料彙編·紅樓夢卷》（第二冊），中華書局，1963 年，第 367 頁。

時，但由於其貪贓枉法、禍亂朝政，於康熙二十七年（1688）被革職抄家，後又重新授為內大臣，也扈從康熙征討過噶爾丹，家族稍有振興，但至死都不曾重新執掌大權。縱觀其一生，明珠經歷了官場浮沉、榮辱興衰，這與《紅樓夢》賈家的興衰頗為相似。但是，人們之所以認為《紅樓夢》是寫他們家的事，並不僅僅是因為他家的興衰榮辱與賈家相似，還有一個重要的原因，那就是明珠有一個名氣更大的兒子納蘭性德。

納蘭性德才華橫溢，「於康熙十一年壬子科中式舉人，十二年癸丑科中式進士，年甫十六歲，然則其中舉人止十五歲，與書中所述頗合也」[084]。納蘭性德中進士後，留在康熙身邊做了個三等侍衛，很快，就升為一等侍衛。深得康熙喜歡，康熙每次出巡都帶著他。納蘭性德 19 歲娶了兩廣總督盧興祖之女盧氏，夫妻感情深厚，惜妻英年早逝，納蘭性德終其一生用詞悼念。從才情來看，寶玉似乎與納蘭性德有幾分相似，而小說中寶玉也哀悼黛玉，這就給人們留下了想像的空間。錢靜方就認為納蘭性德也曾痛悼其妻，「是黛玉雖影他人，亦實影侍御之德配也」[085]。梁恭辰亦稱：「《紅樓夢》一書，誨淫之甚者也。乾隆五十年以後，其書始出，相傳為演說故相明珠家事。以寶玉隱明珠之名，以甄（真）寶玉、賈（假）寶玉亂其緒。」[086]

透過兩相對比，索隱派似乎真的有幾分道理，但是，細想一下就會發現破綻百出。首先，從清朝建立到乾隆時期，其間經歷過興衰存亡的家族何止明珠一家？如果把範圍擴大一些，在中國歷史長河中，又有多少家族與《紅樓夢》中的賈家相類似？其實《紅樓夢》除明珠家事說以

084　一粟編：《古典文學研究資料彙編·紅樓夢卷》（第二冊），中華書局，1963 年，第 405 頁。
085　一粟編：《古典文學研究資料彙編·紅樓夢卷》（第一冊），中華書局，1963 年，第 325 頁。
086　梁恭辰：《北東園筆錄四編》（《叢書集成三編》卷 4），影印民國間石印本，道光二十八年，第 6 頁。

外，尚有「張侯家事說」、「和珅家事說」、「傅恆家事說」等等，從中也可以看出，把《紅樓夢》用來比附任何一家都可以找到一些相似的地方，因此，所謂明珠家事說實在經不起推敲。

索隱派有一些比附非常荒誕，已經不能用牽強附會來形容了。比如陳康祺《燕下鄉脞錄》卷五載：

> 嗣聞先師徐柳泉先生云：「小說《紅樓夢》一書，即記故相明珠家事。金釵十二，皆納蘭侍御所奉為上客者也。寶釵影高澹人，妙玉即影西溟先生。妙為少女，姜亦婦人之美稱，如玉如英，義可通假。妙玉以看經入園，猶先生以借觀藏書，就館相府。以妙玉之孤潔而橫罹盜窟，並被以喪身失節之名，以先生之貞廉而瘐死圜扉，並加以嗜利受賕之謗，作者蓋深痛之也。」[087]

同樣的論述還有〈妙復軒評《石頭記》敘〉中孫桐生的一段話語，說得更為詳細，也更為具體：

> 惟作者姓名不傳，訪諸故老，或以為書為近代明相而作，寶玉為納蘭容若。以時事文集證之，或不謬。其曰珠曰瑞，又移易其輩行而錯綜之。若賈雨村，即高江村也。高以諸生，覓館入都，主於明僕，由是進身致通顯。若平安州則保定府之別名，李御史即郭華野之易姓，而特以真事既隱，正令人尋蹤按跡而無從。……考其時，假館容若，擅宏通、稱莫逆者，則有梁藥亭、姜西溟、顧梁汾諸君子，不能實指為某人草創，某人潤色也。至書中言寶玉中第七名舉人，查進士題名碑，成德中康熙十五年丙辰科二甲第七名進士，言舉人者，隱之也。又按顧梁汾《彈指詞·金縷曲》後注云：「歲丙辰，容若年二十二，一見予，即恨

087　一粟編：《古典文學研究資料彙編·紅樓夢卷》（第二冊），中華書局，1963年，第386－387頁。

相見晚，填詞見贈，有『後身緣恐結它生裡』，極感其意，而殊訝為不祥。後竟卒於乙丑五月，讖語果符。」是容若得年三十有一耳。考時代暨書中事蹟，信為演容若也無疑。

眾所皆知，納蘭性德的座上客都是男的，而十二釵都是女的，把十二釵解讀為「納蘭侍御所奉為上客」，即使是索隱派自身也感覺難以說得過去，於是只能再進一步解釋為什麼十二釵可比作男士。如錢靜方的《紅樓夢考》說：「《紅樓》一書寫美人實寫名士，特化雄為雌。」[088]這樣的解釋簡直可以說是荒唐。連同為索隱派的「同道中人」也看不下去，放棄了明珠家事說，修改為和珅家事說，認為《紅樓夢》是寫和珅家事，十二釵是指和珅家的十二個妾姬。[089]

從這樣的比附可以看出，如果按照索隱派的做法，《紅樓夢》不但可以比附明珠家事或和珅家事，也可以比附歷史上任何有過興衰的大家族，然而，如果一種研究能夠這樣隨意比附，那不也正說明索隱派的研究非常荒誕嗎？

據《清史稿》記載，高澹人，名士奇，原本是一個「以覓館糊口之窮儒」，後透過結黨受賄的手段「忽為數百萬之富翁」，與徐乾學、王鴻緒等人「乃憑藉權勢，互結黨援，納賄營私，屢遭彈劾」。[090]

姜宸英（1628－1699），字西溟，號湛園，又號葦間，浙江慈溪人。明末清初書法家、史學家，與朱彝尊、嚴繩孫並稱「江南三布衣」。明末諸生，康熙十九年以布衣薦入明史館任纂修官，分撰刑法志，記述明代三百年間詔獄、廷杖、立枷、東西廠衛之害。又從徐乾學在洞庭山修《大清一統志》。姜宸英孤高氣傲，在京因得罪大學士明珠受冷遇。於康

088　一粟編：《古典文學研究資料彙編・紅樓夢卷》（第一冊），中華書局，1963 年，第 66 頁。

089　一粟編：《古典文學研究資料彙編・紅樓夢卷》（第二冊），中華書局，1963 年，第 412－414 頁。

090　趙爾巽等：《清史稿・文苑傳》，上海古籍出版社，1986 年，第 10322 頁。

熙三十六年以 70 歲高齡始成進士，以殿試第三名授翰林院編修。

真不知道這兩人怎麼就能和寶釵、妙玉扯上關係，因此，對於陳康祺的觀點，恐怕稍微有點文學常識的人都難以接受。如果我們稍微分析一下孫桐生那段文字就會發現，孫氏與所有索隱派或者後來的紅學考證派一樣，都有一個共同的特點，就是一開始就設定了一個觀點，為了證明自己這個早已設定好的觀點，從小說中或者歷史中拿出了幾條似是而非的「證據」，比如「訪諸故老」、「以時事文集證之」等。似乎他們在得出結論之前有過實地考察，並有文字材料佐證，這就給人一種做學問非常嚴謹的感覺，因為實地考察加文字材料當然應該有說服力了。但是，稍加琢磨就能會發現，他訪問的對象是誰？這些人是否真的提供了有價值的證據？文字材料有哪些？上面記載的到底是什麼？所有這些，通通沒有說明。一句話，這些「證據」本身根本不可考。因此，他們自己也沒有把握，只能用「或以為」、「或不謬」來表達自己的不確定。

孫桐生接著又提供了一條證據，那就是《紅樓夢》中寶玉中了第七名舉人，現實中，納蘭性德中了康熙十五年丙辰科二甲第七名進士，這似乎找到了「鐵證」，但是，非要比附的話，舉人和進士還是有很大區別的，這種比附就有了很大漏洞。孫桐生當然也意識到了這個不同，然而，他實在沒有辦法解決這一問題，於是非常生硬地認為：「言舉人者，隱之也。」一句「隱之也」當然很難說明問題，但是，到了這裡，孫桐生覺得可以得出結論了：「考時代暨書中事蹟，信為演容若也無疑。」從先前「或以為」、「或不謬」的不確定到「隱之也」的生硬，最後竟然就得出了「考時代暨書中事蹟，信為演容若也無疑」的結論，這樣的做學問的方式，居然有人還認為孫桐生「表現出一種治學的謙虛和謹慎」[091]。

091　程建忠：〈索隱派先驅，蜀中名學者 —— 孫桐生論〉，《中華文化論壇》，2012 年第 3 期。

二、金陵張侯家的故事 [092]

明珠家事說雖然影響很大，但並沒有形成體系，也沒有專門的著作。那些散見於各種文獻中的「論述」基本上沒有任何根據，他們採用的主要方式就是猜測。真正用專著來索隱的是晚清文人周春。

乾隆十五年（1750），周春寫成《閱紅樓夢隨筆》一書，提出《紅樓夢》寫金陵張侯家事說，此乃「紅樓索隱派」的濫觴之作。

周春，號松靄，又號內樂村叟，浙江海寧人，生於雍正六年（1728），十九歲拜在當時著名學者沈德潛的門下苦學。沈德潛是朝廷重臣，又是清代大詩人，在詩歌史上曾提出過「格調說」，其著作《古詩源》、《唐詩別裁》、《明詩別裁》、《清詩別裁》等一直到現在都具有很高的文獻價值和學術價值。周春學習勤奮，二十五歲中進士，與他同科的還有大名鼎鼎的紀曉嵐、王鳴盛、錢大昕、王昶等人。但是，周春的仕途並不順利，候選十餘年才做了一個小縣令。在任上，周春勤懇兢業，革除陋規，統一斗秤，清理田戶，興修水利，深受百姓擁戴。周春不但政績卓著，而且非常清廉愛民，離任時因為替百姓還欠公家的糧食而無錢回家。

周春在其《閱紅樓夢隨筆·紅樓夢記》云：

相傳此書為納蘭太傅而作。余細觀之，乃知非納蘭太傅，而序金陵張侯家事也。憶少時見《爵秩便覽》，江寧有一等侯張謙，上元縣人。癸亥甲子間，余讀家塾，聽父老談張侯事，雖不能盡記，約略與此書相符。然猶不敢臆斷，再證以《曝書亭集》、《池北偶談》、《江南通志》、《隨園詩話》、《張侯行述》諸書，遂決其無疑矣。[093]

---

092 一粟編：《古典文學研究資料彙編·紅樓夢卷》（第一冊），中華書局，1963年，第66－77頁。
093 一粟編：《古典文學研究資料彙編·紅樓夢卷》（第一冊），中華書局，1963年，第66頁。

周春的意思是說，他小時候就知道有張侯這麼個人，他家的事蹟與《紅樓夢》中的事情有一些吻合，但不敢確定，等用其他文獻資料加以印證後發現，他的判斷是真的。

首先，周春否定了明珠家事說，認為《紅樓夢》是金陵張侯家事，現在看起來，張侯家事說與明珠家事說一樣荒誕，但也正好能夠反證明珠家事說是根本經不起推敲的。

當然，周春並沒有完全停留在臆度上，還是進行了一番所謂的「論證」，不過，周春的所謂論證基本上都是比附與猜測。

歸納起來，周春的「論證」大致如下：

賈家：金陵 —— 張侯家：金陵。

曹楝亭：江寧織造 —— 張宗仁：靖逆侯。

李紈 —— 李廷樞：江寧人，信宜知縣。周春認為李廷樞是李紈的祖父。

王熙鳳 —— 王新命：江南提督。周春認為王新命家就是王熙鳳的娘家。

賈母 —— 高景芳，張宗仁妻，能詩，著《紅雪軒稿》。周春認為高景芳在氣度上頗與賈母相似。

賈雨村 —— 張鳴鈞，浙江烏程人。周春認為，張鳴鈞姓「張」，與張宗仁同姓。賈雨村姓賈，與賈家同宗，所以「亦復正合此書」。透過以上比附，周春大致確定一個框架，接下來，就是更為細緻的所謂「論證」。

周春是音韻學家，有著淵博的音韻學知識，他說：

案靖逆襄壯侯勇長子恪定侯雲翼，幼子寧國府知府雲翰，此寧國、榮國之名所由起也。……其曰林如海者，即曹雪芹之父楝亭也。楝亭名寅，字子清，號荔軒，滿洲人，官江寧織造，四任巡鹽。曹則何以廋詞曰林？蓋曹本作曺，與林並為雙木。作者於張字曰掛弓，顯而易見；於

林字曰雙木，隱而難知也。……正冊第一林黛玉薛寶釵，然曹字《說文》作^曹，乃兩株枯木上懸一圈玉帶之象，不可真認為雙木林也。⁰⁹⁴

意思是說，「林」是「曹」字小篆的異體字，上面是一個林字，下面是一個日字，於是，周春就從判詞中「玉帶林中掛」的「林」字聯想到幾乎沒有人能想到的「曹」字小篆的異體字，這樣，「林」字就終於和「曹」字扯上連繫了。

這種拆字法，連周春自己也感覺非常勉強，於是，周春又開始進一步論證：

黛玉二字，未詳其義。或云即碧玉之別，蓋取偷嫁汝南之意，恐未必然。案香山詠新柳云：「須教碧玉羞眉黛，莫與紅桃作麴塵」，此黛玉兩字之所本也。我聞柳敬亭本姓曹，曹既可為柳，又可為林，此皆作者觸手生姿，筆端狡獪耳。⁰⁹⁵

周春的意思是，白居易做過詠新柳詩，有這樣的句子：「須教碧玉羞眉黛，莫與紅桃作麴塵」，既然柳可以用「碧玉羞眉黛」來形容，那麼林黛玉就與柳連繫起來了；那如何才能把柳與曹連繫起來呢？周春用了一個自己聽說過的證據：「我聞柳敬亭（明末清初著名的說書人）本姓曹」，既然柳敬亭本來姓曹，那林黛玉也可以姓曹。

這樣的語義轉換，不僅要涉及毫無關聯的詩句，還要涉及歷史人物，不但要有淵博的知識，還要具有超常的想像力。事實上，如果按照這樣的語義轉換，我們可以把任何一部著作與想要對應的現實連繫。

再如小說第七十六回湘雲與黛玉中秋聯句時有「爭餅嘲黃髮，分瓜笑綠媛」的詩句，周春認為：

094　一粟編：《古典文學研究資料彙編·紅樓夢卷》（第一冊），中華書局，1963年，第66－69頁。
095　一粟編：《古典文學研究資料彙編·紅樓夢卷》（第一冊），中華書局，1963年，第67－68頁。

湘黛中秋聯句，著書者多寓深意。如「爭餅嘲黃髮，分瓜笑綠媛」。「爭餅」用高少逸事，見《唐書‧高元裕傳》。「分瓜」二字本段成式戲高侍御詩。「綠媛」二字，未知何本。觀此聯但用高姓事，則史之為高，明矣。

周春的意思是這兩句詩歌中的「黃髮」本來是指上了年紀的人，即老年人。「綠媛」是年輕姑娘的代稱。爭餅的典故的確出自《唐書》，說的是唐僖宗一次吃餅味美，叫御廚用紅綾紮餅，賜給在曲江的新進士。唐代重進士，老年中舉亦以為榮。黛玉借爭吃餅來說爭名位，故「嘲」之。「分瓜」有兩層意思，第一，《燕京歲時記》：「凡中秋供月，西瓜必參差切之，如蓮花瓣形。」也就是指切西瓜。第二，「分瓜」即樂府中所謂「破瓜」，將「瓜」字分拆像兩個「八」字，隱「二八」（十六歲）之年。周春所謂的段成式〈戲高侍郎〉詩中的確有：「猶憐最小分瓜日，奈許迎春得藕時。」「藕」諧「偶」，戲言高侍御十六歲即成婚，也就是所謂「笑綠媛」。湘雲藉以作戲語。

周春的意思如果用最簡單的話來概括，就是，既然史湘雲在聯詩時用了段成式取笑高侍御的典故，那麼史湘雲之「史」就隱「高」，「史」就是「高」便很清楚了。

如果我們單看小說本身，湘雲用這個典故僅僅是一句戲言，與高侍御沒有半點關係，周春為了達到比附的目的，繞了一個非常大的圈子，而且這個圈子還漏洞百出。如果說賈家就是張家（這是最重要的比附），那也就是說在姓氏上並不無關聯，只要人物大致相等就可以了，但是，為了更有說服力，只要能從姓氏上哪怕扯上一點關係，周先生就不會放過，比如李紈和王熙鳳。如果從姓氏上實在無法比附，那就透過文字學來做出解釋，總之一句話，無論透過什麼方式，必須要扯上關係。如果是這樣，那我們幾乎可以把所有的文學形象與現實中的人物連

繫起來，那麼，這樣的「研究」又有什麼意義？

　　如果遇到實在難以解決的問題，周春就只能以「半真半假」來搪塞。如周春認為的賈母的原型高景芳能詩善畫，有《紅雪軒集》，而從《紅樓夢》來看，賈母「作詩」的水準非常有限。在整本《紅樓夢》中，幾乎沒有發現賈母作詩的紀錄，唯一能夠與作詩扯上關係的就是在行酒令時賈母所說的諸如「頭上有青天」、「一輪紅日出雲霄」、「這鬼抱住鍾馗腿」等句子，但是，這些句子能不能算作是詩都很難說。不要說與寶釵的「雙雙燕子語梁間」、「水荇牽風翠帶長」、黛玉的「良辰美景奈何天」、「雙瞻玉座引朝儀」相比，即使和薛姨媽的「梅花朵朵風前舞」、「十月梅花嶺上香」相比，也高下立判。面對這樣尷尬的局面，周春的解釋是：「老太太極能詩，此書偏不說起，所謂半真半假。」既然「偏不說起」，那周春之前的那些所謂「明顯的說起」又該如何解釋呢？既然是「半真半假」，那怎麼能確定就是張侯的家事呢？

　　周春先生的做法其實代表了索隱派幾乎所有的特徵，單從一句「半真半假」就暴露了索隱派既希望把《紅樓夢》完全等同於現實又不得不把《紅樓夢》看作小說的無奈。

三、其他幾種說法

　　索隱派除上述「明珠家事說」與「金陵張侯說」之外，流傳比較廣泛的還有「傅恆家事說」[096]「和坤家事說」[097]與「宮闈祕事說」[098]三種比較著名的說法。

096　一粟編：《古典文學研究資料彙編·紅樓夢卷》（第二冊），中華書局，1963 年，第 356 頁。
097　一粟編：《古典文學研究資料彙編·紅樓夢卷》（第二冊），中華書局，1963 年，第 413 頁。
098　一粟編：《古典文學研究資料彙編·紅樓夢卷》（第二冊），中華書局，1963 年，第 415 — 416 頁。

1. 和珅家事說

「和珅家事說」最早見於《譚瀛室筆記》，《譚瀛室筆記》引用了護梅氏的紀錄：

> 和珅秉政時，內寵甚多，自妻以下，內嬖如夫人者二十四人，即《紅樓夢》所指正副十二釵是也。有龔姬者，齒最稚，顏色妖豔，性冶蕩，寵冠諸妾。顧奇妒，和愛而憚之，多方以媚其意。……和少子玉寶，別姬所出，最佻達。龔素愛之，遂私焉。……玉寶好為冶遊。……有婢倩霞，容貌姣好，姿色豔麗，髫齡入府，聰穎過人，喜學內家妝，手潔白，甲長二寸許，幼侍玉寶，玉寶嬖之。龔姬嫉其寵，讒於和妻，出倩霞。玉寶私往瞰之，倩霞斷甲贈玉寶，誓不更事他人，鬱鬱而死。玉寶哭之慟，隱恨龔姬。龔姬多方媚之，玉寶終不釋。和府故多梨園子弟，皆極一時之選擇，有貼旦名珍兒者，尤姣媚，昵昵依人，玉寶與結斷袖之契，輒夜宿其家。龔姬廉知其事，大恨曰：「儇薄子乃如此妄作耶？」亟率侍婢十數人，聯燈列炬，潛出府後門，掩其不備。玉寶大驚，肘行以逆，叩頭求免。珍兒伏地戰慄，不敢仰視。龔姬叱令舉首，燭之美，遽慰之曰：「汝勿恐，吾非噬人者。」竟與偕歸，亦留與亂。是夜，龔姬以暴疾死，死後恆為厲府中。和知之，以珍兒殉焉，乃不為厲。

以上是關於和珅家事的記載，是否符合歷史人物和珅的實際情況本身也存在一定問題，我們姑且認為符合歷史真實。但緊接著，話鋒一轉，得出了以下的結論：

> 龔姬即《紅樓夢》中襲人，倩霞即晴雯，字義均有關合，而玉寶為寶玉，尤為明顯，不過顛倒其詞耳。《紅樓》一書，考之清乾嘉時人記載，均言刺某相國家事。但所謂某相國者，他書均指明珠；護梅氏獨以為刺和珅之家庭，言之鑿鑿，似亦頗有佐證者。

　　首先需要指出的是，和珅是否有妻妾二十四人很難考證，考各種正史野史，和珅的妻妾目前能夠確定的只有九人，分別是：馮霽雯（結髮妻）、長二姑（稱二夫人、原刑部曹司員的妾）、吳卿憐（原王亶望的妾）、豆蔻、納蘭（乾女兒做妾）、黑玫瑰（乾隆遣散的宮女）、小鶯（名妓）、紫嫣（名妓）、瑪麗（西洋美女）等。

　　其次，仔細考察以上文字，似乎很難看出龔姬與襲人、倩霞與晴雯有什麼樣的關合，唯一的關合就是龔和襲兩個字上面都是一個龍字，霞與雯上面都是一個雨字。而玉寶與寶玉應該差別還是非常明顯的，我們都知道，賈寶玉這三個字在《紅樓夢》中並不僅僅是一個名字那麼簡單，既有意義層面上的寓意性，也有名字上的關聯性，而寶釵與黛玉各占寶玉一字，又體現了藝術上的精妙，如果把《紅樓夢》中的寶玉換成玉寶，小說中所有的設計就會出現問題。退一步講，即使龔姬即襲人，倩霞即晴雯，那也非常奇怪，為什麼不關合寶釵與黛玉，而要關合襲人與晴雯呢？

　　還有，按照《譚瀛室筆記》所言，龔姬是和珅的妾，卻與兒子玉寶有私，而玉寶又與婢倩霞感情深厚，龔姬嫉妒，設計趕走了倩霞。玉寶與戲子珍兒有同性戀之情，龔姬一開始是捉姦，後因為看到珍兒長相俊美，於是又和珍兒搞在一起。

　　從這一段文字可以看出，玉寶、龔姬、珍兒都不是什麼符合傳統倫理道德的好人，而且文字中明明說和珅的二十四妻妾即《紅樓夢》所指正副十二釵，也就是說，如果《紅樓夢》真的是寫和珅家事，那和珅就應該是小說中的寶玉，但文字又說玉寶即寶玉，可謂十分混亂。

2. 傅恆家事說

　　「傅恆家事說」最早見舒坤評袁枚的《隨園詩話》。乾隆五十六年（1791）《紅樓夢》刊行之前，多數人都認為《紅樓夢》是寫「明珠家事」

或者「張侯家事」，但也有一些不同意見。如舒坤（1772 — 1845）評袁
枚（1716 — 1797）《隨園詩話》時就稱：「乾隆五十五六年間，見有抄本
《紅樓夢》一書，或云指明珠家，或云指傅恆家。書中內有皇后，外有王
妃，則指忠勇公家為近是。」[099]

傅恆（約 1722 — 1770），字春和，滿洲鑲黃旗人。清朝外戚、名
將，戶部尚書米思翰之孫，察哈爾總管李榮保第九子，清高宗孝賢純皇
后之弟。歷任藍翎侍衛、山西巡撫、總管內務府大臣，累遷戶部尚書等
職，乾隆十三年（1748），督師指揮大小金川之役，降服莎羅奔父子。乾
隆十九年（1754），力主攻打伊犁，平息準噶爾部叛亂，擔任《平定準
噶爾方略正編》、《平定準噶爾方略前編》、《平定準噶爾方略續編》正
總裁，撰寫《欽定旗務則例》、《西域圖志》、《御批歷代通鑑輯覽》等
書。乾隆三十三年（1768），擔任經略，督師雲南。次年四月，率領京師
及滿蒙士兵，分三路入緬作戰，身患重疾，仍督軍進攻，屢敗緬軍。後
與雲貴總督阿桂合攻老官屯不下，遂乘緬甸遣使請和，上疏奏請罷兵，
授一等忠勇公、領班軍機大臣加太子太保、保和殿大學士。

乾隆三十五年（1770）二月，班師回朝，不久病卒。乾隆皇帝親臨府
邸奠酒，諡號文忠。嘉慶元年（1796）五月，以其子福康安平苗之功，贈
郡王銜，配享太廟，入祀賢良祠。

傅恆所屬的富察氏，在有清一代貴盛無比，得諡者二十人（依例必
須一品官始有可能因特恩而獲賜諡號）；單單傅恆的兄弟及子姪輩，即
至少有十人為一、二品的文武大臣，甚至位極大學士；傅恆及其子福隆
安、福康安、福長安更長達半個世紀接連或同時擔任軍機大臣。[100]

此外，清代異姓封王者，除開國功臣之孔有德、耿仲明、尚可喜、

099　袁枚：《隨園詩話》，人民文學出版社，1982 年，第 825、845 頁。
100　陳軼歐：〈八旗滿洲官宦世家考：以富察氏家族為例〉，《牡丹江師範學院學報（社會科學
　　　版）》，2010 年第 2 期。

吳三桂、孫可望外，只有揚古利、傅恆、福康安、黃芳度四人得於死後追贈郡王，其中福康安還是唯一生前即受封貝子者，他所受的恩寵「空前曠後、冠絕百僚」，卒後更破格獲贈郡王銜，並推恩至乃父傅恆，故有稱其「異姓世臣，叨被至此，本朝第一人也」[101]。

　　持「傅恆家事說」主要的依據有二：一是傅恆家族與《紅樓夢》中的賈家一樣，都是非常顯赫的大家族；二是《紅樓夢》描寫的賈家「內有皇后，外有王妃」，這一點與傅恆家的情況有幾分相似。除此兩點外，再沒有什麼可以拿得出手的證據，因此，此說一直影響較小。但近年來又有人重提此說，比如清華大學歷史所特聘講座教授兼中研院院士黃一農，在其論文〈從納蘭氏四姊妹的婚姻析探《紅樓夢》的本事〉中，發現永壽（明珠次子揆敘的承繼子）有四女分別嫁給福秀、傅恆、弘慶與弘曆，其中傅恆長子福靈安更親上加親娶了弘慶長女，黃一農據此認為傅恆家事與《紅樓夢》裡賈寶玉與薛寶釵間姨表結姻的情形如出一轍。[102]

　　黃一農先生還認為，由於福秀是曹雪芹的表哥，弘慶的祖母順懿密太妃王氏是首位獲乾隆帝特旨可出宮省親的嬪妃，曾長期擔任阿濟格王府長史的曹雪芹高祖振彥，亦是看著明珠之妻（阿濟格第五女）長大以至被抄家的漢姓包衣，這些新發現置於紅學的脈絡當中，令人不能不對乾隆末年就出現的「明珠家事說」和「傅恆家事說」有一全新思維。

　　現在我們稍微來分析一下黃一農先生所謂的新發現：傅恆娶了明珠孫女，弘慶娶了明珠的另一個孫女，而傅恆長子福靈安又娶了弘慶的長女，所以就和《紅樓夢》中賈寶玉與薛寶釵等同了。如果這也算證據的話，那麼，我們可以從古代大家族中找到無數這樣的情況，因為，在中國古代，親上加親的情況不是個例，而是一種普遍現象，不只是大家族如此，普通百姓中這樣的情況也非常之多，所以，黃一農的所謂的證據

101　福格著，汪北平點校：《聽雨叢談》（卷 2），中華書局，1959 年，第 41 頁。
102　黃一農：〈從納蘭氏四姊妹的婚姻析探《紅樓夢》的本事〉，《清史研究》，2012 年第 4 期。

放在各個時代很多大家族中都能成立。

再看另一個所謂的證據：弘慶的祖母順懿密太妃王氏是首位獲乾隆帝特旨可出宮省親的嬪妃，這與小說中元妃省親如出一轍，所以也就有了可比附的條件。但是，黃先生又說，曹雪芹高祖振彥，亦是看著明珠之妻（阿濟格第五女）長大以至被抄家的漢姓包衣。那麼，根據紅學考證派的證據，曹雪芹就是賈寶玉，那麼曹雪芹應該等同於福靈安，這樣的話，賈政就等同於傅恆，而弘慶就等同於薛寶釵的爹，而據黃先生的考證，省親的又是弘慶的祖母順懿密太妃王氏，而小說中省親的卻是元春，而元春又是寶玉的姐姐。不但人物的身分很難與小說相對應，而且輩分非常混亂，可以說，黃先生為我們開出了一筆糊塗帳，越索隱越亂。

3. 宮闈祕事說

「宮闈祕事說」最早見於孫靜庵的《棲霞閣野乘》：

《紅樓夢》一書，說者極多，要無能窺其宏旨者。吾疑此書所隱，必係國朝第一大事，而非徒記載私家故實，謂必明珠家事者，此一孔之見耳。觀賈政之父名代善，而代善實禮烈親王名，可以知其確確明珠矣。今略舉所臆見諸條於後，以諗世之善讀此書者。林、薛二人之爭寶玉，當是康熙末允禩諸人奪嫡事。寶玉非人，寓言玉璽耳，著者故明言為一塊頑石矣。黛玉之名，取黛字下半之黑字，與玉字相合，而去其四點，明明「代理」兩字。代理者，代理親王之名詞也。理親王本皇次子，故以雙木之林字影之。尤慮觀者不解，故又於迎春，名之曰二木頭，迎春亦行二也。寶釵之影子為襲人，寫寶釵不能極情盡致者，則寫一襲人以足之。而「襲人」兩字拆之，固儼然「龍衣人」三字，此為書中第一大事。

此書所包者廣，不僅此一事，蓋順、康兩朝八十年之歷史，皆在其中。海外女子，明指延平王之據臺灣。焦大蓋指洪承疇，承疇晚年罷柄權閒居，極碑傺無聊，曩曾於某說部中得其遺事數則，今忘之矣。大醉後自表戰功，極與洪承疇事符合，妙玉必係吳梅村，走魔遇劫，即記其家居被追，不得已而出仕之事。梅村吳人，妙玉亦吳人，居大觀園中而自稱檻外，明寓不臣之意。參觀《桃花扇・餘韻》一齣，當日官府方點派差役，持牌票訪求前代遺民，可知梅村之出，必備受逼迫也。

王熙鳳當即指宛平相國王文靖，康熙一朝，漢大臣之有權衡者，以文靖為第一，書中固明言王熙鳳為一男子也。[103]

孫靜庵首先否定了流傳甚廣的「明珠家事說」，認為《紅樓夢》隱藏著「順、康兩朝八十年歷史」。為了說明自己觀點的正確，孫氏運用拆字法附會小說中的人名。他說賈政父親名代善，而代善是禮烈親王之名。黛玉名宁取下半黑字與玉字結合，去四點，成「代理」二字。「代理者，代理親王之名詞也」。寶玉非人，指玉璽；襲人，二字拆開是龍衣人。寶釵與黛玉爭奪寶玉，當指康熙末年允禩等人奪嫡。

如果採用這種拆字法，我們可以把《紅樓夢》中人物的名字與任何一段歷史相比附。退一步講，就算用拆字法，襲人被拆成龍衣人時沒有去掉其中的成分，而黛玉拆成「代理」為什麼又要去掉四點呢？還有，寶玉為什麼又不用拆字法而是直接比作物了呢？既然寶玉可以比作物，那黛玉，甚至是妙玉是不是也可以比作玉璽呢（黛玉、妙玉也有玉）？相信不須贅言，只要稍微會正常思考的人都會覺得荒謬。

我們拋開孫靜庵索隱的荒謬，重點強調一下從「明珠家事說」過渡到「宮闈祕事說」的內在原因。

103　一粟編：《古典文學研究資料彙編・紅樓夢卷》（第二冊），中華書局，1963 年，第 421 － 422 頁。

　　孫靜庵所處的年代正值清末向民國過渡的時期，當時清政府極度腐敗，經濟凋敝，民不聊生。而就在清政府風雨飄搖的同時，西方各國先後完成了工業革命後，爭先恐後在世界各地進行殖民掠奪，千瘡百孔的清政府也就自然而然成為西方列強武力威脅的對象。加之西學東漸，大量留學生帶來了很多有別於傳統的思想，在這樣的背景下，長期潛藏在漢族文人心底的反滿情緒在內憂外患的夾擊中隱然欲發。

　　在這樣的社會背景下，1902 年，梁啟超發表〈論小說與群治的關係〉，首先宣導「小說為文學之最上乘」，拉開了以小說改良政治社會的「小說界革命」的序幕。從歷史的角度來看，小說界革命對當時的政治與社會是非常有益的，但同時「梁啟超等人對小說社會教化功能的大力強調，實際上成為了索隱批評的理論起點」。[104] 由此，小說從過去一直受人輕視的狀況下開始進入文人的視野。很多小說被賦予了政治色彩。而作為中國最優秀的小說《紅樓夢》，當然會被人為地賦予各種社會政治功能。因此，在反滿情緒的影響下，孫靜庵等人就開始運用《紅樓夢》的比附來達到對清人統治的反思、指責的目的。

　　在小說界革命的影響下，不止是孫靜庵，還有很多類似的說法，比如平子《小說叢話》中就說：「《紅樓夢》一書，係憤清人之作，作者真有心人也。著如此之大書一部，而專論清人之事，可知其意矣。其第七回便寫一焦大醉罵，語語痛快。焦大必是寫一漢人，為開國元勳者也，但不知所指何人耳。」[105]

　　另一位名叫眷秋的更是把《紅樓夢》與南明小朝廷的滅亡連繫，在《小說雜評》中提出：「《石頭記》楔子後，開篇第一句即用『當日地陷東南』六字。試問欲紀姑蘇，與地陷有何關係？非指明末南都之陷

104　單正平：《晚清民族主義與文學轉型》第十章《索隱：從藝術考政治的批評方法論》，人民出版社，2006 年，第 340 頁。

105　朱一玄編：《紅樓夢資料彙編》，南開大學出版社，2004 年，第 998 頁。

而何？嘆靦顏事仇者之無恥也。嗚呼！異族之辱，黍離之痛，所感深矣！」[106]

　　以上這三家均是在特殊時期所產生的排滿情緒下的解讀，這相對於過去從小說中尋求某個家族家事的做法的確有所不同，但所用到的方法其實並沒有什麼根本的改變，都是做一些非常牽強的比附，但是，卻開啟了以蔡元培先生為代表的新索隱派紅學研究的興盛。

▌第二節　索隱派的興盛期

　　進入 20 世紀，中國社會發生了巨大變化，越來越多的知識分子都加入尋求國家和民族出路的團隊，整個中國在不同領域、各個層面都出現了深刻的改變。在文學領域，由於西學東漸而造成的東西方學術相互融合與激烈碰撞，使得人們對於小說的認知與態度也發生了很大的變化。具體到《紅樓夢》的研究，開始運用各式各樣的方法並且出現了多種多樣的研究成果，之後的紅學研究無論是撥亂反正還是循跡前行，幾乎都是在這一時期的研究基礎上進行。所以，這一段看似紛亂，甚至是荒誕的研究卻在紅學研究史上占有重要地位。

　　之所以說這一時期是索隱派的興盛期，是由於這一時期出現了兩本關於《紅樓夢》研究的著名的索隱大作，一部是 1916 年王夢阮、沈瓶庵的《紅樓夢索隱》，另一部是 1917 年蔡元培的《石頭記索隱》。而這兩部大作的出現，也使索隱派這一紅學逆流終於成了氣候，而且影響深遠，直到現在依然活躍在紅學界。

106　朱一玄編：《紅樓夢資料彙編》，南開大學出版社，2004 年，第 998 頁。

一、蔡元培與《石頭記索隱》

　　蔡元培（1868－1940），字鶴卿，浙江紹興府山陰縣（今浙江紹興）人，祖籍浙江諸暨。是中國近現代著名的教育家、革命家和政治家。曾任國民黨中央執委、國民政府委員兼監察院院長、中華民國首任教育總長、北京大學校長等職。

　　蔡元培先生在很多領域都做出了卓越的貢獻，也頗受後人敬重，但是，在《紅樓夢》研究方面的成就卻非常有限，不僅沒有正確了解《紅樓夢》的真正價值，甚至由於其所具有的影響力，使得索隱派成為了陷紅學於困境的逆流。

　　《石頭記索隱》開篇即寫道：

　　《石頭記》者，清康熙朝政小說也。作者持民族主義甚摯。書中本事在弔明之亡，揭清之失，而尤於漢族名士仕清者寓痛惜之意。當時既慮觸文網，又欲別開生面，特於本事以上加以數層障幕，使讀者有橫看成嶺側看成峰之狀。[107]⋯⋯書中紅字多影朱字。朱者明也，漢也。寶玉有愛紅之癖，言以滿人而愛漢族文化也；好吃人口上胭脂，言拾漢人唾餘也。⋯⋯甄士隱即真事隱，賈雨村即假語存，盡人皆知，然作者深信正統之說，而斥清室為偽統，所謂賈府即偽朝也。其人名如賈代化、賈代善，謂偽朝之所謂化，偽朝之所謂善也。賈政者，偽朝之吏部也。賈敷、賈敬，偽朝之教育也。（《書》曰：「敬敷五教。」）賈赦，偽朝之刑部也，故其妻氏邢（音同刑），子婦氏尤（罪尤）。賈璉為戶部，戶部在六部位居次，故稱璉二爺，其所掌則財政也。李紈為禮部（李禮同音），康熙朝則禮制已仍漢舊，故李紈雖曾嫁賈珠而已為寡婦；其所居曰稻香村，稻與道同音，其初名以杏花村，又有杏簾在望之名，影孔子之杏壇也。

107　蔡元培：《石頭記索隱》，《蔡元培全集》（第3卷），中華書局，1984年，第74頁。

……書中女子，多指漢人；男子多指滿人。不獨女子是水作的骨肉，男子是泥作的骨肉，與漢字滿字有關也。……賈寶玉言偽朝之帝系也。[108]

很多研究者都認為這段文字其實表明了蔡元培寫作的動機與目的，理由主要有兩點：首先，他把《紅樓夢》視為政治小說，目的就是為了鼓動民族主義，簡單說，就是「反滿」或「排滿」。

關於這一點，先後有很多研究者都明確指出，如白盾在《紅樓夢研究史論》中就認為：「他（蔡元培）是個民族革命家，又受到西方思潮的影響。正如龔自珍、魏源、康有為等提倡『今文學』，以便利用其『微言大義』為託古改制服務一樣，蔡先生在這種治學方法影響下，也用同樣的方法在《紅樓夢》裡看到了『排滿』的思想。蔡氏與王、沈二氏不同之處是：他是借用『紅樓』作為『排滿』的武器，有召喚亡靈作戰的意思，有其積極的目的動機。」[109] 陳維昭也在《紅學通史》中指出：「蔡元培進行《紅樓夢》索隱之日，正是當時中國排滿反清情緒高漲之時，所以他的『本事』確認就朝著反滿的方向進行。蔡元培之閱讀《石頭記》，與他的倡揚民族主義的反清政治傾向密切相關。」[110]

其實，白、陳二位先生有點偏頗，如果考察蔡元培的人生軌跡與有關著作就會發現，蔡元培對清朝其實是有感情的，很多文字中都流露出這一點。如蔡元培 1894 年 10 月 4 日日記，論丁日昌事件，先抄一段邸報，然後評論事件中各方，提及皇帝時說：「聖明洞鑑，從諫如流，而庸相債帥朋比欺罔之習，當銷燼矣。」[111] 再如，1900 年 2 月 26 日蔡元培〈致徐樹蘭函〉言：「承示並二十三日《申報》，具悉。所屬恭錄二十一

108　蔡元培：《石頭記索隱》，《蔡元培全集》（第 3 卷），中華書局，1984 年，第 76 － 77 頁。
109　白盾：《紅樓夢研究史論》，天津人民出版社，1997 年，第 132 頁。
110　陳維昭：《紅學通史》，上海人民出版社，2005 年，第 120 頁。
111　王世儒：《蔡元培日記》，北京大學出版社，2010 年，第 25 頁。

日上諭懸之廳事，仰見老成深慮，欽佩無任。尚有奉商者，下款請列臺銜，若元培則不願列名也。使其言而果出於我皇上與，勿欺而犯，先師所訓，面從後言，《尚書》所戒，亦不能不擇其言之何如而漫焉崇奉之。況乎二十四年八月以後所下上諭，豈尚有一字出於我皇上哉？皆黎鄘之鬼所為耳。」[112]

　　類似的文獻還有很多，從中可以看出，蔡元培一直對清政府，尤其是光緒帝充滿了敬重之情。那麼，為什麼《石頭記索隱》會出現「排滿」的傾向呢？筆者認為，蔡元培所謂的「排滿」並不是真正要排滿族清政府，這裡所謂的「排滿」其實就是為了喚起民族情緒。當時的中國，面臨列強環伺，在這樣的背景下，如果不宣導民族情緒，是很難實現積極的政治革命的目的的，因此，用《紅樓夢》來達到啟發民智的效果，實際上與梁啟超的主張同為一樣目的。再者，清政府於 1912 年 2 月12 頒布了退位詔書，清朝從此滅亡。而《石頭記索隱》出版於 1917 年，「以蔡元培的睿智，和曾經擔任臨時政府教育總長所接觸到的政治視野，不可能在時過境遷的 1917 年重提滿漢之爭，宣揚排滿革命；以民國初年知識界的懷舊風潮和蔡元培個人秉性的溫和篤厚，也似乎不可能在此時做出鞭撻舊主的舉動。」[113]

　　基於此，《石頭記索隱》中，蔡元培雖然明確提出《石頭記》內有明清之別、真偽之辨，也就賈府眾多的男性影射何人何事做了比附，比如第一回「這一日，三月十五日，葫蘆廟起火，燒了一夜，甄氏燒成瓦礫」，蔡元培由這個「三月」直接過渡到崇禎甲申三月清兵入關、崇禎帝自殺的歷史事變。同時，受其他索隱派的影響，蔡元培為賈寶玉賦予另一種身分：「賈寶玉，言偽朝之帝系也。」在這裡，蔡元培先生把寶玉比作玉璽。但是，在《石頭記索隱》中涉及康熙朝的時候，寶玉一變而

---

112 《蔡元培全集》（第 10 卷），浙江教育出版社，1998 年，第 25 頁。
113 陳榮陽：〈文人蔡元培的心史：《石頭記索隱》新談〉，《紅樓夢學刊》，2015 年第 2 輯。

為胤礽。並由此展開了關於廢太子胤礽的傳奇性、戲劇性、悲劇性、神祕性的一生的敘述。可見，蔡元培的比附完全是為了需要，並沒有一個確切的比附原則。

　　整部《石頭記索隱》的重點篇幅無疑是對書中各女子與康熙朝仕清漢族名士之間事蹟的互證索隱。蔡元培認為，林黛玉影射的是朱竹垞（朱彝尊），薛寶釵影射的是高江村（高士奇），探春影射的是徐健庵（徐乾學），王熙鳳影射的是余國柱，史湘雲影射的是陳其年（陳維崧），妙玉影射的是姜西溟（姜宸英），惜春影射的是嚴蓀友（嚴繩孫），寶琴影射的是冒辟疆，劉姥姥影射的是湯潛庵（湯斌）。

　　仔細分析蔡元培的這些比附，儘管蔡元培先生一再強調自己是用「品性相類」、「軼事相徵」、「姓名相關」所謂的「三法推求」，但其本質上並沒有比其他索隱者更有說服力。這一點，白盾先生在其《紅樓夢研究史論》中早有說明：「他們也都是用『索隱』的方法，脫離了《紅樓夢》的文學文本，陷入了主觀比附的泥潭。」[114]

二、王夢阮、沈瓶庵與《紅樓夢索隱》

　　如果說蔡元培的索隱是出於政治考慮的話，王夢阮、沈瓶庵的索隱的目的則單純得多，在《紅樓夢索隱》序言中，王、沈二人明確點明其索隱的目的：

　　玉溪《藥轉》之什，曠世未得解人；漁洋〈秋柳〉之詞，當代已多聚訟。大抵文人感事，隱語為多；君子憂時，變風將作。是以子長良史，寄情於〈貨殖〉、〈游俠〉之中；莊生寓言，見義於〈秋水〉、《南華》。古有作者，夐乎尚矣。[115]

114　白盾：《紅樓夢研究史論》，天津人民出版社，1997 年，第 131 — 135.
115　王夢阮、沈瓶庵：《紅樓夢索隱》，北京大學出版社，1989 年，第 1 頁。

這段話雖然借用了很多名家來點明自己的創作目的，意思其實就只有一個，「大抵文人感事，隱語為多」，換句話說，用「隱語」是文人創作過程中普遍存在的現象。既然有「隱」，那就必須要「解」，然而，能解者往往很少。雖然沒有明說，但語義中透露出一個資訊，那就是作者就是那個「曠世未得解人」。

接下來，《紅樓夢索隱》又點明《紅樓夢》為什麼要「隱」，自己要「解」何事：

> 大抵此書，改作在乾嘉之盛時，所紀篇章，多順、康之逸事。特以二三女子，親見親聞；兩代盛衰，可歌可泣；江山敝屣，其事為古今未有之奇談；閨閣風塵，其人亦兩間難得之尤物。聽其淹沒，則忍俊不禁，振筆直書，則立言未敢。於是託之演義，雜以閒情，假寶黛以況其人，因榮寧以書其事。[116]

王夢阮、沈瓶庵在發表《紅樓夢索隱》之前，就於 1914 年在《中華小說界》第一年第六、七期上發表了〈紅樓夢索隱提要〉：

> 然則書中果記何人何事乎？請試言之。蓋嘗聞之京師故老云，是書全為清世祖與董鄂妃而作，兼及當時諸名奇女子也……至於董妃……實則人人皆知為秦淮名妓董小琬也。小琬侍如皋辟疆冒公子襄九年，雅相愛重，適大兵下江南，辟疆舉室避兵於浙之鹽官，小琬豔名夙熾，為豫王所聞，意在必得，辟疆幾瀕於危，小琬知不免，乃以計全辟疆使歸，身隨王北行。後經世祖納之宮中，寵之專房，廢後立後時，意本在妃，皇太后以妃出身賤，持不可，諸王亦尼之，遂不得為後，封貴妃，頒恩赦，曠典也。妃不得志，乃怏怏死，世祖痛妃切，至落髮為僧，去之五臺不返。誠千古未有之奇事，史不敢書，此《紅樓夢》一書所由作也。[117]

116　王夢阮、沈瓶庵：《紅樓夢索隱》，北京大學出版社，1989 年，第 1 頁。
117　王夢阮、沈瓶庵：《紅樓夢索隱》，北京大學出版社，1989 年，第 9、10 頁。

　　在這裡，王、沈二人明確把《紅樓夢》說成是順治皇帝與董鄂妃的故事，在他們看來，董鄂妃就是董小宛。董小宛本來是秦淮名妓，後與明末四公子之一冒辟疆相伴九年。清兵南下時，董小宛為豫王覬覦，為了保全冒辟疆，只好隨王北行。後由順治皇帝納入宮中，並封為貴妃。董小宛最終抑鬱而終，順治皇帝由於思念董妃，萬念俱灰，於是入五臺山落髮為僧。

　　以上就是王、沈二人對於《紅樓夢》索隱的主要內容。當然，作為一部索隱派的專著，王、沈二人也提出了解讀《紅樓夢》的「學理」依據。在《紅樓夢索隱》「例言」裡這樣說道：

　　諸家評《紅樓》者，有護花主人、大某山民各種，批竅導竅，固無義不搜。然其人用心，大抵不免為作者故設之假人假語所圍，落實既謬，超悟亦非，於書中所指何人何事全不領悟，真知既乏，即對於假人假語，亦不免自為好惡，妄斷是非。是書流行幾二百年，而評本無一佳構。下走不敏，卻於是書融會有年，因敢逐節加評，以見書中無一妄發之語，無一架空之事，即偶爾閒情點綴，亦自關合映帶，點睛伏脈，與尋常小說演義者不同。以注經之法注《紅樓》，敢云後來居上。[118]

　　在王、沈二人看來，《紅樓夢》的作者「故設之假人假語」，因此，如果僅僅從文字上去理解，那肯定會「落實既謬，超悟亦非」，最後只能是「於書中所指何人何事全不領悟」。即使你對文本理解得再透澈，也不過是對「假人假語」的理解，最終不免「妄斷是非」。而以往那些評點者，都沒有真正悟到《紅樓夢》的真諦，因此，「評本無一佳構」。

　　王、沈二人的意思非常明顯，在他們看來，所有關於思想、藝術等方面的評點及研究如果僅僅是從小說本身出發，都不能理解《紅樓夢》的真諦，因此，必須要透過文字本身，「以注經之法注《紅樓》」，才

118　王夢阮、沈瓶庵：《紅樓夢索隱》，北京大學出版社，1989 年，第 3 頁。

能真正理解《紅樓夢》。如果說索隱派的「研究」還有「學理」依據的話，那以上內容大概就是索隱派的「學理」依據了，這也可以說是索隱方法論的總綱。

在這樣的理論指導下，王、沈二人又提出了如何解讀《紅樓夢》的問題：

> 看《紅樓》須具兩副眼光，一眼看其所隱真事，一眼看所敘閑文。兩不相妨，方能有得。拘拘於年齒、行輩、時代、名目，則失之遠矣。[119]

這幾句話看上去好像有一定的道理，其實王、沈二人是為自己解讀《紅樓夢》做鋪墊。所謂「兩副眼光」本質上是兩種標準或多種標準，只要他們願意，想怎麼解釋都是可以的，這樣的解讀方式，實際上是所有索隱派的共同特徵，也是他們解讀《紅樓夢》的基本方法。

由於《紅樓夢》的作者運用各種隱蔽曲折的方法，所以索隱並非直線性的還原。因此：

> 看紅樓萬不可呆板。大抵作者胸中所欲言之隱，不過數人數事。若平鋪直敘，只須筆記數行，即可了此分案，尚復有何趣味。惟將真事隱去演出一篇大文，敘述賈府上下幾三百人，煞是熱鬧。然本事固甚有限，以假例真，倘拘拘一事一人，僵李代桃，張冠不得李戴，則全書不但人多無著，而且顛倒錯亂，牽合甚難。作者惟以梨園演劇法出之，說來方井井有條，亦復頭頭是道。蓋上下數百人中，不必一一派定腳色，或以此扮彼，或以彼演此，或數人合演一人，或一人分扮數人，或先演其後半部，再演前半部，或但用之此一場，即不復問其下一場。如此變動不居，乃見若大舞臺中，佳劇迭更，名伶百出，無擁擠複雜之病。不然，粉墨偕登，昆簧雜奏，雖作者亦以人多為患矣。[120]

119　王夢阮、沈瓶庵：《紅樓夢索隱》，北京大學出版社，1989年，第9、10頁。

120　王夢阮、沈瓶庵：《紅樓夢索隱》，北京大學出版社，1989年，第6頁。

　　筆者在論孫靜庵與蔡元培的索隱時曾說過，他們在比附寶玉的過程中，根據需要在康熙前期把寶玉比附成玉璽，到了康熙末年又把寶玉比附成太子。王、沈二人顯然是受到了孫靜庵的啟發，又進一步發揮，提出了影射、化身、分寫、合寫等方法。在他們看來，書中要講的內容「不過數人數事」，小說之所以寫三百多人，就是為了「將真事隱去」。因為作者寫《紅樓夢》的時候採用了「梨園演劇法」，所以，讀者在閱讀小說的時候，不能把小說中的某人看作是現實中的某個確定的人，即「不必一一派定腳色」，就像戲曲演出的過程中，一個演員可以同時飾演劇中的不同角色，也可以不同的演員扮演同一個角色，即「或以此扮彼，或以彼扮此，或數人合演一人，或一人分扮數人，或先演後半部，再演前半部，或但用之此一場即不復問其下一場」。比如「書中代情僧者，不止寶玉一人，而寶玉為大主腦；代小宛者不止黛玉一人，而黛玉為大主腦」。再如，賈赦、邢夫人、賈政、王夫人四人之名姓合成「攝行政王」四字，這就是所謂的「合身法」，而「書中寫寶玉，亦有時兼指辟疆」，就是所謂的「分身法」。「分身法」的例子還有更離奇的，如「然小宛事蹟甚多，又為兩嫁之婦，斷非黛玉一人所能寫盡，故作者又以六人分寫之。《紅樓夢》好分人為無數化身，以一人寫其一事，此其例也。六人為誰？一秦可卿，二薛寶釵，三寶琴，四晴雯，五襲人，六妙玉」。[121]

　　這樣的索隱比起之前那些索隱派非要一一對號入座的比附的確靈活了許多，也讓索隱有了更多闡釋的空間，但因此也就顯得更為混亂。

　　《紅樓夢索隱》出版後，在社會上引起了很大的反響，很多人對「清世祖董小宛愛情故事說」深信不疑，以至於冒辟疆後人冒廣生非常憤怒：「光宣間士大夫之浮薄者，乃創為夫人入宮之說。」[122]《紅樓夢索隱

121　王夢阮、沈瓶庵：《紅樓夢索隱》，北京大學出版社，1989 年，第 19 頁。
122　冒鶴亭：《影梅庵憶語跋》，吳定中編著：《董小宛匯考》，上海書店出版社，2001 年，第 117 頁。

提要》於 1914 年發表，第二年，孟森的歷史考證小文《董小宛考》就在
上海商務印書館的《小說月報》上發表了，這是一篇對順治帝董小宛愛
情故事謠傳的辟疑之作。孟森不僅從史學家的角度考證還原了史實，澄
清了民間傳言，更對王夢阮、沈瓶庵《紅樓夢索隱》進行了直接性的反
駁。「近有妄人作《紅樓夢索隱》，純以《板橋雜記》串和金陵十二釵，
董小宛與清世祖為寶黛，真異想天開，荒謬已極，亦當有駁正之否？
董歿於庚寅，年二十七。世祖時年十二，正攝政，薨逝之年，豫王已前
卒。」[123] 不僅否定了順治與董小宛的愛情傳說，更否定了豫王強擄董小
宛的傳說。

　　根據孟森的研究，董小宛與董鄂妃根本就不是一個人。董鄂妃並
不姓董，而是姓董鄂（也譯做棟鄂），因此，世稱董鄂妃，滿洲正白旗
人，內大臣鄂碩之女，1639 年生，比順治小一歲，入宮前是襄親王博穆
博果爾的女人，博穆博果爾是皇太極的第十一個兒子。後董鄂妃入宮成
為順治皇帝的妃子。而董小宛生於明天啟四年，死於清順治八年，享年
二十七歲，比董鄂妃大了十六歲。而順治皇帝生於明崇禎十一年，比董
小宛小十五歲。董小宛去世時，福臨僅僅是一個十二歲的少年。此外，
孟森的另一篇文章《世祖出家事考實》[124]，揭穿了順治去五臺山出家的
妄說。至此，「清世祖董小宛愛情故事說」的謊言可以休矣。

　　孟森的文章雖然對索隱派的打擊是巨大的，但由於其針對的主要是
「清世祖董小宛愛情故事說」，並沒有對其他索隱派給予致命打擊。正如
陳寶雲指出的那樣：「在胡適《考證》以前，雖然有人曾對索隱派進行
過批駁，有的批駁也比較有力，像孟森的《董小宛考》，就以確鑿的證
據，駁倒了清世祖與董鄂妃故事說。但因為孟心史這類的批駁只是針對

123　孟森：《董小宛考》，載《心史叢刊》，遼寧教育出版社，1998 年，第 174 頁。

124　孟森：《世祖出家事考實》，載《清初三大疑案考實》，廣西師範大學出版社，2010 年，第 31
　　頁。

索隱派中的一種說法來的，他駁倒的也只是索隱派中的一派，並沒有駁倒整個索隱派。」[125] 因此，在蔡元培與王夢阮之後，又出現了諸如鄧狂言、壽鵬飛、闞鐸、景梅九、湛盧等索隱大家。

三、其他幾家索隱派紅學

《石頭記索隱》與《紅樓夢索隱》出版後，引起了強烈的反響，很多研究者似乎受到了啟發，他們無視孟森、胡適等人提出的證據，繼續沿著這條道路不斷前進，而且越走越遠。

首先是 1919 年出版的鄧狂言的《紅樓夢釋真》，這部著作比王夢阮、沈瓶庵的《紅樓夢索隱》篇幅更大，近三十萬字。

鄧狂言原名鄧裕鼇，湖北人，曾參加光緒二十九年（1903）的會試，因字跡狂亂未被錄取，被主考官呼為「狂生」，遂改名狂言，終身未仕。《紅樓夢釋真》的寫作，大有借他人酒杯，澆自己塊壘之意，因此主觀抒憤的成分有時反而湮沒了對《紅樓夢》內容的客觀闡釋。

鄧狂言在蔡元培、王夢阮、沈瓶庵等人基礎上繼續發揮，認為《紅樓夢》是一部寫種族鬥爭的小說，是一部「明清興亡史」：

> 開宗明義第一事者何事？孝也，種族也。便是宣布全書發生之源頭，而因以盡其尾者也。
>
> ……大荒山者，野蠻森林部落之現象也，吉林也；荒唐之荒，亦是此義：無稽崖，亦是此義，謂滿洲之所自來，多不可考，無歷史之民族也。殆始於女媧者何也？女媧為漢族初代之君主，並為初代中之女主。而程子以禍璺為皇，為天地間之奇變，為孝莊寫照也。煉石補天，是為漢族開基之始，單單剩下一塊未用，棄在青埂峰下。青者清也，言其為漢族歷代君主所棄，屏諸四夷，不與同中國之義也。然既已煉之矣，而

125　陳寶雲：〈重評胡適的「自傳說」〉，《山東師範大學學報》，1981 年第 6 期。

棄之，而不早為之防，使自傷其無才不得入選。野蠻民族，漸染文明，遂至於靈性已通，可大可小，怨艾悲哀，則安得不為中國害？

……下句便突接「作者自云，曾歷過一番夢幻」云云，在原本為國變滄桑之感，在曹雪芹亦有朝聞道夕死可矣之悲。隱然言下，絕非假托。書中以甄指明，以賈指清，正統也，偽朝也，歷史法也。宋遺民鄭所南言之，明初之史家得聞之，而王船山獨極其精，發揮光大，以造成今日革命家光復之烈，為吾漢族永永興亡之紀念者也。[126]

鄧氏的索隱與之前的索隱派相比並無新意，用的還是諧音、拆字、猜謎等幾種常見的索隱方法，他只是沒有像之前索隱派那種在程序與方法上的迂迴轉換，透過各種牽強的比附最終實現自己本來設定好的意圖，而是採用更加直接的比附。如「天恩祖德」指「種族之義」，「開卷第一回也」指「人間第一日」，「金陵」指滿清（「金者，滿清有前金後金之號；陵者帝王之陵寢也」），「女子是水做的骨肉，男子是泥做的骨肉」指漢人的柔軟與滿人的強悍：「水者，漢字之左偏也；泥者，土也。吉林吉字之上段，黑龍江黑字之中段也。彼時漢人文明而弱，比於聰慧之女；滿人野蠻而強，比於臭濁之男。滿人之待漢人，因漢人多數具奴隸之性，故直以女子畜之，而壓力橫施時，則又如男人之橫待女子。」

《紅樓夢釋真》幾乎都是這樣的解釋，完全把《紅樓夢》看作是一部明清興亡史，他甚至認為《紅樓夢》的原稿就是一部明清興亡史，而曹雪芹在此基礎上改編與增刪，從而寫成了這部影射清朝的著作。

鄧狂言的《紅樓夢釋真》之後，壽鵬飛出版了《紅樓夢本事辨證》（1927 年）一書。書的上半部分，壽鵬飛對歷來研究《紅樓夢》的諸家說法逐一介紹及評價。特別肯定了王夢阮、沈瓶庵的《紅樓夢索隱》的價值，雖然也有一些不同的看法，但在順治皇帝出家的真實性這一點上，

126　鄧狂言：《紅樓夢釋真》（卷一），上海民權出版部，1919 年，第 1 頁。

他是完全肯定的。只是在順治與董鄂妃的愛情方面，還是採取了謹慎的態度，並沒有明確表示確信。他直接「忽視」了孟森對於董小宛是否入宮的大量考證與董小宛生平之外的考證，而是直接將駁論建立在入宮的基礎上，並舉夏姬的例子來說明「真色後凋」。也就是說，真正美麗的容顏是很難衰老的，儘管董小宛已年近三十，但由於自己的美麗，吸引一個十幾歲的小天子也是可以理解的。

壽鵬飛從《紅樓夢》作者自稱為「野史」出發，認為小說「本事」也必依據野史，為索隱這一派系找到了存在理由：「小說慣例，不必盡拘事實，期成信史。每得新奇可喜之材料，加點綴及附會，以引起閱者興趣，不能盡如孟君（孟森）概以道德繩之也。」[127] 這幾句話的意思實際上就等於說索隱紅學可以隨意倒亂歷史，不能像孟森等人那樣，非按照一般的歷史標準去研究。

在這樣的中心思想下，壽鵬飛認為，曹雪芹並不是曹霑，而是《四焉齋集》的編者曹一士。據文獻記載，青浦曹一士，字諤廷，號濟寰。康熙十七年生，雍正八年進士，改庶起士，授編修，歷官給事中，乾隆元年殞。壽鵬飛這個結論，不知有何依據。

壽鵬飛將小說中的人物一一做了比附，與之前索隱派的方法如出一轍，甚至直接繼承索隱前輩的做法。僅舉幾例：

寶玉者，非有其人，乃傳國璽之義，亦帝位影子也。璽為國寶，有天下者之重器，故曰寶玉，而實　蠢物，故又稱之曰頑石。

又說：

林黛玉者，廢太子理親王胤礽影子也。胤礽為皇二子，故姓林，林者二木；二木云者，木為十八之合，兩個十八為三十六。康熙三十六

127　壽鵬飛：《紅樓夢本事辨證》，商務印書館，1927 年，第 14 頁。

子，恰合二木之數，而理王為三十六子中之一人也。黛玉者，乃代理二字之分合也。分黛字之黑字與玉字合，而去其四點，則為代理二字，明云以此代理親王也。

又說：

賈政者，猶言偽政府也，癩僧者，明太祖影子也，南京甄寶玉者，明弘光帝影子也。

壽鵬飛認為《紅樓夢》是「明代孤忠遺逸所作」，是一本「康熙季年宮闈祕史」，影射胤禛諸人奪嫡的史實。他主張寶玉是傳國璽，林黛玉的林字是指康熙的三十六個兒子（林字拆成十八加十八），襲人是龍衣人。壽鵬飛「影射胤禛諸人奪嫡史實」的說法直接影響了後來的周汝昌先生，周先生更是採用考證的方式來繼續壽鵬飛等人的觀點。

周汝昌等人之所以要在索隱派的基礎上進行新的研究，一方面，歷史中很多問題一直不能確定，比如從文史角度提出與孟森不同觀點的就有大家陳寅恪先生。在《柳如是別傳》中，陳老雖然也認同董小宛不是董鄂妃，但又透過對吳梅村詩歌的深深玩味以及其他文獻認為董小宛被北兵擄去是可信的。即使到了 21 世紀，也有人相信這樣的說法是可信的，比如鄧小軍在其論文〈董小宛入清宮考〉中借助大量的詩文史料考證董小宛入宮的過程，而且認為，小宛先歸多爾袞，後歸和碩承澤親王碩塞，又根據湯若望的記載及自己的推論，得出碩塞忿恨自殺後，董小宛被召入宮的結論[128]。

從鄧狂言、壽鵬飛等人的索隱傾向可以看出，雖然王夢阮、沈瓶庵的《紅樓夢索隱》被後人視為索隱派的經典之作，但從後世對其觀點的繼承與發展來看，遠不及蔡元培的《石頭記索隱》有影響。主要原因在

128　鄧小軍：〈董小宛入清宮考〉，《中國文化》，2015 年第 2 期。

於王、沈的索隱由於落實到具體故事上，根本經不起考證。而「政治狀態說」卻由於範圍巨大、歷史事件的不確定性以及多意性等多種原因而存在著很大的闡釋空間，因此，後代的索隱派，包括用考證的方法達到索隱目的的周汝昌先生，都在「政治狀態說」方面做文章，可見蔡元培《石頭記索隱》的這一說法影響之深遠。

　　壽鵬飛的《紅樓夢本事辨證》之後，更為著名的索隱派著作是景梅九的《石頭記真諦》一書（1934 年，此書初版時封面題為《石頭記真諦》，裡封題字及版權頁則作《紅樓夢真諦》）。這是 1930 年代前索隱派紅學中一部具有集大成性質的著作，全書共十四萬多字，分上下兩卷。上卷先是張繼序、作者代序〈答友人詢紅樓夢真諦書〉和作者的學生王婆楞所作的序，接著便是「石頭記真諦綱要」和「石頭記真諦本論」部分，包括敘論、先論命名、次論薛林取姓、次論滿漢明清、再專論寶玉、論書中詩詞、論著者思想、附錄、別論、石頭記真諦雜評、雜錄等，約五萬二千字。下卷包括評王夢阮、沈瓶庵《紅樓夢索隱》和評鄧狂言的《紅樓夢釋真》，約九萬字。

　　景梅九創作《石頭記真諦》的時候，已經是胡適等人創立的新紅學盛行的時代，胡適透過與蔡元培的論爭，用考證法給予了索隱派致命一擊，從此，索隱派一蹶不振，雖然一直沒有消失，但總體上成為了被紅學界批判的對象。那麼，為什麼景梅九在這一時期還要創作《石頭記真諦》呢？首先，之前的那些索隱者的「研究」，並不能讓他滿意。他認為：「各家索隱最疏漏者，為不明木石因緣及石頭命名之真諦，以致埋沒著者一片深心，故首詳焉。」[129] 同時，胡適的考證也僅僅是「辛辛苦苦只考得南遊一事，於本書全體，未能拍合，故不足服索隱者之心」[130]。

　　作者在代序〈答友人詢紅樓夢真諦書〉中進一步表明自己寫作的目

129　景梅九：《石頭記真諦‧綱要》，西京出版社，1934 年。
130　景梅九：《石頭記真諦‧敘論》，西京出版社，1934 年。

的：「乃不意邇來強寇侵淩，禍迫亡國，種族隱痛，突激心潮，回誦『滿紙荒唐言，一把酸辛淚。都云作者痴，誰解其中味？』以及『說到酸辛處，荒唐愈可悲。由來同一夢，休笑世人痴』兩絕句，頗覺原著者亡國悲恨難堪，而一腔紅淚傾出雙眸矣。蓋荒者亡也，唐者中國也，荒唐者即亡國之謂。人世之酸辛，莫甚於亡國。」[131]

張繼在〈序〉中也說：「惟《遺事》乃明寫南宋時忘仇避狄之情勢，而《紅》書則隱寫明清間興亡真偽之痕跡，又假借兒女閨房之私，以發揮傷時感世之深心。篇中表示眷念祖國，鄙視偽庭之處，均可忖度而得，故『真諦』一名『忖真』云。」[132]

在索隱的具體方法上，景梅九運用了中國民間的「推背圖」作為自己的結論的主要依據：

> 讀者欲明本書命名之意，非看《推背圖》不可。不然，則《紅樓夢》曲中「俺只念木石前盟」以及三十六回寶玉夢中喊罵說：「和尚道士的話，如何信的了什麼是『金玉姻緣』，我偏說『木石姻緣』。」皆不能得其解，當然不明《石頭記》有何離意矣！若看《推背圖》，「一株樹上掛曲尺」，便可悟得木與石頭之相聯。原來「木石姻緣」只是木字和石字頭的姻緣而已，所以特取「石頭記」以命名也。明末有宗室某遁入空門者，自命曰尺木和尚，亦取自《推背圖》，以表其出於朱姓者。本書乃表其悼朱明而作，與尺木有同情焉。而作者猶懼人不識木石之為明，乃於《紅樓》曲中特道：「都道是金玉姻緣，俺只念木石前盟。」、「木石前盟」，即「木石前明」，不過添「皿」字以掩飾之。[133]

131　景梅九：《石頭記真諦·代序》，西京出版社，1934 年。
132　張繼：《石頭記真諦·序》，見景梅九：《石頭記真諦》，西京出版社，1934 年。
133　景梅九：《石頭記真諦·先論命名》，西京出版社，1934 年。

　　在景梅九看來，「木石前盟」，是「木」與石頭之「相聯」，但並不是直接相聯，如果是直接相聯，那就是柘，這顯然不能符合景梅九索隱的目的，因此，他的相聯是按照自己的需要，「木」還是木，而「石」就去掉了「口」，只取字頭「厂」，這樣，「木」與「厂」的相聯就是朱。至於為什麼要去掉「口」，景梅九沒有說，筆者臆測，景氏其實自己也難以解釋，只是按照自己的意圖去拆分罷了。

　　至於《推背圖》中所謂「一株樹上掛曲尺」，在景氏看來，「樹」，即是「木」，「曲尺」為木匠所用，其形為「L」。「木」上掛「L」，即為「朱」字，而「朱」當然就是指朱明王朝了。實際上，木匠用的工具還有很多，景梅九只是選擇能「證明」自己意圖的東西來用，至於那些無法比附的，就不在其考慮範圍之內了。

　　除運用《推背圖》索隱外，景梅九也繼承了索隱前輩的「合身法」、「分身法」、「直接比附法」等索隱方法。比如「傻大舅笑談真武廟假牆，一為點明畫薔之為畫牆；二為譏笑明末邊牆之不固，暗寫洪吳諸人；三為實寫康熙不修邊牆一事云」[134]。再如，他認為焦大影王輔臣，包勇影趙良棟，鮑二家影博爾濟氏，巧姐影東峨，鴛鴦影香妃，晴雯影李雯，齡官影大小范等。

　　對於自己的比附，景梅九非常得意，認為，以上這些影射，「各家知者甚寡」，但他卻全然不知自己的這些比附也完全是出於主觀臆斷，根本站不住腳。

　　這一時期的索隱派中，還有一本值得注意的專著，就是闞鐸的《紅樓夢抉微》，於 1925 年由天津大公報館出版。這本書認為《紅樓夢》就是《金瓶梅》的隱寫，是從《金瓶梅》裡「化出來」的，書中的故事，是對《金瓶梅》中故事的摹寫或續寫。因此，《紅樓夢》是一部「淫

134　景梅九：《石頭記真諦‧綱要》，西京出版社，1934 年。

書」。《紅樓夢》中的人物是《金瓶梅》中人物的化身，比如，寶玉擬西門慶，黛玉擬潘金蓮，湘蓮擬武松，平兒擬春梅等等。在他看來，他的這些比附也是有根據的，比如他說：「金蓮初次賣入王招宣府學歌舞，王招宣府有林太太，故黛玉姓林。而其母舅即為王夫人。」李紈即孟玉樓，歷史人物李師師分身為孟玉樓和李紈；而孟玉樓又在《紅樓夢》中分身為李紈和探春。

闞鐸的索隱紅學，可以說更為極端，也更為不堪入目，在他眼裡，整個《紅樓夢》都充滿了性暗示或性描寫，完全是一種以變態心理讀小說的典型。

1949 年之前，最後一部關於《紅樓夢》索隱的作品是《紅樓夢發微》，作者湛盧，於 1947 年 8 月至 10 月間在北平的《北平時報》上連載了《紅樓夢發微》的系列文章。

湛盧的主要觀點並沒有什麼創新，僅僅是把反清復明和順治皇帝與董小宛的愛情結合起來，用的也是拆字法、影射法等索隱派慣用的招數。比如他認為寶玉居怡紅院，意即順治占有明朝（朱姓）的江山，「怡」字為「順治」二字半體的集合[135]。再比如，對「一從二令三人木」的解釋是：「一從」乃一「由」字。「二令三人木」，合之乃一「檢」字。說文：出口為令，以二令切二口，甚巧！……故「一從二令三人木」之句，隱「由檢」二字，則字字均有著落[136]。「由檢」是崇禎的名字，所以鳳姐影射崇禎。

以上就是 1949 年之前索隱派的大致情況，總體來看，索隱派紅學大多是一些《紅樓夢》的特殊愛好者，他們一般都是先有了一個念頭，然後就想方設法去尋找所謂的證據，無論是牽強附會還是真有所得，目的就是希望能從文字背後找到所謂的真事。這一點其實與以胡適為代表的

135　湛盧：〈賈寶玉為何如人〉，《北平日報》，1947 年 8 月 10 日。
136　湛盧：〈明思宗與鳳姐〉，《北平日報》，1947 年 9 月 6 日。

考證派幾乎同出一轍，不同的是，索隱派希望比附的是順治、明珠、和
珅、金陵張侯等，而考證派希望比附的是曹雪芹，僅此而已。

第三節　索隱派的海外繁榮

　　1949 年後，由於文學批評理論中心思想的變化以及在以胡適為代表
的新紅學考證派的打擊下，索隱派紅學在中國大陸基本上銷聲匿跡。但
是，作為一個派別，索隱派並沒有就此消失，而是轉戰海外及港澳臺等
地，於 1950 年代之後又一次繁榮興盛。

一、潘重規的《紅樓夢》研究

　　1959 年，潘重規的《紅樓夢新解》在新加坡出版，後來又出版了
《紅樓血淚史》。認為《紅樓夢》是一部「漢族志士用隱語寫隱痛隱事的
隱書」，「是一位民族主義者的血淚結晶」[137]。潘重規認同蔡元培「弔明
之亡，揭清之失」的觀點，認為《紅樓夢》是「當代的信史」，《風月
寶鑑》就是明清寶鑑。寶玉影射的是傳國玉璽，黛玉代表的是明朝，而
寶釵代表的則是清朝，釵黛對寶玉的愛情之爭是明清之間奪權的象徵：
「作者借通靈說此《石頭記》一書的意思，是要用傳國璽來代表政權，石
頭、寶玉都是影射傳國璽。傳國璽的得失，即是政權的得失。林黛玉代
表明朝，薛寶釵代表清室；林薛爭取寶玉，即是明清爭奪政權。林薛之
存亡，即是明清的興滅。」[138] 此外，潘重規還認為，薛蟠的「蟠」字從
蟲，「猶狄從犬」，根據漢民族歷史上對周邊少數民族「蠻夷戎狄」的
稱呼，薛蟠就是指「異族番人」；而蔣玉函之「函」就是裝玉璽的匣子，
而玉璽需要有朱紅印泥，因此，作為玉璽象徵的寶玉從小就愛吃胭脂。

137　潘重規：《紅樓血淚史》，廣西師範大學出版社，2006 年，第 1 頁。
138　潘重規：《紅樓血淚史》，廣西師範大學出版社，2006 年，第 7 頁。

潘重規其實是把多年前索隱紅學其中的一種主張又提了出來。不過，作為新一代的考證派，潘重規在方法上還是有了一些創新的。首先，他並不認同胡適關於《紅樓夢》作者的考證，認為作者是「一位經過亡國慘痛的文人，懷著滿腔的民族仇恨，處在異族統治之下，刀槍筆陣，禁網重重，作者無限苦心，無窮熱淚，靠著文字的絕技，寫成這部奇書」[139]。潘重規列出三條理由：第一，「以享年四五十歲的一個旗人，他的學歷和人生經驗，斷斷不能及此」[140]。換句話說，就是（胡適所考證的那個）曹雪芹的個人能力不足以完成這樣的著作；第二，「賈寶玉十幾歲出家，而曹雪芹四十餘歲方死，生平第一樁大事就不符合」，再者，曹雪芹「不過是一個江寧織造之子……織造不過是內務府的一個差使，算不了什麼官」，而「賈府先世是寧國榮國二公，子孫享有世襲高爵，地位懸殊，真有天淵之隔」，意思是說曹雪芹不但與寶玉經歷不符，曹家的地位與小說中人物的地位也有巨大差別；第三，「曹雪芹本身是旗人，而代漢人大罵異族，自擬寶玉，而肆口毒詈賈府，這是越發不合理的」[141]。

比之傳統的索隱派，潘重規的研究方法有了一些進步，開始向考證派靠攏。但是，雖然筆者也認同《紅樓夢》的作者與曹雪芹無關，甚至根本就不存在所謂曹雪芹這樣一個「作者」，但是，筆者也同樣認為潘重規的這幾條所謂的理由很難成立。

首先，有沒有才能完成《紅樓夢》，並不一定與自己的出身、經歷以及民族有關，家庭出身對一個人的成就必定是有影響的，但不是必然的。歷史上有很多出身並非望族或公侯富貴之家的文人也可以取得很高的成就。第二，作者的原生家族與個人經歷是否符合小說內容也不是創

139　潘重規：《紅樓血淚史》，廣西師範大學出版社，2006年，第4、5頁。
140　潘重規：《紅樓血淚史》，廣西師範大學出版社，2006年，第18頁。
141　潘重規：《紅樓血淚史》，廣西師範大學出版社，2006年，第19頁。

作的一個必要條件，每一部文學作品中都會留下作者的印記，任何作品都或多或少會有這樣的情況。而且，塑造一個人物形象並不一定必須要有這方面的經歷，否則，《水滸傳》的作者就必須要有強盜的經歷，《金瓶梅》的作者就必須要有流氓惡霸的經歷，《西遊記》的作者就必須要有取經的經歷了。小說是允許虛構的，作者往往是透過虛構來表達自己的思想，因此，這一點也很難成立。第三，至於所謂「代漢人大罵異族」、「肆口毒詈賈府」也不能成立。首先，《紅樓夢》的作者是不是曹雪芹本身就有很大問題，退一步講，就算按照考證派的觀點，曹雪芹是《紅樓夢》的作者，曹雪芹也不是旗人，而是漢人的後裔。再退一步講，即使曹雪芹是旗人，對自己所處階級也完全可以批判，古今中外這樣的例子實在太多了，所以這個理由並不能成為理由，何況，縱觀整部小說，除柳湘蓮、焦大等寥寥數人外，並沒有多少「肆口毒詈賈府」的語言。

潘重規的索隱雖然漏洞百出，卻引起了臺灣眾多研究者對於《紅樓夢》的關注，開始出現了大量的論文與研究成果，比如高陽的《曹雪芹對紅樓夢最後的構想》，齊如山的《紅樓夢非曹雪芹家事論》，徐籲的《紅樓夢的藝術價值與小說裡的對白 —— 就教於勞榦先生與石堂先生》，趙岡的《有關曹雪芹的兩件事》、《脂硯齋與紅樓夢》等等，其中，比較重要的是杜世傑的《紅樓夢悲金悼玉實考》。

二、杜世傑的《紅樓夢原理》

1971 年，臺中蘭燈出版社出版了杜世傑的《紅樓夢悲金悼玉實考》。此作題目雖然是「實考」，但其目的卻是要透過《紅樓夢》來索隱其中的民族大義，並認為《紅樓夢》是一部以復禮興漢為大旨之隱的作品。1972 年，又修訂成《紅樓夢原理》，這是繼潘重規的《紅樓夢新解》之後的又一部海外索隱派著作。之後，杜世傑又出版了《紅樓夢考釋》，臺、港的《中華日報》、《臺灣日報》、《星島日報》等均發表了

評論，稱譽三書的出版是「紅學史上又一里程碑」[142]。

《紅樓夢原理》全書分「總論」與「各論」兩部分，「總論」七篇，三十三章，「各論」十四篇，五十章，共二十一篇，八十三章，三十多萬字，是自索隱派問世以來篇幅最大、最具系統的一部紅學論著。

在《紅樓夢考釋・序言》中，杜世傑闡述了自己創作的主要目的：

> 余研究《紅樓夢》數十年，由點而線，由線而面，由面而整體，每一問題，必從各種角度去對證，求得的結果，與前人不謀而同，乃於1971年撰《紅樓夢悲金悼玉實考》一書，說明《紅樓夢》涵民族大義，以復禮興漢為宗旨；翌年又增刪改為《紅樓夢原理》，闡明《紅樓夢》的結構，及組合的理論，與戚蓼生所說的「一聲也而兩歌，一手也而二牘」完全一致。但仍不愜意，又從義理、考據、詞章三方面繼續研究，改編為《紅樓夢考釋》。搜掘《紅樓夢》所隱藏的真事，詮釋《紅樓夢》的詞藻，發揚《紅樓夢》的義理，務期讀者，能徹底了悟《紅樓夢》為復興救世之書，為有功名教之書，實乃前賢立言之作，非曹雪芹的忘本自詆。[143]

在杜世傑看來，「紅樓的宗旨是教禮明義，知恥奮鬥，是一部演性理之書」[144]。基於這樣的目的，他首先肯定了蔡元培《石頭記索隱》關於「弔明之亡，揭清之失」的觀點，認為這一點「非常正確」，但同時又指出，蔡元培「沒有發現紅學真實結構，而愈走愈偏，給胡適以攻擊之弱點」。

其次，杜世傑對於王夢阮、沈瓶庵的《紅樓夢索隱》，他一方面認為王、沈「對紅學真事隱發現最多」，但同時又認為，王氏的方法一無

---

142 《臺灣日報》，1973年5月22日。

143 杜世傑：《紅樓夢考釋・序言》，中國文學出版社，1995年，第3頁。

144 杜世傑：《紅樓夢考釋・序言》，中國文學出版社，1995年，第3頁。

可取，只是因為王氏熟悉明清史實及清宮掌故，所以就完全以歷史故事附會《紅樓夢》中的情節，這樣就會留下很多足以否定自己的矛盾，也為胡適留下了否定的空間。

對於《紅樓夢》索隱的具體方法，杜世傑從八個方面概括，即「看反面」、「釋代字」、「諧韻釋義」、「拆字諧韻」、「解剖歸併」、「對偶求證」、「名實相符」、「巧接」。比如，杜世傑說：「所謂『悲』是痛恨的意思；『金』是金人、金國、金虜。『悼』是『哀悼』；玉是頑石，也是土石，說明白一點就是故土。」[145]再如，「榮國公」、「寧國公」就是「明國主公」、「清國主公」，秦可卿「讀秦可矜，射秦人可湣者，況湣帝，讀清可卿，射清主之愛卿，射董妃」[146]。杜世傑充分發揮了一人比附多人的索隱法，認為賈府影射皇宮，賈寶玉影射順治帝，寶黛二人同時影射順治帝與董鄂妃；王夫人影射清太后，探春也影射清太后。而在怡紅院的時候，寶玉又影射冒辟疆，寶黛二人又共同影射董小宛。同時，柳湘蓮與尤三姐既影射冒辟疆與董小宛，又影射錢謙益與柳如是等等，這樣的影射與比附非常混亂，僅就「榮國公」、「寧國公」比附為「明國主公」、「清國主公」這一點而言就充滿了矛盾，按照這樣的理解，「明國主公」與「清國主公」成為了兄弟，那麼，反清復明就成了兄弟之間的鬥爭。這樣的解釋不僅讀者很難理解，恐怕連杜世傑本人到最後也會糊塗。

杜世傑的比附雖然是一本糊塗帳，沒有什麼特別的價值，但是，有二個問題卻非常值得注意。

第一，杜世傑在胡適「自傳說」盛行幾成定論的時候，提出《紅樓夢》的作者非曹雪芹，《紅樓夢》也非「自傳說」，杜氏立論的全部基礎都建立在這一點上。

---

145 杜世傑：《紅樓夢考釋》，臺中自印本，1977 年，第 315 頁。
146 杜世傑：《紅樓夢考釋》，臺中自印本，1977 年，第 45 頁。

杜氏明確提到：

在前人的筆記中，有不少談到雪芹及雪芹作《紅樓夢》的記載，仔細研判，大抵都是道聽塗說之類，並非直接證據。[147]

在他看來：「曹雪芹一名很像是『抄寫勤』的諧韻，曹雪芹披閱十載，增刪五次，他不但『抄寫勤』，而且增補也勤，因此又號曹芹圃，即『抄勤補』的諧韻。」[148]

筆者認為，杜世傑對於曹雪芹並非《紅樓夢》作者這個判斷非常正確，從目前所發現的文獻來看，的確沒有任何直接證據證明《紅樓夢》的作者是曹雪芹。但是，杜氏所謂「抄寫勤」、「抄勤補」的觀點是有問題的，因為曹雪芹根本就是一個小說人物，現實中並沒有這樣的一個人。關於這一點，筆者在後面會專門論述，此不贅述。其實，對於所謂「抄寫勤」、「抄勤補」的說法，杜氏自己也感覺不太可靠：「如此解釋，雖嫌穿鑿，但除此也無更好的解釋。」[149] 因此，杜氏對於敦誠《四松堂集》抄本有〈寄懷曹雪芹霑〉詩自注「雪芹曾隨其先祖寅織造之任」的資料卻認為：「這是記載曹雪芹是曹寅之孫的最早材料。而敦誠兄弟與雪芹交往頗密，這條材料應屬可信。」

也許杜氏當時並沒有看過《四松堂集》的原本，如果看過，他就會發現，這條所謂的自注是用貼條貼上去的，必定不是敦誠所為，原因很簡單，首先敦誠並沒有做其他注，是否專門會因為這個作注本身就存在很大疑問；第二，即使是敦誠真的忘了，也可以寫在其他位置，古人這麼做的情況非常之多，但採用貼條的形式來注就顯得非常奇怪了，這不合常理。

147　杜世傑：《紅樓夢考釋・提要》，中國文學出版社，1995 年，第 1 頁。
148　杜世傑：《紅樓夢考釋》，臺中自印本，1977 年，第 373 頁。
149　杜世傑：《紅樓夢考釋》，臺中自印本，1977 年，第 374 頁。

杜世傑雖然承認了這一證據，但並不完全認可，接下來他說：

但據紅學家的考證，雪芹不但未隨曹寅織造之任，事實上雪芹根本就未見過曹寅，這第一手資料就成了問題。[150]

關於以上「據紅學家的考證」的論斷，杜氏沒有具體說出是誰，這也成了後來考證派紅學家攻擊他的一條重要證據。當時考證派已經成為紅學研究的主流，大量的研究成果層出不窮，杜世傑是否真的看到過這樣的論斷不得而知。但至少，杜世傑對於考證派紅學所謂的第一手資料的質疑是非常有道理的。

第二，杜世傑否定了大觀園影射隨園的謬論。

當自傳說興起後，如同紅學界的一顆毒瘤，很快擴散開來，很多研究者感到非常興奮，開始透過各種方式去尋找所謂的證據來比附「曹雪芹家事」。但是，杜世傑先生對此做出了不同的理解。他引錄了明義《綠煙鎖窗集》中〈題紅樓夢〉詩之序文「曹子雪芹出所撰《紅樓夢》一書，備記風月繁華之盛，蓋其先人為江寧織造，其所謂大觀園，即今隨園故址」之後論道：「明義所說的大觀園，即隨園故址，自傳派紅學家已予否定。事實大觀園絕非影射隨園。」[151]杜氏這個說法無疑是正確的，作為一部小說，如果非要和現實相比附，那就是沒有真正了解小說，這一點上，無論是索隱派還是考證派本質上都沒有什麼區別，唯一的不同大概就是索隱派用索隱的方式比附其他家族，而考證派則是用考證的方式比附曹家。

第三，杜世傑提出了《紅樓夢》的作者為吳梅村的觀點。

既然《紅樓夢》的作者不是曹雪芹，那肯定另有其人。杜世傑在這一點上也做出了自己的判斷，首先，他認為：「《石頭記》必為明末遺老

150　杜世傑：《紅樓夢考釋·提要》，中國文學出版社，1995年，第1頁。
151　杜世傑：《紅樓夢考釋·提要》，中國文學出版社，1995年，第1頁。

所作，作了之後藏在反清復明的組織中，經後人增刪修改而成。」[152]

對於這樣的認知，筆者認為，杜氏所謂《紅樓夢》必為「明末遺老所作」的觀點有幾分道理，但並不一定必然是「明末遺老」，更不一定「作了之後藏在反清復明的組織中」，這些都是猜測之詞，不必當真。但是，從《紅樓夢》的思想高度與藝術高度來看，其作者必定是一位經歷過重大時代變化，且有著非常高的哲學、藝術修養的人，否則很難有這樣的思想高度，這一點從歷史上許多文人的經歷就能看出來。

那麼，《紅樓夢》的作者到底是誰呢？杜氏提出了作者是吳梅村的說法。他認為，《紅樓夢》中的兩個作者，吳玉峰和孔梅溪，再加上小說中的人物賈雨村，這三個人各取其中一字，就成了吳梅村了，而且吳梅村的遺老身分、不能補天的遺恨、所作的詩歌等，都與《紅樓夢》的作者石頭很相似。因此，吳梅村就是《紅樓夢》的作者石頭。

為了印證自己的觀點，杜氏做了大量的「考證」，不過其考證只是「從名號的涵義求作者」、「從作者的經歷找作書人」、「梅村之謎」、「反清的遺老」、「從學術觀點看作者」、「《紅樓夢》的素材與梅村遺著」等充滿猜測的穿鑿附會。杜氏的這些關於吳梅村的考證雖然做得非常細緻，但並沒有任何一條有力的證據能證明《紅樓夢》的作者就是吳梅村，往往是關鍵時候還必須用猜測來得出結論。

三、李知其的《紅樓夢謎》

在杜世傑的影響下，1984 年，香港的李知其先生撰寫了《紅樓夢謎》上篇。第二年又出版了下篇，全書三十多萬字。《紅樓夢謎》五章，三冊。上篇一冊，第一章《紅樓夢角色猜謎舉例》，內容分二十四節，從甄英蓮寫到賈珍，小說中的重要人物幾乎都寫到了。下篇一冊，第二

152　杜世傑：《紅樓夢考釋》，臺中自印本，1977 年，第 372 頁。

章《紅樓夢事物猜謎舉例》，十四節，從「護官符」寫到「繡春囊」；第三章《紅樓夢面面觀》，共八節，從「題解」寫到「批注」；第四章《「紅學」的議論》，共六節，從「索隱說」寫到「曹學是鬧劇」。續篇一冊，第五章《紅樓夢百二十回一貫藏謎猜小》，共一百二十節，從「都云作者痴」寫到「毗陵驛、端莊樣兒、蘭桂齊芳」。

據李氏自己說，他創作的動機在於「對杜氏觀點的系統補充和發揮」[153]。實際上，《紅樓夢謎》遠不止借鑑了杜世傑的《紅樓夢原理》，諸如蔡元培的《石頭記索隱》，王夢阮、沈瓶庵的《紅樓夢索隱》以及潘重規的《紅樓夢新解》也在他繼承與發揮的範圍之內。

首先，李知其完全認同所謂反清復明的「政治說」，所以，他認為杜世傑所認為的《紅樓夢》表現其悲金人、哀故國的四個字悲金悼主「有雷霆萬鈞之力」[154]。同時，他還認為《紅樓夢》是一部「前所未見的夢謎小說，到處隱藏了大、中、小的謎語不計其數」[155]。

基於以上的立論基礎，李知其與其他索隱派一樣，開始了大量的比附。比如在解釋林黛玉姓林的問題上，他說：

《紅樓夢》的作者為什麼要讓黛玉姓林呢？這要回頭看第二回所說：黛玉的父親姓林名海，表字如海。林海意指山河。林如海諧音讀林與海，廣義言指祖國的山河，那是正射；狹義言實指山海關，那是他的副射。他還有一個偶副射，是幫助秦可卿合演崇禎帝……[156]

又如，小說第十三回寫賈珍因秦可卿之喪「過於悲痛」，「因挂個拐踱了過來」，還「掙扎著要蹲身跪下請安道乏」，李知其做了一個常人根本無法想像的比附：

153　李知其：《紅樓夢謎（上篇）》，九龍出版社，1984 年，第 1 頁。
154　李知其：《紅樓夢謎（上篇）》，九龍出版社，1984 年，第 412 頁。
155　李知其：《紅樓夢謎（上篇）》，九龍出版社，1984 年，第 5－6 頁。
156　李知其：《紅樓夢謎（上篇）》，九龍出版社，1984 年，第 55－56 頁。

「拄拐」藏了一個謎語，藉著說拄著一個拐杖，暗寫滿清官兵入北京追逐李自成。李自成姓李，李鐵拐又姓李，夢鏡扴連疊影，李自成便成了一枝拐杖。第四回賈雨村和他的門子談及甄英蓮被拐時伏了一筆：拐子原況李自成。所以我們讀到賈珍拄拐這一小段怪異敘述，就要多費一點精神來索解謎語，不難看出跪下去的其實不是說賈珍，而是指賈珍手上的拐杖。這就是「注彼而寫此」的手法，戚蓼生早已覺察《紅樓夢》有這個慣用的藏謎技巧。[157]

類似的解釋還有第七十七回寶玉探晴雯，晴雯把兩根蔥管一般的指甲齊根咬下，李知其認為：

寫得這樣恐怖不情，有什麼用意呢？除非讓我們猜謎，否則就很難看成實有其事。晴雯況南明忠臣，她的死自然引致南明的滅亡。蔥管的蔥諧菘，指的是福王朱由崧，管的形狀與隼同，指的是唐王朱隼鍵。但到底蔥不等於菘，管也不等於隼，所以用蔥管一般來形容他們。指甲況子民與甲兵，她褪下的兩個銀鐲就是四個鎮幕，指的是名義上歸史可法節制的黃得功、高傑、劉澤清、劉良佐四鎮將軍，這兒具體的借史可法等人來代表整個南明的兵力。[158]

以上的解釋想像力之強，可謂驚世駭俗，但李氏的想像力並沒有局限於此。小說寫晴雯「把手用力圈回，擱在口邊」，李知其認為這是：「點出了一個擱字，圈去了手旁剩閣，以暗寫史閣部。而把手用力圈回，擱在口邊狠命一咬，又似畫一個篆體的史字，不然的話，晴雯那雙已變得骨瘦如柴的手，除下銀鐲何用那麼費力？」[159]

這樣的比附，恐怕連其他索隱派成員也自嘆不如，完全超出了正常

157　李知其：《紅樓夢謎（上篇）》，九龍出版社，1984 年，第 246 頁。
158　李知其：《紅樓夢謎（下篇）》，九龍出版社，1985 年，第 422 − 423 頁。
159　李知其：《紅樓夢謎（下篇）》，九龍出版社，1985 年，第 423 頁。

人類的想像。按照常理而言，即使是影射文學，也必然會在人們的理解範圍之內，如果與一般人的理解差距過大，那影射就可能難以成立，因此，李氏的《紅樓夢謎》中所有的比附本身就是一個謎。

透過以上的介紹，如果說李氏的《紅樓夢謎》一點價值也沒有，也許並不公允，筆者認為，至少有一點還是非常值得注意的，那就是否定了自傳說、否定了脂批。

李知其對於胡適所創立的自傳說深惡痛絕，他說：

> 我個人深惡痛絕新紅學，已到疾惡如仇的地步，只因為也曾翻閱一些煞有介事的考證文字，到頭來始知是浪費精神，無辜受騙，忿然於白話文人的霸道，才覺得有道義要站起來指斥他們的胡鬧，好提醒後世年青人不宜陷足於什麼作者、版本、脂批等虛假科學的泥淖，誤了正事。[160]

李知其對於自傳說與脂批的否定遭到了很多考證派紅學家的批駁，但是，筆者認為，關於李氏的觀點，應該採取客觀的態度來認識。李氏否定曹雪芹是非常有道理的。他說：

> 《紅樓夢》是一本夢謎小說，作者向專制滿帝的朝廷作出訕笑，時或摻入誹謗的情節，試問如何會寫下真姓名來招禍的呢？他既存心隱去姓名，後人豈易考證出來？況且通部小說人物的命名都故弄玄虛，借文字的形、音、義來託意，怎麼文會單獨寫上自己一個人的真姓名呢？可知第一回及第一百二十回所出現的曹雪芹並非作者的姓名，只不過也和其他文字一樣藏有謎語。[161]

如果說「《紅樓夢》是一本夢謎小說，作者向專制滿帝的朝廷作出訕笑，時或摻入誹謗的情節」這些論斷，筆者是不認同的，但是，李氏

160　李知其：《紅樓夢謎（下篇）》，九龍出版社，1985 年，第 453－454 頁。
161　李知其：《紅樓夢謎（下篇）》，九龍出版社，1985 年，第 443－448 頁。

認為曹雪芹僅僅就是一個小說人物的觀點，筆者非常認同。對比那些所謂的考證派紅學家，他們一方面對於真事隱的解釋是為了避免文字獄，另一方面又死抱著《紅樓夢》的作者是曹雪芹的觀點不放，這其實本身就是一個矛盾。如果所謂的作者曹雪芹真的是為了避免文字獄才將真事隱去，卻又在小說中赫然把自己的名字寫進去，這其實等於自投羅網。因此，李知其這方面的看法還是值得重視的。

　　至於曹雪芹藏有謎語的問題，李氏做了一個非常複雜的比附，他認為，「曹」字有泄忿的意思，「雪芹」諧音雪恨，「曹雪芹」三字連讀又可成為「囈說人」，又因為曹字可以射魏字，雪諧音為說，芹諧作人，即說書人的意思。所以，他的結論是：「曹雪芹既在書中多次被稱為先生，可知是一個說書人了，否則為什麼要自稱先生？」[162]

　　可以說，李知其對於曹雪芹的祕密的闡釋非常具有啟發性，但是，他所做的諧音和影射是非常牽強的，但是，李知其探索了一條有別於考證派紅學的道路。

四、趙同的《紅樓猜夢》

　　1980 年代初期，臺北三三書坊出版了一部《紅樓猜夢》，作者趙同提出了《紅樓夢》作者是曹頫的觀點，引起了紅學界的轟動。

　　《紅樓夢》最初有個原稿，此稿的作者乃是曹頫。此人，乃曹雪芹之父也。曹頫繼承他的祖父曹璽、伯父曹宣和堂兄曹顏之後，擔任曹氏第四任的江寧織造，不幸此一「世襲」的職務，由於後臺老闆康熙皇帝去世，被雍正皇帝一棍子打垮，於雍正六年初被抄了家，此後移居北京，下落不詳，大概不外是過窮日子吧！

　　曹頫上一代一直受康熙帝的寵信，和皇帝家往來親密，本是個富貴之

162　李知其：《紅樓夢謎（上篇）》，九龍出版社，1984 年，第 47 — 48 頁。

家。曹頫從小就巴結上了當時的太子允礽，自以為這一寶押下去，將來必定會飛黃騰達，強爺勝祖。沒想到皇太子沒福，被康熙帝廢掉了，太子一廢，其他皇子們大肆活動，暗中爭奪起來，最後被雍正搶到了帝位，曹頫當初那一寶押錯了地方，害得他不但沒有升官發財，還把「世襲」的江寧織造搞砸了。想來自然懊惱之至，而且也覺得非常對不起祖宗。

抄家之後，一口怨氣，無處發洩，悶得發慌，便想起寫小說的念頭。要把當初諸皇子們奪嫡時的糾紛始末記載下來，也順便想罵一罵抄他家的雍正帝。可是茲事體大，不能大明大白的直書其事，於是他設法把這本小說編成一個大謎語，取名《石頭記》。

他用他家當初織造府的花園當布景，讓他自己家族的親屬們當演員，爭演一齣奪嫡的戲文，不過為了遮人耳目，所以把事物都縮小了，看上去像是小娃兒們在玩家家酒。

別小看了小孩子們的家家酒，模仿起大人行動，也一樣有板有眼，又像真的，又像假的；就這樣，曹頫把當年諸皇子的事蹟，夾帶混合在曹氏日常生活裡，煮了一鍋糊塗粥，都倒在家家酒裡了。

他在這本《石頭記》裡，曾把他幼時親見康熙第六次南巡時曹寅接駕的事，寫成元妃省親，然後一路寫來。他的一位最親近的親人，用脂硯為筆名，在抄好的稿本上加寫批語。寫作工作，前後花了十多年時間，起初還很順，但到後來，漸漸地便感到困難了，主要是他用來辦家家酒的兩位主料──皇室糾紛史和自己家族史──常常混合不勻，顧此失彼，本想寫得令人真假莫辨，但後來漸漸辦不到了，尤其是寫到皇太子二次被廢，假扮的雍正皇帝快要露出猙獰面目以後，許多情節不好安排，勉強寫來，又怕洩露機關，想一想身家性命交關，冒險不得，終於決定忍痛犧牲，把後半段的文字毀去，打算重寫，結果沒有成功，曹頫便去世了。脂硯悲痛之餘，決定完成他的遺志，便把這本《石頭

記》原稿交給了曹頫的兒子雪芹；這時候是乾隆十四年左右，雪芹年近
而立，詩文根底不弱，接下任務後與脂硯商量，認為原稿仍嫌太顯眼，
必須整理修改，於是雪芹便開始了披閱增刪的工作，脂硯則繼續為改文
謄抄和作批。但為了某種原因，一次改完，又重新再改，一連改了五
次，脂硯也就批了五次，所以這本原來的全名便叫做《脂硯齋重評石頭
記》。全部內容被曹雪芹分成八十回，託另一至親畸笏叟批；畸笏與雪
芹繼續工作了三年，寫了一些續文；可惜這些續文都是片斷故事，沒有
連接起來，而曹雪芹卻死了；這些續文也就都散失了。其後畸笏又把這
沒有結尾的八十回加了幾次批，並改名為《紅樓夢》，公開抄傳，立即
風靡了許多讀者；到現在還有不少當時的手抄本留下來。

曹雪芹花了許多氣力，總得討回一點代價，於是趁著修改的當兒，
在書上加了一筆說：「……後因曹雪芹在悼紅軒中披閱十載，增刪五次，
纂成目錄，分出章回……」把自己的功勞表揚一番。但他到底是個老實
人，說的都是老實話，並沒有誇張，更沒有說這書是他的創作，可是後
人偏偏不肯讓他做老實人，硬要說他是作者，這也是無可奈何的事。

這八十回的小說，問世之初，只是大家傳抄，沒有刊印。到後來
於乾隆五十六年，有一位叫程偉元的書商把書刻印出來時，總體變成
一百二十回了，這後四十回不知是誰起的稿。只知疑是由高鶚「補」齊
的，不過狗尾到底不能續貂，這後四十回的文筆，顯然和前八十回有
異，而續文的內容，更是與曹頫的原意差了十萬八千里了。[163]

從以上文字中，我們大致可以判斷出趙同研究《紅樓夢》的套路，
比之前那些索隱派，趙氏除了一般的比附外，開始在小說之外透過自
己的想像和願望創作了「另一部小說」，筆者所引以上文字完全可以看
成是一篇小說文字，幾乎沒有任何依據，這也開啟了新索隱派的新紀

163　趙同：《紅樓猜夢》，臺北三三書坊，1980 年，第 18 頁。

元，比如後來風靡一時的劉心武索隱紅樓。由於新紅學考證派提供了大量的證據，比如關於脂硯齋、畸笏叟的考證。所以，索隱派在索隱所謂「本事」的過程中可以大量運用這些研究成果，從而比過去的索隱派感覺有了很大的可信度，但是，無論是索隱派還是考證派，一到最關鍵的時候都沒有證據，都是靠猜測得出自己預設的結論，因此，總體來看，趙氏的索隱基本上沒有什麼價值。

五、皮述民的《李鼎與石頭記》

從 20 世紀末到 21 世紀初，皮述民先生發表了三部關於紅樓夢研究的大作：《紅樓夢考論集》（臺北聯經出版事業公司 1984 年版）、《蘇州李家與紅樓夢》（臺北新文豐出版股分有限公司 1996 年版）、《李鼎與石頭記》（臺北文津出版社有限公司 2002 年版）。

從題目就可以看出，皮述民先生的研究與過去索隱派中所謂「和珅家事說」、「明珠家事說」、「張侯家事說」等如出一轍，區別僅僅在於皮氏不僅僅是簡單地比附索隱，而是依靠所謂的「翔實」的考證。

皮述民在《李鼎與石頭記》一書〈自序〉中說：

六年前，我結集十餘年間以新角度考證《紅樓夢》的十四篇論文，出版了《蘇州李家與紅樓夢》一書。所謂新角度，實是對紅學重大的翻案，因為所論

重點為：否定「自傳說」，修正「唯曹說」。要點為：賈府乃以蘇州李家架構為原型、寶玉為蘇州織造李煦長子李鼎……這六年來，我並沒有停止對「李鼎、脂硯、寶玉三位一體」的加強論證，事實是欲罷不能。因為掌握了正確的觀點，便有如拿對了鑰匙，以往紅學的重重謎關，哪怕是關閉了二百多年的那些石頭門，也都毫無困難地一一開解了。打開了《石頭記》的那些謎樣的大門，其實門內並沒有任何珍

實，我們只是更加確認了李鼎與《石頭記》的關係，更清楚了一些「真實」。[164]

從皮氏自己的敘述中可以看出，他所謂的新角度，其實就是否定「自傳說」，修正「唯曹說」，具體而言，就是把過去「曹雪芹、脂硯齋、寶玉三位一體」修改成「李鼎、脂硯、寶玉三位一體」。

為什麼要這麼做呢？皮述民說：「自從胡適在民國十年發表了《紅樓夢考證》改定稿以來，雖然由於新資料的不斷發現以及更專業的投入研究，在許多枝節方面紅學研究者對胡氏之說多方加以指瑕及補正，但七十多年來『自傳說』和『唯曹說』始終被認為『鐵案如山，萬不可移』（高陽語），近年來在『紅學』的花朵旁邊，又綻放出並蒂的『曹學』之花，即其明證。」[165]

在皮氏看來，研究《紅樓夢》如果始終圍繞曹家的家世背景和家史人物，那麼，「我們仍有一些問題無法索解，或者應該說，我們無法從金陵曹家的家史和人物中去索解」[166]。因此，如果把脂硯齋這個「既實在又神祕的人物」落實給了蘇州李家，「蘇州李家的家世背景，在紅學研究上，就要大大提高它的地位」[167]。

正是在這樣的基礎上，皮氏認為，由於脂硯齋批書以寶玉自居，且他的話公然批在稿本上，自然是為雪芹及家人所認可。而這個人，並不是曹家人，他應該就是李鼎。[168] 對於這樣的所謂新角度、新結論，皮氏頗為得意。他說：「由於發現李鼎可能是寶玉原型之一，因而聯想到他可能就是脂硯齋。這一年來，我從許多角度來衡量李鼎，也從許多批語來

164　皮述民：《李鼎與石頭記》，文津出版社有限公司，2002 年，第 1－2 頁。
165　皮述民：《蘇州李家與紅樓夢》，新文豐出版股份有限公司，1996 年，第 5 頁。
166　皮述民：《蘇州李家與紅樓夢》，新文豐出版股份有限公司，1996 年，第 63 頁。
167　皮述民：《蘇州李家與紅樓夢》，新文豐出版股份有限公司，1996 年，第 121 頁。
168　皮述民：《蘇州李家與紅樓夢》，新文豐出版股份有限公司，1996 年，第 117－118 頁。

驗證李鼎，幾乎感到無有不合；有些角度和批語甚至感到非李鼎無以當之。我因為感到李鼎的形象和脂硯齋逐漸重疊而草擬此文，我的目的在尋求真相，向新的角度投石問路。」[169]

關於脂硯齋和曹雪芹的關係，皮氏也做了明確的敘述：

脂硯是寫作《紅樓夢》小說的發起人，同時是初稿若干回的作者……但脂硯齋心有餘而力不足，知道自己不能勝任，因為服膺雪芹的才華文筆，所以要求雪芹根據他的《石頭記》初稿來續作……雪芹當初沒有想到替脂硯構想中的《石頭記》作潤色、增刪、續寫的工作，會陷入其中而欲罷不能。他從懷疑這樣的故事會不會有人看，慢慢發展到把自己的全心全力寄託其上的一種創作境界。[170]

在雪芹接手寫作以後的十年漫長歲月中，脂硯始終參與其事，雪芹每寫成一回（有時甚至沒有定稿），便交由脂硯整理、謄抄、加批語。更要緊的是，我們看得出，小說怎樣寫，情節怎樣發展，脂硯始終參與討論，因為「草蛇灰線，伏脈千里」他都知道，可見小說的結構，是兩人充分溝通後才定案的。在雪芹身邊，至少還有兩個人密切注意著小說的進展，他們就是曹頫和曹棠村……雖然曹家父子三人，一個主寫，兩個密切關注小說的進行，但李鼎對此書的影響力仍在，一直到庚辰年（1760）脂硯四度評閱本書時，書名仍是《脂硯齋重評石頭記》，故我們始終相信，終脂硯之世，曹家人都不得不同意，此書的經理權是屬於脂硯的。[171]

皮氏不知道根據什麼得出「脂硯是寫作《紅樓夢》小說的發起人，同時是初稿若干回的作者」的結論，也不知道他怎麼知道曹雪芹是在脂硯齋的要求下不得已去寫《石頭記》並「陷入其中而欲罷不能」的，更

169　皮述民：《蘇州李家與紅樓夢》，新文豐出版股份有限公司，1996 年，第 107 頁。

170　皮述民：《紅樓夢考論集》，聯經出版事業公司，1984 年，第 37 — 39 頁。

171　皮述民：《蘇州李家與紅樓夢》，新文豐出版股份有限公司，1996 年，第 122 頁。

不知道他是如何知道「雪芹每寫成一回（有時甚至沒有定稿），便交由脂硯整理、謄抄、加批語」的。皮氏所列舉的所謂證據，也無非就是說「小說怎樣寫，情節怎樣發展，脂硯始終參與討論，因為『草蛇灰線，伏脈千里』他都知道」，但是，從目我們能看到的脂硯齋的批語來看，八十回之後的內容脂硯齋根本不知道，即使有個別對於後面情節的片言隻語，也大多語焉不詳，根本談不上「都知道」，更不用說「小說的結構，是兩人充分溝通後才定案」這樣的「合作」了。

筆者認為，脂硯齋根本就是一個離《紅樓夢》成書年代很遠的普通的《紅樓夢》愛好者，不但與《紅樓夢》的作者毫無關係，而且是至少在 1874 年前後才出現的水準很一般的評點者，關於這一點，筆者在後文會做專門的論述。

這裡有一點需要說明，那就是，皮氏雖然運用了很多新材料，也運用了考證的方法，但本質上與過去的索隱派沒有什麼區別，所以，這樣的研究，與很多當代的考證派一樣，都屬於浪費時間和精力的徒勞之舉。

下編　新紅學

　　所謂新紅學，是指一改過去那種以評點與索隱為基本的研究方法、建立起以考證（或考據）為基本方法的《紅樓夢》研究，這個學派也被稱之為新紅學考證派。具體而言，就是以胡適、顧頡剛、俞平伯為代表，運用傳統的考據學、版本學、古籍辨偽等科學方法建立起來的有別於評點與索隱的《紅樓夢》研究的新流派。

　　這一派別的出現，徹底改變了《紅樓夢》的研究狀態，尤其給予了索隱派紅學有力的打擊，從而開啟了紅學研究的新時代。胡適之後，俞平伯、周汝昌、馮其庸等人先後依據考證的方式對《紅樓夢》的作者、批語、版本、後四十回等諸多問題進行了研究，成果非常明顯。但是，這些成果之所以被反對者質疑，主要是因為新紅學考證派的研究幾乎全部建立在以下兩個基礎之上：

　　一是自傳說，即《紅樓夢》是曹雪芹的自傳，或者以自我經歷為背景寫成；二是考證的依據除了清史以及一些文人筆記外，還有一個被考證派紅學公認為研究《紅樓夢》最重要的證據——脂硯齋的批語。

　　從目前新紅學考證派的研究成果來看，以上兩點不僅是他們的主要研究內容，同時也是他們進一步研究的主要依據，即使那些並不完全承認自傳說的考證派研究者，在具體操作的時候，也會有意無意從所謂曹雪芹的家事中去得出結論。此外，儘管考證派紅學並不能確定脂硯齋到底是誰，也無法證明那些似是而非的批語是否可信，但對於脂硯齋的批語，則一律奉為金科玉律。這就出現了一個非常尷尬的現象：

　　一方面，他們用巨大的精力和時間去考證所謂作者曹雪芹的家事和脂硯齋其人，雖然考證成果層出不窮，而且各家之間的論爭也非常激烈，但到目前為止，卻並沒有一個統一的定論。換句話說，沒有任何令人信服的證據能證明曹雪芹和脂硯齋的身分，當然也就沒有辦法確定《紅樓夢》的作者到底是誰。另一方面，考證派紅學在尋找證據的時候，

又必然會用曹雪芹的家事和脂硯齋的批語作為自己的考證依據。考證派紅學所用的證據很多都是無法確定身分的（如脂硯齋的批語）或者本身就無法證明的（如曹雪芹是曹寅的後人）。這就不能不引起越來越多研究者的質疑，然而，考證派紅學為了維護自己的研究成果，開始了一輪又一輪的彌補。然而，由於自傳說與脂批實際上的不確定甚至虛幻，使得考證派紅學在彌補漏洞的過程中又會出現新的漏洞，不得不再一次彌補。久而久之，考證派紅學陷入了一種尷尬的困境，要麼再尋找新的證據彌補原來考證的漏洞，要麼一口咬定以上兩個基礎的權威性。也就是說，他們只能在尷尬中艱難地向前行進。

筆者認為，所謂「曹雪芹是《紅樓夢》的作者」本身就是一個偽命題，至少存在非常大的漏洞和爭議；而脂硯齋的疑問更大，脂批不但很難成為研究《紅樓夢》作者的證據，即使作為一般的評點，在古代諸家的評點中也屬於水準非常一般的那種，其價值非常有限。

由於考證派紅學研究的兩個基礎存在先天不足，因此，從一開始就陷入一個與索隱派一樣的泥潭中。本質上，所謂的新紅學考證派與索隱派並沒有什麼不同，索隱派是拚命把《紅樓夢》比附成和珅、明珠、順治、張侯等人的家事，而考證派是拚命把《紅樓夢》比附成曹雪芹的家事。要說有什麼不同，僅僅是研究方法上的不同，索隱派的比附簡單粗暴，而考證派的比附貌似找了很多依據，但一到關鍵點上，就和索隱派一樣，只能借助於「可能」、「應該」、「或許」等推測來「證明」自己的觀點，而這些觀點又是透過所謂的「科學」、「嚴謹」的方法得出來的，很難被自己所推翻，這樣，新紅學考證派的研究就陷入了一個空前的困境之中。

為了簡單了解考證派的發展過程和主要觀點，以及他們觀點中存在的問題，本文選取了胡適、俞平伯、周汝昌、馮其庸等幾個在不同時期

最有影響力的紅學大家作為研究對象。透過對這幾位「取得極大成就」的考證派大師的研究和追問，詳細了解繼評點派和索隱派之後，《紅樓夢》研究的發展線索。

第三章　胡適與《紅樓夢》

有研究者認為：「把小說當成一項『學術主題』來研究，在中國實始於胡適！」[172] 這樣的評價是比較客觀的。但是，從歷史的角度來看，胡適在《紅樓夢》的研究過程中，一方面，他把小說研究學術化，這是對於《紅樓夢》研究最大的貢獻；另一方面，他從一開始，就把《紅樓夢》的研究引向了一條本質上與索隱派一樣的歧路，再經過俞平伯、馮其庸，尤其是周汝昌等人的發展，更是讓紅學的研究越來越畸形，以至於陷入了困境。

胡適花費了大量精力來從事《紅樓夢》研究，從五四新文化運動到1960 年代初期，胡適撰寫的關於《紅樓夢》的文章「共計 124 篇（包括胡適《紅樓夢》研究論文、書信、日記、演講、談話、題記等）」[173]，總計十餘萬字。

▌ 第一節　胡蔡論爭與新紅學考證派的創立

1917 年，胡適從美國歸來後，很快就成為北大教授，與當時任北大校長的蔡元培成為了同事。年輕的胡適當時正值躊躇滿志之時，懷抱一腔熱情，希望將「新文化」運動進行到底。於是，他寫新詩、做研究，先後出版了《嘗試集》、《中國哲學史大綱》、《白話文學史》等著作。然而，由於受到了五四新文化運動中的政治因素的干擾，胡適原先的主要言論陣地《新青年》已經不在胡適的能力所及的範圍之內了，於是，受西方民主自由影響的胡適把目光轉向了小說，希望透過對小說這種比

---

172 唐德剛：《胡適口述自傳》，華東師範大學出版社，1993 年，第 241 頁。
173 《胡適紅學研究資料全編》，北京圖書館出版社，2005 年，第 2 頁。

較通俗的文體的闡述話語的研究來傳達自己從杜威那裡學到的「實驗主義」哲學原理，並在此基礎上進一步表達自己的思想。這就是胡適忽然把眼光轉向《紅樓夢》的重要原因之一。

一、胡蔡論爭

胡適的《紅樓夢》考證是在整理國故的背景下進行的。

胡適於 1919 年 11 月在〈新思潮的意義〉一文中指出，對於舊有的學術思想，反對盲從，積極主張「整理國故」、「要用科學的方法，作精確的考證」[174]。對於胡適而言，如果要把「實驗主義」哲學原理運用到小說研究中，那就必須先從當時非常盛行的索隱紅學入手，只有透過打擊索隱紅學不遺餘力，才能顯示出「實驗主義」哲學原理的威力。於是，胡適把目光對準了蔡元培的《石頭記索隱》。之所以選擇蔡元培，主要是因為蔡元培及其著作《石頭記索隱》在當時的巨大影響力。因此，在兩人關係非常融諧之際，胡適發動了一次公開的辯論，引起了廣泛的關注。

前文已經說過，蔡元培的《石頭記索隱》主要是堅持「作者持民族主義甚摯。書中本事，在弔明之亡，揭清之失，而尤於漢族名士仕清者，寓痛惜之意」的基本觀點。而 1926 年胡適發表的《紅樓夢考證》，列舉了大量的歷史資料，除了證明曹雪芹是《紅樓夢》的作者、做出其逝世後高鶚續寫出了後四十回的判斷外，還得出了《紅樓夢》是曹雪芹自述生平的結論。同時，矛頭直指《石頭記索隱》，毫不客氣地指出蔡元培的索隱是「大笨伯猜笨謎」，認為蔡元培在《紅樓夢》的道路上走錯了路。比如，針對蔡元培把王熙鳳和余國柱「姓名相關」的索隱方法，胡適給了有力的駁斥。蔡元培說：「王即柱字偏旁之省。國字俗寫作国，故王熙鳳之夫曰

174　胡適：〈新思潮的意義〉，《胡適文集（第 2 卷）》，北京大學出版社，1998 年，第 557 頁。

璉，言二王字相連也。」並註明「楷書王、玉同式」。對於這樣的考證，胡適絲毫不以為然：「他費了那麼大氣力，到底只做了『國』字和『柱』字的一小部分；還有這兩個字的其餘部分和那最重要的『餘』字，都不曾做到『謎面』裡去。這樣的謎，可不是笨謎嗎？」[175]

1921 年 9 月下旬，胡適將《紅樓夢考證》送給蔡元培一份，蔡元培閱後覆信說：「《考證》已讀過。所考曹雪芹家世及高蘭墅軼事等，甚佩。然於索隱一派，概以『附會』二字抹殺之，弟尚未能贊同。弟以為此派之謹嚴者，必與先生所用之考證法並行不悖。稍緩當詳寫奉告。」[176]

在蔡元培看來，胡適並未能全盤推翻他的結論，雖然自己的結論可能有一些漏洞，但還是可以反擊的。於是，在翌年 1 月 30 日，蔡元培發表《石頭記索隱》第六版自序，副題為「對於胡適之先生紅樓夢考證之商榷」，反擊胡適的批評。在自序中，蔡元培主要從姓名相關、軼事相徵、性格相似這三個角度出發，再次闡述了自己的觀點，同時指出分析作者和版本當然重要，但對於讀者而言，最重要的卻是故事情節。他首先闡明了自己進行《紅樓夢》疏證的起因和取用的方法：「自以為審慎之至，與隨意附會者不同。」[177]緊接著又表明了自己的觀點：「近讀胡適之先生之《紅樓夢考證》，列拙著於『附會的紅學』之中，謂之『走錯了道路』，謂之『大笨伯』、『笨迷』，謂之『很牽強的附會』我殊不敢承認。」[178]

蔡元培認為，中國文人歷來就有猜謎的習慣，以文學作品影射歷史這種研究的方法是中國文學研究歷來沿用的方法，因此，胡適嘲笑的「猜謎」方法，蔡元培並不認同。然後，又列舉了若干他自認為比較合理的索隱之例，來還擊胡適：

---

175 《紅樓夢研究參考資料選輯》（第一輯），人民文學出版社，1973 年，第 6 頁。
176 張曉唯：《蔡元培與胡適（1917 — 1937）》，中國人民大學出版社，2003 年，第 170 頁。
177 蔡元培：《石頭記索隱‧第六版自序》，商務印書館，1922 年。
178 蔡元培：《石頭記索隱》，中華書局，1984 年，第 69 頁。

胡先生謂拙著中劉姥姥所得之八兩及二十兩有了下落，而第四十二回王夫人所送之一百兩，沒有下落；謂之「這種完全任意的去取，實在沒有道理」。案《石頭記》凡百二十回，而餘之索隱，不過數十則；有下落者記之，未有者故闕之，此正余之審慎也。[179]

對於胡適所考證出來的作者的生平和家世等問題，蔡元培也有看法，他一方面肯定了胡適考證出作者的生平和家世，固有功於紅學研究，但另一方面，他又說：「吾人與文學書最密切之接觸，本不在作者之生平，而在其著作。著作之內容，即胡先生所謂『情節』者，絕非無考證之價值。」[180] 最後，蔡元培仍堅持認為：「《石頭記》原本，必為康熙朝政治小說，為親見高、徐、余、姜諸人者所草。後經曹雪芹增刪，或亦許插入曹家故事。要麼可以全書屬之曹氏也。」[181]

總體來看，蔡元培的反擊還是比較有力的，有些觀點也算是擊中了胡適的要害，因為，一部小說，最重要的當然是「著作之內容」，如果過度關注作者的生平和家世、版本等問題，勢必會陷入新索隱派的泥淖。這樣的擔憂並不多餘，從後來周汝昌先生的論述中就可以看到這一點。再者，在面對胡適的批判時，蔡元培在邏輯上也勉強可以立得住腳，並沒有大敗、潰敗、慘敗。而且，胡適的自傳說本身就存在較大的漏洞，蔡元培就算承認了胡適對曹家的考證，實際上還可以在客觀上幫助索隱派完善其說，反而成為支撐索隱派的一個論據。這也正是索隱派雖然屢遭打擊，但從來沒有完全退出紅學的一個重要原因。

對於蔡元培的這篇駁論性「自序」，胡適頗不以為然，他在日記中寫道：「蔡先生對於此事，做得不很漂亮。我想再作一個跋，和他討論一

---

179 蔡元培：《石頭記索隱》，中華書局，1984 年，第 71 頁。
180 蔡元培：《石頭記索隱》，中華書局，1984 年，第 70 頁。
181 蔡元培：《石頭記索隱》，中華書局，1984 年，第 74 頁。

次。」[182]

胡適於 1922 年 5 月撰寫了〈跋紅樓夢考證〉，其中的第二部分便是「答蔡子民先生的商榷」。他就蔡氏的「性情相近，軼事相徵，姓名相關」這三種推求小說人物的方法指出：「（蔡元培）好像頗輕視那關於『作者之生平』的考證」、「我以為作者的生平與時代是考證『著作之內容』的第一步下手工夫」。[183]

接著又說：「蔡先生的方法是不適用於《紅樓夢》的，有幾種小說是可以採用蔡先生的方法的，最明顯的是《孽海花》，這本是寫時事的書，故書中的人物都可採用蔡先生的方法去推求。」

其實，從胡適以上的論述來看，他並沒有意識到索隱派本質上的問題。索隱派在學術上能否站得住腳，其核心問題並非其具體的論說圓通與否或者是否附會，而在於對《紅樓夢》小說本質的判斷過程中出現了方向性的錯誤。索隱派之所以錯誤，主要是因為其所採用的研究方法在學術上站不住腳，而不完全是由於其比附是否合理。《儒林外史》與《孽海花》完全可以從史的角度去找到小說中的人物原型和事件原型，但是，如果非要把小說中的人物、事件與現實對應，恐怕就很難站得住腳了。正是由於這一點，胡適與蔡元培雖然一來一往，爭論了很久，也在當時的學界引起了很大震動，但是，胡蔡之爭並沒有什麼結果，誰也未能說服對方。面對胡適有力的打擊，蔡元培的反擊雖然落了下風，但是胡適也沒有達到徹底「掐死」索隱派紅學的目的。兩人此後對於《紅樓夢》研究的關注持續了很長時間，胡適終其一生而未有改變，直至其逝世前兩日仍在致友人的書中談及《紅樓夢》問題。這樣的論爭也在紅學領域有示範效應，使得後來的紅學研究者一直處於長期的、持久的爭辯之中。

---

182 《胡適的日記（上冊）》，香港中華書局，1985 年，第 269 頁。
183 胡適：〈跋紅樓夢考證 —— 答蔡子民先生的商榷〉，《胡適學術文集·中國文學史》，中華書局，1998 年，第 831 頁。

二、新紅學考證派的創立

胡適打擊以蔡元培為代表的索隱派的過程，實際上也是自己紅學地位確立的過程。顧頡剛先生評價胡適在紅學史上的貢獻時說：「（胡適）用新方法去駕馭實際的材料，使得噓氣結成的仙山樓閣換做磚石砌成的奇偉建築。把百年來沒有做出成績，在混沌中探索的紅學引向了新路。」[184] 如果從研究方法的科學性角度而言，考證派提倡透過大量的文獻、翔實的資料對小說的作者、主旨、藝術等方面進行探討，完全是正確的。相比索隱派牽強的比附、毫無道理的影射之類的解讀方式，無疑是紅學研究史上的進步。

正是透過這場震動全國學術界的論爭，胡適確立了自身在紅學研究領域的地位，也使得經久不衰的索隱派紅學從此黯淡無光，在國內很長時間裡幾乎銷聲匿跡，直到 21 世紀前夕，才又出現了復活的苗頭。可以說，這場紅學論爭成為了紅學史上新舊紅學的分界線，從此，紅學領域又出現了一個新的派別，就是新紅學考證派。新紅學考證派出現後，迅速發展壯大，很快就成為了紅學界的主流，一直到現在。

那麼，胡適為什麼要考證呢？

胡適在〈介紹我自己的思想〉裡曾明確說明自己為什麼要考證《紅樓夢》：

我為什麼要考證《紅樓夢》？消極方面，我要教人懷疑王夢阮、徐柳泉一班人的謬說。在積極方面，我要教人一個思想學問的方法。我要教人疑而後信，考而後信，有充分證據而後信……少年朋友們，莫把這些小說考證看作我教你們讀小說的文字。這些都只是思想學問的方法的一些例子。在這些文字裡，我要讀者學得一點科學精神，一點科學態

184　俞平伯：《紅樓夢辨》，人民文學出版社，1978 年。

度，一點科學方法。科學精神在於尋求事實，尋求真理。科學態度在於撇開成見，擱起感情，只認得事實，只跟著證據走。科學方法只是「大膽的假設，小心的求證」十個字。沒有證據，只可懸而不斷；證據不夠，只可假設，不可武斷；必須等到證實之後，方才奉為定論……我這裡千言萬語，也只是要教人一個不受人惑的方法。[185]

　　胡適在 1917 年完成留美的學業後歸國，意圖在中國進行一場「文藝復興」運動。雖然未能如其所願取得預期的成功，但胡適一直堅守著中國「文藝復興」的四個基本目標：「一、研究問題，特殊的問題和今日迫切的問題；二、輸入學理，從海外輸入那些適合我們作參考和比較研究用的學理；三、整理國故（把幾千年來支離破碎的古學，用科學方法做一番有系統的整理）；四、再造文明，這是上幾項綜合起來的最後目的。」[186]

　　胡適把「整理國故」當作是中國「文藝復興」運動的組成部分，無疑是非常有遠見的。在中國古代，考證或考據作為一種研究的重要方法，很少去涉及小說領域。而胡適在新文化運動的大環境下，「整理國故」最重要的一點就是把小說這種一直在傳統文化中地位較低的文學作品提高到了史無前例的至高地位。實際上，考證作為一種研究方法，早在漢代就已出現，胡適不過是運用清代乾嘉樸學考證之法，再冠上「實驗主義」的指導思想去研究過去很少進入文人視野的通俗文學 —— 小說。而小說因為考證方法的運用而成為了文人關注的對象，這一點不僅僅對《紅樓夢》，對整個小說界的影響都是巨大的。

185　胡適：〈介紹我自己的思想〉，《胡適文集》（第 5 冊），北京大學出版社，1998 年，第 518 － 519 頁。
186　唐德剛：《胡適口述自傳》，廣西師範大學出版社，2005 年，第 200 頁。

▌第二節　難以成立的「自傳說」

縱觀胡適對於《紅樓夢》的研究成果，整體上來看，大致包括以下幾個方面：

一、發現大量的重要史料，證實了《紅樓夢》前八十回的作者是曹雪芹（並且推測出曹雪芹為曹寅之孫）、曹寅卒於康熙五十一年及曹家獲罪抄家等一系列家事；

二、認為《紅樓夢》是一部自傳性質的小說、賈寶玉就是曹雪芹、曹家就是賈家，小說中的許多情節都是曹家曾經歷的真實歷史；

三、證實《紅樓夢》後四十回的續作者是高鶚，並且對後四十回進行較為客觀公正的評價；

四、「蔡胡論戰」使「索隱派」失去了對紅學的掌控；

五、對《紅樓夢》版本的深入研究（脂本、戚本、程甲本、程乙本等），並首次提出脂本與脂批的重要價值。

以上成果中，第四點前文已經論述，下面我們就胡適其他幾點一一分析，希望能夠為大家在研究《紅樓夢》的過程中提供一些新的視角。

胡適的第一個所謂的成果是「《紅樓夢》前八十回的作者是曹雪芹」。實際上，胡適所謂的《紅樓夢》的作者是曹雪芹以及《紅樓夢》是自傳體小說這兩個觀點，其實是一個問題。在胡適看來，《紅樓夢》的作者是曹雪芹，曹雪芹又等於賈寶玉，那小說中所描寫的事件、人物就是曹雪芹家的事件、人物。對於這個觀點，胡適可謂堅定不移，一直到 1959 年還說：「《紅樓夢》寫的是很富貴、很繁華的一個家庭。很多人都不相信《紅樓夢》寫的是真的事情，經過我的一點考據，我證明賈寶玉恐怕就是作者自己，帶有一點自傳性質的一個小說，恐怕他寫的那個家庭，就是所謂賈家，家庭據的就是曹雪芹的家，所以我們作了一點研究，才曉得我這話大概不是完全錯的……懂得曹家這個背景，就可以曉

得這部小說是個寫實的小說，他寫的人物，他寫王熙鳳，這個王熙鳳一定是真的，他要是沒有這樣的觀察，王鳳姐是個了不得的一個女人，他一定寫不出來王鳳姐。比如他寫薛寶釵，寫林黛玉，他寫的秦可卿，一定是他的的確確是認識的。所以懂得這一點，才曉得他這部小說，是一個『自傳』，至少帶有自傳性質的一個小說。」[187]

那麼，胡適是如何考證出《紅樓夢》的作者是曹雪芹這樣的結論的呢？

胡適對於《紅樓夢》前八十回的作者是曹雪芹的考證，主要依據的是袁枚的一條史料：

> 康熙間，曹練亭為江寧織造……其子雪芹撰《紅樓夢》一部，備記風月繁華之盛，明我齋讀而羨之。當時紅樓中有某校書猶豔，我齋題云：「病容憔悴勝桃花，午汗潮回熱轉加；猶恐意中人看出，強言今日較差些。威儀棣棣若山河，應把風流奪綺羅，不似小家拘束態，笑時偏少默時多。」（《隨園詩話》，乾隆五十七年刊本，卷二）[188]

正因為有這條史料，胡適自然而然就得出了「我們因此知道乾隆時的文人承認《紅樓夢》是曹雪芹做的」的結論。但是，胡適又同時指出，袁枚有一個地方搞錯了，那就是曹雪芹不是曹寅的兒子（其子），而是曹寅的孫子。

其實，袁枚記錯的地方還有不少，比如，曹寅的字號是「曹棟亭」，而袁枚記載的是「曹練亭」，再如，袁枚認為《紅樓夢》是一部「備記風月繁華之盛」的著作顯然只是道聽塗說，否則，以袁枚的鑑賞力，斷不會把《紅樓夢》當作風月場上的情史。

然而，就是這麼一條錯誤百出（胡適自己也認為有錯，比如曹雪芹不

---

187 《胡適紅樓夢研究論述全編》，上海古籍出版社，1988 年，第 259 頁。
188 一粟編：《古典文學研究資料彙編·紅樓夢卷》（第一冊），中華書局，1963 年，第 12 — 13 頁。

是曹寅之子）的史料，居然成了胡適考證《紅樓夢》作者的主要依據。

在「考證出」《紅樓夢》的作者是曹雪芹以後，胡適又收集了大量資料，查了楊鍾羲編寫的《八旗文經》、《雪橋詩話》以及《八旗詩鈔》（《熙朝雅頌集》）等書，最後終於找到了記述曹雪芹生活和思想以及著書情況的《四松堂集》的手寫本。《四松堂集》是清宗室八旗文人敦誠所寫的詩文集，其中有作者寫給曹雪芹的一些詩及其哥哥敦敏的小傳。此外，敦敏也有《懋齋詩鈔》。

在這些資料中，胡適找到了敦誠、敦敏寫給曹雪芹的一些詩歌，如敦誠的〈佩刀質酒歌〉、〈寄懷曹雪芹〉、〈贈曹芹圃〉（注：即曹雪芹）〈輓曹雪芹〉（甲申），敦敏的〈贈曹雪芹〉、〈訪曹雪芹不遇〉等。透過這些詩歌，胡適認為他發現了「曹雪芹生活和思想以及著書情況」，從而進一步認為《紅樓夢》的作者是曹雪芹。

然而，有一個關鍵的問題胡適完全迴避了，在所有敦誠、敦敏留下的文字中，沒有片言隻語談到過曹雪芹寫作《紅樓夢》的記載，甚至沒有出現任何關於《紅樓夢》的資訊，而且，他們筆下的曹雪芹應該叫曹霑，雪芹只是個號，既然是號，那就很難說明此曹雪芹就是小說中的曹雪芹，因為，號畢竟不是名字，很多文人的號可以有幾個甚至更多，而且可以隨意更改。

為了把敦誠、敦敏筆下的曹雪芹與曹寅扯上關係，胡適又查找了很多資料，比如吳修《昭代名人尺牘小傳》、李斗《揚州畫舫錄》、韓菼《有懷堂文稿》、章學誠《丙辰札記》、《耆獻類徵·陳鵬年傳》等，考證出了「楝亭」係康熙時代長期擔任江寧織造一職的曹寅。曹寅文學修養很高，能詩能曲，著有《楝亭詩抄》、《楝亭詩集》，與同旗李煦於康熙四十三年（1704）到康熙四十九年間輪流代為兩淮巡鹽御史，任職江寧期間，曾參與四次接待康熙皇帝南巡的任務。

　　胡適收集這些資料的目的其實只有一個，就是希望能把歷史上真實發生過的事情與《紅樓夢》中的事件扯上關係，從而得出小說的作者是曹雪芹的結論。但是，透過以上的整理我們看到一個非常奇怪的現象，按照常理，如果在兒子和孫子這一點上袁枚記載有誤，那整條資訊就很難確定是否正確，因為，既然最重要的子、孫方面的資訊都會錯，那其資訊也就值得考證。因此，這麼一條錯誤的資料能用來作為考證的主要依據嗎？對於袁枚所記錯誤，胡適只用了四個字來解決：「老年誤記」（此時袁枚已七十歲）[189]。

　　胡適之所以這麼草率地認為是袁枚老年誤記，原因其實也很簡單。如果要把曹雪芹定位為曹寅的兒子，那和胡適收集到的資料裡面所顯示的時間、年齡就無法對應，如果把曹雪芹定位為曹寅的孫子，就勉強可以對應，雖然非常勉強，但至少比兒子的時間要有說服力。

　　胡適的考證顯然存在巨大的漏洞，比如，當時還有一些文獻也有類似的記載。如陳其元的《庸閒齋筆記》卷八：「此書乃康熙間江寧織造曹練亭之了雪芹所撰」[190]；

　　夢痴學人《夢痴說夢》：「《紅樓夢》一書作自曹雪芹先生……江寧織造曹練亭公子」[191]；

　　葉德輝《書林清話》：「今小說有《紅樓夢》一書……是書為曹寅之子雪芹孝廉作……」[192]；

　　趙烈文《能靜居筆記》：「曹實棟亭先生子，素放浪……」[193]

　　以上這些史料雖然出現的時間不同，但都認為曹雪芹是曹寅的兒子而不是孫子。而西清《樺葉述聞》云：「《紅樓夢》始出，家置一編，皆

189　宋廣波編校注釋：《胡適紅學研究資料全編》，北京圖書館出版社，2005年，第40頁。
190　一粟編：《古典文學研究資料彙編·紅樓夢卷》（第一冊），中華書局，1963年，第15頁。
191　一粟編：《古典文學研究資料彙編·紅樓夢卷》（第一冊），中華書局，1963年，第219頁。
192　一粟編：《古典文學研究資料彙編·紅樓夢卷》（第一冊），中華書局，1963年，第16頁。
193　一粟編：《古典文學研究資料彙編·紅樓夢卷》（第二冊），中華書局，1963年，第378頁。

曰此曹雪芹書，而雪芹何許人，不盡知也。雪芹名霑，漢軍也，其曾祖寅，字子清，號棟亭，康熙間名士，累官通政。為織造時，雪芹隨任，故繁華聲色，閱歷者深。」[194] 這裡的曹雪芹成為了曹寅的曾孫。但是，一向提倡大膽假設、小心求證的胡適卻不知道為什麼對這些史料視而不見，非要堅持採用袁枚這條有錯誤的資料呢？

此外，從乾隆時開始，一直到清末，都有關於《紅樓夢》作者的記載，僅列舉幾條：

♦ 嘉慶《綺夢紅樓》的作者蘭皋居士說：「《紅樓夢》一書不知誰氏所作。」

♦ 嘉慶九年青霞齋刊本《樗散軒叢談》卷二「紅樓夢」條說：「然《紅樓夢》實才子書也。初不知作者誰何，或言是康熙間京師某府西賓常州某孝廉手筆。」

♦ 清末俞樾《小浮梅閒話》記載：「《紅樓夢》一書，膾炙人口，世傳為明珠之子而作。」

♦ 徐珂《清稗類鈔》記載：「《紅樓夢》一書……作是書者，乃江南一世子。……或曰：是書實國初一文人，抱民族之痛，無可發洩，遂以極哀豔極繁華之筆為之……」

以上記載都認為《紅樓夢》的作者不可考，但不知為什麼，胡適偏偏就認定了那條連他自己都認為有錯的資料。

胡適雖然在其《紅樓夢考證》的最後總結中說：「我在這篇文章裡，處處想撇開一切先入的成見；處處存一個搜求證據的目的；處處尊重證據，讓證據做嚮導，引我到相當的結論上去。」[195] 但是，從胡適的具體操作來看，並沒有踐行「處處尊重證據」，更沒有「讓證據做嚮導」，

194　一粟編：《古典文學研究資料彙編‧紅樓夢卷》（第一冊），中華書局，1963 年，第 13 頁。
195　胡適：《紅樓夢考證》，《胡適學術文集‧中國文學史》，中華書局，1998 年，第 831 頁。

至少有一半是主觀臆斷。他首先認定了《紅樓夢》的作者是曹雪芹，然後考證。而且，考證得相當粗糙，也相當隨意，從而也不能真正解決《紅樓夢》的作者問題。反倒從此開啟了長達百年的關於《紅樓夢》作者的大討論。

胡適第二個主要「成果」就是提出了「《紅樓夢》是一部自傳性質的小說」的觀點。這一觀點在胡適之後，逐漸占據了紅學主流，成為眾多新紅學考證派維護甚至捍衛的主要觀點，並在胡適的基礎上不斷發展，即使證據並不充分。

胡適從虛實兩個方面對自傳說進行了論證。

首先，他舉出「他家祖孫三代四個人總共做了五十八年的江寧織造」，「他家曾辦過四次以上接駕的差」、「他的家庭富有文學美術的環境」[196]，其次考得曹雪芹是一位「做過繁華舊夢的人」、「會作詩又會繪畫的人」、「晚年的境況非常貧窮潦倒」[197]。由此從實的方面（實際的歷史人物），提出這樣一個新的見解：「《紅樓夢》這部書是曹雪芹的自敘傳。」[198]接下來，胡適又從虛的方面，即從《紅樓夢》這部書中「舉幾條重要的證據」加以證明。實際上從書中只舉出四條證據：「一是〈凡例〉中『作者自云：『將真事隱去』的一段話；二是第一回裡『石頭說道』的『這書是我自己的事體情理』和『是我這半世親見親聞的』兩句話；三是『第十六回有談論南巡接駕的一大段』；四是『第二回敘榮國府的四次』的一段話。」[199]

在胡適看來，有了這四條證據，加上前面對實際的歷史人物的考證，就完全可以得出《紅樓夢》是一部自傳性質的小說的結論。

---

196 《胡適紅樓夢研究論述全編》，上海古籍出版社，1988 年，第 93 頁。
197 《胡適紅樓夢研究論述全編》，上海古籍出版社，1988 年，第 103、96、103 頁。
198 《胡適紅樓夢研究論述全編》，上海古籍出版社，1988 年，第 98 頁。
199 《胡適紅樓夢研究論述全編》，上海古籍出版社，1988 年，第 98－101 頁。

　　那麼，胡適所提出來的「自敘傳」是否有一定的道理呢？筆者認為，胡適所謂的四條證據對於論述是否是自傳性質的小說遠遠不夠，首先，所謂「作者自云」或借「石頭說道」僅僅是小說中出現的敘述性語言，到底是作者的暗示還是小說敘述的需要很難判斷；第二，所謂「第十六回有談論南巡接駕的一大段」與「第二回敘榮國府的四次」，即使真的是現實中曹寅家的家事，但和小說中的情節設定又有什麼關係呢？退一步講，就算這兩件事有一定的暗示性，小說中並沒有出現接駕的事情，元妃省親畢竟不是康熙南巡，根本沒有什麼可比性。所以，單憑這四條證據就想證明《紅樓夢》是自傳體性質的小說或者自敘傳，恐怕很難令人信服。

　　客觀而言，自敘傳絕不等同於小說，小說就是小說，自傳就是自傳，這是兩種很難相融的文體。眾所皆知，小說的一個特點就是允許虛構，而自傳則必須是實錄，這本來就是兩種很難相容的文體。即使是胡適的後繼者提出的所謂「自傳體小說」，也就很難成立。文學與自傳有著天然的不可逾越的紅線，在藝術創作中，作品中不管包含著創作者多少生活經歷，也無論打上了多少作家的個人烙印，它始終只能是文學或者創作，是作家主觀選擇之後的產物。因此，自傳體小說本身就是一個偽命題，也是新紅學考證派為了維護自己學說而混淆問題的一種手段。舉一個不太恰當的例子，我們在界定一個人的性別時，必然會說這個人是男人或者女人，不能說這是一個「男女人」或者「女男人」，即使有一些具有男性性格特徵的女性或者帶有女性性格特徵的男性，在做生理意義上的界定時也只能稱其為男人或者女人，而「自傳體小說」無異於「陰陽人」的稱謂，即使現實中有「陰陽人」的存在，也只能說這是一種病態，而不是一個正常的人。

　　當越來越多的研究者意識到「自傳說」很難成立的時候，那些抱有

自傳觀點的研究者便開始運用更為寬泛、更為靈活的「帶有自傳性質的小說」來搪塞。其實，任何小說都不可能完全抹去作者自我的影子，任何文學作品都可能包含著作者的人生經歷以及自己對社會、人生的理解，從而使得小說人物有一些地方會與作者的某些特徵相對應。「帶有自傳性質的小說」歸根到底還是小說，即使帶有一些自己的生活經歷，也只是為小說提供了可資借鑑的素材，並不影響整個小說的性質。退一步講，即使有所謂的「自傳體小說」的存在，也僅僅是表達形式的不同，比如我們常見的「詩史」、「筆記體小說」等文學體裁，這裡的「詩」或者「筆記」，都是一種文學表達形式，並不影響其「史」或「小說」的性質。因此，我們只要還承認《紅樓夢》是小說，那麼胡適及其後學的所謂「自敘傳」、「自傳體小說」、「帶有自傳性質的小說」等等模稜兩可的提法就不可能成立。

「自敘傳」觀點自提出以來，就不斷遭到研究者的質疑，即使是胡適的繼承者、同樣持有自敘傳觀點的俞平伯先生也逐漸意識到了「自敘傳」的問題，因此，在其《紅樓夢辨》出版之後不久，就多次發表聲明修正自己的觀點。俞平伯專門撰寫〈《紅樓夢辨》的修正〉一文，專門對自敘傳說進行了修正說明：「究竟最先要修正的是什麼呢？我說，是《紅樓夢》為作者的自敘傳這一句話。這實是近來研究此書的中心觀念」；又說自己：「不曾確定自敘傳與自敘傳的文學的區別，換句話說，無異不分析歷史與歷史的小說的界線」，「我們說人家猜笨謎，但我們自己做的即非謎，亦類乎謎，不過換個底面罷了。至於誰笨誰不笨，有誰知道呢！」[200]

200　俞平伯：〈《紅樓夢辨》的修正〉，《紅樓夢研究參考資料選輯（第2輯）》，人民文學出版社，1973年，第3 — 10頁。

▌第三節　後四十回與版本考證的片面

一、關於《紅樓夢》後四十回的續作者是高鶚

　　胡適《紅樓夢考證》問世之前，讀者一直將《紅樓夢》一百二十回當成一個整體，很少有人注意到前八十回與後四十回的關係，至於學界一直討論的「曹作高續」就更是鮮為人知了。胡適在其《紅樓夢考證》中對後四十回得出三個結論：1.「後四十回是高鶚補的」[201]；2. 程偉元是牟利的書商；3. 前八十回是程偉元、高鶚改竄的「偽本」。那麼，胡適是如何得出這樣的結論的？

　　胡適上面的幾點結論主要有四條依據：

　　第一，張問陶的詩及注，此為最明白的證據。

　　第二，俞樾舉的「鄉會試增五言八韻詩始乾隆朝，而書中敘科場事已有詩」一項。

　　第三，程序說先得二十餘卷，後又在鼓擔上得十餘卷。此話便是作偽的鐵證，因為世間沒有這樣奇巧的事！

　　第四，高鶚自己的序，說得很含糊，字裡行間都使人生疑。

　　「但這些證據固然重要，總不如內容的研究更可以證明後四十回與前八十回絕不是一個人作的。我的朋友俞平伯先生曾舉出三個理由來證明後四十回的回目也是高鶚補作的。他的三個理由是：（一）和第一回自敘的話都不合，（二）史湘雲的丟開，（三）不合作文時的程序。……以此看來，我們可以推想後四十回不是曹雪芹做的了。」[202]

　　以上大致就是胡適考證《紅樓夢》後四十回是高鶚偽續的全部，對於胡適這樣的考證，筆者實在難以苟同，現在就來分析一下胡適的這些證據。

---

201 《胡適點評紅樓夢》，團結出版社，2004 年，第 57 頁。
202 《胡適紅樓夢研究論述全編》，上海古籍出版社，1988 年，第 115 頁。

第一，胡適說，張問陶的詩及注，此為最明白的證據。果真是這樣嗎？我們先看一下張問陶的詩與注：

贈高蘭墅鶚同年

無花無酒奈秋深，灑掃雲房且唱酬。俠氣君能空紫塞，豔情人自說紅樓。

逶迤把臂如今雨，得失關心此舊遊。彈指十三年已去，朱衣簾外亦回頭。

注：《紅樓夢》八十回以後俱蘭墅所補。

這裡面除了「注」明確提到「《紅樓夢》八十回以後俱蘭墅所補」外，從詩歌中實在找不出有其他證據。此外，「所補」兩字該如何理解呢？第一種情況，後四十回原來一個字沒有，全部是由高鶚寫出來的，這樣就把《紅樓夢》補全了；第二種情況，後四十回本來有，但由於散佚、損毀等問題，有一些文字不全或部分紙張缺失，高鶚把這些缺失的地方一一補全。

如果屬於第一種情況，那胡適的考證就是正確的，如果屬於第二種情況，那胡適的結論就完全是錯誤的。

那麼，到底是哪一種情況呢？

請先看程甲本《紅樓夢》程偉元的序言：

《紅樓夢》小說，本名《石頭記》，作者相傳不一，究未知出自何人，惟書內記雪芹曹先生刪改數過。好事者每傳抄一部，置廟市中，昂其值得數金，不脛而走者矣。然原目一百廿卷，今所傳只八十卷，殊非全本。即間稱有全部者，及檢閱仍只八十卷，讀者頗以為憾。不佞以是書既有百廿卷之目，豈無全璧？爰為竭力搜羅，自藏書家甚至故紙堆中無不留心，數年以來，僅積有廿餘卷。一日偶於鼓擔上得十餘卷，遂重

價購之，欣然繙閱，見起前後起伏，尚屬接筍，然漶漫不可收拾。及同友人細加釐剔，截長補短，抄成全部，復為鑴板，以公同好，《紅樓夢》全書始自是告成矣。書成，因並志其緣起，以告海內君子。凡我同人，或亦先睹為快者歟？

小泉程偉元識。[203]

再看程甲本《紅樓夢》高鶚的序言：

予聞《紅樓夢》膾炙人口，幾廿餘年，然無全璧，無定本。向曾從友人借觀，竊以染指嘗鼎為憾。今年春，友人程子小泉過予，以其所購全書見示，且曰：「此僕數年銖積寸累之苦心，將付剞劂，公同好，子閒且憊矣，盍分任之？」予以是書雖稗官野史之流，然尚不謬於名教，欣然拜諾，正以波斯奴見寶為幸，遂襄其役。工既竣，並識端末，以告閱者。

時乾隆辛亥冬至後五日鐵嶺高鶚敍並書。[204]

程偉元與高鶚的序已經說得非常明白了，他們是經過很長時間「僅積有廿餘卷」，後來又「偶於鼓擔上得十餘卷」，這樣算下來，至少已經有三十餘卷，然後「同友人細加釐剔，截長補短，抄成全部」，這才有了一百二十回的全本《紅樓夢》。如果我們客觀評價一下後四十回的話，後四十回與前八十回在藝術性方面的確存在一定的差距，但差距並不太大，而且基本上貫穿了前八十回的思想與人物命運。就連胡適自己也對後四十回給予了一定的好評：

以上所說，只要證明後四十回確然不是曹雪芹做的。但我們平心而論，高鶚補的四十回，雖然比不上前八十回，也確然有不可埋沒的好處。他寫司棋之死，寫鴛鴦之死，寫妙玉的遭劫，寫鳳姐的死，寫襲人的嫁，

203　一粟編：《古典文學研究資料彙編‧紅樓夢卷》（第一冊），中華書局，1963 年，第 31 頁。
204　一粟編：《古典文學研究資料彙編‧紅樓夢卷》（第一冊），中華書局，1963 年，第 31 頁。

都是很有精采的小品文字。最可注意的是這些人都寫作悲劇的下場。[205]

　　因此，我們基本可以斷定程偉元與高鶚說的是真實的情況，如果後四十回真是他們寫的，想必也屬於嘔心瀝血之作，他們實在沒有必要把如此高水準的著作權讓渡出來。但是，胡適卻非常生硬地把程、高的話否定了，而且否定的理由非常獨特：「程序說先得二十餘卷，後又在鼓擔上得十餘卷。此話便是作偽的鐵證，因為世間沒有這樣奇巧的事！」在胡適看來，從鼓擔上得十餘卷是不可能的，世上不可能有這麼巧的事。這完全是出於猜測，沒有任何根據。按照常理而言，程偉元、高鶚的序文比胡適早百年以上，對於後四十回而言，這應該說是最早也是最有權威的「第一手」資料了，怎麼就能輕易否定呢？至於說「巧」，胡適可能已經忘了他當年得到甲戌本的情形遠比程偉元得到後四十回要「巧」得多。

　　胡適的第二條證據是「鄉會試增五言八韻詩始乾隆朝，而書中敘科場事已有詩」。筆者理解胡適的意思大概是說，鄉試中有韻詩方面的內容始自乾隆，小說中卻出現了科場有詩歌的內容，所以是假的。我們知道，乾隆改革科舉增加韻詩是在 1757 年，程甲本的成書是在乾隆五十六年（1791），而胡適首先認定《紅樓夢》成書是在 1754 年之前，所以，原著中既然出現了描寫科場內容的詩歌，因此，後四十回必然是程、高所續。胡適這個推論貌似有一定道理，但是，胡適顯然是忽略了一個問題，按照高鶚、程偉元的說法，後四十回他們是修補的，如果高、程說的是真的，難道在修補過程中不能增加這個內容嗎？

　　胡適的第四條證據「高鶚自己的序，說的很含糊，字裡行間都使人生疑」。這個似乎算不上什麼證據，高鶚的序「說的很含糊」也許只是胡適自己的感覺，反正，筆者感覺高鶚說得非常清楚，並沒有什麼含糊的地方。因此，用個人的感覺作為證據，顯然是有悖於學術原則的。

---

205 《胡適紅樓夢研究論述全編》，上海古籍出版社，1988 年，第 115 頁。

二、胡適對《紅樓夢》版本的研究

關於《紅樓夢》版本的研究，被學界稱之為胡適對於紅學的又一大貢獻。但是，胡適開始與版本接觸卻充滿了傳奇色彩，遠比程偉元得到後四十回還要「巧」。

1927 年 5 月，胡適從海外歸來後不久，便接到了一封信，信中說有一部抄本《脂硯齋重評石頭記》願意轉讓。來函云：

> 茲啟者，敝處有舊藏原抄《脂硯齋批紅樓》，惟只存十六回，計四大本。因聞先生最喜《紅樓夢》，為此函詢，如合尊意，祈示知，當將原書送閱。手此。
>
> 即請適之先生道安，胡星垣拜啟，五月二十二日。[206]

請注意，如果說程偉元的後四十回還是有意去搜集了很久才得到的話，胡適得到這本甲戌本純屬偶然，偶然到竟然是有人主動送上門的。但是，胡適當時並沒有在意。1928 年他談及此事時是這樣說的：

> 去年我從海外歸來，便接著一封信，說有一部抄本《脂硯齋重評石頭記》願讓給我。我以為「重評」的《石頭記》大概是沒有價值的，所以當時竟沒有回信。不久，新月書店的廣告出來了，藏書的人把此書送到店裡來，轉交給我看。我看了一遍，深信此本是海內最古的《石頭記》抄本，遂出了重價把此書買了。這部脂硯齋重評本（以下稱脂本）只剩十六回了，……首頁首行有撕去的一角，當是最早藏書人的圖章。今存圖章三方，一為「劉銓畐子重印」，一為「子重」，一為「髣眉」。[207]

206　杜春和：〈胡適考證《紅樓夢》往來書信選（五）〉，《歷史檔案》，1995 年第 2 期。

207　宋廣波編校注釋：《胡適紅學研究資料全編・考證紅樓夢的新材料》，北京圖書館出版社，2005 年，第 158 － 159 頁。

　　胡適的意思就是說，他僅僅看了一遍以後，就認定這是「海內最古的《石頭記》抄本」。這裡面其實還隱藏著一個資訊，那就是胡適在沒有考證或者其他證據的情況下，把這個本子上出現的甲戌年直接認定為乾隆十九年（1754），至於他的根據是什麼，胡適並沒有說。之後，胡適曾多次向外界宣布他得到了研究《紅樓夢》的最重要的新材料，而且還在《新月》雜誌上發表了〈考證紅樓夢的新材料〉。在這篇文章中，提出了這個甲戌本是最近於曹雪芹原稿的本子，是世間最古的《紅樓夢》寫本，是可以考知曹雪芹的家事的本子，是可以考證曹雪芹去世年月日的本子，是可以考證曹雪芹原稿狀態的本子，是可以考證《紅樓夢》八十回之後預定結構的本子[208]等等，總之一句話，這是一個在紅學研究史上至高無上的本子。

　　胡適對甲戌本的評價得到了很多研究者的認可，比如周汝昌就曾寫信給胡適說：「先生所藏脂批本上的批語，我要全看一下，《四松堂集》稿本我更須要檢索一番。這都是海內孤本，希世之寶，未知先生肯以道義之交不吝借我一用否？汝昌愛人書如己書，汙損是絕不會的。」[209]再比如，宋廣波說：「對於胡適晚年的觀點，筆者是頗認同的。當然，也有不同意見。這裡，不再展開申論，只強調一點，不管你是否同意胡適的觀點，你都不能否認：胡適推動了甲戌本和《紅樓夢》版本學的研究。」[210]根據宋廣波先生的歸納，胡適晚年的觀點主要包括以下三點：

　　（一）甲戌本在《紅樓夢》的版本研究上曾有過劃時代的貢獻，亦即本文第二部分所論述者。

　　（二）甲戌本是世間最古的《紅樓夢》寫本。

208　宋廣波編校注釋：《胡適紅學研究資料全編・考證紅樓夢的新材料》，北京圖書館出版社，2005年，第440頁。

209　耿雲志主編：《胡適遺稿及秘藏書信（第29冊）》，黃山書社，1994年，第486－487頁。

210　宋廣波：〈胡適與甲戌本石頭記〉，《河南教育學院學報（哲學社會科學版）》，2006年第4期。

（三）曹雪芹甲戌年成稿止有十六回，是雪芹最初稿本的原樣子。

事實果真如此嗎？筆者並不這麼認為，理由如下：首先，所謂甲戌本是指甲戌年完成評點的本子，那麼，甲戌年可以是胡適所謂的 1754 年，也可以是 1814 年或者 1874 年，甚至有可能是 1927 年（有很多研究者認為甲戌本是偽造的，矛頭直指胡適，比如曲沐、歐陽健等），胡適所謂 1754 年從書中看不到任何根據。

其次，甲戌本到底是不是「世間最古的《紅樓夢》寫本」，這個恐怕很難確定，因為，胡適並沒有任何證據證明這一點，他既沒有用類似於碳十四等現代科學的手段對這本書做過檢測，也沒有運用其他文獻來考證，他的結論只是自己的主觀臆斷，所以很難成立。

第三，胡適也曾經說過，甲戌本是一個過錄本，既然是過錄本，怎麼就成了最初稿本的原樣子呢？難道僅僅是因為「止有十六回」嗎？如果是這樣的話，那只有兩回（第二十三回、第二十四回）的《鄭振鐸藏本紅樓夢》是不是比甲戌本還具有「最初稿本的原樣子」呢？

實際上，胡適之所以如此看重甲戌本，主要是因為甲戌本上面不但有很多脂硯齋的批語，而且這些批語還隱約透露出一些關於曹雪芹的資訊，評點者似乎與所謂的作者曹雪芹有著某些超乎尋常的關係，因此，也就成了考證曹雪芹的重要證據。如果我們稍微審視一下所有脂硯齋的批語就會發現，這些號稱四千多條（各抄本總和）的脂批中有一半左右都是一到四個字的「好」、「妙」、「嘆」、「嘆嘆」、「妙極」、「可嘆」、「要緊句」、「一語道破」等等非常簡單且無聊的批語，即使那些對小說思想、藝術評點的批語，如果與張竹坡、金聖歎等大家的評點來對照，高下立判，水準差距之大，有著天壤之別。

此外，甲戌本其實是一個各家批語彙集本，署名除了脂硯齋之外，還有松齋、梅溪等，批語主要分為兩部分，一部分是從其他版本上抄來

的，比如己卯本、庚辰本、戚序本、甲辰本和靖藏本（關於甲戌本的問題，後文專文論述），還有一部分是自己評點的。有一些抄評，可能是由於抄錄的時候並不認真，以至於出現混亂的情況，比如，第一回裡眉批中有一條與靖藏本相同的紅色評語，靖藏本的落款時間為「甲申八月淚筆」，而甲戌本為「甲午八月淚筆」，時間上相差了十年。同樣在甲戌本第一回有時間落款的「若從頭逐個寫去，成何文字？《石頭記》得力處在此。丁亥春」。如果這兩條都是脂硯齋自己批的，那「丁亥」與「甲午」相隔八年，是否可以說脂硯齋評點《紅樓夢》用了八年的時間呢？如果真的是八年，那按照胡適等人的說法，甲戌本（1754 年）、己卯本（1759 年）、庚辰本（1760 年）屬於一個系列，是姊妹本，那時間就很難對上了。

綜上所述，筆者認為，甲戌本是一個非常普通的本子，抄成的時間比程高本要晚得多，應該是 1874 年前後（這一點，後文專門論述），根本不是什麼「世間最古的《紅樓夢》寫本」，更不是什麼「雪芹最初稿本的原樣子」；上面的批語水準也相當有限，對於理解《紅樓夢》幾乎沒有什麼積極的作用和特別的幫助，因此，筆者認為，甲戌本對於《紅樓夢》的研究幾乎沒有多少價值可言。

第四章　俞平伯的紅學研究

　　俞平伯 1900 年生於浙江湖州，原名俞銘衡，字平伯。現代詩人、作家、紅學家。他出身名門，是國學大師曲園老人俞樾的重孫，由於俞平伯出生在臘月初八，而臘八節在佛教領域被稱為「法寶節」，因此，俞樾為愛孫取了一個小名 ——「僧寶」。俞平伯早年以新詩人、散文家的身分享譽文壇，歷任上海大學、燕京大學、北京大學、清華大學教授，精研中國古典文學，是「新紅學」的開拓者之一。

　　1915 年，俞平伯進入北京大學學習，接觸到了當時著名的學者蔡元培、黃侃、陳獨秀、劉半農、周作人等人。這個時候，胡適正在大力推進白話文運動，年輕的俞平伯自然受到了這一思潮的影響，成為新文化運動中的一員。畢業後，受當時出國留學風潮的影響，俞平伯 1920 年 1 月 4 日踏上了赴英國留學的旅途。但是，由於受不了異鄉的寂寞，在倫敦住了十三天後便匆匆啟程回國。

　　歸國後，正值胡蔡論爭的時候，俞平伯受新文化運動和胡適的影響，發表了〈對於石頭記索隱第六版自序的批評〉，考證細緻、論述詳盡。在胡適之後，再一次給予了蔡元培索隱紅學沉重的打擊。不久（1922 年 7 月），俞平伯又出版了具有劃時代意義的《紅樓夢辨》。

　　1952 年，俞平伯在《紅樓夢辨》的基礎上又整理成了專著《紅樓夢研究》，之後，又先後完成了《紅樓夢簡論》、《讀紅樓夢隨筆》、《脂硯齋紅樓夢輯評》、《紅樓夢八十回校本》、《紅樓夢中關於十二釵的描寫》、《談新刊乾隆抄本百廿回紅樓夢稿》等。並根據新發現的材料，重新修正了原來的一些看法。

　　應該說，俞平伯一生都受胡適的影響，因此，有研究者指出：「胡適的《紅樓夢考證》是《紅樓夢辨》直接所從之產生的，後者並且推波助

瀾，盡量發揮。」[211] 這樣的評價基本是客觀的，而且在研究方法上，俞平伯也延續了胡適的考證法：「胡適的《紅樓夢考證》，不僅是《紅樓夢辨》和改訂的《紅樓夢研究》以及《紅樓夢簡論》某些論點的依據，同時還是他的《紅樓夢》研究方法的模樣。」[212] 可以說，考證法在俞平伯的《紅樓夢辨》中得到了最充分、最廣泛的運用。

然而，到了「文化大革命」前後，俞平伯卻遭遇到了他人生中重大的轉折。

1952 年 3 月《紅樓夢研究》出版後「沒想到銷路很好」[213]，《文藝報》發文專門推介，人民文學出版社上門約俞平伯校勘整理《紅樓夢》八十回本。1954 年初，俞平伯還將此本中的部分內容發表在香港《大公報》「新野」副刊上，是總題為《讀紅樓夢隨筆》系列文章的前 4 篇，集中改寫成關於《紅樓夢》傳統性、獨創性和著書情況的論文《紅樓夢簡論》，又發表在北京《新建設》3 月號上。但是，俞平伯此時可能萬萬沒有想到，他已經被兩個年輕人盯上了。這兩個年輕人後來因為批評俞平伯而一舉成名，甚至做到了《人民日報》文藝部編輯和《人民日報》文藝部主任、中國紅樓夢學會祕書長等要職。這兩個人一個叫李希凡、當年 26 歲，一個叫藍翎、當年 22 歲，兩人都是山東大學中文系學生。

1954 年 5 月，他們合作了第一篇批駁俞平伯《紅樓夢》研究的論文《關於紅樓夢簡論及其他》。這篇文章本來屬於學術爭鳴，但恰好被毛澤東閱過。於是，密切注視著思想學術界動態的毛澤東抓住這個契機，於1954 年 10 月 16 日，發出《關於紅樓夢研究問題的信》，指出「小人物」對《紅樓夢研究》的批評，是反對在古典文學領域毒害青年三十餘年的

211　嚴敦易：〈從紅樓夢辨到紅樓夢簡論〉，《紅樓夢問題討論集（第 1 集）》，作家出版社，1955年，第 153 頁。

212　蔡儀：《胡適思想的反動本質和它在文藝界的流毒》，三聯書店，1955 年，第 231 頁。

213　陳徒手：《人有病，天知否》，人民文學出版社，2000 年，第 1 頁。

胡適派資產階級唯心論的鬥爭，一個原本學術上的爭論很快便升格為一場嚴重的階級鬥爭。於是，對學者、作家俞平伯在《紅樓夢》研究中的「資產階級唯心論」觀點的批判運動便開始了。

受到鼓舞的李、藍二人再接再厲，又在《人民日報》上發表了《走什麼樣的路 —— 再評俞平伯先生關於紅樓夢研究的錯誤觀點》，這篇文章已經不再是學術討論，而是帶著濃厚的政治色彩，他們指責俞平伯在1949年以後新的政治條件下，「卻把舊作改頭換面地重新發表出來」、「而骨子裡的立場、觀點和方法都毫無改變地保留下來」；還斷言俞平伯「以隱蔽的方式，向學術界和廣大青年讀者公開地販賣胡適之的實驗主義，使它在中國學術界中間借屍還魂」。文章還宣稱：「有人對俞平伯先生的考證工作備加讚揚，這就使俞平伯所繼承的胡適的反動思想流毒」、「在過渡時期複雜的階級鬥爭的環境裡」得以「掙扎」這是1949年以後在意識形態領域第一場針對個人的大批判運動。

筆者在這裡不想評價李、藍二人的行為，但這卻是促使俞平伯後來懺悔的一個原因。當然，俞平伯對於《紅樓夢》研究的懺悔，卻並不僅僅是由於個人受到了批判的緣故，更重要的是他的學說引起了很多不良的影響，比如，他對於後四十回的判斷是「偽續」，這樣的觀點造成的直接影響就是眾多的研究者把後四十回看作是「偽《紅樓》」，把曾為《紅樓夢》做過傑出貢獻的程偉元、高鶚定義成了「千古罪人」，直到現在，很多研究者依然堅持這一觀點。

平心而論，後四十回無論是否與前八十回為一人所著，它的藝術價值與思想價值是非常之高的，也是大部分古典小說所難以企及的，但是，在俞平伯的影響下，優秀的民族文化遺產就這樣受到部分紅學家的無情踐踏和肆意詆毀，這是作為有良知的文化人無論如何都難以接受的。於是，他開始懺悔，並不僅僅是因為自己的遭遇，更是出於一個學

者的良知。他說：「一切紅學都是反《紅樓夢》的。即講的愈多，《紅樓夢》愈顯其壞，其結果變成『斷爛朝報』，一如前人之評《春秋》經。筆者躬逢其盛，參與此役，謬種流傳，貽誤後生，十分悲愧，必須懺悔。」[214] 之後的很長一段時間內，俞平伯很少涉及紅學研究，甚至有意迴避有關《紅樓夢》的話題，直到晚年，才稍稍有所涉獵，但基本上沒有突破原來的成就。

筆者在緒論中說過，考證派在胡適手中開創、在俞平伯手中形成，直到 1961 年胡適在回憶這段歷史的時候還說：「當年我做《紅樓夢》考證，有顧頡剛、俞平伯兩人在一同做，是很有趣的，開始做《水滸傳》考證時，只有我一個人。」[215] 完全可以想像，在胡適開創了新紅學之後，如果沒有像俞平伯這樣的青年才俊作後援並取得很大成就的話，新紅學考證派很難在短時間內形成一個具有重大影響力的派別，更不可能在短時間內成為紅學研究的主流。

整體來看，俞平伯不僅繼承並發揚了胡適的學說，而且他把胡適主要運用於歷史的考證進一步運用於文學之中，「俞平伯還把這種『考證』方法更廣泛地運用到文學創作分析和文學批評上面來」[216]，形成了文學考證。也就是說，胡適是以歷史材料為基礎，進行歷史考據，而俞平伯的研究更側重文本，在作品內容本身上下功夫，尋找「內證」。同時，由於胡適的考證相當粗糙，很多地方都經不起推敲，而《紅樓夢辨》的考證要嚴謹得多，資料也更為翔實。加之，由於胡適去了臺灣，而作為胡適學生的俞平伯留在了大陸，因此，在這一時間段，俞平伯實際上成為當時紅學界的領軍人物，因此，他的《紅樓夢辨》在紅學研究史上具有舉足輕重的地位。

214 俞平伯：《宗師的掌心》，原載香港《明報月刊》1979 年，引自《紅樓》雜誌 1995 年第 3 期。
215 《胡適紅樓夢研究論述全編》，上海古籍出版社，1988 年，第 374 頁。
216 作家出版社編輯部：《紅樓夢問題討論集（第 1 集）》，作家出版社，1955，第 174 頁。

　　從俞平伯所有研究《紅樓夢》的成果中，主要可以歸納出三個著名的論斷：第一，《紅樓夢》作者是曹雪芹；第二，《紅樓夢》是曹雪芹的自敘傳；第三，後四十回是高鶚的續作。

　　下面，筆者就分析俞平伯以上三個主要觀點，希望能夠透過對其主要觀點的分析大致了解俞平伯對《紅樓夢》的研究狀況。

▍第一節　自傳說的考證與修正

　　俞平伯在《紅樓夢辨》中說：「《紅樓夢》是一部自傳，這是最近的發現，以前人說的很少。」[217] 同時，他又說：「我們有一個最主要的觀念，《紅樓夢》是作者底自傳。」[218] 俞平伯所謂「最近的發現」，其實就是說從胡適那裡得來的。前文講過，胡適在其專著《紅樓夢考證》中曾說過「《紅樓夢》是一部隱去真事的自敘：裡面的甄賈兩個寶玉，即是曹雪芹自己的化身；甄賈兩府即當日曹家的影子」[219]。俞平伯對於胡適的說法非常贊同，因此，在後來的研究過程中，雖然偶爾也會懷疑，但總體而言，基本上是維護「自傳說」的。比如，他在《紅樓夢辨》中多次強調：「我們既相信《紅樓夢》為作者自述其平生之經歷懷抱之作，而寶玉即為雪芹底影子，雖不必處處相符（因為是做小說不是做行狀），但也絕不能大不相符。」[220]「因為從本書看本書，作者與寶玉即是一人，實最明確的事實。」[221] 他甚至強調「《紅樓夢》底目的是自傳」、「書中的人物、事情都是實有而非虛構」，而且還說：「書原名《石頭記》，

217　俞平伯：《紅樓夢辨》，人民文學出版社，1973 年，第 90 頁。
218　俞平伯：《俞平伯全集（第 5 卷）》，花山文藝出版社，1997 年，第 162 頁。
219　《胡適紅樓夢研究論述全編》，上海古籍出版社，1988 年，第 18 頁。
220　俞平伯：《俞平伯全集（第 5 卷）》，花山文藝出版社，1997 年，第 2 頁。
221　俞平伯：《俞平伯全集（第 5 卷）》，花山文藝出版社，1997 年，第 17 頁。

正是自傳的一個鐵證。」[222] 同時，他還抨擊索隱派的觀點是完全錯誤：
「第一派所以如此，因為他們解釋《紅樓夢》底本事完全弄錯了。《紅
樓夢》是本於親見親聞按自己底事體情理做的，他們卻以為《紅樓夢》
是說的人家的事情。」[223] 在第六章《作者的態度》中，俞平伯又說：「他
們底偏見實在太深了，所以看不見這書的本來面目，只是顏色眼鏡中的
《紅樓夢》。從第一因，他們寧可相信極不可靠的傳說（如董小宛明珠
之類），而不屑一視雪芹先生的自述，真成了所謂『目能見千里之外，
而不能自見其眉睫』了。……以我想來，曹家是正白旗漢軍，並且是大
族。雪芹生在這個環境中間，未必主張排滿弔明的。」[224]

　　在俞平伯看來，「寫生」是自傳說的一個重要證據，因為「寫生
較逼近於事實」[225]，他說：「既曉得是自傳，當然書中底人物事情都是
實有而非虛構；既有實事作藍本，所以《紅樓夢》作者底惟一手段是
寫生。」[226] 因此，他認為《紅樓夢》並非虛構，而是純用「寫生」的手
段去描摹世間百態，寫盡人情世故。因此，在《紅樓夢辨》的「《紅樓
夢》底年表」這一部分中，他用了細緻的表格把曹雪芹家的生平、家世
與小說中賈府家的事情做了對比，在另一部分「《紅樓夢》底地點問題」
中，他斷定「曹氏一家底蹤跡，雪芹底生平推較，應當斷定《紅樓夢》
一書，敘的是北京底事」。經過這樣的對比與考證，俞平伯把胡適的自
傳說推到了另一個高度。

　　自傳說的第二個證據，就是「善寫人情」：「以我底偏好，覺得《紅
樓夢》作者第一本領，是善寫人情。細細看去，凡寫書中人沒有一個
不適如其分際，沒有一個過火的；寫事寫景亦然。我第一句《紅樓夢》

222　俞平伯：《紅樓夢辨》，人民文學出版社，1973 年，第 9 頁。
223　俞平伯：《紅樓夢辨》，人民文學出版社，1973 年，第 90 頁。
224　俞平伯：《紅樓夢辨》，人民文學出版社，1973 年，第 83 頁。
225　俞平伯：《紅樓夢辨》，人民文學出版社，1973 年，第 9 頁。
226　俞平伯：《紅樓夢辨》，人民文學出版社，1973 年，第 93 頁。

贊：『好一面公平的鏡子啊！』」[227]

「鏡子說」其實是文學發生的一種比較常見的說法，早在古希臘，赫拉克利特就提出文學藝術來源於生活，是對生活的模仿和再現的觀點。再現說強調社會生活對文學的本源地位，實質上就是強調文學對現實生活的依賴關係，體現了現實主義的創作精神。但是，再現說也忽視了很多文學藝術與創作主體之間的關係，忽視了作家在文學創作中的主觀能動性。俞平伯的「鏡子說」實際上是對胡適「自然主義」的發展。

在胡蔡論爭的時候，俞平伯堅定地站在胡適這一邊，他在《時事新報》「學燈」1922 年 3 月 7 日發表的《對於石頭記索隱第六版自序的批評》就是聲援胡適的。他說：

> 這序底本文共分四節。第一節底大意是說著作底內容有考證底價值，這我極為同意，但我卻不懂這一點與所辯論的何干？考證情節底有無價值，是一件事，用附會的方法來考證情節是否有價值，又是一件事，萬不能並為一談。考證情節未必定須附會，但《石頭記索隱》確是用附會的方法來考證情節的。我始終不懂，為什麼《紅樓夢》底情節定須解成如此支離破碎？又為什麼不如此便算不得情節底考證？為什麼以《紅樓夢》影射人物是考證情節，以《紅樓夢》為自傳便不是考證情節？況且托爾斯泰底小說，後人說他是自傳，蔡先生便不反對；而對於胡適之底話，便云「不能強我以承認」，則又何說？至於說〈離騷〉有寓意，但這亦並不與《紅樓夢》相干。屈平是如此，曹雪芹並不因屈平如此而他也須如此，這其間無絲毫之因果關係，不成正當的推論。[228]

但是，俞平伯畢竟不是胡適，胡適對於文學作品的鑑賞能力存在一定片面性，他認為《紅樓夢》在文學性方面不但比不上《儒林外史》，

227　俞平伯：《紅樓夢辨》，人民文學出版社，1973 年，第 94 頁。
228　《胡適紅樓夢研究論述全編》，上海古籍出版社，1988 年，第 123 頁。

甚至比不上《海上花列傳》和《老殘遊記》，並多次聲明：「我沒有說
一句從文學觀點讚美《紅樓夢》的話。」[229] 但是，俞平伯卻有著敏銳的
藝術鑑賞力和深厚的文學素養，他對文學的理解能力「是胡適所缺乏
的」[230]。也正是由於這一點，使得他在後來的研究過程中逐漸對「自傳
說」產生了懷疑，他開始感覺「把曹雪芹的事實和書中人賈寶玉相對
照，恐怕沒有什麼意思」[231]，於是，他開始不斷修正自己的觀點。

　　「自傳說」是建立在自然主義理論基礎之上的，在文學中就表現為文
學是經驗的重現，但是，這樣的認知其實並不適合文學本身，因為文學
本質上是經驗的重構，是主觀意識對於客觀生活的反映，而不是經驗的
重現，這是文學的「通則」，這樣的認知才更加符合文學的規律。作為
詩人的俞平伯自然非常了解這一點，因此，他重新審視《紅樓夢》的時
候，就感覺「自傳說」存在一定問題：

　　以此通則應用於《紅樓夢》的研究，則一覽可知此書之敘實分子絕
不如我們所懸擬的多。寫賈氏的富貴，或取材於曹家；寫寶玉的性格身
世，或取材於雪芹自己（其實作品中各項人物都分得作者個性的一面）；
寫大觀園之「十二釵」，或即取材於作者所遭逢喜愛的諸女……這些話
可以講得通的。若說賈即是曹，寶玉即是雪芹，黛為某，釵為某……則
大類「高山滾鼓」之談矣。這何以異於影射？何以異於猜笨謎？試想一
想，何以說寶玉影射胤礽、順治帝即為笨伯，而說寶玉為作者自影則非
笨伯？我們誇我們比他們講得較對，或者可以；說我們定比他們聰明卻
實在不見得。即使說我們聰明，至多亦只可說我們的資質聰明，萬不可
說我們用的方法聰明；因為我們和他們實在用的是相似的方法，雖然未
必相同。老實說，我們還是他們的徒子徒孫呢，幾時跳出他們的樊籠？

229　《胡適紅樓夢研究論述全編》，上海古籍出版社，1988年，第289頁。
230　何其芳：〈論紅樓夢〉，《何其芳文集（第5卷）》，人民文學出版社，1983年，第290頁。
231　俞平伯：《俞平伯全集（第5卷）》，花山文藝出版社，1997年，第314頁。

我們今天如有意打破它、徹底地打破它，只有把一個人比附一個人、一件事比附一件事這個窠臼完全拋棄。[232]

　　客觀說，俞平伯這一段文字真正說到了考證派的關鍵之處，筆者一直認為，以胡適為代表的考證派本質上與索隱派並沒有不同，索隱派在拚命地比附小說與歷史上某些人物或家事，而考證派是拚命比附小說與曹雪芹與曹家。與過去的索隱派相比，新紅學考證派的不同之處僅僅是研究方法的不同而已。當索隱派掌握了考證的方法後，索隱派與考證派就很難區分開來，比如著名的紅學大家周汝昌先生就明確表示，自己不但是個考據派，更是一個索隱派。

　　俞平伯對於自己過去的很多觀點進行了修正，其中最重要的就是自傳說。他說：

　　究竟最先要修正的是什麼呢？我說，是《紅樓夢》為作者的自敘傳這一句話。

　　《紅樓夢》係作者自敘其生平，有感而作的，事本昭明不容疑慮。現在應該考慮的，是自敘生平的分子在全書究有若干？（我想，絕不如《紅樓夢辨》中所假擬的這樣多。）

　　我在那本書裡有一點難辯解的糊塗，似乎不曾確定自敘傳與自敘傳的文學的區別；換句話說，無異不分析歷史與歷史的小說的界線。這種顯而易見，可喻孩提的差別相，而我在當時，竟以忽略而攪渾了。本來說《紅樓夢》是自敘傳的文學或小說則可，說就是作者的自敘傳或小史則不可。我一面雖明知《紅樓夢》非信史，而一面偏要當它作信史似的看。這個理由，在今日的我追想，真覺得所解無從。[233]

232　俞平伯：《俞平伯全集（第5卷）》，花山文藝出版社，1997年，第288－289、291頁。
233　王志良主編：《紅樓夢評論選》，中國社會科學出版社，1998年，第617頁。

隨著對《紅樓夢》認識的不斷加深，俞平伯越來越對之前自己所堅持的「自傳說」開始懷疑，這可以說是紅學史上的幸事。他說：

近年考證《紅樓夢》的改從作者的生平家世等等客觀方面來研究，自比以前所謂「紅學」著實得多，無奈又犯了一點過於拘滯的毛病，我從前也犯過的。他們把假的賈府跟真的曹氏並了家，把書中主角寶玉和作者合為一人；這樣，賈氏的世系等於曹氏的家譜，而《石頭記》便等於雪芹的自傳了。這很明顯，有三種的不妥當：第一，失卻小說所以為小說的意義。第二，像這樣處處黏合真人真事，小說恐怕不好寫，更不能寫得這樣好。第三，作者明說真事隱去，若處處都是真的，即無所謂「真事隱」，不過把真事搬了個家，而把真人給換上姓名罷了，賈寶玉不等於曹雪芹，曹雪芹也不等於賈寶玉。[234]

從這段文字中可以看出，俞平伯開始思考一個非常重要的問題，就是《紅樓夢》到底是小說還是自傳，他已經了解到「把假的賈府跟真的曹氏並了家」是一個錯誤，如果「處處黏合真人真事」，那就不是小說了，更重要的，他提出了一個讓目前一直抱著自傳說不放的紅學研究者都應該去思考的問題，那就是，「作者明說真事隱去，若處處都是真的，即無所謂『真事隱』」。俞平伯終於認清楚了歷史與小說的界線，因此，在修訂《紅樓夢辯》的時候，他將最能體現「自傳說」觀點的〈紅樓夢年表〉刪去。

俞平伯的反思並沒有停止，在 1953 年發表的〈紅樓夢的著作年代〉一文中他又說：

書中賈家的事雖偶有些跟曹家相合或相關，卻絕不能處處比附。像那《紅樓夢年表》將二者混為一談實在可笑，後來承魯迅先生採入《小

234　俞平伯：《俞平伯全集（第 6 卷）》，花山文藝出版社，1997 年，第 15 — 16 頁。

說史略》，非常慚愧。即如近人以曹頫來附合這書中的賈政，我認為也沒啥道理，不見得比「索隱派」高明得多少。把《紅樓夢》當做燈虎兒猜，固不對，但把它當做歷史看，又何嘗對呢。[235]

顯然，俞平伯已經不再像過去一樣堅定地追隨胡適了，他已經基本脫離了「自傳說」觀點的禁錮，這不能說不是其在紅學研究史上的一大超越，這種勇於反思批評的治學態度，實在值得那些為了維護自己學術成果而做各種無謂辯護的研究者反思。

第二節　《紅樓夢》作者考證的繼承與發展

與「自傳說」一樣，俞平伯在《紅樓夢》作者的立場上，也是沿襲胡適的觀點，所不同的是，他後來對「自傳說」做了修正，甚至基本脫離了「自傳說」的禁錮：

小說只是小說，文學只是文學，既不當誤認作一部歷史，亦不當誤認作一篇科學的論文。對於文藝，除掉賞鑑以外，不妨作一種研究；但這研究，不當稱為歷史的或科學的，只是趣味的研究。歷史的或科學的研究方法，即使精當極了；但所研究的對象既非歷史或科學，則豈非有點驢唇不對馬嘴的毛病。……《紅樓夢》在文壇上，至今尚為一篇不可磨滅的傑構。昔人以猜謎法讀它，我們以考據癖氣讀它，都覺得可憐而可笑。[236]

從上面這一段話來看，俞平伯已經不僅僅是對「自傳說」的修正和檢討，而是在研究方法方面給予了考證派非常有益的提示，因為，他把

235　王志良主編：《紅樓夢評論選》，中國社會科學出版社，1998 年，第 676 頁。
236　俞平伯：《俞平伯全集（第 5 卷）》，花山文藝出版社，1997 年，第 291 頁。

如何研究《紅樓夢》上升到觀點和方法論的高度，表現出了深刻的理性。但是，在《紅樓夢》的作者是曹雪芹這一點上，俞平伯仍然堅持了胡適的觀點。

由於胡適的自傳說本身就存在先天的不足，所以很多問題無法解釋，就連一直支持他的顧頡剛也產生了疑問，在他給俞平伯的信中說：「我覺得曹雪芹是否把寶玉寫自己，如今也成了個疑問。若然，曹是嗣於曹寅的，更是可疑。書中賈母與賈政，並不像嗣母子的樣子，而賈政『端正方直』、『酷喜讀書』、『居官勤慎』、『風聲清肅』，很不似沒有政績可見的曹輩的考語。雪芹情性，從《雪橋詩話》看來，是孤冷的襟懷，坎坷的命格，李賀、劉伶一類的人物，與寶玉的『只願常聚，生怕一時散了，那花只願常開，生怕一時謝了』的性情，頗不相合，這甚是解釋不了。」[237]

對於顧頡剛的疑惑，俞平伯給予了解釋，他給顧回信說：「看你來信的意思，頗有些疑惑『雪芹即寶玉』這個觀念。但這個觀念卻是讀《紅樓夢》的一大線索，若連這個也推翻了，那些推論更無存在的價值。」、「因為從本書看本書，作者與寶玉即是一人，實最明顯的事實。若並此點而不承認，請問《紅樓夢》如何讀法？」[238]

俞平伯其實也沒有真正解決顧頡剛的疑惑，只是用了一句「從本書看本書」，說白了就是感覺上是作者在寫自己。然而，僅憑一個「從本書看本書」的「證據」實在難以說明《紅樓夢》就是自敘傳，所以，顧頡剛還是充滿了疑惑，又提出了一個問題：「我又要疑大觀園不是隨園。」對於顧頡剛這一疑問，俞平伯也覺得很難解釋，他說：「大觀園既不是隨園，且以賈母的年紀推算起來，《石頭記》的情事似不定在金陵。我本想斷言這是在北方的事，後來在適之先生處見敦敏贈雪芹詩有句云

---

237 《胡適紅樓夢研究論述全編》，上海古籍出版社，1988 年，第 50 頁。
238 《俞平伯論紅樓夢》，上海古籍出版社，1988 年，第 21 頁。

『秦淮風月憶繁華』，似《紅樓夢》確是金陵之事。所以弄得我也迷糊
了。」[239]

如果我們仔細揣摩一下胡適、顧頡剛與俞平伯的疑惑就可以知道，
對於所謂的「自傳說」，恐怕連他們自己也常常疑惑，無論他們再怎麼
解釋，也難以完全成立。既然自傳說難以成立，那麼，作者是曹雪芹的
結論也就存在巨大問題。但是，對於這一點，俞平伯似乎並沒有意識到
有什麼問題，儘管他也覺得有關曹雪芹的資料實在太少：

即以雪芹本身而論，雖有八十回的《紅樓夢》可以不朽；但以他的
天才看來，這點成就只能說是滄海一粟，餘外都盡量糟蹋掉了，在文化上
真是莫大的損失，又何怪作者自怨自愧呢！不幸中之大幸，他晚年還做
了八十回書，否則竟連名姓都湮沒無聞了。即有了《紅樓夢》，流傳如此
之廣，但他的家世名諱，直最近才考出來。從前我們只知道有曹雪芹，至
多再曉得是曹寅的兒子（其實是曹寅的孫子），以外便茫然了。即現在我
們雖略多知道一點，但依然是可憐的很。他底一生詳細的經歷，依然不知
道；並且以後能知道的希望亦很少，因為材料實在太空虛了。」[240]

雖然俞平伯聲稱曹雪芹的「家世名諱」已經考出來了，但這樣的考
證恐怕連他自己也難以信服。他說：「《紅樓》作者底生平事蹟絕少流
傳，要作滿人意的《曹雪芹年譜》，在現今的狀況下，總還是不可能。」
雖然說不可能，但俞平伯還是依據小說做了一個《紅樓夢》年表，然後
用這個年表來比對和考察曹雪芹一生的經歷。這張年表資料非常豐富，
從曹頫在康熙五十四年任江寧織造開始，一直到嘉慶十年《紅樓復夢》
刻行，詳細分析了曹雪芹一生的事蹟，尤其是曹雪芹的生卒年。不過，
這張表大部分內容都是胡適考證過的，並沒有太多新的結論。

---

239 《俞平伯論紅樓夢》，上海古籍出版社，1988年，第46頁。
240 王志良主編：《紅樓夢評論選》，中國社會科學出版社，1998年，第517頁。

　　那麼，俞平伯是如何考證《紅樓夢》的作者是曹雪芹的呢？說起來非常簡單，他只用了甲戌本中兩條脂硯齋的批語：

　　若云雪芹披閱增刪，然則開卷至此這一篇楔子又係誰撰，足見作者之筆狡猾之甚。[241]

　　雪芹舊有《風月寶鑑》之書，乃其弟棠村序也。今棠村已逝，餘睹新懷舊，故仍因之。[242]

　　在俞平伯看來，以上這兩條批語就是作者自己寫的，僅僅是借評點者來點破而已。因此他得出如下結論：「第一回書上雖寫了這許多名字，本書又有許多矛盾脫節的地方，我始終認為出於一人之筆。八十回文字雖略有短長，大體上還是一致的。既只出一人之手，這一個人不是雪芹又是誰？所以這《紅樓夢》的著作權總得歸給曹雪芹。」[243]

　　仔細推敲俞平伯的考證過程，感覺關於曹雪芹是《紅樓夢》作者的考證比胡適還要粗糙。因為，如果俞平伯的結論能成立，必須滿足三個條件：第一，要有確切的證據表明這兩條批語是作者自己寫上去的；第二，甲戌本的確如胡適所說，是最接近原著的本子；第三，所謂的《風月寶鑑》真的曾經有過。

　　對於以上三個條件，俞平伯並沒有任何證據，僅僅是依據胡適原來的考證以及上引兩條批語就得出這樣的結論，根本談不上考證。

　　既然已經認定了《紅樓夢》的作者就是曹雪芹，接下來，俞平伯開始著手考證曹雪芹的生卒年。他對曹雪芹生卒年的考證其實與胡適、周汝昌等人幾乎完全相同，依據的依然是脂硯齋的批語以及敦誠、敦敏兄弟與曹雪芹唱和的詩歌。

241　俞平伯：《俞平伯點評紅樓夢》，團結出版社，2004 年，第 348 頁。
242　俞平伯：《俞平伯點評紅樓夢》，團結出版社，2004 年，第 348 頁。
243　俞平伯：《俞平伯點評紅樓夢》，團結出版社，2004 年，第 349 頁。

俞平伯考訂曹雪芹死於 1763 年 2 月 12 日，這個結論主要是依據甲戌本上脂硯齋的一條批語：「壬午除夕，書未成，芹為淚盡而逝。」

筆者認為，如果脂硯齋真的是「深知擬書底裡」的一個人，那麼這句話就是最有力的依據。問題是，到目前為止，紅學界根本無法考證脂硯齋到底是誰，甚至連脂硯齋是什麼時候的人都很難確定，歐陽健等人更是對脂批與脂硯齋全盤否定，而且考證非常有力。所以，用脂硯齋的批語作為證據根本不具有說服力。

既然卒年確定了，那麼生年該如何確定呢？在敦誠《四松堂集》中有〈輓曹雪芹〉三首詩歌，其三云：

> 四十年華付杳冥，哀旌一片阿誰銘？孤兒渺漠魂應逐（前數月，伊子殤，因感傷成疾），新婦飄零目豈暝？牛鬼遺文悲李賀，鹿車荷鍤葬劉伶。故人惟有青山淚，絮酒生芻上舊坰。

俞平伯正是依據這首詩中的第一句「四十年華付杳冥」上推四十年，也就是 1723 年是曹雪芹的生年。謹慎起見，他加了一句「這四十年華也不一定是整數，所以可能還早一點」[244]。

俞平伯的這個考證漏洞很多，首先，敦誠、敦敏所有和曹雪芹有關的詩，包括後來的張宜泉和曹雪芹之間的唱和，沒有任何資訊表示曹雪芹寫過《紅樓夢》或者《石頭記》；其次，「四十年華」到底是虛數還是實數這個很難說清楚，而張宜泉《傷芹溪居士》注「年未五旬而卒」，這本身就存在很大問題，他所得出的結論，其實還是對胡適觀點的沿襲。

244　俞平伯：《俞平伯點評紅樓夢》，團結出版社，2004 年，第 350 頁。

第三節　後四十回考證的功與過

　　對於後四十回的研究，是俞平伯研究的重點，也是他與胡適研究的主要區別。俞平伯與胡適相同的地方在於他在作者生平、家世和思想等方面的研究過程中大都憑藉胡適所謂的「新材料」，但是，透過對小說本身的研究從而發現一些「內證」，卻是俞平伯與胡適最大的區別。這一點，胡適自己也承認：對於證明後四十回是高鶚補作的，他自己提出的幾條史料固然重要，但「總不如內容的研究更可以證明後四十回與前八十回絕不是一個人作的」。

　　從文本出發，俞平伯一方面運用了考證的方法，另一方面以鑑賞為基礎建構出一套評價原則和系統，這樣，就使他的研究具有了一定的學術品格。在研究之前，俞平伯定下了三條標準：第一，後四十回所敘述的有情理嗎？第二，後四十回能深切的感動我們嗎？第三，後四十回與前八十回的風格相類嗎？所敘述的前後相應合嗎？」[245]

　　就這個標準而言，應該說是非常有道理的，但是，俞平伯卻犯了一個根本性的錯誤，那就是他是在胡適研究的基礎上進行的，而且胡適對於後四十回的判斷有著很大的漏洞，關於這一點，前文已經進行過論述，這裡不再重複。既然胡適認定前八十回與後四十回不是同一作者，同意胡適結論的俞平伯並沒有考證這個漏洞百出的結論，而是直接得出一個結論，也是他文章的標題──「論續書的不可能」。

　　俞平伯認為「凡書都不能續，不但《紅樓夢》不能續；凡續書的人都失敗，不但高鶚諸人失敗而已」。為什麼呢？俞平伯提出了答案：「文章貴有個性，續他人底文章，卻最忌的是有個性。因為如表現了你底個性，便不能算是續作；如一定要續作，當然須要尊重作者底個性，時時

245　俞平伯：《俞平伯全集（第 5 卷）》，花山文藝出版社，1997 年，第 109 頁。

去代他立言。」[246] 在俞平伯看來，高鶚並不能真正理解曹雪芹的創作意圖，也不了解曹雪芹的個性。俞平伯在給顧頡剛的信中說：「雪芹是個寒士，是痛惡科名利祿的人，所以寫寶玉也如此。蘭墅是個熱中的人，是進士、是御史（據適之考出），所以非讓寶玉中了舉人，他心裡總有點不愉快。」[247] 俞平伯的意思是說，正因為有如此的差異，如果後四十回是曹雪芹寫的，那絕不會讓寶玉中舉。此外，從個性上來看，「《紅樓夢》是感嘆自己身世的，雪芹為人是孤傲自負的，看他的一生歷史和書中寶玉的性格，便可知道，並且還窮愁潦倒了一生」。[248] 而高鶚在人生道路上是比較成功的，所以，曹雪芹也不可能寫讓寶玉中舉等內容的後四十回。

在另一封給顧頡剛的信中俞平伯說得更明白：

你叫我詳述我的懸猜，我故且選一個題目瞎說一氣。（後）四十回目錄是原有的，是後補的？我敢妄斷係高君所補。我有幾個證據：我們既相信《紅樓夢》為作者自敘其生平之經歷懷抱之作，而寶玉即為雪芹的影子，雖不必處處相符（因為做小說不是做行狀）但也絕不能不相符。如果真太相違遠，我們就不能把寶玉當做作者化身；並且開卷上說『作者自云曾歷過一番夢幻之後』，此語更應當作何解說？既如此，我們且看雪芹他自己怎樣說自己，再看後四十回高君怎樣寫寶玉，再看回目上怎樣點明，就可以曉得什麼是原文，什麼是補作了。[249]

從以上俞平伯的分析可以看出，他對於後四十回為高續的結論基本上沒有進行過任何考證，僅僅是出於「懸猜」與「妄斷」，而且是建立在自傳說基礎上的揣測。雖然他在自傳說方面有了很多修正，但在具體

246　王志良主編：《紅樓夢評論選》，中國社會科學出版社，1998 年，第 437 頁。

247　《俞平伯論紅樓夢》，上海古籍出版社，1988 年，第 27 頁。

248　俞平伯：《紅樓夢辨》，商務印書館，2010 年，第 85 頁。

249　《俞平伯論紅樓夢》，上海古籍出版社，1988 年，第 3 頁。

研究的過程中，又總會有意無意返回到自傳說的泥淖中。比如，他說：
「我想《紅樓夢》作者所要說者，無非始於榮華，終於憔悴，感慨身世，
追緬古歡，綺夢既闌，窮愁畢世。寶玉如是，雪芹亦如是。」[250]

　　俞平伯的第三條標準「後四十回與前八十回的風格相類嗎？所敘述
的前後相應合嗎？」在這一點上，俞平伯還是從文本出發得出的結論：

　　續作是需要尊重原著的風格的，高鶚力求尊重曹雪芹的原意，畢竟
作者在開卷就已給出了十二釵的結局，他基本上是按照判詞的安排去寫
十二釵的故事，但是，縱然高鶚將《紅樓夢》續完，使《紅樓夢》成為
一個完整的故事展現在世人的面前。卻依然在藝術水準上與原作相差甚
遠。」、「我們看高鶚續的後四十回，面目雖似，神情全非，究竟最後還
是『可憐無補費精神』。[251]

　　客觀說，俞平伯對於《紅樓夢》後四十回與前八十回的藝術水準的
判斷基本上是正確的，這一點我們從閱讀過程中就能感受到。但是，從
整體來看，後四十回所描寫的人物的性格與前八十回基本統一，人物的
命運結局和悲劇性方面也很好地貫徹了下來，而且有很多章節設計得非
常精妙，一句話，從整體上看，無論從思想性還是藝術性方面，都達到
了非常高的高度。筆者基本上同意俞平伯的「凡書都不能續」的觀點，
如果按照俞老先生的觀點，能保持這麼高水準的後四十回，應該是出自
同一作者之手，如果非要說為什麼前後在藝術方面有一定差距的話，筆
者認為，可能是兩個原因：第一，作者由於身體、精神等方面的原因，
可能導致後四十回創作能力有所下降；第二，由於前面的格調太高，作
者在處理後面的部分時很難接續下去。當然，這兩個原因只是筆者的分

250　俞平伯：〈給顧頡剛的信（1921 年 4 月 27 日）〉，《俞平伯全集（第 5 卷）》，花山文藝出版社，
　　　1997 年，第 174 頁。

251　王志良主編：《紅樓夢評論選》，中國社會科學出版社，1998 年，第 437 頁。

析，並沒有確切的證據。

然而，有很多研究者對俞平伯關於後四十回的結論是非常認同的，比如石昌渝在其〈俞平伯和新紅學〉一文中就認為：

> 俞平伯運用這個原則（即前文談到的三條標準）和系統分析後四十回，指出後四十回寫寶玉中舉、賈府復興等等根本違背了原作的精神，斷非曹雪芹所作，又結合脂本脂評，證明後四十回不但本文是續補，即回目亦斷非固有。這個結論，被後來發現的多種早期抄本證明是完全正確的。[252]

石昌渝先生這裡所謂的早期抄本，其實就是脂評本。筆者認為，所有的脂評本都是較晚才出現的，這個問題後文要專門來談，這裡就不再多說。

俞平伯雖然得出了「後四十回為高鶚續作」的結論，但是，有一個問題他卻不得不面對，那就是程偉元與高鶚的序。畢竟，程、高的時代距離曹雪芹的時代不遠（根據胡適、俞平伯及新紅學的考證，筆者並不認同），那程、高的序就不能無視。在這一點上，俞平伯引用高鶚自己的話：「予聞《紅樓夢》膾炙人口者幾廿餘年，然無全璧，無定本。向曾從友人處借觀，竊以染指嘗鼎為憾。今年春，友人程子小泉過予，以其所購全書見示。」[253]

俞平伯透過高鶚的序，認為有一些資訊可以證明後四十回不是原作，比如，既然高鶚說在全璧之前《紅樓夢》已經盛行二十多年，那抄本就應該非常多；既然說最初「無全璧」，那肯定就是「八十回本」；既然「今年（1791）春，友人程子小泉過予，以其所購全書見示」，那也就是說，這一年才寫好的續書。至於程偉元的序，俞平伯更是認為，

252　石昌渝：〈俞平伯和新紅學〉，《文學評論》，2000 年第 2 期。
253　王志良主編：《紅樓夢評論選》，中國社會科學出版社，1998 年，第 440 頁。

百二十回本中的序言全是謊言，「如要做《紅樓夢》的研究，萬萬相信不得的」。俞平伯甚至認為程偉元的目的在於冒名頂替，意欲將後四十回的地位抬高，使人們相信後四十回也是原作。

　　以上就是俞平伯判定後四十回為高續的主要理由，這些理由與胡適的觀點其實並沒有太大區別，所不同的僅僅在於，胡適認為原本有百二十回的回目而俞平伯認為根本沒有回目。俞平伯的理由是：首先，後四十回寫寶玉結局的回目，均與第一回中自敘的話不符，而《紅樓夢》是一部自敘傳，作者是不可能設計這樣的結局的；其次，後四十回中「丟卻」了關於史湘雲的結局，沒有關照第三十一回的回目；最後，書未成卻先具回目，不合作文的時序。

　　俞平伯的第一條理由其實不需要做太多的反駁，因為自敘傳的觀點他自己也非常懷疑，所以，基本上站不住腳。至於第二條理由，更站不住腳，後四十回中史湘雲的結局是非常明顯的，至於說第三十一回回目「撕扇子作千金一笑，因麒麟伏白首雙星」，很多人把這個「伏白首雙星」解釋為寶玉與湘雲最終的結合，這完全是誤解。「雙星」在中國古代文學語言裡，所指意向相對固定，即牽牛、織女二星，在民間傳說中，此二星代指牛郎織女，寓相愛不得相守之意。據《焦林大斗記》載：「天河之西，有星煌煌，與參俱出，謂之『牽牛』。天河之東，有星微微，在氐之下，謂之『織女』，世謂之『雙星』。」在古代的詩文中，幾乎都有這樣固定的內涵。如沈佺期「雙星移舊石，孤月隱殘灰」，杜甫「相如才調逸，銀漢會雙星」等等，如果明白了這一點，所謂的「因麒麟伏白首雙星」就是指不能相依相守，無論是寶玉還是衛若蘭，都不是湘雲最後的歸屬，正好符合「轉眼弔斜暉，湘江水逝楚雲飛」的判詞，更符合《紅樓夢曲·樂中悲》：「廝配得才貌仙郎，博得個地久天長。准折得幼年時坎坷形狀，終久是雲散高唐，水涸湘江。這是塵寰中

消長數應當，何必枉悲傷？」因此，俞平伯的第二條證據基本上是沒有道理的。

在俞平伯所列舉的三條證據中，只有第三條比較中肯，即「書未成卻先具回目，不合作文的時序」。一般而言，寫作雖然可以預設意圖，但在寫作過程中，人物形象與故事情節卻很難完全按照原定的意圖發展，因此，預設回目幾乎是不可能的，因此，俞平伯這個論斷非常有道理，但是，這也正好在一定程度上說明程偉元與高鶚不可能拋開原有的底稿創作。那麼後四十回就只能有一種解釋，程偉元、高鶚在序言中所說的「竭力搜羅」、「數年以來，僅積有廿餘卷」、「一日偶於鼓擔上得十餘卷」，遂「見起前後起伏，尚屬接筍，然漶漫不可收拾」、「乃同友人細加釐剔，截長補短，抄成全部，復為鐫板」等語是完全可信的。

▎第四節　《紅樓夢》版本研究指瑕

俞平伯在版本方面的研究主要包括兩個方面，一是比較版本，二是對批語的研究。而且，與其他方面的研究一樣，都是建立在胡適結論的基礎之上，或者說是對胡適研究的延續。不過，俞平伯的研究涉及到了胡適不曾深入考證過的本子，拓展了《紅樓夢》版本研究的範圍，這是俞平伯對胡適的超越，也是對《紅樓夢》版本研究的貢獻。

俞平伯的版本研究有一個前提，就是否定後四十回，這樣，就把一部本來完整的小說割裂開來，這其實引起了非常不良的風氣，就是探佚學的盛行。他的《紅樓夢辨》第八節是〈八十回後的紅樓夢〉其實就是探佚學的鼻祖。在他看來，既然認定後四十回不是曹雪芹寫的，那探佚八十回後的《紅樓夢》是什麼樣子就非常有必要了。

與胡適一樣，俞平伯非常重視帶有脂硯齋批語的甲戌本。在《脂硯

齋紅樓夢輯評‧引言》裡，俞平伯曾列舉三點來說明「這些批注（包括一些較晚的在內）是非常重要的」。他說：「《紅樓夢》屬稿的時候，即附有評語；部分脂評可能是曹雪芹自己做的；最晚的脂評，其時代亦早於刻本大概有十年。因此，要想接近曹雪芹原本的真面目，除研討各脂本的正文以外，自然必須參考脂評。」[254]

也正是由於重視脂批，俞平伯才把其作為考證《紅樓夢》作者的主要依據，當然，在筆者看來，這些所謂的依據都沒有什麼價值，俞平伯在這方面最大的貢獻應該是做了一個《脂硯齋紅樓夢輯評》。這裡必須說明的是，筆者雖然認為，脂批水準非常一般，既沒有理論深度，也鮮有啟發性的見解，不過，俞平伯的《脂硯齋紅樓夢輯評》如果作為一種資料彙編與整理，還是有一定的價值的。

早在 1921 年，俞平伯就意識到《紅樓夢》校勘工作的重要性。他曾對顧頡剛說：「我偶翻有正本《紅樓夢》，覺其可以校訂刻本者固亦有，但大謬之處頗多，將來訂正全書非費一番工夫不可。第一要緊是多集板（版）本校勘。」他認為，不但整理古書工作的基礎應該是校勘，而且「校勘的結果一定可以得到許多新見解」。[255]

1952 年，俞平伯接受啟功先生的建議，開始做輯錄脂硯齋本《紅樓夢》評注的工作，目的是以為「將來人進一步研究的階梯」。輯評的對象，是甲戌本、己卯本、庚辰本、甲辰本和有正戚本。俞平伯比較了程高本和戚本，從回目和文字上比較兩個版本的高下短長。還對脂本、戚本和程乙本在文字描寫上做了一番比較。

經過兩年的工作，到 1954 年 12 月，俞平伯輯錄的《脂硯齋紅樓夢輯評》作為「中國古典文學研究叢刊」之一，由上海文藝聯合出版社出版，1955 年 5 月又出了新增訂本。該書出版後，受到了很多紅學愛好者

254　俞平伯：《俞平伯全集（第 5 卷）》，花山文藝出版社，1997 年，第 541 頁。
255　俞平伯：《俞平伯全集（第 5 卷）》，花山文藝出版社，1997 年，第 65 頁。

和研究者的歡迎，中華書局先後於 1957 年、1959 年增訂新版。在俞平伯的引領下，紅學家紛紛效尤，輯校版本與批語的風氣大盛，陳慶浩、朱一玄等都有同類的書問世。

俞平伯研究程本與戚本的不同，首先著眼於回目。他認為在回目的文字方面，程高本比戚本好，戚本的回目文字顯得比較幼稚，程高本的回目文字經過潤色，顯得要妥當、漂亮一些。如第十六回回目：

> 薛寶釵小恙梨香院，賈寶玉大醉絳芸軒（脂本）
>
> 攔酒興李奶母討厭，擲茶杯賈公子生嗔（戚本）
>
> 賈寶玉奇緣識金鎖，薛寶釵巧合認通靈（程乙本）[256]

雖然從文字上來看，程本要比脂本和戚本漂亮，但俞平伯認為脂本和戚本是因為不願意在回目上道破金玉良緣，保持一定的真實性。這顯然是為了維護脂本的權威性才這麼說的。

在輯錄脂硯齋批語的同時，俞平伯還承擔了《紅樓夢》八十回本的校勘工作。他透過比較版本內容，指出了一些文字方面的差異。比如第二回描寫元春與寶玉的出生，各個版本都不一樣：

> 不想次年又生了一位公子（脂本）
>
> 不想後來又生了一位公子（戚本）
>
> 不想隔了十幾年又生了一位公子（程乙本）[257]

很顯然，脂本犯了一個明顯的錯誤，從文本來看，元春遠比寶玉年長，斷不可能比寶玉大一歲，顯然是脂本抄錄過程中的錯誤。而程本中「不想隔了十幾年又生了一位公子」顯然要合理得多。俞平伯當然也不能不承認，他認為，如果從事體情理上分析，元春是寶玉的姐姐，第十八

256　王志良主編：《紅樓夢評論選》，中國社會科學出版社，1998 年，第 669 頁。
257　王志良主編：《紅樓夢評論選》，中國社會科學出版社，1998 年，第 667 頁。

回說二人「有如母子」，若說有如母子，相差年齡自然應該是很多的，而不該僅僅是一年。但是，俞平伯又非常奇怪地認為，雖說在情理上程本比較合理，但距離真實卻是越來越遠了。俞平伯的意思是，程本是在脂本的基礎上修改，所以才能越改越合理。其實，抄錄錯誤也會出現距離真實越來越遠這樣的情況，而且，脂本與程本到底哪個更早也是一個比較複雜的問題，不能這麼輕易下結論。就筆者的觀點，脂本要晚得多，起碼存在很大爭議。但是，俞平伯卻認為，理解《紅樓夢》不能單單看字面意思，要連繫上下文，他說，「不想」是不能和「隔了十幾年」放在一起的，若隔了十幾年，也不能顯示出來稀奇。俞平伯這話很令人奇怪，為什麼「不想」就不能和「隔了十幾年」放在一起呢？按照常理，如果父母年齡大了，本來沒打算再要孩子，不想卻又生了一個，這難道不能放在一起嗎？所以，俞平伯這些結論幾乎沒有能站得住腳的。

那麼，為什麼具有深厚國學功底的俞平伯會出現這樣的錯誤呢？原因其實也並不複雜，如果一個人一開始就認定了一個結論，然後所有的理解和考證都圍繞這一個預設的結論來展開，那必然會有很多牽強附會的結論出現。這一點，就連俞平伯先生也未能倖免。

第五章　周汝昌：考證還是索隱？

周汝昌（1918 － 2012），生於天津。字禹言，號敏庵，後改字玉言，別署解味道人。

1947 年，周汝昌透過對敦敏《懋齋詩鈔》的研究，寫下《紅樓夢作者曹雪芹卒年之新推定》。這是周汝昌紅學研究的開始，也正是由於這篇文章，周汝昌受到了時任北大校長胡適的特別關注，邀請其到家中敘談。胡適這次的接見，給了周汝昌莫大的鼓舞，從而開啟了自己長達六十餘年的紅學歷程。1953 年，周汝昌先生的第一部力作《紅樓夢新證》不僅引起了海內外紅學界的強烈關注，同時也奠定了自己在紅學史上的地位。當時在美國的胡適看到後非常興奮，在與友人的書信中說：「周汝昌是我的『紅學』方面的一個最後起、最有成就的徒弟。」[258] 之後，周先生一發不可收拾，先後著述了《石頭記會真》、《曹雪芹傳》、《紅樓十二層》、《紅樓脂粉英雄譜》、《誰知脂硯是湘雲》、《曹雪芹畫傳》、《周汝昌校訂評點石頭記》、《獻芹集》、《紅樓夢與中華文化》、《恭王府考》等幾十部關於《紅樓夢》研究的著作，可謂著作等身。可以說，在這六十多年中，周先生幾乎把全部心血都傾注在《紅樓夢》的研究上，無論是作者家世的考證還是版本源流的考辨，無論是文本內蘊的闡發還是紅學學科體系的建設，無不涉獵。我們暫且不論其觀點是否正確，周先生對於《紅樓夢》的內容與紅樓文化的傳播的確起到了巨大的推動作用。馮其庸先生在《曹學敘論》中指出：「如果說胡適是『曹學』的創始人和奠基者，那麼，周汝昌就是『曹學』和『紅學』的集大成者。」[259] 當然，周先生的很多觀點也存在巨大爭議，甚至遭到了眾多紅

258　宋廣波編校注釋：《胡適紅學研究資料全編》，北京圖書館出版社，2005 年，第 343 頁。

259　馮其庸：《曹學敘論》，光明日報出版社，1992 年，第 25 頁。

學研究者的強烈批判與質疑，這不僅是因為其提出了很多驚人之論，如曹雪片的祖籍「豐潤說」；脂硯齋是曹雪芹的妻子，也是紅樓夢中的史湘雲；「木石前盟」和「金玉良緣」都是指賈寶玉與史湘雲的愛情，史湘雲才是《紅樓夢》的主角；再如曹淵即曹顏，是《紅樓夢》的原始作者等等，更在於其窮畢生精力維護自己那些具有爭議甚至看起來有點荒誕的觀點（脂硯齋是曹雪芹的妻子）。但是，無論如何，周先生是紅學研究史上繞不開的一個人物、也是一個繞不開的話題，譽之者認為周汝昌先生是《紅樓夢》精神的「守夜」者[260]，毀之者則認為他「根本不懂《紅樓夢》」[261]。甚至認為新紅學派應該把周汝昌清理門戶。[262]

在紅學界，筆者注意到一個比較奇特的現象：一個毫不起眼的研究者，要想在紅學界迅速獲得一定的地位，有兩種方式，要麼按照周汝昌所開闢的道路行進，甚至比周先生更加極端，這樣就會很快引來眾多關注，比如劉心武等；要麼你把周汝昌當作批判的對象，言辭越激烈越好，也可以快速在紅學界享有一定的知名度，比如胥惠民等。之所以會出現這樣的現象，一個重要的原因在於周汝昌的紅學研究影響巨大但爭議也巨大，無論效仿還是批判都相對容易。筆者一方面對周先生的幾乎所有的觀點都有不同看法，但另一方面，筆者又欽佩其對紅學的痴迷與執著。與其他一些紅學大家相比較，周先生要率真、單純得多，他對《紅樓夢》的研究，幾乎完全是出於一種熱愛，熱愛到走火入魔，以至於很多觀點都顯得偏頗。但是，無論如何，我們都無法否定周汝昌先生在紅學研究史上的影響和地位，也不能否定其淵博的知識與深厚的功力。

---

260 喬福錦：〈周汝昌先生是紅樓夢精神的「守夜」者〉，《中國礦業大學學報（社會科學版）》，2013 年第 1 期。

261 胥惠民：〈周汝昌根本不懂紅樓夢〉，《廣西師範學院學報（哲學社會科學版）》，2011 年第 4 期。

262 胥惠民：〈周汝昌研究紅樓夢的主觀唯心論及其走紅的原因〉，《烏魯木齊職業大學學報》，2012 年第 1 期。

他不僅是紅學史上影響最大、著述最多的紅學家，同時也成為繼胡適之後「成就」最高的紅學家。即使在學術上繼承了主流紅學的代表人物、紅學協會理事長張慶善，也在「周汝昌與現代紅學」專題座談會上的發言中說：「周汝昌先生在胡適開創的基礎上，把曹雪芹生平家世研究及《紅樓夢》時代背景研究更加體系化，並在《紅樓夢》早期抄本、脂批、探佚等方面做出了開創性的研究，從而建立起一座巍峨的紅學大廈。這充分展現出周汝昌先生深厚的學術功底和學術識見，也是他對紅學的最大貢獻。」[263] 面對這樣一個複雜的人，我們很難全面掌握，也很難做出客觀、公正的評價，筆者只能說，周先生是一個特別的人，他既不完全等同於舊紅學中的索隱派，也與新紅學考證派有著明顯的區別。在很多時候，他用考證的方法達到索隱的目的，雖然屢遭打擊，但他依然孤獨而倔強地走在紅學研究的道路上。

第一節　紅學觀的偏頗

在周汝昌先生看來，所謂紅學，就是曹學、版本學、探佚學、脂學，而那些通常被研究者所關注的諸如思想價值、藝術成就、人物形象等方面的內容並不是紅學的範圍。他說：

紅學顯然是關於《紅樓夢》的學問，然而我說研究《紅樓夢》的學問卻又不一定都是紅學。為什麼這樣說呢？我的意思是，紅學有它自身的獨特性，不能只用一般研究小說的方式、方法，眼光、態度來研究《紅樓夢》。如果研究《紅樓夢》同研究《三國演義》、《水滸傳》、《西遊記》以及《聊齋志異》、《儒林外史》等小說全然一樣，那就無須紅學

---

263 張慶善：〈周汝昌是紅學繞不過的話題 —— 在「周汝昌與現代紅學」專題座談會上的發言〉，《河南教育學院學報（哲學社會科學版）》，2017 年第 2 期。

這門學問了。比如說，人物性格如何，作家是如何寫這個人的，語言怎樣，形象怎樣，等等，這都是一般小說學研究的範圍。這當然也是非常必要的。可是，在我看來，這些並不是紅學研究的範圍。紅學研究應該有它自己的特定的意義。如果我的這種提法並不十分荒唐的話，那麼大家所接觸到的相當一部分關於《紅樓夢》的文章並不屬於紅學的範圍，而是一般的小說學的範圍。[264]

　　以上這段論述基本能夠代表周汝昌先生的紅學觀，也是他為什麼會把紅學的範圍限定於曹學、版本學、探佚學、脂學的主要原因。在周先生看來，《紅樓夢》並不是一部小說，或者並不是一部通常意義上的小說，因此不能用一般小說的概念去界定《紅樓夢》。在這個前提下，他把「通常意義上」的思想內容、藝術成就等方面的研究稱之為「小說學」，從而進一步把這些內容排除在紅學之外。

　　既然周先生不把《紅樓夢》當作小說來看，那應該把《紅樓夢》當作什麼來看呢？周先生認為，應該把《紅樓夢》當作歷史來看。在他的心中，《紅樓夢》就是一部不折不扣的歷史著作。因此，小說中的人物在周先生這裡完全可以與歷史人物對應，比如他說：「賈母平生只哭過五次（請注意：這裡的賈母是指小說中的賈母）……其餘二次便都是因提到死去的丈夫曹寅而落淚（請注意：這裡的賈母是歷史真實人物曹寅的妻子）；一次是方才所引，與賈政說，當初你父親何等待你，何曾下過毒手？因而下淚。另一次是在第二十九回，張道士拿寶玉比曹寅……原來賈母在五十多歲上，把威揚顯赫的丈夫失去，不到三四年，唯一的兒子曹顒又病死（歷史人物曹顒又成了小說人物賈母的兒子）……」[265]

　　由於周先生把《紅樓夢》當作歷史來讀，因此，小說中的人物就可

264　周汝昌：〈什麼是紅學〉，《河北師範大學學報》，1982 年第 3 期。
265　周汝昌：《紅樓夢新證》，棠棣出版社，1953 年，第 78 — 79 頁。

以和歷史人物自由穿越。雖然周先生這種把小說當作歷史來解讀的方法
遭到了很多研究者的反對甚至嘲笑，但在筆者看來，這樣的歷史觀完全
是繼承了胡適自敘傳的衣缽並發揚光大的結果。周先生認為，《紅樓夢》
即使不是百分之百的歷史著作，也是精裁細剪的生活實錄：

> 我討論過好些人，他們都不大贊成把小說完全當歷史看，因為小說
> 沒有字字句句都是實話的。但我豈真是頭腦簡單得連這個大道理也鬧不
> 清楚？只是我看過了脂批以後，益發自信並非自己呆頭死看。《石頭記》
> 如果不是百分之百的寫實，那只是文學上手法技巧的問題，而絕不是材
> 料和立意上的虛偽。譬如大荒山下的頑石，寶玉夢中的警幻，秦鍾臨死
> 時的鬼卒……我雖至愚，也還不至於連這個真當作歷史看。但除了這一
> 類之外，我覺得若說曹雪芹的小說雖非流水帳式的日記年表，卻是精裁
> 細剪的生活實錄，這話並無語病。[266]

　　儘管周先生一再強調自己的紅學觀的正確性，但並不能掩蓋其邏輯
上的缺陷。既然周先生還承認《紅樓夢》中有「文學上手法技巧」，也
承認《紅樓夢》中還有虛構的內容，那小說的材料和立意上充其量只能
是歷史本質或生活本質的真實，並不是歷史人物與歷史事件的真實。小
說必然是要虛構的，這是文學的本質之一，即使如周先生所說的「精裁
細剪的生活實錄」，也已經不能當做歷史來看了。道理其實很簡單，同
樣的元素經過不同的排列組合而產生出來的物質有著巨大的差別，何況
是經過了文學的加工之後的產品呢？如果要說小說與歷史比較近的例
子，當屬《三國演義》，在現實生活中，的確有很多人對建安前後的歷
史的了解是透過《三國演義》而不是《三國志》，然而，稍微有點歷史
常識的研究者都不會把《三國演義》當做歷史來看，也不會把小說中諸

266　周汝昌：《紅樓夢新證》，棠棣出版社，1953年，第570頁。

如曹操、諸葛亮、劉備等藝術形象與歷史上的真實人物相對應，何況是一本連歷史背景、作者、創作時間等都搞不清的《紅樓夢》。

　　然而，周先生並不這麼認為，他非常執著地堅持自己的紅學觀，甚至有意無意用小說中的人物代替歷史人物並出現在自己的學術論著中，從而大量出現「賈曹合一」、「賈曹互證」的情況。譬如他說：「曹頫在二十來歲上被過繼給賈母，拋開嫡親生母，以他人之親為親……而曹頫與胞兄賈赦反較親近」。[267] 這是典型的完全等同，即使按照他自己的標準，也屬於違背文學規律。因此，對於周先生這樣的紅學觀，很多研究者給予了強烈的批判，比如沈治鈞在《紅樓七宗案·緒言》中言辭犀利地說：

　　也是那位八十多歲的老先生，在電話裡表示了對紅學界的鄙夷不屑。他引述吳曉鈴和吳小如的話說，紅學界是烏合之眾，烏賊橫行，烏七八糟，烏煙瘴氣，烏漆墨黑，烏足道哉！簡直是黑社會，真正的學者避之唯恐不及。然而，他不想想，紅學界的黑暗狀況與混亂局面是如何造成的，在兩位吳先生眼裡，誰是害群之馬？

　　上個世紀四十年代欺瞞胡適、五十年代批判俞平伯、六十年代阿附江青和康生、七十年代偽造紅學史料、八十年代誣陷俞平伯、九十年代力挺王國華，新索隱派當家人都是急先鋒，都是要角乃至主角。新索隱派永遠不會甘當配角，永遠不會自甘寂寞的。近年來風頭最健的「學術明星」，依舊是新索隱派。……更有甚者，新索隱派還披著考據派的外衣，縱使在正統的紅學界也仍然具有廣泛的迷惑性，它的領軍統帥號稱「紅學泰斗」。[268]

267　周汝昌：《紅樓夢新證》，棠棣出版社，1953 年，第 78 頁。
268　沈治鈞：《紅樓七宗案》，江蘇人民出版社，2011 年，第 4 頁。

無論沈治鈞說得是否有道理，以上言論已經不是學術探討，幾乎等同於人身攻擊。不過，從另一個角度而言，「新索隱派」的帽子，也恰好指出了周先生的問題所在。

還有一些研究者試圖從學術修養方面入手否定周先生的學術價值。胥惠民在其〈周汝昌紅學觀批判〉一文中列舉了香港學者梅節對周汝昌學歷的披露，胥惠民認為，王利器對《紅樓夢新證》錯誤的指出等各種證據證明周汝昌紅學觀之所以存在問題是由於其「國學根底太差」所致：

> 原來周汝昌沒有中文系本科生的學歷，自然就缺乏相關的專業基礎；在研究生求學期間又不好好讀書，根底太差，不能畢業，最終被除了名。所以周先生受學歷限制，拙於從小說學角度、從美學角度解讀《紅樓夢》，於是他就把自己所短從紅學中開除出去。謂予不信，請看看周汝昌一生是否有一篇像樣子的文學論文？「實不能也，非不為也」，周氏不具備從小說角度解讀《紅樓夢》的知識水準，於是乾脆把從文藝學角度研究的統統貶低為低層次的小說學。[269]

不僅如此，胥惠民還列舉了另外兩個證據證明周汝昌「國學根底太差」：

> 最讓人齒冷的是在他的名文〈還紅學以學〉中把清朝立國年代從1644年推遲到1664年！我把他的《周汝昌校訂批點本石頭記》略微翻閱一過，發現經他親自確認的文本過硬錯別字八十多個。由於他的文學理論功底差，這就是他把從文藝學、美學角度研究《紅樓夢》從紅學中開除出去的原因。[270]

269　胥惠民：〈周汝昌紅學觀批判〉，《烏魯木齊職業大學學報》，2014 年第 2 期。
270　胥惠民：〈周汝昌紅學觀批判〉，《烏魯木齊職業大學學報》，2014 年第 2 期。

　　對於周汝昌的批判遠不止梅節、王利器、胥惠民等人，可以拉出一個很長的名單來。但筆者認為，有一些批判是帶有情緒化的不實言論，甚至不排除惡意中傷。周先生的學術成就雖然主要是紅學，但並不僅僅局限於紅學，還有很多其他方面的成果，比如《范成大詩選》、《楊萬里選集》、《白居易詩選》、《書法藝術答問》等。在這些詩選的注釋與理解上，完全可以看出周先生過人的國學功底與淵博的知識。上引胥惠民等人對周汝昌的評價有很多並不是事實，比如讓胥惠民「齒冷」的清朝立國年代方面的錯誤，也許是記憶錯誤，也許是書寫錯誤，單憑這一點就讓人「齒冷」，證據並不充分，也不能說明周汝昌「國學根底太差」。

　　在筆者看來，雖然周先生的紅學觀的確存在爭議，但這並不是他個人的問題，而是新紅學考證派普遍存在的現象。周先生只是把胡適所開創的新紅學（也可以在一定程度上稱為新索隱派）發揚光大而已。正如他自己所說：「這個工作是先生創始的，我現在要大膽嘗試繼承這工作。因為許多工作，都只開了頭，以下便繼起無人了，所以我要求創始的先進，加以指導和幫助。」[271] 但是，周先生走得有點遠，遠到已經脫離了新紅學主流派的道路，而且，索隱的味道非常明顯。這一點幾乎所有嚴肅的研究者都能感覺到，比如周先生在胡適「自傳說」的基礎上更進一步，直接把曹雪芹等同於賈寶玉，他說：「曹雪芹是先娶薛寶釵，後娶史湘雲，所謂舊時真本，也許是可靠的；而脂批《紅樓》的脂硯齋，就可能是曹雪芹所遺的未亡人史湘雲。」[272] 且不說曹雪芹本身都是一個難以確定的角色，就算其真是《紅樓夢》的作者，也不可能娶了小說中的兩個女子做妻子，這樣的想像非常類似於今天網路上流行的穿越劇。而且，在短短的幾十個字中間，周先生連續用了「也許是」、「就可能是」

271　周汝昌：《致胡適書（1948 年 6 月 4 日）》，耿雲志主編：《胡適遺稿及秘藏書信》，黃山書社，1994 年。

272　周汝昌：《紅樓夢新證》，棠棣出版社，1953 年，第 100 頁。

第五章　周汝昌：考證還是索隱？

兩個推測性的詞語，這顯然不是嚴謹的學術態度。無論周先生是什麼心態，這樣的論述顯然是非常不合適的，因此引起一些人的攻擊也是可以理解的。

　　周先生並不迴避自己是索隱派的事實，他說：「我久蒙世人稱號為『考證派』，其實他們識力不高，看不清我自一開始就是一個『索隱派』。」[273] 如果我們仔細分析一下周先生紅學觀形成的原因，大概與《紅樓夢》本身的資訊傳遞有關。《紅樓夢》第一回回目「甄士隱夢幻識通靈，賈雨村風塵懷閨秀」，小說開宗明義提出了真假之間的關係，稍微有一點文藝理論常識的人都應該清楚這裡的真假應該是指文學藝術與現實生活之間的關係，也即中國古代文論中著名的「虛實」概念。比如《三國演義》中的關羽的藝術形象與歷史上真實的關羽之間就存在非常大的區別，即使我們知道小說中的原型就是真實的歷史人物，但絕不等同於真實的歷史人物，這應該是一個常識。此外，太虛幻境那副對聯又做了明確提示：「假作真時真亦假」，也就是說，真與假並沒有嚴格的界線，小說中的人物形象在現實中都有一定的原型，而原型也並不一定就是確定的某一個人，而是一類人的共性。小說中的事件或故事情節也與生活的邏輯有許多相似之處，因為《紅樓夢》寫的是某個家族，而所有處於一定文化環境中的家族都有或多或少共同生活的方式，甚至共同的思維模式。因此，真中有假、假中有真，真真假假之間所遵循的只是生活本質的真實和真實的生活邏輯，但人物、事件、情節等具體問題都必須按照需要做剪裁、修改、加工甚至虛構，如果非要剔除其中之假、糾結於其中之真，或者把假做真、把真當假，必然會導致「假作真時真亦假」的結局。作者告訴我們，對於一部將「真事隱去」而只有「假語留存」的小說，讀者不必認真，也不能認真，只當故事來看就好。

273　周汝昌：《紅樓小講》，北京出版社，2002 年，第 231 頁。

　　然而，受中國傳統文化的影響，周先生總希望能從這部明顯是小說的文學作品中找出一些「微言大義」。在中國古代，史傳文學極為發達，從《春秋》開始就有「一字含褒貶」的傳統。受此影響，中國小說不僅從一開始就和歷史有著極為親密的血緣關係，《紅樓夢》之前的小說，無論是《三國演義》、《水滸傳》還是《西遊記》、《金瓶梅》，無論是話本小說還是戲曲文學，無不與歷史有著千絲萬縷的連繫。在民間，這些通俗文學也成為廣大下層百姓獲得歷史知識的主要途徑。周先生顯然深刻地注意到了這一點，因此他非常執著地認為，一部有著極高藝術性與思想性的大作《紅樓夢》，怎麼可能沒有包含一些歷史的資訊呢？於是，才力深厚的周先生任憑千夫所指，也非要透過「所存的假語」背後去尋找「隱去的真事」。這其實是一個極其艱難而且毫無意義的工作。眾所皆知，任何文學都是產生於一定的歷史背景下，任何小說形象、故事情節等都能在一定程度上與當時社會中的某類人物、某類歷史事件有一定的契合，如果非要透過這些模糊的小說文字去尋找歷史的本來面目，遠不如去可信的史料中了解歷史來得容易與可靠。比如，周先生認為，《紅樓夢》既然是曹家「精裁細剪的生活實錄」，當然還包括了蘇州李家的「生活實錄」，當然也包括清代的歷史實錄，甚至還隱藏著康熙廢太子胤礽奪嫡鬥爭的「清宮祕史」。如果我們閱讀《紅樓夢》的目的就是為了尋找這些「真實的歷史實錄」，根本不如去清史文獻中了解的可靠。因此，從這個角度來看，周先生的紅學觀就顯得有點不合時宜了。

　　此外，周先生雖然注意到了中國小說與歷史的特殊關係，但顯然沒有注意到另一個事實，那就是中國的小說還有一個與歷史逐漸遠離的過程。比如《三國演義》與正史《三國志》在血緣上顯然是比較近的，但《水滸傳》與《宋史》、《宣和遺事》、《皇宋十朝綱要》、《東都事略》

等的血緣關係就沒那麼近了；到了《西遊記》、《封神演義》等神魔小說，更是與《新唐書》、《舊唐書》、《春秋》、《史記》的距離非常疏遠；而《金瓶梅》雖然也有歷史的背景與依據，但顯然從小說中已經找不到可靠的歷史原型人物與歷史原型事件了，因此，與其說周先生是由於國學功力不足而導致其紅學觀存在問題，還不如說是周先生由於喜愛《紅樓夢》走火入魔而導致的偏頗。在周先生看來，既然《紅樓夢》中隱藏著歷史的內容，而這些歷史內容又是《紅樓夢》的價值所在，那找出這些隱含的歷史內容才是目的，而那些什麼人物形象、小說情節、藝術結構之類的東西都屬於細枝末節，索性都歸之於「小說學」豈不乾淨，這樣，就能毫無顧忌地致力於關於曹學、版本學、脂學、探佚學的研究了。

然而，周先生的曹學、版本學、脂學、探佚學真的有價值嗎？

筆者認為，周汝昌先生所提倡的四學，除版本學外，其餘三種「學」皆難以成「學」，版本學後面專文論述，這裡先談一下曹學、脂學與探佚學存在的問題。

▎第二節　不符合邏輯的曹學

任何一門學科的建立，都是有條件的，比如理論支撐，比如文獻支撐，最基本的，首先必須要有一個明確的、客觀的研究對象。比如紅學，之所以能成為一門專門的學問，最基本的條件是有一部小說《紅樓夢》的存在。而所謂曹學，似乎並沒有一個明確的對象存在。一般認為，曹學的研究對象就是曹雪芹，但是，正是這個貌似非常明確的研究對象卻存在巨大漏洞。首先，曹雪芹僅僅是小說中出現的一個名字，他到底是不是《紅樓夢》的作者，目前還難以確定，這一點後文將做專門

的論述，這裡僅僅從一般意義上說明。

那麼，周先生所謂的曹學可以成為一門專門的、成熟的學科嗎？有自己的學科理論體系嗎？有一個明確而客觀的研究對象嗎？請看周先生對於曹學的解釋：

為什麼研究《紅樓夢》必須研究曹雪芹呢？這是因為，《紅樓夢》這部作品與它的作者曹雪芹的關係太密切了。這是《紅樓夢》的獨特性之一。在這一點上，與別的小說不完全相同。比如《西遊記》，你不知道它的作者吳承恩的為人、身世、經歷，並不十分妨害你讀《西遊記》。讀《紅樓夢》對曹雪芹的為人、身世、經歷不了解，就不可能弄清這部書的背景、取材、思想內容。舉例說，對它的取材不清楚，就談不到對它的藝術特點、特色的研究。研究它的藝術，就是要看它在原有素材的基礎上怎樣取捨、剪裁、穿插、拆借、組織、安排……一切一切的藝術加工。如果是從一般概念出發來研究《紅樓夢》，也會收到一些成果，這也毫無疑問。但是，正由於是從一般概念出發，用一般的眼光看待《紅樓夢》，那麼這種成果，說不客氣點，也帶有一般性。你的出發點，你做的一切準備，你的思想，你所抱的態度，都是一般的，是從一般到一般，所以你的成果只能是一般的，不會是另外一個樣子。你怎麼能看到這一具體作品的特殊性呢？你的創見，你的獨特貢獻在哪裡呢？可見，紅學所以有曹學，有它發生的根源，不是人為的，不是我周汝昌對曹雪芹特別有興趣才有曹學，不能這樣看，這不是任何個人的事。曹學的發生，來源於或者說取決於《紅樓夢》這部作品所具有的獨特性。[274]

我們來分析一下周先生對於曹學的解釋：

274　周汝昌：〈什麼是紅學〉，《河北師範大學學報》，1982 年第 3 期。

第五章　周汝昌：考證還是索隱？

　　首先，周先生說研究曹雪芹的原因是由於「《紅樓夢》這部作品與它的作者曹雪芹的關係太密切了」，所以要研究作者曹雪芹。而且，其他小說不了解作者的為人、身世、經歷對於理解作品「並不十分妨害」，但「讀《紅樓夢》對曹雪芹的為人、身世、經歷不了解，就不可能弄清這部書的背景、取材、思想內容」。周先生這話說得似是而非，眾所皆知，對於任何一部偉大的文學作品而言，對於作者的了解都是必要的，不僅僅是《紅樓夢》，《三國演義》、《水滸傳》、《西遊記》、《金瓶梅》也是如此；至於「不了解作者就不可能弄清這部書的背景、取材、思想內容」這樣的論述，更是無法成立。《金瓶梅》同樣作為一部偉大的著作，到目前為止，我們對於其作者幾乎沒有任何了解，但並不妨礙我們弄清這部書的背景、取材、思想內容。同樣，在胡適之前，幾乎沒有人對《紅樓夢》的作者進行過專門的研究，更不了解《紅樓夢》的作者是誰，但是，這一點也沒有影響讀者對《紅樓夢》的理解與喜愛，當時《紅樓夢》的評點本就有幾十種，難道那些評點家都不清楚這部著作的背景、取材、思想內容嗎？

　　周先生說，如果從一般的概念出發研究《紅樓夢》，就不能看到《紅樓夢》的特殊性，只能得到一般的成果，從而也沒有自己的創見與獨特的貢獻。周先生的研究成果的確與一般人不同，總能發驚人之論，然而，正是由於他追求這種獨特性才導致自己的研究成果備受爭議，當然，也正是他的這些非常獨特的研究成果，把自己從考證派紅學的主流當中剝離出來，成了眾多主流派所攻擊的對象。

　　在這樣的認知指導下，周先生的所謂研究成果出現了很多令一般人難以接受的結論，比如，曹家家譜中明確記載，曹振彥長子曹璽，次子曹爾正，但是，這種順序與《紅樓夢》小說中的賈源賈演的順序正好相反，這就與自己極力主張的自敘傳以及「精裁細剪的生活實錄」說相違

背。可是，小說中的情節又難以修改，於是，周先生就推斷這是由於歷史史料錯誤導致的結果：「按《氏族譜》的序次似乎曹璽居長，而爾正居次，未必可據。……這個曹爾正，便是《紅樓夢》裡的寧國公賈演。」[275]如果連歷史史料都「未必可據」的話，那一部小說就更難以成為事實的依據了；再如，他依據曹頫過繼給曹寅的歷史事實，認為小說中的賈赦不是賈母的兒子。然而，小說中賈赦卻襲了榮國公的爵位，如果不是親兒子，這樣的世襲實在難以想像。但是，周先生卻說，「賈赦和賈政，本是同生，都是代善之弟的嫡子，而一個出繼於賈母系下。」因此，「賈赦根本就不是賈母的兒子」[276]。周先生提倡曹學的本意是還原歷史，而這裡卻由於要維護自己的學說既否定小說內容又修改歷史史料，因此，也就很難為多數研究者所接受。

類似這樣的結論還有很多，比如，為了讓作者獲得貴族子弟的感受，他改變了曹家被抄家之後曹雪芹尚幼的歷史事實，硬給曹家安排了一個抄家後又「中興」的橋段，而這個所謂「中興」是無論如何難以從史料或者小說中找到依據的。再如，周先生說，曹家抄家的原因是由於曹家屬於太子（允礽）黨，因此，當雍正上臺後，自然受到了牽連，因此才被抄家。然而，清史專家楊啟樵在《周汝昌紅樓夢考證失誤》裡說：「曹寅不僅不是太子允礽的黨羽，且首先檢舉允礽的就是他和李煦。康熙四十七年九月初三日，太子被廢，未幾，八貝勒允禩奉命調查廢太子劣跡。曹寅家人立即透露：過去兩年間曾被太子管家靈普（一作淩普）取去銀五萬二千餘兩，李煦被取去三萬二千餘兩。假如曹寅是太子死黨，無論如何會設法多方掩飾，不至於如此爽快和盤吐露。」[277] 楊啟樵是清史專家，對於這段歷史顯然更為了解，因此，對於楊啟樵的否

---

275 周汝昌：《紅樓夢新證》，人民文學出版社，1976 年，第 42、43 頁。
276 周汝昌：《紅樓夢新證》，人民文學出版社，1976 年，第 70、73 頁。
277 楊啟樵：《周汝昌紅樓夢考證失誤》，上海書店出版社，2010 年，第 28 頁。

定，周先生沒有回應。

　　以上就是周先生對曹學的闡釋，但是，我們並沒有從中看到什麼嚴密的邏輯論證，更沒有看到什麼理論體系，從他的表述來看，他的曹學所有的出發點，僅僅是由於《紅樓夢》的特殊性而已。其實，任何一部偉大的文學作品之所以偉大，都是由於有一定的特殊性，否則就很難成為偉大的著作。因此，單憑一個特殊性就希望建立一種新的學科體系，無疑是很難成立的。

　　然而，就這麼一個難以成立的「學科」居然還有人在爭奪「曹學」的命名權。據周先生說：「1980 年到美國威斯康辛大學參加國際《紅樓夢》研討會，會到了首先提出曹學的著名學者余英時先生。研討會的最後一天回顧幾十年的紅學成就，展望發展前景。我在發言中提到有的學者說我是曹學的建立者，余先生聽了馬上站起來要求發言，說：曹學是我提出的，我創這個詞沒有別的用意，我沒有輕視的意思，我是很重視的。余先生當場作了解釋。」[278] 把余英時看作是最早提出「曹學」這一名稱或概念是紅學界一般的認知，但是，據美籍華人著名紅學家、漢學家周策縱教授回憶：「按『曹學』一詞是我的朋友顧獻梁先生在一九四〇年代最初提出來的，一九五〇年代中我和他在紐約他家談起這問題，他想要用『曹學』這名詞來包括『紅學』。我提出不如用『曹紅學』來包括二者；分開來說仍可稱做『曹學』和『紅學』。他還是堅持他的看法。後來他去了臺灣，一九六三年發表他那篇〈曹學創建初議〉的文章。」[279]

　　顧獻梁也在〈曹學創建初議〉中提出了以「曹學」取代「紅學」的主張：

278　周汝昌：〈什麼是紅學〉，《河北師範大學學報》，1952 年第 3 期。
279　轉引自張書才：〈曹學斷想〉，《曹雪芹研究》，2018 年第 3 期。

「紅學」，不論新舊，差不多都是以「真」為第一，以「歷史」為主，根本不重視《石頭記》的文藝價值。因此我個人乘這大家生不能再逢的「二百週年」願意提出：以「曹學」取「紅學」而代之。

「曹學」是「研究曹霑和《石頭記》的學問」。意思也就好像研究莎士比亞，葛德（俗譯「哥德」或「歌德」），賽爾萬蒂斯，檀德（俗譯但丁），紫式部……的意思。

「曹學」絕對不是好像抽煙喝酒似的過任何「癖」的癮，「曹學」是純正的文藝批評！「曹學」是登大雅之堂的文藝學問。

「曹學」應該是我們每一所完全的大學裡，文學系的必修課，文學院及其他學院的選修課。

建設「曹學」不是一朝一夕之功，也不是一人一家之事，那是需要大家的努力。「曹學」以「美」為第一，以「文學」為主。[280]

按照以上顧獻梁先生的說法，之所以要創立「曹學」取代「紅學」，主要是由於舊紅學是「猜謎」，而新紅學是透過考證過「歷史癖」的「癮」，都不重視《石頭記》的文藝價值。在他看來，只要建立了「曹學」，就能改變這種研究面貌，因此，他提出「曹學」的標準是以「美」為第一，以「文學」為主。

客觀地說，顧獻梁先生的確看到了新舊紅學的弊端，但是，他所提出的以「曹學」取代「紅學」的主張卻比「曹學」本身更難以讓人接受。按照馮其庸先生的說法：「研究曹雪芹的學問就應該稱作曹學。」[281]而研究曹雪芹的學問就不可避免要研究以曹寅為代表的曹家的家世，從而不但會重新陷入「自傳說」的泥淖之中，而且必然又會陷入研究歷史的泥淖之中，怎麼能回歸到《紅樓夢》的文藝價值呢？周汝昌先生不

280　轉引自張書才：〈曹學斷想〉，《曹雪芹研究》，2018 年第 3 期。
281　馮其庸：《曹學敘論》，光明日報出版社，1992 年，第 1 頁。

就是明顯的例子嗎？周先生因為所謂的曹學甚至割裂了《紅樓夢》，把《紅樓夢》的文藝價值歸結為小說學，卻還是難以解決問題。因此，在曹學這個偽命題的指導下，周先生用那些少得可憐且可信度極低的文獻加上自己的想像編織了一個個所謂的曹雪芹及其家史的虛幻的大網，先後出版了《曹雪芹》、《曹雪芹小傳》、《曹雪芹新傳》、《曹雪芹畫傳》、《文采風流曹雪芹》等著作。看起來儘管成果豐碩，但什麼也沒有改變，我們並沒有從這些著作中真正了解到曹雪芹的真相。那些充滿矛盾的史料依舊撲朔迷離，曹雪芹依舊很難確定為曹寅家的子弟，周先生甚至連自己對於曹雪芹生卒年中的矛盾也沒有解決。紅學泰斗尚且如此，其他曹學研究者就更可想而知了。

　　眾所皆知，研究任何文藝作品都離不開對作者的研究，而研究作者的目的是為了更好地理解作品，而不是撇開作品專門研究作者。筆者認為，如果要專門研究作者，那更應該歸屬於歷史學的範疇而不是文學，這其實是一個常識，不知道為什麼那麼多紅學大家還非要提出這樣的奇談怪論。

　　筆者認為，所謂的曹學就是一個偽命題，根本不值得提倡，甚至不應該存在，更不要說為其建立一門真正的學科，因為，我們甚至都難以找到一個客觀的研究對象。歸納以上的論述，理由主要有以下幾點：

　　首先，關於曹雪芹本人的歷史資料實在少得可憐，即使有一些所謂的史料，也充滿了不確定性或者史料本身就有很大的矛盾，可信度實在太低，單憑這樣一些史料就想建立一門學科，無異於天方夜譚。

　　其次，從目前所看到的關於曹雪芹的文物幾乎全部存在爭議，有的專家認為有關所謂曹雪芹的文物無一件是真品，有的研究者甚至認為這些所謂的文物是「作偽集團」的產物。我們姑且不說這些文物是否作偽，但拿著一些並不能確定真偽的文物來研究一個作者，多少有點滑稽的感覺。

再次，從目前所看到的關於曹雪芹的研究，能夠確定的僅僅是關於曹寅家族的研究。曹學研究者在沒有確切證據證明曹雪芹與歷史上以曹寅為代表的曹家的關係的情況下，只能耗費大量人力物力去研究曹寅家的家世，把曹寅的上下三代到曹寅家遠祖的歷史資料幾乎都搜羅畢盡，但是，這些研究並沒有解決曹雪芹與曹寅家族有什麼關係的問題，因此，所有的這些曹家的研究無論如何詳盡，對於研究曹雪芹和《紅樓夢》而言，充其量就是一堆廢紙。

綜上，曹學就是一個偽命題，在邏輯上充滿了荒誕性。筆者這樣的論斷並不僅僅針對周汝昌先生，也包括所有提倡曹學的《紅樓夢》研究者。

▋第三節　價值極低的脂學

我們先來看看周汝昌先生關於脂學的論述：

第四個方面，我給它起個名字，叫「脂學」，是研究脂批的。我認為脂批是完全有資格建立專學的，因為它所涉及的內容非常之豐富，不但足夠，而且超過一門專學所包括的範圍。脂批對以上三大方面來說，即曹學、版本學、探佚學的研究，都離不開它，它為我們提供了第一手材料。脂硯齋跟曹雪芹有著特殊的完全不同於一般人的密切關係，所以這個人值得特別重視。當我們用一般的眼光去看《紅樓夢》的時候，有相當數量的問題是難以解決的。這時候，我們求助於脂硯齋，他隨處可以給我們以啟示或回答。[282]

所謂的脂學，其實就是研究脂硯齋批語的學問。周先生對於脂學的論述並不多，但對於脂學的價值卻給予了極高的評價，不但認為脂批完

282　周汝昌：〈什麼是紅學〉，《河北師範大學學報》，1982 年第 3 期。

全有資格建立專學，甚至超過了一門專學所包括的範圍，而且為研究其他三門專門的學問提供了第一手材料。

　　相對於周先生的曹學而言，脂學顯然比曹學有明確的、客觀的研究對象，畢竟，脂批是存在的。但是，脂硯齋究竟是誰，學界從來沒有一個統一的認知。1953 年，俞平伯在《脂硯齋紅樓夢輯評‧引言》中說：「人人談脂硯齋，他是何人，我們首先就不知道。」[283] 筆者感覺，面對這樣一個連是誰都無法知道的人，卻要為其建立一門專門的學問，多少有點尷尬。當然，脂學比曹學能站住腳的地方就在於有脂硯齋的批語存在。然而，這些脂批是否真的具有獨立成為專學的資格呢？下面我們稍微對這些批語做一個分析。

　　脂評的批語主要包括以下幾個部分：

　　第一類是非常短小的句子，比如「好」、「妙」、「好極」、「妙極」、「好煞」、「妙煞」、「悵悵」、「痛哭」、「逼真」、「像極」、「是極」、「細甚」、「伏筆」、「謙得好」、「駁得妙」、「真奇之至」、「好看煞人」等等，稍微長點的也大致類似於此，如「焉得不拍案叫絕」、「試問諸公，從來小說中可有寫形追象至此者」等。以上都是一些帶有感嘆性的批語，與其說是評點，不如說是帶有情緒性的感嘆。這類評語在脂批中是最多的。

　　第二類是借用金聖歎、毛宗崗與張竹坡等人的批語。比如金聖歎經常用「真有是事」來指文本創作合乎情理，而在脂批中，「真有是事」、「真有是人」隨處可見。金聖歎在批《水滸傳》的時候常常把同類型的人物或者相似的故事情節稱為「犯」，並用「特犯而不犯」來評價這樣的寫法。脂硯齋也經常使用「似而不犯」的句子來評點《紅樓夢》的類似情節。如「總不重犯，寫一次有一次的新樣文法」（甲戌本第七回夾

283　俞平伯：《俞平伯論紅樓夢》，上海古籍出版社，1988 年，第 920 頁。

批）。在談到作者處理黛玉、寶釵第一次出場時就用了「似而不犯」的評語：「這方是寶卿正傳。與前寫黛玉之傳一齊參看，各極其妙，各不相犯，使其人難其左右於毫末。」有時候，甚至直接點出金聖歎來，可見金聖歎對其影響之甚。再如庚辰本第三十回側批：「寫盡寶、黛無限心曲，假使聖嘆見之，正不知批出多少妙處。」也就是說，脂硯齋自己也認為與金聖歎的批語有很大差距。

除了模仿小說家的評點外，脂硯齋也借用中國一些知名文學理論著作中廣為讀書人熟知的句子，比如他把嚴羽《滄浪詩話》中「水中之月，鏡中之象」修改為「鏡中花，水中月」，或者他直接用嚴羽現成的句子，如「羚羊掛角，無跡可尋」等，這都是中國古代最為人熟知的文學理論評點。

第三類是透露出他與作者關係以及八十回後情節的批語。前者如「難得他寫得出，是經過之人也」、「非經過者如何寫得出」、「此回將大家喪事詳細剔盡，如見其氣概，如聞其聲音，絲毫不錯，作者不負大家後裔」、「作書者曾吃此虧，批書者亦曾吃此虧」、「作者猶記矮舫前以合歡花釀酒乎？屈指二十年矣」、「誰曾經過？嘆嘆！── 西堂故事」、「鳳姐點戲，脂硯執筆事，今知者寥寥矣，不怨乎？」、「此語余亦親聞者，非編有也」、「前批知者寥寥，不數年，芹溪、脂硯、杏齋諸子皆相繼別去，今丁亥夏，只剩朽物一枚，寧不痛殺」等等；後者如「獄神廟回有茜雪紅玉一大回文字，惜迷失無稿。嘆嘆」。再如第二十一回：「按此回之文固妙，然未見後三十回猶不見此之妙。此回『嬌嗔箴寶玉』『軟語救賈璉』，後文『薛寶釵借詞含諷諫，王熙鳳知命強英雄』。今只從二婢說起，後則直指其主。然今日之襲人、之寶玉，亦他日之襲人、他日之寶玉也。今日之平兒、之賈璉，亦他日之平兒、他日之賈璉也。何今日之玉猶可箴，他日之玉已不可箴耶？今日之璉猶可救，他日

之璉已不能救耶？箴與諫無異也，而襲人安在哉？寧不悲乎！救與強無別也，甚矣！但此日阿鳳英氣何如是也，他日之身微運蹇，亦何如是也？人世之變遷，倏忽如此！」、「釵、玉名雖二個，人卻一身，此幻筆也。……請看黛玉逝世後寶釵之文字，便知餘言不謬」、「後數十回若蘭在射圃所佩之麒麟，正此麒麟也。提綱伏於此回中，所謂草蛇灰線，在千里之外」等等。這一類批語雖然不多，但卻最為周汝昌先生及考證派紅學研究者看重，認為這就是所謂的「第一手材料」，也是「脂硯齋跟曹雪芹有著特殊的完全不同於一般人的密切關係」的主要證據，在他們看來，這些證據可以解決閱讀《紅樓夢》的重要問題。

脂硯齋還有一些主題揭示、諧音解讀、結構藝術評價、人物性格分析等方面的批語，但最常見的就是以上這三種類型。

仔細檢校這些批語，不僅歸屬問題難以解決，而且「這些批注每錯得一團糟」；「這些抄本都出於後來過錄，無論正文評注每每錯得一塌糊塗，特別是脂硯齋庚辰本，到了七十回以後，幾乎大半訛謬，不堪卒讀」。[284]

即使忽略這些問題，僅就以上三種主要類型的脂批進行分析就會發現，第一類中那些單純的情緒性的感嘆基本沒有什麼價值，第二類批語雖然有一定的文學理論價值，但在文學理論方面基本上沒有任何創新，金聖歎、張竹坡、毛宗崗等人的評點要遠比脂硯齋深刻得多。而且，即使要把金聖歎、張竹坡、毛宗崗等人的評點作為一種專門的學科恐怕也有點勉強，更不用說水準遠遜於金、張、毛等人的脂硯齋了。筆者說脂硯齋水準非常有限，並非信口開河。比如，脂批在庚辰本第十七、第十八回所引詩：「豪華雖足羨，離別卻難堪；博得虛名在，誰人識苦甘？」脂硯批云：「好詩，全是諷刺。近之諺云，又要馬兒好，又要馬兒不吃草。真罵

284　俞平伯：《俞平伯論紅樓夢》，上海古籍出版社，1988年，第939、926頁。

盡無厭貪痴之輩！」稍微有點文學理解能力的人都知道這是一首感嘆人生的詩，與諷刺全然無關，但脂硯齋卻完全誤解了這首詩的意思。試想一下，這樣水準的評點有必要為其構建一門專門的學問嗎？

至於第三類批語，不僅在整個批語中數量非常有限，且資訊模糊，經過紅學家這麼多年的研究都難以確定脂硯齋到底是曹雪芹的什麼人，甚至連脂硯齋批語的年代都無法確定，用這樣的批語來構建一種學科體系，其難度不亞於緣木求魚。更重要的，這樣的「學科體系」即使建立起來，價值何在？也許除了為某些研究者坐實他們秉持的自傳說之外，並沒有其他任何的學術方面的意義。

當然，在脂硯齋的批語中，也有明確談到自己對賈寶玉這個藝術形象以及《紅樓夢》藝術特色的認知，這也是脂批中為數不多且水準比較高的幾條批語：己卯本第十九回：

按此書中寫出一寶玉之為人，是我輩於書中見而知有此人者，實未曾親睹者，又為寶玉之發言，每每令人不解，寶玉之生性，件件令人可笑。不獨出心裁於世上親見這樣的人不曾，即聞今古所有之小說傳奇中，亦未曾見這樣的文字。

庚辰本第十九回：

其囫圇不解之中實可解，可解之中又說不出理路。合目思考之，卻如真見一寶玉，真此言者，移之第二人萬不可，亦不成文字矣。

庚辰本第十六回：

《石頭記》一部中皆是近情近理必有之事，必有之言，又如此等荒唐不經之談，間亦有之，是作者故意遊戲之筆，聊以破色取笑，非如別書認真說鬼話也。

　　脂硯齋這幾段說得非常明白，寶玉是一個「書中見而知有此人」，卻「實未曾親睹者」的藝術形象，然而，當你細思之下，「卻如真見一寶玉」，而寶玉就是獨特的寶玉，換成第二個人就能不成立。這其實已經涉及到了典型形象、典型環境與典型事件及其關係方面的問題，即藝術典型並不一定是必有之事、必有之人，但卻又具有情理之真、規律之真和本質之真的特性，也許人物形象與環境、事件是對生活的摹擬甚至是虛構的，但卻是建立在創作主體對生活、社會、情理等感性認知的基礎之上的，即所謂「皆是近情近理必有之事」，與所有同一文化環境下成長起來的大眾有共通之處，因此，也能夠為大眾所接受。但這種貌似「皆近情近理必有之事」，卻又夾雜著「如此等荒唐不經」有悖於生活邏輯的「遊戲之筆」，這實際上也是藝術與生活的區別。從以上脂批中可以看出，脂硯齋感受到了《紅樓夢》偉大的藝術魅力，但卻並不知道這就是典型人物與典型環境所構成的藝術感染力，因此，只能歸之於作者是有意為之，「聊以破色取笑」，不像其他著作那樣「認真說鬼話」。對於這樣的藝術審美特質，脂硯齋只能用中國傳統文學理論中「妙在似與不似之間」來解釋。

　　對脂硯齋非常了解的周先生不可能沒有看到以上所引幾條批語，也不可能不理解脂硯齋的意思，然而，儘管脂硯齋已經說得非常明白，但執著的周先生卻固執地認為《紅樓夢》不是一部小說，而是一部自敘傳，並進而認定賈寶玉就是曹雪芹，脂硯齋就是史湘雲，並窮其一生要把這樣很難成立的結論坐實，於是就產生了許多看起來非常可笑的言論與考證。比如，庚辰本第二十一回回前脂硯齋有一條批語：「茜紗公子情無限，脂硯先生恨幾多。」周先生認為，此處的先生是指女性。

　　「先生」一詞雖然從近代開始也指女性，但在古代，似乎沒有指女性的，即使非要用先生指女性，一般也會在前面加一個女字，即女先

生。再如，畸笏叟與脂硯齋到底是一個人還是兩個人，周先生也難以確定。雖然他勉強把此二人合而為一，但其考證過程卻非常有趣：「我的結論是：從首至尾，屢次批閱的主要人物，原只有一個脂硯，所謂『畸笏』這個怪號，是他從壬午年才起的，自用了這個號，他便再不稱脂硯了。」[285] 那麼，脂硯齋為什麼要把脂硯齋改為畸笏叟呢？周先生在《紅樓奪目紅》中做了解釋：「（脂硯）是個『咬舌子』『大舌頭』如幼兒，不會說『脂』『支』『知』，只會說成「jī」——『不機道』，『一機鉛筆』……皆「zhī」、「jī」的『糾結』也。這證明脂硯是個『咬舌子』，自己讀為『機硯』——然後才換『脂』為『畸』，為的是搭配詞義而已。」[286] 如果脂硯齋真是女性，那麼，一個女性就算要給自己改號，也不可能用「叟」這個專指男性的字眼吧？

更有意思的是，周先生居然把脂批中的另一個署名為立松軒的也與脂硯齋合併起來：「所謂『立松軒』者，實乃湘雲之別署也。」、「然而，拙說又早已著明：脂硯即湘雲，書中內證甚多，如今同意此說者已日益增添。若如此，『立松軒』實為脂硯之又一署名耳。」[287] 這樣，一個集脂硯齋、畸笏叟、立松軒為一體的三合一版脂硯齋就誕生了。

此外，一直強調曹雪芹（即賈寶玉）最後與真愛史湘雲（即脂硯齋）走到一起的周先生，卻在自己考證曹雪芹卒年的時候與脂硯齋發生了衝突。在周先生的考證中，曹雪芹卒年的是「癸未」（1763 年），而作為「妻子」的脂硯齋卻有批語明確說曹雪芹卒於「壬午」（1762 年）。這樣的矛盾令周先生非常為難，一方面，他要堅持自己考證的結論，另一方面，又要維護脂硯齋批語的權威性，於是，周先生就只能採取一種輕描淡寫的處理方式，他說這是由於脂硯齋「記錯了」而導致的結果。周

285　周汝昌：〈真本石頭記之脂硯齋評〉，《燕京學報》，1949 年，第 37 期。
286　周汝昌：《紅樓奪目紅》，譯林出版社，2011 年，第 293 頁。
287　周汝昌：《紅樓別樣紅》，作家出版社，2008 年，第 88 頁。

先生極力鼓吹的恩愛夫妻曹雪芹與脂硯齋，妻子居然記錯了自己丈夫的祭年，恩愛何在？

實際上，脂硯齋自己已經把評點《紅樓夢》的目的講得很明白了，周先生以及那些把脂批當作第一手資料的紅學家大可不必費盡心思為脂硯齋建立一門專門的學科。在甲戌本第二回，脂硯齋批曰：「余批重出。余閱此書，偶有所得，即筆錄之，非從首至尾閱過復從首加批者。故偶有復處。且諸公之批，自是諸公眼界，脂齋之批，亦有脂齋取樂處。後每一閱，亦必有一語半言，重加批於側，故又有於前後照應之說。」

脂硯齋的意思是，他的批點，僅僅是為了自己「取樂」，並不像金聖歎、張竹坡、毛宗崗等人那樣，立志要成為一位評點家，因此，建立專門的脂學，既不可能，也無必要。

▎第四節　難以成立的探佚學

筆者前面講過，如果說周汝昌先生的脂學至少還有一個具體的、明確的研究對象的話，曹學的建立就有點勉強了。曹學建立的前提首先是必須要有曹雪芹的存在，但這一點直到目前為止並不能證明，當然也難以證明曹雪芹與曹家有什麼關係。然而，曹學如果與探佚學相比的話，似乎又要實際得多，因為，周先生及那些擁戴者們所謂的探佚學，幾乎就是索隱中的索隱，夢幻中的夢幻，已經很難用荒謬來形容了。因為，探佚學的成立必須要有一個前提，那就是《紅樓夢》只有前八十回，後面的部分已經遺失。但是，我們現在看到的《紅樓夢》卻是一個完整的本子。因此，周先生等人要做的第一步，就是不能讓後四十回存在。問題是，後四十回的確存在，而且大致可以斷定就是原稿，這一點程偉元與高鶚說得非常明白。程甲本《紅樓夢》中程偉元序言：

　　然原目一百廿卷，今所傳只八十卷，殊非全本。即間稱有全部者，及檢閱仍只八十卷，讀者頗以為憾。不佞以是書既有百廿卷之目，豈無全璧？爰為竭力搜羅，自藏書家甚至故紙堆中無不留心，數年以來，僅積有廿餘卷。一日偶於鼓擔上得十餘卷，遂重價購之，欣然翻閱，見其前後起伏，尚屬接榫，然漶漫殆不可收拾。乃同友人細加釐剔，截長補短，抄成全部，復為鐫板，以公同好，《紅樓夢》全書始至是告成矣。書成，因並志其緣起，以告海內君子。凡我同人，或亦先睹為快者歟？

　　程乙本《紅樓夢引言》中也說：「書中後四十回，係就歷年所得，集腋成裘，更無它本可考。惟按其前後關照者，略為修輯，使其有應接而無矛盾。至其原文，未敢臆改，俟再得善本，更為釐定。且不欲盡掩其本來面目也。」

　　胡適為了維護手抄本的價值，硬說程高二人造假，而且，在沒有任何證據的前提下揑出程偉元是書商的謬論，並且粗暴地否定了程、高二人序言中提到的事實，否定的依據僅僅是他認為「世間沒有這麼巧的事」。但是，如果我們結合其他文獻來看程偉元與高鶚的這兩段話就可以明白，程、高說的完全是事實，他們沒有必要做假。而且，面對《紅樓夢》這麼一部人類文學史上最偉大的著作之一，即使想做假也未必能做出來。客觀來看，後四十回的確在藝術上與前八十回有一定的差距，但是，大致看來，與前八十回基本氣韻貫通，思想上也大致保持了一致。至於為什麼會出現後四十回在藝術性上稍有差距，原因可能有很多種，比如身體原因，比如精力與時間等原因，比如生活原因等等，但筆者認為，最有可能的是前面的格調太高，後面連作者自己都難以做到一以貫之。這一點筆者前文已有論述，此不贅言。

　　其實，清代眾多評點家如王希廉、張新之、姚燮等人均把《紅樓夢》一百二十回作為一個整體來看，也就是說，小說在整體上不存在割

裂的問題。太平閒人張新之就曾說過：「雖重以父兄之命，萬金賜，使閒
人增半回，不能也。」俞平伯先生也曾說過：「《紅樓夢》本非可以續補
之書。」他早年曾想自己動手對第三十五回至三十六回之間的闕文試作
補寫，其間的內容已有前後文提示，有清晰的脈絡可循，即使是這樣，
「小小一節文字，大意已可以揣摩而得，我竟一字不能下筆；更不用說
八十回後如何續下去了」[288]。也就是說，《紅樓夢》是很難由不同作者
分別完成的。這一點，普通讀者都能感覺到。因此，程偉元高鶚在序言
中所說的完全可信。

　　但是，面對這麼多明顯的證據，周汝昌先生依舊拒不承認，甚至對
後四十回大加撻伐，在其《紅樓夢新證》中有很長一段文字對後四十回
的攻擊：

　　就目前來說，恐怕一提到《紅樓夢》，腦子裡便糾纏著偽四十回續
書的混淆印象的讀者就還大有人在。有人讚揚高鶚保持了全書悲劇結局
的功勞；但我總覺得我們不該因此便饒恕高鶚這傢伙：先不必說他技巧
低劣，文字惡俗；但就他假托「鼓擔」淆亂真偽的卑鄙手段一層來說，
這傢伙就不可饒恕，更不用還說什麼讚揚不讚揚了。而況他保持了的
「悲劇結局」又是怎樣的呢？不是「沐天恩賈家延世澤」嗎？不是賈寶
玉中了高某自己想中的「舉人」，披著「大紅斗篷」雪地裡必定要向賈
政一拜之後才捨得走的嗎？看他這副醜惡的嘴臉，充滿了「祿蠹」（賈
寶玉平生最痛恨的思想）「禮教」（在賈寶玉思想中全部瓦解的東西）的
頭腦！他也配續曹雪芹的偉大傑作嗎？現在是翻身報仇雪冤的時代，曹
雪芹被他糟蹋得夠苦了，難道我們還要為了那樣一個「悲劇結局」而欣
賞這個敗類嗎？我們該痛罵他，把他的偽四十回趕快從《紅樓夢》裡割
下來扔進紙簍裡去，不許他附驥流傳，把他的罪狀向普天下讀者控訴，

288　俞平伯：《俞平伯論紅樓夢》，上海古籍出版社，1988 年，第 89 頁。

為蒙冤一百數十年的第一流天才寫實作家曹雪芹報仇雪恨！

　　離開曹雪芹的真《紅樓夢》，我們就不屑為罵高鶚的偽《紅樓夢》而多費筆墨；所以，罵他的用意，就是為了更正確地了解曹雪芹而已。我們要撇開這敗類給我們的混淆印象，由現存材料中去認識一下曹雪芹的真《紅樓夢》，這才是我們的正經大事。[289]

　　周先生這裡對後四十回的態度已經不是學術討論，他自己也說是「痛罵」。如果說周先生所提出的曹學、脂學雖然很難成立但還算是對《紅樓夢》的研究做了另一種闡釋的話，那麼他對後四十回的攻擊就顯得非常讓人費解，即使不承認，也可以討論，完全不需要像上文所引這樣的謾罵吧？

　　那麼周汝昌先生為什麼非要否定後四十回呢？道理其實非常簡單，如果不否定後四十回，周先生的很多學說就不能成立，自己所大力提倡的探佚學也就沒有存在的必要。周先生在給梁歸智的《石頭記探佚》所寫的序中曾說：「我敢說，紅學（不是一般小說學）最大的精華部分將是探佚學。」[290] 探佚的內容就是所謂八十回之後遺失的內容，如果後四十回真如程、高所言，僅僅是在原稿的基礎上修補，那周先生的探佚學就沒有了存在的空間。也即梅節先生所說的「高續不去，周說難立，『龍門紅學』就難有揮灑的空間」[291]。因此，後四十回對於周先生而言是最難以容忍的。

　　在周先生的探佚學中，曹雪芹（也就是賈寶玉）與脂硯齋（也就是史湘雲）「於百狀坎坷艱難之後」重逢燕市，在歷經曲折後終於結為了夫妻。這個「寶湘姻緣」的「學說」在周先生所謂的探佚學的眾多學說中是非常重要的一個，他說：「我在閱讀和研究《紅樓夢》的時候，忽然產

289　周汝昌：《紅樓夢新證》，棠棣出版社，1953 年，第 583 — 584 頁。
290　梁歸智：《石頭記探佚》，山西古籍出版社，2005 年，序。
291　梅節：〈說「龍門紅學」── 關於現代紅學的斷想〉，《紅樓夢學刊》，1997 年，第 4 期。

生了『脂硯即湘雲』的設想，確實是一個史無前例、石破天驚的重大發現。」[292] 他甚至顛覆了一般讀者與研究者的普遍認知，認為「絳珠草本指湘雲，與黛玉無關」[293]。並認為：「書到一半了，這才大筆點醒了一大奧祕，原來：玉佩金麟，才是一對兒 ── 才是真的『金玉』之姻緣。」[294] 又說：「書到『後之三十回』，湘雲才是真主角，文章的精采也全在後邊。」[295] 既然最精采的都在後面，而現存的後四十回又被徹底否定，那探佚學自然就有必要存在了。因此，他必須徹底否定後四十回，否則，他所有設計的曹雪芹死後湘雲傷逝悼亡、食貧守寡、為雪芹整理《紅樓夢》遺稿加批的橋段就難以成立。反之，如果否定了後四十回，一切問題就迎刃而解了。

即使是撇開後四十回，幾乎所有的讀者都能夠從判詞、詩詞、燈謎和已有情節中推斷出寶玉最後的妻子是寶釵。周先生的「寶湘姻緣」並不能為廣大讀者所接受，如果加上現存的後四十回中的內容，「寶湘姻緣」就更無法成立。但是，作為以考證方法來實現索隱的周先生而言絕對不可能像舊索隱派那樣全憑主觀臆斷來實現這一目的的，於是，他抓住了第三十一回回目「因麒麟伏白首雙星」作為「寶湘姻緣」的「一個很有力的論據」[296]。並透過自己的想像「揭破了一個驚天大陰謀」：高鶚之所以要續寫後四十回，完全是出自和珅與乾隆所「定下計策」，目的就是要毀掉曹雪芹的後半部《紅樓夢》，當時高鶚正因科舉而發愁，受到和珅的暗示後欣然效力，續完後四十回，也順便取得了科舉的成功。按照周先生的說法，當時和珅也是考官成員。在這樣的操作下，乾隆、和珅與高鶚合力「將曹雪芹一生嘔心瀝血之作，從根本上篡改歪

292　周汝昌：《誰知脂硯是湘雲》，江蘇人民出版社，2009 年，第 146 頁。
293　周汝昌：《紅樓別樣紅》，作家出版社，2008 年，第 163 頁。
294　周汝昌：《紅樓別樣紅》，作家出版社，2008 年，第 121 頁。
295　周汝昌：《紅樓別樣紅》，作家出版社，2008 年，第 214 頁。
296　周汝昌：《紅樓夢新證》，棠棣出版社，1953 年，第 649 頁。

曲」，這是「中國文化上最最令人驚心和痛心的事」[297]。

　　事實上，周先生所謂的「揭破了一個驚天大陰謀」的證據主要來自兩則筆記。一則是陳鏞的《樗散軒叢談》：

　　《紅樓夢》實才子書也，初不知作者誰何，或言是康熙間京師某府西賓常州某孝廉手筆。巨家間有之，然皆抄錄，無刊本，曩時見者絕少。乾隆五十四年春，蘇大司寇家因是書被鼠傷，付琉璃廠書坊抽換裝訂，坊中人藉以抄出，刊版刷印漁利，今天下俱知有《紅樓夢》矣。《紅樓夢》一百二十回，第原書僅止八十回，餘所目擊。後四十回乃刊刻時好事者補續，遠遜本來，一無足觀。近聞更有《續紅樓夢》，雖未寓目，亦想當然矣。

　　另一則是趙烈文的《能靜居筆記》：

　　謁宋于庭丈於好溪精舍，于翁言：曹雪芹《紅樓夢》，高廟末年，和珅以呈上。然不知所指。高廟閱而然之，曰：「此蓋為明珠家作也。」後遂以此書為珠遺事。曹實棟亭先生子，至衣食不給。

　　以上兩則內容就是周先生所依據的全部，他說：「我以為，宋翔鳳的話，應該是所包較多的，和珅的進呈，並不是一次。他將所得之本呈交乾隆之後，就決定了《石頭記》的命運：這部『邪書』不能讓它照樣『流毒』，必須加以『抽撤』。於是他們將八十回以後的原著，全部銷毀，另覓『合宜』之人『成全部』。」[298]

　　無論是誰，如果單從這兩則筆記的內容來看，無論如何不能看出周先生所說的「和珅的進呈，並不是一次」的內容，更難以看出乾隆與和珅要請高鶚篡改後四十回。其實，按照當時文字獄的普遍做法，既然

297　周汝昌：〈紅樓夢「全璧」的背後〉，《紅樓夢學刊》，1981 第 1 輯。
298　周汝昌：《獻芹集》，岳麓書社，2004 年，第 417 頁。

《紅樓夢》是「邪書」，不能讓它照樣「流毒」的話，完全可以毀掉，根本用不著大費周章保留前八十回而單單「抽撤」後四十回。因此周先生的探佚學，實質上就是一次在《紅樓夢》前八十回的基礎上進行的文學創作，說白了就是編故事，與「學」毫無關係。但是，由於周先生的提倡與鼓勵，探佚學在當今的紅學界真的成了氣候，儘管遭到了眾多研究者的反對，但還是有梁歸智的《石頭記探佚》、楊光漢的《紅樓夢：一個歷史的輪迴》等專門以探佚為目的的著作出現。但是，如果稍微仔細考察一下這些著作就會發現，這些所謂的研究其實就是文學作品，他們與小說家唯一的不同就是打著研究的幌子在小說的基礎上進行再創作。畢竟有了一個小說的基礎，再創作要容易得多。

維根斯坦認為：「任何命題都是由語言表述的。有些命題是有意義的，有些命題則是無意義的。一個由語言表述的命題要具有意義，應同時從其語法和語義兩方面去考察，首先，在語義上，命題的意義是命題與事態存在和不存在的可能性的符合和不符合。其次，一個命題要有意義，它在語法上必須符合語言和思維的邏輯形式。」[299] 如果按照這個邏輯來看探佚學，無論是語法上還是語義上，所謂的探佚學就是一個無意義的命題。

---

[299] 轉引自陳維昭：〈關於「紅學探佚學」的邏輯與感悟問題——與梁歸智先生、周汝昌先生商榷〉，《紅樓夢學刊》，1999 年第 3 輯。

第六章　馮其庸 —— 鐵證未必如山

馮其庸（1924 — 2017），名遲，字其庸，號寬堂。江蘇無錫縣前洲鎮人。著名紅學家，被學界譽為紅學大師。

與周汝昌相比，馮其庸先生接觸《紅樓夢》要晚得多，1954年到北京後才開始正式接觸《紅樓夢》。1973年到1974年真正進入紅學圈，彼時馮先生已經年過半百。應該說，馮氏實際上算是紅學界的後起之秀，但是，馮氏憑藉超人的天賦，很快就在紅學界站穩了腳跟，並逐漸成長為新紅學考證派的重量級人物，長期擔任中國紅學會會長與《紅樓夢學刊》主編等職。

在紅學的研究上，馮氏的著作可謂成果豐碩，僅紅學專著就有《夢邊集》、《曹學敘論》、《漱石集》、《論庚辰本》、《石頭記脂本研究》、《曹雪芹家世新考》、《八家評批紅樓夢》、《增訂本曹雪芹家世新考》、《曹雪芹家世·紅樓夢文物圖錄》、《瓜飯樓重校評批紅樓夢》、《敝帚集：馮其庸論紅樓夢》、《脂硯齋重評石頭記匯校》、《紅樓夢概論》等十多部，此外還主編過《新校注本紅樓夢》、《紅樓夢大辭典》、《曹雪芹墓石論爭集》等紅學讀本與工具書，至於學術論文，更是以數百篇計。此外還有與《紅樓夢》相關的書評、序跋、雜文等不計其數。憑藉這些成就，馮其庸先生不僅成為繼胡適、俞平伯之後的紅學集大成者，更是新一代新紅學考證派的領軍人物。

作為繼胡適、俞平伯之後新一代的紅學界領袖，馮氏不僅是一位學識淵博的研究者，更是一位具有遠大理想與抱負的大家。很多人甚至為其貼上了大師的稱號。比如啟功書院的申國君先生，在2012年12月9日，在僅僅參加了一次馮其庸先生家鄉 —— 無錫市惠山區前洲街道舉行

的馮其庸學術館開館儀式和學術研討會並聆聽了馮其庸先生的講話後，就把這一天確定為自己人生中一個最難忘的日子（申國君先生甚至沒有和馮其庸先生說過一句話）。申先生按捺不住激動的心情，寫下了〈拜見大師馮其庸〉這篇作文[300]。在作文的結尾，申先生是這樣寫的：

> 從學術館出來，時間已將近晚上六點，天色已經暗了下來。我們一面急急地找車，一面回望學術館。周圍已經安靜下來，學術館的燈光越發顯得明亮，和天空中的星星交相輝映，融為了一體。

按照筆者理解，申先生的意思大概是用馮其庸學術館的燈光來代指馮其庸先生的為人與學術成就，並暗示馮先生「和天空中的星星交相輝映，融為了一體」。如果筆者理解不錯，那麼，這個評價非常之高，高得讓人難以仰視。

就在馮其庸學術館開館儀式舉辦之前，《文匯報》記者李揚也有一篇類似的報導發表在《文匯報》上，題目叫〈馮其庸不滅求學求真之心〉。在這篇文章中，記者李揚用了「求道之路，腹有書詩氣自馥」、「潛心紅學，平生可許是知音」、「實證求真，看盡龜茲十萬峰」[301]三個讚嘆之情無以復加的排比句來概括馮其庸先生的一生，文章極盡讚美之能事。

類似的報導還有「養生大世界」記者茹曉的〈馮其庸：與共和國一起成長的學者〉[302]，吳靜波的〈馮其庸：一夢紅樓五十年〉[303]，葉君遠的〈「大哉乾坤內，吾道長悠悠」——馮其庸先生訪談錄〉[304]等等。

300　申國君：〈拜見大師馮其庸〉，《內蒙古教育》，2013 年第 2 期。
301　李揚：〈馮其庸不滅求學求真之心〉，《文匯報》，2012 年 12 月 5 日 011 版。
302　茹曉：〈馮其庸：與共和國一起成長的學者〉，2015 年第 3 期。
303　吳靜波：〈馮其庸：一夢紅樓五十年〉，《黨員幹部之友》，2016 年第 2 期。
304　葉君遠：〈「大哉乾坤內，吾道長悠悠」—— 馮其庸先生訪談錄〉，《文藝研究》，2006 年第 11 期。

在這些專訪性或報導性的文章裡，比較著名的人物是馬瑞芳女士。馬女士由於 2005 年開始在《百家講壇》節目上講《聊齋》故事而出名，從此便成為家喻戶曉的人物。

馬瑞芳在《新時期紅學研究的「定海神針」──漫話馮其庸先生和紅學》中如是說：「當紅學海洋濁浪亂翻時，馮其庸等老紅學家起了『定海神針』的作用。」馬女士口中所謂的「濁浪」主要是指三個人：周汝昌、歐陽健、劉心武。

筆者認為，劉心武在《百家講壇》所講的所謂的「秦學」如果作為娛樂節目來看其實也比較不錯，當然也沒有必要作為學術研究去評價。不過，據筆者對歐陽健教授的了解，其研究可以說完全是學術研究，不僅有理有據，考證詳盡，論述充分，尤其是對於脂硯齋與版本的考證非常見功力，在紅學界也算是響噹噹的一位大家。且不說歐陽健的觀點是否正確，僅僅就考證的功力而言，絕不在馮其庸之下。但是，作為名人的馬瑞芳女士卻在〈新時期紅學研究的「定海神針」──漫話馮其庸先生和紅學〉一文中這樣說道：「1994 年萊陽紅學會議討論重點之一，是歐陽健提出的程前脂後。我當時是跟朱淡文一起從濟南坐了一夜硬座車跑到萊陽參加會的。一到會上，先看到馮先生批駁歐陽健的文章，覺得馮先生這樣的大學者批駁這種『貓蓋屎』謬論，實在沒必要，曾跟李希凡老師說：『殺雞焉用牛刀？』但是馮先生仍然很動真情地批駁這個謬論。」[305]

馬女士在文章中首先透露出幾個資訊：一是自己對新紅學考證派兩大人物──馮其庸、朱淡文比較熟悉，而且關係親近；二是表明她對歐陽健觀點的態度（「貓蓋屎謬論」）；三是感覺對付歐陽健這樣的人物根本用不著馮其庸親自出手，馮氏出手等於殺雞用牛刀。換句話說，就是

305 馬瑞芳：〈新時期紅學研究的「定海神針」──漫話馮其庸先生和紅學〉，《河南教育學院學報（哲學社會科學版）》，2010 年第 6 期。

與歐陽健辯論對於馮其庸而言屬於「跌分」。

雖然馬女士的這篇並非學術性的文章依然發表在了《河南教育學院學報（哲學社會科學版）》上，但筆者並不認同馬瑞芳女士對馮氏與歐陽健的評價。馮其庸先生關於紅學研究的著作雖然非常之多，但筆者認為，這些成就基本上都是在胡適與俞平伯的基礎上的深入，並沒有多少新的突破。而歐陽健先生的研究卻經常發前人之未發，且總能給人一些新的啟發。然而，作為新一代紅學界的領袖，馮氏的很多結論對紅學界的影響尤為巨大。如果把馮氏的紅學成果歸納一下，我們就會發現，馮氏一生致力於三個方面的研究，即《紅樓夢》的思想、《紅樓夢》的抄本、曹雪芹的家世。下面，我們就馮氏這幾個方面的研究成果進行一些分析。

▎第一節　曹雪芹家世考證價值的質疑

對於曹雪芹家世的考證，其實是每一個新紅學考證派大家都要涉及的研究範圍，也是要成為紅學大家不能迴避或繞開的問題。因此，馮氏在這方面也和其他新紅學考證派的大家一樣，頗費了些精力。

為了說明問題，我們先從馮氏對於曹雪芹家世所用的資料進行整理。

馮氏對於曹雪芹家世考證的材料主要有以下幾種（以下所引均出自馮其庸〈我與紅樓夢〉一文）：

一、《清太宗實錄》卷十八

天聰八年甲戌（明崇禎七年，1643 年）條：墨爾根戴清貝勒多爾袞屬下，旗鼓牛錄章京曹振彥，因有功，加半個前程。

在這條史料的基礎上，馮氏結合其他材料得出了以下一些結論：一是它說明了曹振彥此時已歸到多爾袞屬下，這是他後來發跡的一大契機；二是說明曹振彥此時已升為「旗鼓牛錄章京」即「旗鼓佐領」了；

三是說明曹振彥「因有功」，又升了半級。

　　馮氏最後認為，總之，這條天聰八年的材料，是研究曹雪芹家世的非常重要的資料。

二、兩篇〈曹璽傳〉

- ◆ 康熙二十三年未刊稿本《江寧府志》卷十七〈曹璽傳〉；
- ◆ 康熙六十年刊《上元縣志》卷十六〈曹璽傳〉。

　　根據這兩篇傳記，馮氏整理出了曹家七個人：曹世選、曹振彥、曹璽、曹寅、曹宣、曹頎、曹頫。並認為這些史料，相對於過去人們依據最多的《八旗滿洲氏族通譜》卷七十四「附載滿洲旗分內之尼堪姓氏」下的「曹錫遠」條而言，要詳細得多。更讓馮氏覺得難得的是，這兩篇傳記，一篇是康熙二十三年（1684）的，另一篇是康熙六十年（1721）的。而《八旗滿洲氏族通譜》則是乾隆九年（1744）的書，前者比其早了六十年，後者比其早二十三年。因此，馮氏認為，總體來說，這兩篇傳記，都是曹家未敗落時的紀錄，所以它的直接性和真實性都是無可置疑的。

　　馮氏進一步認為，這兩篇〈曹璽傳〉新增給我們的認知：一是曹世選單名「寶」，曾「令瀋陽有聲」，並且家瀋陽；二是曹家的遠祖是宋武惠王曹彬；三是曹家「著籍襄平」，「襄平」是遼陽的古稱，也即是說曹家的籍貫是遼陽；四是曹振彥是「扈從入關」的，但未提曹世選；五是曹璽曾參加平姜瓖之亂，並選拔為內廷二等侍衛，在江寧織造任上做了不少有益於民眾的事，郡人立生祠碑以頌；六是曹寅於康熙二十三年曹璽死後即奉命「協理江寧織造事務」，他「偕弟子猷講性命之學」，即程朱理學；七是曹荃確實原名「曹宣」；八是曹頎字「孚若」；九是曹頫字「昂友」。馮氏最後的結論是：以上這些，都是我們以前所不知道的，所以這兩篇傳記的發現，是曹雪芹家世研究的一大進展。

三、遼陽三碑

遼陽三碑：〈大金喇嘛法師寶記碑〉、〈重建玉皇廟碑〉、〈東京新建彌陀寺碑〉。

對於這三塊石碑的研究，馮氏得出的結論是：〈大金喇嘛法師寶記碑〉的重要之處是它揭示了曹家上世在屬多爾袞的正白旗之前，先是屬佟養性的「舊漢兵」或「舊漢軍」，而且，由於此碑在遼陽發現，正好與〈曹璽傳〉中所謂的「著籍襄平（遼陽）」相一致。〈玉皇廟碑〉提供了曹振彥由佟養性屬下轉變為多爾袞屬下的初步的情況；《彌陀寺碑》碑陰上曹得先、曹得選、曹世爵三人的署名，則是對《五慶堂曹氏宗譜》中曹家人物提供了一件重要的實物證據。所以馮氏認為，以上遼陽三碑，是研究曹雪芹上世的重要的歷史文物、歷史見證，是彌足珍貴的。

四、天聰七年孔有德降金書

馮氏根據《投降書》中提到的「特差副將劉承祖、曹紹中為先容」這句話，得出「曹紹中」就是《五慶堂譜》上的第十世人物曹紹宗，與同譜上四房的曹振彥是同世次。再結合《清太宗實錄》卷十四與《清史稿·孔有德傳》及《五慶堂譜》等文獻，得出「送《投降書》的曹紹中，確就是《五慶堂譜》上的曹紹中，《五慶堂譜》也確是可信的」的結論。

五、康熙抄本《瀋陽甘氏家譜》

馮氏之所以要對瀋陽甘氏進行研究，主要是因為鎮遠府的雲貴總督甘文焜與曹雪芹的上祖有親戚關係。因此，找出這曹、甘兩家的姻親關係對研究曹雪芹上祖的家世至關重要：一是曹、甘兩家都在沈遼地區，曹家祖籍遼陽，還曾一度住瀋陽，而五慶堂曹原本就在遼陽，而甘氏是

在瀋陽，故甘、曹兩家地域相鄰；二是原先有些人認為《五慶堂譜》上第四房即曹錫遠、曹振彥這一系是硬裝上去的，並非譜上原有。馮氏認為，這種說法毫無根據，現在找出這重姻戚關係來，特別是找出四房的後裔稱三房上世的祖姑之子為「表兄」，這恰好說明了《五慶堂譜》上的四房與三房，原是同氣連枝，一條根上生出來的。

六、曹的抄家和曹家的敗落

對於曹的抄家和曹家的敗落，馮氏用了好幾種史料，如《曹頫騷擾驛站獲罪結案題本》（雍正六年九月二十一日），《刑部為知照曹頫獲罪抄沒緣由業經轉行事致內務府移會》（雍正七年七月二十九日），《刑部為知照查催曹寅得受趙世顯銀兩情形事致內務府諮文》（雍正七年十二月初四日）。

馮氏對於以上零零散散的材料做了一個總結：「當時同時發作兩案，先是騷擾驛站案，幾天以後又爆發更大的織造虧空案，終至抄家敗落。而織造虧空案晚發先結，以抄沒而告終。驛站案則在曹頫抄沒後尚未告終，曹頫尚因此而被枷號。正在此時，又發生『刑部移會』所追之曹寅得趙世顯銀八千兩之遺留案，此案因曹已經敗落而不了了之。」[306]

在此基礎上，馮氏又分析了曹家敗落的原因：一是由於巨額虧空，包括康熙南巡曹寅接駕四次所造成的虧空、由於鹽商歷年所欠的巨額國帑和曹寅居官時的開銷，包括官場、文場的應酬、接濟、刻書等等；二是由於家庭矛盾，即曹寅與嫡母孫氏及弟弟曹宣之間的矛盾，和下一代曹顒和曹頫兄弟之間的矛盾；三是由於政治原因，亦即是康熙的去世，曹家失去了靠山所致。[307]

---

306 馮其庸：〈我與紅樓夢〉，《紅樓夢學刊》，2000 年第 1 輯。
307 馮其庸：〈我與紅樓夢〉，《紅樓夢學刊》，2000 年第 1 輯。

七、曹雪芹墓石

　　與其他六種所謂的「新材料」相比，「曹雪芹墓石」是唯一涉及曹雪芹的材料，因此，後面專門論述。

　　馮氏對於曹雪芹家世的研究，總共用了七種材料，可謂史料翔實，考證有力。但是，筆者認為，以上材料中，除第七種之外，其餘六種如果說是對曹寅家世的考證的話，應該說非常翔實，但客觀說，以上材料與結論對於《紅樓夢》的作者而言並沒有任何價值。儘管馮氏在其文章中一再強調這些史料「彌足珍貴」，「是研究曹雪芹家世的非常重要的資料」，自己的考證「是曹雪芹家世研究的一大進展」，對於「了解曹家的家世和抄家敗落的過程，非常有利於我們理解曹雪芹創作《紅樓夢》，非常有利於我們解讀《紅樓夢》」[308]。然而，筆者在認真檢讀了以上材料和馮氏對於這些史料的考證後發現，這些所謂的「重要史料」與「重要考證」中沒有任何關於曹雪芹的記載，哪怕是一個字也找不到。換句話說，這些史料與馮氏所得出來的結論都是對曹寅為代表的曹家家世的研究，與曹雪芹絲毫沒有關係。

　　馮氏所謂的關於曹雪芹家世的研究與胡適一樣，有一個預設的前提，就是曹雪芹是曹寅家族的成員，而且是《紅樓夢》的作者，如果失去了這個前提，馮氏以上的考證對於《紅樓夢》的研究而言就沒有任何價值。從這個意義上來說，馮氏關於曹雪芹的研究並沒有突破胡適的框架。

　　在馮氏對於曹雪芹家世的研究中，只有最後一種「材料」與曹雪芹有關，那就是「曹雪芹墓石」。那麼，所謂的「曹雪芹墓石」究竟是怎麼一回事，是否真能證明曹雪芹與《紅樓夢》有關？筆者嘗試做一些解讀。

　　關於曹雪芹墓石，根據馮氏的介紹，最早是於 1968 年「文化大革命」期間北京通縣張家灣鎮農民李景柱平墳地時挖出來的，碑上刻著

308　馮其庸：〈我與紅樓夢〉，《紅樓夢學刊》，2000 年第 1 輯。

「曹公諱霑墓」五個大字，左下端刻「壬午」兩字，「午」字已殘。墓石約一公尺左右，四十多公分寬，十五公分左右厚，墓碑質地是青石，做工很粗糙，像是一塊普通的臺階石，只有粗加工，沒有像一般墓碑那樣打磨，碑面上加工時用鑿子鑿出來的一道道斜線都還原樣未動，證明是根本未打磨過的。在墓碑下面約離地面一百五十公分左右的深處，挖出來一具男屍，屍體骨架很完整，沒有棺材，是裸葬的。據李景柱說，他讀過《紅樓夢》，所以知道曹霑就是曹雪芹，但由於當時中國社會處於特殊歷史時期，全國上下都在破四舊，因此，他不敢聲張，就與堂弟李景泉一起把這塊墓碑拉回家裡，並悄悄埋在園子裡。直到 1992 年，鎮裡從發展經濟的角度出發要規劃發展旅遊，建立張家灣人民公園，要把周圍的古碑集中起來建碑林，李景柱因而才想起來這塊「曹雪芹墓石」，於是把它拿了出來。

　　馮氏對於這塊所謂的「曹雪芹墓石」非常重視，做了大量的考證。馮氏先透過康熙五十四年七月十六日《江寧織造曹頫復奏家務家產摺》中所提到的「通州典地六百畝，張家灣當鋪一所」的資訊，得出「曹家在通縣和張家灣有地有產」的結論。接著，馮氏又依據康熙四十五年八月初四日《江寧織造曹寅奏謝復點巡鹽並奉女北上及請假葬親摺》中提到由於曹寅母孫氏去世，曹寅要請假北上歸葬的資訊得出曹寅家的祖墳在北京郊區的結論。最後又據康熙五十四年正月十八日《蘇州織造李煦奏安排曹顒後事摺》中所提到的「擇日將曹顒靈柩出城，暫厝祖塋之側」與「將曹寅靈柩扶歸安葬」等等資訊，認為按曹顒死於北京，則可見曹家祖墳確在北京城外，而且曹顒、曹寅都是安葬在祖塋內，則可見孫氏也在祖塋內，問題是不清楚究在何處，但玩其語氣，似乎離城不遠，故只說「將曹顒靈柩出城，暫厝祖塋之側」，如是很遠，就不能光說「出城」，就當直指其地了。

　　透過這樣的考證加猜測，馮氏首先坐實了曹家在北京有祖墳的結論。然後，馮氏又拿出了所謂曹雪芹的好友敦敏的一系列詩文來證明曹雪芹墓碑是真的。

　　首先，馮氏根據敦誠《東皋集》敘中提到其家祖墳在「潞河南去數裡許」，確定了敦誠祖墳在「北京東直門或朝陽門外一直到通縣這一帶，潞河就是從通縣張家灣直通北京的，這條河現今仍在，叫通惠河」。

　　其次，馮氏又據敦誠《四松堂集》中〈過寅圃墓感作二首〉之一，確定了寅圃（敦誠好友）墓在水南莊，然後確定了水南莊就在潞河邊上；又據敦誠《四松堂集》中「同人往奠貽謀墓上，便泛舟於東皋」詩確定了貽謀（敦誠好友）的墓也在潞河邊上；接著再據此詩中原注「三年來詩友數人相繼而歿」推斷出「其中也可能就包含著雪芹在內」。

　　再次，馮氏又據敦誠的〈寄大兄〉文中「孤坐一室，易生感懷，每思及故人，如立翁、復齋、雪芹、寅圃、貽謀、汝猷、蓋庵、紫樹，不數年間，皆蕩為寒煙冷霧，曩日歡笑，那可復得」等語得出結論：「可以確知寅圃、貽謀即葬於潞河之畔。」

　　最後，馮氏又舉出了敦誠〈哭復齋文〉中的一條證據：「未知先生與寅圃、雪芹諸子相逢於地下作如何言笑，可話及僕輩念悼亡友之情否？」

　　到了這裡，馮氏的材料算是全了，大概可以建立一條與所謂「曹雪芹墓石」連繫起來的線索了。於是，他提出了這樣的問題：「為什麼說：『與寅圃、雪芹諸子相逢於地下』？是否因為他們同葬於此呢？現在這塊曹墓石在潞河邊上出現，就讓你不能不認真思索這個問題了。」

　　馮氏繞了這麼大一個彎子，實際上就是要告訴人們一件事，那就是：「曹雪芹墓石」是真的，是可信的。

　　然而，單憑以上這些考證，馮氏並不能得出李景柱所發現的墓碑就

是真的，於是，他又從敦敏的〈河干集飲題壁兼弔雪芹〉中找到了證據。然後得出了結論：

『河干』，當然是指潞河之畔，為什麼在這裡要『弔雪芹』，為什麼會『憑弔無端頻悵望』？保留聯繫『河干』雪芹的墓地和墓石，似乎這首詩更進一步地透露，雪芹的墓地確在潞河邊上的張家灣曹家祖墳。大家還記得開頭時，李景柱介紹說他平的墳就是『曹家墳』，這就在潞河附近。實際上這塊石頭應稱墓石而不是墓碑，因為它是埋在地下作標誌的而不是立在墳上的。墓石如此草草，正說明雪芹已潦倒得無以自存了。[309]

透過這樣的聯想，馮氏費盡心思建立起來的一條線索終於有了成立的可能。然後，馮氏結合脂硯齋的批語「壬午除夕，書未成，芹為淚盡而逝」來印證墓碑上的「壬午」兩字，考證圓滿結束。

馮氏為了證明墓碑是真的，用了眾多的材料，令人眼花撩亂，現在筆者根據馮氏的邏輯稍微做一個總結，以便於大家能夠看得更加清楚：

曹雪芹墓碑在張家灣被發現，要證明這塊可疑的墓碑是真的，就必須證明曹家在北京有祖墳。於是，就找到了《江寧織造曹頫復奏家務家產摺》、《江寧織造曹寅奏謝復點巡鹽並奉女北上及請假葬親摺》與《蘇州織造李煦奏安排曹顒後事摺》，透過這三種新材料和馮氏的想像證明了曹家在北京真的有祖墳。然後，再透過敦誠敦敏的詩歌和馮氏的推測證明了潞河是從通縣張家灣直迪北京的一條河，再透過這些詩文中的資訊證明同為敦誠、敦敏、曹雪芹的好友的墓也在潞河邊上，最後根據其中一句話「未知先生與寅圃、雪芹諸子相逢於地下作如何言笑，可話及僕輩念悼亡友之情否」得出結論：貽謀、寅圃與曹雪芹同葬於潞河邊

309　馮其庸：〈我與紅樓夢〉，《紅樓夢學刊》，2000 年第 1 輯。

上。現在正好又有了一個李景柱發現的墓碑，那麼，這塊墓碑就應該真的是曹雪芹的墓碑了。

　　馮氏的邏輯似乎非常清楚，考證也貌似完美無缺。但是，既然馮氏如此相信脂硯齋的批語，甚至把過去自己一直主張的曹學的卒年「癸未」說也修改為了「壬午」說，而且，馮氏又如此相信敦誠、敦敏詩歌中所透露出的資訊（這一點從上面用的材料就可以看出），那麼，不知道馮氏注意到一個問題沒有，脂硯齋說曹雪芹死於「壬午除夕」，而敦誠在甲申年為曹雪芹寫的輓詩中有這樣的自注：「前數月，伊子殤，因感傷成疾。」根據敦誠詩歌中所描寫的情況，〈輓曹雪芹〉應該寫於春天，而甲申春前幾個月，應該是癸未年（一七六三）的冬天。也就是說，脂硯齋與敦誠敦敏詩歌中所透露的資訊至少有一個是假的。那麼，該相信哪一個呢？馮氏面對這樣的尷尬局面不知道該做如何感想呢？此其一。

　　從敦誠、敦敏所留下的文獻以及馮氏所列舉的所有材料中，沒有任何關於曹雪芹墓地與祖墳的資訊，僅僅就依據一句「（復齋）與寅圃、雪芹諸子相逢於地下」的話就能斷定他們的墓都在潞河邊上，是不是有點勉強呢？一般而言，我們在說「相逢於地下」的時候僅僅是因為都去世了，並不是說非要墓地距離不遠才可以「相逢於地下」。而且，根據周汝昌先生等人的考證，在癸未年（1763），依然有敦誠敦敏與曹雪芹的詩歌唱和，如果曹雪芹真的死於「壬午除夕」，那敦誠、敦敏與曹雪芹的詩歌唱和該怎麼解釋？此其二。

　　馮氏不知道有何證據證明敦敏的〈河干集飲題壁兼弔雪芹〉中的河干「當然是指潞河之畔」？任何江河都有河干，詩人在任何河干都可以「集飲題壁」，在任何「集飲」的過程中都可以弔任何一個朋友，這與葬在哪兒並沒有必然的連繫。此其三。

　　曹霑這個名字是新紅學考證派從《四松堂集》、《懋齋詩鈔》等並

不常見的文獻中找到的，曹霑是否為曹雪芹直到現在也是一個充滿爭議的學術問題，而李景柱作為一個農民，即使讀過《紅樓夢》，恐怕也不見得知道這麼複雜的問題和這樣不常見的名號，而傳說中卻是由於自己讀過《紅樓夢》因此知道曹霑就是曹雪芹，這非常可疑。此其四。

　　從相關資料來看，所謂曹雪芹墓碑上面幾個字「曹公諱霑墓」是撐格刻的，用馮氏的說法，這塊墓石就是為了埋在土中的，而非神道碑，且字跡「筆劃一樣粗細」、「毫無筆意」，是「未經書寫、直接鑿刻的」。[310] 根據馮氏的說法，我們大致可以斷定這塊墓碑顯然是倉促為之或者隨意為之。筆者認為，墓碑上「壬午」兩個字，作偽的痕跡實在太過明顯。我們都知道，無論是墓碑還是墓石，古人都有一套嚴格的規定，墓碑上一般會刻上完整的紀年，紀年時皇帝年號置前，干支列後。比如康熙壬午、乾隆壬午、道光壬午等，如袁枚的〈祭妹文〉中首先就是「乾隆丁亥冬，葬三妹素文於上元之羊山，而奠以文曰……」、「乾隆」是清高宗愛新覺羅‧弘曆年號，「丁亥」是干支紀年；〈梅花嶺記〉「順治二年乙酉四月」，「順治」是清世祖愛新覺羅‧福臨年號，「乙酉」是干支紀年。但這塊被馮氏認為是曹雪芹的墓石上僅僅刻了兩個「壬午」的字樣，顯然是為了要印證某種學說故意為之。此其五。

　　據李景柱說，墓中屍體沒有棺槨，即裸葬。這實在令人難以置信。除了叫花子、流浪漢等特殊情況者，就一般人而言，即使再窮，買不起棺槨，也至少會有個草席卷屍、馬革裹屍之類的處理。據新紅學考證派，曹雪芹死後尚有「新婦孤兒」在，而且還有敦誠、敦敏、張宜泉、脂硯齋、畸笏叟等一干親朋故舊，且敦誠、敦敏兄弟是皇親國戚，為何連一口薄薄的棺材也湊不上呢？再者，既然尚有墓碑，弄張草席裹屍想來不是什麼大事。但是，據那些村民說，就是裸屍，並沒有說有什麼草

310　馮其庸：〈我與紅樓夢〉，《紅樓夢學刊》，2000 年第 1 輯。

席之類的腐朽物。按照新紅學考證派所說，曹雪芹既然死於 1762 － 1765 年之間，距離 1968 年也僅僅過去二百年，即使是草席一類的裹屍物，也絕不至於腐爛到只有裸屍的地步。那為什麼會沒有呢？筆者認為，如果有，會讓新紅學考證派感到很為難，考證也可能難以進行下去，因此，這樣的傳言，只能說作偽者未及細思導致的漏洞。但是，新紅學考證派卻並不這樣認為，比如上海師大副研究員朱淡文女士在其論文〈鹿車荷鍤葬劉伶 ── 關於曹雪芹墓石〉（《紅樓夢學刊》1993 年第 2 輯）與〈論曹雪芹裸葬之可能〉（《紅樓夢學刊》1994 年第 3 輯）中如是說：「天下之奇事，必奇人方能為之：曹雪芹『素性放達』，劉伶『死便埋我』之說反映了他追求與自然合一的曠達生死觀，這當然是曹雪芹所贊同的。」[311] 並用《紅樓夢》第三十六回賈寶玉對身後之事的設想作為證據：「趁你們在我就死了，再能夠你們哭我的眼淚流成大河，把我的屍首漂起來，送到那鴉雀不到的幽僻之處，隨風化了，自此再不要託生為人，就是我死的得時了。」在朱女士看來，曹雪芹的這種浪漫想像與劉伶的「死便埋我」其實質真是何等相似！

　　朱女士顯然模糊了藝術真實與生活真實的界線，從而導致把敦誠的一句用藝術化處理的詩歌作為曹雪芹裸葬的證據，且不說敦誠的詩歌是藝術化處理、藝術類比，即使是詩歌中所謂的劉伶，也並不一定會真正死後裸葬，所謂「死便埋我」僅僅是一種生活態度的表達。因此，筆者感覺朱女士並沒有看懂這一點。為了掩飾〈鹿車荷鍤葬劉伶 ── 關於曹雪芹墓石〉中裸葬說的不足，朱女士又於第二年寫了〈論曹雪芹裸葬之可能〉，在此文中，朱女士追根溯源，從裸葬的歷史談起，並先後列舉了歷史上幾個裸葬的名人，以此來說明曹雪芹裸葬的可能，但這些所謂的證據中，除了猜測就是推理，幾乎沒有任何可信的地方。此其六。

311　朱淡文：〈鹿車荷鍤葬劉伶 ── 關於曹雪芹墓石〉，《紅樓夢學刊》，1993 年第 2 輯。

　　朱淡文女士在證明曹雪芹葬於張家灣的過程中，所用考證材料大致與馮其庸先生類似，只是猜測的成分更多，因此，整個考證過程顯得非常牽強。比如其根據曹寅的〈北行雜詩〉推斷曹寅之父曹璽「很可能葬在張家灣」、「曹家祖塋應即在張家灣潞河（即今通惠河）畔的一處蕎麥高地之旁」[312] 的結論，很難讓人信服。

　　既然張家灣的鄰村高樓金村「六十歲以上的人，沒有不知道曹家墳的」，而且，馮氏與朱女士等人考證曹家祖墳在此，又是曹霑墓石出土處，為何不進行一次考古呢？即使曹雪芹的證據比較模糊，但作為顯赫百年以上的曹家人的墓穴中，總能或多或少找到一些證據吧？此其七。

　　朱淡文女士還說，墓石發現者張家灣農民李景柱在報告現場情況時提及屍骨係無棺裸埋，「這就似乎不是一個普通農民所能想像虛構」[313]。筆者認為，這當然不是一個普通農民所能想像虛構，必定是有人授意之下未及仔細打磨之後的草率之言。至於目的，當然有很多種可能，比如發展旅遊的需要（這一點，馮氏的文中也有透露 ——「最近鎮裡規劃要發展旅遊，建立張家灣人民公園，想把周圍的古碑集中起來建碑林，因而想起了這塊碑，又把它拿了出來」）；再比如為了印證某些紅學大師學說的正確等等，此不贅述。

　　總之一句話，馮氏關於曹雪芹家世的研究，除了這塊所謂的曹雪芹的墓石，其他的研究都是曹寅的家世，與曹雪芹沒有一個字的關係。至於這塊所謂的曹雪芹的墓石，也似乎沒有說明任何問題。

312　朱淡文：〈鹿車荷鍤葬劉伶 —— 關於曹雪芹墓石〉，《紅樓夢學刊》，1993 年第 2 輯。
313　朱淡文：〈鹿車荷鍤葬劉伶 —— 關於曹雪芹墓石〉，《紅樓夢學刊》，1993 年第 2 輯。

▌第二節　《紅樓夢》思想研究的批判（上）

在馮氏對於自己研究《紅樓夢》的總結性的文章——《我與紅樓夢》中，馮氏認為自己對於《紅樓夢》的研究成果，主要集中在曹雪芹的家世、《紅樓夢》的抄本與《紅樓夢》的思想三個方面。

關於曹雪芹的家世方面的研究，上文已經大致整理完畢，而馮氏對於《紅樓夢》抄本問題的研究比較複雜，我們下一節專門論述。這一節主要整理一下馮氏對於《紅樓夢》的思想方面的研究。

首先，馮氏認為，要研究《紅樓夢》的思想，首先要考慮曹雪芹所處的時代特徵。「從上層建築來說，自明中後期一直到曹雪芹的時代，反正統（程朱理學）的思潮和主張民主、主張變革的思潮一直不斷，而且見解越來越深刻，越來越鮮明」。[314] 因此，「曹雪芹是一位超前的思想家，他的理想不屬於他自己的時代。他的批判是屬於他自己的時代的，他的理想卻是屬於未來的時代的。所以他只給賈寶玉、林黛玉以美好的理想而且讓這個理想在他的時代徹底毀滅，這就表明他的理想是屬於未來的世紀的」。[315]

在這樣的前提下，馮氏首先提出了《紅樓夢》裡的兩個世界的概念。

馮氏首先借用了余英時《紅樓夢》的「兩個世界」的說法，把《紅樓夢》分為現實世界與理想世界：「《紅樓夢》裡的現實世界是具體的，形象的，實在的，而《紅樓夢》裡的理想世界，卻是抽象的，理念的，虛的。」現實世界「是一個被暴露的世界，被批判的世界」，「曹雪芹對現實世界的批判，筆鋒所向，無遠勿屆，上至封建朝廷及其後宮，下至

314　馮其庸：〈論紅樓夢的思想〉，《紅樓夢學刊》，2002 年第 3 輯。
315　馮其庸：《夜雨集》，中國友誼出版公司，1999 年，第 149 － 150 頁。

市井世俗、和尚道士、三姑六婆」。[316] 在馮氏看來，《紅樓夢》「機帶雙敲」，不僅罵「忠臣」，也罵「昏君」，並舉《紅樓夢》第十七、十八回寫元妃省親中的一段描寫，又結合脂硯齋的批語，著重對「只管嗚咽對泣」做了分析，認為「九重深宮，人間天上，在曹雪芹的筆下，卻像冰冷的牢獄，沒有一絲一毫人間溫情，令人一提起來就淚如雨下」。而製造這樣悲劇的正是封建帝王。因此，《紅樓夢》不僅批判了封建帝王，而且以如椽之筆對正統思想進行了一次掃蕩。

馮氏還用大量的例子說明《紅樓夢》對於賈府文字輩、玉字輩男子的批判，指出賈府唯一的正面形象賈政是「假道學」，並對賈母、王夫人、王熙鳳進行了批判。最後總結，「偌大一個封建貴族官僚大家庭，確是沒有一個務正業的」。

對於《紅樓夢》中的理想世界，馮氏認為：「《紅樓夢》裡的理想世界，只存在在賈寶玉和林黛玉的頭腦裡、觀念裡、希望裡，而且他們倆的這個觀念和希望，也只是原則的、模糊的，並不是具體的、明晰的，所以也可以說，一部《紅樓夢》裡所具體描寫的，除了夢境以外，都可以看作是現實世界，而且連夢也是真實的實在的，包含在現實世界裡的，只有夢裡的情景，才是虛的，縹緲的。而《紅樓夢》裡的理想世界卻只存在於賈寶玉、林黛玉的頭腦裡。」[317]

馮氏這段話貌似高深，但仔細推究起來卻缺少必要的邏輯性。並沒有說清楚到底什麼是理想世界、什麼是現實世界。他一方面說理想世界是觀念的、希望的，是原則的、模糊的，除了夢境之外都可以看做是現實世界；另一方面，又說連夢也是包含在現實世界裡的。只有夢境才是虛的、縹緲的。接著又強調《紅樓夢》裡的理想世界只存在於賈寶玉、

316　馮其庸：〈論紅樓夢的思想〉，《紅樓夢學刊》，2002 年第 3 輯。
317　馮其庸：〈論紅樓夢的思想〉，《紅樓夢學刊》，2002 年第 3 輯。

林黛玉的頭腦裡。

　　馮氏其實自己並沒有搞清楚《紅樓夢》中所謂「夢」的內涵以及夢的寓意，稍微有點常識的讀者都會明白《紅樓夢》之「夢」的寓意是人生如夢、夢如人生。進一步而言，夢是一種象徵，是基於相對真理而設計的生命鏡像工程，即生命主體在殘酷的現實中凝聚自我精神、突破虛空的一種理想境況，也是生命主體的一種需要。現實中的人也會天天做夢，夢並不一定就是睡著的時候才會出現的幻想或幻象，而是主體在把精神作為第一性時出現的指引、左右現實的生命狀況。《紅樓夢》之「夢」體現了作者對人生意義的哲理性的思考，並不僅僅體現在對現實世界的批判和觀念中的存在。

　　馮氏對於《紅樓夢》之夢的理解顯然有所偏差，所以，又從四個方面具體論述了他的理想世界的內涵。第一「是賈寶玉、林黛玉所走的人生道路」，即否定了「仕途經濟」、否定了八股科舉，同時也反對賈赦、賈珍、賈璉等走的另一條路。既然賈寶玉把兩條道路都否定了，那麼他要走什麼樣的道路呢？馮氏給出了答案：「他走的是自由人生的道路。」

　　馮氏貌似給出了答案，但這個答案等於沒有答案。什麼是自由人生的道路？如何去走自由人生的道路？走自由人生的道路的前途在哪兒？馮氏並沒有說。筆者竊以為馮氏無法回答這個問題，因為，所謂自由人生的道路是一個似是而非的概念，不僅是賈寶玉的的追求，應該是所有人的共同追求。馮氏把理想世界簡單歸結為現實中人生的道路選擇，顯然是把《紅樓夢》庸俗化了，而且，所謂的「自由人生的道路」是一個非常模糊的概念，到底什麼才是「自由人生」呢？從人類的整體追求過程中來看，所有的行為不都是從必然王國走向自由王國的一個過程嗎？哪裡存在所謂的「自由人生」呢？

　　馮氏論述的第二個內涵是「戀愛自由，婚姻自由」。馮氏總結了寶

黛愛情的幾個特點，一是完完全全的自由戀愛，是接近現代社會的自由戀愛；二是有一個相當曲折複雜而漫長的戀愛過程，也就是相互的認識和理解的過程；三是寶黛愛情，不僅僅是外貌，更重要的是思想的一致和人生道路的一致。

追求戀愛自由與婚姻自由在中國古代很多著作中都有體現，為何單單《紅樓夢》中的愛情就能如此震撼人心呢？而且，戀愛也不一定非要有一個相當曲折複雜而漫長的戀愛過程，在愛情的世界裡並沒有規律可循，一見鍾情的婚姻並不一定都會失敗，長期戀愛以後的結合也不見得都會幸福。馮氏關於愛情的論述只有第三條相對客觀，《紅樓夢》的愛情之所以打動人，是因為其提出了一個不同於以往文學作品的婚戀觀，即知己之愛。但知己之愛並不一定簡單地表現在「思想的一致和人生道路的一致」兩個方面，而應該是一種心靈上的高度契合，是心有靈犀一點通甚至靈犀不必輕點的領會與默契。因此，筆者認為，馮氏對於知己之愛的理解有點流於表面。

馮氏認為，理想世界的第三個內涵「是關於婦女的命運問題」，對於這一點，馮氏在〈論紅樓夢的思想〉做了很多論述，但中心思想就是說曹雪片「針對當時殘酷迫害婦女的現實而發出來的男女平等的強烈呼聲，這一呼聲，具有深刻的歷史意義和透露著歷史轉型的某些資訊」[318]。

馮氏的意思是說，在理想世界中，應該是男女平等的，是沒有殘酷迫害的，這顯然又是一種對《紅樓夢》庸俗化的解讀。《紅樓夢》的確對婦女給予了足夠的關注，對她們的命運與情感進行了藝術化的再現，但是，如果我們僅僅是停留在對婦女命運的關注層面，顯然是遠遠不夠的。《紅樓夢》的作者所考慮的是一個人類命運悲劇性的問題，即叔本

---

318 馮其庸：〈論紅樓夢的思想〉，《紅樓夢學刊》，2002 年第 3 輯。

華所謂的人生悲劇論的問題。在叔本華看來，悲劇與人與生俱來，人類是一種永遠無法擺脫悲劇命運的存在。人最有價值的是生命，生命的凋零是最大的悲劇，尤其是美好的生命。魯迅說過，悲劇就是把有價值的東西撕毀給人看。《紅樓夢》的作者當然沒有看過叔本華的著作，但作為一個具有高度哲理思維的文學家，《紅樓夢》的作者透過那些具有美好生命的女性的命運悲劇揭示了人類難以擺脫的宿命，這也是所謂《紅樓夢》中「夢」的內涵與寓意。馮氏顯然沒有理解到這個高度。

　　馮氏認為《紅樓夢》理想世界的第四個內涵「是賈寶玉人際關係的平等思想、仁愛思想」。馮氏認為，「在賈寶玉這裡，封建等級制度的主僕界線，主人的尊嚴，奴婢的卑微身分全沒有了，一概是平等相待」[319]。

　　馮氏的理解顯然還是表面化的，讀過《紅樓夢》的人都知道，賈寶玉從來沒有忘記自己賈府少爺的身分，在叫門時丫鬟們因玩鬧未聽見而晚開門的時候，寶玉一腳踹倒襲人，雖然寶玉這一腳是在誤以為是小丫鬟的前提下所踹，但也說明寶玉並不是完全沒有了什麼「封建等級制度的主僕界線，主人的尊嚴，奴婢的卑微身分」。寶玉把那些年齡大了的女性稱之為死魚眼，即使是對自己的奶媽也顯得極其厭惡，他心安理得地享受著下人的服侍，並沒有任何要泯滅等級制度的表現。

　　寶玉甘願為丫鬟們做僕役，也為秦可卿、金釧、平兒等人流過眼淚，那僅僅是對美好生命逝去的一種感傷。寶玉的理想世界就是美的世界，在這個世界中只有美，無論男女，都是美的。這也是他為什麼不但喜歡大觀園中每一位美麗的女性，同時也喜歡和秦鍾、蔣玉菡、柳湘蓮等既有姣好面容又有美好特質的男性交往的原因了。

　　從以上分析來看，馮氏在解讀《紅樓夢》的過程中基本上都是表面化、初級化的，其解讀層次基本沒有超過 1960 年代編寫的文學史的範

319　馮其庸：〈論紅樓夢的思想〉，《紅樓夢學刊》，2002 年第 3 輯。

圍。也就是說，馮氏在紅學的研究方面並沒有重大的突破，也沒有獨特的創見。他所做的，基本上就是在胡適、俞平伯等人的基礎上的重複，只是在發現了一些新材料的基礎上把胡適等人的研究更加細緻化一些。

筆者在整理紅學歷史的過程中發現有一個非常奇特的現象，一方面，《紅樓夢》解讀的門檻極低，只要能認字就可以解讀，這也是為什麼新紅學考證派的團隊中出現了大量理工科、政府官員甚至普通工人的原因。當然，筆者不是說非文科出身的人就不能解讀《紅樓夢》，但是，如果一味地去做表面文章，或者做一些游離於《紅樓夢》文本之外的工作，這對於紅學是一種誤讀，也必然會把紅學引入困境。探索《紅樓夢》的現實指向，難免會陷入對成書時代以及作者的無休止探索，沒有「作者」與「世界」，便無法將其化身為抨擊現實的利器。自新紅學開始，文學研究是在社會動盪以及庸俗社會學的背景下進行的，又加之乾嘉考證深深烙印在傳統學術中，於是對《紅樓夢》的周邊考證如火如荼。另一方面，《紅樓夢》又是一部思想極其深邃、藝術價值極高的文藝作品，不僅有著非常豐富的哲理的思考和美學的內容，而且包含著社會學、文化學，甚至人類學的內容，既是對封建社會制度必然走向敗落的根源的形象化的解析，也是對於人生意義的終極探索；既是對人生悲劇必然性的深層思考，又是對於人性與靈魂的嚴肅拷問；既是對封建社會體制與意識形態的歷史反思，又是對理想國的一種追尋與希冀；既貫穿著佛道儒的思想認同，又包含著對這些思想的反思與否定。總之，《紅樓夢》是一部極其偉大與複雜的著作，遠不是停留在反封建、追求自由的人生、自由的婚姻愛情或者揭露社會黑暗等簡單的層面。而所有這些內容，馮氏並沒有涉及或者涉及得很少，他的解讀僅僅停留在一般認識的層面上，顯得比較表面化。

其實，從王國維開始，已經出現了與胡適為代表的新紅學考證派完

全不同的解讀，王國維雖身處大變革時代，但他早期對康德等人的閱讀，使得他深受「無利害」文學觀念的影響。以《紅樓夢》文本的回歸對抗新紅學無休無止的周邊研究。但是，王國維的解讀需要具有深厚的思想基礎，更需要極強的思辨能力，因而，對於解讀主體的要求比較高，因此，王國維自日本歸國後思想發生轉變，將大部分精力投入到小學文字的研究中去，有朋友提起他早年對哲學的研究，他也推說不懂。加之王國維去世早，沒有將這門學問發揚光大，從而使得胡適的新紅學派橫行七十年左右，而且紅學的困境越來越明顯，甚至很多人已經誤入歧途，變成了遠離《紅樓夢》文本的純考證或者以考證來索隱的雜交派。

馮氏曾經說過，笨功夫才是「真功夫」，因此，馮氏並沒有從藝術感受的角度去研究《紅樓夢》，而是更多地把時間與精力放在了曹學與版本學上，相對而言，曹學與版本學只要下功夫，總能有一些收穫，而王國維那種哲理思辨的方式畢竟需要具有較高的理論修養，僅憑笨功夫是很難有所突破的。比如，馮氏在《紅樓夢學刊》2002 年第 3 輯上發表了〈論紅樓夢的思想〉，也就是上文筆者主要所引馮氏的觀點來源。時隔兩年，馮氏又在《紅樓夢學刊》上發表了一篇內容幾乎完全相同的文章《解讀紅樓夢》（2004 年第 2 輯），作為紅學大師，如果王國維所開闢的研究道路比較容易的話，馮氏斷不會兩年之內發表內容幾乎完全相同的兩篇文章。

馮氏對於《紅樓夢》思想研究的第二個方面就是關於《紅樓夢》裡的真與假、有與無、虛與實、夢與幻的闡釋。

實質上，這四組概念大致屬於一個範疇，在《紅樓夢》中是很難分開的，比如太虛幻境與大觀園，可以屬於真假範疇，也可以屬於有無範疇，既是夢又是幻，既是虛又是實。如果說大觀園是實，是小說中實有

的現實意象，那麼太虛幻境就是虛，是小說所描述的現實世界中所沒有
的夢幻意象。如果相對小說中其他的現實世界而言，大觀園又是一個理
想世界，是虛構出來的、現實中不可能存在的藝術虛構。但馮氏卻把這
幾個類似的概念硬性地區分了開來，而且，劃分的標準並不統一，真
假、有無、虛實屬於相反範疇，而夢與幻則屬於相同範疇。

對於「真與假」，馮氏是這樣解釋的：

第一層意思是指本書的創作。曹雪芹創作《石頭記》，是採取寫實
與虛構結合的寫作方式，其寫實的部分，多採自己家庭和親戚家庭的歷
史，但也有採自當時的社會現實，而其思想的針對性，則主要是針對當
時的社會現實和社會思潮，當時由於社會環境，不可能無所顧忌地全面
暴露……

第二層意思是指書中江南的甄府和都中的賈府。雖然一是甄
（真），一是賈（假），但其含義卻並不是說甄府是真的，賈府是假的，
而是甄、賈互補的，它們的關係，不是真偽的關係，而是分合的關係，
是一而二，二而一的關係……所以讀《紅樓夢》應該知道，應該把甄府
和賈府的事合起來看，不要被表面的甄（真）、賈（假）弄迷糊了。

第三層意思，是指甄寶玉與賈寶玉。是寫思想的合而分的問題。第
四層意思，是指賈政。賈政在《紅樓夢》裡，看來好像是個正派人、正
面人，但他卻從根本上就是沒有真性情的人，是個十足的假人，因此，
他是「假正」。而這個賈政，他的本質就是假，因此，「假」才是他的
「真」，而他的「真」，也即是「假」。所以賈政是「假正」和「假真」
兩層意思的合體。所以揭去賈政外部的包裝，才能認識他「假正」、「假
真」的本體和實質。

如果我們從文學創作規律去考察文學藝術中真與假這一相反的範

237

疇，就會發現，真與假主要是指外部世界與內心世界兩個部分，這兩部分並沒有一個嚴格的界線。《紅樓夢》開頭就以甄士隱與賈雨村相對，第五回又乙太虛幻境的石牌坊兩邊的對子「假作真時真亦假，無為有處有還無」揭示了真與假的關係。太虛幻境固然是假的，但那副對聯所揭示的社會內容卻是真的。進一步講，太虛幻境作為心靈之外的外部世界肯定是假的，但是作為內心世界的存在也不一定就完全是假的。處於表像中的世界隨時都在發生變化，因此，人類所看到的表像世界並不一定就是真實的存在，在這個意義上，人類也無法掌握世界的真，個體所能掌握的只有內心世界的真。《紅樓夢》的作者顯然是一位具有深邃思想的哲人，因此，他在處理小說材料和構思作品時往往並不拘泥於真與假的界線，或將現實建立在虛幻的底布之上，或將虛幻融入進現實的邏輯中。在現實與虛幻中隨意穿插，虛幻不會成為空中樓閣，現實也並不完全是生活實錄。這是一種非常高明的藝術表現。

　　然而，馮氏顯然並不是這樣理解的，而是把真與假落實，而且還具體現到四個方面。如果按照馮氏這樣的方式去落實，整本《紅樓夢》幾乎處處可以落實，但處處又都難以落實。以馮氏對於賈政的解釋為例，筆者認為，如果按照這樣的解釋，那賈敬似乎也可以解釋為一個不值得尊敬的人或者心中沒有敬畏心的人，也是一個十足的假人，賈珍也可以解釋為沒有真性情的人，也是個十足的假人，「假」才是他的「真」，而他的「真」，也即是「假」。如果按照馮氏的解釋，賈珍似乎更符合這個標準。

　　馮氏對於「有與無」和「虛與實」的解釋非常少，而且從馮氏的解釋來看，二者並沒有什麼明顯的區別，所以我們放在一起來分析：

　　（「有與無」）一層是曹雪芹針對自己的家庭和親戚李煦的家庭的（兩家都經過抄家，同樣都從「有」轉化為「無」）。還有一層意思是指

當時普遍的社會現實（當時這種突然的升沉變化還是很多的）。

　　（「虛與實」）《紅樓夢》裡還有一個「太虛幻境」，究竟應該如何來認識它的意義？從寫作的角度看，是為了虛構這樣一個情節以預示書中人物的結果，對讀者起提示作用，同時也達到吸引讀者閱讀本書的興趣，這一點是比較容易理解的。但除此以外，從思想方面來說，我認為它暗示讀者「虛中有實，實中有虛」。太虛幻境當然是虛的，它叫就叫幻境，當然不是實境。但這個幻境裡預示的這些人物及其結果，卻都是實的，並不是虛無的不存在的。所以是虛中有實。但是另一方面，這些眼前實有的人物，包括寧、榮二公的賈府，到頭來一場浩劫，也都化為烏有，這又是實成為虛。所以我認為這個「太虛幻境」，從思想意義上來看，它是提醒讀者，眼前現實存在的實的，它轉眼就會成為不存在的虛的！

　　馮氏所謂的「有與無」、「虛與實」其實說的是一回事，甚至與｜真與假」也沒有太大區別。而且，與對「真與假」的理解一樣，馮氏依然是把「有無」和「虛實」之間的關係落到了實處，也許，在馮氏的心中，必須要把這些藝術概念落到實處，否則就難以解釋。具體而言，馮氏認為，寧、榮二府，本來是實際存在的，也就是「有」，但由於經歷了浩劫就變成虛的了，所以就是「無」。可見，在馮氏心中，有與無是指原來有，但隨著變故會轉化為無的過程或者狀態。

　　筆者認為，與「真與假」一樣，所謂的「有與無」、「虛與實」完全是現實世界與內心世界的藝術表達而已。在人類生存的世界裡，並沒有絕對的真與假，也就是佛教所謂的緣起性空、色不異空。真與假只是內心的一種認知，是人類對於現實世界的感性判斷。《紅樓夢》中所有的藝術表現都來自於作者的生命體驗，無論是非現實的神話、夢境還是大荒山無稽崖青埂峰，都是真實存在於內心世界中的幻，反過來，無論小

說中出現的多麼現實的地名如「金陵」、「南京」還是飲食菜肴，都虛幻地存在於一個作者透過藝術手段構建起來的現實世界中。而這種構建本身就已經不是真實存在。因此，《紅樓夢》虛與實相映、有與無相襯，神話與現實交融，真實與荒誕融合，在真真假假、虛虛實實中讓讀者感受到生命的真諦，在亦真亦幻、非真非幻中體悟出人生的意義。作者透過「虛與實」、「有與無」成分的存在極大地拓展了作品的思想內涵與哲理意蘊，同時也增強了作品的藝術張力。

筆者最難以認同的是馮氏對於「夢」與「幻」的解釋，請看其文中關於《紅樓夢》夢與幻的相關文字：

其主要意思有四點：一是說作者曾經歷過一番夢幻；紅塵中究竟是到頭一夢，萬境歸空。這就是說，他所經歷的現實生活（紅塵），是萬境歸空的一場夢。二是說，他所記的事，是將真事隱去，借通靈玉的故事，撰此《石頭記》一書。這就是說，作者將真事隱去了，通靈玉的故事是假借的，也即是編撰的。三是說作者把自己半生潦倒的身世，親自經歷的一段陳跡故事，編成了這部傳奇故事。四是說他背叛了父兄的教育之恩。

作者就是說，他過去的生活經歷，等於是一場夢境。所以，他對過去的「錦衣紈絝之時，飫甘饜肥之日」的繁華生活（而現在已經完全失去了的東西）當作是「一番夢幻」，而現在寫下來的雖然是「假語村言」，但都是真實的自身經過「身前身後」事，是「親自經歷的一段陳跡故事」，是「實錄其事」。這樣，我們就明白了作者的真實用意。原來作者是用「夢」用「幻」等字來指過去經歷過而現在已經失去了的豪華生活。而通靈故事，只是他的杜撰，是正面文章也是表面文章；在這些杜撰故事的背後，卻隱藏著作者辛酸的親身經歷，這才是真實的歷史，但這卻是背面文章，作者雖時時有所透露，卻無法把它寫出來。

　　佛洛伊德認為，夢是情的派生物，「夢與幻想同出一源 —— 產生於被壓抑的情感」[320]，也就是說，人類迫於現實的各種束縛，很多情感、欲望或者理想被壓抑而無法實現，於是就有意無意透過夢（潛意識）與幻（有形生於無形）來實現心理代償，夢與幻也就成為了代償的介質，是真實的人生經驗和超越痛楚的人生記憶。通俗言之，夢是釋放小說人物內心壓抑著的欲望的一條通道，它將人物對現實人生最迫切的渴求展示出來。

　　如果以佛洛伊德對夢與幻的解釋作為標準來衡量馮氏對夢與幻的理解，筆者認為，僅僅第一條有一定道理，而其他所謂小說是透過自己親身經歷的一段陳跡故事編撰的與背叛了父兄的教育之恩幾乎完全脫離了《紅樓夢》中夢幻的本意。小說當然是編撰的，但不一定必須是親身經歷的一段陳跡故事，如果是，那就不需要用夢來命名了，完全可以用傳來命名。馮氏一邊說小說是「身前身後」事，是「實錄其事」，另一方面，又說通靈故事只是他的杜撰，邏輯比較混亂。而且，馮氏多次提到之所以這樣，是因為擔心「文字獄」而有意為之。這樣的邏輯也非常奇怪，既然是擔心文字獄，卻非要把自己的大名（或大號）赫然寫在書中，這是為了避免文字獄還是為了惹上文字獄？

　　康德認為，文本不應該根據孤立的段落，而應該根據整體的觀念來解釋。[321] 如果要把真與假、有與無都割裂開來並落實到具體內容上，把虛實、夢幻都要與具體事件人物相對應，這就違背了文學一般原理。如果按照這樣的理解去閱讀《紅樓夢》，那對於小說深刻思想的理解，幾乎是不可能的。

320　佛洛伊德：《佛洛伊德文集·4》，車文博主編，長春出版社，1998 年，第 400 頁。
321　康德：《純粹理性批判》，人民出版社，2008 年，第 123 頁。

▎第三節　《紅樓夢》思想研究的批判（下）

馮其庸關於《紅樓夢》的思想研究主要集中在《紅樓夢學刊》2000年第1輯中的《我與紅樓夢》、《紅樓夢學刊》2002年第3輯中的〈論紅樓夢的思想〉與《紅樓夢學刊》2004年第2輯的〈解讀紅樓夢〉（後來馮氏又把這些文章整理成專著《論紅樓夢思想》），至於其他研究成果中所涉及的相關內容，基本上是這幾篇文章的重複。即使是這三篇文章，也基本上是相互重複。

上文說過，馮氏對於《紅樓夢》思想的解讀不同於王國維先生美學的、哲理的和藝術的感受，而是把其中的真假、虛實、有無、夢幻落到實處，相對於胡適與1960、1970年代中國文學史中的解讀沒有什麼突破。比如，馮氏說：「《紅樓夢》這部書，不僅是對二千年來的封建制度和封建社會（包括它的意識形態）的一個總批判，而且它還閃耀著新時代的一線曙光。它既是一曲行將沒落的封建社會的輓歌，也是一首必將到來的新時代的晨曲。」[322]「《紅樓夢》裡透過賈寶玉、林黛玉這兩個形象，對當時的一系列社會現實都表示了強烈的不滿，他們對現實抱著一種嘲弄、挪揄和蔑視的態度。」[323] 又說：「曹雪芹是有很深遠的理想的，那麼他的理想是什麼呢？曹雪芹對人，對身邊的被壓迫、被損害的人充滿著仁愛之情。在他筆下所揭示的人際關係，也是：權勢、相互利用、相互排斥甚而至於相互構陷。那麼他的人的概念和人的理想究竟是怎樣的呢？曹雪芹筆下最最動人、最最哀感頑豔、最最萬劫不磨的，自然是賈寶玉與林黛玉的愛情及其毀滅。這一對愛情典型的深刻的描寫，包含著曹雪芹種種的社會理想，其中最主要的是對人的理想，對愛情和青春的理想，對人的自我造就、自我完善的理想，對人的社會關係的理

322　馮其庸：《夜雨集》，中國友誼出版公司，1999年，第102頁。
323　馮其庸：〈我與紅樓夢〉，《紅樓夢學刊》，2000年第1輯。

想。」[324]

這種階級論以及揭露政治黑暗、諷刺社會現實等方面的解釋是文學史中最常見的內容，也是在特殊歷史時期形成的意識形態在文學研究中的表現。因此，筆者才認為，馮氏對《紅樓夢》思想的研究並無新意。

此外，馮氏的〈論紅樓夢的思想〉這篇文章在結構上非常奇怪，總體上分為四個大部分：

一、《紅樓夢》裡的現實世界

二、《紅樓夢》裡的理想世界

三、釋《紅樓夢》裡的真假、有無、虛實、夢幻

四、論《紅樓夢》的思想

馮氏這篇文章的題目叫〈論紅樓夢的思想〉，但是，文章的第四部分又出現了一個同樣的標題，這樣的標題設計如果放在大學的畢業論文中就屬於不合學術規範，換言之，如果一個大學生的論文標題與結構設計成這樣，在畢業答辯時是很難通過的。因為，按照這樣的結構，我們也很難搞清楚馮氏的前三個部分是否屬於《紅樓夢》的思想範疇。如果屬於，那為什麼第四個標題又要專門列出論《紅樓夢》的思想這一部分呢？如果不是，那文章的題目與這三個部分又是什麼關係呢？

更讓人難以理解的是馮氏在《紅樓夢學刊》2002 年第 1 輯與第 3 輯上都用了同樣的題目〈論紅樓夢的思想〉，為了能夠區分，我們只能稱之為一和二了。先看一卜其第 1 輯上的標題：

論《紅樓夢》的思想（論文題目）

《紅樓夢》的時代

一、明代資本主義的萌芽和發展

324　馮其庸：〈94 萊陽全國紅樓夢學術研討會開幕詞〉，《紅樓夢學刊》，1995 年第 1 輯。

二、清代前期的經濟恢復和發展

三、明清之際的西學東漸之風

四、清代商業的發展和市民階層的壯大

五、土地兼併和財富的集中

六、殘酷鎮壓讀書人的文字獄

在第一篇〈論紅樓夢的思想〉中，馮氏在論文題目之下表達了自己的主要觀點，然後忽然又出現了一個既像標題又不像標題的標題——「《紅樓夢》的時代」。接下來，馮氏的整篇文章分為上面所列的六個部分，而從這六個部分的標題中，絲毫看不出哪部分是關於《紅樓夢》的思想的。整篇文章，除了引言部分介紹了自己為什麼要寫《紅樓夢》的思想外，就是亮明了自己的基本觀點：「經過十年的揣摹，我更堅信《紅樓夢》的思想，是反映了資本主義萌芽性質的思想（資本主義萌芽本就是帶有目的論性質的說法，以此概括《紅樓夢》思想更顯拙劣），曹雪芹的思想，是初期的激進的民主主義思想，他的思想，與封建正統思想是完全對立的。」[325] 然後就轉入了另一個標題——《紅樓夢》的時代。從整篇文章來看，「《紅樓夢》的時代」似乎才是論文題目。而且從兩篇題目完全相同的論文來看，並沒有標明任何連載或者「一」、「二」的字樣或符號。從過去一些大師們做學術研究的方式來看，有很多都是隨筆性的，估計馮氏的兩篇相同題目的論文也屬於這一種情況。因此，也得到了一些研究者的讚美。比如，半年後（2003 年），鄒玉義先生就在《紅樓夢學刊》上發表了〈紅樓夢研究的重要成果——讀馮其庸先生論紅樓夢思想〉，隨便擷取鄒先生部分評價，可謂精采至極：

325　馮其庸：〈論紅樓夢的思想〉，《紅樓夢學刊》，2002 年第 1 輯。

　　馮其庸先生的《論紅樓夢思想》一書最近出版了，讀後深為馮先生立論之宏大，探研之精深，結論之精闢而折服。

　　馮其庸先生運用唯物史觀和馬克思主義文藝批評的方法，對《紅樓夢》的思想置於歷史發展的長河中去認識，放到廣大的社會現實中去分析，既高屋建瓴，又細緻入微，有廣度，有高度，有深度；在表述上，一路侃侃而敘，脈絡清晰，層次分明，中肯實在，入情入理，極具說服力。

　　在《論紅樓夢思想》一書中，馮先生傾注極大的熱情，利用較大的篇幅闡述了曹雪芹透過《紅樓夢》反映出的新的社會理想和生活理想，這是馮先生的重要貢獻。

　　我們應當學習馮先生這種精神，堅持不懈，鍥而不捨，站在時代的高度，放眼廣大的社會層面，用發展的眼光，去認真求索，我們在《紅樓夢》思想研究方面會有更多更大的收穫，把紅學研究不斷引深。[326]

　　不得不說，新紅學考證派的研究者的確具有常人不具有的慧眼，能夠從馮氏的論文（也是其專著）中看到很多我們所忽略了的內涵，讀了鄒玉義先生以上的文字後，筆者的確很受啟發。

　　由於馮氏的〈論紅樓夢的思想〉一文中的第四部分的標題也是「論《紅樓夢》的思想」，因此，筆者只能擷取這一部分來做一些分析。

　　馮氏在其〈論紅樓夢的思想〉中的第四部分「論《紅樓夢》的思想」中（讀起來有點怪，但事實就是這樣），列舉了五個方面的內容，分別是：（一）特定的時代；（二）新的思想；（三）新的衝突；（四）新的形象；（五）新的評論。

　　對於這五個方面的內容，第一部分基本與思想沒有多少關係，如果標題是「《紅樓夢》思想產生的歷史時代」，那就比較好理解了，因

326　鄒玉義：〈紅樓夢研究的重要成果 —— 讀馮其庸先生論紅樓夢思想〉，《紅樓夢學刊》，2003年第 2 輯。

此，我們姑且先這麼理解吧。第二、三、四部分中的內容實際上也沒有太多涉及《紅樓夢》思想方面的分析。因此，筆者這裡主要談一下第五點——「新的評論」。

馮氏在論述《紅樓夢》思想的時候，把脂硯齋的評論單獨列為一個部分，但是，馮氏對於所謂的新的評論，也沒有展開論述，其所舉的例子，也僅為脂硯齋的兩條批語：

庚辰本第十九回脂硯齋對賈寶玉、林黛玉有兩段評，其一云：

按此書中寫一寶玉，其寶玉之為人是我輩於書中見而知有此人，實未曾親睹者。又寫寶玉之發言，每每令人不解。寶玉之生性，件件令人可笑，不獨於世上親見這樣的人不曾，即閱今古所有之小說奇傳中，亦未見這樣的文字，於顰兒處更為甚，其囫圇不解之中實可解，可解之中，又說不出理路。合目思之，卻如真見一寶玉，真聞此言者，移之第二人萬不可，亦不成文字矣。予閱《石頭記》中至奇至妙之文，令（全）在寶玉、顰兒至痴至呆囫圇不解之語中，其詩詞雅謎酒令奇衣奇食奇玩等類，固他書中未能，然在此書中評之，猶為二著。

其二云（批在「沒的我們這種濁物倒生在這裡」句下）：

這皆寶玉意中心中確實之念，非前勉強之詞。所以謂今古未（有）之一人耳。聽其囫圇不解之言，察其幽微感觸之心，審其痴妄委婉之意，皆今古未見之人。亦是未見之文字。說不得賢，說不得愚，說不得不肖，說不得善，說不得惡，說不得正大光明，說不得混帳惡賴，說不得聰明才俊，說不得庸俗平（常），說不得好色好淫，說不得情痴情種。恰恰只有一顰兒可對，令他人徒加評論，總未摸著他二人是何等脫胎，何等骨肉。余閱此書，亦愛其文字耳，實亦不能評出此二人終是何等人物。後觀情榜評曰：「寶玉情不情，黛玉情情。」此二評自在評痴之上。亦屬囫圇不解，妙甚。

首先，我們必須承認，馮氏列舉出來的這兩條批語，是脂硯齋三千多條批語中為數不多的幾條比較好、也比較長的批語。請注意，筆者這裡所說的「比較好的批語」僅僅是相對脂硯齋其他批語而言。關於脂硯齋的批語，筆者後文專章論述，這裡先不贅言。在論述周汝昌先生的「脂學」時，筆者已經對脂硯齋的批語做過一些分析，總體來看，脂硯齋批語的水準非常一般，因此，馮氏選擇的這兩條應該說是最能拿出手的之二了。

對於這兩條批語，馮氏是這麼評價的：「請看脂硯齋這兩段評，寫得何等有鑑賞力，兩篇評合起來，實際上是一篇最早的典型論，至少是包含了鮮明的典型論思想的。可是曹雪芹和脂硯齋的時代，早出馬克思、恩格斯一個來世紀。這難道不能說是文藝評論上的一大創新嗎？」

馮氏認為，脂硯齋這兩條批語合起來就是一篇最早的典型論，這裡的關鍵字是最早二字。果真如此嗎？

事實上，早在李贄、葉晝評點通俗小說的時候，就已經涉及到文學典型這個問題了。金聖歎更是在前人的基礎上對「典型形象」做了比較深入的論述，現僅舉幾例：

從古秀才天性與眾不同，何則？如一聞請，便出門，一也，既出門，反回轉，二也；既回轉，又立住，三也。雖聖歎亦不解秀才何故必如此，然普天下秀才則必如此。 ── 《西廂記》卷五・〈請宴〉

《水滸》所敘，敘一百八人，人有其性情，人有其氣質，人有其形狀，人有其聲口。 ── 貫華堂〈讀第五才子書法〉

別一部書，看過一遍即休，獨有《水滸傳》，只是看不厭，無非為他把一百八個人性格，都寫出來。

《宣和遺事》具載三十六人姓名，可見三十六人是實有。只是七十回中許多事蹟，須知都是作書人憑空造謊出來。如今卻因讀此七十回，反

把三十六個人物都認得了，任憑提起一個，都似舊時熟識，文字有氣力
如此。

　　在以上對人物形象共性與個性論述的基礎上，金聖歎更是提出
「《水滸傳》文字妙絕千古，全在同而不同處有辨」的著名論斷，綜合起
來，金聖歎這些評點，已經就是典型論了。所以，馮氏所謂脂硯齋評點
是最早的典型論顯然是偏頗的。而且，金聖歎之後，張竹坡更是明確提
出了「典型」這個概念。在《金瓶梅》第八十六回，寫陳敬濟偷來到王
婆家對金蓮說：「……我暗地裡假名託姓，一頂轎子，娶你到家去，咱兩
個永遠團回，做上個夫妻有何不可？」張竹坡在這段話後加批道：「又一
個偷娶，西門<u>典型</u>尚在。」

　　在其他部分，張竹坡更是對典型人物做了非常詳細的論述：

　　做文章，不過情理二字。今做此一篇百回長文，亦只是情理二字。
於一個人心中討出一個人的情理，則一個人的傳得矣。雖前後夾雜眾人
的話，而此人一開口，是此一人的情理。非其開口便得情理，由於討出
這一人的情理，方開口耳。是故寫十百千人，皆如寫一人，而遂洋洋乎
有此一百回大書也。

　　《金瓶梅》一書，有名人物不下百數，為之尋端竟委，大半皆屬離言。

　　作《金瓶梅》者若果必待色色歷遍，才有此書，則《金瓶梅》又必
做不成也。何則？即如諸淫婦偷漢，種種不同，若必待身親歷而後知
之。將何以經歷哉？故知才子無所不通，專在一心也。

　　一心所通，實又真個現身一番，才說得一希，然則其寫諸淫婦，真
乃各現淫婦人身。為人說法者一也。

　　張竹坡甚至注意到了典型人物與典型環境的關係：

王招宣府內，固金蓮舊時賣入學歌學舞之處也。今看其一腔機作，喪廉寡恥；若云本自天生，則良心為不可必，命性善為不可據也。吾知其二三歲時，未必便如此淫蕩也。使當日王招宣家，男敦禮義，女尚貞廉，淫聲不出於口，淫色不見於目，金蓮雖淫蕩，亦必化為貞女。奈何堂堂招宣，不為天子招服遠人，宣揚威德，而一裁縫家九歲女孩至其家，即費許多閒情，教其描眉畫眼，弄粉塗朱，且教其做張做致，嬌模嬌樣。其待小使女如此，則其儀型妻子可知矣。宜乎三官之不肖荒淫，林氏之蕩閑逾矩也。招宣實教之，夫復何尤？然則招宣教一金蓮以遺害無窮，身受其害者，前有武大，後有西門。而林氏為招宣還報，固其宜也。

　　筆者認為，張竹坡對於典型人物與典型環境的論述要比脂硯齋的論述深刻得多，脂硯齋應該是讀過金聖歎與張竹坡的評點，這一點從其批語常常模仿金、張二人就可以看出。因此，馮氏所謂的「最早的典型論」的說法根本站不住腳，那兩條批語也完全稱不上創新，馮氏所謂「寫得何等有鑑賞力」的評價僅僅是為了抬高脂硯齋的身價有意為之。

　　面對馮其庸先生的研究成果，筆者始終有一個疑問，為什麼同樣影響很大的周汝昌先生沒有成為新一代的紅學領袖而馮氏就可以呢？縱觀馮氏的主要研究與其主要觀點，本質上並沒有與周汝昌先生有任何區別。比如馮氏一直批判周汝昌的紅學觀（曹學、脂學、版本學和探佚學），但他自己在紅學中所謂的成就不也是這些東西嗎？比如曹學，馮氏非常重視曹學，並坦言：「『曹學』作為一門嚴肅的學問，它也隨著『紅學』，走上了國際學術論壇了。這無論對於『紅學』或是『曹學』，都是非常值得慶賀的事。我想，如果曹雪芹地下有知，也將感到欣慰，他的『誰解其中味』的感嘆，終究成為了歷史性的感嘆了。」[327]

327　馮其庸：《曹學敘論》，《紅樓夢學刊》，1991 第 4 輯。

馮氏肯定曹學的主要原因還是來自於胡適的自敘傳觀點，他說：「從另一方面來說，恰好曹雪芹的家世，是一個極不平凡的家世，而他的《紅樓夢》又是主要是取材於他的家庭的，這樣，需要了解曹雪芹，滿足讀者了解作者的這種心理，就需要進一步地研究曹雪芹的家世；需要研究《紅樓夢》，了解《紅樓夢》的創作與作家家庭和家世的關係，這就同樣需要進一步地研究曹雪芹的家世。」[328] 從馮氏的很多觀點來看，實際上是一個不折不扣的自傳說的擁護者，這一點與周汝昌先生沒有任何區別。但是，作為領袖人物，馮氏絕不可能像周汝昌先生那樣天真。周汝昌先生雖然有很多錯誤的觀點，但至少有一點，心裡怎麼想，嘴上就怎麼說，嘴上怎麼說，考證就怎麼考。但是，作為主流紅學的代表人物，馮氏顯然要高明得多。一方面，他在實際操作中是絕對的自傳說奉行者，但另一方面，卻又為自己的曹學做了一些辯護：「《紅樓夢》一不是曹雪芹的家世，二不是毫無根據的憑空虛構。《紅樓夢》是曹雪芹以自己的家庭和親戚的家庭（如李煦）等為素材而進行的一種偉大的藝術創作。所以研究《紅樓夢》，既要了解曹雪芹的家世，又不能拘泥於曹雪芹的家世。」[329]

馮氏既說《紅樓夢》不是曹雪芹的家世，又說曹雪芹是以自己的家庭和親戚為素材，這樣，在具體論證過程中就為自己留下了巨大的空間，進攻退守都為自己留下了足夠大的空間，可謂進退有據。談曹學的時候就可以用《紅樓夢》來印證自己的觀點正確，談《紅樓夢》的時候就可以擺脫曹學家世的影響，而且，馮氏在研究曹雪芹家世的時候，實際上與周先生沒有本質的區別，只是更加能夠變通而已。但是，從馮氏的一些文章來看，他對於周先生等人所提出的不同觀點是非常反對的：

328　馮其庸：《曹學敘論》，《紅樓夢學刊》，1991 第 4 輯。
329　馮其庸：〈我與紅樓夢〉，《紅樓夢學刊》，2000 年第 1 輯。

　　我對《紅樓夢》的研究，幾十年來，只做了三件事：一是曹雪芹家世的研究，寫出了《曹雪芹家世新考》，後來又出了增訂本，篇幅增加了一倍。在研究過程中，發現了一系列的新材料，這些材料都是原始的曹家第一手檔案性的資料，對研究曹家的歷史有極其重要的作用，對確定曹家祖籍是遼陽，更是不可動搖的歷史證據。任何企圖用種種謬說來否定或歪曲這些史證的，到頭來被否定的只能是他們自身而不是這些史證，因為歷史是客觀的又是無情的，任何妄圖與歷史較量的人，想塗抹、捏造、歪曲、掩蓋歷史真相的人，最後失敗的不是歷史而是那些妄圖塗改歷史的人。曹雪芹祖籍是遼陽，也是如此。[330]

　　馮氏雖然沒有點名，但學界都知道曹雪芹祖籍「遼陽說」之外，比較著名的就是周先生所持的「豐潤說」，筆者雖然不敢斷言馮氏這番話是針對周先生的，但其維護自己觀點的目的非常明顯。然而，無論是「遼陽說」還是「豐潤說」都有一個前提，那就是曹雪芹必須存在，如果所謂的《紅樓夢》的作者根本不存在，那麼，無論是「遼陽說」還是「豐潤說」，都是「妄圖與歷史較量」的行為。

　　馮其庸先生長期擔任《紅樓夢學刊》主編等重要職務，在紅學領域的影響力自然非常之大，因此，他的講話或者研究成果也經常能夠成為紅學的風向標。馮氏在〈關於曹雪芹祖籍、家世和紅樓夢著作權問題研討會開幕詞〉中這樣說道：

　　大家知道，曹雪芹是世界所公認的《紅樓夢》的作者，是享有崇高國際聲譽的偉大作家，是我們的愛國主義內容之一。沒有任何根據而要否定曹雪芹對《紅樓夢》的著作權，這只能有損於我們自己，特別是要把『曹霑』改為『曹沾』，這更是對歷史，對社會，對我們的文學傳統

330　馮其庸：〈論紅樓夢的思想‧自序〉，《紅樓夢學刊》，2002 年第 1 輯。

極不負責的一種粗暴行為，對於一般不明真相的人來說，是一種欺騙。
商業上的弄虛作假作風，居然在學術領域裡也冒了出來，這是十分值得
我們警惕的！[331]

1994 年，在萊陽全國《紅樓夢》學術研討會開幕會上，馮氏針對周
汝昌先生曹雪芹祖籍「豐潤說」與歐陽健教授關於版本「程前脂後」的
觀點做了一番言辭犀利、慷慨激昂的演講：

紅學也一直在不平靜之中。不平靜並不是壞事，而且多半是好事。
紅學有發展，當然會不平靜，紅學有爭論，當然更會不平靜，但爭論是
發展的前奏或繼續，這當然是好事。只有一種不平靜，我認為是與紅學
的前進背道而馳的，那就是一種非學術和非道德的喧鬧。前些時候，南
京的歐陽健誣稱劉銓福偽造脂本和妄論程甲本是最早最真的《紅樓夢》
本子，以及北京的楊向奎篡改曹雪芹的家世，剝奪曹雪芹對《紅樓夢》
的著作權和妄稱《紅樓夢》的原始作者是豐潤曹淵就是這種例子。他們
的文章，儘管報刊上大肆宣傳和吹捧（兩者宣傳的熱度幾乎相等），但
除了說假話以外，沒有什麼真正的研究成果。豐潤發現曹鼎望、曹鈴的
墓誌銘和墓碑看來是真的，但利用與《紅樓夢》和曹雪芹毫不相關的真
東西來歪曲篡改曹雪芹的家世和剝奪曹雪芹對《紅樓夢》的著作權，難
道能算作學術和算作道德嗎？有些人，利用「百家爭鳴」這個正確方
針，來為弄虛作假打掩護，他們居然把說假話、編假材料也作為「百
家」中的一家，黨風、學風、文風被某些人在某些範圍裡已破壞得夠嚴
重的了，難道這還不值得與之抗爭，不值得起來仗義執言嗎？對於種種
歪論，我們不能退讓，我們要為真理而爭！要為掃除謬論而爭，要為廣
大的青年讀者，為廣大的讀者不受蒙蔽而爭！孟子說：「吾豈好辯也哉？

331　馮其庸：〈關於曹雪芹祖籍、家世和紅樓夢著作權問題研討會開幕詞〉，《紅樓夢學刊》，1995
　　年第 3 輯。

吾不得已也！」我相信學術真理是在論辯中放射出自己的光芒的，希望
大家不要掩蔽自己所涵藏的真理之光而一任邪說橫行！。[332]

　　作為當時紅學界的領軍人物，馮氏為了「掃除謬論」，不讓「廣大
的讀者受蒙蔽」，在維護自己正確的學術觀點的過程中態度鮮明、言辭激
烈，這完全是一種對學術負責任的態度，因此，他把歐陽健等人的觀點一
律斥之為「假話」、「邪說」，真正起到了馬瑞芳女士所評價的「定海神
針」的作用。不過，筆者還是認為歐陽健先生的觀點非常值得重視。

　　下面該談談馮氏的協力廠商面的研究成果 —— 版本學了。

▎第四節　《紅樓夢》版本研究的是與非

　　馮其庸認為，在自己所有的研究成果中，除了曹學與《紅樓夢》的
思想外，就是對《石頭記》抄本的研究了。

　　如果我們對比一下馮氏與周汝昌先生所提的觀點，其實並沒有什麼
本質的不同。比如周、馮的基本觀點都是「自傳說」，區別僅僅在於周
主張「寫實自傳」，而馮主張「加工自傳」。既然大家都程度不同地主
張自傳說，那麼就必然會肯定曹學。因此，馮氏先後三次寫了《曹學敘
論》，並指出：「凡研究與曹雪芹有關的學問，都可以稱之為曹學。」[333]
既然要把研究曹雪芹當作一門學問來看待，那就必須要研究有關曹雪芹
的相關資料。但是，提倡曹學的研究者們首先遇到的一個難題是關於曹
雪芹的資料實在少得可憐，而現有關於曹雪芹的資料實際上是曹寅家族
的史料，換言之，從信史的角度來看，幾乎沒有任何關於曹雪芹與《紅
樓夢》的史料。於是，脂本上面的那些似是而非的批語就成為曹學研究

332　馮其庸：〈94 萊陽全國紅樓夢學術研討會開幕詞〉，《紅樓夢學刊》，1995 年第 1 輯。
333　馮其庸：《曹學敘論》，光明日報出版社，1992 年，第 1 頁。

者的救命稻草，不但要拚命抓住不放，而且要大力提高其地位，使其具有絕對的權威性。這樣，脂學就產生了。

新紅學考證派既然把脂批當作考證曹雪芹的最重要的證據，那帶有脂批的版本也自然而然成為研究的對象，從而順理成章地產生了所謂的版本學。注重版本學的研究者有一個共同的特點，就是對後四十回的否定。因為後四十回與脂硯齋批語中所透露出來的資訊很不相同，如果要維護脂硯齋在紅學研究中的地位，就必須要否定後四十回。既然否定了後四十回，就存在一個探佚的問題。這是一個非常情緒也非常簡單的邏輯，因此，周、馮在方向上並不存在本質的不同。

在這樣的邏輯下，版本對於馮氏而言，當然就是必須要研究的內容之一。在〈我與紅樓夢〉一文中，馮氏是這樣表達他為什麼要研究《紅樓夢》的版本的：

> 因為作者對《石頭記》的原稿作了多次修改，特別是後來又有別人的補作改寫，尤其是木活字本行世時，改動更為明顯，因此不研究《石頭記》的早期抄本，就不能明《石頭記》的真相。[334]

馮氏有意把《紅樓夢》與《石頭記》分開，並特別挑出脂本系列重點強調：「《石頭記》的早期抄本，我對甲戌、己卯、庚辰三個最主要的本子都作過認真的研究，對列藏、甲辰、程甲各本也做過相應的研究，並各寫過論文。」[335]

馮氏對於版本的研究，主要集中在三脂本上。不過，筆者後文將專章論述《紅樓夢》的版本問題，所以，這裡只簡單介紹並指出其中明顯的漏洞，至於筆者對版本的認知，後面一併論述。

按照馮氏自己所說，其對於己卯本研究的主要成果有三條，但是，

---

334 馮其庸：〈我與紅樓夢〉，《紅樓夢學刊》，2000 年第 1 輯。
335 馮其庸：〈我與紅樓夢〉，《紅樓夢學刊》，2000 年第 1 輯。

馮氏所謂的第一條成果就是對己卯本版本缺失與回數的介紹，筆者認為這種介紹性的研究與學術成果還是存在一定的距離，因此僅列舉後面兩條與學術比較接近的管中窺豹：

一、由於己卯本上有「祥」、「曉」等字的避諱作「祥」、「曉」，又查得乾隆時怡親王弘曉和雍正時老怡親王允祥的藏書書目《怡府書目》上也同樣避「祥」、「曉」兩字的諱，因此可以確證己卯本《石頭記》是怡親王府的抄本。

二、按老怡親王允祥，與曹家私交甚好，雍正二年曹頫請安折上雍正的長篇朱批，明確地說明了這一點，並說：「你是奉旨交與怡親王傳奏你的事的，諸事聽王子教導而行」、「王子甚疼憐你，所以朕將你交與王子」等等。鑑於以上這種特殊的情況，則怡府抄錄《石頭記》的底本，極有可能直接來自曹頫或雪芹。因為在己卯（乾隆二十四年，1759 年）以前，《石頭記》還只有一個「甲戌本」，外間流傳很少，怡府要抄，其底本多半是從曹家借得。若如此，則己卯本就顯得特殊的珍貴了。[336]

馮氏發現了己卯本上有「祥」、「曉」等字的避諱，並以此為主要證據確定了此本與怡親王允祥家有關，這的確算得上是一個成果。但是，馮氏就此認為此本就是乾隆二十四年（1759）的抄本這一點筆者不敢苟同。筆者認為，我們目前所見己卯本上有避諱字出現，有兩種可能：其一，這個抄本就是怡親王府本；其二，目前所存的己卯本是據怡親王府本所抄。因此，僅憑一個避諱的抄寫並不能說明此本就是怡親王府本。筆者傾向於後者，依據主要是目前所存的己卯本的字體非常差，而且不是一個抄手抄成，如果是王府組織抄寫，斷不可能用水準如此之差的抄手。至於所謂的己卯就是乾隆二十四年（1759）的結論，更是難以確定。

336　馮其庸：〈我與紅樓夢〉，《紅樓夢學刊》，2000 年第 1 輯。

且不說此本上面並沒有標明乾隆、道光等字樣，即使標明了也並不能確定就是原作者的定本。道理很簡單，如果是抄手一併把落款抄於抄本上，就只能表明抄手據乾隆或道光時期的本子而抄，並不是抄成時的時間。何況僅僅依據一個落款只有己卯的紀年就確定是乾隆或道光時期的本子，實在是難以令人信服。

筆者認為，這上面所謂的己卯冬月定本的字樣，應該是脂硯齋抄錄完成的時間。此外，曹頫的兒子曹天佑是不是就是小說中的曹雪芹根本沒有哪怕是一絲一毫的證據，因此，馮氏所說的「極有可能直接來自曹頫或雪芹」的結論恐怕更是難以成立。但是，馮氏並不這麼認為，他堅持這個本子就是 1759 年抄本。因此，己卯本也是非常珍貴的本子。

馮氏對於《紅樓夢》版本的研究最用力的應該是庚辰本，因此，庚辰本也是馮氏最為推崇的一個本子。馮氏對於庚辰本研究的結論有以下幾點：

1. 這個本子是據己卯過錄本過錄的。
2. 這個本子保留了脂硯齋等人的不少批語。
3. 庚辰本遺留的許多殘缺的情況。
4. 這個抄本是僅次於作者手稿的一個抄本。
5. 這個本子是曹雪芹生前最後的一個本子。

以上是馮氏對於庚辰本的認知。在這幾點中，第二點「庚辰本保留了脂硯齋等人的不少批語」與第三點「庚辰本遺留的許多殘缺的情況」其實不需要認識，更談不上是什麼研究成果。只要拿本子看一看就能知道。因此，關於庚辰本，馮氏所得出的結論主要是 1、4、5 三點。

關於第 1 點，馮氏認為：「庚辰本從頭至尾是據己卯本過錄的」，馮氏得出這樣結論的依據主要是「庚辰本是忠實地過錄的己卯本的，連行款都基本上一樣」。馮氏這個結論並不符合事實，比如，在對〈好了

歌〉的抄錄上，己卯本是另起一行抄歌的正文，整首歌與小說敘述文字完全分開，突出了〈好了歌〉的重要。而庚辰本是與正文一起順抄下來，每句間空一字之格以斷句。關於這些不同，王毓林先生在〈論石頭記己卯本和庚辰本（上）── 兼評馮其庸同志論庚辰本〉一文中給予了有力的反駁，證據非常充分：

> 《論庚》所作的對比，只能說明這兩個抄本在分冊形式上一致，在抄寫款式上相近，僅此而已。它並不能成為「過錄關係」的根據。因為在現存的諸脂評抄本中，就有裝訂和款式上一致的沙本，這些抄本之間並不存在過錄關係。有的研究者已經指出，戚本與蒙府本的裝訂和款式就完全一致，同是以十回分冊，同是每葉十八行、每行三十字，而它們之間並不存在過錄關係。這一點，馮先生自然是很清楚的。[337]

對於研究者指出來的這些不同，馮氏是這樣解釋的：「這樣，我就覺得我們不能因為庚辰本與己卯本有百分之零點幾的異文而否定其百分之九十五以上相同部分的存在。我們重視對兩本異文的探尋是十分必要的，但沒有必要在探尋還未得到結果時就否定其絕大主要的相同部分。」[338] 然而，己卯本與庚辰本的不同之處實在太多，何止「百分之零點幾」。己卯本上有很多批語是庚辰本沒有的，何林天先生在〈己卯本和庚辰本的評語比較〉一文中列舉了己卯本第十回中十條庚辰本所沒有的墨筆行間批語，這已經不是馮氏所謂的百分之零點幾的異文了。再者，馮氏前面說「百分之零點幾」的異文，後面又說「百分之九十五以上相同」，到底是如何計算的，小學生也知道，如果是「百分之零點幾」的異文，那相同之處就是百分之九十九以上。

---

337 王毓林：〈論石頭記己卯本和庚辰本（上）── 兼評馮其庸同志論庚辰本〉，《文獻》，1984年第 1 期。

338 馮其庸：〈對庚辰本、己卯本關係的再認識 ── 重編漱石集後記〉，《紅樓夢學刊》，2010 年第 2 輯。

對於以上情況，馮氏是這樣解釋的：「庚辰本的抄者借己卯本抄成以後，己卯本的藏者又從別的抄本過錄到己卯本上去的。」這當然也是一種可能，但是不是還有一種情況呢？比如，這兩個本子都是脂硯齋（這個脂硯齋我們姑且先當作一個鋪子，並不是一個人）為了銷售或出租組織抄手一起抄的呢？馮氏也說：「庚辰、己卯兩本有部分書頁抄寫的筆跡相同，顯係一人抄下來的。」[339] 既然兩個本子中有相同的抄手，那就更說明存在為了某種商業需要而組織抄手來抄寫的可能性了。再結合抄本上存在不同評點者加評這樣的情況來看，己卯本肯定不是個人私藏的本子，而是一個組織共同的「產品」，而且，從脂硯齋這個名字也可以看出，這就是一個書齋或者文具店的字號，那些抄手在抄寫的時候用了同一個底本，但由於抄寫過程中個人的原因，導致己卯本與庚辰本既有相同的部分，也有相異的部分。綜上，這樣的本子怎麼能成為「現存《紅樓夢》乾隆抄本中最好的一種」呢？馮氏所持的觀點充其量是一種可能，但是，馮氏就像親眼所見藏者從別的抄本上過錄的一樣，把很小的一種可能變為了一定。

馮氏又說：「庚辰本與己卯本的回目完全相同。現己卯本實存回目四十個，這四十個回目，庚辰本與它完全相同，其餘己卯本散失的部分雖無法對證，但按其情理，也必然是完全相同。」[340] 然而，王毓林經過仔細對比後發現：「己卯、庚辰兩本的回目，並非是『四十個回目一字不差的』，《論庚》中就已提到了第三回的『林黛玉拋父進京都』，己、庚兩本在總目中相同，然庚本在回前卻作『林黛玉拋父進都京』，這雖然是明顯的誤抄，卻不能肯定必是據己卯本過錄時才能致誤，倘若庚辰原本上即作『都京』，庚辰本也作『都京』不也是合情合理的嗎？第六十八回回目『酸鳳姐大鬧寧國府』中的『酸鳳姐』，己、庚兩本在總

339　馮其庸：〈重論庚辰本──校訂庚辰本脂評匯校序〉，《紅樓夢學刊》，1993 年第 1 輯。
340　馮其庸：〈三論庚辰本〉，《紅樓夢學刊》，2014 年第 2 輯。

目中是一致的，而庚辰本在回前卻作『俊鳳姐』。」[341]

　　對於這樣的情況，馮氏的解釋是「抄錯了」：「庚辰本中將『兩府裡』抄成『內材俊』，都是因底本字體較草造成的。」如果從字形上看，「兩府裡」與「內材俊」無論怎麼潦草都很難連繫到一起，而且，從己卯本原文中「兩府裡」這幾個字來看，似乎沒有馮氏所說的那麼潦草。事實是，己卯本第六十八回正文前回目，字體卻非常清楚，辨識度極高，很難用「因底本字體較草」這個理由來辯解。

　　馮氏對於三脂本整體是這樣評價的：

　　「甲戌本」是乾隆末年書賈抄賣本，且只殘存十六回，雖然其珍貴價值仍存，但終究殘損過甚。「己卯本」是乾隆二十四年略後怡親王府的原抄，極其珍貴，但可惜也只殘存一半稍多一點，令人遺憾。只有「庚辰本」，其抄定年代當在庚辰以後若干年（也包括有可能在曹雪芹逝世之前，即乾隆二十六至二十七年），特別是它是據怡府己卯本抄的，等於是己卯本的覆抄本，現己卯本所殘缺的文字，庚辰本都保存己卯本的未缺原貌。且庚辰本後來又陸續增加了大量脂批。最可喜的是這個「庚辰本」，是當時的原抄本，尚存七十八回。其所缺六十四、六十七回，己卯本有補抄本，也有可能是嘉慶年間人補抄的，且是據曹雪芹原本抄補（見《論庚辰本》）。故庚辰本補上這兩回，便成為曹雪芹生前《石頭記》早期抄本中最完整的一個本子。[342]

　　在這裡，馮氏首先說「庚辰本都保存己卯本的未缺原貌」，而且認為庚辰本是「僅次於作者手稿的一個抄本」、是「曹雪芹生前最後的一個本子」。但是，據我們前面的分析來看，這個結論非常值得商榷。

341　王毓林：〈論石頭記己卯本和庚辰本（上）—— 兼評馮其庸同志論庚辰本〉，《文獻》，1984年第1期。

342　馮其庸：〈三論庚辰本〉，《紅樓夢學刊》，2014年第2輯。

　　馮氏認為，庚辰本是據己卯本過錄的，而且是「庚辰以後若干年」過錄的，那麼，如何就能確定這個庚辰本「是當時的原抄本」呢？而且是曹雪芹生前最後的一個本子？如果馮氏的意思是說庚辰本所據的底本，這就更難說了，既然是所據的底本，那同為八十回本的戚序本、楊藏本、舒序本，還有一百二十回的稿本的前八十回的底本就都有可能是作者的手稿本，為何非要說庚辰本是「僅次於作者手稿的一個抄本」、是「曹雪芹生前最後的一個本子」呢？如果追根溯源，我們可以說，現在所看到的所有的手抄本都是據作者的底本過錄的，難道能說哪一個過錄本就一定是最重要的本子嗎？

　　有意思的是，馮氏一方面大力推崇三脂本，另一方面又把甲戌本貶為乾隆末年書賈的抄賣本。尤其是對甲戌本上獨有的凡例給予了不遺餘力的批判，認為是書賈為了「昂其值」的偽作。但是，馮氏又找不到任何證據證明是偽作。他的邏輯是這樣的，既然甲戌本是最早的，那麼，甲戌本上面的內容就應該出現在甲戌本之後的己卯本與庚辰本上，但是，己卯本與庚辰本上卻沒有，而長達五頁的文字又不能用漏抄或錯抄來解釋，因此，馮氏只能用作偽來自圓其說。然而，如果甲戌本可以作偽，己卯本、庚辰本也完全可以。如果都有可能作偽，那馮氏所謂的庚辰本是「僅次於作者手稿的一個抄本」、「曹雪芹生前最後的一個本子」又如何能夠成立呢？

　　對於馮氏的觀點，很多研究者都進行了商榷。但作為紅學界的領袖，馮氏的觀點還是有很多人贊同甚至維護的。早在 1980 年，魏譚先生就寫過一篇文章〈己卯本是庚辰本的底本說質疑〉，對馮氏的觀點提出了疑問。但是，還沒等馮氏自己做出解釋，黃嶼就寫了一篇〈己卯本是庚辰本的底本辨正 —— 與魏譚同志討論〉的文章為馮氏辯護。耐人尋味的是，黃嶼的文字首先並沒有從觀點上進行立論，而是說：「我們拿魏文

的見解比之於馮書的論證，顯見前者膚淺而後者堅實。」[343] 請原諒筆者的淺陋，並沒有看出馮氏論證的堅實體現在哪些方面，反倒是魏譚的論證證據充分、邏輯清晰，完全沒有膚淺的感覺。因此，筆者感覺，以自己的能力，不太能理解黃崢先生的高見，因此，這裡也就不對黃先生的觀點進行討論了。

　　總之，馮氏作為繼胡適、俞平伯之後新紅學派最有影響力的領袖人物，其成就之高、地位與名氣之顯、學術功底之堅實，實在不是我們這些後生晚輩所能企及的，因此，筆者與馮氏那些不同的觀點，也僅是自己粗淺的看法，畢竟，馮氏也說過，「爭論是發展的前奏或繼續」、是「好事」，馮氏所否定的僅僅是說「假話」而已，但筆者認為，自己並沒有說假話，至於筆者的觀點是不是馮氏口中的「歪論」，那就需要學界進行檢驗了。

343　黃崢：〈己卯本是庚辰本的底本辨正 —— 與魏譚同志討論〉，《紅樓夢學刊》，1983 年第 3 輯。

第七章　曹雪芹 —— 一個傳說中的作者

▎第一節　曹雪芹成為《紅樓夢》作者的荒誕過程

關於《紅樓夢》的作者是誰的問題，從現有的資料來看，似乎很難得出結論。最早涉及作者問題的是程偉元。程偉元雖然也提到了曹雪芹，僅僅是說小說的記載，到底是真實的名字，還是一個小說人物，很難確定。換句話說，程偉元並沒有明確小說的作者就是曹雪芹。在程甲本序中，他說：「《紅樓夢》小說，本名《石頭記》，作者相傳不一，究未知出自何人，惟書內記雪芹曹先生刪改數次。」[344] 程偉元這裡有兩個資訊值得注意：第一，「作者相傳不一，究未知出自何人」，也就是說，關於《紅樓夢》的作者，有很多說法，但並不統一。這從一個側面可以證明，程偉元之前大家對《紅樓夢》的作者基本是不清楚、不明確的，所以，也就不存在曹雪芹是小說作者的問題；第二，「惟書內記雪芹曹先生刪改數次」，也就是說，曹雪芹是小說中出現的一個名字，並不一定就是小說的作者。

在程偉元序三年之後，周春在《閱紅樓夢隨筆》中肯定「此書曹雪芹所作」。[345] 但是，周春的依據是什麼，並沒有說，也沒有看到他關於《紅樓夢》作者的任何考證。因此，我們有理由相信，周春的結論有兩種可能，要麼是受小說中所謂曹雪芹「批閱十載，增刪五次」的影響而做出的推斷，要麼只是道聽塗說而已，根本沒有任何說服力。

對於《紅樓夢》作者記錄比較詳細的是裕瑞。裕瑞（1771 — 1838）

344　一粟編：《古典文學研究資料彙編·紅樓夢卷》（第一冊），中華書局，1963 年，第 31 頁。
345　一粟編：《古典文學研究資料彙編·紅樓夢卷》（第一冊），中華書局，1963 年，第 68 頁。

在其《棗窗閒筆‧後紅樓夢書後》是這樣記載的：

> 《石頭記》不知為何人之筆，曹雪芹得之。以是書所傳述者，與曹家之事蹟略同，因借題發揮，將此部刪改至五次，愈出愈奇。乃以近時之人情諺語，夾寫而潤色之，藉以抒其寄託。曾見抄本卷額，本本有其叔脂硯齋之批語。引其當年事確甚，易其名曰《紅樓夢》……「雪芹」二字，想係其字與號耳，其名不得知。

又說：

> 曹姓，漢軍人，亦不知其隸何旗。聞前輩姻親有與交好者。其人身胖頭廣而色黑，善談吐，風雅遊戲，觸境生春。聞其奇談娓娓然，令人終日不倦，是以其書絕妙盡致。聞袁簡齋家隨園，前屬隋家者，隋家前即曹家故址也，約在康熙年間。書中所稱大觀園，蓋假托此園耳。其先人曾為江寧織造，頗裕，又與平郡王府姻戚往來。書中所扥諸邸甚多，皆不可考，因以備知府第舊時規矩。其書中所假托諸人，皆隱寓其家某某，凡性情遭際，一一默寫之，唯非真姓名耳。聞其所謂寶玉者，尚係指其叔輩某人，非自己寫照也。所謂元迎探惜者，隱寓原應嘆息四字，皆諸姑輩也。……又聞其嘗作戲語云：若有人欲快睹我書，不難 —— 唯日以南酒燒鴨享我，我即為之作書云。[346]

　　很多持《紅樓夢》作者為曹雪芹觀點的研究者都把裕瑞的這些記載作為重要證據，罔顧裕瑞資料中很多漏洞，粗暴地得出了曹雪芹為《紅樓夢》作者的結論。在他們看來，裕瑞是清代宗室豫良親王次子，其生活時代距曹雪芹時代不遠。而且，「舊聞」的來源是「前輩姻戚有與之（指曹雪芹）交好者」。裕瑞的「前輩姻戚」是指他的舅父明義和明

346　愛新覺羅‧裕瑞：《棗窗閒筆》，文學古籍刊行社，1957年，第24頁。

第七章　曹雪芹——一個傳說中的作者

琳[347]。明義著有〈題紅樓夢〉十二絕句，明琳即敦敏提到的「偶過明君養石軒」的主人。他們與曹雪芹的關係極為密切。因此，新紅學考證派就此認為裕瑞的話是有根據的，是可信的。

這樣的看法幾乎可以代表新紅學考證派的主流觀點，看起來很有道理，但是，仔細分析裕瑞這些記載就會發現，裕瑞與周春一樣，沒有任何依據，也沒有經過任何考證，也是出於主觀臆度或者道聽塗說而已。

首先，裕瑞說「《石頭記》不知為何人之筆」，也就是說，他並不知道《紅樓夢》的作者是誰；其次，「曹雪芹得之」是小說中的記載，並不一定就是真實情況。很多研究者有意無意把小說中那段關於作者的文字看作是獨立於小說之外的作者自述，這是非常不合適的。如果小說中所記載的關於《紅樓夢》的來源是獨立於小說之外的「說明」、是可信的話，那小說的作者就應該是那塊石頭，空空道人是從石頭上抄來的，孔梅溪只是小說名字的修改者；而後來的曹雪芹只是增刪者。如果要相信這段文字屬於獨立於小說之外的說明，那我們就必須承認石頭是小說真正的「作者」，而曹雪芹只是一個增刪者的「事實」。進一步說，如果石頭是小說的真正作者，那麼，女媧煉石補天也就應該是真的，否則，為什麼其他都是假的，偏偏曹雪芹就成了真的了呢？我們不能選擇性地相信，這不是研究者應該有的態度。

綜上，小說中關於《紅樓夢》的來源只是小說內容的一部分，根本不能當作考證的依據。

其次，裕瑞又說，「曾見抄本卷額，本本有其叔脂硯齋之批語。引其當年事確甚，易其名曰《紅樓夢》」，這裡面有幾個關鍵字，「曾見抄本卷額」，很多研究者自然而然把裕瑞所說的「抄本」看作是曹雪芹的手稿或者原稿。事實上，手抄本一直存在於民間，在電腦出現之前，手

347　陳國軍：〈風月寶鑑與紅樓夢的成書與作者問題〉，《河南大學學報（社會科學版）》，1991 年第 2 期。

抄本與印刷本長時間同時存在。即使在電腦出現之後，手抄本也沒有完全消失，因此，裕瑞所見的抄本根本無法確定是曹雪芹的手稿。裕瑞還說，他見過的抄本上面有曹雪芹的叔叔脂硯齋的批語，而且「引其當年事確甚」，這幾句話更經不起推敲，裕瑞連雪芹到底是一個字還是一個號也不清楚（「『雪芹』二字，想係其字與號耳，其名不得知」），怎麼就能確定脂硯齋就是曹雪芹的叔叔呢？

再次，裕瑞還說，「聞前輩姻親有與交好者」，這就奇了，既然是「交好者」，卻弄不清楚雪芹是名還是號，而且「亦不知其隸何旗」，這是裕瑞記性太差還是所謂「前輩姻親有與交好者」也僅僅是他聽說而已呢？答案其實非常清楚，因為裕瑞自己說是「聞」。如果是裕瑞自己記得不準確，那所有的紀錄就都存在問題，如果裕瑞僅僅是聽說，那他所有的材料就都不是一手資料，也就不能作為研究《紅樓夢》作者的可信史料。

事實上，從《棗窗閒筆》中所評論的《紅樓夢》續書來看，有十種之多，還有一部《鏡花緣》，而《鏡花緣》大約在 1795 年到 1815 年之間完成。這也證明，《棗窗閒筆》是一部很晚的書，至早是在嘉慶道光年間寫成的。

按照新紅學考證派的觀點，裕瑞所謂與曹雪芹交好者的「前輩姻戚」大概是指他的舅父明義和明琳。並據新紅學考證派確認的所謂曹雪芹的好友敦敏在詩歌中有「偶過明君養石軒」的自注，就認為明琳與曹雪芹的關係極為密切。因此，也就認為「裕瑞的話是有根據的，是可信的」[348]。

果真如此嗎？

明義的《綠煙鎖窗集》中有〈題紅樓夢〉二十首，在詩題下有一段小注：

348　陳國軍：〈風月寶鑒與紅樓夢的成書與作者問題〉，《河南大學學報（社會科學版）》，1991 年第 2 輯。

　　曹子雪芹出所撰《紅樓夢》一部，備記風月繁華之盛，蓋其先人為江寧織府，其所為「大觀園」者，即今隨園故址。惜其書未傳，世鮮知者，餘見其抄本焉。[349]

　　與明義這段話極其類似的就是之前所引的袁枚的那段話：

　　康熙間，曹練亭為江寧織造……其子雪芹撰《紅樓夢》一部，備記風月繁華之盛，明我齋讀而羨之。當時紅樓中有某校書猶豔，我齋題云……[350]

　　關於袁枚這段話中錯誤百出的漏洞，前文已經做過分析，這裡就不再重複，只提醒大家兩點，第一，袁枚這段話是從明義那裡抄來的；第二，袁枚在明義「其先人」的基礎上，坐實了這個「先人」就是曹寅。

　　新紅學考證派往往把這段話當作《紅樓夢》作者是曹雪芹的主要證據，胡適對於《紅樓夢》作者的考證實際上就是根據這條批語（袁枚轉錄了明義的小注）完成的。但是，仔細分析一下這段話就會發現，明義對所謂曹雪芹的了解同樣是道聽塗說。

　　首先，「出所撰《紅樓夢》一部」中所謂的「出」有兩種可能，可能是「拿出」，也可能是寫出，但後一種可能性極小，根據古人行文風格，如果是自己所寫，應該很少用「出」，更多的用「撰」、「作」、「著」等，而自己所寫卻用「出」非常罕見。

　　其次，「蓋其先人為江寧織府」中的「蓋」，明顯具有推測之意，很難說是真實的一手資料。而且，如果明義和這個所謂的《紅樓夢》的作者是朋友，那他至少應該比較了解曹雪芹，但明義既用「蓋」，又說「其先人」，而不明確說是哪個「先人」，可見其非常不了解。

　　再次，「大觀園即今隨園故址」早被新紅學考證派自己所否定，根

349　一粟編：《古典文學研究資料彙編·紅樓夢卷》（第一冊），中華書局，1964 年，第 12 頁。
350　一粟編：《古典文學研究資料彙編·紅樓夢卷》（第一冊），中華書局，1964 年，第 12 — 13 頁。

本不足為據。

最後，「餘見其抄本焉」中的「抄本」，可能是「曹雪芹」自己的手稿本，也可能是自己所抄的抄本。而且，這個抄本有可能是「曹雪芹」的原稿，也有可能是從他處輾轉得來的。筆者認為，根據以上明義對曹雪芹的記載來分析，明義所謂的這個抄本，應該是從他處輾轉得來的一個手抄本而已，根本就不可能是「曹雪芹」的原本。

綜上，明義這段話很難作為《紅樓夢》作者是曹雪芹的證據。

明義之外，較早提到《紅樓夢》作者是曹雪芹的還有西清。西清為滿洲鑲藍旗人，雍正帝寵臣鄂爾泰之曾孫，著名學者。西清在其《樺葉述聞》中有這樣的記載：

> 《紅樓夢》始出，家置一編，皆曰此曹雪芹書，而雪芹何許人，不盡知也。雪芹名沾，漢軍也。其曾祖寅，字子清，號棟亭，康熙間名士，官累通政，為織造時，雪芹隨任，故繁華聲色，閱歷者深。然竟坎坷半生以死。宗室懋齋（名敦敏）、敬亭與雪芹善。懋齋詩：「燕市哭歌悲遇合，秦淮風月憶繁華」，敬亭詩：「勸君莫彈食客鋏，勸君莫扣富兒門，殘杯冷炙有德色，不如著書黃葉村」，兩詩畫出雪芹矣。[351]

從這段話中「皆曰此曹雪芹書」可以看出，西清與其他人一樣，他所謂《紅樓夢》作者是曹雪芹的判斷也是道聽塗說，而且，他說曹寅是曹雪芹的曾祖，這與袁枚說的曹雪芹為曹寅之子嚴重不符，不知道胡適看到這條文獻該做如何感想。不過，從這段文字中可以看出，西清對於曹雪芹的資訊主要來自於敦敏、敦誠兄弟。而敦敏、敦誠有一些詩歌中明確提到了曹雪芹。那麼，敦敏、敦誠筆下的曹雪芹是否就是《紅樓夢》的作者呢？

351　一粟編：《古典文學研究資料彙編‧紅樓夢卷》（第一冊），中華書局，1964 年，第 13 頁。

▌第二節　曹雪芹考證的困境

　　敦誠、敦敏是愛新覺羅宗室，努爾哈赤第十二子英親王阿濟格的五世孫。敦誠字敬亭，號松堂。敦敏字子明，號懋齋。他們的父親名瑚玐（一作瑚八），祖父為裕庵。敦敏是瑚玐的長子，敦誠是瑚玐的次子。敦誠十五歲時，出繼給九叔祖定庵公的已故子寧仁為嗣。定庵（定齋）名經照，在兄弟中排行九，裕庵排行六，排行八的是普照。普照之子恆仁（字育萬，又字月山），有《月山詩集》傳世。

　　據新紅學考證派的研究，敦敏、敦誠兄弟係「《紅樓夢》作者曹雪芹」的生前好友，新紅學考證派有關曹雪芹的生平、家世考證，多數得之於敦氏兄弟的詩文資料。從敦誠、敦敏兄弟留下的一些詩詞來看，似乎真有曹雪芹這麼一個人，如敦誠有〈寄懷曹雪芹（霑）〉、〈贈曹雪芹〉、〈佩刀質酒歌〉、〈輓曹雪芹〉（《鷦鷯庵雜記》抄本）〈輓曹雪芹‧甲申〉（《四松堂集》抄本）等；敦敏也有〈贈芹圃〉、〈芹圃曹君霑別來已一載餘矣，偶過明琳養石軒，隔遠聞高談聲，疑是曹君，急就相訪，驚喜意外，因呼酒話舊事，感成長句〉等詩。

　　在這些詩中，透露出來很多關於曹雪芹的資訊，比如其長相、性格、生活狀態、興趣愛好等等。但是，非常奇怪的是，我們透過這些新紅學考證派非常重視的資訊並不能確定曹雪芹的出身、生卒年，更不能確定他的家世，更重要的是，就連「曹雪芹寫《紅樓夢》」這樣的大事，所有的詩詞中隻字未提。這就不能不讓人生疑。

　　敦誠有三首輓曹雪芹的詩，兩首見於《鷦鷯庵雜詩》，另一首見之於《四松堂集》覆刻底本。按照新紅學考證派的說法，前兩首是初稿，後一首是改定稿。為了說明新紅學考證派的荒謬，現在把三首詩全文抄錄於此：

輓曹雪芹（其一）

四十蕭然太瘦生，曉風昨日拂銘旌。腸回故壟孤兒泣（前數月伊子
殤，因感傷成疾），淚迸荒天寡婦聲。牛鬼遺文悲李賀，鹿車荷鍤葬劉
伶。故人欲有生芻弔，何處招魂賦楚蘅。（《鶴鶴庵雜記》抄本）

輓曹雪芹（其二）

開篋猶存冰雪文，故交零落散如雲。三年下第曾憐我，一病無醫竟
負君鄴下才人應有恨，山陽殘笛不堪聞。他時瘦馬西州路，宿草寒煙對
落曛。（《鶴鶴庵雜記》抄本）

輓曹雪芹・甲申（其三）

四十年華付杳冥，哀旌一片阿誰銘？孤兒渺漠魂應逐（前數月伊子
殤，因感傷成疾），新婦飄零目豈瞑？牛鬼遺文悲李賀，鹿車荷鍤葬劉
伶。故人惟有青山淚，絮酒生芻上舊坰。（《四松堂集》抄本）

從敦誠的詩中我們可以得到一些資訊，比如，曹雪芹大致是四十歲
左右去世的，而且死的時候，有一個兒子（腸回故壟孤兒泣），還有一
個放心不下的新婦（新婦飄零目豈瞑），也就是說，按照敦誠透露出來
的資訊，曹雪芹死後還有親人留在世上。

按照新紅學考證派的研究，曹雪芹卒年有三種說法，一為「壬午
說」，代表人物有俞平伯、劉世德、周紹良、鄧紹基、王佩璋、陳毓羆
等人，其依據是甲戌本脂批；二為「癸未說」，代表人物有周汝昌、吳
世昌、吳恩裕、曾次亮等人，其依據是敦敏《懋齋詩鈔》中的〈小詩代
簡寄曹雪芹〉，認為甲戌本的批語為脂硯齋誤記一歲所致，遂斷定曹雪
芹逝於乾隆二十八年癸未除夕；「甲申說」，代表人物有梅挺秀、蔡義
江等人，依據的是張宜泉及敦誠、敦敏等人的詩歌。三種說法差距並不

269

大，最晚的「甲申說」只比最早的「壬午說」晚兩年。

事實上，《紅樓夢》在流傳過程中，很多人都對作者進行了猜測，早在乾隆四十九年（1784），夢覺主人寫《紅樓夢序》時就指出《紅樓夢》的作者「或言彼，或云此」，也就是說，當時人們就已經不知道作者到底是誰，或者說，當時的人們對《紅樓夢》的作者是誰已經處於一種猜測狀態，並沒有一個統一的結論。如果按照新紅學考證派所言，曹雪芹最早的卒年 1762 年來看，到夢覺主人寫《紅樓夢序》的時間只有短短的二十二年，如果曹雪芹此時真有一個遺子和一個遺孀，那麼，關於曹雪芹的有關資訊就不會一無所知了，當然，也就不需要考證派浪費大量的精力去考證了。還有一種情況，那就是，曹雪芹死後不久，他的兒子和遺孀也先後去世，按照常理，母子兩人幾乎同時去世，這種情況並不多見。退一步講，即使這樣的假設是真的，也應該多少有一些相關的資訊留下吧，事實是並沒有，這非常令人費解。

新紅學考證派當然明白這樣的漏洞，所以，面對這樣明顯的漏洞，如果實在沒有辦法，他們只能採取視而不見的應對方式，但是，視而不見並不能真正解決問題，也不能應對懷疑者的質疑，因此，他們必須想盡辦法讓「曹雪芹這個孩子」死去。

2011 年 11 月，《古籍整理研究學刊》（第 6 期）發表了朱志遠的〈曹雪芹卒年再辨 —— 資料排比脂硯齋批語及正確解讀敦誠輓曹雪芹詩〉，在這篇文章中，朱志遠博士透過大量的考證讓「曹雪芹的孩子死去」。

首先，朱志遠先生把目光對準了「孤兒渺漠魂應逐，新婦飄零目豈瞑」這兩句本來意思非常明顯的詩句。一般而言，正常的讀者都會認為這兩句是寫死者（曹雪芹）如果泉下有知，看到自己的兒子（由於失去了父親，所以稱孤兒）與其陰陽相隔，永遠難以見面（渺漠）因此放心不下，所以才會有「魂應逐」的感嘆；死者去世之後，如果看到自己的

新婦飄零，一定會死不瞑目。

　　正常思維的讀者一定會對這兩句做如上解讀，但是，考證派的思維往往是超越正常人的。朱志遠博士把「魂應逐」的「逐」解釋為「追隨」之意，並引用唐代詩人李頎的〈古從軍行〉：「聞道玉門猶被遮，應將性命逐輕車」來說明逐字有下追上、晚追長的意蘊。士兵「追隨」將軍而去效命，孩子「追隨」父親而去天堂。[352]

　　朱博士就這樣把「曹雪芹的兒子」硬生生給弄死了。但是，問題依舊沒有解決，那句「腸回故壟孤兒泣」後面的注釋「前數月伊子殤，因感傷成疾」說的明明白白，曹雪芹因為幾個月前兒子去世後，他自己「感傷成疾」，因此去世。這個問題該如何解決呢？朱志遠博士作了驚人的解釋。首先，他給敦誠的原注釋加了一個「伊」字，變成了「前數月，伊子殤（逝），（伊）因感傷（於夫及子死而）成疾」，這樣，就把「因感傷成疾」的主體變成了「新婦」，而且非常理直氣壯地問過去的研究者「為何都把『伊』字憑空忽略？」然後，朱博士又對此做了進一步的解釋：

　　「伊」到底指誰？其實不用動太多腦筋，當然就是「她」，女性所指；那麼「她」又是指誰呢？前面我們已經花了一番工夫來考證雪芹死後留下孤兒寡婦孤苦伶仃於世，不管這個注裡說的「伊子殤」還是「感傷成疾」，事實上，二者都已跟曹雪芹本人無關。而撇去眾多繁瑣之考證，僅從常識上來作判斷，我們實在也不知道還有什麼別的情形可以讓父親尚未去世的孩子稱為「孤兒」，又可以讓丈夫尚未亡故的妻子稱作「寡婦」。撥開迷霧，真相應該是：雪芹人逝已成煙雲，「伊子」又殤追隨而去。那麼還有誰會感傷？答案別無選擇，只有一個人：「伊」！

352　朱志遠：〈曹雪芹卒年再辨——資料排比脂硯齋批語及正確解讀敦誠挽曹雪芹詩〉，《古籍整理研究學刊》，2011 年第 6 期。

「伊」是誰？當然是曹雪芹的「新婦」。這句話換成今天的白話就是：數月之前，曹雪芹的老婆因為丈夫去世、兒子夭亡，因而感傷成疾。[353]

　　這樣的解釋真可謂獨特異常，不過，事實就是事實，並不能因為「獨特」的解析就能改變。下面筆者就對朱博士的解釋稍作分析。

　　首先，這三首詩的題目叫〈輓曹雪芹〉，主體一定是曹雪芹而不是什麼所謂的新婦。那麼，「前數月伊子殤，因感傷成疾」指的當然是曹雪芹，何況這句注釋還是在「腸回故壟孤兒泣」的後面專門作的注，而且，詩明明白白點出是「孤兒泣」，難道去世以後的孩子還能哭泣？

　　其次，朱博士在這句注釋中加了很多字，「前數月，伊子殤（逝），（伊）因感傷（於夫及子死而）成疾」。請注意，第二個「伊」原文獻沒有，是朱博士自己所加。朱博士加了一個字之後，就做出了自己的解釋「數月之前，曹雪芹的老婆因為丈夫去世、兒子夭亡，因而感傷成疾」的結論。如果這樣也可以，那任何人都可以任意往裡面加字，直到加的那些字可以符合自己既定的意思為止。這似乎不是嚴肅的學術風格吧，尤其是以嚴謹著稱的新紅學考證派。關於朱博士那句擲地有聲的質問：試問，為何都把「伊」字憑空忽略？筆者認為，這不是任何人「憑空忽略」，是原詩的注釋中本來就沒有；如果朱博士質問的是忽略了自己憑空加出來的那個「伊」字的話，那筆者只能反問一句：試問，為何要憑空加一個「伊」字？

　　再次，按照朱博士的意思，「伊」是「女性所指」，不知道朱博士這裡的「所指」是否可以理解為「女性特指」我們不得而知，但是，按照朱博士上下文的意思，似乎「伊」就是女性特指。如果真是這樣，那朱博士恐怕就犯了文學常識的錯誤了，在古代漢語中，「伊」僅僅是第

353　朱志遠：〈曹雪芹卒年再辨──資料排比脂硯齋批語及正確解讀敦誠挽曹雪芹詩〉，《古籍整理研究學刊》，2011 年第 6 期。

三人稱的代稱，並不分男女。比如《紅樓夢》第九十九回中：

> 據京營節度使諮稱：緣薛蟠籍隸金陵，行過太平縣，在李家店歇宿，與店內當槽之張三素不相認。於某年月日，薛蟠令店主備酒邀請太平縣民吳良同飲，令當槽張三取酒。因酒不甘，薛蟠令換好酒。張三因稱酒已沽定，難換。<u>薛蟠因伊倔強</u>，將酒照臉潑去，不期去勢甚猛，恰恰張三低頭拾箸，一時失手，將酒碗擲在張三顖門，皮破血出，逾時殞命。

如果按照筆者的理解（之所以說按照筆者的理解，主要是因為新紅學考證派經常會做出超越常人想像的解釋），「薛蟠因伊倔強」中的「伊」應該是指張三，那麼，這個張三應該不是女的，這一點不知道朱博士該如何解釋？

再次，朱博士認為「逐字有下追上、晚追長的意蘊」，筆者只能說，並沒有，這種解釋只是朱博士自己的解釋。《說文》對於逐的解釋非常簡單：「逐，追也」，並沒有什麼「下追上，晚追長的意蘊」，再說，即使現代漢語中，因為擔心孩子，父母「魂」都跟著孩子去了的例子舉不勝舉，憑什麼就說是「逐」有「下追上、晚追長的意蘊」呢？

根據敦誠詩歌中透露出來的資訊，我們只能得出這樣的結論：敦誠筆下的這個曹雪芹有兩個兒子，曹雪芹去世的幾個月前，小兒子因病去世，曹雪芹悲傷成疾，因此，「一病無醫」，所以才有了「腸回故壟孤兒泣」、「新婦飄零日豈瞑」的悲劇畫面。

現在我們反過頭來再看敦誠、敦敏等人的詩歌是否可以證明《紅樓夢》的作者是曹雪芹。

仔細翻檢敦誠、敦敏等人留下來的這些詩歌，裡面除了這個被稱作「雪芹」的號與小說中所提到的曹雪芹相合外，幾乎沒有任何關於曹雪芹寫《紅樓夢》的蛛絲馬跡，也沒有確切的關於曹雪芹家世的資訊，這難

道不是很奇怪的嗎？寫《紅樓夢》這麼大的一件事，耗費的時間不可能太短，然而，與曹雪芹關係極為密切的敦誠、敦敏、張宜泉等人都不知道，反倒是那些諸如裕瑞、袁枚等與曹雪芹根本沒有任何關係的人說出來的，這難道不反常嗎？當然，新紅學考證派還有一個慣用的理由，那就是「文字獄」。比如很多考證派在論述這一點時都喜歡引用這句話：《紅樓夢》在乾隆時一度被斥為「禁書」，連皇室宗親弘旿都說「《紅樓夢》非傳世小說，余聞之久矣，而終不欲一見，恐其中有礙語也」[354]。比如袁世碩先生就說：

　　曹雪芹逝世，敦誠有詩致哀思，初稿原為二首，到《四松堂集》刊本裡便只保留了改得更為整飭的第一首，刪棄了以「開篋猶存冰雪文」起句的情意更為深切的第二首。這都表明敦誠是有所避忌的。[355]

　　在考證派看來，敦誠、敦敏作為曹雪芹的好朋友，為了保護曹雪芹，所以在其生前一直保密。這就更奇了，首先，〈輓曹雪芹〉寫於曹雪芹死後，如果按照朱志遠博士的說法，連孤兒也死了，還怕「文字獄」嗎？退一步講，就算真的為了避免文字獄，敦誠敦敏兄弟與好友曹雪芹共同保守了這個祕密，那麼問題又來了，既然怕文字獄，為什麼小說中還要把名號大大方方地寫進去呢？這不等於告訴別人作者是誰了嗎？如果有名號，只要你還活著，朝廷能找不到這樣一個人嗎？

　　在敦誠、敦敏所寫的有關曹雪芹的詩歌中，我們發現有一個問題，那就是曹雪芹只是一個號，並非名。類似的號還有芹圃、芹溪，他的名字應該是曹霑或曹沾，是一個讀書人，並沒有關於寫作《紅樓夢》的記載。此外，值得注意的是，敦誠的《四松堂集》中還有一首〈寄懷曹雪

354　一粟編：《古典文學研究資料彙編‧紅樓夢卷》（第一冊），中華書局，1963 年，第 10 頁。
355　袁世碩：〈敞開追思偉大文學家曹雪芹的窗口 —— 再讀敦誠、敦敏詩札記〉，《社會科學戰線》，2013 年第 11 期。

芹〉，在這首詩的「揚州舊夢久已覺」句下居然貼了一箋條，注云：「雪芹曾隨其先祖寅織造之任。」這似乎並不是敦誠自己貼上去的，而是有人幫敦誠貼上去的，很有點兒此地無銀三百兩的味道。曹寅是實實在在的歷史人物，生於西元 1658 年 9 月 7 日，卒於西元 1712 年 7 月 23 日，而按照新紅學考證派的考證，曹雪芹的生卒年大約為西元 1715 年至 1763 年，當然還有很多種說法，但是，無論是生年還是卒年，前後都差不了幾年，那麼，生於西元 1715 年前後的曹雪芹是如何隨其卒於西元 1712 年的先祖寅織造之任的呢？如果這個「箋條」真是敦誠自己做的，那敦誠豈不是出了問題？何況，《四松堂集》刻印時，敦誠已經去世，當然不可能是他做的這個注。應該還有一種情況，那就是其他人加上去的，那麼，這個人是誰呢？筆者不敢妄言，但一定是有意為之，那麼，為什麼要這麼做呢？這個應該非常明顯，為了維護自己所謂的考證的結論罷了。

敦誠詩中所謂「開篋猶存冰雪文」中的「冰雪文」又是指什麼呢？敦誠、敦敏沒說，但是，考證派替他們得出了結論：「敦誠輓詩有『開篋猶存冰雪文』之句。雖不必是專指《紅樓夢》，因為敦誠還存有曹雪芹寫給他的詩、書札；但肯定是包括《紅樓夢》抄本的，因為數年後就從其家傳出了《紅樓夢》。」[356]

不知道袁世碩先生憑什麼得出這裡的「冰雪文」中一定有《紅樓夢》，難道「冰雪文」就不能是一些詩歌、散文嗎？也不知道袁先生又是如何知道「數年後就從其家傳出了《紅樓夢》」的？證據是什麼？袁先生雖然並沒有根據，但就是有了結論。

綜上，筆者認為，敦誠、敦敏筆下的曹雪芹與《紅樓夢》中出現的曹雪芹沒有任何關係，至少不能確定有關係，因為曹雪芹只是一個號，所以有兩種可能：第一，僅僅是名號的巧合；第二，這個叫曹霑的人讀

356　袁世碩：〈敞開追思偉大文學家曹雪芹的窗口 —— 再讀敦誠、敦敏詩札記〉，《社會科學戰線》，2013 年第 11 期。

過《紅樓夢》，因為喜歡所以順便用小說中的名字為自己取了一個號。當然，這也是筆者的一家之言，筆者也沒有這方面的證據，但是，既然有這種可能，而且也沒有鐵證證明此雪芹為彼雪芹，那麼，就不能確定《紅樓夢》的作者就是曹雪芹。

▍第三節　「曹雪芹」三個字的含義新解

《紅樓夢》的作者到底是誰，恐怕難以簡單做出回答，儘管紅學界眾多研究者言之鑿鑿，並進行了大量的考證。比如，蔡義江先生認為：「無可置疑地確定《紅樓夢》的作者是曹雪芹。」[357] 再如，馮其庸在〈關於曹雪芹祖籍、家世和紅樓夢著作權問題研討會開幕詞〉中這樣說道：

> 大家知道，曹雪芹是世界所公認的《紅樓夢》的作者，是享有崇高國際聲譽的偉大作家，是我們的愛國主義內容之一。沒有任何根據而要否定曹雪芹對《紅樓夢》的著作權，這只能有損於我們自己，特別是要把『曹霑』改為『曹沾』，這更是對歷史，對社會，對我們的文學傳統極不負責的一種粗暴行為，對於一般不明真相的人來說，是一種欺騙。商業上的弄虛作假作風，居然在學術領域裡也冒了出來，這是十分值得我們警惕的！[358]

筆者認為，馮先生所說的問題的確是存在的，但是，反過來說，如果沒有任何確切的證據而武斷地肯定曹雪芹對《紅樓夢》的著作權，而且認為是「世界所公認的《紅樓夢》的作者」，這對於一般不明真相的人來說，是不是也是一種欺騙呢？是不是也是一種對我們的文學傳統極

357　蔡義江：〈永忠弔雪芹詩的史料價值〉，《曹雪芹研究》，2012 年第 1 期。
358　馮其庸：〈關於曹雪芹祖籍、家世和《紅樓夢》著作權問題研討會開幕詞〉，《紅樓夢學刊》，1995 年第 3 輯。

不負責的粗暴行為呢？是不是也是十分值得我們警惕的呢？

　　在〈再論曹雪芹的家世祖籍和紅樓夢著作權〉一文中，馮先生對於楊向奎所提出的「曹雪芹祖籍豐潤說」的觀點進行了嚴厲的駁斥，憤怒之情溢於言表。筆者對於「豐潤說」、「遼陽說」等等觀點沒有任何興趣，這裡只探討一下馮先生等人對於曹雪芹是《紅樓夢》作者的考證。

　　馮先生所提出的曹雪芹是《紅樓夢》作者的證據，與胡適一樣，依然是採用了袁枚、明義（《綠煙瑣窗集》裡〈題紅樓夢〉詩的「小序」）、永忠（〈因墨香得觀紅樓夢小說弔雪芹三絕句〉）的證據，再有就是脂硯齋的批語。

　　這裡既然提到了永忠的詩歌，那就有必要展開來談一下，否則也是對考證派的不尊重。

　　愛新覺羅‧永忠（1735 － 1793），字良輔，又字敬軒，號臞仙、蘧仙、栟櫚道人。康熙十四子、雍正同母弟允禵的孫子，是名載史冊的清宗室詩人，他的《延芬室集》第十五冊有〈因墨香得觀紅樓夢小說弔雪芹〉三絕句：

　　傳神文筆足千秋，不是情人不淚流。可恨同時不相識，幾回掩卷哭曹侯。

　　顰顰寶玉兩情痴，兒女閨房語笑私。三寸柔毫能寫盡，欲呼才鬼一中之。

　　都來眼底復心頭，辛苦才人用意搜。混沌一時七竅鑿，爭教天不賦窮愁。

　　對於永忠以上三絕句，新紅學考證派非常重視，比如蔡義江先生就認為，永忠的這三絕句是證明曹雪芹是《紅樓夢》作者的最有力的證據，他甚至認為：「凡否定曹雪芹是小說《紅樓夢》作者的人，都竭力迴

避談論永忠的這三首詩。因為它提供了正確結論的最有力的證據，如果從它說起，各種所謂的『新論』就根本站不住腳。」[359]

不知道蔡義江先生所謂的「竭力迴避談論永忠的這三首詩」是指誰，更不知道這三首詩何以就能成為「提供了正確結論的最有力的證據」。

蔡先生進一步指出：「自立新說者，大都還不敢說小說與曹雪芹無關，都是把脂評已揭明石頭始作書是作者『蒙蔽』人的『狡猾』之筆的話置若罔聞或作曲解，而說雪芹只是在他人成稿基礎上的『披閱』『增刪』者。確知創作實情者，如今還有誰能超過永忠？不信他，信誰？因讀了《紅樓夢》小說，特意動情地寫下三首絕句來『弔雪芹』，則曹雪芹不是小說的作者是誰？難道永忠是在憑弔一位僅僅對此書作過『披閱增刪』工作的人不成？那他為什麼不去憑弔被假托成『石頭』的那位『真正的作者』呢？這在情理上能說得過去嗎？」

可以看出，蔡先生的憤急之情溢於言表，但是，就因為永忠的「弔雪芹」就能確認《紅樓夢》的作者是曹雪芹嗎？

首先，從詩歌中的內容來看，永忠與曹雪芹根本不認識，否則也不會有「可恨同時不相識」之語了；其次，從題目來看，永忠說得非常清楚，書不是敦誠敦敏給他的，是從墨香那裡得來的，因此，很難說永忠真的知道《紅樓夢》的作者是誰；再次，如果永忠關於《紅樓夢》的作者是曹雪芹的說法也是道聽塗說，而他自己相信了，完全可以弔一個並不存在的作者，這一點其實和弔石頭是一樣的。

蔡先生評價永忠的詩歌時認為：「能不失『真傳』的文字，方可稱『傳神之筆』」，而《紅樓夢》雖然人物、情節、環境等通篇都是虛構的，但由於作者同時更強調其間的離合悲歡，卻要「追蹤躡跡，不敢稍加穿鑿」，以免「失其真傳者」。因此，在蔡老先生看來，既然事非真

359　蔡義江：〈永忠弔雪芹詩的史料價值〉，《曹雪芹研究》，2012 年第 1 期。

事，人非真人，何來的「跡」、「蹤」可尋，怎麼會「穿鑿」呢？

　　有趣的是，蔡先生一方面說「能不失『真傳』的文字，方可稱『傳神之筆』」，另一方面又說：「《紅樓夢》非單一的曹氏家史，而是廣泛搜集生活素材而重新提煉、構思的一部更集中、更強烈、更具有典型意義的小說。」

　　蔡先生這番話矛盾重重，既然承認《紅樓夢》的人物、情節、環境等通篇都是虛構的，那去何處「追蹤躡跡」呢？比如我們承認孫悟空是虛構的，那我們是否還要去對孫悟空的父母、爺爺奶奶、外公外婆等事蹟去「追蹤躡跡」呢？難道「傳神之筆」就必須是要「真傳」文字嗎？《水滸傳》中的武松、林沖，《金瓶梅》中的西門慶、潘金蓮、李瓶兒等人寫得不真實嗎？難道這些虛構的人物就不能稱之為「傳神之筆」嗎？看來，蔡先生把「傳神之筆」給庸俗化了，在他看來，也許只有「自傳」、紀實性文章才能稱得上「傳神之筆」。

　　綜上，永忠的詩歌對於研究《紅樓夢》的作者幾乎沒有任何價值，充其量也就是新紅學考證派一家之言而已，甚至是非常有爭議的一家之言。

　　與蔡義江先生一樣，馮其庸關於《紅樓夢》作者的論述更加缺乏證據。馮先生首先根據自己對曹雪芹生卒年的考證（馮先生對於曹雪芹生卒年的考證存在很大問題，後面專門論述）認為，袁枚生於康熙五十五年（1716），比雪芹晚一年，同時採用吳恩裕先生的考證，認為明義的〈題紅樓夢小序〉約寫於乾隆二十三四年，並認為其時雪芹尚在，「甲戌本」已在友朋中傳閱，「己卯本」也在抄寫之時。因此，得出一個結論：「上面所引，都是雪芹同時代人的記載，當然是可信的。」[360]

　　對於馮其庸先生帶有明顯「猜想式」的考證，筆者需要指出以下幾點問題：

360　馮其庸：〈再論曹雪芹的家世、祖籍和紅樓夢的著作權〉，《紅樓夢學刊》，1995 年第 1 輯。

　　第一，袁枚所提到的曹雪芹是《紅樓夢》的作者是聽明義所言，而且把曹雪芹說成是曹寅的兒子，這本身就存在很大問題，這一點筆者前面已經論證過；第二，明義的說法有嚴重推測的成分，而且前後有矛盾之處，這一點筆者前面也論證過；第三，明義寫過二十首〈題紅樓夢〉七絕，其中一些情節與現存《紅樓夢》中的情節無法對應；第四，永忠在〈因墨香得觀紅樓夢小說弔雪芹三絕句〉中明確表示自己與曹雪芹並不認識，既然不認識，道聽塗說的可能性極大。這一點筆者也已經論證過。因此，這個證據存在很大問題，根本稱不上鐵證；第五，紅學界對於所謂曹雪芹的認知，更多來自於敦誠、敦敏兄弟與張宜泉的詩歌唱和，但是，在這些明確提到曹雪芹三個字的詩歌中，並沒有隻言片語提到《紅樓夢》這部著作或者有關曹雪芹寫小說的資訊。所以，二敦與張宜泉所提到的曹霑是否就是《紅樓夢》中那個雪芹並不能確定，因而也就不能據此作為曹雪芹就是《紅樓夢》作者的證據；第六，馮其庸先生所謂永忠、明義等人都是雪芹同時代的人，僅僅是根據自己對於曹雪芹生卒年的考證，而且考證過程以及考證所用的材料也存在很大爭議，並不能真的確定《紅樓夢》作者的生卒年；第七，脂硯齋爭議太大，從其批語中，也沒有任何可以確定其與曹雪芹關係的文字。而且，帶有脂批的「甲戌本」的年代也是一個非常值得探討的問題（詳見拙作《紅樓夢甲戌本晚出考》[361]），因此，用脂批來作為考證《紅樓夢》作者的證據實在太過牽強。

　　吳恩裕、周汝昌、馮其庸等人認為，明義、永忠等人留下這些文獻的時候曹雪芹尚在，而且還有很多人在傳抄《紅樓夢》，既然有這麼多人了解曹雪芹，那關於曹雪芹的身世問題就必然會有一些可以確定的地方，但從目前學界對曹雪芹的認知來看，實在太過模糊。正如王國維先

361　王俊德：〈紅樓夢甲戌本晚出考〉，《文藝評論》，2013 年第 10 期。

生所言：「若夫作者之姓名與作書之年月，其為讀此書者所當知，似更比主人公之姓名為尤要。顧無一人為之考證者，此則大不可解也。」[362]

　　對於所謂的曹雪芹的家世與生平，著名的紅學大家周汝昌其實也有過非常翔實的考證。但是，周先生所考證的證據與其他研究者大致相同，他更多的是對於曹雪芹相關問題的考證。在周先生看來，《紅樓夢》的作者是曹雪芹幾乎不存在任何疑問，因此，對於曹雪芹的考證（如〈曹雪芹家世考實〉等）並沒有多少內容是涉及到曹的著作權問題的，反而是集中在對於曹的生卒年、家世以及家族變故等問題上，並把這樣的考證稱之為「曹學」。同樣，馮先生對於曹雪芹家世（〈曹雪芹家世新考 —— 五慶堂重修遼東曹氏宗譜考析〉）的考證，基本上也是對曹寅家譜的考證，而對於曹雪芹的著作權的考證，大致不出胡適的範圍。

　　筆者認為，曹雪芹之所以成為《紅樓夢》作者的最直接的來源就是小說文本，正因為這個名字相對於前三個作者 —— 石頭、空空道人、孔梅溪而言更像一個人名，才造成了人們的誤解。下面，我們來分析一下小說中出現的這幾個所謂作者的含義，從而得出曹雪芹到底意味著什麼，也許可以為研究者提供一些有益的幫助。

　　小說中出現的第一個作者是「石頭」，即那個不知經歷了幾世幾劫又回到大荒山無稽崖青埂峰下的石頭。從小說文本來看，這是第一個作者，相信沒有一個正常人會認為小說中出現的這個石頭是《紅樓夢》的作者。因為，石頭著書顯然非常荒誕，作者僅僅是用了一個神話的引子，來引起故事，同時也是有意隱藏真正的作者。石頭作為一個所謂的見證，既是情節的需要，也是具有象徵意味的一個小說「人物」。當然，也是作者不願意透露真實姓名的一個證據[363]。第二個作者「空空道

362　王國維：《紅樓夢評論》，1904 年。

363　王俊德：〈論紅樓夢作者曹雪芹考證的無意義 —— 兼論曹雪芹的含義〉，《名作欣賞》，2016 年第 12 期。

人」其實也不需要做太多的討論，空即無，這個名字與〈子虛賦〉、〈上林賦〉中的子虛先生、烏有先生的作用並沒有太大區別，只是一個小說人物。如果我們對於這樣的一個所謂的作者還要進行考證，那結果只能是浪費時間。第三個作者孔梅溪雖然比石頭與空空道人更像一個真名，但是，孔梅溪其實依然是「恐沒兮」的諧音，這個似乎也不存在問題。但是，相對於石頭和空空道人，孔梅溪看起來比較像個人名，因而也就有很多研究者對孔梅溪進行了考證，這些考證雖然運用了大量文獻，貌似翔實，但是，一到關鍵的時候就會用「可能」、「應該」、「當然是」等推測的字眼。如吳恩裕先生一方面認為孔梅溪是孔繼涵，但另一方面，他對於孔繼涵與曹雪芹是如何結識的，則是這樣說的：「有可能係經由其客居東魯、年長鄰友昊揖峰介紹。」根據吳恩裕先生的啟示，祝誠和江慰廬先生接著進行了考證，他們雖然考證了孔繼涵在 1754 年前後去過京城，並認為是這個時期結識的曹雪芹，但對於孔繼涵是否見過曹雪芹並沒有拿出證據，而是採用了「不外乎是他哥哥介紹」、「亦或有可能繼涵受岳父徐鐸函介拜謁平郡王府時，得以與也在王府『彈食客鋏』的雪芹邂逅，一有了結識，過從」[364]。從「不外乎」、「亦或」、「有可能」這些字眼來看，二位先生似乎並沒有確切的證據來支撐自己的觀點。而且，如果真如祝誠和江慰廬先生所言，曹雪芹還在王府「彈食客鋏」的話，王府中應該有很多認識甚至了解曹雪芹的人，那麼，曹雪芹的生平、家世就會有一些比較令人信服的記載流傳下來，而不會存在這麼多疑問，更不會有那麼多爭議。

　　既然以上小說中出現的三個「作者」都不可能是真實的作者名字，都是小說中的根據需要出現的人物，那麼第四個作者曹雪芹是不是也是類似的情況呢？筆者認為，非常有可能。當然，也有另一種情況，前三

364　祝誠、江慰廬：〈紅樓夢中的東魯孔梅溪應為孔繼涵補證〉，《明清小說研究》，1990 年第 1期。

個作者故意「作假」，目的就是突出最後一個真的。在沒有證據的情況下，筆者當然不能否定這樣的推斷，但是，如果非要說這種情況也存在的話，起碼以上這兩種情況都有可能存在。換言之，到底是哪種情況並不能確定，既然不能確定，馮其庸等人把《紅樓夢》的著作權給了曹雪芹就是一件很不嚴肅的事情。

然而，筆者還是堅持曹雪芹也是一個小說中人物的名字，理由如下：

在《紅樓夢》中，用諧音應該是最常見的手法之一，空空道人、孔梅溪用了諧音應該是比較容易看出來的。那麼，曹雪芹是否也運用了諧音呢？筆者認為，曹雪芹應該與前三個作者一樣，也是一個虛構的名字，由於情節或敘述的需要而虛構的一個所謂的「作者」，也用了諧音。

「曹」諧音「嘲」，「雪」諧音「謔」，「曹雪」就是「嘲謔」的諧音。「嘲」的本意是謔，《說文》解釋為「嘲，謔也。從口朝聲。」、「謔」的本意是戲，《說文》解釋為：「謔，戲也。」也就是說，這兩個字本意都是「戲」。「芹」在《說文》中解釋為「楚葵」，是一種植物。《呂氏春秋·本味》中有「菜之美者，云夢之芹」的記載。《列子·楊朱》記載：「昔人有美戎菽，甘枲莖、芹萍子者，對鄉豪稱之。鄉豪取而嘗之，蜇於口，慘於腹。眾哂而怨之，其人大慚」。後用「獻芹」或「芹獻」表示贈人的禮品菲薄，以示誠意，再引申為「微薄之意」，指自己的建議或者觀點淺陋，是一種謙稱。比如辛棄疾的《美芹十論》雖然具有很高的政治、軍事價值，但自己稱之為「美芹」，「美芹」者，美意也。周汝昌先生也寫過〈獻芹新札〉，發表於《紅樓夢學刊》1983 年第 3 輯上，這裡也是自謙之意，與辛棄疾《美芹十論》的意思相仿。同理，曹雪芹者，戲言之意也。因此，曹雪芹三個字合起來就是「戲言之意」，與作者所謂「滿紙荒唐言」其實是一個意思。當然，如果直接把

「雪芹」二字理解為「獻芹」，把「曹」理解為「草」（即「粗糙，不細緻」或「草率」之意），合起來就是「草獻芹」（即「草獻菲薄之意」）也勉強可以解釋得通，但畢竟諧音有點勉強，不若「嘲謔芹」（戲言之意）更為順暢。

從目前紅學界對於《紅樓夢》作者的研究來看，據不完全統計，大約有 60 個候選人，這種不確定的情況，雖然不一定能否定曹雪芹的著作權，但也能從另一個側面說明了《紅樓夢》作者並不一定是曹雪芹。

從新紅學考證派極力推崇的敦誠、敦敏、張宜泉等人的詩歌來看，似乎的確有過一個號雪芹的人，但是，非常令人奇怪的是，按照新紅學考證派的說法，當時參加過敦誠《草堂聯句》的及其提到的友人有二三十人之多，也就是說，如果《紅樓夢》的作者真的是曹雪芹，那這些人為什麼對曹雪芹撰寫《紅樓夢》的事幾乎一無所知呢？這也從一個側面證明，此雪芹非彼雪芹。更何況，雪芹只是一個號而已，如果恰好有一個人用雪芹作為自己的號，也不是不可能。何況，曹寅作為清朝一個真實而比較重要的人物，曹家的家譜又那麼清晰，卻無論如何找不到一個叫曹霑或曹雪芹的人，這難道不是一件很奇怪的事嗎？所以，筆者堅定地認為，曹雪芹本來就是一個小說人物而已，因此，新紅學考證派浪費了大量精力去考證一個本不存在的小說人物，無異於緣木求魚，或者說無異於白日撞鬼，是一種非常荒誕的行為。

綜上，《紅樓夢》當然有自己的作者，但絕對不是曹雪芹。至於敦誠、敦敏等人筆下出現的曹雪芹，僅僅是一個巧合，或者僅僅是採用了小說中的人名作為自己號的一種文人行為而已。

▌第四節　曹雪芹考證及「自傳說」的無意義

透過前面的論述，我們已經大致清楚，所謂曹雪芹是《紅樓夢》的作者僅僅是在猜測的基礎上得出來的結論，如果真如筆者所言，曹雪芹只是一個小說中出現的人物，那麼關於所謂《紅樓夢》是自敘傳的觀點也就不能成立，起碼在沒有足夠證據證明作者是誰之前不能成立。倘若有一天發現了《紅樓夢》的作者，再來討論是否是自敘傳也不遲。

不過，既然曹雪芹與自敘傳已經成為了考證派紅學的共識，那麼筆者在這裡不妨再多說幾句，進一步揭示曹雪芹及自敘傳考的無意義。

「傳」或者「自敘傳」，本質上屬於史學範疇。在極具史學意識的中國文化中，對於史學範疇中的「傳」有著嚴格的信念 —— 實錄精神，也就是通常所謂的「不虛美，不隱惡」的史官文化。換句話說，就是盡可能不帶有主觀色彩的客觀紀錄。「自敘傳」的提出，體現的是胡適對於《紅樓夢》的認知，這種認知其實是一種歷史的認知，而不是藝術的認知。

作為杜威的弟子，胡適受杜威實驗主義哲學影響頗深。杜威主張任何觀念、學說和理論都應該以實證為基礎，並且必須接受實驗的檢驗，也就是「回到事物本身」的研究。因此，實驗主義與其說是一種主義，不如是一個方法。深受杜威影響的胡適特別重視治學方法，他說：「我治中國思想與中國歷史的各種著作，都是圍繞著方法這一觀念打轉的，方法實在主宰了我四十多年來所有的著述。」[365] 正是在這樣一種理論的引導下，胡適將歷史觀與實驗主義方法相結合，並自覺運用到《紅樓夢》的研究中，形成了以考證為主的所謂「新紅學派」。胡適針對索隱派主觀附會的研究方法明確指出：「向來研究這部書的人都走錯了道路。」[366]

---

365 《胡適口述自傳》，《胡適文集（1）》，北京大學出版社，1998 年，第 265 頁。
366 《胡適紅樓夢研究論述全編》，上海古籍出版社，1988 年，第 75 頁。

第七章　曹雪芹——一個傳說中的作者

「我們若想真正了解《紅樓夢》，必須先打破這種種牽強附會的《紅樓夢》謎學。」[367] 相比較而言，胡適的實驗主義以及運用考證的方法進行研究顯然要比索隱派科學了很多，因此也就為人們普遍所接受，並且他本人也就成為新紅學的奠基者。

　　然而，胡適在打擊索隱派的同時，自己也陷入了新的索隱之中。胡適雖然運用了考證的方法研究《紅樓夢》，並從作者家世、生平和《紅樓夢》的版本入手，認為《紅樓夢》中的故事大多是曹雪芹的「家事」。因為舊索隱派是將《紅樓夢》所敘寫的故事與順治、張侯、明珠等人的家事比附，而胡適是將《紅樓夢》與曹雪芹的家事比附，其實，裕瑞後來也說過：「書中所託諸邸甚多，皆不可考。」[368] 因此，胡適的比附與以上諸家本質上並沒有什麼不同。最大的區別僅僅是方法上的差異。當胡適把《紅樓夢》定義為自敘傳的同時，也就把歷史過渡到了自然主義和實驗主義美學的範疇。因此，胡適對於《紅樓夢》的思想價值與藝術價值和美學價值的評價並不高，在胡適看來，「《紅樓夢》在思想見地上比不上《儒林外史》，在文學技術上比不上《海上花》，也比不上《儒林外史》，還比不上《老殘遊記》。」[369] 這樣的評價自然不符合實際情況，更不能概括《紅樓夢》的價值。

　　我們不能說胡適一定缺乏藝術感受能力，但是，當一個研究者過分注重方法的時候，就容易陷入一種誤區，而胡適由於當時的社會地位、學術地位和歷史地位，從而使得其「自敘傳」說在文人心中扎根，以至於影響了俞平伯、顧頡剛等人，周汝昌更是把「自敘傳」說推向了極致。

　　周汝昌應該是自敘傳說最徹底的支持者。周先生在胡適自敘傳說的基礎上，更是非常堅定地認為賈寶玉就是曹雪芹，曹雪芹就是賈寶玉，

367　《胡適紅樓夢研究論述全編》，上海古籍出版社，1988 年，第 86 頁。
368　愛新覺羅・裕瑞：《棗窗閒筆》，文學古籍刊行社，1957 年，第 24 頁。
369　《胡適紅樓夢研究論述全編》，上海古籍出版社，1988 年，第 289 − 290 頁。

甚至認為小說中的史湘雲就是脂硯齋，可以說，周先生完全模糊了歷史與藝術的界線，把歷史對應於文學，把文學對應於歷史。並且做了大量的考證工作，用歷史上曹家的興衰來比附小說中賈家的興衰。但是，這種以小說證歷史、以歷史證小說的做法，本身就是一種偷換概念的做法，即便運用了考證的方法，也不能掩蓋其邏輯上的荒謬。

由於新紅學考證派模糊了歷史與文學的界線，所以出現了大量自相矛盾的地方，比如，周先生一直固守自己對曹雪芹卒年的「癸未」說觀點，但是，又不能不顧及「重要證據」脂硯齋所提到的曹雪芹卒年「壬午」的說法，因此，只能輕描淡寫地說這是由於脂硯齋「記錯了」曹雪芹的卒年而敷衍。如果真如周先生所言，脂硯齋就是小說中的史湘雲，而史湘雲又是寶玉（也是曹雪芹）的妻子，那麼，這個兼妻子與《紅樓夢》批書人雙重身分的「重要人物」居然能把自己丈夫的忌年記錯，實在不敢想像。

再如，由於曹雪芹卒年的「癸未」說的限制，周先生只能認定曹雪芹出生於 1724 年，但是，如果按照曹雪芹 1724 年出生來算，曹頫家被抄的時候，曹雪芹只能是四歲，如果是自傳，四歲的孩子所經歷和感受到的繁華落盡等人生體驗實在太過有限，為了解決這一矛盾，周先生就提出了一個曹家「中興」說，即曹家被抄後到了北京還有過一段中興的經歷。周先生的理由是，既然《紅樓夢》是自傳，而且書中的事幾乎都是真事，而曹家在南京的時候沒有一個女兒被選為皇妃，那書中的賈妃就應該是在北京的時候所選，既然曹家有一個女兒被選為了皇妃，那曹家豈有不中興之理。這樣的推理既沒有歷史的依據，也不符合文學內在演進的邏輯，而且隨意在小說世界與現實世界之間穿越，結果只能是一片混亂。

如果真如筆者前文所言，曹雪芹作為《紅樓夢》的作者存在很大疑問、《紅樓夢》根本也不可能是自敘傳的話，那麼，對於曹雪芹的考證

也就變得毫無意義。縱觀所有關於曹雪芹的考證，大致都是先認定曹雪芹是《紅樓夢》的作者，然後透過文獻尋找與曹雪芹相關的證據。如果這些證據不足以直接證明曹雪芹是《紅樓夢》的作者，則透過推理與猜想，最後得出自己早已認定的結論。這樣的考證與其說是考證，不如說是為自己心中的既定目標尋找證據，考證者注重的更多的是自己考證與推理過程是否合理，而對於《紅樓夢》作者到底是不是曹雪芹則並不是那麼關心，反正，這個結論是早已認定的。

　　事實上，過去諸多關於曹雪芹的傳言之所以沒有一個統一的結論，正說明曹雪芹根本不存在，僅僅是因為這個名字相比較其他三個名字而言更像一個真實的名字，因此，距離《紅樓夢》成書年代比我們近得多的讀者已經連曹雪芹到底是曹寅的兒子、孫子、曾孫也不能分清。陳其元（1812－1882）的《庸閒齋筆記》卷八：「此書乃康熙間江寧織造曹練亭之子雪芹所撰。」[370] 夢痴學人《夢痴說夢》：「《紅樓夢》一書，作自曹雪芹先生。先生係內務府漢軍正白旗人，江寧織造曹練亭公子。」[371]葉德輝（1864－1927）《書林清話》：「今小說有《紅樓夢》一書，其中寶玉，或云即納蘭。是書為曹寅之子雪芹孝廉作，曹亦內府旗人。以同時人紀同時事，殆非架空之作。今《通志堂全書》初印者，全部絕少。乾嘉間如孫星衍《孫祠書目》、倪模《江上雲林閣書目》所載，缺種極多。吾藏初印全本兩部，可以睥睨諸君矣。」[372]趙烈文（1832－1894）《能靜居筆記》：「曹實棟亭先生子，素放浪，至衣食不給，其父執某，鑰空室中，三年，遂成此書云……」[373]

　　加上前文中提到的西清《樺葉述聞》說「雪芹名霑，漢軍也，其曾

370　一粟編：《古典文學研究資料彙編·紅樓夢卷》（第一冊），中華書局，1964年，第15頁。
371　一粟編：《古典文學研究資料彙編·紅樓夢卷》（第一冊），中華書局，1964年，第219頁。
372　一粟編：《古典文學研究資料彙編·紅樓夢卷》（第一冊），中華書局，1964年，第16頁。
373　一粟編：《古典文學研究資料彙編·紅樓夢卷》（第二冊），中華書局，1964年，第378頁。

祖寅」[374]，永忠說他與曹雪芹是「可恨同時不相識」[375]，明義說「蓋其先人為江寧織府」[376] 等等，可以看出，這些提到曹雪芹的前人幾乎每人都有一些不同，這也從側面證明曹雪芹是《紅樓夢》作者的結論根本不可靠，大家都是受小說中人名的影響，從而進行的種種猜測，試想一下，如果真有一個叫曹雪芹的人寫了《紅樓夢》，而且有這麼多人都知道這件事，就不可能對這個離他們不遠的作者一無所知。因此，答案只有一個，《紅樓夢》的作者是故意不讓人知道他的名字，既然不希望有人知道自己的名字，那就更不可能把自己的名號明明白白寫進小說中。

　　除比較著名的馮其庸、周汝昌、蔡義江等對曹雪芹的考證外，新紅學考證派的很多研究者都對曹雪芹做過考證，甚至對空空道人、孔梅溪也做過考證，即使對那個看起來非常荒誕的作者「石頭」也沒有放過，一本正經地考證。考證派紅學研究者往往為一首詩、一句話，甚至一個字都要進行長篇大論的考證，從而形成了一種瑣碎、無聊的「片面的深刻」，而那些文本中的重大問題反而被忽略，讓《紅樓夢》變成了一本到處是陷阱的「黑幕小說」，甚至陷入了新索隱的泥淖，從而遠離了《紅樓夢》文本這個軸心，遮蔽了《紅樓夢》的審美視線。作為一種研究方法，考證自然有其價值，但是，考證是手段而不是目的，《紅樓夢》的美學品格和藝術成就以及在世界文學史上的地位等方面的研究才是正確的方向。因此，跳出以胡適為代表的新紅學考證派的窠臼，沿著王國維先生所創立的運用美學的、哲學的和比較文學的眼光重新審視《紅樓夢》才是正確的道路。這樣，不僅可以克服新紅學考證派在看待作品內容與歷史的關係、文學作品與史傳紀錄的根本區別方面的錯誤，而且，還能對貶低《紅樓夢》的文學價值和思想價值等方面給予撥亂反正，實現紅學批評範式的有益轉換，從

374　一粟編：《古典文學研究資料彙編・紅樓夢卷》（第一冊），中華書局，1964 年，第 13 頁。

375　一粟編：《古典文學研究資料彙編・紅樓夢卷》（第一冊），中華書局，1964 年，第 10 頁。

376　一粟編：《古典文學研究資料彙編・紅樓夢卷》（第一冊），中華書局，1964 年，第 12 頁。

而掌握住未來紅學研究突破困境的契機。

對於新紅學考證派的這一現象，我們當然也不能說這些研究者水準有限，更不能說這些研究者缺少考證的能力，實在是因為有關曹雪芹的直接材料少之又少，更缺乏所謂的鐵證，因此，所謂透過考證、探佚等「科學」的方法所得出來的「本事」、「真相」也許連自己都不敢完全相信。

以國學大師王利器為例。王利器的學術水準當然毋庸置疑，但是，在其〈馬氏遺腹子·曹天佑·曹霑〉[377]一文中，王先生的考證也幾乎完全是推測。王先生找到了曹頫的一分奏摺中所提到的「奴才之嫂馬氏，因現懷孕，已及七月」的證據，然後就認定曹頫提到的這個遺腹子，可能就是曹雪芹。請注意，王先生這裡用的是「可能」，也就是說，王先生自己也不能確定，但是，這個不能確定的「可能」並沒有影響王先生進一步的考證，接下來，王先生就由「可能」的推測便直接得出了「曹雪芹當出生於 1715 年，死於 1763 年」的結論，理由是曹雪芹是馬氏的遺腹子。之前僅僅是「可能」的推測，這裡就把「可能」變為了進一步論述的依據。接下來，王先生便自然而然把馬氏當成了曹雪芹的媽媽，因為馬氏懷孕，所以就沒有北上奔喪，留在了江寧，曹家被抄後，曹雪芹「亦當於是年」跟著曹頫來到了北京。這裡「馬氏懷孕，所以就沒有北上奔喪」、「亦當於是年來到北京」等提法顯然又是王先生的推測，因為他並沒有提供直接證據證明。接下來，王先生又從現實回到了小說，提出一個重要的證據，《紅樓夢》第二十五回癩頭和尚和道士來探視寶玉時說的一句話：「青埂峰下一別，轉眼已過十三載矣。」並認為：「我看這十三載不是隨便提出來的，似乎就是暗示作者曹雪芹自己在江寧這十三年的繁華生活。」這裡又把小說與現實對應。王先生認為，因為這個遺腹子是曹寅的妻子李氏與曹顒的妻子馬氏共同盼望的男孩，天從人願，

377　王利器：〈馬氏遺腹子·曹天佑·曹霑〉，《紅樓夢學刊》，1980 年第 4 輯。

居然生子，肇錫嘉名，名曰天佑，那麼這個曹天佑就是曹雪芹了。王先生的意思是，曹雪芹原名是曹天佑，後改名為曹霑，因古人名字，義取相應，「霑」之於「天佑」，都有希望上天眷顧的意思，而這個天佑大概是從《詩經·小雅·信南山》得來：「上天同雲……既霑既足，生我百谷……曾孫壽考，受天之佑。」所以曹頫之妻馬氏的遺腹子名曹天佑。為了證明自己觀點的正確，王先生又提出一個重要證據：「雍正六年，曹家被抄。曹雪芹深感身家遭遇，實乃天命之不佑，尚何天佑之可言，時過景遷，此而猶厚顏曰天佑，將是對自己的絕大嘲弄。」而且，「古人經常於改名之中，寓除舊之意。故曹雪芹於此時，改天佑之名曰霑」。

可以看出，以上所謂的考證，除了曹頫的那分奏摺外，幾乎全部是來自於王先生的推測，實際情況是否真的如此，我們不敢確定。而且，《詩經·小雅·信南山》中的原文是「曾孫壽考，受天之祜」。請注意，是「祜」而非「佑」，也就是說，王先生所引用的這個出處並沒有支撐他所謂的「佑」。作為國學大師的王利器，當然知道〈信南山〉中的原文是「祜」而不是「佑」，為了解決這個問題，王先生又引經據典進行了一番說明，即使王先生的考證不錯，但這個彎子繞得太過宏大，也給人以強烈的牽強之感。

之所以引用王利器先生的考證作為例證，筆者只是想說明一個問題，對於《紅樓夢》作者曹雪芹的考證，大多只能流於推測與臆度，即使有一些所謂的文獻支撐，但一到關鍵的地方就會流於猜測，並沒有真正的事實或者文獻依據。正如歐陽健所說：「現在人們看到的曹氏家譜，絕無『曹霑』之名，甚至連『曹雪芹』也沒有，那麼，這個家譜要麼就是假的，要麼就與這位『曹霑』毫無關係，二者必居其一。」、「曹寅與曹家，與寫《紅樓夢》的曹雪芹，是否有某種連繫，實在是大可懷疑的。」[378]

378　歐陽健：《紅學辨偽論》，貴州人民出版社，1996 年，第 161 頁。

第七章　曹雪芹——一個傳說中的作者

　　考證的任務是找出真相，如果真的能夠發現真相，那考證當然是有意義的，但從目前研究者所認定的所謂的「真相」來看，對於曹雪芹是《紅樓夢》作者的考證，幾乎無一例外，都是借助推測、假定、猜測去完成的。在這一點上，淵博如王利器、周汝昌者尚且如此，一般研究者就可想而知了。

　　當然，文學作品的研究自然也應該涉及其作者，弄清其作者以及其與作品的關係，當然會極有利於對作品的正確認知和闡釋。但前提一定是，這「作者」是可研究的，或有足資信實的憑據才行，否則就只能陷入徒勞無功的學術消耗之中。但要正確地做出其研究的「無意義」、「徒勞」的結論，卻也必須建立在一定的研究和驗證的基礎之上，在此意義上，筆者並不簡單否定此前關於「曹雪芹作為《紅樓夢》作者」的所有研究，而是認為在經過了較長時間的假設和驗證無果的情況下，或在沒有新的堅實憑據出現之前，再一味糾纏於這種近乎「純假設性」的研究就是沒有意義的，就是「純主觀意志」的和徒勞的「意氣遊戲」，對真正嚴謹的學術研究無益而有害，因為它可能會助長一種「主觀隨意」的，甚至是意在維護某種「幫派」、「圈子」名利的惡劣的「專制腐敗」之風。

　　「作者中心論」是西方 19 世紀的文學觀念，到 20 世紀已轉為「文本中心論」，1960 年代以後又出現了「讀者中心論」，這些變化對我們都具有積極的借鑑意義。筆者認為理想的文學觀念應是「辯證的」和「綜合的」，而真正的標準則應是科學、合理和有效。故在「作者研究」已陷入困境和僵局的情況下，把研究的重點相對集中於「文本」和「讀者接受」，對於「《紅樓夢》研究」無疑更為相宜。

第八章
脂硯齋 —— 被考證派塑造出來的神話

按照新紅學考證派的說法以及觀點，「甲戌本」之所以被推崇，主要有兩個原因：第一，甲戌本是最接近曹雪芹原本的本子；第二，脂硯齋是一個與曹雪芹關係非常近的人，對曹雪芹非常了解，甚至還兼有一定的作者的身分。因此，脂批不但成了研究《紅樓夢》的主要依據，甚至成為了探佚學（所謂八十回之後「迷失」的內容）的主要依據。

最早提到脂硯齋的是裕瑞（1771 － 1838）。對於新紅學考證派而言，裕瑞的記載成為了考證脂硯齋與曹雪芹最重要的證據。然而，非常奇詭的是，裕瑞之後，直到胡適，這一百年左右的時間裡，幾乎再無人提起。紅學界一般認為，裕瑞的《棗窗閒筆》完成於西元 1814 年到 1820 年之間，胡適開始接觸《紅樓夢》是在 1921 年以後，中間經歷過的評點者非常之多，但幾乎沒有人再提過脂硯齋這三個字，也沒有任何新材料記載過有關脂硯齋的蛛絲馬跡。直到胡適發現了帶有大量脂批的甲戌本後，脂硯齋才第二次被注意到。「我們看這幾條（指甲戌本的四條脂評）可以知道脂硯齋同曹雪芹的關係了。脂硯齋是同雪芹很親近的，同雪芹弟兄都很相熟。我並且疑心他是雪芹同族的親屬。」[379] 根據第八回脂評「作者今尚記金魁星之事乎？撫今思昔，腸斷心摧」。胡適又說：「看此諸條，可見評者脂硯齋是曹雪芹很親的族人，第十三回所記寧國府的事即是他家的事，他大概是雪芹的嫡堂弟兄或從堂弟兄 —— 也許是曹顒或曹頫的兒子。松齋是他的表字，脂硯齋是他的別號。」[380]

---

379 《胡適紅樓夢研究論述全編》，上海古籍出版社，1988 年，第 164 頁。
380 《胡適紅樓夢研究論述全編》，上海古籍出版社，1988 年，第 164 頁。

　　稍微分析一下胡適這些對脂硯齋的所謂考證，幾乎全部出於臆度，先說「疑心」，後在疑心的基礎上就毫無根據地推斷出了「可見」與「所記寧國府的事即是他家的事」的結論。同樣，在「大概」的基礎上也得出了「松齋是他的表字，脂硯齋是他的別號」的結論。但是，臆度畢竟是臆度，並不能證實其結論的正確。

　　庚辰本被發現後，胡適又開始做出新的判斷：「現在我看了此本，我相信脂硯齋即是那位愛吃胭脂的寶玉，即是曹雪芹自己。」（《跋乾隆庚辰本脂硯齋重評石頭記抄本》）胡適的主要根據有二：一是庚辰本第二十二回中「鳳姐點戲，脂硯執筆事」和「前批知者聊聊（寥寥）」兩條眉批：「鳳姐不識字，故點戲時須別人執筆；本回雖不曾明說是寶玉執筆，而寶玉的資格最合。所以這兩條批語使我們可以推測脂硯齋即是《紅樓夢》的主人，也即是它的作者曹雪芹。」二是以庚辰本第七十八回〈芙蓉女兒誄〉中許多解釋文辭典故的批語為例，認為此類批語「明明是作者自加的注釋」，因為「其時《紅樓夢》剛寫定，絕不會已有『紅迷』的讀者肯費這麼大的氣力去作此種詳細的注釋」。因此，胡適斷言：「『脂硯』只是那塊愛吃胭脂的頑石，其為作者託名，本無可疑。」[381]

　　在這裡，胡適把脂硯齋、曹雪芹與賈寶玉三個毫無關聯的人等同起來，成為後來脂學、自傳說的源頭，以至於後來有很多持此說者，比如鄧牛頓也認為：「故而不能不使我們猜想：這脂硯齋應該就是作家自己！」[382]

　　在胡適的影響下，脂硯齋不但擁有了紅學研究中至高無上的地位，更被胡適的後繼者發展成為專門的學問 —— 脂學。在多數新紅學考證派的認知中，脂硯齋既兼有《紅樓夢》一定程度的作者身分，又是《紅樓夢》最早的批點者。而且，在小說還處於起草階段，他就已經得到曹雪

---

381 《胡適紅樓夢研究論述全編》，上海古籍出版社，1988 年，第 164 頁。
382 鄧牛頓：〈尋找脂硯齋〉，《南京師範大學文學院學報》，2012 年第 2 期。

芹的允許，可以在未定的稿子上隨意加批了。如果真是這樣，那脂硯齋就完全可以說是《紅樓夢》研究的第一人，也是紅學的開關者，那麼，脂批也就自然成為新紅學研究史發軔時期的最早成果。如果新紅學考證派這樣的認知是歷史的真實，脂硯齋的批語就完全可以經得起檢驗，因為處於「原創」狀態下的一切內容都是真實的，因此，脂硯齋及其批語也就不可能存在太多現實的對立面。但問題是，如果仔細去考察脂硯齋的批語就會發現，脂批完全經不起檢驗，甚至可以說是造成紅學一片混亂的主要根源。

那麼，脂硯齋到底是誰，他的批語是否真的是研究《紅樓夢》最重要的證據？脂學是否真能成為獨立的學問？這是一個需要認真討論的問題。

目前新紅學考證派對於脂硯齋幾乎所有考證都是來自於脂硯齋自己的批語。這就出現了一個非常奇特也令新紅學考證派比較尷尬的局面，那就是「以脂考脂」。以脂考脂當然也不是完全不可以，前提是脂硯齋必須首先的確是曹雪芹的親人，或者真的是一個「深知擬書底裡的人」，如果失去了這一前提，以脂考脂不僅難以令人信服，甚至就會成為一個笑話。

在筆者看來，脂硯齋的批語幾乎可以說毫無價值，仔細去分析這些批語，就會從這些似是而非的資訊中發現脂硯齋對於《紅樓夢》作者毫不知情，甚至會發現甲戌本是一個非常晚出的本子。那些被考證派紅學認為與曹雪芹有關的重要資訊，幾乎沒有能站得住腳的，在這樣的情況下，脂批卻成為研究《紅樓夢》的重要依據，從學術的角度而言，非常荒唐。

第一節　脂硯齋被神話的過程

最早提到脂硯齋的裕瑞在其《棗窗閒筆・後紅樓夢書後》中有這樣一段記載：

《石頭記》不知為何人之筆，曹雪芹得之。以是書所傳述者，與曹家之事蹟略同，因借題發揮，將此部刪改至五次，愈出愈奇。乃以近時之人情諺語，夾寫而潤色之，藉以抒其寄託。曾見抄本卷額，本本有其叔脂硯齋之批語，引其當年事確甚，易其名曰《紅樓夢》……「雪芹」二字，想係其字與號耳，其名不得知。[383]

這段話成為考證脂硯齋最重要的證據之一，很多考證派紅學研究者對脂硯齋是曹雪芹的親近的人深信不疑，如鄧遂夫《脂硯齋重評石頭記甲戌校本》中就說：「緊接著，他（指曹雪芹）的親人兼著書助手脂硯齋也很快離開了人世。」[384] 沈新林認為：「脂批是研究《紅樓夢》最具重要價值的第一手資料，也是研究脂硯齋其人最為直接的寶貴資料。」[385] 蔡義江先生更是言之鑿鑿：「當初，作者一邊寫書，一邊就讓一些親友在他寫好的書稿上加評語，所以像脂硯齋、畸笏叟等批書人了解創作情況最確，而且在他們所加的脂評上也提到過這方面的問題。毫無疑問，這是最直接、最可信的材料；可以說，在小說著作權問題上，沒有什麼別的材料能比脂評所說的更具有權威性的了。」[386] 從蔡義江先生的言語中，似乎曹雪芹一邊寫書，脂硯齋一邊加批的現場就像是蔡先生親眼所見一般。

在鄧遂夫、蔡義江等人看來，脂硯齋不但是曹雪芹的親人，而且還

383　愛新覺羅・裕瑞：《棗窗閒筆》，文學古籍刊行社，1957 年，第 24 頁。
384　鄧遂夫：〈走出象牙之塔──寫在脂硯齋重評石頭記甲戌校本出版之際〉，作家出版社，2009 年，序。
385　沈新林：〈脂硯齋與紅樓夢〉，《南京師範大學文學院學報》，2009 年第 2 期。
386　蔡義江：〈脂評說紅樓夢作者是曹雪芹〉，《文藝研究》，1979 第 2 期。

是兼有寫作助手（部分作者）的身分。不知道鄧遂夫等人是如何得出這樣的結論的，他們似乎知道的比裕瑞還多。裕瑞這段話有很多自相矛盾的地方，他一方面說曹雪芹並不是《紅樓夢》的作者，僅僅是「是書所傳述者」，但又說《紅樓夢》「與曹家之事蹟略同」，那麼，這個「真正的作者」為什麼要寫曹家的事呢？而且，從裕瑞的記載來看，所謂《紅樓夢》的書名，是出自脂硯齋而不是曹雪芹（易其名曰《紅樓夢》）。從這些資訊來看，裕瑞對於這些細節似乎有一些了解，因此，裕瑞的記載應該有可信的。但是，文字中又表示，裕瑞連「雪芹」二字是作者的字與號都不清楚，應該說非常奇怪。

　　裕瑞又說曹雪芹「曹姓，漢軍人，亦不知其隸何旗」，接下來，又說了很多關於曹雪芹的資訊，但均用「聞」、「又聞」、「蓋」、「皆不可考」等語，可以看出，裕瑞根本不了解曹雪芹，更別說了解所謂曹雪芹的叔叔脂硯齋了。新紅學考證派認為，既然裕瑞說「聞前輩姻親有與交好者」，那他關於曹雪芹的資訊應該是從敦誠、敦敏等人那裡得來的，奇怪的是，按照裕瑞所說，脂硯齋是曹雪芹的叔叔，然而，參加過敦誠《草堂聯句》的二三十人中，似乎都沒有提到過關於脂硯齋的任何資訊。就算這些人都和脂硯齋沒有交往，當《紅樓夢》已經開始流傳的時候，脂硯齋的資訊總應該有所透露吧？除非這些人都已經不在人世。還有，從敦誠、敦敏等人的詩歌來看，曹雪芹應該是一個比較瘦的人（「四十蕭然太瘦生」），而裕瑞卻說曹雪芹「其人身胖頭廣而色黑」。那麼問題來了，新紅學考證派該不該相信裕瑞的話呢？如果信了裕瑞的話，那敦誠、敦敏的話就是假的，如果裕瑞的話不可信，那同樣是出自裕瑞口中的脂硯齋又怎麼能相信呢？看來，新紅學考證派對所有的證據都是可以選擇性相信的。

　　裕瑞之後，第一個關注到脂硯齋的是胡適，胡適在得到甲戌本之

後，於 1928 年就提出脂硯齋是曹雪芹堂弟兄的論斷，這也是胡適最早對於脂硯齋的認知。堂弟兄說的依據是甲戌本第八回中脂批：「作者今尚記金魁星之事乎？撫今思昔，腸斷心摧」與第十三回中「『樹倒猢猻散』之語，今猶在耳，曲（屈）指三十五年矣。傷哉！寧不慟殺」。胡適說：「看此諸條，可見評者脂硯齋是曹雪芹很親的族人，第十三回所記寧國府的事即是他家的事，他大概是雪芹的嫡堂弟兄或從堂弟兄，也許是曹顒或曹頫的兒子。松齋似是他的表字，脂硯齋是他的別號。」[387] 雖然這一說法沒有多久就被胡適自己的「作者說」所取代，但影響卻一直存在。1980 年代，楊光漢重拾此說，並依據脂硯齋的十六條批語和《八旗滿洲氏族通譜》、《五慶堂重修曹氏宗譜》、《關於江寧織造曹家檔案史料》等有關曹雪芹（實際上是曹寅）家世從五個方面進行了詳細的考證，得出了脂硯齋「當是曹顒的遺腹子天佑」的結論。楊光漢說：

> 天佑生於一七一五年五月，曹雪芹也生於一七一五年，他倆是同歲的兄弟。按血統說，是僅同曾祖的從堂兄弟；但由於曹頫已過繼給曹寅妻李氏做兒子，則從倫理說，他們又是親堂兄弟；再從曹寅一支的特殊情況（寅、顒皆亡，僅遺兩輩孤孀）來看，他們又無異是親兄弟。[388]

楊光漢先生的考證貌似翔實，但其實有一個致命的漏洞，曹天佑是歷史上真實存在的人物，如果脂硯齋真是曹天佑，完全可以透過曹天佑的生平經歷去印證脂硯齋的批語，但是，從脂批及其他文獻來看，幾乎完全無法印證。再有，如果脂硯齋就是曹天佑，那曹天佑應該非常了解曹雪芹的創作情況，但是，透過脂硯齋的批語來看，情況並非如此。

持此說的還有胡邦煒先生。胡邦煒在其論文《脂硯芳蹤 —— 一件與曹雪芹有關的歷史文物的故事》中也對脂硯齋進行了考證，並認為脂硯

---

387 《胡適紅樓夢研究論述全編》，上海古籍出版社，1988 年，第 109 頁。
388 楊光漢：〈脂硯齋與畸笏叟考〉，《社會科學研究》，1980 年第 2 期。

齋是曹雪芹的堂兄曹天佑[389]，考證的依據大致不出楊光漢等人的範圍。孫遜也持此說，但態度比較謹慎。他說：「我們細審一下脂硯之批的語氣，大都會有這樣一個感覺：說脂硯與作者為同一輩分的人，這似乎並無大錯。或者說，其語氣所顯示出的兩人間的關係，兄弟說似比叔姪說更合理一些。」[390] 同時，他根據庚辰本第七十七回雙行夾批「況此亦余舊日目睹親聞，作者身歷之現成文字，非搜造而成者」認為：「這裡講這段故事是他舊日『目睹親聞』、『作者身歷』的現成文字（請注意，不是脂硯自己『身歷』，而是他『目睹親聞』），這說明這一素材主要是作者的親身經歷，而脂硯僅僅是耳聞目睹而已。若脂硯真是作者之叔，那當然首先應該是他的『身歷』，而不會僅僅是『目睹親聞』而已。這條批語透露的消息，似脂硯應是作者的堂兄弟而不是親兄弟。」[391]

　　孫遜的說法更站不住腳，首先，用感覺來判斷本身就缺少科學性。比如，胡適透過感覺來臆斷脂硯齋是曹雪芹的長輩或者是作者，而周汝昌感覺是曹雪芹的妻子。因此，感覺是靠不住的；其次，批語中所謂「況此亦余舊日目睹親聞，作者身歷之現成文字，非搜造而成者」完全可以理解為書中所描寫的內容非常真實，同樣的事情就發生在生活之中，每個人都似曾相識或者經歷過類似的事件，一句話，藝術描寫是有現實依據的，並不像志怪小說、傳奇劇等小說那樣屬於「搜造而成者」。因此，孫遜最後還是沒有得出一個確定的結論：「綜上所述，關於脂硯齋為誰的問題，對過去有代表性的四種觀點，我們在今天只能大致否定掉了作者本人說與史湘雲說，對叔父說與堂兄弟說，我們故不妨都暫時存疑，俟待材料的進一步發現。」[392]

389　胡邦煒：〈脂硯齋——件與曹雪芹有關的歷史文物的故事〉，《歷史知識》，1981年第4期。

390　孫遜：《紅樓夢脂評初探》，上海古籍出版社，1981年，第64頁。

391　孫遜：《紅樓夢脂評初探》，上海古籍出版社，1981年，第65頁。

392　孫遜：《紅樓夢脂評初探》，上海古籍出版社，1981年，第65頁。

第八章　脂硯齋—被考證派塑造出來的神話

　　繼胡適推出「堂弟兄說」、「作者說」與自傳說以後，脂硯齋重新進入了研究者的視野。吳世昌重拾裕瑞的「叔父說」，提出脂硯齋是「寶玉的模特兒 —— 是曹雪芹的叔父」的觀點。

　　吳世昌的考證過程如下：

　　他說：「在脂京本中四十三條壬午年（1762）的評語裡，他有時已署名『畸笏老人』，那時雪芹還只四十多歲。上文說到他曾見康熙末次南巡（1707），假定其時他十歲左右（再小便記不清），則他生於一六九七年左右，到壬午已六十五歲左右。可以自稱『老人』了。他比雪芹，可能大到十八歲至二十歲左右。」[393]「脂硯這十歲上下的小孩子既然見到家人接駕，他也必是曹家的孩子……此外，書中人物談話，脂評常說『親見』、『親聞』、『有是人』、『有是語』等等，有時說明某事發生在『二十年前』、『三十五年前』等等。他和雪芹的關係密切，也可以從評中看出：有時他和作者開玩笑，有時自稱『老朽』，命他改寫故事（如秦可卿之死），雪芹寫完了一部分，便送給他看，請他批評。有時他的批評以老賣老，儼然是長輩的口氣。」由此，吳世昌最後得出結論：「脂硯無疑是曹家人，是雪芹的長輩，而且深悉書中故事的背景。」[394]

　　既然已經得出了脂硯齋是曹家人而且是曹雪芹長輩的結論，吳世昌再接再厲，進一步落實了脂硯齋是曹雪芹的什麼長輩。吳世昌的依據是庚辰本第十七回側批：「批書人領過此教，故批至此，竟放聲大哭。俺先姊先（仙）逝太早，不然，余何得為廢人耶？」吳世昌依據脂硯齋是曹雪芹長輩的推斷認為：「原來『元春』是批書人脂硯齋的『先姊』」，而曹雪芹又是曹寅之孫，則脂硯是雪芹的叔輩。依據這樣的判斷吳世昌自然而然就得出了「這裡的『寶玉』是批書人脂硯自己」[395] 的結論。

393　吳世昌：〈脂硯齋是誰〉，《光明日報》，1962 年 4 月 14 日。
394　吳世昌：〈脂硯齋是誰〉，《光明日報》，1962 年 4 月 14 日。
395　吳世昌：〈脂硯齋是誰〉，《光明日報》，1962 年 4 月 14 日。

　　既然已經明確了脂硯齋是曹雪芹的叔叔，吳世昌乾脆把名字也給脂硯齋起好了。在吳世昌看來，「曹家兩代取名字都用《詩》、《書》成語」，而脂硯齋又與曹頫同輩，他的名字也應該同樣出自《詩》、《書》成語。因此，吳世昌認為：「如上述推論不誤，則脂硯齋是曹宣第四子，名碩，字竹磵，從小即會做詩。大概是宣子中最小而最聰明，深為曹寅所愛。」

　　以上就是吳世昌考證的基本內容，所謂的考證文獻，主要是來自脂批，也就是前面所說的「以脂考脂」。蘇軾在評價孟郊的詩時有幾句是這麼寫的：「詩從肺腑出，出輒愁肺腑。有如黃河魚，出膏以自煮。」、「以脂考脂」其實就是「出膏以自煮」，最關鍵的是，在不知道脂硯齋為誰的情況下「以脂考脂」，這樣的考證在邏輯上很難成立。

　　退一步說，即使採用脂批作為考證的依據，也必須建立在兩個前提上：第一，曹雪芹是《紅樓夢》的作者而不是小說中的人名；第二，脂硯齋所說的「仙姊」就是元春，而且元春的原型必須是曹寅家族中的一個妃子。然而，事實是，正如前文所述，曹雪芹是否真是《紅樓夢》的作者並不能確定，更重要的，曹寅家從來沒有出現過一個像小說中元妃那樣的皇妃。

　　吳世昌的觀點雖然遭到了後來很多研究者的質疑，但也有一定的影響。石昕生、毛國瑤在其〈曹雪芹、脂硯齋和富察氏的關係〉一文中直接認為：「脂硯齋是曹頫。」[396] 吳玉峰與石昕生、毛國瑤觀點完全一致，認為「脂硯齋是曹頫……曹頫不是曹雪芹的父親，而是其叔父，曹雪芹的父親是曹顒」[397]。戴不凡雖然也同意「叔父說」，但採取了比較謹慎的態度。他說：「脂硯齋究竟是誰？在史料不足的情況下，未敢妄斷。我

396　石昕生、毛國瑤：〈曹雪芹、脂硯齋和富察氏的關係〉，《人文雜誌》，1982 年第 1 期。

397　吳玉峰：〈脂硯齋是誰？〉，《韶關師專學報》，1985 年第 1 期。

們最多只能根據裕瑞的記載，說他是曹雪芹的叔父。」[398]

在所有考證脂硯齋的研究者中，最令人感到「驚悚」的結論是周汝昌先生的「妻子說」。1976 年，周汝昌在其大作《紅樓夢新證》中提出了「脂硯齋是曹雪芹的妻子史湘雲」的著名論斷，不啻在紅學界投下了一顆重磅炸彈。

周汝昌的依據主要是脂硯齋不但「知道怡紅院裡女兒的『細事』」（以下關於史湘雲為脂硯齋的引文均出自周汝昌《紅樓夢新證》（人民文學出版社 1976 年，後不一一注出），而且他的一些批語透露出那些對女性思想感情的細膩體味，看起來「更像女子口氣」。周先生雖然列舉了一些脂批，但最主要的根據是庚辰本第二十六回有一條行側批：「玉兄若見此批，必云：『老貨！他處處不放鬆，可恨可恨！』回思將餘比作釵、顰等乃一知己，余何幸也！一笑。」周先生對這條批語做了非常細緻的分析：

請注意這兩條脂批的重要性：一、明言與釵、顰等相比，斷乎非女性不合；我們可以設疑：末尾既說明「一笑」，分明是開玩笑的注腳，何得固執？可是，如果是「堂兄弟」或是什麼「很親的」男性「族人」，竟會以愛人、妻子的關係相比，而且自居女性，這樣的「玩笑」，倒是不算不稀奇的事。二、且亦可知其人似與釵、顰同等地位，而非次要的人物。又如同回，寶玉忘情而說出「多情小姐同鴛帳」，黛玉登時摺下臉來，旁批云：我也要惱。凡此等處，如果不是與世俗惡劣貧嘴賤舌的批同流，那他原意就該是說：「我若彼時聽見這樣非禮的話，也一定得惱。」那也就又是個女子聲口。[399]

有了以上鋪墊之後，周先生又根據「甲戌本」第二回旁批：「先為寧

398　戴不凡：〈說脂硯齋〉，《紅樓夢研究集刊（2）》，上海古籍出版社，1980 年。
399　周汝昌：《紅樓十二層》，書海出版社，2005 年，第 133 頁。

榮諸人當頭一喝，卻是為余一喝」認為：「是此人並不在寧榮之數，我想也許《石頭記》裡根本沒有運用這個藝術原型？但至四十八回一雙行夾批分明說：故『紅樓夢』也。余今批評，亦在夢中。特為『夢』中之人，特作此一大夢也。」依據「余今批評，亦在夢中」這句批語，周先生最後得出了結論：

> 她已明說了自己不但是夢中人（即書中人，夢字承上文書名，乃雙關語），而且也好像是特為了作此夢中人而作此一大夢——經此盛衰者。則此人明明又係書中一主要角色，尚有何疑？翻覆思繹：與寶玉最好，是書中主角之一而又非榮寧本姓的女子有三：即釵、黛和史湘雲。按雪芹原書，黛早逝，釵雖嫁了寶玉也未白頭偕老，且她們二人的家庭背景和寶玉家迥不相似。惟有湘雲家世幾乎和賈家完全無異，而獨她未早死，且按以上三次宴會而言，湘雲又恰巧都在，並無一次不合。因此我疑心這位脂硯，莫非即是書中之湘雲的藝術原型吧？於是我又按了這個猜想去檢尋「脂批」。[400]

周先生檢尋脂批後，發現脂批中多次提到「普天下幼年喪母者齊來一哭」、「哭煞幼而喪父母者」、「未喪母者來細玩，既喪母者來痛哭」等等，按照周先生的思路，既然《紅樓夢》寫的是曹雪芹的家事，而《紅樓夢》中，「釵喪父而黛喪母，自幼兼喪父母而作孤兒的，只有湘雲」。那麼，「脂硯果真是湘雲」無疑了。周汝昌引用了甫塘逸士《續閱微草堂筆記》中的一條記載：「榮寧籍沒後，皆極蕭條，寶釵亦早卒，寶玉無以作家，至淪（原作論）為擊柝之流；史湘雲則為乞丐，後乃與寶玉仍成為夫婦，故書中回目有『因麒麟伏白首雙星』之言也。」從而認為「湘雲歷經坎坷後來終與寶玉成婚」。而且，周先生說：「雪芹脂硯

400　周汝昌：《紅樓十二層》，書海出版社，2005 年，第 155 頁。

夫婦。後來落拓。」、「頗有感於世情冷暖」，因而兩人密切合作，一人作書，一人寫評，共同進行了《紅樓夢》的創作。

　　以上就是周先生考證脂硯齋為史湘雲的大致過程與主要依據，當然，在周先生的眼裡，還有很多證據可以證明自己的觀點。接著，他又列舉了幾條脂批來證明其觀點的正確：如第七十三回寫媳婦們向邢夫人唆說探春，雙行批云：「殺、殺、殺！此輩專生離異。余因實受其蠱。今讀此文，直欲拔劍劈紙！」周先生說：「這裡是說奴才們，『受蠱』云者，即因受其挑撥而遭到虐待之謂。注意邢夫人於探春乃是大娘。若是釵、黛，家裡並無孀子大娘輩，絕談不到受蠱一事。惟獨湘雲乃是無有父母跟隨孀子大娘度日，而且書中明示其受叔孀等委屈的。」再如，第三十八回賈母因到藕香榭，而提起當年小時在娘家的舊事，曾在枕霞閣與眾姊妹玩耍，失腳落水。此處雙行夾批云：「看他忽用賈母數語，閑閑又補出此書之前，似已有一部十二釵的一般。令人遙憶不能一見！余則將欲補出枕霞閣中十二釵來，豈不又添一部新書？」在周先生看來，「枕霞閣原是賈母娘家的舊事，也就是湘雲家裡的舊事。試問若不是『賈母』自家的人，誰有資格配補這部新書呢？」

　　作為一般的讀者，相信很少有人能理解周先生的考證與結論。且不說透過主觀感受來確定批語是否「更像女子口氣」本身就很難準確，而且，從脂批來看，脂硯齋所知道的關於怡紅院裡女兒的「細事」，有的是小說中的描寫，有的是依靠推測而來，所以，就此就認為脂硯齋是女子的判斷沒有任何科學依據。至於「回思將餘比作釵、顰等乃一知己，余何幸也！一笑」之語，「將餘比作釵、顰等乃一知己」的主語是誰，非常值得討論，如果是脂硯齋的友人或親人因為其批書用力或者讚賞他的評點，因此把他比作釵、顰的知己，而脂硯齋也以其知己自詡，那麼，他在批書的過程中這麼說也不是不可能的。退一步講，即使按照周先生的思路，這句

批語怎麼就能看出來是「以愛人、妻子的關係相比」呢？還有，「我也要惱」這句批語非常明顯是感覺小說寫得非常符合黛玉當時的身分與性格，有感而發。不知道周先生怎麼就能看出來是女子口吻？

至於「余今批評，亦在夢中」這句批語，相信任何一個批書人都可以說得出來，人生如夢是幾乎所有人都有的感覺，為何單單就是「特為了作此夢中人而作此一大夢 —— 經此盛衰者」呢？其他所謂「因麒麟伏白首雙星」及「湘雲歷經坎坷後來終與寶玉成婚」之類的所謂「證據」與結論，百二十回中沒有這樣的情節，八十回中更沒有，因此，也就是完全出於猜測。綜上，周先生的所謂「考證」，除了能夠體現其作為讀者的再創造之外，能夠證明什麼呢？

雖然，周汝昌先生的考證處處透著猜度與臆測，但是，這樣的考證居然也有人相信，比如鄧遂夫先生。不過，在說鄧遂夫之前，必須先提到一件事。

在 1980 年代初，出現了所謂「曹雪芹書箱」的「重大事件」。據收藏者講，其祖上就是大名鼎鼎的曹雪芹的好友張宜泉。書篋右邊的蘭花下有一拳石，蘭花上端有行書題刻：「題芹溪處士句：並蒂花呈瑞，同心友誼真。一拳頑石下，時得露華新。」左邊一幅蘭花上端題刻：「乾隆二十五年歲在庚辰上巳。」左邊一幅蘭花的右下角題刻：「拙筆寫蘭。」還有兩句題刻：「清香沁詩脾，花國第一芳。」左邊書篋的篋門背面，用章草書寫著箱內所裝物品的清單。由此清單可見，此箱的主人是一個名為「芳卿」的女子，箱中物品是她與丈夫所繪的編織一類的草圖和歌訣稿本，即所謂「花樣子」。清單共五行字，五行字左邊，則是用娟秀的行書寫的一首七言悼亡詩，括弧裡的文字，是書寫當時被勾掉的：

不怨糟糠怨杜康，亂諑玄羊重克傷。（喪明子夏又逝傷，地坼天崩人未亡。）睹物思情理陳篋，停君待殮鬻嫁裳。（才非班女書難續，義

305

重冒）織錦意身晡蘇女，續書才淺愧班娘。誰識戲語終成讖，宛爹何處葬劉郎。

　　事件發生後，許多紅學大家都做了實地考察，比如紅學大師馮其庸就做出了這樣的判斷：該書箱確實是乾隆年代的舊物，是曹雪芹或其續弦夫人逝世後，由張宜泉保存下來的。這在當時的紅學界被稱之為「二百年來的一次重大發現」。趙岡先生還特意寫了一篇大作──〈曹雪芹的繼室許芳卿〉。

　　鄧遂夫根據曹雪芹箱篋上的文字和敦誠的〈輓曹雪芹詩〉以及震動整個紅學界的所謂「脂硯齋所珍藏的素卿脂硯」（後神祕失蹤）得出如下結論：「脂硯齋的真名叫李蘭芳，她是曹雪芹的續弦妻子，也就是《紅樓夢》中史湘雲的生活原型。」[401]

　　對於鄧遂夫、趙岡等紅學界的風雲人物所發的驚人之論，筆者並不想做過多的評價，在這裡只提一件事。1983 年 3 月，端木蕻良與洪靜淵先生〈關於新見「芳卿悼亡詩」的通信〉在《文獻》雜誌第 15 輯刊出。洪靜淵先生稱「從友人處獲閱《舊雨晨星集》一書殘本」，書內記載一個名「許芳卿」的女詩人，在其夫卒後，作悼亡詩云：

> 不怨糟糠怨杜康，克傷乩詠重玄羊。
> 思人睹物埋沉篋，待殮停君鬻嫁裳。
> 織錦意深慚蕙女，續書才淺愧班娘。
> 誰知戲語終成讖，欲奠劉郎向北邙。

　　當端木先生復函索問其所見《舊雨晨星集》的刻印年代時，洪又覆信稱：此集「經查係嘉慶乙丑三月『瓜渚草堂』板本」，而他所見殘本，則「係白宣紙抄本」。

401　鄧遂夫：〈曹雪芹續弦妻考〉，《紅岩》，1982 年第 1 期。

　　《舊雨晨星集》的作者為程瓊，號「轉華夫人」，許芳卿是其生前鄰居，程瓊的丈夫名曰吳震生，號「玉勾詞客」，無論是程瓊夫婦還是許芳卿，都生活在康雍時期，按照紅學考證派的考證，曹雪芹生於 1715 年前後，而吳震生在乾隆二年為《西青散記》作序時就自稱「鰥叟」，此時的「轉華夫人」程瓊去世已至少十年，而曹雪芹此時尚未出生，那麼，所謂許芳卿是曹雪芹的妻子的說法也就不攻自破了。

　　鄧遂夫得出的結論雖然與趙岡不同，但其採用的三條主要依據中的兩條，即「曹雪芹箱篋上的文字」和「脂硯齋所珍藏的素卿脂硯」，一被證實為偽作，一神祕失蹤。失去了這兩條依據，剩下敦誠的詩歌根本說明不了任何問題。因此，其觀點也就可想而知了。

　　以上就是紅學考證派關於脂硯齋研究的主要成果，當然還有一些其他觀點，但與以上觀點大同小異。仔細考察一下這些所謂的成果就會發現，新紅學考證派內部也難以統一，換言之，沒有一個結論是可信的。然而，紅學界卻有一個非常奇怪的現象，雖然尚不清楚脂硯齋為何人，也沒搞清楚其批語可信度有多少，就形成了一個共識 —— 脂批是研究《紅樓夢》最重要的資料。因此，紅學界研究《紅樓夢》必引脂批，尤其是曹學、探佚學，甚至脂批本身也成為一門學問，也就是眾所皆知的脂學。脂批一旦成為脂學，脂硯齋就成為紅學界的「神」，因此，也就出現了言必引脂批的奇怪現象。為什麼會出現這樣的情況呢？答案其實很簡單，那就是從一開始就搞錯了方向，脂硯齋所有的批語中都沒有明確透露其與曹雪芹的關係，更沒有說是曹雪芹的什麼人，而考證派一開始就把脂硯齋認定為曹雪芹的某位親人，然後去考證，自然是走錯了路。

　　為了說明脂硯齋與所謂的作者曹雪芹之間並無關係，接下來，我們來仔細分析一下脂批，揭開這些所謂研究《紅樓夢》的「最重要的證據」。

▎第二節　脂硯齋批語分析

　　胡適在建立新紅學派的時候，主要用了兩種材料，一是裕瑞的記載，另一個就是甲戌本上面的脂批。但是，透過前面筆者的分析可知，裕瑞所有關於曹雪芹的資訊都不可靠，不能成為研究曹雪芹的所謂的重要資料。然而，裕瑞那段連自己都不敢確認的材料卻讓胡適大感興奮，成為考證脂硯齋與曹雪芹最重要的證據，胡適作〈考證紅樓夢的新材料〉時，就是根據這段話認定脂硯齋是曹雪芹很親的族人[402]。1927 年，胡適得到十六回殘抄本《脂硯齋甲戌抄閱重評石頭記》之後，上面帶有的 1587 條批語使胡氏學說第一次獲得了版本「印證」，「新紅學」的理論大廈遂由此建立起來。因此，這是「新紅學」史上一件具有劃時代意義的大事，在其後近百年的時間裡，新紅學考證派的基本觀點、基本方法、基本方向依然是在胡適建構起來的理論框架中運行的。可以說，胡適的理論框架也是「曹學」、「版本學」、「脂學」、「探佚學」以及脂硯齋是曹雪芹「親人」說等等一系列觀點的主要來源，對於新紅學考證派而言，這些觀點已經成為「一致公認」的學術定論，不可有絲毫動搖。

　　事實果真如此嗎？

　　2003 年 10 月，歐陽健先生出版了長達 90 餘萬字的《還原脂硯齋》，對脂硯齋進行了非常詳細的考證與分析。筆者對歐陽先生的觀點雖然不能全部認同，但也認為其中有一些證據還是非常能說明問題的。首先，裕瑞曾提到其「前輩姻親」有與曹雪芹相交好者，歐陽健就根據吳世昌的考證得出這幾位所謂的「前輩姻親」不外乎是明義、明琳、明興、明仁、永忠和墨香等人，歐陽健認為，永忠、明義等人提到過曹雪芹，甚至也提到過《紅樓夢》，但並沒有提到過脂硯齋，更沒有提到過脂硯齋

402　胡適：《胡適文存》，首都經濟貿易大學出版社，2013 年，第 565 ─ 606 頁。

的評點；其次，歐陽健透過對裕瑞所著《思元齋全集》入手發現其中所收的作品有 11 種，唯獨沒有《棗窗閒筆》，而且，透過對兩部著作的字跡對比發現兩部作品並非一人所寫；最後，歐陽健根據書中所記清代「捐納」行情看漲等，認為《棗窗閒筆》是光緒後之人的偽作。[403]

對於歐陽健先生的質疑，筆者感覺有一定道理。但是，如何理解脂硯齋批語中所透露出來的關於曹雪芹的資訊呢？下面筆者就仔細分析一下脂硯齋批語中那些所謂的「重要資訊」。

在《脂硯齋重評石頭記》中，似乎的確透露出一些脂硯齋與曹雪芹有很深關係的資訊，為了方便讀者全面了解，筆者羅列其中一部分。

小說二十八回寫賈寶玉與薛蟠等人在馮紫英家飲酒，寶玉說：「我先喝（甲戌本作「吃」，庚辰本作「喝」）一大海」，甲戌本脂批道：「誰曾見過？嘆嘆，西堂故事。」庚辰本脂批曰：「大海飲酒，西堂產九臺靈芝日也。批書到此，寧不悲乎？壬午重陽日。」兩條批語都點出「西堂故事」。而「西堂」是曹寅官署中齋名，曹寅《楝亭集》中有不少描寫於西堂宴集賓友的事情。脂硯齋明確點出「西堂故事」，似乎脂硯齋真的了解曹雪芹甚至曹家。

第十四回回後總評：「此回將大家喪事詳細剔盡，如見其氣概，如聞其聲音，絲毫不錯，作者不負大家後裔。」（庚辰本）

大家族喪事如何辦理，自然與普通人家有所差別，能如此「詳細剔盡」的，當然應該只有親身經歷過的人才可以寫出。因此，脂硯齋認為「作者不負大家後裔」，換言之，就是曹雪芹是大家子弟，這也是自敘傳說的一個有力的證據。

小說第三十八回：寶玉將合歡花浸的酒讓黛玉吃。脂硯齋側批道：「傷哉，作者猶記矮㡉舫前以合歡花釀酒乎？屈指二十年矣。」（庚辰本）

403　歐陽健：《還原脂硯齋》，黑龍江教育出版社，2003 年。

第八章　脂硯齋─被考證派塑造出來的神話

「矮幽舫前以合歡花釀酒」一句，既有地點，又有時間（屈指二十年矣），還有事件，如果不是親力親為，怎麼能有這樣的記載呢？

新紅學考證派最有力的證據當數第十三回的脂批。第十三回秦可卿託夢於鳳姐道：「若應了那句『樹倒猢猻散』的俗語，豈不虛稱了一世的詩書舊族了。」脂批曰：「『樹倒猢猻散』之語，今猶在耳，屈指三十五年矣。哀哉傷哉，寧不慟殺！」

「樹倒猢猻散」這句話本是一句俗語，人人都可以用，曹寅也用過，明確記載於與曹寅有過交往的施閏章之孫施瑮〈病中雜賦〉的自注中：「曹棟亭（寅）公時拈佛語對坐客云『樹倒猢猻散』，今憶斯言，車輪腹轉。」如果不是對曹寅家事非常了解的人，怎麼會知道曹寅說過的話呢？

從以上這些經常被新紅學考證派提到的「有力證據」來看，脂硯齋似乎真的是一位「深知擬書底裡」者，甚至與所謂的作者曹雪芹有非常親近的血緣關係。如第十七、十八回元春省親，說寶玉三歲時已得元春手引口傳處，脂硯齋批曰：「批書人領至（過）此教。故批至此，竟放聲大哭。俺先姐仙逝太早，不然，余何得為廢人耶！」（庚辰夾批）由於主語不明，「俺先姐」到底是脂硯齋與寶玉共同的「先姐」還是脂硯齋睹書思人，由元春想到了自己的先姐，不得而知。因此，有研究者就得出了這樣的結論：「批書人和作者都是書中人物。《石頭記》是記錄他們的生活，批語是他們看到自己過去的生活產生感慨！」[404] 按照這樣的理解，《紅樓夢》就不完全是「自傳」，而是「合傳」，不但造成了研究的混亂，甚至也造成了新紅學考證派的考證錯亂。

脂批中還有一個非常明顯的證據可以證明脂硯齋與曹雪芹沒有任何關係。第五十二回自鳴鐘敲了四下，庚辰本雙行夾批：按四下乃寅正初刻。「寅」此樣寫法，避諱也。

404　陳慶浩：《新編石頭記脂硯齋評語輯校·導論》，聯經出版事業公司，1986 年，第 98 頁。

脂硯齋的意思是曹雪芹因為要避先人曹寅的諱，因此不寫「寅正初刻」而寫「敲了四下」。這樣的批語實在有點荒唐，我們看《紅樓夢》其他地方，作者根本沒有避曹寅的諱，如：

第十回，張友士給秦可卿看病時說「肺經氣分太虛者，頭目不時眩暈，寅卯間必然盜汗……」

第十四回，鳳姐「寅正便起梳洗」。

第二十二回，薛蟠說「庚黃」後，寶玉在自己手心上寫了兩個字「唐寅」。

第六十九回，天文生說：「奶奶卒於今日正卯時，五日出不得。或是三日，或是七日方可。明日寅時入殮大吉。」

連續多次出現「寅」字，說明作者無意避諱，而脂硯齋似乎看書並不仔細，所以才有這樣的批語，同時也說明脂硯齋對於所謂作者曹雪芹的了解，與當時相傳者的認知一樣，並沒有特別之處。更令考證派紅學難堪的是，被其看作曹雪芹叔輩或兄弟輩的脂硯齋，自己雖然提到作者避諱問題，卻在批點時直言「寅」字，脂硯齋如果真是曹雪芹的叔輩或兄弟輩，那也是曹寅的晚輩，何以他自己偏偏不避諱呢？

在考證派紅學中，有一個非常忌諱的問題，那就是曹寅的字，當涉及到曹寅的時候，往往只說其字子清，號荔軒，又號棟亭，但是，曹寅的另外一個字「雪樵」卻絕口不提。

鄧漢義輯，康熙十七年（1678）揚州慎墨堂刻本《天下名家詩觀二集》卷十三，錄曹寅〈歲暮遠為家〉等三首詩。詩前小傳：

> 曹寅，子清，雪樵。奉天遼陽人。

孫全宏輯評，康熙二十九年（1690）松風鳳嘯軒刻本《皇清詩選》「盛京」內曹寅為：

第八章　脂硯齋—被考證派塑造出來的神話

曹寅，雪樵，荔軒。長白。

吳靄輯，康熙四十九年（1710）春夏之交，揚州奎映樓刻《名家詩選》卷一，錄曹寅〈歲暮遠為客〉等二首詩。詩前載：

曹寅，子清，雪樵。奉天遼陽人。

陳以剛輯，陳以松、陳以明同選，雍正十二年（1734）貴池棣華書屋刻《國朝詩品》卷十，錄曹寅〈歲暮遠為客〉、〈秋夜山居東芥庵上人〉二首。詩前小傳云：

曹寅，字子清，號雪樵。奉天遼陽人。[405]

為什麼不提曹寅字「雪樵」呢？因為新紅學考證派認定《紅樓夢》的作者是曹雪芹，而曹雪芹如果真是曹寅的孫子，別說書中避不避諱，恐怕能不能叫曹雪芹這個名字也很難說。因此，不但脂硯齋與曹寅無關，曹雪芹也與曹寅無關。

其實以上脂硯齋所提到的曹寅官署中齋名「西堂」，以及曹寅所說過的「樹倒猢猻散」的俗語，脂硯齋知道並不神祕，只要看過曹寅的《棟亭集》和施瑮的〈病中雜賦〉就完全能夠寫出。筆者認為，脂硯齋的基本思路如下：

認定《紅樓夢》的作者是曹雪芹 —— 認定曹雪芹是曹寅的後人 —— 既然沒有任何關於曹雪芹的文獻，那就尋找有關曹家的文獻 —— 找到了曹寅的《棟亭集》及其他文獻 —— 批書時隨手寫上。

這樣的思路簡直就是新紅學考證派做學問的翻版，我們是否可以得出這樣的結論：只要預設了《紅樓夢》是自敘傳，都會陷入這樣的困境？

405　高原古槐：〈曹雪芹不是曹寅的孫子〉。

關於「矮幽舫前以合歡花釀酒」的問題，曲沐在〈胡適與脂硯齋 —— 紅學七十年反思之一〉一文中駁斥：

第一，脂硯齋在這裡犯了一個知識性的錯誤，即合歡花只能「浸酒」，而不能用以「釀酒」。第二，「矮幽舫」為頤和園和北海公園水上建築，《紅樓夢》未寫，曹寅家庭院中也沒有，不可能有。此純屬脂硯齋胡編。第三，所謂「屈指二十年」。庚辰本被胡適定為乾隆二十五年即1760年，由此上推二十年，當是1740年，此時曹雪芹尚在，如有此事焉有不知之理，豈由脂硯齋提醒；且脂硯齋又於十三回「樹倒猢猻散」之批語為「屈指三十五年矣」，甲戌本被胡適定為乾隆十九年即1754年，於此上推三十五年則為1719年，按照胡適推算之曹雪芹當生於1715年，1719年才呀呀學語；按照吳恩裕推算之曹雪芹當生於1723年或1724年，1719年曹雪芹尚未出生，那裡會知道這些事呢？脂批不是無的放矢嗎。[406]

對於曲沐先生的觀點，筆者大部分贊同，但是，筆者並不同意「脂硯齋胡編」的觀點，因為，脂硯齋沒有必要胡編。縱觀所有脂批，脂硯齋並沒有明確說明自己與作者有什麼關係，更沒有說自己是曹雪芹的什麼人，所有關於脂硯齋與曹雪芹關係的言論，都是新紅學考證派給予的，或者硬按在脂硯齋頭上的。

也許新紅學考證派會列舉很多例子來說明脂硯齋對於曹雪芹的了解，筆者把紅學界經常引用的一些批語做了一些羅列，我們可以透過分析這些批語來看看脂硯齋到底對於曹雪芹知道多少。

非經歷過，如何寫得出。（庚辰本第十七、十八回元春省親時與賈母、王夫人廝見，「三個人滿心裡皆有許多話，只是俱說不出，只管嗚

406　曲沐：〈胡適與脂硯齋 —— 紅學七十年反思之一〉，《紅樓夢學刊（增刊）》，1997年，第124頁。

咽對泣」處的眉批。）

作者非身履其境過，不能如此細密完足。（蒙府本第三回「外間伺候之媳婦丫鬟雖多，卻連一聲咳嗽不聞」處批語。）

此回亦有本而筆，非泛泛之筆也！（庚辰本第四十六回「尷尬人難免尷尬事」回前總批）

非身經其事者，想不到，寫不出。（蒙府本第十一回「老人家又嘴饞，吃了有大半，五更天的時候就一連起來了兩次」處側批。）

更有人甚於此（邢夫人）者，君（作者）未知也，一嘆！（庚辰本第七十三回邢夫人「自懷異心」處雙行夾批。）

此亦余舊日目睹親聞，作者身歷之現成文字，非搜造而成者。（庚辰本第七十七回王夫人驅逐晴雯、賈母中秋對月生悲處雙行夾批。）

真有是事，經過見過。（庚辰本第十六回趙嬤嬤追憶甄家四次接駕的氣派處側批。）

皆係人意想不到，目所未見之文，若云擬編虛想出來，焉能如此？（己卯本第十七、十八回描寫室內陳設「諸如琴、劍、懸瓶、桌屏之類，雖懸於壁，卻都是與壁相平的」處夾批。）

難得他寫的出，是經過之人也。（庚辰本第十七、十八回「這些太監會意，都知道是『來了，來了』」處側批。）

此回鋪排，非身經歷、開巨眼、伸大筆，則必有所滯墨牽強，豈能如此觸處成趣，立後文之根，足本文之情者？（戚序本第十七、十八回回後總評。）

這樣妙文，何處得來？非目見身行，豈能如此的確？（蒙府本第十九回寶玉與襲人賠笑「你又多心了。我說往咱們家來，必定是奴才不成？說親戚就使不得？」處側批。）

是家宴，非東閣盛設也。非世代公子再想不及此。（庚辰本第

二十二回「就在賈母上房排了幾席家宴酒席」處夾批。）

　　寫得周到，想得奇趣，實是必真有之。（庚辰本第二十二回「鳳姐亦知賈母喜熱鬧，更喜謔笑科諢」處夾批。）

　　非世家曾經嚴父之訓者，斷寫不出此一句。（庚辰本第二十二回「往常間只有寶玉長談闊論，今日賈政在這裡，便惟有唯唯而已」處夾批。）

　　一段無倫無理信口開河的渾語，卻句句都是耳聞目睹者，並非杜撰而有。作者與余實實經過。（甲戌本第二十五回馬道婆談論寶玉病情處側批。）

　　如見其勢，如臨其上，非走過者必形容不到。（己卯本第三十八回鳳姐對賈母解釋「這竹子橋規矩是咯吱咯喳的」處夾批。）

　　若云作者心中編出，余斷斷不信，何也？蓋編得出者，斷不能有這等情理。（己卯本、庚辰本第三十九回賈母問劉姥姥「老親家，你今年多大年紀了？」處夾批。）

　　蓋此等事作者曾經，批者曾經，實係一寫往事，非特造出，故弄新筆，究竟不記不神也。（庚辰本第七十四回平兒解釋「老太太因怕孫男弟女多，這個也借，那個也要，到跟前撒個嬌兒，和誰要去，因此只裝不知道」處夾批。）

　　試思若非親歷其境者如何摹寫得如此。（庚辰本第七十六回「只聽打得水響，一個大圓圈將月影蕩散復聚者幾次」處夾批。）

　　一段神奇鬼訝之文不知從何想來……況此亦是余舊日目睹親聞，作者身歷之現成文字，非搜造而成者，故迥不與小說之離合悲歡窠臼相對。（庚辰本第七十七回王夫人搜檢寶玉之物並發怒處夾批。）

　　以上這些批語處處流露著「真有是事，經過見過」、「非目見身行，豈能如此的確」、「非身經其事者，想不到，寫不出」，甚至出現「亦

是余舊日目睹親聞，作者身歷之現成文字」，這些文字似乎處處透露出批者對於作者的了解。脂硯齋的這類批語如果粗粗看去，似乎確實能表明他與賈家有非同尋常的關係，甚至能了解賈府所發生的一些事情的細節，還明確點出是作者親身經歷，而他自己至少是「目睹親聞」。在新紅學考證派看來，曹雪芹基於本身豐富的生活、身世經歷，豐厚的經驗積累，「堅決避免利用第二手資料，並且更加深入地開掘個人的生活經歷」。因而「成為反對中國小說非個人傳統的革命者」[407]。《紅樓夢》也因此成為「第一部大規模地利用個人經歷的中國小說」[408]。在新紅學考證派的意念中，脂硯齋與金聖歎評點《水滸傳》、張竹坡評點《金瓶梅》完全不同，後者是建立在對作品分析的基礎上，而脂硯齋則是作為作者的至親好友作評，幾乎與作品同步出世，所以才能明確提出「親歷其境說」，是「直接對作者家世生平、思想性格、生活事蹟、藝術才華和作品的創作背景、撰寫動機、成書過程、『擬書底裡』藝術功力等十分諳熟了解」。[409]因此，在他們看來，脂硯齋解讀《紅樓夢》，用評點的方式接近曹氏的創作思想，評述其創作經驗，具有特殊價值。

　　然而，細想一下，情況恐怕並非如此。文藝理論中經常有這樣的觀點：「詩人過去的經驗為其所用是詩人的第一個特點。」[410]這在現實主義小說創作中表現尤其突出。其實，脂硯齋的批語完全可以做兩種截然不同的理解，你當然可以理解為批者與作者都「目睹親聞」，但也可以理解為書中描寫非常真實，那些事情任何人在生活中都可能「目睹親聞」，這其實就是所謂的生活真實與藝術真實的區別。當藝術真實成為典型人物或典型事件後，就會給人一種比真的還真的藝術體驗。如果脂

407　夏志清：《中國古典小說導論》，安徽文藝出版社，1988，第 277 頁。
408　夏志清：《中國古典小說導論》，安徽文藝出版社，1988，第 277 頁。
409　丁淦：〈略論脂評的藝術價值〉，紅樓夢學刊，1995 第 2 輯。
410　（英）艾・阿・瑞恰斯：《文學批評原理》，百花洲文藝出版社，1992 年。

硯齋真是作者的親人，真與作者經歷過一些特殊的事件，完全可以在批語中寫出來，而不必用「若云作者心中編出，余斷斷不信，何也？蓋編得出者，斷不能有這等情理」這樣的批語來強調。其實，「親歷其境說」也是作者本人的觀點，作者在《紅樓夢》第一回借石頭之口表明，他所寫的《紅樓夢》乃「親身經歷的一段陳跡故事」，小說中的主要人物都是他半生「親睹親聞」的幾個異樣女子。脂現齋的「親歷其境說」，屬於創作論範疇，揭示了小說創作主體生活體驗的意義，認知到小說創作源於生活，以堅實的生活基礎，豐富的生活積累為後盾。

第三節　脂硯齋只是一個普通的紅學愛好者

透過以上的分析，相信大家都應該知道了，把脂硯齋這個本來非常普通的批書人抬高到「神」的位置上，直接的動力就是胡適與後來的繼任者出於對自傳說的維護。而且，由於胡適自傳說在紅學界的流傳，《紅樓夢》寫曹雪芹家事的認知幾乎成為紅學界的共識。

胡適曾經以康熙南巡與小說中所說「接駕」相附會，以坐實「曹雪芹家世」說。這明顯就是索隱派慣用的手法，早在 1922 年，索隱派大家蔡元培就批評胡適：「若以趙嬤嬤有甄家接駕四次之說，而曹寅亦接駕四次，為甄家即曹家之確證。則趙嬤嬤又說賈府只預備接駕一次，明在甄家之外，安得謂賈府亦指曹家乎？」等到胡適在 1927 年得到甲戌本之後，發垷了脂硯齋的批語：「借省親事寫南巡，出脫心中多少憶昔感今。」看到這條批語後，胡適非常高興：「這一條便證實了我的假設。」

實際上，曹寅接駕之事，當時在社會上廣為流傳，因此，對歷史稍微熟悉的人大概都有所了解，脂硯齋有意無意做這樣的比附不但不能證明其與曹雪芹有任何關係，反而說明他的見識沒有超過普通的研究者。

1978 年俞平伯與美國「漢學研究考察團」成員見面時說：「你不要以為我是以『自傳說』著名的學者，我根本就懷疑過這個東西，糟糕的是『脂硯齋評』一出來，加強了這個說法，所以我也沒辦法。你看，二十年代以後，我根本就不寫關於曹雪芹家世的文章。」[411] 從實際情況來看，俞平伯先生說的是比較客觀的。

脂硯齋被神話實際上與自傳說密切相關。胡適在《紅樓夢考證》中首先考證了《紅樓夢》的作者是曹雪芹。「曹雪芹是什麼人呢？他的父親叫曹頫，他的祖父叫曹寅」[412]，這是胡適最基本的觀點。既然胡適一開始就將曹雪芹坐實於「曹寅家世」，那就必須要進行相應的考證，從而證明自己觀點的合理性。於是，胡適及其「曹寅家世」說之信奉者，便開始了曠日持久、長篇累牘的繁瑣考證。而這些考證在脂硯齋的版本出現之前，其實都是在猜測，先是猜測敦誠、敦敏筆下的曹霑就是《紅樓夢》的作者曹雪芹，但是由於曹寅家的世系譜牒中沒有一個叫曹霑的而又推想曹頫妻馬氏的遺腹子曹天佑就是曹雪芹。在這條道路上如果實在走不通了，就又猜想曹雪芹可能是曹寅族中其他什麼人，但無論如何，自傳說與曹雪芹就是不能動，因為這是新紅學考證派的主要成果，如果誰動了這個成果，必然會遭到新紅學考證派的口誅筆伐。然而，由於自傳說實在缺乏說服力，漏洞百出，而那些所謂的證據又顯得那麼單薄，恰逢此時，《脂硯齋重評石頭記》出現了，胡適與新紅學考證派似乎抓住了一根救命稻草，千方百計提高脂硯齋在紅學研究中的重要性以維護自身的學說與成果，於是，脂硯齋就從一個極其普通的評點者一躍成為紅學研究史上「神」。

我們當然不能說新紅學考證派造假，但是，當研究陷入一種怪圈後，很多東西就開始變味了。筆者說的怪圈是這樣的：新紅學考證派如

411　胡文彬：《紅學世界》，北京出版社，1984 年，第 50 — 51 頁。
412　《胡適紅樓夢研究論述全編》，上海古籍出版社，1988 年，第 228 頁。

果要確定曹雪芹是《紅樓夢》的作者，那就必須要無條件相信敦誠、敦敏、張宜泉、墨香、永忠、明義等人留下的所謂證據，如果要坐實自傳說的觀點，那就必須要相信脂硯齋是曹雪芹的親人，然後把兩者所透露出來的資訊作為自己研究及得出結論的最重要的依據。然而，令新紅學考證派尷尬的是，脂硯齋與敦誠、敦敏等人的資訊常常發生矛盾。這就使得考證派不得不尋找新的文獻再進行新的考證，可是，由於自傳說與作者曹雪芹的觀點實在難以成立，新的文獻又必然帶來新的漏洞，導致新紅學考證派一次次陷入這個怪圈中難以自拔。

下面，筆者嘗試用幾個例子說明一下：

按照敦誠、敦敏、張宜泉等人的說法，曹雪芹晚年生活非常艱苦，茅椽蓬牖，瓦灶繩床，「環堵蓬蒿屯」，他與家人的主要生活來源是賣畫，雖然有朋友的資助，但全家還是不免落入「滿徑蓬蒿老不華，舉家食粥酒常賒」的境地，以至引發敦誠「何人肯與豬肝食，日望西山餐暮霞」感慨。

然而，脂硯齋筆下對於曹雪芹這樣的生活狀態卻幾乎沒有任何流露，除了「真有是人」、「真有是事」、「經過見過」、「亦是余舊日目睹親聞，作者身歷之現成文字」這些似是而非的資訊外，哪怕連一句曹雪芹的生活狀態也沒有提及。那麼，脂硯齋是否是一個不喜歡感嘆生活的人呢？當然不是，縱觀其批語，我們會發現，脂硯齋比一般人更喜歡感嘆，比如「嘆！嘆！」、「一嘆！」比比皆是，而且，脂硯齋還是一個非常喜歡動感情的人，批語中經常會哭，如「不禁淚下」、「失聲哭出」、「放聲大哭」、「令人酸鼻」等等，這樣一個情感豐富的人而且是曹雪芹最親近的人，居然對於其生活的艱辛無動於衷，實在難以想像。

與此相關的另一個令新紅學考證派尷尬的問題是，他們試圖透過敦誠、敦敏、張宜泉等人留下為數不多的資訊與脂硯齋等人的批語努

力建構起關於曹雪芹的生平經歷，但同時又難以避免這兩個同為曹雪芹「至親」的團體相互之間的「冷漠」。根據新紅學考證派的研究，敦誠集體所涉及的曹雪芹的好友有立翁、復齋、寅圃、貽謀、汝猷、益庵、紫樹、秀崖、周廷尉、璞翁將軍、羅介昌、明益庵、明琳、明義等共二三十人，這些人之間有明確的交往痕跡。脂批中留下名字的也有脂硯齋、畸笏叟、棠村、常村、松齋、梅溪、立松軒等七八人，從脂批來看，這些人相互之間也有一些交往。令人費解的是，這兩個集體除了曹雪芹外，似乎沒有任何交集，但是，據紅學考證派說，雙方都說是曹雪芹的親人朋友（脂硯齋等人並沒有說）。脂硯齋也從未提過敦誠集團的任何一個人，而敦誠集團除了其中的明義、明琳的親戚裕瑞提到過脂硯齋外（裕瑞並不屬於敦誠、敦敏集團），其他人都沒有提到過脂硯齋。按照常理，既然裕瑞都知道曹雪芹的叔叔脂硯齋，那敦誠集團的人應該遠比裕瑞了解脂硯齋，然而非常可惜，敦誠集團愣是沒有留下任何關於脂硯齋的隻言片語。

　　令新紅學考證派尷尬的地方還有很多，比如脂硯齋混亂的時間批語。第八回眉批：「余亦受過此騙，今閱至此，報然一笑。此時有三十年前向余作此語之人在側，觀其形已皓首駝腰矣，乃使彼亦細聽此數語，彼則潸然泣下，余亦為之敗興。」（甲戌本）前舉第十三回脂批：「『樹倒猢猻散』之語，今猶在耳，屈指三十五年矣。哀哉傷哉，寧不慟殺！」（甲戌本）同回眉批：「讀五件事未完，余不禁失聲大哭，三十年前作書人在何處耶？舊族輩受此五病者頗多，余家更甚，三十年前事出於三十年後，今余想慟血淚盈腮。」（庚辰本）第三十八回脂硯齋側批中：「屈指二十年矣！」（庚辰本）第二十四回眉批道：「余卅年來得遇金剛之樣人不少，不及金剛者亦不少，惜書上不便歷歷注上芳諱，是余不是心事也。」（庚辰本）

　　脂硯齋的批語在時間上非常清晰，無論是三十年還是二十年，或者三十五年前的事情都歷歷在目，可見其記憶力的確不錯，但是，如果按照新紅學考證派的觀點，甲戌本是 1754 年（乾隆十九年），庚辰本是 1760 年（乾隆二十五年）秋月定本，同時，新紅學考證派又把曹雪芹的生卒年定為約 1715 年到約 1763 年，按照庚辰本給出的時間如果上推二十年是 1740 年，曹雪芹二十五歲；如果按照甲戌本上推三十年是 1733 年，曹雪芹十八歲，如果上推三十五年是 1719 年，曹雪芹十三歲，但從「讀五件事未完，余不禁放聲大哭，三十年前作書人在何處耶」這句批語來看，作書人似乎已經離世，否則也不至於「讀五件事未完，余不禁放聲大哭」了，如果脂硯齋所言是真，曹雪芹寫《紅樓夢》時不滿二十歲，即使按照「批閱十載，增刪五次」來看，寫完《紅樓夢》最早不會超過三十歲。這樣一部偉大的著作出自一個不滿三十歲作者的手裡，實在難以想像。

　　如果再結合批語中所留下的其他時間，這個甲戌本被定於 1754 年恐怕更加難以站得住腳，在甲戌本第一回：「滿紙荒唐言，一把辛酸淚！都云作者痴，誰解其中味？」脂硯齋有一段較長的眉批：「能解者方有辛酸之淚，哭成此書。壬午除夕，書未成，芹為淚盡而逝。余常哭芹，淚亦待盡。每意覓青埂峰再問石兄，余不遇癩頭和尚何！悵，悵！今而後，惟願造化主再出一芹一脂。是書何本？余二人亦大快遂心於九泉矣。甲午八日淚筆。」

　　「甲午八日」這個時間很令人費解，一般而言，干支紀年後面應該是月，但這裡卻是日，因此有人懷疑是誤寫，但是，在 1992 年，崔川榮先生在〈曹雪芹生年被埋沒的原因 —— 辯甲午八日淚筆〉中說：「五月也有五種標記法：庚午、壬午、甲午、丙午、戊午。」可見「甲午八日淚筆」即「五月八日淚筆」。後於 2005 年，崔先生又在〈再談「甲午八

日」及其使用價值 —— 關於紅學研究中的幾個難題〉一文中透過《佛祖歷代通載》卷二十、《太平廣記》卷八十一、《憨山大師夢遊全集》卷二十二等文獻進行了更為廣博的考證。認為《佛祖歷代通載》卷二十中「丙辰歲五月甲午八日乙亥」就是脂硯批中「甲午八日」的來源，不同的是脂硯齋省去了「丙」某年「五月」，並認為，這是命書中所允許的。最後得出結論「甲午八日」指的是「丙戌年」五月八日。[413]

　　崔川榮先生這一套考證非常複雜，也非常繁瑣，的確很見功力。但是，筆者認為，崔先生把問題搞複雜了。正如趙國棟先生所說：「初見崔川榮同志的推論，我是很振奮的，但重讀了脂硯齋批語後，我又對此說發生了懷疑。」趙先生繼續說：「脂批中干支有多處，但全部指年分，而無指月分者。如『丁亥春』、『丁亥夏』、『己卯冬夜』、『庚辰秋月』、『壬午重陽日』、『壬午除夕』等。庚辰本十二回有畸笏批語『壬午春』，十六回有『壬午季春』，二十回有『壬午孟夏』，二十一回有『壬午九月』，二十五回有『壬午夏雨窗』。上舉諸多批語中之干支，無一例指月分，皆指年分。所以『甲午八日』中的『甲午』，也只能指年分，而不是指月分。崔川榮同志的看法，如果孤立地看，或許有些道理，但連繫其他脂批，其成立的可能性就很小了。」[414]

　　筆者完全同意趙國棟先生的看法，我們知道，任何人在寫作過程中都有自己的習慣，如果說其他紀年都習慣於用干支紀年，而單單就此處用干支紀月，這恐怕很難成立。因此，趙國棟先生提出一種新的觀點：

　　「月」誤為「日」，是一種可能。在這裡，我想提出另一種可能性，即「日」不誤而「八」誤。「八」字原應為「人」字，「甲午八日」應為「甲午人日」。「人日」，乃夏曆正月初七日也，《北史·魏收傳》引

413　崔川榮：〈再談「甲午八日」及其使用價值 —— 關於紅學研究中的幾個難題〉，《紅樓夢學刊》，2005 年第 2 輯。

414　趙國棟：〈也談「甲午八日」〉，《紅樓夢學刊》，1995 年第 2 輯。

晉議郎董勳《答問禮說》：「正月一日為雞，二日為狗，三日為豬，四日為羊，五日為牛，六日為馬，七日為人。」《太平御覽》卷九七六引南朝梁宗懍《荊楚歲時記》：「正月七日為人日。以七種菜為羹，剪綵為人或鏤金箔為人，以貼屏風，亦戴之頭鬢。又造華勝以相遺，登高賦詩。」宋高承《事物紀原・天地生植・人日》：「東方朔《占書》曰『歲正月一日占雞，二日占狗，三日占羊，四日占豬，五日占牛，六日占馬，七日占人，八日占穀』。皆清明溫和，為蕃息安泰之候，陰寒慘烈，為疾病衰耗。」清富察敦崇《燕京歲時記・人日》：「初七日謂之人日，是日天氣清明者則人繁衍。」

曹雪芹逝於「壬午除夕」，脂硯齋在若干年後的「人日」來懷念他，正是順理成章的事，此處的「甲午」，若依靖本改作「甲申」，則更合情理一些。[415]

趙國棟先生應該說抓住了問題的本質，儘管崔川榮等人多次為這一個不合理的批語辯護，但終究難以掩蓋其中的漏洞。那麼，如果以上推論成立的話，脂硯齋是什麼時候留下這條批語的呢？

臺灣學者黃一農先生透過「e考據」（此考據法非常複雜，筆者看了半天，似懂非懂，只能概而言之）對古代詩文的紀年習慣進行了考證，得出了「『甲午八日』可為乾隆三十九年甲午歲正月初八日（第八日）或八月初八日（重八日）的縮寫。」[416]

清代的甲午年有1654年、1714年、1774年、1834年、1894年，如果根據新紅學考證派對於甲戌本（1754）、己卯本（1759）、庚辰本（1760）的時間來界定，脂硯齋所謂的甲午最可能的是1774年，1774年上推三十年為1744年，這樣的話，曹雪芹此時的年齡在三十歲左右，假

415　趙國棟：〈也談「甲午八日」〉，《紅樓夢學刊》，1995年第2輯。
416　黃一農：〈甲戌本《石頭記》中甲午八日脂批新考〉，《湖北大學學報（哲學社會科學版）》，2017年第1期。

設曹雪芹在這個年齡開始寫書，十年左右的時間正好是四十歲左右，也就是 1754 年，與甲戌本成書年代正好相合。問題是，這個甲戌本如果是 1754 年的原本（沒有加批），那脂硯齋為什麼會在版本上留下「至脂硯齋甲戌抄閱再評仍用石頭記」的字樣呢？也就是說，甲戌是脂硯齋抄閱再評時的紀年，如果是這樣，這個甲午就不能是 1774 年。換句話說，如果承認甲戌本是 1754 年的，那就不能承認脂批中的甲午是 1774 年。為什麼呢？按照新紅學考證派的說法，脂硯齋等人在曹雪芹還沒寫完《紅樓夢》的時候就已經開始在其書稿上加批了，脂硯齋甚至有著部分合作者的身分，如果承認是甲午（1774）這個時間，脂硯齋這個「甲戌抄閱再評」就很難理解了。

其實這還不是問題的關鍵，最難以自圓其說的是畸笏叟在第二十二回的一段批語「鳳姐亦知賈母喜熱鬧，更喜謔笑科諢」一段，靖藏眉批：「前批，知者聊聊（指鳳姐點戲，脂硯執筆）。不數年，芹溪，脂硯，杏齋諸子皆相繼別去，今丁亥夏，只剩朽物一枚，寧不痛殺！」

筆者必須要提醒大家注意，如果按照新紅學考證派的說法，所謂丁亥，就必須是 1767 年（乾隆三十二年），因為他們認定甲戌本上面的紀年是 1754 年，但是，按照畸笏叟的說法，脂硯齋此時已經去世，如果甲午年還留下脂硯齋的批語，豈不是咄咄怪事？

這個漏洞，可能還需要新紅學考證派再花大量的時間去彌補。

那麼，脂硯齋到底是個什麼樣的人？這一問題，筆者在後面版本問題中會涉及，這裡先談一個可能的結論。

從脂硯齋這個稱謂來分析，並不像一個人的名字。按照中國人的習慣，「齋」一般是古玩、文物、文具、書店，甚至是飲食店的名號，比如從明末開始就有的「大順齋」，始於乾隆時期的「月盛齋」與「六味齋」，創於光緒三十四年的「又一齋」等就是非常著名的熟食店。在清

代，書店或文具店甚至糕點鋪都有抄書租書增加利潤的做法。從脂硯齋的批語來看，並非一人所為，更像一個批語彙集本，因此，所謂脂硯齋，其實就是一個文具店或者書店、食品店的名稱，其抄書的目的主要是為了租借以獲利，這也符合程偉元、高鶚所言「好事者每傳抄一部，置廟市中，昂其值得數金，不脛而走者矣」的敘述，也符合周紹良先生所說的清代北京為了租借小說唱本而抄寫的「蒸鍋鋪」[417]的特徵。

　　結合批語所透露出來的資訊以及脂硯齋的文學鑑賞能力，筆者認為，脂硯齋是一個店鋪的名稱，抄寫《紅樓夢》的目的除了個人愛好之外，主要是為了租借以盈利。為了營利，組織水準很低的夥計做抄手，這就極容易造成錯抄、誤抄等錯訛現象。為了增加可讀性，也請水準稍高一點的讀書人進行評點，同時，還會收集其他人所做的評點加在上面，這就造成了「三脂本」上面有眾多評點者的現象。筆者甚至認為，這些鋪子為了吸引讀者，故意透露出一些似乎了解作者資訊的模糊文字，造成一種與其他評點本不同的假像。

　　以上所有這些，大概就是脂硯齋的真實面目。因此，脂硯齋既不是所謂的作者曹雪芹的叔叔，也不是曹雪芹的堂兄弟，更不是兼有一定作者身分的重要人物，就是一個抄書、批書、租書、售書的團體，所透露出來的關於曹雪芹的資訊與其他人一樣，都是來自於當時各種傳聞或者臆度。

---

417 《周紹良論紅樓夢》，文化藝術出版社，2006 年，第 147 頁。

第九章 《紅樓夢》版本學是一個偽命題

　　在胡適發現甲戌本之前，通行的《紅樓夢》版本只有程偉元的百二十回本（程乙本），本書上編第一章中所提到的各種評點本也幾乎都是以程本為底本的。然而，從胡適發現第一個帶有脂硯齋批語的版本——甲戌本開始，幾十年內，全國乃至世界各地陸續發現了各種帶有脂批的版本，新紅學考證派一般把帶有脂批的版本統稱為脂本系統。

　　從目前所有新發現的《紅樓夢》的各種版本來看，問題相當複雜，不僅種類繁多，文本文字也存在一定的差異。按照新紅學考證派的劃分，現在傳世的版本可大致分為兩類：一類是1791年（乾隆五十六年）與1792年由萃文書屋以木活字排印的擺字本及其後重排或據之另行印製的刻本、印本等稱為一個系列。因此類版本是由程偉元與高鶚主持，因此，一般被稱之為「程高本」或者「程本」。這類版本由於印刷時間、主持人、序言等問題比較明確，所以並不複雜。由於以甲戌本為代表的脂硯齋評點本幾乎都是手抄本，因此被新紅學考證派統稱為「舊抄本」或「脂本」、「脂批本」。不過，這樣的分類並不恰當，也不正確。比如，這些版本中有的沒有一條批語，序言與書名也沒有關於脂硯齋等人的任何資訊，有的雖然有批語，但並沒有脂硯齋等人的署名，因此，非要透過文字來說明這類本子都是脂本系列，實在有點勉強。但是，新紅學考證派頑強地認為這類無論是文字還是內容都比程本相差甚遠的手抄本是極其重要的版本，甚至被認為是最接近作者原稿的本子，因此，對這些版本的考證與文字方面的對比就成為新紅學考證派主要的研究內容之一，並逐漸形成了紅學中一個重要的分支——版本學。

　　由於這類版本中的某個版本中的回目與文字或異於其中的幾個版

本，或同於某一個或某幾個版本，或異於所有的版本，因此，孰先孰後、哪個是另一個的祖本等問題就變得複雜起來，而且，這種情況在所有的版本上都有發生，往往一個所謂的鐵證剛剛證明 A 本晚於 B 本，但很快又發現另一個鐵證又證明這 B 本晚於 A 本；剛剛被公認 C 本晚於 AB 兩本，但其中的一個證據又似乎讓人感覺 C 本才是最早的。即使是上面那些被新紅學考證派認為的最重要的批語也經常出現矛盾的現象，有的版本帶有數量眾多的批語，有的只有少量的批語，有的甚至沒有批語（新紅學考證派認為本來是有批語後被刪去），那麼，到底哪些批語是脂硯齋原來的、哪些又是後來加上去的？那些充滿矛盾的批語哪些是真的、哪些又是假的？新紅學考證派花費了大量的人力物力，到現在還是一筆糊塗帳，依然沒有一個統一的認知。

　　筆者認為，目前我們所看到的這些抄本沒有任何一本是從作者原稿中抄錄而來的，都是一抄再抄之後的版本，上面的批語也不是一次形成的，而是在相互傳抄過程中不斷增刪的。那些異文形成的情況也比較複雜，可能是抄寫過程中的疏忽，也可能是由於理解不同而做的擅改，還有可能是由於損毀之後的添加。因此，各種舊抄本，彼此差異很多，到目前為止，並沒有任何證據能夠表明這些抄本對於考證作者有什麼價值，而且，除「三脂本」（甲戌本、己卯本、庚辰本）之外，也沒有任何證據能夠證明這些抄本都是來自於脂本，更難考證其孰先孰後。因此，這些本子上所有的異文，都應該是經過不斷傳抄後形成的，如果非要透過這些連新紅學考證派都認為是過錄本的本子去尋找哪個本子更接近作者的原稿、哪個本子是所謂的最早的本子，只能是浪費時間。這些本子當然不能說毫無價值，但所謂的價值只是在校對文字的時候提供了一個相對更加合理與完善的本子，而不是去尋找本子背後的那些極其無聊的細節或者其他內容，因此，建立在這些基礎上的所謂的版本學，無疑就

是一個偽命題。

不過，為了敘述方便，我們姑且採用通行的稱謂，如甲戌本、己卯本、庚辰本、戚序本、夢稿本、王府本、甲辰本、靖藏本等等。

第一節　《紅樓夢》版本概況

（一）甲戌本

甲戌本是最早發現的一個脂批本，也是被新紅學考證派認為最接近原作、最有價值的本子。1927 年 5 月，胡適從海外歸來後不久，便接到一信封，說有一部抄本《脂硯齋重評石頭記》願意轉讓。來函云：

> 茲啟者，敝處有舊藏原抄《脂硯齋批紅樓》，惟只存十六回，計四大本。因聞先生最喜《紅樓夢》，為此函詢，如合尊意，祈示知，當將原書送閱。手此。
>
> 　　　　　　　　　　　　　　　即請適之先生道安
> 　　　　　　　　　　　胡星垣拜啟，五月二十二日 [418]

按照胡適後來所說，他一開始以為，「重評的《石頭記》大概是沒有價值的，故未予理會」。但稍後，這個叫胡星垣的藏書人親自把書送到了新月書店（胡適與徐志摩等開辦）。胡適仔細看過以後，馬上轉變了態度，深信這是海內最古老的《石頭記》抄本，於是出重價購藏。

按照新紅學考證派的說法，這本屬於劉銓福（大興）的藏抄本，是一過錄本，原本八十四回，因書中有「至脂硯齋甲戌抄閱再評仍用石頭記」的字樣（非批語），故通稱「甲戌本」。原分裝八冊，後合併為四冊。共遺留下十六回，分別是：第一冊第一回至第四回，第二冊第五回

---

418 《胡適紅樓夢研究論述全編》，上海古籍出版社，1988 年。

至八回，第三冊十三回至十六回，第四冊二十五回至二十八回。雖然只有十六回，但書中卻有脂批 1587 條。因為新紅學考證派把書中的甲戌年斷在 1754 年（乾隆十九年），且把曹雪芹的生卒年定於 1715 年至 1763 年前後，這樣看起來，甲戌本就成為最接近曹雪芹原著的底本。在此本上，除了劉銓福、子重等人的圖章外，第二十八回後還有劉銓福等人的跋語。

胡適得到甲戌本之後，獨占了三十多年，直到 1960 年才在香港影印發行。甲戌本與其他所謂的脂批本最大的不同在於有一個楔子，也就是多出來八百個左右的文字，因此，被新紅學考證派看作是沒有刪節過的版本，因此也是最接近原著的本子。

（二）己卯本

己卯本全稱《乾隆己卯冬月定本脂硯齋重評石頭記》，又稱脂評本。題「脂硯齋重評石頭記」。第二冊總目書名下注云「脂硯齋凡四閱評過」，第三冊總目書名下復注云「己卯冬月定本」，故名己卯本。此書原經董康（1867 － 1947）收藏，後歸陶洙（1878 － 1961），現藏北京圖書館。據新紅學考證派考證（其實也沒有考證，就是認為），己卯年為 1759 年（乾隆二十四年）。由於在此抄本當中，「玄」、「祥」、「曉」等字均省去最後一個筆劃，因此，考證派透過推斷這些避諱字，認為此種抄本應該是乾隆年間的弘曉（怡親王）抄藏的。並認為弘曉的父親允祥（康熙十三子）與曹家關係密切，同時，弘曉也與曹雪芹的好友敦誠、敦敏一直都有來往，所以，怡親王府在很大程度上可能是透過曹家或者脂硯齋獲得了原抄本《石頭記》，然後根據原抄本《石頭記》抄成此本，因此，此本也是較為接近原抄本的重要版本。

此本缺頁頗多，現存四十回，即第一至第二十回、第三十一至第四十回、第六十一至第七十回（內第六十四、六十七兩回原缺，其中第

六十七回係後人武裕庵據程高系統本抄配，第六十四回是何人據何本補，不詳）。其中第一冊總目缺，第一回開始缺三頁半，第十回末缺一頁半，第七十回末缺一又四分之一頁。十回一冊，共四冊，每半葉十行，行二十五或三十字不等。另有殘卷一冊，存三個整回又兩個半回。即第五十五回後半、第五十六至第五十八回及第五十九回前半。此抄本有幾個值得注意的地方：一是第三十四回回末：「《紅樓夢》三十四回終。」這是《紅樓夢》的標名首次出現在「脂本」《石頭記》當中；二是第十七、十八回不分回，在第十五頁下有這樣一句朱筆眉批「不能表白」後是第十八回的起頭；三是此本上面的脂批較甲戌本和庚辰本要少得多，只有 754 條。

（三）庚辰本

庚辰本原題《脂硯齋重評石頭記》，原本八十回（其中缺第六十四、六十七回），每十回分裝一冊，共八冊。每冊的目錄頁均題「脂硯齋凡四閱評過」；第五、六、七、八冊又加題「庚辰秋月定本」或「庚辰秋定本」，因此，1933 年的時候，胡適給這本寫跋的時候命名此本為庚辰本。

此本本來的收藏者是徐星署，徐星署名禎祥，是光緒年間徐郙的次子。1933 年，在北京發現了此本，中華人民共和國成立後被收藏於北京大學圖書館。這本是八十回本，現存第六十八回至八十回、六十五回至六十六回，以及第一回至六十三回，中間少了兩回，即六十四回和六十七回。沒有分開的是第十七回和十八回，沒有回目的是第十九回，沒有完成的是第二十二回，而缺中秋詩的是第七十五回。分別裝成了八冊，每一冊的第一頁都具備目錄，且題名為「脂硯齋凡四閱評過」。從第五冊起都有的字樣是「庚辰秋定本」或者「庚辰秋月定本」。新紅學

派認為，「庚辰」是 1760 年（乾隆二十五年），在這個時候曹雪芹還在人世。書中具備脂硯齋的前後回評、眉批、行間旁批、雙行評注。這本在現存的一系列抄本當中保存了最為完整的正文，因此，考證派認為此本應用了比較早的底本，保存了最多的脂硯齋批語和曹雪芹原稿面目，其對分析《紅樓夢》具有非常重要的意義（其實並沒有意義）。

（四）蒙府本（或稱王府本）

《蒙古王府本石頭記》（簡稱「蒙府本」或「王府本」），1961 年入藏北京國家圖書館善本部。有四函，分裝成三十二冊，一共是一百二十回。中縫印有「石頭記」的字樣，用工楷進行抄寫，前八十回的正文跟「戚本」大致一樣，後四十回使用的是素白紙，正文的系統是「程甲本」。按照周汝昌等人的考證，此本是出自清蒙古王府，因此，周汝昌為其定名為《蒙古王府本石頭記》，1986 年由書目文獻出版社影印出版。周汝昌和周祜昌在 1960 年代發表的〈簡介一部紅樓夢新抄本〉和〈蒙古王府本的概況〉是目前最早介紹蒙府本的文章。周汝昌認為，蒙府本的版本血緣近於戚序本，且早於戚序本。

按照新紅學考證派的考證結果，現存一百二十回中第五十七至六十二回、第六十七回及後四十回是後人補抄而成的。因此，新紅學考證派所謂的蒙府本，僅指原書中的七十三回。此本雖然被新紅學考證派認為屬《紅樓夢》的「脂評本」系統，但是，有幾個問題比較特別：一是此本上的批語與「戚本」相同；二是有六百多條側批在其中，這在其他的脂本上是沒有的；三是第七十一回回末總批後有「柒爺王爺」字樣，據李明新、位靈芝、張書才、杜春耕等學者考證，「柒爺王爺」即塔王愛新覺羅·載濤（1887 － 1970）；四是蒙府本不僅保留了數量可觀的批語，共 2318 條，且有大量的回前回後總評、雙行夾批及行側墨批，

其中被關注較多的是其獨有的行側墨批。

有研究者認為，「蒙府本」大致經歷了這樣的流傳脈絡：琉璃廠書肆→塔王→達王→金允誠→北京圖書館。[419] 這個順序臆測的成分非常明顯，也許與實際情況完全不符合。

（五）戚序本（或稱有正本）

戚序本的情況要稍微複雜一點，據書中序中所留下的資訊，這本本來是乾隆時期戚蓼生所藏，書序就是戚蓼生所作，因此被稱作「戚本」。在民國初的時候，上海的有正書局對石印進行了重抄，因此被叫作「有正本」。1975 年冬，上海古籍書店在清倉整理存書時，發現了十冊第一回至第四十回的《石頭記》手抄本，只有前四十回，分裝十冊，每冊四回，書口中縫均標明書名《石頭記》、卷數、回數、頁數，每十回為一卷。正文母面九行，每行二十字，並有朱色圈句，由於年代久遠，朱色較陳暗。每回的回前回後均有總評，正文內有雙行夾評。全書用白色連史紙抄寫，字體為乾嘉時流行的館閣體。據新紅學考證派多方審核，確定是清末有正書局石印的《國初鈔本原本紅樓夢》上半部的底本。因其是上海古籍書店發現的，又稱作「戚滬本」。此外，還有藏於南京圖書館的「戚寧本」，未標書名，跟戚本的面目非常接近。

戚本正文應該是八十回，戚序在卷首，雙行夾批在文中，然而沒有眉批。分裝成二十冊，四回一冊，一卷是十回，一共是八卷。其屬於非常完整的一個八十回抄本，在文字方面跟脂本的原文相接近，字體工整，印刷精美。在有正本問世之後，魯迅先生非常重視，在其《中國小說史略》關於《紅樓夢》的專門論述當中的引文，都是採用「戚序本」的前八十回的文字。

419　楊瑩瑩：〈蒙古王府本石頭記中的脂批考辨〉，《曹雪芹研究》，2018 年第 2 期。

有正本與戚滬本有一些不同，主要是有正本扉頁有書名「原本紅樓夢」五字，戚滬本沒有書名頁；有正本前四十回有有正書局老闆狄平子（葆賢）的眉批，戚滬本無任何眉批。

（六）列藏本（或稱俄藏本）

據新紅學考證派說，列寧格勒藏抄本《石頭記》由 1830 年隨第 11 屆俄國傳教團來華的大學生庫爾梁德采夫於 1832 年（道光十二年）因病提前返回俄國時，將他從北京獲得的抄本《石頭記》一併攜走，傳入俄京。

1962 年由漢學家里弗京（漢名李福清）在亞洲人民研究所列寧格勒分所的藏書中發現。此本有八十回，有八十八條雙行批、八十三條夾批、一百一十一條眉批，並且有別於其他本的夾批和眉批，而雙行批跟「庚辰本」相同。1964 年漢學家緬希科夫（漢名孟列夫）和里弗京合撰《長篇小說紅樓夢的無名抄本》[420] 一文，不僅較為詳盡地介紹了「列藏本」的概貌，而且還提出了他們對這個早期抄本的初步研究的看法，引起世界紅學界的注意。

1986 年由中華書局影印出版（六卷本）。此本有幾個特點值得注意：一、此抄本第一頁背面上方有一個用漢字書寫的「洪」字，字跡拙劣，疑為庫連濟夫的中國姓或名字；二、第七十九、八十兩回未分回，這也是有別於日前發現的所有版本的一個特點；三、某些章回中，把指示代詞「這」寫成「只」，也是此抄本所獨有；四、此抄本的第六十四、六十七回正文不缺，且比戚、寧、蒙、夢稿、程甲、程乙諸本文字完整；五、此抄本除第六十三回、六十四回、七十二回回末題「紅樓夢卷……回終」字樣外，每回俱題「石頭記」之名，第十回作《紅樓

420　緬希科夫（漢名孟列夫）、里弗京：〈長篇小說紅樓夢的無名抄本〉，《亞非人民》，1964 年第 5 期。

夢》，而第九回、十六回、十九回、三十九回及四十回皆無題名，僅有回目，這也是列藏本特有的現象；六、此抄本的第十七、十八回未分回，中間只用「再聽下回分解」六字將正文分為兩部分，第七十九回與八十回也不分回，也沒有「再聽下回分解」一類文字作標誌；七、此抄本眉批、側批沒有一條見於其他各脂評本，但雙行批則和其他脂本批語幾乎相同。

（七）楊藏本（或稱夢稿本）

《紅樓夢》夢稿本在 1959 年北京琉璃廠出現後被北京文苑齋收購，後歸中國社會科學院文學研究所。1963 年 1 月中華書局上海編輯所影印出版（題《乾隆抄本百二十回紅樓夢稿》），1984 年 6 月上海古籍出版社重印。此本十回一冊，共十二冊，不分卷。每半葉七行，行三十八字，此本在脂本系列各本中開本最大。由於這個本子中有許多塗改，像是一部手稿。而且，楊本上的旁改文字又大體是程高本的文字。因此，一些紅學家認為這個本子是高鶚整理程高本印本時所用的底稿本，故稱之為「夢稿本」。此本曾為清末收藏家楊繼振所藏並有鈐印、題簽，故又稱作「楊藏本」。此藏本一百二十回，據楊繼振的卷首題記，他抄補了其中的第四十一到五十回，由此十回的筆跡又可查見他還抄補了脫落殘損的零星書頁共十九頁，其抄補文字同程甲本。楊繼振在此稿本封面題曰：「蘭墅太史手定紅樓夢稿百廿卷」。因為楊藏本七十八回末有朱批「蘭墅閱過」四字，新紅學考證派有研究者就此認為這是「《程本》問世之前即有後四十回」、「足以否定高鶚續補後四十回」之「實證」，[421] 因而轟動一時。但後來又有研究者否定了這一說法，並提出：「這個抄本乃高鶚和程偉元在修改過程中的一次改本，不是付刻底稿。」[422] 因此，認為將

421　胡文彬、周雷：《臺灣紅學論文選》，百花文藝出版社，1981 年，第 458、766 頁。
422　《乾隆抄本百廿回紅樓夢稿》（影印），上海古籍出版社，1984 年，第 1365 − 1367 頁。

其簡稱為「夢稿本」是不恰當的，應照慣例以收藏者之名簡稱為「楊藏本」為妥。由於新紅學考證派對此本認知不同，因而出現了眾多簡稱，如高鶚手定稿本、紅樓夢稿、夢稿本、全抄本、楊本、楊藏本、文學研究所本等等。

林語堂（1966）反對「高鶚手定稿」的說法，他認為：「我傾於相信，很可能是雪芹自己的手筆。」[423] 張愛玲也認為楊藏本是「曹雪芹修改稿」，在《詳紅樓夢 —— 論全抄本》（1974）開篇就說：「我最初興趣所在原是故事本身，不過我無論討論什麼，都常常要引《乾隆抄本百廿回紅樓夢稿本》，認為抄本比他本早。」[424]

這個版本的情況比較複雜，到目前為止，似乎並沒有一個確切的證據表明是程甲本的手稿，當然，所謂曹雪芹的修改稿更是無稽之談，後文將進行專門的論述。

（八）甲辰本（或稱夢覺本）

1953 年在山西發現了此本，而後被收藏於北京圖書館，1989 年 10 月，由書目文獻出版社影印出版。因卷首有夢覺主人序，因此被稱作「夢覺本」；又因為序言末尾署有「甲辰歲菊月中浣」的字樣，故又名「甲辰本」；還有人因其在山西發現，同時又認為此本屬於脂本系列，因此也稱之為「脂晉本」。甲辰本存八十回（第八十回缺末頁），無封面與書名頁，卷首便是「序」，次為總回目。此書的總回目之前、每回的回前回後、每頁中縫均題有「紅樓夢」字樣。全書分裝八函，每函五冊；每冊二回，共四十冊，每回最後一頁最後一行頂格書寫「紅樓夢第××回」。回目後比上框低一格為回前總批；若無回前總批，則直接頂格抄寫正文。正文中凡遇詩詞皆低兩格抄寫。

---

423 林語堂：《平心論高鶚》，陝西師範大學出版社，2004 年，第 16 頁。

424 張愛玲：《紅樓夢魘》，上海古籍出版社，1995 年，第 50 頁。

第九章　《紅樓夢》版本學是一個偽命題

甲辰影印本第八十回最後一頁是另手補抄於空白紙上，有說明：「以下據《蒙古王府本石頭記》補。」補文九行，行二十字，恰好整半頁。原書還應有版心左邊的「紅樓夢第××回」的半葉，故缺失的應為一整頁。

此本批語約二百三十條左右，第一回的批語最多，占此本批語總數的三分之一以上，自第十二回起明顯減少。第十九回有整理者加的回前批「原本評注過多，未免旁雜，反擾正文，今刪去，以俟後之觀者凝思入妙，愈顯作者之靈機耳」。此後批語漸減漸稀，後部四十回則寥寥無幾。甲辰本上與其他版本相同的批語（考證派認為是脂批）中，只有簡短的雙行夾批，而且有一個奇怪的現象，就是雙行夾批每較其他脂本的少幾句或幾字或改動幾字。獨出批語占批語總數五分之一稍弱，其中包括二十二回末補文中的批語，以及三條將他本正文抄為批語，第四、九、十八、十九回出現了獨有的回末尾評，其中第十八回是一首七言絕句，為此本獨有。

新紅學考證派根據序言末尾署有「甲辰歲菊月中浣」的字樣，把這一抄本抄成時間定為 1784 年（乾隆四十九年）。因此，大力推崇脂本的新紅學考證派的代表人物馮其庸評價此本：「它既是從脂評系統走到程本系統的一個橋梁，又是保存脂本某些原始面貌，因而也是研究脂本的不可或缺的珍貴鈔本。」[425] 這樣的判斷比較片面，因為，除了序言末尾署有「甲辰」紀年字樣外，馮其庸等人並沒有提出令人信服的證據。

（九）鄭藏本

鄭藏本是指鄭振鐸先生收藏的一種殘存第二十三、二十四兩回的《紅樓夢》抄本，用工楷抄錄，版面相當整飭。當前被收藏於北京圖書館。原文具體多少回無從考證，第二十四回的結尾與眾本不同，一些

425　馮其庸：〈論夢敘本 —— 影印夢覺主人序本紅樓夢序〉，《紅樓夢學刊》，1989 年第 3 輯。

紅學家認為可能是曹雪芹的早期稿本。俞平伯先生曾讚賞它「特別是結尾很好」、「彷彿蘇東坡的〈後赤壁賦〉結尾的『開戶視之，不見其處』，似乎極愚，卻極能傳神」、「可能從作者某一個稿本輾轉傳抄出來的」。[426]

　　此本雖然只有兩回，但很多人名卻與其他版本存在一些不同，如「賈薔」作「賈義」；賈芹之母「周氏」作「袁氏」；「方椿」作「方春」；「秋紋」作「秋雯」；「檀雲」作「紅檀」。還有兩處是「賈珍」錯成「賈義」，「彩雲」換成「繡鳳」。

　　另一個比較明顯的不同之處就是在其他大多數本子中，第二十三回和二十四回恰好是「茗煙」和「焙茗」改換的交界處──第二十三回是「茗煙」，到了第二十四回就變成了「焙茗」。鄭本中則將「茗煙」與「焙茗」統一作「焙茗」。還有林紅玉的名字，在其他本中有不同的叫法。由於「玉」字與寶玉、黛玉的名字重複，在文中人物口中改稱「小紅」或「紅兒」，而在作者做客觀敘述時一般稱「紅玉」，有時亦隨文中人物之口稱「小紅」或「紅兒」，但在鄭藏本中一律作「小紅」。

　　鄭藏本有一個比較有意思的現象，就是同時用了《石頭記》和《紅樓夢》兩個書名。林冠夫說：「各抄本都沒有二名兼署的，惟此本較為奇特：各回的回前，署書名為《石頭記》，而各頁版心一行的魚尾上部，即書口的位置，卻各書『紅樓夢』三字，無一例外。」他認為：「此書同時使用兩個書名，只能是兩種書名都經使用後的事。所以，鄭本為早期抄本中較為晚出的本子。」[427] 筆者並不認同這樣的觀點，因為，《紅樓夢》的書名本身就有《石頭記》、《情僧錄》、《風月寶鑑》、《金陵十二釵》，稱之為《石頭記》還是《紅樓夢》都是個人的愛好與理解，與先出後出基本上沒有關係。

426　俞平伯：《鄭振鐸藏殘本紅樓夢（代序）》，北京圖書館出版社，1991 年，第 4 － 5 頁。

427　林冠夫：《紅樓夢版本論》，文化藝術出版社，2007 年，第 397 － 398 頁。

（十）舒序本

舒序本即《舒元煒序本紅樓夢》，卷首有杭州舒元煒的序及其弟舒元炳題〈沁園春〉詞。因卷首有舒元煒序而簡稱「舒序本」或「舒本」。總目中原有八十回回目，因此，原抄應為八十回，現存前四十回（第一至四十回），有殘缺。目錄前及每回正文前均題「紅樓夢」。此本每五回一冊，共八冊。然從抄寫者轉手的情況看，其底本為每冊四回。每半頁八行，行二十四字，獨與鄭本相同。原藏者為吳曉鈴先生，吳先生去世後，捐藏北京首都圖書館。亦名「吳藏殘本」或「吳本」；或以舒氏序作於乾隆五十四年己酉（1789），又名「己酉本」。

從舒序得知，此本之原藏主為姚玉棟，號筠圃。他曾與當廉使並錄過八十卷，然遭故散失二十七卷；復借鄰家之本，合付抄胥，因成新本。但序中並未言明具體抄配的回目。舒序中還提到，舒本八十回付抄的時候，讀者中已有一個一百二十回的全本在流傳。雖然，舒氏兄弟等人未能見到這個全本，但序中說到「合豐城之劍，完美無難」，即對於抄成全本很有把握。

在這本書上，比較重要的一點就是舒元煒所寫序文的末尾留有明確的紀年：「乾隆五十四年，歲次屠維作噩，且月上浣，虎林董園氏舒元煒序並書於金臺客舍。」

這是所謂脂本系列中唯一有紀年的本子，也為筆者整理版本先後順序提供了重要的依據。

（十一）靖藏本

靖藏本是所有《紅樓夢》版本中最為詭異的一個版本，據傳，1959年在南京發現了揚州靖氏（靖應鵾）所藏乾隆時的抄本《石頭記》。書在發現之初，毛國瑤曾將此書與戚本做了對勘，摘錄戚本中所無的批語

一百五十條，發表在南京師範學院《文教資料見報》1974 年八、九月號上，並撰文介紹。據毛國瑤說，此本原本八十回，留存七十八回，第二十八、二十九回殘缺，第三十回末殘失三頁。竹紙抄寫，抄手不止一人，字跡不及有正本工整。未標書名，也無序文，中縫也沒有頁碼。裝訂合併成十九小分冊，全書有三十九回為白文本，第四十一回有朱墨兩色批語。批語內容與脂本系列類似，因此也稱「脂靖本」或「靖本」。所謂「乾隆時抄本」僅僅是據毛國瑤目測：「抄本大小約在 20×28 公分左右，就書品及抄寫情況判斷，當不晚於乾隆年代。」這個本子因為只有毛國瑤一人見到，因此，我們沒有任何理由對其說法進行反駁，但同時，也正因為僅其一人所見，我們也有理由不採納其任何說法，包括所謂毛國瑤從此本上抄來的所有「脂批」。

　　詭異的是，1964 年之後，此本神祕失蹤，再無任何下落，因此，又被稱之為「鬼本」。對於一個鬼本，實在沒必要去討論，當然也沒必要去採用鬼本上面的批語。

（十二）程本（程甲本與程乙本）

　　乾隆五十六年辛亥（1791），程偉元、高鶚有感於《紅樓夢》「所傳只八十卷，殊非全本」，「讀者頗以為憾」，[428] 用木活字擺印了百廿回《新鐫全部繡像紅樓夢》。次年，鑑於「初印時不及細校，間有紕繆」[429] 的情形，二人又進行了第二次擺印，並加寫了一篇「引言」。這兩次擺印的本子被胡適分別稱為「程甲本」和「程乙本」。

　　胡適在《紅樓夢考證》中首次提出了「程本」這一說法，並在文中寫到當時《紅樓夢》版本在市場的主要流通狀況，在這篇長文中，胡適

---

428 《程甲本紅樓夢》（影印本），書目文獻出版社，1992 年，第 2 頁。
429 《程乙本紅樓夢桐花鳳閣批校本》（影印本），陳其泰批校，北京圖書館出版社，2001 年，第
　　13 頁。

如此介紹彼時市面上流行的《紅樓夢》版本的基本情況：現今市上通行的《紅樓夢》雖有無數版本，然細細考較去，除了有正書局一本外，都是從一種底本出來的。這種底本是乾隆末年間程偉元的百二十回全本，我們叫他作「程本」。[430] 胡適提出「程本」這一概念後，一直被紅學界沿用至今。

程甲本與程乙本書名均為《新鐫全部繡像紅樓夢》，以木活字擺印形式刊行，由程偉元、高鶚共同整理修補，萃文書屋發行。二者皆為一百二十回，共有二十四冊。有總目，而無分卷。程甲本與程乙本每頁均為二十行，每行均為二十四字。且都插有繡像並圖贊二十四幅。程甲本刊印於 1791 年冬天，程乙本刊印於 1792 年春天，程甲本刊印時間早於程乙本 70 天左右。程甲本中首為程偉元的序，次為高鶚的敘，而程乙本則無程偉元的序，改加程偉元、高鶚合署的「引言」七條。在版式上，程乙本比程甲本稍寬，且程甲本為左右雙邊，程乙本則為單邊。需稍加注意的是，程乙本元春畫這一插圖版面存在部分毀損。

一粟在《紅樓夢書錄》中介紹了乾隆五十六年辛亥（1791）萃文書屋活字本《紅樓夢》程甲本的基本特徵，但未註明具體的版本來源。《中國通俗小說總目提要》明確著錄的程甲本有四種：北京大學圖書館藏本、中國社會科學院文學研究所藏本、中國戲曲研究院圖書館藏本、蘇聯亞洲民族研究所列寧格勒分所藏本。[431] 胡文彬先生廣泛搜羅，在〈皕年難忘紅樓夢——為程甲本紅樓夢擺印 210 週年而作〉一文中提到了十二種程甲本，除了《中國通俗小說總目提要》著錄的四種以外，還有：國家圖書館藏本、南開大學圖書館藏本、山東省圖書館藏本、人民日報社圖書館藏本、臺灣大學圖書館藏本、日本東北大學圖書館狩野文

430　胡適：《紅樓夢考證（改訂稿）》，上海古籍出版社，1988 年。
431　江蘇省社會科學院明清小說研究中心、文學研究所編：《中國通俗小說總目提要》，中國文聯出版公司，1990 年，第 512 頁。

庫藏本、伊藤漱平藏本、杜春耕先生藏本（後三種均為殘本）；在其所著《歷史的光影——程偉元與紅樓夢》（簡稱「胡文彬著錄」）中著錄了 20 種程乙本版本。同時，其他學者在自己的論文或論著中，也提到一些程乙本版本。綜合各家紀錄及筆者的查訪，現今流傳下來的程乙本共約 26 種。其中胡適自藏程乙本下落不明，實際有明確藏地的約 25 種。

　　以上就是目前《紅樓夢》版本的大致情況，其中最為紅學界所推崇的就是「三脂本」，而「三脂本」中又以甲戌本最為新紅學考證派看重，因此，如果要搞清楚版本問題，首先必須要對「三脂本」，尤其是甲戌本進行說明，然後才能在此基礎上對其他版本進行解讀與整理。

▎第二節　己卯本與庚辰本的成書時間

　　「三脂本」一直被新紅學考證派所推崇，但也是爭議最大的幾個本子。推崇者認為甲戌本是最接近曹雪芹原稿的本子，也是海內最古老的《紅樓夢》本子，而己卯本與庚辰本又是據甲戌本抄錄的早期抄本，而且上面的脂批更是考證作者曹雪芹的最重要的證據；反對者則認為「三脂本」是偽本，是有人為了配合新紅學考證派的觀點而故意作偽的本子。

　　對於正反兩方面的論述，筆者都持保留意見。如果說「三脂本」有極高的價值，是研究曹雪芹及其底稿的重要資料，筆者是堅決反對的，但是，要說「三脂本」是偽作，是有人故意造假配合新紅學考證派，也有失公允，起碼己卯本與庚辰本不是為了作假而「造出來」的。

　　周紹良先生曾於〈讀劉銓福原藏殘本石頭記散記〉一文中提出甲戌本是「蒸鍋鋪本」這個判斷，他說：

　　所謂「蒸鍋鋪」者，是清代北京地方一種賣饅頭的鋪子，專為早市人而設，凌晨開肆，近午而歇，其餘時間，則由鋪中夥計抄租小說唱

本。其人略能抄錄，但又不通文理，抄書時多半依樣葫蘆，所以書中會
「開口先云」變成「開口失云」，「癩頭和尚」變成「獺頭和尚」。這種
鋪子所出租的小說唱本，不論有否木刻，一律由人工抄出，三數回釘為
一冊。抄書紙皆近於毛邊紙的紙張，棉紙為面；其書的尺寸即如現在這
個本子（庚辰本當然也是這種店鋪的本子），任人租閱。所以它會又像
是一本正經抄錄的書，但也會抄得訛錯離奇，就像這個抄本的樣子。[432]

　　周紹良先生的判斷非常有道理，這一點，上文已經做了一定的說
明，從目前發現的幾乎所有的抄本來看，除甲戌本之外，幾乎都具有
「蒸鍋鋪本」的特點，比如抄者水準很低，不通文理，有大量的錯字、訛
字、異體字、俗字；抄手眾多，書法水準非常一般，且經常一回的抄手
就不止一人；三數回釘為一冊；對於正文的增刪都比較隨意；批語更是
隨意增加與刪節；批者人數眾多，根本不可能出自某人自己所抄所藏；
抄錄時所採用的底本也並不統一，或同時抄錄一個底本，或為了趕時間
用多個底本分別抄錄，最後合為一冊。這就造成了版本文字混亂、血緣
關係混亂、評點者混亂的現狀。即使被新紅學考證派認為血緣最近的
「三脂本」，在這三個本子同有的十二回書中，共有異文約一千九百多
處。[433] 按照這個比例，八十回的異文應該在一萬三千處左右，半部作品
有六分之一的異文，居然非要說是血緣關係最近的本子。並且還非要從
這樣混亂的狀態中釐出一個頭緒，無異於緣木求魚，且毫無意義。

　　對於周紹良先生的判斷，筆者同意庚辰本屬於「蒸鍋鋪本」的觀
點，但是，甲戌本的情況也許要複雜一些。後面做專門論述，這裡先談
一下己卯本與庚辰本。

　　筆者認為，「三脂本」中的己卯本與庚辰本都是「蒸鍋鋪本」的產

432　周紹良：〈讀劉銓福原藏殘本石頭記散記〉，《紅樓論集：周紹良論紅樓夢》，文化藝術出版
　　　社，2006 年，第 147 頁。
433　楊傳容：〈甲戌本是怎樣成為己卯‧庚辰本的〉，《紅樓夢學刊》，1991 年第 2 輯。

物，此二本完全符合「蒸鍋鋪本」的所有特點，而且，那些批語是不同時期傳抄者不斷加上的。如現存庚辰本第十四回開頭有三條眉批：

寧府如此大家，阿鳳如此身分，豈有便（使）貼身丫頭與家裡男人答話交事之理呢？此作者忽略之處。（朱筆）

彩明係未冠小童，阿鳳便於出入使用者，老兄並未前後看明是男是女，亂加批駁，可笑！（墨筆）

且明寫阿鳳不識字之故。壬午春。（朱筆）

第二條批語明顯是對第一條批語錯誤的指正與奚落，第三條又是對第二條的補充。以上三條批語明顯不是出自一人之手，而是在藏抄過程中經過不同閱讀者在不同時期所加。如果真如新紅學考證派所言，曹雪芹的《紅樓夢》還在屬稿的時候脂硯齋等這些「深知擬書底裡」的內圈人物就著手在「閱評」，而且之後還做過謄抄、對清、命刪等等干預小說本文的情況的話，就不會出現這樣的批語了，即使是在校對中發現了錯誤，也應該當面提醒，而不需要用諷刺口吻批出。非常可惜的是，這麼明顯的證據，新紅學考證派偏偏視而不見，非要把脂硯齋說成是曹雪芹的某某親人，非要把庚辰本說成是具有很高價值的本子。

新紅學考證派非要把己卯本與庚辰本上面的「己卯冬月定本」與「庚辰秋月定本」理解為曹雪芹生前經過脂硯齋評閱的時間，其實是非常荒唐的，這兩個本子上面都有「脂硯齋重評石頭記」的字樣，既然都是重評，而且是「四閱評過」的本子，那為什麼兩個不同時間段定稿兩次呢？為什麼庚辰本不是「五評」呢？

那麼，如何理解己卯本與庚辰本上面所謂的「脂硯齋重評石頭記己卯冬月定本」與「脂硯齋重評石頭記庚辰秋月定本」呢？在這裡，新紅學考證派必須要面臨一個他們認為血緣關係最近的兄弟本火拼的荒唐鬧劇。己卯本與庚辰本都打著「脂硯齋凡四閱評過」的幌子，如果非要承

認這是脂硯齋的「四閱評本」，那麼，其中必然有一個是李逵一個是李鬼。面對這樣的困境，新紅學考證派只能採取各種蒼白的說辭來替自己辯解，比如馮其庸對於所謂過錄本說：「庚辰是乾隆二十五年，下距雪芹之逝只有二、三年了，我們至今沒有發現署年比庚辰更晚的《石頭記》原抄本或原抄過錄本，所以可以說，這個庚辰本，是曹雪芹生前的最後一個本子。當然現存的這個庚辰本，並非庚辰原抄本，而是一個過錄本，過錄的時間，據我的考證，約在乾隆三十三四年。」[434]

王毓林先生是這樣解釋的：「己卯、庚辰兩本第十七、十八回都未正式分回，第十九回均無回目，第六十四、六十七回都『暫缺』。這些情況說明己卯、庚辰兩本上『脂硯齋凡四閱評過』、『己卯冬月定本』和『庚辰秋月定本』的題字都是可信的。正是因為己卯本底本和庚辰本底本是脂硯齋一次修定完成的四閱評本的再次修訂前後的過錄本，所以它們才有如此之多的共同之處。」[435]

王毓林這樣的解釋非常令人費解，首先，如果是「四閱」後一次修訂，那也就是說已經定稿，為什麼還有再次修訂呢？如果是定稿後發現了其中有錯誤或者不完善要重新修訂，那為什麼兩本在文字和批語上基本沒什麼變化呢？退一步說，己卯本現在不存的部分中即使有一些批語或者文字方面的變化，脂硯齋發現後要重新修訂，那就不應該稱之為「四閱」而是「五閱」了，為什麼非要說「四閱」呢？

在新紅學考證派來看，似乎一個過錄本就能解決所有問題，只要無法解決的都是由於過錄造成的，反正，「三脂本」的地位不能動搖。然而，新紅學考證派的很多考證恰恰為自己的觀點挖下了陷阱。比如在關於己卯本與庚辰本的關係上，馮其庸做了如下論述：

434　馮其庸：《論庚辰本》，上海文藝出版社出版，1978 年，第 26 頁。

435　王毓林：〈論石頭記己卯本和庚辰本（上）── 兼評馮其庸同志論庚辰本〉，《文獻》，1984 年第 2 期。

　　一、兩本抄寫的款式相同。即庚辰本與己卯本每頁的行數，每行的字數，每回首行頂格題「脂硯齋重評石頭記卷之」，第二行頂格寫「第×回」，第三行低三格或二格寫回目，每十回裝一冊，每冊首頁有本冊十回的總目等等，兩本完全一樣。

　　二、兩本的回目相同。現己卯本實存回目四十個，拿它與庚辰本的回目核對，兩本一字不差，就連兩本回目中的錯別字也錯得一模一樣。再有如第十七、十八回沒有分回，第十九回沒有回目，第六十四、六十七回從回目到正文都缺等等這些情況，兩本也完全一樣。相反，甲戌本與庚辰本對照，甲戌本一至八回，其中就有四個回目與庚辰本不同。所以，己卯、庚辰兩本回目的完全一樣，這絕不是偶然的事情。

　　三、按己卯本的批語，主要是正文下的雙行小字批，全書共717條，今檢查此717條批語，除庚辰本第十九回漏抄了一條一個字的批外，其餘完全相同，不僅批語完全相同，就連批語分布在各回的情況和所在的位置，也完全一樣。（庚辰本上當然還有一些朱批和其他的批，但這是庚辰本在過錄以後從別本轉抄上去的，與己卯本自然無關。）

　　四、庚辰本和己卯本，還有一些完全相同的特殊的特徵，如己卯本第十九回第三面第二行在「小書房名」下空了五個字的位置，然後又接寫「內曾掛著一軸美人，極畫的得神，今日這般熱鬧，想那裡自然」，然後在下面又一直空到這行末，形成一條大空白。耐人尋味的是這兩處空白，都原樣保存在庚辰本裡。又如己卯本在十七、十八回前面半頁的空白紙上分六行寫：「此回宜分二回方妥」，「寶玉係諸豔之貫，故大觀園對額必得玉兄題跋，且暫題燈區聯上，再請賜題，此千妥萬當之章法」，「詩曰：豪華雖足羨，離別卻難堪，博得虛名在，誰人識苦甘」，「好詩，全是諷刺」，「近之諺云：『又要馬兒好，又要馬兒不吃草』，真罵盡無厭貪痴之輩」。庚辰本也一模一樣的照抄，而且連錯別字也照

抄，如「諸豔之貫」，「貫」字是「冠」字之誤，庚辰本也照錯不誤，如「博得虛名在」的「博」字，己卯本誤寫成「愽」字，庚辰本也同樣照抄不誤。特別是己卯本第五十六回末尾「只見王夫人遣人來叫寶玉，不知有何話說」這句的右下側，寫著「此下緊接慧紫鵑試忙玉」一行小字，這行小字並非正文，而是本回抄手給下回抄手的提示，讓他接寫「慧紫鵑試忙玉」這一回，誰知庚辰本的抄手竟然也照抄不誤。

　　五、大家知道，己卯本是怡親王府的抄本，因而抄手避「祥」字、「曉」字的諱，因為老怡親王名「允祥」，第二代怡親王名「弘曉」。細檢庚辰本，在第七十八回《芙蓉誄》裡，有「成禮兮期祥」的句子，而這個「祥」字，卻避諱寫成「祥」，與己卯本裡避祥字諱寫成「祥」一模一樣。

　　六、庚辰、己卯兩本有部分書頁抄寫的筆跡相同，顯係一人抄下來的。這就是說，己卯本的少數或個別抄手，在完成了己卯本的抄寫以後，又參加了庚辰本的抄寫，如兩本第十回的首半面，筆跡完全相同；兩本第十一回至二十回的總目，筆跡也完全相同。

　　以上六個方面的特殊的相同點，並非是細節的相同，乃是全域性的相同，這些相同點，自然對研究兩本的關係來說，是十分珍貴的資料，是不能對它無視或忽視的。

　　筆者之所以要不厭其煩引用馮其庸先生的大量文字，主要是想說明一個問題。馮先生以上的所謂證據對於確定庚辰本與己卯本的時間與價值沒有任何幫助，只能說明這兩個版本幾乎同出於一個「抄寫組織」，那就是「蒸鍋鋪」。馮其庸先生所有的證據幾乎完全符合「蒸鍋鋪本」的特徵。比如，由於抄手水準有限，對於其中的錯字沒有鑑別能力，或者由於為了儘快抄寫成冊，並沒有仔細甄別；再如款式相同、回目相同、批語相同、抄寫的筆跡相同（即抄手相同）更是證明這兩個版本均

出於同一個「蒸鍋鋪」。至於上面所謂的「己卯冬月定本」與「庚辰秋月定本」根本就不是《紅樓夢》底稿定稿的時間，而是「蒸鍋鋪」抄寫者抄完之後彙集成冊的時間，否則怎麼會出現兩個「重評」、兩個「四閱」呢？

如果結合清代一些傳統的「蒸鍋鋪」的名稱來看，己卯本與庚辰本屬於「蒸鍋鋪本」就更加明顯了。流傳到現今的古代食品業者名稱有很多，僅舉幾例：「大順齋」（始於明崇禎末年，主要經營火燒與各種糕點，距今已有三百多年歷史）、「月盛齋」（始於清乾隆四十年前後，到今天已有二百四十多年的歷史，是一家專門經營清真醬牛羊肉的老字號）、「桂順齋」（回族人劉珍於 1924 始創，距今近百年歷史）、「六味齋」（歷史可以追溯到乾隆年間，最初在北京，現主要在太原，主要經營饅頭、糕點、熟食等，距今已有二百年以上的歷史）、「又一齋」（主要在濟南，始創於清光緒三十四年，迄今已有百年以上歷史，主要經營饅頭、糕點、肉食等）。

可以看出，中國古代除了文人書齋有叫「齋」的習慣外，很多食品店也常常以「齋」為名，比如上面這些「大順齋」、「月盛齋」、「桂順齋」、「六味齋」、「又一齋」等。那麼，所謂「脂硯齋」是否也是類似於這樣的一個店名呢？即使不是賣饅頭的，也有可能是文具店、文玩店等的名稱，當然也有組織抄手抄書的可能呢。在這裡，筆者與新紅學考證派一樣，沒有任何證據表明脂硯齋就是一個賣饅頭的食品店或者賣筆墨紙硯的文具店，但是既然清代有那麼多「蒸鍋鋪」在閒暇時組織鋪中夥計抄寫小說唱本，目的是「任人租閱」，那麼，「脂硯齋」這樣一個略帶文化（或者文具）氣息的鋪子為什麼不能組織一些人來評點和抄寫《紅樓夢》呢？

實際上，己卯本與庚辰本抄程本的例子有很多，曲沐在〈庚辰本石

頭記抄自程甲本紅樓夢實證錄〉一文中指出了很多，現僅舉幾例：

第四回，程甲本影印本 175 頁：

那日已將入都，又聞得母舅王子騰升了九省統制，奉旨出都查邊。薛蟠心中喜道：我正愁進京去有母舅管轄，不能任意揮霍。

而庚辰本抄成：

那已將入都時，卻又聞得母舅管轄著，不能任意揮霍……

曲沐認為，這並不是異文，而是抄手將前一行之「母舅」看成下一行之「母舅」，漏掉前一「母舅」以下三十字。[436]

接下來，曲沐又列舉了很多類似的因串列而少字的例子。如：

第六回，程甲本影印本 225 頁：

（劉姥姥）只聽遠遠有人笑聲，約有一二十個婦人，衣裙悉索，漸入堂屋，往那邊屋內去了。又見三兩個婦人，都捧著大紅漆捧盒……

庚辰本抄成：

只聽遠遠有人笑聲，約有一二十婦人，都捧著大漆捧盒……

這也是抄手馬虎，將兩個「婦人」看混了，從前一「婦人」跳到後一「婦人」，漏掉中間二十二字。

第二十三回，程甲本影印本 601 頁：

命太監夏忠到榮府下一道諭，命寶釵等在園中居住，不可封錮。命寶玉也跟隨進去讀書。賈政王夫人接了諭，命夏忠去後，便回明賈母，遣人進去各處收拾打掃……

436　曲沐：〈庚辰本石頭記抄自程甲本紅樓夢實證錄〉，《貴州大學學報》，1995 年第 2 期。

庚辰本：

命太監夏忠到榮國府下一道諭，命寶釵等只管在園中居住，不可約禁封錮。命寶玉仍隨進去各處收拾打掃……

程甲本此處兩行兩個「進去」緊靠在一起，抄手粗心，從前一行之「進去」一下子跳到第二行之「進去」，漏掉中間二十四字。程甲本半頁十行，每行二十四字，此處恰是抄漏一行文字，形成這種錯句。

第二十四回，程甲本影印本 625 頁：

你只說舅舅見你一遭兒就派你一遭兒不是，你小人家狠不知好歹，也要立個主意，賺幾個錢，弄弄穿的吃的，我看著也喜歡。

庚辰本：

你只說舅舅見你一遭兒就派你一遭兒不是吃的，我看著也喜歡。

這裡庚辰本也是跳行，「不是」與「吃的」是兩行緊靠在一起，處於一個位置，抄手抄到「不是」時，再起筆就看到下一行的「吃的」去了，所以抄成如此錯句，漏掉中間二十三字。

曲沐先生與歐陽健等人對於「三脂本」的考證非常有價值，但筆者並不同意「三脂本」有意作偽的判斷。筆者基本的觀點就是己卯本與庚辰本都屬於「蒸鍋鋪本」，抄錄過程極其敷衍。甚至為了提高抄寫速度，一個人讀，幾個人抄，比如第六十七回，庚辰本把「冷月葬詩魂」抄成「冷月葬死魂」，這明顯就是為了提高效率，一人讀，多人抄的時候由於朗讀者口音而導致的誤聽或誤解。「蒸鍋鋪本」本來就是為了商業利益，完全可以理解。但是，筆者不能理解的是新紅學考證派的大家們對於一些非常明顯的錯誤視而不見，甚至極力為之辯護。非要考證原

稿到底是「死魂」還是「詩魂」。[437]只要不是有意為之，恐怕所有稍有文
化修養的人都會對「冷月葬詩魂」與「冷月葬死魂」做出正確的判斷。
偏偏就是那些新紅學考證派的知名人物為了維護「三脂本」的價值，非
要逆學術常規而動。即使是在實在無法用「死魂」取代「詩魂」的情況
下，還要硬著頭皮提出「死魂」是「花魂」的「形近而誤」的論斷。死
與花是兩個最簡單的字，相似程度並不高，看錯念錯的幾率非常之小，
因此，發生這樣錯誤的抄手水準應該非常有限。

　　但是，對於曲沐先生庚辰本抄自程甲本的觀點，筆者是有所保留
的，理由主要是程甲本是一個百二十回本，庚辰本如果要抄程甲本，為
什麼不全部抄錄呢？曲沐先生認為庚辰本故意造假，因此有意抄了八十
回。雖然曲沐先生的說法有一定道理，但是，筆者認為庚辰本造假的理
由並不充分。筆者更傾向於另一種可能，程甲本與己卯本、庚辰本的前
八十回均出自於同一底本，這一底本非常有可能就是怡親王府本。理由
主要是現在看到的己卯本既避「祥」字諱，又避「曉」字諱，而第一代
怡親王名允祥，第二代怡親王名弘曉，這屬於避家諱。既然同時避第一
第二代怡親王的諱，那抄錄者只能是第三代怡親王永琅。永琅於嘉慶四
年（1800）去世，而第二代怡親王弘曉於乾隆四十三年（1778）去世，那
麼，怡親王府本抄成的時間在 1778 年至 1800 年之間。這與新紅學考證
派所謂的己卯年（1759）沒有任何關係，也進一步證明所謂「己卯冬月定
本」僅僅是抄成的年代，也與所謂《紅樓夢》原稿、底稿、定稿沒有任
何關係。

　　既然怡親王府有抄本存在，被一再傳抄就是非常可能的。在傳抄過
程中，或有人不斷加批，或有人不斷作序，於是錯字、訛字、異體字、
俗字就頻繁出現。到脂硯齋（類似於蒸鍋鋪）手裡，為了租閱效果，整

437　王人恩：〈「寒塘渡鶴影，冷月葬花魂」考論〉，《紅樓夢學刊》，2006 年第 2 輯。

理並抄錄了《紅樓夢》流傳過程中一些讀者留下的批語，當然也有自己新加上的批語（比如那些署名為脂硯齋或者脂硯、脂研的批語），在進行了所謂的「四閱」後，組織脂硯齋中的夥計們進行抄寫，在己卯年有了一個定本。這個時間非常有可能是 1819 年。理由主要是怡親王府本抄成的時間。上文說過，怡親王府本抄成的時間大致為 1778 年到 1800 年之間。怡親王府本在 1800 年之後流入市場，脂硯齋據此本抄成「蒸鍋鋪本」，並於 1819 年抄定，即所謂「己卯冬月定本」，也許有人會問，1879 年也是己卯年，脂硯齋抄成的「蒸鍋鋪本」是不是這個時間段定稿的呢？這當然也是一種可能，但是，我們不能不考慮第一個提到脂硯齋的人裕瑞（1771 － 1838），裕瑞在其《棗窗閒筆·後紅樓夢書後》中有這樣一段記載：

> 《石頭記》不知為何人之筆，曹雪芹得之。以是書所傳述者，與曹家之事蹟略同，因借題發揮，將此部刪改至五次，愈出愈奇。乃以近時之人情諺語，夾寫而潤色之，藉以抒其寄託。曾見抄本卷額，本本有其叔脂硯齋之批語，引其當年事確甚，易其名曰《紅樓夢》……「雪芹」二字，想係其字與號耳，其名不得知。[438]

　　儘管裕瑞的《棗窗閒筆》受到了不少人的質疑，但是，筆者認為，在沒有鐵證的情況下，我們也不能完全認定裕瑞是造假。從裕瑞留下的文獻中可以看出，他雖然對《紅樓夢》及其作者了解得非常模糊，但沒有必要造假。因此，我們寧願相信他提到的脂硯齋不是空穴來風。那麼，在裕瑞（1771 － 1838）生活的時間段裡，己卯年只有 1819 年，如果當時市場上帶有脂硯齋批語的抄本已經開始流傳，而且也有人開始對作者進行猜測的話，裕瑞聽到並記錄下來的時間也正好能相對應。

438　周汝昌：《紅樓夢新證》，棠棣出版社，1953 年，第 548 頁。

第九章　《紅樓夢》版本學是一個偽命題

　　按照常理，以怡親王的身分和地位，購買或號召抄寫一部價值「數金」的抄本《紅樓夢》並非難事，而且，王府組織的抄手應該水準不至於太低，然而，「現存己卯本的書寫水準，實在與王府抄本應有的書寫水準不相稱。」[439] 因此，可以做如下推斷：怡親王府本在抄成之後，由於其抄本水準高被不斷傳抄，後輾轉落到了脂硯齋手中，脂硯齋的老闆組織夥計抄寫的時候，或出於盈利，或出於喜愛，整理了一些評點者的批語，同時自己也在上面加批，而那些水準很一般但似是而非的批語又在有意無意之間透露出一些作者的資訊，因此深受一般讀者的喜愛，因此脂硯齋評點本就有了一定的知名度，且愈傳愈奇，而且在傳說的過程中把一個蒸鍋鋪或者文具店的名稱當成了一個評點者，甚至出現了脂硯齋與作者有血緣關係的傳說。這個傳說想必裕瑞也聽到了，因此，才有了上引的那段看起來只是道聽塗說的言論。不過，我們如果把這些資訊連繫起來看就會發現，所謂的「己卯冬月定本」與「庚辰秋月定本」就非常好理解了。只有租借效果不錯的情況下，才有可能在不到一年的時間內連續抄寫兩次，而且都冠以「脂硯齋重評石頭記」的字樣。

　　綜上，我們現在所看到的己卯本是 1819 年由脂硯齋生產出來的「蒸鍋鋪本」，而所謂「庚辰秋月定本」的庚辰本就是 1820 年由脂硯齋生產出來的「蒸鍋鋪本」。

　　接下來，來談一談甲戌本的問題。

439　童力群：〈己卯本原本成書於乾隆四十四年左右〉，《鄂州大學學報》，2018 年第 5 期。

▌第三節　甲戌本 ── 一個晚出且沒有價值的版本

甲戌本相對於其他版本而言情況的確比較複雜的，長期以來，對於此本的褒貶尖銳對立。以馮其庸等人為代表的「擁脂派」在胡適的基礎上對此本倍加推崇，視為紅學中的「聖經」；而以歐陽健等人為代表的「滅脂派」則認為此本有嚴重的造假嫌疑。在筆者看來，這兩種認知都比較偏頗，首先，甲戌本上面的批語的確有造假嫌疑，但僅限於開頭的凡例與畸笏叟的少量批語，至於其他批語與內容，也談不上造假。從目前我們所看到的甲戌本來看，其抄寫的文字比較整齊，而且書法水準明顯高於其他抄本，無論是雙行批還是側批，無論是眉批還是回前回後評，都是非常講究的。換言之，甲戌本無論是抄寫還是加批，都是有一定計劃和規矩的，因此，此本應該不是「蒸鍋鋪本」。但是，從方方面面來看，此本又是一個晚於己卯本與庚辰本的抄本，而且在僅存的十六回上面居然有 1,600 條以上的批語。如果按照比例來看，不但遠超己卯本，即使是保留了三千多條批語的庚辰本也望塵莫及。可以看出，此本的目的是要打造一個評點精品本。所有這些特點，使得我們目前所看到的這個本子充滿了謎團，因此，有必要做專門的論述。

在具體論述之前，筆者先表明自己的觀點，第一，此本是脂硯齋（並不是一個人的號或者名，而應該是一個兼賣書、租書的類似文具店的鋪子）精心打造的一個評點本，抄寫的目的是為了便於加批；第二，此本根本不是最早的、最接近原稿的底本，它抄成的時間是 1874 年；第三，此本獨有的凡例是脂硯齋糅合了正文第一回與自己的理解所做的似真非真、似假非假的一段文字；第四，此本雖然名為「脂硯齋抄閱再評」，但實際上是脂硯齋所做的一個批語彙評本；第五，此本上面的批語有作假的嫌疑，但作假的不是脂硯齋，而是畸笏叟。接下來，我們具體來探討一下以上筆者的結論。

第九章　《紅樓夢》版本學是一個偽命題

　　從胡適發現加有脂批的「甲戌本」以來，「甲戌本」及脂硯齋的批語就成為新紅學派研究紅樓夢最重要的依據。胡適在對「甲戌本」進行考證時說：「深信此本是海內最古老的《石頭記》抄本。」[440] 而且「甲戌本」、「在四十年來《紅樓夢》的版本研究上曾有過劃時代的貢獻。」[441] 由於胡適是新紅學的開創者，且在學術界影響巨大，所以，胡適的觀點被新紅學派普遍接受。周汝昌認為：「這部書（按：指甲戌本）與庚辰本、戚序本是最早重現於世的三真本，也是最早影印行世的三部未經程、高篡改的，接近雪芹原筆的古抄本。」[442] 馮其庸甚至更認為脂硯齋「還兼有一定程度的作者的身分」[443]：「既然脂硯齋自己為此書定名為《石頭記》，而且曹雪芹也同意他的定名，因此乾隆時早期抄本都稱《石頭記》。」[444] 馮其庸在美國首屆國際《紅樓夢》研討會上的報告中說：「甲戌抄閱再評的文字，是現存曹雪芹留下來的《石頭記》的最早的稿本（當然是經過過錄的）……甲戌本可以看到這部偉大著作的早期面貌。」陳毓羆認為甲戌本「正文所根據的底本是最早的，因此它比其他各本更接近於曹雪芹的原稿」。[445] 有一些研究者甚至認為甲戌本是脂硯齋的自藏本，如鄭慶山認為：「從書口中縫下部每頁都有脂硯齋的署名看，當為脂硯齋的自藏本。它的前身，自是脂硯齋的初評本，不過應題作『金陵十二釵』，是曹雪芹的題名。」[446]

　　以上這些著名紅學界專家幾乎無一例外認為甲戌本是目前最早、最重要的版本，雖然提出的角度略有不同，但基本觀點主要有以下三點：其一，甲戌年是 1754 年的版本，是目前發現的各種版本中最早的版本；

440　《胡適、魯迅、王國維解讀紅樓夢》，遼海出版社，2002 年，第 69 頁。

441　胡適：《跋乾隆甲戌脂硯齋重評石頭記影印本》，臺灣中央印製廠影印，1961 年，第 1 頁。

442　周汝昌：《周汝昌夢解紅樓》，灕江出版社，2005 年，第 176 頁。

443　馮其庸：《敝帚集》，文化藝術出版社，2005 年，第 300 頁。

444　馮其庸：《敝帚集》，文化藝術出版社，2005 年，第 215 頁。

445　陳毓羆：〈紅樓夢是怎樣開頭的？〉，《文史》，第 3 輯。

446　鄭慶山：〈再論紅樓夢的版本與校勘〉，《克山師專學報》，2002 年第 1 期。

其二，脂硯齋既然與《紅樓夢》的作者有極其密切的關係，甚至兼有一定作者的身分，所以脂硯齋自己的藏本就應該是最早的本子了；其三，由以上兩點推衍，既然「甲戌本」是最早、最接近原著的一個版本，且脂硯齋又是與《紅樓夢》作者有密切關係的人，那麼，「甲戌本」上面所帶有的脂硯齋的批語也自然就是研究《紅樓夢》最重要的證據。

胡適的觀點雖然被新紅學派所廣泛接受，但由於其考證的方法太過於草率，也遭到了一些研究者的質疑，但維護脂硯齋與「甲戌本」的研究者們卻總是提出各種證據或理由加以補漏，使得這一問題更加撲朔迷離。

胡適對於「甲戌本」以及脂硯齋與曹雪芹的關係的考證，主要見於其所作的〈考證紅樓夢的新材料〉一文，在這篇文章中，胡適主要的依據是「甲戌本」中有「至脂硯齋甲戌抄閱再評仍用《石頭記》」的字樣，以及「甲戌本」上脂硯齋的兩條批語：

能解者方有辛酸之淚。壬午除夕，書未成，芹為淚盡而逝。余嘗哭芹，余亦待盡。每意覓青埂峰再問石兄，奈不遇癩頭和尚何？悵悵！……甲午八月淚筆

雪芹舊有《風月寶鑑》之書，乃其弟棠村序也。今棠村已逝，余睹新懷舊，故仍因之。

依據以上所謂「重要證據」，胡適非常武斷地認定甲戌年為乾隆十九年（1754），並草率地得出了「脂硯齋與曹雪芹很親近的，同雪芹弟兄都很相熟」的結論。問題是，這幾句批語中並沒有說明脂硯齋與作者的關係，也沒有點出脂硯齋與曹雪芹兄弟很熟，更沒有說明甲午年到底是哪一年，憑什麼就能得出以上結論呢？一般而言，後人對前人或者同時代的人的了解管道既可以透過可信的文字紀錄，比如正史或者其友人、親人或者自己的紀錄等等，但是，也有一種途徑，那就是傳說或者

第九章　《紅樓夢》版本學是一個偽命題

道聽塗說，如果脂硯齋關於曹雪芹的資訊僅僅是道聽塗說的呢？那胡適的結論還能成立嗎？最關鍵的，我們現在根本都搞不清楚脂硯齋為何人，但是，卻把其批語作為重要證據，實在有點匪夷所思。

胡適所有的結論以及考證的合理性必須首先要建立在「脂硯齋是與《紅樓夢》的作者有密切的關係」的基礎上，否則胡適的結論與考證就毫無意義。但是，直到今天，對於脂硯齋其人甚至曹雪芹是否是《紅樓夢》的作者，依然存在較大爭議，我們根本無法確定脂硯齋的身分。所以，胡適考證的前提本身就存在很大問題，以胡適為代表的新紅學派所得出「甲戌本」是海內最古老的《石頭記》抄本的結論根本經不起推敲。

我們目前所看到的「甲戌本」上批者的署名，除脂硯齋外，還有畸笏叟、松齋、棠村和梅溪等人。鄭慶山等人認為，「甲戌本」批語「有從他本移錄者，非原本所有，如少數總評」。[447]這就有了進一步的疑問：既然甲戌本是最早的本子，又是脂硯齋的自藏本，那麼，那些其他人的批語怎麼會出現在屬於脂硯齋自藏的「初評本」上的呢？如果是脂硯齋自己把別人的批語寫到自己的自藏本上的話，那麼其他批書者在做批語時又是依據什麼版本呢？不是說甲戌本是「最早」的本子嗎？那麼，在其還沒有面世之前其他批書者是怎麼看到《紅樓夢》的原稿的呢？如果說其他評點者是從脂硯齋手中借閱時加的批，這也不太合理，因為，在沒有得到藏書者同意的前提下，把自己的批語隨便寫在別人的自藏本上是不是不太合適呢？

為了解決以上矛盾，馮其庸等人又提出了「過錄」說。馮其庸等人一方面說：「甲戌抄閱再評的文字，是現存曹雪芹留下來的《石頭記》的最早的稿本（當然是經過過錄的）……甲戌本可以看到這部偉大著作的

447　鄭慶山：〈再論紅樓夢的版本與校勘〉，《克山師專學報》，2002 年第 1 期。

早期面貌」；另一方面又說：現在看到的「甲戌本」是「乾隆末期或更晚的抄本」。[448]實際上，馮其庸是無法解釋這個最早的版本上偏偏有一個其他所有版本都沒有的「凡例」才提出一個所謂「過錄本」來敷衍。因為，如果甲戌本真的是最早的本子，那同為脂批系列而且被新紅學考證派看作血緣最近的己卯本、庚辰本上怎麼都沒有這個凡例呢？難道是有意把凡例省略掉了嗎？馮其庸是這麼解釋的：「《石頭記》炒成了商品之後，標新立異，『昂其值』以求售，就成了很自然的道理，甲戌本的『凡例』，我認為就是在這樣的背景下產生出來的。」[449]馮其庸的意思是，為了增加甲戌本的價值，過錄者故意設計了一個凡例以牟利。鄭慶山甚至提出了過錄的時間：「此本的過錄在乾隆三十二年丁亥（1767）以後。」[450]馮、鄭等人的意思是：現在我們看到的甲戌本並不是脂硯齋原來保存的原本，而是經過一個「過錄者」過錄的「過錄本」，換句話說，我們現在看到的「甲戌本」是經過有人重新抄錄的。馮、鄭等人透過一個莫須有的「過錄本」似乎很能解釋以上矛盾。但是，這種說法依然難以自圓其說，且不說我們現在所看到的關於《石頭記》的多數版本，從年代上來看，應該都屬於「過錄本」，到底哪個版本是最接近原著的呢？即使按照馮、鄭等人的說法，甲戌本上其他人的批語是在過錄時由過錄者一起過錄到甲戌本上的，那麼：其一，這個過錄者為什麼要把其他人的批語過錄到書名為《脂硯齋重評石頭記》的本子上呢？其二，如果說過錄時已經有很多版本在市場上或文人圈中流傳，這個過錄者是綜合了多種版本進行過錄的話，就很難講我們現在看到的所謂的甲戌本是最古老、最接近原著的版本。其三，退一步講，就算現存的「甲戌本」是過錄本，那麼，到底是「過錄」了幾次的「過錄本」呢？我們又怎麼能從

448　馮其庸：《敝帚集》，文化藝術出版社，2005 年，第 231 頁。

449　馮其庸：《敝帚集》，文化藝術出版社，2005 年，第 231 頁。

450　鄭慶山：〈再論紅樓夢的版本與校勘〉，《克山師專學報》，2002 年第 1 期。

第九章　《紅樓夢》版本學是一個偽命題

這個過錄了不知道幾次的本子中看出是「現存曹雪芹生前最早的稿本」呢？我們又如何可以從中「看到該部偉大著作的早期面貌」[451] 呢？

筆者認為，相對於其他版本，甲戌本應該是一個比較晚出的本子，理由主要有以下三點：

第一，甲戌本第一回「滿紙荒唐言，一把辛酸淚！都云作者痴，誰解其中味？」一絕下與正文「出則既明」中間有這麼一行文字：「至脂硯齋甲戌抄閱再評仍用《石頭記》。」從上下文與整個內容來看，這是一句與上下文毫無關聯的「獨語」，胡適正是透過這句「獨語」推論出「甲戌本」的年代，並推斷出是最早的版本的結論。如果仔細分析這個與上下文毫不相關、單獨出現的句子，我們雖然不能確定這句與上下文毫無關聯的「獨語」一定是抄錄時由於抄者疏忽混入正文的，但這句「獨語」卻透露了這樣一些資訊：

1. 脂硯齋曾經評過《石頭記》；
2. 脂硯齋在第一次評書時用的書名是《石頭記》；
3. 脂硯齋此次評書時用的書名仍是《石頭記》。

明白了這一點，我們再結合另外兩個脂批本 ——「己卯本」和「庚辰本」分析，這三個版本上都有「脂硯齋重評《石頭記》」的字樣，應該都屬於脂硯齋的評本，這一點，上引紅學家們也都承認。

我們這裡需要注意的是「重評」這兩個字，「重評」可以有兩種解釋：

1. 脂硯齋以前評過《石頭記》，此次是第二次評閱，所以叫「重評」；
2. 以前有他人對《石頭記》進行過評閱，脂硯齋要進行新的評閱，那麼，這樣的「重評」就是相對他人的評而言的「重評」，而對於脂硯齋而言是「初評」。

451　張振昌、胡淑莉：〈紅樓夢甲戌本楔子探微〉，《社會科學戰線》，1997 年第 6 期。

如果說「重評」既可以相對別人的評而言，也可以相對自己的評而言的話，那麼「再評」就只能是相對自己的「初評」或「一評」而言，即「至脂硯齋甲戌抄閱再評仍用《石頭記》」中的「再評」是脂硯齋的第二次評閱。既然是這樣，那己卯本和庚辰本上的「重評」是脂硯齋的第幾次評呢？如果「己卯本」和「庚辰本」上的「重評」是他自己的第二次評，那甲戌本上的再評就無法理解。因此，己卯本和庚辰本上的「重評」只能是相對其他人的評而言的「重評」，換句話說，雖然寫的是「重評」，但對於脂硯齋而言是「初評」，只有己卯本和庚辰本上的「重評」是脂硯齋的初評，才能合理解釋甲戌本上的「再評」。如果說透過各個版本的異文來對比孰先孰後很難得出正確答案的話，那這些本子的代表性的文字應該是比異文更具有說服力的。因此，以上證據足以證明甲戌本要比己卯本和庚辰本晚出。

既然甲戌本比己卯本和庚辰本晚，那怎麼可以說甲戌本是說：「海內最古老的《石頭記》抄本」呢？既然不是最古老的抄本，那又如何能說是「最接近雪芹原筆的古抄本」呢？如果以上觀點都不能被證明，那更不能證明「乾隆時早期抄本都稱《石頭記》」了。進一步，既然以上結論都有問題，那麼甲戌本是否是「脂硯齋的自藏本」也就無關緊要了。

那麼，如何理解「己卯本」和「庚辰本」的題記中所謂的「四閱評過」呢？

所謂「四閱評過」，可以是評過四次，定稿四次，也可以是評閱過四次後一次定稿。筆者認為應屬於後一種，理由其實很簡單，眾所皆知，「己卯本」和「庚辰本」上分別有「脂硯齋凡四閱評過，己卯冬月定本」與「脂硯齋凡四閱評過，庚辰秋月定本」的題記，不同時間定稿的本子都標有「四閱評過」的字樣，只能說明是一次定稿，否則，後出版的「庚辰本」上就應該標有「脂硯齋凡五閱評過，庚辰秋月定本」

而不是「脂硯齋凡四閱評過，庚辰秋月定本」，可見，所謂「四閱評過」，應該是評閱過四次後一次定稿，而不是評過四次，定稿四次。這也更加說明甲戌本中「至脂硯齋甲戌抄閱再評，仍用《石頭記》」中的「再評」是相對「重評」而言的第二次評，因此，甲戌本只能是晚於己卯本和庚辰本的一個版本，而不應該是最早的、最接近原著的版本，至少我們在沒有其他證據出現的情況下不能下此斷言。

第二，在甲戌本第二回回首詩「一局輸贏料不真，香銷茶盡尚逡巡，欲知天下興亡兆，須問旁觀冷眼人」處，脂硯齋有一段較長的眉批：

余批重出，余閱此書偶有所得，即筆錄之，非從首至尾閱過，復從首加批，故偶有復處，且諸公之批，自是諸公眼界，脂齋之批亦有脂齋取樂處，後每一閱亦必有一語半言，重加批評於側，故又有於前後照應說等批。

脂硯齋這段批語說得非常明白：

1. 「甲戌本」上的批語是自己的批（余批），「重出」，也即第二次所批；
2. 從「諸公之批，自是諸公眼界，脂齋之批亦有脂齋取樂處」可以看出，當時的批書者還有不少，也即脂硯齋所提到的「諸公」；就是說，當時的書並非被脂硯齋一人所壟斷，在他批書的同時，《紅樓夢》已在社會上廣泛流傳，且還有人在批《紅樓夢》，即脂硯齋所謂的「諸公之批，自是諸公眼界」，所以認為甲戌本是最早的本子是錯誤的。

第三，甲戌本雖然僅殘存十六回，卻是一個批語相對最多的本子，「甲戌本」脂批 1,587 條，而四十一回的己卯本上僅有脂批 754 條，七十八回的庚辰本也只有 2,318 條[452]，這些批語的署名除脂硯齋外，還

452　歐陽健：〈關於脂批的針對性和鋒芒所向〉，《紅樓夢學刊》，1999 年第 4 輯。

有其他多人。「甲戌本」的批語有的和其他版本的批語相同，有的卻是獨出的，按照一般情況，如果甲戌本早於「血緣最近」的己卯本和庚辰本，那己卯本和庚辰本上的批語就應該等同於甲戌本或多於甲戌本，而我們現在看到的結果正好相反。脂硯齋為什麼會在後出的己卯本和庚辰本中刪除自己以前的批語呢？另外，甲戌本中有其他任何版本中都沒有的「凡例」，如果甲戌本是最早的版本，那麼同樣的「凡例」就應該出現在其他脂批本中，可事實卻恰恰相反。如果按照馮其庸先生所說，「凡例」是後加上的，那麼後加的「凡例」是過錄者為了「昂其值，以求售」而做的假，那麼，這些人也可以在其他方面作假，比如那些透露了八十回以後的資訊的批語。筆者對馮其庸先生針對「凡例」真實性的觀點完全贊同，對於作假的動機（「昂其值，以求售」）也完全贊同，但這個假是脂硯齋為了更有利於租書或者銷售，也就是「昂其值，以求售」。但是，對馮其庸所說過錄者所據底本為最接近原著以及「甲戌本」、「為最早底本」的說法卻完全不敢苟同。

在上文中，筆者曾論述過脂硯齋抄成己卯本的時間為 1819 年，庚辰本抄成的時間為 1820 年，而甲戌本又晚於己卯本與庚辰本，因此，甲戌本抄成的時間應該是 1874 年。

▌第四節　《紅樓夢》版本源流考（上）

面對《紅樓夢》各種版本，研究者都試圖透過各種方式把每一個版本具體抄成或印刷的時間搞清楚，方法當然有很多，比如版本中異文的對比、各種批語中透露的資訊等，尤其是前面的序、跋、落款等，往往能夠提供大量的比較準確的資訊。然而，令人遺憾的是，直到目前，幾乎所有的版本都難以確定抄成時間與相互之間的「血緣」關係，甚至連

先後順序也難以搞清楚。面對如此艱難的工作，筆者自認沒有如此能力去做各種考證、對比與整理。但是，既然紅學專家們經過這麼多年的研究依舊不能有所成就，那麼，筆者不妨稍微變換一下研究思路，按照常理做出一些推斷，這樣，也許會為研究者提供另外一種解決方法。

　　一般而言，任何批語都建立在先有文本的基礎上的，比如，張竹坡要評點《金瓶梅》，必須要有一個《金瓶梅》的文本，金聖歎要評點《水滸傳》，也必須要有一個《水滸傳》的文本，這本來是一個常識，不需要專門來談，但是，目前對於版本研究最大的三個問題在於：第一，認定脂硯齋是與所謂的《紅樓夢》的作者有極其親密的關係，甚至兼有部分作者的身分，因此，脂硯齋具有一般評點者所沒有的特權，他可以在「自己還沒有完成的書稿」上開始評點「自己的作品」，而且經常「自己誇耀自己」寫得好；第二，只要發現了一個帶有類似脂批的抄本，一律被認為抄成年代晚於「三脂本」；第三，只要發現一個抄本的文本文字或者批語與「三脂本」類似，就一律定為脂本系統。

　　這樣的固定思維導致了研究過程中出現大量的矛盾而難以解決。對於這一現象，臺灣學者劉廣定早有論斷：「蓋並無證據可以證明自十八世紀六十年代開始流行的再抄本（或過錄本）都是源自含有脂評的原始抄本，且於傳抄過程中，誤抄、漏抄、徑改、添文、刪節、加批等，一再發生。故各種舊抄本，彼此差異很多，無論有沒有脂評，早已和原始抄本或原作有所出入。再者，何者最接近原作，見仁見智，判斷不易。」[453]

　　如果按照常理而言，要確定這些版本的時間順序與源流，首先應該有兩個原則，第一，一個抄本上如果沒有標明明確的時間，如乾隆幾年、康熙幾年等，就不能武斷地根據書中的某些干支紀年去確定為具體的哪一年；第二，如果抄本是沒有批語的白文本，也不能武斷地認為這

453　劉廣定：〈談舒序本與乾隆抄本〉，《紅樓夢研究（壹）》，2017 年。

些白文本就一定是刪除了脂批的脂本系列；第三，文本中出現了與「三脂本」相同或者相異的批語，也不能一概認為就是其他文本過錄的「三脂本」。

有了以上三個原則，我們就大致可以整理一下版本的源流與先後順序。

從目前的版本來看，同時符合白文本與明確有紀年的版本只有《舒元煒序本紅樓夢》。沒有批語的版本中還有鄭藏本，但鄭藏本沒有紀年。因此，很多人甚至懷疑鄭藏本就是曹雪芹的底本，這也從另一個角度說明，「三脂本」並不一定就是最早的版本。

筆者認為，戚序本應該是目前版本中最早的本子，但是，所謂最早，是指原本，並不是指目前所存的有正本、戚滬本和戚寧本。理由有以下幾點：

首先，戚序本有戚蓼生的序：

吾聞絳樹兩歌，一聲在喉，一聲在鼻；黃華二牘，左腕能楷，右腕能草，神乎技矣，吾未之見也。

今則兩歌而不分乎喉鼻，二牘而無區乎左右；一聲也而兩歌，一手也而二牘，此萬萬所不能有之事，不可得之奇，而竟得之《石頭記》一書。嘻，異矣！

夫敷華掞藻，立意遣詞，無一落前人窠臼，此固有目共賞，姑不具論。第觀其蘊於心而抒於手也，注彼而寫此，目送而手揮，似譏而正，似則而淫，如《春秋》之有微詞，史家之多曲筆。試一一讀而繹之：寫閨房則極其雍肅也，而豔冶已滿紙矣；狀閫閾則極其豐整也，而式微已盈睫矣；寫寶玉之淫而痴也，而多情善悟，不減曆下琅琊；寫黛玉之妒而尖也，而篤愛深憐，不啻桑娥石女。他如摹繪玉釵金屋，刻畫薌澤羅襦，靡靡焉幾令讀者心蕩神怡矣，而欲求其一字一句之粗鄙猥褻，不可

363

第九章　《紅樓夢》版本學是一個偽命題

得也。蓋聲止一聲，手止一手，而淫佚貞靜，悲戚歡愉，不啻雙管之齊下也。噫！異矣。

其殆稗官野史中之盲左、腐遷乎？然吾謂作者有兩意，讀者當具一心。譬之繪事，石有三面，佳處不過一峰；路看兩蹊，幽處不逾一樹。必得是意，以讀是書，乃能得作者微旨。如捉水月，祇挹清輝；如雨天花，但聞香氣，庶得此書弦外音乎？

乃或者以未窺全豹為恨，不知盛衰本是回環，萬緣無非幻泡。作者慧眼婆心，正不必再作轉語，而萬千領悟，便具無數慈航矣。彼沾沾焉刻褚葉以求之者，其與開卷而寱者幾希！

德清戚蓼生曉堂氏。[454]

客觀說，戚蓼生這篇序寫得非常精采，不僅對《紅樓夢》的藝術成就和思想價值進行了高度的概況，而且文采非凡，可以看出，戚蓼生是一位具有高度藝術鑑賞能力的讀者。可惜的是，這篇序文並沒有留下紀年，因此，很難判斷作序的時間。但是，戚蓼生卻是清朝實實在在存在過的人物。鄧慶佑先生找到了三分清代官方保存下來的關於戚蓼生的履歷檔案[455]，在這三分檔案中，清楚地記載著關於戚蓼生的大致生平經歷。

戚蓼生，浙江人，年四十二歲，由進士、以主事任。乾隆三十八年十一月內用戶部主事；四十年五月內用本部員外郎，本年十二月內用本部郎中；四十三年五月回籍，四十五年九月內服闋，仍用戶部郎中；四十七年二月，內用江西南康府知府。[456]

戚蓼生，浙江湖州府德清縣進士，年四十二歲，現任戶部江南司郎中，乾隆四十六年十一月奉旨，記名以繁缺知府用。本年十二月分簽升

454　一粟編：《古典文學研究資料彙編·紅樓夢卷》（第一冊），中華書局，1963 年，第 27 － 28 頁。

455　鄧慶佑：〈戚蓼生研究〉，《紅樓夢學刊》，2003 年第 1 輯。

456　《清代官員履歷檔案全編》，中國第一歷史檔案館藏，華東師範大學出版社版，1997 年，第 291 頁。

江西南康府知府缺。[457]

　　乾隆四十七年正月三十日臣戚蓼生，浙江湖州府德清縣進士，年四十二歲，現任戶部江南司郎中。乾隆四十六年十一月奉旨，記名以繁缺知府用，四十六年十二月分簽升江西南康府知府缺，敬繕履歷，恭呈御覽。謹奏[458]

　　從以上記載中我們大致可以推斷出戚蓼生的生卒年：乾隆四十六年（1781）十一月選官時，戚蓼生年齡是 42 歲，那麼，他的生年就是乾隆四年（1739）。乾隆五十六年（1791）四月，戚蓼生出任福建按察使，期間，恰逢天地會在福建一帶活動猖獗，戚蓼生參與了鎮壓天地會的活動。從閩浙總督伍拉納在上奏朝廷的摺子中，最後一次提到戚蓼生的時間是乾隆五十七年（1792）十一月初六日（12 月 19 日），伍拉納在《奏續獲李應望等人摺》中提到：「臣隨督同按察使戚蓼生、督糧道錢受椿及福州府知府鄧廷輯，提犯研訊。」[459] 在之後的奏摺中，丙沒有提到戚蓼生。而且，這一年，戚蓼生的好友章銓有〈哭戚曉塘廉訪蓼生〉詩：「廉夫可為不可為，西華公子淚交垂。一棺尚賴親朋助，萬卷惟存仕宦資。……願竭枯腸作佳傳，穹碑屹立表君墳。」[460] 從這些文獻可以推斷，戚蓼生卒年大約在乾隆五十七年（1792）年末。

　　關於此本是戚蓼生何時購買，根據周汝昌先生的考證，戚蓼生大概是在乾隆三十四年（1769）至四十七年（1782）於北京任職時獲得此本，後來這個本子輾轉落入狄葆賢之手[461]，石印後便成了今天的有正本。

457　《清代官員履歷檔案全編》，中國第一歷史檔案館藏，華東師範大學出版社版，1997 年，第 377 頁。

458　《清代官員履歷檔案全編》，中國第一歷史檔案館藏，華東師範大學出版社版，1997 年，第 383 頁。

459　中國人民大學清史研究所、中國第一歷史檔案館合編：《天地會（第 5 冊）》，中國人民大學出版社版，1987 年，第 468 頁。

460　黃榮春：《福州市郊區文物志》，福建人民出版社，2009 年，第 109 頁。

461　周汝昌：《紅樓夢新證‧戚蓼生考》，人民文學出版社，1985 年，第 943 頁。

　　周先生的考證其實漏洞很多，但這並不影響我們確定其大致年代。
要確定其時間，還得先從程本說起。程本的印刷時間是非常清楚的。程
甲本刊印於 1791 年冬天，程乙本刊印於 1792 年春天。而在此之前，根
據程偉元的序，《紅樓夢》的傳播有過一段以抄本形式流傳的時間，即
「好事者每傳抄一部，置廟市中，昂其值得數金，不脛而走者矣」。因
此，我們有理由相信，戚蓼生就是在這個時候購買的。但是，這個時候
是否就是周汝昌先生所謂的 1769 年至 1782 年也不一定，甚至是否在北
京購買的也不能確定。不過，從上文對於戚蓼生生卒年的推斷來看，購
買於 1792 年之前是完全可以確定的。

　　此外，還有五點可以基本確定，一是現在的有正本、戚滬本、戚寧
本均非戚蓼生原本，這一點，有很多新紅學考證派都做了大量的考證，
筆者基本同意這個觀點；二是這個原稿本應該是沒有批語的，否則，戚
蓼生是不可能不提到這位與曹雪芹關係「極為密切」的批點者的；三是
戚蓼生不知道《紅樓夢》的作者是誰。按照周汝昌先生以及其他新紅學
考證派大家的考證，1769 年至 1782 年距離曹雪芹去世的時間非常近，但
戚蓼生在序中只是說「然吾謂作者有兩意」，而不是說「然吾謂曹雪芹
有兩意」，再結合程偉元的序，可以看出，當時的人們並不知道《紅樓
夢》的作者是誰；四是戚蓼生原來的抄本應該是八十回；五是當時的書
名既可以用「紅樓夢」，也可以用「石頭記」，雖然戚蓼生在序中用了
「石頭記」，但是，戚蓼生的好朋友章銓在嘉慶元年（1796）寫過〈紅樓
夢題詞〉詩二首：

　　富貴窮通事渺茫，覺迷渡口覓慈航。衣冠傀儡非真境，兒女優伶是
戲場。黃犬東門秦相業，白楊邙阪漢宮妝。欲將警幻鴛鴦劍，割斷紅塵
名利韁。

　　真是何人賈是誰，欲參三昧借胭脂。六朝金粉傷心調，百首紅兒感

舊詩。元載椒聞簿錄盡，石崇珠見墜樓時。一聲變徵君弦斷，無奈香閨覺悟遲。[462]

　　確定了上面幾點，我們就大概可以認定，就戚蓼生序的原本而言，應該是早於程甲本與程乙本的，這也與程偉元、高鶚的序言相一致。但是，目前所發現的幾個帶有戚蓼生序的本子，有正本、戚滬本、戚寧本都是從此本過錄，至於這幾個據戚序本過錄的過錄本是過錄了一次還是多次，誰也無法確定，還有這幾個本子上面的批語，究竟是誰加上去的不得而知。大致可以確定的是，這些批語絕不是脂硯齋或者畸笏叟等曹雪芹「最親近的人」所留下來的，因為，有正本、戚滬本、戚寧本上面的批語沒有任何署名。當然，有人認為戚本是過錄脂本的，目前所發現的戚序本上面的回前回後評均出自戚蓼生一人之手。[463] 而且認為，戚蓼生還把「脂本批語中帶有脂硯齋署名的在戚序本中全部被刪除」[464]，之所以這麼做是由於有一些評語「表現了對封建統治者的不滿」，如第十六回元春省親一節文字中，戚序本有回前詩：「『請看財勢與情根，萬物難逃造化門。曠典傳來空好聽，那如知己解溫存？』直接質問深似海的侯門哪如平常百姓的普通家庭。也許正是因為回前回後評中還存在這樣一些礙語，戚蓼生為了避嫌，害怕引來不必要的麻煩，所以才會在回前回後評中沒有留下署名，但他也同時刪去了所有脂硯齋的署名，就是擔心後來人誤會戚序本上這些獨有的回前回後評出自脂硯齋之手。」[465]

　　類似於這樣的認知在新紅學考證派中具有一定的代表性。新紅學考證派最擔心的就是脂本時間要晚於其他版本，因此，在維護脂本權威性與人為提前脂本的時間方面可謂費盡心機。首先，他們不得不正視脂本

---

[462] 《清代詩文集彙編》（404 冊），上海古籍出版社，2010 年，第 260 頁。

[463] 徐軍華：〈試辨戚蓼生序本石頭記回前回後評的作者〉，《明清小說研究》，2011 年第 1 期。

[464] 徐軍華：〈試辨戚蓼生序本石頭記回前回後評的作者〉，《明清小說研究》，2011 年第 1 期。

[465] 徐軍華：〈試辨戚蓼生序本石頭記回前回後評的作者〉，《明清小說研究》，2011 年第 1 期。

與戚本上面有同出的批語這一事實，同時，又必須不能讓脂本晚於戚本，換言之，就是那些批語必須是戚本抄自脂本而不能相反。但是，如果真如這些新紅學考證派所言，戚蓼生在回前回後的評是因為有「礙語」而「避嫌」，那為什麼要在序言中留下自己的名字？難道說自己寫在書上的批語與序言中的筆跡完全不同嗎？如果相同，怎麼能躲開這樣的懷疑呢？還有，既然抄了脂硯齋的批語，為什麼要刪掉脂硯齋的署名呢？是為了保護脂硯齋還是為了爭奪這些水準很差的批語的版權呢？何況，據筆者考察，這些回前回後評當中，根本沒有什麼所謂的「礙語」，即使徐軍華先生所舉的第十六回的批語，筆者也看不出那幾個字是「直接質問深似海的侯門哪如平常百姓的普通家庭」的，退一步講，即使是「直接質問深似海的侯門哪如平常百姓的普通家庭」，這就算「礙語」嗎？

其實，這些矛盾很好解決，如果我們把事情反過來看，假如是三脂本抄了戚序本的批語，那所有的矛盾就不是矛盾了，可惜，新紅學考證派就是不願意承認這個事實。

還有人認為這部分評語出自立松軒之手，如鄭慶山先生。他的根據是有正本第四十一回前署名立松軒的一首七言詩：「任呼牛馬從來樂，隨分清高方可安。自古世情難意擬，濃妝淡抹有千般。」並認為如果把其餘那些未署名的一百七八十條特有的總評和它連繫起來加以考察，不難發現它們之間無論從思想到文筆都有其共同之處，而和「脂批」有所不同，是完全可以歸之於立松軒名下的。[466]

對於新紅學派這樣的考證，筆者實在不知道該如何評價。僅僅根據一個署名（其他一百七八十條未署名）就能斷定所有的回前回後評屬於立松軒，而立松軒是何人卻一無所知。新紅學考證派往往能做出一些匪

466　鄭慶山：〈蒙府本石頭記的側批與立松軒〉，《紅樓夢學刊》，1983 第 4 輯。

夷所思的事情來，比如，新紅學考證派還沒有搞清楚曹雪芹是誰，就開始了有關於曹雪芹生平經歷的研究，還沒有搞清楚曹雪芹是否是曹寅家的人就開始了曹雪芹家世的研究一樣。此外，新紅學考證派一方面把戚序本歸在脂本內，認為有正本與王府本正文下雙行批注絕大多數是「脂批」，用大量的考證證明有正本與王府本中回前回後評不屬於「脂批」，如徐軍華、胥惠民在〈從稱呼看戚序本石頭記回前回後評的作者問題〉一文中透過對比脂評和戚序本回前回後評中「看官」、「讀者」等稱呼方面的差異，得出戚序本回前回後評的評者不是脂硯齋的結論，[467]但另一方面又認為雙行批是脂批。新紅學考證派的這種做法實在讓人難以理解，以上判斷用一個不太恰當的比喻來說就是：「你是我兒子，但你的左手和右腳不是我兒子」，這樣的考證自然難以讓人接受。

其實，問題根本沒那麼複雜，程偉元在程甲本序中說的很清楚，在百二十回本出現之前，就有八十回本在市場上傳抄，也就是這個時候，戚蓼生購得一本（八十回）。戚蓼生去世後，此本的抄本輾轉於不同收藏者之手，這一點，戚滬本內有六枚鈐印即是明證。這六枚鈐印分別是「桐城張氏珍藏」、「桐城守詮子珍藏印」、「甕珠室」（兩次）、「狼藉畫眉」（兩次）。也就是說，這個本子至少被三人收藏過。根據魏紹昌先生的考證，所謂「桐城守詮子」是指清末安徽桐城人張開模（1849 － 1908）。張開模，字印唐，別署守詮子，桐城相國張英（1637 － 1708）的後人。其女婿羅振常（1875 － 1942）曾為其印行《守詮子甕珠室集聯》一冊並作序。如果魏紹昌先生考證不錯，「桐城守詮子」與「甕珠室」可以確定為一人，而「桐城張氏」可以看作是張開模的先人，如果都是張開模，就沒有必要用「桐城張氏珍藏」與「桐城守詮子珍藏印」這兩個表達同一意義的鈐印了。

---

467 徐軍華、胥惠民：〈從稱呼看戚序本石頭記回前回後評的作者問題〉，《明清小說研究》，2013年第 2 期。

　　那麼，戚滬本是如何傳到有正書局老闆狄平子手中的呢？目前有
三種說法，一種是俞明震（1860 － 1918）贈予狄平子，另一種是夏曾佑
（1863 － 1924）售予狄平子，第三種是張開模的妻子售予狄平子。

　　我們姑且不論這些說法是否確切，只從戚蓼生去世（1792 年）之後
算起，到張開模出生（1849 年）已經過去了半個世紀，而輾轉到狄平子
手中，已經過去了一百多年，在這一百多年中，具體有過多少收藏者不
得而知，但可以想像，從戚蓼生開始或之後就逐漸有人在上面加批，加
批的情況也可能非常複雜，比如抄閱過程中偶有心得就加於上面，也可
能抄完重新閱讀的過程中加批，還可能由於批語太多希望重新抄閱而對
原批語進行增刪等等。而且由於保存過程中部分章節、文字不斷損壞，
重抄與修補就在所難免，其中也不排除有人據戚蓼生原本重新抄錄的可
能。如果在抄錄過程中有一些批語被抄錄，而有一些批語因為傳抄者個
人意志或保留，或刪除，或重新加批都是有可能的。這一點從王府本與
有正本、戚滬本的對比中就可以看出。

　　換言之，這個系列的版本大約就是這樣的一個順序：戚蓼生原本－
戚滬本／戚寧本－有正本。

　　為什麼說「有正本」是最後的呢？原因其實也非常簡單。不過，須
要先從一則廣告說起。

　　在有正本《紅樓夢》出版前，有正書局的老闆狄葆賢在《小說月
報》（宣統三年十一月廿五日第十四號）上發了一則廣告：

　　《國初祕本原本紅樓夢》出版：此祕本《紅樓夢》與流行本絕然不
同，現用重金租得版權，並請著名小說家加以批評。先印上半部冊，共
為一套，定價一元八角。

　　緊接著，在 1912 年出版的有正《紅樓夢》後集第一冊封二後也有一
則「徵求批評啟事」：

此書前集四十集，曾將與今本不同之點略為批出。此後集四十回中之優點，欲求閱者寄稿，無論頂批總批，只求精意妙論，一俟再版，即行加入。茲定潤例如下：

一等每千字十元

二等每千字六元三等每千字三元

再：前集四十回中批語過簡，倘蒙賜批，一律歡迎。

再：原稿概不寄還，以免周折。上海望平街有正書局啟

從這兩則廣告來看，所謂《國初祕本原本紅樓夢》原本應該是一個白文本，否則就不會有徵集批語的廣告。而現在看起來，有正本的批語基本上集中在上半部，而上半部中很多批語又與目前所謂「三脂本」上的批語有大量重合。那麼，是有正本抄了「三脂本」上的批語還是三脂本抄了有正本上的批語呢？

1975 年，上海古籍出版社發現有正本上集四十回的底本，這個底本並沒有批語，是一個白文本，批語是黏貼上去拍照製版的，也就是說，有正本的批語是在出版時加入的。

結合有正書局的廣告，脂批的問題就逐漸明朗起來：有正書局發現了一個帶有戚蓼生序的抄本，發現這個抄本中的文字與通行本（程乙本）上的文字有一些不同，為了銷售的需要，有意說成是《國初祕本原本紅樓夢》，「並請著名小說家加以批評」，至於「著名小說家」是誰，不得而知，但眉批是有正書局的老闆狄平子（葆賢）所為是可以確定的。

按照常理推斷，既然有上部為榜樣，且又有重金「徵求批評」，那必然就會有很多「奮起而批書」者，當然，這些批書者不一定都是水準很高的文人，但有一定文化底蘊應該是可以肯定的。或許還有一些其他書商也受到狄平子的啟發，希望做一個帶有批語的本子，在這樣的背景下，帶有大量批語的本子就誕生了。

第九章　《紅樓夢》版本學是一個偽命題

在這裡，有必要稍微談一下「王府本」。

按照通行的說法，「王府本」也稱「蒙府本」，或者「蒙古王府本」，之所以叫「蒙古王府本」，是因為曾任北圖善本部主任的著名文獻學專家趙萬里（1905 － 1980）認為：「是書收於一蒙古王府後人之手。」[468] 但是，趙萬里並未說明他何以得出此結論，因此，也有人對此說採取懷疑態度。一粟在《紅樓夢書錄》中採取了比較謹慎的態度：「此本疑出清王府舊藏，現歸北京圖書館。」[469] 這裡用了一個「疑」字表達了不確定。

其實，此本被稱為「蒙古王府本」最主要的依據是第七十一回回末總評頁上有「柒爺王爺」的字樣，但是，這充其量能證明此本為「王府本」，並不能證明「柒爺王爺」就是蒙古的哪位王爺。不過，沈治鈞在〈蒙古王府本石頭記遞藏史述聞〉一文中介紹說：「2011 年 9 月 28 日，在香山植物園，在北京曹雪芹學會舉辦的紀念《紅樓夢》程甲本誕辰 220 週年學術研討會上，來自『蒙古王』家族的王年、達銳夫婦，來自紅樓夢學會的著名藏書家杜春耕先生，來自曹雪芹紀念館的北京曹學會祕書長李明新女士，向與會代表陳述了蒙古王府本原藏主及其家族的歷史往事，說明了調查這個本子基本來歷的大致過程。」[470] 歸納起來，「蒙府本」大致經歷了這樣的流傳脈絡：琉璃廠書肆→塔王→達王→金允誠→北京圖書館。然而，沈治鈞先生並沒有任何證據表明這個本子與所謂的「蒙古王」家族有任何關係。

其實這些內容對於版本的前後順序並不影響，重要的是這個本子中無論正文還是上面的批語，都與有正本有很多相同之處。對於這一現象，新紅學考證派大家紛紛迅速做出了自己的判斷。周汝昌先生認為蒙府本「晚於庚辰本，而可能比戚本略早一些……初步判斷當是乾隆三十

468　一粟：《紅樓夢書錄》，中華書局，1963 年。

469　《蒙古王府本石頭記（影印本）》，書目文獻出版社，1986 年，第 152 頁。

470　沈治鈞：〈蒙古王府本石頭記遞藏史述聞〉，《河南教育學院學報》，2012 年第 2 期。

年間的鈔本」。[471] 馮其庸認為：「蒙古王府本再衍而為戚蓼生序本……具
體早多少年時間還很難確定，但早出幾年是大致不成問題的。」[472] 周、
馮等人的考證依然是建立在先確定脂批本絕對在前的基礎上，然後保留
了一貫繁瑣的考證但最後的結論僅僅出於猜測的風格，這一點只要稍微
注意一下他們的原文就可以看出來。應該說，周、馮等人的說法幾乎
沒有任何道理。比如何林天在〈初論蒙古王府本石頭記〉一文中這樣
認為：「蒙古王府本是晚於脂銓、己卯、庚辰本和列藏本的且應早於脂
戚本。」[473] 何林天根據此本中程偉元的序與一張〈佟氏與清皇氏五世姻
親對照表〉得出以下結論：一、這個本子上面有程偉元的序，因此程偉
元是見過這個本子的；二、早期研究《紅樓夢》的人，已注意到了曹氏
家族與清朝皇室的歷史關係，而這樣的研究，只能在《石頭記》或《紅
樓夢》傳播較久之後才有可能。所以在早期抄本如脂銓、己卯、庚辰本
中，是見不到這些東西的。[474]

　　這樣的結論也實在難以令人接受，首先，程偉元的序在程本出現之
後到處流傳，現在已經確定，此本一百二十回，第五十七至六十二回、
第六十七回及後四十回是後人補抄而成，那麼，在補抄過程中補一篇程
偉元的序有什麼不可以的？其次，那張〈佟氏與清皇氏五世姻親對照
表〉中沒有涉及任何關於曹家的事情，更沒有什麼曹雪芹的資訊出現，
然而，就憑這麼一張表就能得出曹氏家族與清皇氏的歷史關係，恐怕只
有新紅學考證派才能做到。

　　新紅學的考證無論有無道理，對於確定版本的先後影響並不太大。
我們需要注意的有以下幾點：

471　周汝昌：〈簡介一部紅樓夢「新」抄本〉，《文匯報》，1961 年。
472　馮其庸：〈論庚辰本〉，上海文藝出版社，1978 年。
473　何林天：〈初論蒙古王府本石頭記〉，《山西師大學報（社會科學版）》，1990 年第 4 期。
474　何林天：〈初論蒙古王府本石頭記〉，《山西師大學報（社會科學版）》，1990 年第 4 期。

第九章　《紅樓夢》版本學是一個偽命題

第一，王府本第五十七至六十二回雖然有補配的嫌疑，但在全書的總目錄中卻留下了回目，而這些回目明顯與戚序本相同。

第二，王府本的側批除少數幾條與庚辰本、甲戌本有重複外，幾乎沒有與三脂本重複的。而且，這些批語與正文的字體筆跡基本相同，因此，可以確定此本為過錄本。

第三，王府本的回前回後批，除第一回與六十七回外，都有完整保存，而且只有少量與庚辰本相同。

第四，王府本的雙行批與庚辰本大致相同。

第五，王府本的批語雖然與庚辰本大致相同，但這些批語沒有任何關於脂硯齋、畸笏叟等人的署名。

第六，王府本有其他抄寫本所無的第二十二回惜春謎後的一段文字，甲辰本雖有，但缺惜春謎語，同時，王府本有謎語後的結束部分的文字。

從以上情況可以看出，庚辰本與王府本、戚序本在傳抄的過程中可能是用了同一個版本，但是，當時的版本上面的批語並不是現在我們看到的這些本子的樣子，那些相同的批語應該是底本上所有的，而在傳抄與收藏過程中，抄者藏者不斷往上加批或者按照自己的理解對原批進行一些取捨也是有可能的。因此，考證這些版本誰出自誰基本上沒有任何意義，因為都是過錄本，而且又在過錄和收藏過程中不斷發生變化。因此，非要透過個別文字去得出脂本早於其他版本的結論，只能是浪費時間。

以上幾點中，值得注意的是第一點、第五點和第六點，第一點說明戚序本與王府本應該是屬於同一個底本；第五點首先說明王府本與庚辰本的底本大致相同，更重要的，所謂脂硯齋批語是考證作者的重要證據，基本上就是一個傳說。假設王府本與庚辰本為同一底本，而底本上

有脂硯齋等人的署名，那王府本為什麼要去掉這些署名呢？王府本沒有作假的動機，也沒有作假的必要，所以，研究者也找不到王府本作假的證據。因此，我們只能說底本上本來就沒有署名。那庚辰本上面的署名從何而來呢？當然是脂硯齋加上的，因為，書名就叫「脂硯齋重評石頭記」，只能是脂硯齋自己加上去的了，道理非常簡單，只是新紅學考證派把本來簡單的問題搞複雜了而已。第六點明確表明這個版本在傳抄過程中從程本補齊了第二十二回惜春謎後的一段文字與惜春謎語以及謎語後的結束部分的文字。

　　筆者之所以認為「王府本」比程高本晚出，除上面的幾點外，主要的證據是此本前面有程偉元的序，而且序文所用的紙張與原書相同，因此，應該就是一起抄成的原本。一般而言，既然有程偉元的序，那肯定晚於程高本。但是，根據新紅學考證派部分專家考證，「原來這段序文的用紙是從原八十回中剩餘空白舊紙拆出移來的，其中縫寫明『卷五』字樣。與正文卷五處對證，字跡符合，拆移之情蓋無可疑，疑竇乃解」。[475] 這種說法看似很有道理，其實也不符合常理，且不說原書是否存在空白頁，即使存在，既然是後來補抄，什麼樣的紙張都可以補，比如此本的後四十回的正文，所用紙張明顯與前八十回（第五十七至六十二回除外）不同，因此，抄書者隨便用一種紙去補序是完全可能的，何必為了一個序要專門費力拆了原書找空白頁呢？如果只是為了補一個序，還可以說是為了統一，可是，既然後四十回以及第五十七至六十二回的紙張都與原書不同，為什麼非要在序言上追求統一呢？因此，周汝昌先生的考證存在很大疑問。

　　總結一下，在程本出現之前，肯定有一些《紅樓夢》抄本出現，也就是程偉元所說的「好事者每傳抄一部，置廟市中，昂其值，得數十

475　周汝昌：《紅樓夢新證》，棠棣出版社，1953 年，第 1016 頁。

金，可謂不脛而走者矣」的情況。按照常理推斷，抄本的數量應該比較有限，否則也不會出現「得數十金」高價。因此，戚蓼生所購買的就是當時市場上所售賣的其中的一個本子，而且是已經裝訂好了的本子，那麼，戚蓼生作序的時候，應該是用紙附在前面的。也就是說，後來把戚序與原文裝訂在一起的應該是新的抄本，也就是新紅學考證派所謂的過錄本，既然是過錄本，就有過錄一次或者多次的可能，也就無所謂哪一個版本更接近《紅樓夢》的底稿。而且，在不斷過錄的過程中，有愛好者在上面加批，有的以總評的方式加在了回前回後，有的以雙行小字加在中間，還有的加在了行間。此外，批語在過錄的時候又被抄錄者有所取捨，從而造成了各版本上面有一些相同，又有不同的情況。綜上，我們從現在所留下的各個本子來看，只能大致確定戚序本、王府本、己卯本、庚辰本有一些血緣關係，換言之，過錄的祖本應該都是戚蓼生序本，但現在看到的已經完全不是戚蓼生原來所購買的和加序的本子了。因此，非要透過這些已經不知道過錄了多少次的本子來確定哪個更接近作者的底稿，實在是一件非常荒唐的事，還是那句話，這樣近乎荒唐的事情，恐怕只有新紅學考證派能做得出來。

　　如果非要分一個先後順序，筆者認為，戚序本系列的版本大致應該是這樣的：

　　戚蓼生序本（底本）－抄本（據戚蓼生底本所抄的底本，可能是一個，也可能是多個）－王府本／己卯本／庚辰本／戚滬本－戚寧本－有正本。

▍第五節　《紅樓夢》版本源流考（下）

　　整理完戚序本系列之後，再來整理另一個系列。筆者認為，就目前所看到的這些版本而言，除戚序本系列外，還有一個舒序本系列。這個版本的祖本的購買時間大致與戚序本祖本的購買時間相仿，也是程偉元所說的「好事者每傳抄一部，置廟市中，昂其值，得數十金，可謂不脛而走者矣」的時候（這一點後面說明），但這個系列的版本與戚序本系列相比，線索可能更為清楚一些。我們先從舒序本談起。

　　舒序本全名叫「舒元煒序本紅樓夢」，從這個書名看就是一個過錄本，大概沒有人給自藏本這麼命名。此本最重要的資訊是前面的那篇序，透露出很多資訊，為了論述方便，現全文抄錄如下：

　　登高能賦，大都肖物為工；窮力追新，只是陳言務去。惜乎《紅樓夢》之觀止於八十回也。全冊未窺，悵神龍之無尾；闕疑不少，隱斑豹之全身。然而以此始，以此終，知人尚論者，固當顛末之悉備；若夫觀其文，觀其致，閒情偶適者，復何爛斷之為嫌。

　　矧乃篇篇魚貫，幅幅蟬聯。漫云用十而得五，業已有二於三分。從此合豐城之劍，完美無難；豈其探赤水之珠，虛無莫叩。爰夫譜華胄之興衰，列名媛之動止，匠心獨運，信手拈來，情（盡乎）文，言立有體，風光居然細膩，波瀾但欠老成，則是書之大略也。

　　董園子（偕）弟澹游，方隨計吏之暇，憩紹衣之堂。維時溽暑蒸，時雨霈，笁衣封壁，兼字之實；蠹簡生春，搜篋得臥遊之具。跡其錦心繡口，聯篇則柳絮團空；泊乎譎波詭雲，四座亦冠纓索絕。處（處淳於炙輠），行行安石碎（金，迥異斷）香零粉。忽尋聲而獲爨下之桐，雖（失全璧，然仍存五十三篇聊可敷用）。

　　綺園主人瞿然謂客曰：「客亦知升（沉顯晦）之緣，離合悲歡之故，

有如是書也夫？（我）悟矣，二子其為我贊成之可矣。」於是搖毫擲簡、口誦手批，就現在之五十三篇特加讎校，借鄰家之二十七卷合付鈔胥，核全函於斯，部數尚缺。夫秦關返故物於君家，璧已完乎趙舍。（注：君先與當廉使並錄者，此八十卷也。）

觀其天室永（絲蘿）之締，宗功肅霜露之晨，乘朱輪者奚止十人，餌金貂者儼然七葉。庭前舞彩，膝下含怡。大母則宜仙宜佛，郎君乃如醉如癡。御潘岳之板輿，閒園暇日；承華欲之家法，密室朝儀。劉氏三妹，謝家群從。雅有荀香之癖，時移徐淑之書。

林下風清，山中雪滿。珠合於浦，星聚於堂。絳蠟筵前，分曹射覆；青綾帳裡，索笑聯吟。王茂宏之犢車，頗傳悠謬；鄭康成之家婢，綽有風華。耳目為之一新，富貴斯能不朽。至其指事類情，即物呈巧，皎皎靈臺，空空妙伎。鎔金刻木，則曼衍魚龍；範水模山，則觸地邱壑。儼昌黎之記畫，雜曼倩之答賓。

善戲謔兮，姑謀樂也。代白丁兮入地，裞墨吏兮燃犀。歡娛席上，幻出清淨道場；脂粉行中，參以風流裙屐。放屠刀而成佛，血濺天桃；借冷眼以觀時，風寒落葉。凡茲種種，吾欲云云，足以破悶懷，足以供清玩。

主人曰：「自我失之，復自我得之。是書成而升沉顯晦之必有緣，離合悲歡之必有故，吾滋悟矣。（塵）鹿鹿塵寰，茫茫大地。色空幻境，作者增好了之悲；哀樂中年，我亦墮辛酸之淚。昔曾聚於物之好，今仍得於力之強。然而黃瀘回首，邈若山河（注：痛當廉使也。）；燕市題襟，兩分新舊。

辨酸鹹於味外，公等洵是妙人；感物理之無常，我亦曾經滄海。羊叔子峴首之嗟，於斯為盛；蓋次公仰屋之嘆，良不偶然。斗筲可飲千鐘，且與醉花前之酒；黃粱熟於俄頃，姑樂游壺內之天。」客曰善。於是乎序。

乾隆五十四年歲次屠維作噩且月上浣虎林董園氏舒元煒序並書於金臺客舍。

以上序言中反映出幾個值得注意的問題：

第一，這個版本成書的時間：乾隆五十四年（1789）。第二，這個版本只有八十回（惜乎《紅樓夢》之觀止於八十回也）。第三，當時已經有一個一百二十回版本在流傳（業已有二於三分。從此合豐城之劍，完美無難）；這一點，周春在《閱紅樓夢隨筆》中也有說明：「乾隆庚戌秋，楊畹耕語余云：『雁隅以重價購抄本兩部：一為《石頭記》，八十回，一為《紅樓夢》一百廿回，微有異同。愛不釋手，監臨省試，必攜帶入闈，闈中傳為佳話。』時始聞《紅樓夢》之名，未得見也。壬子冬，知吳門坊間也開雕矣。茲吝估以新刻本來，方閱其全。」第四，此本沒有批語。

以上四點，很多研究者也認同，如劉世德就認為：「其價值表現在兩點：第一，它是貨真價實的乾隆抄本。儘管現在保存下來的所有《紅樓夢》脂本的早期抄本中也可能有乾隆時期的抄本，但是，我們沒有任何直接的證據能夠證明。只有這個舒元煒序本，我們可以舉出證據，證明它是乾隆時期的抄本。第二，舒元煒序本裡保留了曹雪芹寫《紅樓夢》時候初稿的痕跡，這是在其他本子裡少見的。」[476]

但是，也有人並不同意這是 1789 年的原抄本，比如歐陽健就指出序文「塵鹿鹿塵寰，茫茫大地」中有一個衍文「塵」，他說：「如此序果為舒元煒『序並書』，這種低級錯誤是不應存在的。」[477] 劉廣定先生在此基礎上又提出幾條證據證明此本不是原抄本。筆者也同意歐陽健先生的觀點，理由上文已經說過，按照常理推斷，舒元煒不會把自藏本命名為「舒元煒序本紅樓夢」，除了新紅學考證派，相信一般人都不會相信。

---

476 轉自傅光明：《紅樓夢之謎：劉世德學術演講錄》，線裝書局，2007 年，第 31 頁。

477 歐陽健：〈與周文業先生討論版本數位化 —— 兼論「脂本」的名和實〉，《紅樓》，2015 年第 3 期。

第九章　《紅樓夢》版本學是一個偽命題

　　此外，筆者還認同劉廣定幾條證據中的一條：「舒元煒序文中『全冊未窺』及舒元炳〈沁園春〉詞中『恨未窺全豹』之『窺』，依楷書應屬『穴』部，但兩處皆為寶蓋頭（部）。舒氏兄弟都是進京赴考之舉人，似不應有此失誤。」因此，劉廣定先生得出《舒元煒序本紅樓夢》「無法確認是乾隆五十四乙酉六月的舒氏原抄本。」[478]

　　俞平伯先生也對此本有過論述，指出此本很多問題，如：這殘本並非一個（完）整的抄本，乃雜湊而成；有許多妄改之處；有一些誤抄及漏抄之處；第十三回，古怪且近乎荒謬的異文特別多。[479]

　　筆者認為，以上這些懷疑當然有道理，但是，這些懷疑並不影響舒序中所透露出來的資訊，即使這個本子是後人過錄的，但至少我們可以確定兩方面的內容：一、最初的《紅樓夢》抄本是沒有批語的；二、當時已經有一個一百二十回版本在流傳。

　　也許有人會說，既然是過錄本，就有可能在過錄的時候刪掉了批語。這當然也是一種可能，但是，如果真如新紅學考證派說的那樣，脂硯齋的批語極其重要，而且脂硯齋又是曹雪芹的親人，那距離曹雪芹時代並不遠的舒元煒應該知道的情況遠比我們多得多。如果原本有脂批，那舒元煒在序中就不可能隻字不提，然而實際情況是，不僅是序中，此本的其他地方也沒有任何關於脂硯齋及其批語的資訊。按照常理推斷，舒元煒沒有必要故意隱藏什麼，也沒有必要造假，最重要的，從舒序來看，舒元煒的水準不知道要比脂硯齋的批語的水準高出多少倍，更沒有必要把脂硯齋的批語據為己有。因此，筆者認為，舒序中的資訊是可信的。如果結合另外一個同樣沒有脂批的鄭藏本來看，二者均為每半頁八行，行二十四字，在所有的本子中，唯獨這兩個本子相同。因此，有理由相信，早期的版本並不都是帶有批語的，尤其是帶有脂硯齋的批語。

478　劉廣定：〈談舒序本與乾隆抄本〉，《紅樓夢研究（壹）》，2017 年。
479　俞平伯：《讀紅樓夢隨筆》，陝西師範大學出版社，2005 年，第 766 － 778 頁。

在舒元煒作序後不到兩年的時間，程偉元、高鶚的本子也開始印刷了。關於成書與印刷的過程，程偉元與高鶚在序中說的比較清楚，如果再以舒元煒的序相印證，我們大致可以得出以下結論：

第一，舒序本也說「惜乎《紅樓夢》之觀止於八十回也」，可見當時流傳比較廣的是八十回本，而一百二十回本比較少，即使有一些殘稿，也大多「漶漫不可收拾」（程偉元序）[480]，因此，很多版本抄錄的只有八十回，即使後來程高本出現，還有八十回本在流傳。

第二，程偉元序中說：「原目一百廿卷，今所傳只八十卷，殊非全本」，但是小說有一百二十回的「原目」，而且，經過「數年銖積寸累之苦心」，後找到了三十餘卷，成書的過程，程偉元也交代得很清楚，「爰為竭力搜羅，自藏書家甚至故紙堆中無不留心，數年以來，僅積有廿餘卷。一日偶於鼓擔上得十餘卷，遂重價購之」。這一點，高鶚也在序言中做了明確的說明，儘管胡適等人為了維護「三脂本」的權威性而竭盡詆毀之能事，但按照常理推斷，程、高沒有必要說假話，更沒有必要把自己所寫的後四十回的著作權讓渡給原作者，因此，筆者認為，程、高的話要比胡適、周汝昌、馮其庸等人的可信得多。

胡適等人提出「書商說」來詆毀程偉元，認為一百二十回《紅樓夢》是程、高二人為了牟利而作，胡適列舉了三條理由（此三條理由在前文已經有過引述，為了行文方便，再引一次，但不再註明出處）：

第一，俞樾《小浮梅閒話》中的「《船山詩草》有〈贈高蘭墅鶚同年〉一首云：『豔情人自說紅樓。』注云：『《紅樓夢》八十回以後，俱蘭墅所補。』」在他看來這一「補」字便是「最明白的證據」。

第二，在胡適看來「程序說先得二十餘卷，後又在鼓擔上得十餘卷，此話便是做偽的鐵證，因為世間沒有這樣奇巧的事」。

---

480 一粟編：《古典文學研究資料彙編·紅樓夢卷》（第一冊），中華書局，1963年，第31頁。

第三，他認為「高鶚自己的序，說的很含糊，字裡行間都使人生疑」。

其實這三條所謂的證據，除第一條稍微有討論的餘地外，其餘兩條，幾乎算不上什麼證據。即使第一條，所謂的「補」，有兩種情況：一是原稿沒有後四十回，高鶚補成；二是原稿後四十回由於在保存過程中有損壞、脫落等不完整情況，高鶚補成。這一點，前文已經就一百二十回是否存在進行過詳細論述，這裡就不再重複。

筆者認為，舒序本（原本）與鄭藏本同屬於早期抄本，程甲本是比舒序本略晚的本子，而《紅樓夢稿本》是高鶚、程偉元修訂過程中的一個底本。但是，從文字上來看，《紅樓夢稿本》（楊藏本）更接近程乙本，那麼問題來了，「此抄本的改文，一般皆越程甲而同程乙，與高氏刊書由甲而乙程序分明的事實相悖」[481]。俞平伯先生的意思是，如果《紅樓夢稿本》是高鶚、程偉元擺字印刷時候的底本，那在文字上就更應該接近程甲本而不是程乙本。林冠夫也認為：「如果把這些同程乙的改文，看作是高鶚的手定稿。那麼，從這個抄本到程乙本，中間不僅跨越了程甲，而且還跨越了甲辰。這個三級跳遠的過程，與程乙產生的事實，顯然是不相吻合的。」[482] 事實上，俞平伯等先生們搞錯了一個問題，所謂的《紅樓夢稿本》本來就不是程甲本的底本，而是程乙本的底本。從程甲本到程乙本不到三個月的時間來看，顯然是由於程甲本在擺印之後，程偉元、高鶚發現有很多問題，於是，在程甲本的基礎上進行了修改，修改的底本就是《紅樓夢稿本》，因此，此本在文字上更近於程乙本。

再從此本封面藏者楊繼振所題「蘭墅太史手定紅樓夢稿百廿卷」以及七十八回末朱批「蘭墅閱過」等資訊來佐證，大致可以確認此本應該

481　俞平伯：〈談新刊乾隆抄本百廿回紅樓夢稿〉，《中華文史論叢》，第 5 輯，中華書局，1965年，第 441－442 頁。

482　林冠夫：〈紅樓夢版本研究芻說〉，《華僑大學學報（哲學社會科學版）》，2000 年第期。

為高鶚、程偉元手定本。就算按照一些研究者所言「這個抄本乃高鶚和程偉元在修改過程中的一次改本，不是付刻底稿」[483]，但也依舊不能否認這個版本是一個早期抄本的事實。

總結以上的論述，可以初步得出以下結論：從目前所發現的各版本來看，舒序本與鄭藏本是八十回抄本中最早的，但沒有後四十回。由於後四十回「漶漫不可收拾」，因此，散落在不同之地，後經程偉元「數年銖積寸累之苦心」、「竭力搜羅」，得到近四十卷殘本，在高鶚的幫助下，「細加釐剔，截長補短，抄成全部」，將八十回殘本整理為一百二十回本，最終有了程甲本的底本。在這個稿本的基礎上，程偉元、高鶚在1791年（乾隆五十六年）於北京萃文書屋擺字印刷並發行，這也就是目前所謂的「程甲本」（全稱「新鐫全本繡像紅樓夢」）。但是，由於「初印時不及細校，間有紕繆」[484]，於是，程偉元、高鶚又一次進行了修訂，而修訂的底本就是《紅樓夢稿本》。第二年，也就是1792年，二人又進行了第二次擺印，並加寫了一篇「引言」，也就是後來所謂的「程乙本」。

程高本出現後，立即受到了眾多《紅樓夢》愛好者的追捧，並逐漸占據了市場的主流。胡適也不得不承認：「現今市上通行的《紅樓夢》雖有無數版本，然細細考較去，除了有正書局一本外，都是從一種底本出來的。」[485] 胡適這句話雖然是一句廢話（所有的抄本當然只能有一種底本，那就是《紅樓夢》作者的原稿），但也說明了一個問題，所有的抄本的唯一價值就是校對文字，而那些關於某本抄自某本、某本與某本有血緣關係的問題都是偽命題。

---

483 《乾隆抄本百廿回紅樓夢稿》（影印），上海古籍出版社，1984年，第1365－1367頁。

484 《程乙本紅樓夢桐花鳳閣批校本（影印本）》，陳其泰批校，北京圖書館出版社，2001年，第13頁。

485 《胡適點評紅樓夢》，團結出版社，2004年，第57頁。

第九章　《紅樓夢》版本學是一個偽命題

　　有了程高本以後，也就為《紅樓夢》的廣泛流傳創造了條件，也改變了過去「好事者每傳抄一部，置廟市中，昂其值得數金，不脛而走者矣」的現象，於是，評點《紅樓夢》的熱潮也就開始了。按照常理，一本著作只有廣泛流傳之後，才有更多的人加入評點，各種評點本也才能大量出現。事實也說明了這一點，「程高本」《繡像紅樓夢》刊印之後的第二年，便有了由張汝執、菊圃評點的《紅樓夢》，時間是嘉慶六年。之後，王希廉、張新之、姚燮、陳其泰、哈斯寶、王伯沆、黃小田、蝶薌仙史、云羅山人等人的評點大量出現，他們所據的底本都是程高本。

　　上文已經大致推論出幾個現存版本的時間問題：舒序本／鄭藏本－程甲本－紅樓夢稿本－程乙本。

　　接下來，筆者繼續按照前面的標準分析其他版本的時間順序。

　　在紅學界，有一個版本的價值被捧得很高，那就是甲辰本，由於此本上面有夢覺主人所做的序，所以也被稱之為「夢覺主人序本」。新紅學考證派之所以把這個毫無價值的本子抬高到非常高的地位，目的還是為了維護「三脂本」的地位。按照他們的說法，《紅樓夢》版本的大致順序是甲戌本－己卯本－庚辰本－夢序本（甲辰本）－程高本。對於這樣的說法，歐陽健先生持強烈的反對意見。在其論文〈紅樓夢兩大版本系統辨疑 —— 兼論脂硯齋出於劉銓福之偽託〉、〈還原脂硯齋〉等以及專著《紅樓新辨》、《紅學辨偽論》、《紅學百年風雲錄》（合著）、《還原脂硯齋》中，用了大量的證據證明脂硯齋的偽託。但是，對於新紅學派而言，這些有力的證據是根本無法接受的，借用徐乃為批判歐陽健的一句話來回敬新紅學考證派就是：任憑歐陽健的內證、外證、主證、旁證、書證、物證、邏輯證、事理證⋯⋯，沒有一證能說服得了新紅學考證派，沒有一證能辯駁得了他們！（徐乃為先生的原話是：「任憑主真說者的內證、外證、主證、旁證、書證、物證、邏輯證、事理證⋯⋯，

沒有一證能說服得了他，沒有一證能辯駁得了他！」）

　　徐乃為先生甚至拿出甲辰本作為「有力」的武器來攻擊歐陽健，在其論文〈甲辰本：終結「脂批偽託說」的神話 —— 兼評歐陽健新著還原脂硯齋〉一文中，徐先生得意洋洋地提出他所謂的「鐵證」：一、此書八十回，表明是一百二十回程甲本之前的；二、夢覺主人序文之末明確說「是書也，書之傳述未終，餘帙遙不可得」，更可證明是一百二十回程甲本之前的早期八十回的本子；程甲本之前的甲辰歲只能是 1784 年。因此，馮其庸先生定其為「也即是乾隆四十九年甲辰（1784）」[486]。

　　徐先生這幾條所謂的「鐵證」其實沒有一條與「鐵」有關。所謂「此書八十回，表明是一百二十回程甲本之前的」的證據，只能說這個本子在抄寫時所據底本只有八十回，並不能表明當時沒有一百二十回本；其次，所謂「餘帙遙不可得」，只能說明還有「餘帙」，而這個「餘帙」可能是程高所整理的後四十回，也可能不是。如果是程高本所輯錄並修補的後四十回，那就說明當時程高本已經在流傳，只是序者由於各種原因很難得到；如果不是程高本中的後四十回，那也分兩種情況，一種可能是當時程高本還沒有出版，另一種可能是雖然程高本已經出版，但夢覺主人還沒看到或聽說過程高本，所以才發出這樣的感嘆。如果是後一種可能，那徐先生的「鐵證」就只能稱之為「貌似鐵證」了。

　　至於徐先生引用的大量馮其庸的觀點，漏洞更多。馮其庸在 1989 年甲辰本影印出版時為此本做了一篇序文，開頭部分是這樣寫的：

　　1953 年在山西發現的夢覺主人序本抄本《紅樓夢》，是一個有特殊意義的本子。此本序言末尾署「甲辰歲菊月中浣」，此序文的書法與此本總目、第一、二兩回和第三回開頭部分的書法，完全是一個人的筆

486　徐乃為：〈甲辰本：終結脂批偽託說的神話 —— 兼評歐陽健新著還原脂硯齋〉，《南通大學學報（社會科學版）》，2005 年第 2 期。

跡，並且此人的筆跡後面還有很多。因此，這個本子的抄成時間應該就是序文所署明的時間，也即是乾隆四十九年甲辰歲（1784）。

　　馮其庸僅憑一個甲辰就認定為此本是乾隆四十九年甲辰歲（1784），沒有一點說服力。當然，一向高舉庚辰本大旗的馮先生是絕對不能讓其他版本的出現時間超過「三脂本」的。但是，事實並不會因任何人而改變。

　　首先，「甲辰歲菊月中浣」中的甲辰並沒有像楊藏本（夢稿本）那樣明確寫出乾隆的字樣，那麼這個甲辰到底是 1784 年還是 1844 年，或者 1904 年並不能確定。其次，「序文的書法與此本總目、第一、二兩回和第三回開頭部分的書法，完全是一個人的筆跡」更不能說明「序文所署明的時間」。如果這個本子是抄錄的（當然肯定是抄錄的）那完全可以是抄手的筆跡，即使是 21 世紀的今天，也可以把原來的文字抄上去（包括原來的紀年），怎麼就能說明是 1784 年呢？

　　為了說明問題，筆者把原序文全文照錄如下：

　　辭傳閨秀而涉於幻者，故是書以夢名也。夫夢曰紅樓，乃巨家大室兒女之情，事有真不真耳。紅樓富女，詩證香山；悟幻莊周，夢歸蝴蝶。作是書者藉以命名，為之《紅樓夢》焉。嘗思上古之書，有三墳、五典、八索、九邱，其次有《春秋》、《尚書》、志乘、檮杌，其事則聖賢齊治，世道興衰，述者逼真直筆，讀者有益身心。至於才子之書，釋老之言，以及演義傳奇，外篇野史，其事則竊古假名，人情好惡，編者託詞譏諷，觀者徒娛耳目。今夫《紅樓夢》之書，立意以賈氏為主，甄姓為賓，明矣真少而假多也。假多即幻，幻即是夢。書之奚究其真假，惟取乎事之近理，詞無妄誕，說夢豈無荒誕，乃幻中有情，情中有幻是也。賈寶玉之頑石異生，應知琢磨成器，無乃溺於閨閣，幸耳〈關睢〉之風尚在；林黛玉之仙草臨胎，逆料良緣會合，豈意摧殘蘭蕙，惜

乎〈標梅〉之嘆猶存。似而不似，恍然若夢，斯情幻之變互矣。天地鍾靈之氣，實鍾於女子，詠絮丸熊、工容兼美者，不一而足，貞淑薛妹為最，鬟嬋嫋嫋，秀穎如此，列隊紅妝，釵成十二，猶有寶玉之痴情，未免風月浮泛，此則不然；天地乾道為剛，本秉於男子，簪纓華冑、垂紳執笏者，代不乏人，方正賈老居尊，子姪蹐蹐，英生如此，世代朱衣，恩隆九五，□□□□□□□，不難功業華褒，此則亦不然。是則書之似真而又幻乎？此作者之辟舊套開生面之謂也。至於日用事物之間，婚喪喜慶之類，儼然大家體統，事有重出，詞無再犯，其吟詠詩詞，自屬清新不落小說故套；言語動作之間，飲食起居之事，竟是庭闈形表，語謂因人，詞多徹性；其詼諧戲謔，筆端生活未墜村編俗俚。此作者工於敘事，善寫性骨也。夫木槿大局，轉瞬興亡，警世醒而益醒；太虛演曲，預定榮枯，乃是夢中說夢。說夢者誰？或言彼，或云此。既云夢者，宜乎虛無縹緲中出是書也，書之傳述未終，餘帙杳不可得；既云夢者，宜乎留其有餘不盡，猶人之夢方覺，兀坐追思，置懷抱於永永也。

序文寫得非常精采，應該說作序的夢覺主人水準很高，但是，序文中卻有兩處明顯的錯誤：

1.「關雎之風」的「雎」寫成了「睢」；2.「摽梅之嘆」的「摽」寫成了「標」。試想一下，一個能寫出如此高水準序的人，如果能把《詩經》中最常見的〈關雎〉與〈摽有梅〉也能寫錯，實在不敢想像。那麼，只能有一種可能，那就是我們看到的這個本子只能是一個過錄本。

熙乃溺扵閨閣幸之仙草臨胎逆料惜乎標梅之嘆年閨雌之風尚良緣奇合豈意猶存似而不似

徐先生說，甲辰本與「三脂本」相同的批語有二百餘條，並列舉了其中的一條：

一段為五鬼魘魔法作引。脂硯。（庚辰本）

一段為五鬼魘魔法作引。（甲辰本）

據此，徐先生提出一個「有力」的證據：「甲辰本是 1784 年抄成的書，是 1953 年山西發現的，為什麼這兩條批語在兩個本子上如此一致呢？」

徐先生的意思是，既然有相似的批語，而且庚辰本上面有明確的「脂硯」的字樣，那一定是甲辰本所據的底本就是庚辰本，而庚辰本抄成的時間是 1760 年，那甲辰本與庚辰本自然有血緣關係了。

這樣的推論簡直就是一個笑話，且不說庚辰本是不是 1760 年根本沒有證據可以證明，甲辰本是不是 1784 年抄成的書也很難確定，即使有相同的批語，難道就不能是庚辰本抄的甲辰本嗎？如果是甲辰本抄的庚辰本，那為什麼非要刪除「脂硯」這樣重要的人物署名呢？目的何在？而且刪得如此乾淨，乾淨到沒有留下任何脂硯齋的蛛絲馬跡。

筆者認為，甲辰本與舒序本一樣，也是一個不斷傳抄、不斷加批的本子，至於傳抄的底本到底是哪一個，已經無從可考，等傳到我們現在看到的這個本子時，有很多批語又因為批語太多反倒干擾了閱讀原文而做了一些刪除（這一點，此本在批語中做了說明），但刪除的絕不僅僅是脂硯齋與畸笏叟等人的署名。至於為什麼會有相同的署名出現在「三脂本」上，不能排除「三脂本」抄了甲辰本上批語的可能。

在確定甲辰本大致時間之前，請先看另一個版本 —— 列藏本，搞清楚了這個版本，順序也就大致可以確定了。

對於列藏本研究最用力的是鄭慶山先生。鄭先生對列藏本、己卯本、庚辰本、楊藏本與舒序本等五六個版本的異文做了非常詳細的比較後發現：「列藏本與己、庚、楊、舒四本分別有相同的異文，其中以跟庚辰本相同的最多。」[487]然後得出一個自相矛盾的結論：「列藏本依違於己、楊、庚、舒四本之間，上溯其源，實際是依違於己卯、庚辰二者之間。己卯本和庚辰本前五回文字各異，列藏本恰好反映了這一版本實況。或以為這種說法包括不了楊本和舒本跟列本相同的異文，下沿其流，列本乃依違於楊本、舒本之間，與己卯、庚辰二本無關。」鄭慶山先生可能自己也感覺這樣的說法無法成立，更重要的，如果得出這樣的結論，那就要削弱「三脂本」的權威性。於是又說：「按情理而論，列藏本只能從己卯或庚辰一本抄得。但從文字的實際情況出發，列藏本依違於己卯、庚辰二者之間，是誰也無法統一起來的。至於列藏本為什麼會介乎己卯、庚辰二本之間，我看只有兩種可能。一是它所採用的底本就是如此；二是它以己卯或庚辰二本之一做底本，而在抄寫之前，又把另一本的文字校改在底本之上，然後據以過錄。」[488]但是，列藏本與己、楊、庚、舒，甚至甲戌本與甲辰本每一本無論在文本上還是在批語上都

---

487 鄭慶山：〈列藏本石頭記底本考〉，《紅樓夢學刊》，1988 年第 4 輯。
488 鄭慶山：〈列藏本石頭記底本考〉，《紅樓夢學刊》，1988 年第 4 輯。

既有相同的文字，也有相異的文字，從某一證據來看，似乎是孰前孰後的鐵證，但另一證據卻又成了相反結論的鐵證。在這樣的情況下，鄭慶山先生在做了大量細緻的比較後，最後得出了一個不知道算不算結論的結論：

> 列藏本是一個由多種底本拼湊而抄成的百衲本，當中又有較晚的抄本，其抄定的時間也較多數抄本為晚。它的底本都是經過後人修改了的，連己卯本和庚辰本的修改者也未必是曹雪芹。此本在抄寫過程中和抄成之後，又經過兩次臆改（本文在發表時略去此節文字）。它的語言文字距離原著已經很遠了。因此它的價值不夠高，這是顯而易見的。況且它又散佚兩回，好幾回的末尾（十二回、二十二回、五十回、七十七回）又有殘失，也是不夠完善的。但是，和其他抄本相比，它還是一部比較完整的八十回本。連著名的庚辰本還缺少第六十四回和第六十七回呢。有這兩回的本子也多半是補抄。何況它又是一部附脂評的《石頭記》抄本。脂評不多，雖有損它的價值，而有此本獨出者，自有其意義。此本有三十餘回出自一個異本，值得深入研究。其中第六十四回和第六十七回，接近其早期稿本的原貌。[489]

　　如果由於文本的文字與其他版本相比較出現的異文，或與某版本相同，或與某版本文字相異情況複雜而無法判斷到底與哪些版本血緣關係近就認定為是一個百衲本的話，那我們現在所看到的幾乎所有《紅樓夢》的抄本都可以說是百衲本。因此，鄭先生說了半天，所得出的結論僅僅就是「比其他多數抄本晚」和「它的底本都是經過後人修改了的」，既然是經過後人抄寫的，那他的「很高的價值」又在哪裡呢？這實在讓人費解。

489　鄭慶山：〈列藏本石頭記底本考〉，《紅樓夢學刊》，1988 年第 4 輯。

　　那麼，列藏本到底是什麼時候抄成的？筆者認為，溫慶新於《內江師範學院學報》2009年第9期上所發表的〈列藏本紅樓夢研究四則〉中所提出來的觀點非常正確。

　　溫慶新先生認為，這個版本應該是民國時期抄成的，理由如下：

　　第一，列藏本中有大量的錯字、訛字、異體字、俗字，可見抄者水準很低，不通文理（這一點從影印本中文字書法水準也可以看出），符合清代某些賣饅頭鋪子為增加收入在業餘時間由鋪中夥計抄租小說、唱本而形成的「蒸鍋鋪本」的特徵。

　　第二，列藏本由人工抄出，三數回釘為一小冊。據潘重規先生〈讀列寧格勒紅樓夢抄本記〉統計，列藏本除第四、五、二十、二十三、二十六、二十九、三十二冊為三回一冊裝訂及第三十一冊為三回半一冊裝訂外，其餘各冊均為兩回一冊裝訂。這與「蒸鍋鋪本」為「三數回釘為一小冊」的裝訂方式相符，並且也是人工抄寫。

　　第三，新紅學考證派透過此本所用的襯紙為乾隆御制詩斷定此本為乾隆時期抄本。溫慶新先生則認為：「列藏本既然將乾隆御制詩反裝做襯紙，則其重裝時間就不應當產生於清朝，因為經過乾隆時期高壓文字獄政策洗禮後的嘉、道、光朝之人不至於有如此以下犯上之心裡，更不敢做此『大逆不道』之事。竊以為，唯有在民國時期才會產生。因為此刻『皇帝』已不復存在，『皇威』已去，已無必要恪守『忠君』之理；甚至，重褙者腦中根本沒有『忠君』意識，也就無『大逆不道』之意識，在他的腦中可能認為這是自然的。」[490]

　　第四，溫慶新先生認為，既然馮其庸等人目驗過「三脂本」與列藏本，而且得出列藏本所用紙張與「三脂本」均是「清代常見的竹紙」，[491]

490　溫慶新：〈列藏本紅樓夢研究四則〉，《內江師範學院學報》，2009第9期。
491　馮其庸：〈列寧格勒藏抄本石頭記序〉，《石頭記脂本研究》，人民文學出版社，1998年，第254頁。

且「光潔細密的程度」不如「三脂本」,「紙面看上去和摸上去都有點粗糙」[492]的結論,那麼列藏本所用的紙張應該也是「近於毛邊紙的紙張」。

第五,溫慶新先生同時根據列藏本在有人名、地名等私名邊加標記的獨特性,結合胡適、錢玄同等人於 1919 年 11 月 29 日向當時的民國政府教育部提交的《請頒行新式標點符號議案(修改案)》中所推行的做法,認為,「從 1986 年中華書局影印本看,列藏本的名字旁邊的紅線標記是加在右邊,因此,列藏本當為民國時期的產物。這裡還有個佐證,即書中『紅色點斷的痕跡』。列藏本存有右邊大量濃圈密點的情況,如第三回。這些圈點符號既有用於表示句讀的情況,又有圈點者心裡賞識其中的文句而加以圈點表示賞鑑符號的。前者如第三回林黛玉見到王熙鳳時:『黛玉忙陪笑見禮以嫂呼之這熙鳳攜著黛玉手上下大量了一回』,在『禮』與『以』、『之』與『這』、『手』與『上』之間加了空心圓圈;後者如第三回王熙鳳出場時,賈母向林黛玉說道:『你不認得他是我們這裡有名的一個潑皮破落戶兒南省俗謂作辣子你只叫他鳳辣子就是了』,旁邊所加圈點則表示圈點者對文字的欣賞。這種情況恰恰說明圈點者生活的年代是此種閱讀方式盛行的時候,即民國甚或更早。圈點者既保留此種閱讀習慣,又在人名右邊加標記,故列藏本產生於民國時期的可能性很大。」[493]

最後,溫慶新先生的結論是,列藏本應該是產生於民國時期的一種「蒸鍋鋪本」。

筆者完全贊同溫慶新先生的考證過程以及所得出的結論。胡適、錢玄同等人在《請頒行新式標點符號議案(修改案)》中所附新式標點凡十三則,其中第十一則為私名號,云:凡人名,地名,朝代名,學派

492　馮其庸:〈列寧格勒藏抄本石頭記序〉,《石頭記脂本研究》,人民文學出版社,1998 年,第 241 － 242 頁。

493　溫慶新:〈列藏本紅樓夢研究四則〉,《內江師範學院學報》,2009 年第 9 期。

名，宗教名：一切私名都於名字的左邊加一條直線。向來我們都用在右邊，後來覺得不方便，故改到左邊。橫行便加在下面。私名號用在左邊，有幾層長處：（1）可留字的右邊為注音字母之用；（2）排印時不致使右邊的別種標點符號（如；？之類）發生困難。從民國到中華人民共和國成立前的書，標記一般加在右邊，之後則改到左邊。如 1935 年廣達圖書館再版的《清人說薈》就是在右邊加標記的。

按照溫慶新先生的這個思路，筆者認為，我們目前所看到的甲辰本更是一個產生於民國時期的一種「蒸鍋鋪本」。理由如下：

第一，甲辰本與列藏本一樣，其中有大量的錯字、訛字、異體字、俗字，說明抄者水準很低，不通文理（這一點從影印本中文字書法水準也可以看出）。從第七十七回第二十一頁起，在裝訂線兩側的字跡磨損處有另筆補寫的字，筆跡稚拙、有補有未補，影響閱讀。符合清代某些賣饅頭鋪子為增加收人在業餘時間由鋪中夥計抄租小說、唱本而形成的「蒸鍋鋪本」的特徵。

第二，甲辰本全書的抄手至少在五人以上，「夢覺主人序」的抄手，除抄寫總目外，還參與了十回的抄寫工作：第一回的 25 － 40 頁、43 － 50 頁；第二回的 65 － 72 頁、81 － 91 頁；第三回的 93 － 98 頁、103 － 108 頁、111 － 112 頁、117 － 124 頁；第四回的 131 － 134 頁；第二十九回；第三十回；第三十一回；第三十二回；第六十九回；第七十回的 2307 － 2324 頁。抄手眾多的情況說明，甲辰本出自「蒸鍋鋪本」的可能非常大。

第三，甲辰本全書分裝八函，每函五冊；每冊二回，共四十冊。「抄胥們拿到的底本，是每四回裝為一冊，即全書分裝成二十分冊」，「出現這種現象，顯然是同一撥人有組織地完成這次過錄」[494]。這與「蒸鍋鋪本」、「三數回釘為一小冊」的裝訂方式相符，並且也是人工抄寫。

494 　林冠夫：《紅樓夢版本論》，文化藝術出版社，2007 年，第 178 － 181 頁。

　　第四，影印本第八十回最後一頁是另手補抄於空白紙上，有說明：「以下據《蒙古王府本石頭記》補。」補文九行，行二十字，恰好整半頁。因此，此本應晚於王府本。

　　第五，甲辰本還有一個與各本明顯的區別，就是無論是正文還是批語都做了大量的刪節與修改。因此，在文字總數上明顯減少，使得情節有一些不連貫，人物性格也不能統一。甲辰本的批語是由前至後逐漸遞減的，且有獨出的批語。第一回批語最多，約占批語總數的三分之一以上，之後逐漸減少。造成這種情況的原因抄手在第十九回的回前批中有所說明：「原本評注過多，未免旁雜，反擾正文，今刪去，以俟後之觀者凝思入妙，愈顯作者之靈機耳」。甲辰本上的批語並未署名脂硯齋或者畸笏叟，與「三脂本」相同的批語只有雙行夾批，且字數一般比「三脂本」少。這種為了節約篇幅而刪節的情況，只能說明抄手並不是為了珍藏此本，而是為了草草完成抄寫任務而有意為之。那麼，為什麼會做這樣的事呢？當然是為了牟利而希望快速抄成的商業目的。這更加符合清代某些賣饅頭鋪子為增加收入在業餘時間由鋪中夥計抄租小說、唱本而形成的「蒸鍋鋪本」的特徵。

　　第六，甲辰本是一部具有完整八十回的抄本，第十七、十八兩回不但分開，而且有單獨回目；第十九和八十回也有了回目。這一點是除戚序本之外都不具有的，不過，甲辰本分回的斷開之處與補的回目與戚序本不同，卻與程本相同。此外，甲辰本第二十二回有詩謎與結尾，文字獨異於其他諸本但與程本基本相同，因此，這個版本比程本要晚，而且在過錄的時候用了不同的本子，至少有部分是從程本抄錄的，更加證明這是一個百衲本，而百衲本正是「蒸鍋鋪本」的特點。

　　綜上，以上幾個版本的先後順序大概是這樣的，即舒序本（原本）－王府本（原本）－甲辰本（原本）－列藏本。

後記

　　本書是在我多年來陸續發表的學術論文的基礎上加工、整理與重新創作的，也是我多年來對紅學關注與思考的成果彙集。雖然本書早在2015年底就已經開始著手撰寫，但由於各種瑣事纏身，始終沒有完成。2019年，我作為主持人，申報了山西省哲學社會科學課題——「紅學200年及文學創作啟示研究（2019B457）」。因為課題研究的需要，也為了給自己多年來一直對紅學研究的關注一個交代，於是將之前未完成的初稿整理加工，前後歷時五年左右，終於完成了此稿的寫作，同時也完成了自己的一樁心願。

　　在完成此稿的過程中，得到了山西大學商務學院領導與同事的大力支持，尤其是文化傳播學院院長傅書華教授與楊矗教授的指點與啟發，在此向他們表示衷心的感謝。

　　特別需要指出的是，拙著能夠得到著名明清小說研究大家歐陽健先生賜序，說來也是一段因緣。由於我平時所接觸的知名學者比較有限，拙稿完成後原打算請我在瀋陽師範大學攻讀碩士研究生期間的恩師高玉海教授（現任職於浙江師範大學）賜序，高老師一再表示自己在紅學領域成就不多，並熱心幫我連繫了著名學者歐陽健先生。這本來是我不敢奢望的。既有恩師高教授之美言，歐陽老師又得知我在山西大學商務學院工作（歐陽健先生也曾在山西大學任職過一段時間），欣然作序。拙著得到歐陽先生賜序，增色不少，萬分榮幸。在此，對歐陽老師與高老師一併呈上真摯的感謝。

　　此外，筆者胞弟王俊智與學生劉澤華（現為華東師範大學在讀博士）在寫作及校對書稿的過程中也給予了很多建議與幫助。

　　還有筆者的學生兼同事陳楠主動為此書精心設計了封面，我對此設

後記

計非常滿意。

　特別要感謝的是我的好友 —— 山西省社會科學院語言研究所所長安志偉博士，不但鼓勵我完成此稿，還積極為我保留聯繫出版社，使得此稿能順利出版。

　在此，一併對他們表示感謝。

　然而，限於紅學研究的複雜性與所占有資料的有限性，以及作者自身學術水準和能力的不足，挂一漏萬，在所難免。不妥之處，真誠希望讀者與方家不吝指正，作者將萬分感謝。

王俊德

2021 年 3 月 3 日於山西大學商務學院

紅學二百年管窺：

推翻脂硯齋神話 × 曹雪芹作者爭議 × 版本學無意義，論評點派、索隱派與考證派的起源與推廣

作　　者：王俊德
發 行 人：黃振庭
出 版 者：崧燁文化事業有限公司
發 行 者：崧燁文化事業有限公司
E-mail：sonbookservice@gmail.com
粉 絲 頁：https://www.facebook.com/
　　　　　sonbookss/
網　　址：https://sonbook.net/
地　　址：台北市中正區重慶南路一段六十一號八
　　　　　樓 815 室
Rm. 815, 8F., No.61, Sec. 1, Chongqing S. Rd.,
Zhongzheng Dist., Taipei City 100, Taiwan

電　　話：(02)2370-3310
傳　　真：(02)2388-1990
印　　刷：京峯數位服務有限公司
律師顧問：廣華律師事務所 張珮琦律師

-版權聲明

定　　價：550 元
發行日期：2023 年 09 月第一版
◎本書以 POD 印製

國家圖書館出版品預行編目資料

紅學二百年管窺：推翻脂硯齋神話
× 曹雪芹作者爭議 × 版本學無意
義，論評點派、索隱派與考證派的
起源與推廣 / 王俊德 著 . -- 第一版 .
-- 臺北市：崧燁文化事業有限公司，
2023.09
面；　公分
POD 版
ISBN 978-626-357-645-2(平裝)
1.CST: 紅學 2.CST: 文學史
857.49　112014210

電子書購買

臉書

爽讀 APP